MICAELA SMELTZER

doce dandelion

Traduzido por Daniella Maccachero

1ª Edição

2023

Direção Editorial:	**Arte de Capa:**
Anastacia Cabo	Emily Wittig Designs
Tradução:	**Adaptação de Capa:**
Daniella Maccachero	Bianca Santana
Revisão Final:	**Preparação de texto e diagramação:**
Equipe The Gift Box	Carol Dias

Copyright © Micalea Smeltzer, 2020
Copyright © The Gift Box, 2023

Todos os direitos reservados.
Nenhuma parte do conteúdo desse livro poderá ser reproduzida em qualquer meio ou forma – impresso, digital, áudio ou visual – sem a expressa autorização da editora sob penas criminais e ações civis.
Esta é uma obra de ficção. Nomes, personagens, lugares e acontecimentos descritos são produtos da imaginação da autora. Qualquer semelhança com nomes, datas ou acontecimentos reais é mera coincidência.

Este livro segue as regras da Nova Ortografia da Língua Portuguesa.

CIP-BRASIL. CATALOGAÇÃO NA PUBLICAÇÃO

S638d

Smeltzer, Micalea
    Doce Dandelion / Micalea Smeltzer ; tradução Daniella Maccachero. 1. ed. - Rio de Janeiro : The Gift Box, 2023.
    504 p.

Tradução de: Sweet Dandelion
ISBN 978-65-5636-239-7

1. Ficção americana. I. Maccachero, Daniella. II. Título.

CDD: 813
CDU: 82-3(73)

Este livro aborda situações de violência e traumas que podem ser consideradas gatilho para algumas pessoas.

prólogo

— Minha doce Dandelion. Que você seja sempre tão livre quanto os pássaros, tão selvagem quanto as flores e indomável como o mar.

Fecho os olhos, sentindo os dedos da minha mãe deslizando pelos fios do meu cabelo.

É uma sensação familiar.

— Eu te amo — sussurra, pressionando os lábios suavemente na minha testa.

Suas lágrimas caem na minha pele.

Eu também te amo.

Os tiros soam novamente.

Um baque.

E então nada.

capítulo 1

Puxo o esmalte amarelo lascado deixado na ponta da minha unha. Nem me lembro quando as pintei. Quase não sobra nada.

Na minha frente, há uma janela na sala. Deve abrir com bastante facilidade, se não abrir, eu posso jogar a cadeira contra ela e, com sorte, quebrá-la rapidamente.

Há uma porta nas minhas costas, mas a janela... é por onde eu escaparia.

— Você está ouvindo? — O tom do meu irmão não é nada senão exasperado comigo.

Eu me sinto mal por ele.

Ele tem apenas vinte e cinco anos.

E agora é meu guardião.

— D-Desculpe — gaguejo, forçando os olhos para longe da janela.

Limpando a garganta, o diretor se inclina para frente.

— Esta é a sua agenda. — Ele desliza o papel para mim e esfrego o dedo contra a superfície lisa. Ele é um homem mais velho, seu rosto cheio de rugas como se tivesse rido e sorrido muito na vida. Seu cabelo está fortemente salpicado de cinza, mas com um toque subjacente de marrom ainda lá. Ele entrelaça os dedos, colocando-os na mesa de madeira à sua frente. O gesto perturba a linha reta perfeita em que uma pilha de pastas estava. Eu me coço para aperfeiçoá-la mais uma vez. — Estamos cientes de sua situação, então tomamos providências para que você passe seu período diário de cinquenta minutos com nosso conselheiro escolar, Sr. Taylor.

Olho para a parede, para o diploma universitário de moldura grossa, então para o vaso de flores nojento pintado de cores opacas e pendurado ao lado dele. Que sala sem graça para se trabalhar. Eu enlouqueceria.

— Dani — meu irmão chama, desespero em seu tom. — Isso é ok para você?

Não é, mas nos últimos nove meses aprendi a fazer o que faz todo mundo se sentir melhor. Acho que nada pode me curar, mas se isso deixar Sage

doce dandelion 7

feliz, eu o farei. Mesmo que todos os terapeutas e conselheiros com quem falei no hospital não pudessem ajudar em nada. Eles tentaram, mas não sabiam como chegar até mim, e eu não sabia como dizer a eles que era impossível.

Aceno com a cabeça, descansando o cotovelo no braço da cadeira.

— Tudo bem. — Minha voz é suave, mais profunda do que costumava ser. Está faltando alguma coisa nela e não consegui descobrir o que é.

Talvez seja inocência.

O diretor, Sr. Gordon, de acordo com a placa colocada perigosamente perto da borda de sua mesa, começa a repassar mais coisas, mas não estou ouvindo.

Não é que eu pretenda ignorá-lo, mas me vejo recuando cada vez mais em minha cabeça. Parece mais seguro aqui, mas não é. Não é seguro em lugar nenhum. Meu cérebro está cheio de memórias terríveis e o mundo está cheio de pessoas terríveis que fazem coisas horríveis, todos os dias.

O diretor Gordon termina seu discurso e estende uma pilha de papéis para mim.

Eu não levanto a mão para pegá-los.

Sage os aceita em vez disso, apertando a mão do diretor. Ele se levanta e eu sigo o exemplo.

— Nós esperamos que você aproveite seu tempo aqui em Aspen Lake High.

Eu não respondo. Nem sequer me forço a dar um pequeno sorriso. Francamente, não tenho energia para isso.

No corredor vazio, Sage folheia os papéis, lendo-os. Seu cabelo castanho-claro está mais comprido que o normal. Ele não teve tempo de cortá-lo por minha causa.

Muitas vezes me pergunto o que ele pensou quando recebeu a ligação de que eu estava no hospital e nossa mãe havia sido morta.

Ela morreu protegendo a mim e a outros alunos, fazendo o que podia para salvar vidas. Ela era professora e, em seus momentos finais, foi além do que um professor deveria fazer.

Nós perdemos nosso pai quando éramos jovens com câncer no pâncreas. Não me lembro muito dele, mas Sage é mais velho que eu, então tenho certeza que se lembra.

Em menos de dezoito anos, quatro se tornaram dois.

Não sei o que faria se perdesse Sage também.

— Parece que seu armário está por aqui.

— Eu provavelmente não vou usá-lo. — Toco com a ponta do pé a borda branca suja dos meus Vans amarelos contra o piso de cerâmica.

Sua expiração ecoa pelo corredor.

— Você quer ver onde são as suas aulas?

— Eu posso descobrir isso na segunda-feira.

Seus olhos castanhos estão cansados quando encontram os meus, quase da cor dos dele, embora os meus sejam mais verdes e os dele mais dourados.

— Dani, estou tentando aqui.

Eu sei que ele está. Está se esforçando bastante. O problema é que odeio que ele esteja tentando tanto quando sei que ele tem uma vida.

Ele se mudou para Salt Lake City, Utah, para fazer faculdade e ficou por um emprego e uma garota. A menina não deu certo, mas ele diz que gosta do trabalho. Eu não acredito nele, não quando chega em casa parecendo cansado e mais velho que a idade que tem. Crescemos em Portland, Oregon, e eu tinha planos de ficar lá, até que outra pessoa com uma arma decidisse meu destino por mim.

Agora eu sou a garota que sobreviveu a um tiroteio na escola. Quem anda mancando. Quem mal fala.

— Sei que sim, mas você está faltando ao trabalho. — Eu mal dou fôlego às palavras, meus olhos relutantemente encontrando os dele.

Ele suaviza, agarrando uma mecha do meu longo cabelo castanho-claro e dando um puxão brincalhão. Eu costumava ficar brava com ele por puxar meu cabelo quando éramos pequenos, mas agora gosto do gesto familiar.

— Estou exatamente onde quero estar. Vamos.

Por mais que eu queira protestar, sei que ele quer ajudar de qualquer pequena maneira que puder.

Meus dedos torcem na barra da minha camisa e sigo Sage. Ele olha atentamente para o cronograma, depois para o mapa, antes de seguir em qualquer direção que acha que precisamos ir como um cão de caça.

Acho que isso o ajuda a se sentir no controle.

Enquanto eu estava no hospital, não havia muito que ele pudesse fazer para me ajudar além de me encorajar a não desistir.

Deus, eu queria.

Muitas vezes eu ficava com raiva, me perguntando por que Deus levou minha mãe, mas não eu. Por que tive que suportar a dor de levar um tiro e quase ficar paralisada?

Eu não tinha certeza se alguma vez voltaria a andar.

Os médicos também duvidavam.

Mas Sage... ele estava determinado a me ver andar novamente.

doce dandelion

Correr?

Acho que correr está fora de questão para mim.

Uma vez minha vida tinha sido essa. Pensei que iria para a faculdade com uma bolsa de estudos. Mas as coisas mudam e agora eu ando mancando. Tento não deixar isso me incomodar, afinal, tenho muita sorte de estar de pé, mas às vezes me sinto como um pássaro com a asa quebrada, destinado a nunca mais voar, e dói tudo de novo.

Leva quase uma hora para Sage localizar todas as salas de aula e apontar as rotas mais rápidas até lá.

De volta à nossa área de largada na frente da escola ao lado da administração, Sage pigarreia.

— Você se lembra onde está tudo?

Eu não me lembro.

— Sim, vou ficar bem.

E eu ficarei.

Sempre fico.

"Bem" parece ser o meu estado permanente nos últimos tempos. Estou ficando bastante confortável com sua monotonia.

Sage solta um suspiro, esfregando os dedos sobre a barba dourada em sua mandíbula. Seus cabelos castanhos sempre tiveram aquele tom de caramelo-dourado e seus pelos faciais combinam. Meu cabelo castanho, por outro lado, sempre foi mais claro, um pouco mais sem graça comparado ao dele.

— Eu quero que isso corra bem para você. — Sua voz está baixa, os ombros caídos. — Você... Deus, Dani... você já passou por muita coisa. — Seus olhos castanhos brilham com lágrimas não derramadas. Meu irmão mais velho teve que se manter focado, ser a rocha para me proteger contra a tempestade, e o desgaste disso está começando a aparecer.

Dou um passo à frente, envolvendo os braços em torno de sua cintura.

— Nós dois passamos.

Eu poderia ter que me curar fisicamente, mas nós dois tivemos que lidar com a dor de perder nossa mãe de uma maneira tão trágica.

Ele me abraça de volta, seus braços quentes e fortes. Acho que ele nunca saberá o quanto estou grata por ter vindo em meu auxílio. Ele ficou comigo no hospital, podendo trabalhar remotamente para estar lá, antes que eu me recuperasse o suficiente para vir para Salt Lake City.

— Você poderia ter morrido, Dani. — Seu sussurro rouco rasga o meu coração, especialmente quando meus pensamentos me atravessam.

Às vezes eu ainda gostaria de ter morrido.

capítulo 2

As quatro paredes ao meu redor são de um branco puro.

Elas não são o amarelo da cor do sol do meu quarto de infância. Não há fotos minhas e de meus amigos coladas nas paredes, nenhum pôster, apenas nada. Os sons da cidade podem ser ouvidos pela janela ao lado da minha cama. Dizem que Manhattan é a cidade que nunca dorme, mas Salt Lake também.

Eu me sento na cama, balançando as pernas. Faço uma pausa antes de me levantar, aplicando pressão lentamente em meus pés. Às vezes, quando estou deitada há algum tempo, tenho dificuldade em ficar em pé, como se meu corpo tivesse esquecido novamente como se erguer. Quando tenho certeza de que meus pés e pernas não vão ceder, eu me levanto.

É estranho ser grata por algo tão simples quanto ficar de pé ou andar, mas sei como sou sortuda por ter feito esse progresso.

Dou passos cuidadosos e lentos para fora do quarto minúsculo e pelo corredor até a cozinha igualmente pequena.

O condomínio do meu irmão é uma obra-prima moderna e elegante. Não é nada como a casa caótica e eclética em que crescemos. Ele se ofereceu para vender o apartamento e comprar uma casa nos subúrbios, mas recusei. Esta era a casa dele e, embora eu pudesse odiar as paredes brancas vazias, não deixaria meu irmão desenraizar toda a sua vida e se mudar para outro lugar porque ficou sobrecarregado comigo.

Abrindo a porta da geladeira, despejo um copo de leite e pego dois biscoitos de chocolate da caixa que ele trouxe do supermercado.

Levando-os para a sala de estar, coloco tudo na mesa de centro para que possa me sentar. Agarrando o cobertor azul macio do encosto do sofá, o envolvo nos ombros antes de ligar a TV, tomando cuidado para manter o volume baixo. Navego pelos filmes na Netflix, colocando em *Penetras Bons de Bico*. Pegando o copo de leite e os biscoitos, me acomodo, deixando meu corpo afundar no sofá confortável. Com sorte, vou adormecer aqui.

Não durmo muito esses dias. Acho irritante ficar horas a fio na cama olhando para um teto branco e vazio. De volta para casa, nas raras ocasiões em que não conseguia dormir, eu saía e corria — provavelmente não é a coisa mais segura a fazer e minha mãe deve estar rolando no túmulo — até que eu ficasse completamente exausta.

Eu me assusto quando ouço um barulho e olho para cima para encontrar Sage na porta do corredor, abafando um bocejo enorme. Seu cabelo está descontrolado na parte de trás como se tivesse perdido uma briga com o travesseiro.

— Não conseguiu dormir?

Balanço a cabeça, negando, e tomo um gole de leite, dando uma mordida no biscoito.

— Eu também não. — Ele solta um suspiro exagerado, entrando na cozinha.

Luto contra um sorriso, enquanto ele serve um copo de leite e pega dois biscoitos.

Ele se junta a mim no sofá, sentando-se com um gemido.

— *Penetras Bons de Bico*? Eu não assisto isso há séculos. — Ele suspira, esticando as pernas sobre a mesa de café.

Mamãe costumava gritar com ele por fazer isso em casa, mas aqui é o seu lugar e ele pode fazer o que quiser.

Como se sentisse meus pensamentos, ele lentamente, uma perna de cada vez, abaixa os pés até o chão.

— Tim-tim. — Brinda nossos copos.

Eu me pergunto o que ele pensa sobre o fato de eu não falar muito mais.

Eu costumava ser uma tagarela e ele estava sempre me dizendo para calar a boca — nossa mãe dizia que aquelas não eram palavras bonitas e que, em vez disso, me dissesse para ficar quieta.

Às vezes, sinto falta daquela garota. Acho que sempre sentirei falta dela. Eu ainda posso estar aqui, viva no sentido literal, onde o oxigênio ainda circula dentro e fora dos meus pulmões e meu coração ainda bate, mas quem eu era morreu naquele piso de ladrilhos manchado de sangue no refeitório.

Mergulho meu biscoito meio comido no leite, deixando-o lá por um momento antes de colocar o resto na boca.

Ao meu lado, Sage está fazendo exatamente a mesma coisa. Isso me faz sorrir, vendo as pequenas semelhanças entre nós. Ele é sete anos mais velho que eu, o que é meio que muito espaço entre crianças, se você me perguntar. Ainda assim, crescemos bastante próximos. Ele estava sempre cuidando de mim, mesmo que eu fosse sua irmãzinha irritante.

Limpando a garganta, ele passa as costas da mão sobre os lábios, esfregando as migalhas.

— Você está nervosa com a escola amanhã? É por isso que não consegue dormir?

Eu sufoco uma risada sem humor, sacudindo um fio de cabelo dos olhos.

— Não.

Sua cabeça cai.

Ele não quer perguntar. Falar sobre aquele dia, sobre a mamãe, ou o que me lembro daqueles momentos finais, o que confesso que não é muito. Mas, mesmo que as memórias sejam nebulosas, meu corpo ainda sabe.

— Eu vou ficar bem.

Ele estremece, porque sabe que minhas palavras implicam que não estou bem. Não agora, talvez nunca. Gostaria de pensar que há algum dia místico no meu futuro em que vou ficar bem, mas também tenho idade suficiente para saber que esse trauma não é algo que vou esquecer. É simplesmente algo com o qual aprenderei a viver.

Lentamente, ele se vira para olhar para mim. Uma migalha de biscoito está presa em sua barba. Normalmente eu riria e tiraria sarro dele por isso. Não essa noite.

— Talvez o conselheiro da escola te ajude.

É uma suposição tão ingênua, mas eu amo que ele tenha esperança.

— Eu duvido. — Quero ser realista com ele. — Quero dizer, é um conselheiro da escola. Eles não podem ser tão bons, certo? Caso contrário, não estariam fazendo outra coisa?

Ele coloca o biscoito inacabado e o copo de leite na mesa de centro.

Eu termino o meu.

Ele limpa uma migalha da calça de dormir, mas uma ainda está presa em sua barba espinhosa.

— Quer que eu tente encontrar um terapeuta para você? Alguém especializado nesse tipo de coisa?

Eu solto um bufo.

— Nenhum dos terapeutas ajudou no hospital. Eles… eles queriam que eu falasse sobre isso. Reviver. Sage… — Fecho os olhos, bloqueando as memórias terríveis. — Não posso fazer isso.

doce dandelion

Suas sobrancelhas franzem, os lábios caídos.

— Gostaria de poder tirar todo esse peso. Gostaria que nada disso tivesse acontecido. Queria que a mamãe ainda estivesse aqui, aquelas crianças, todo mundo...

Ele não fala, eu também não, mas os desejos nada mais são do que uma invenção da imaginação de uma criança.

— Vem cá, Dani. — Ele abre os braços, permitindo que eu mergulhe dentro deles.

Ele me abraça apertado, descansando o lado de sua bochecha contra o topo da minha cabeça.

Sei que ficar preso a mim tem sido um fardo para ele. Como não poderia ser? Ele é um cara jovem e, nos últimos nove meses, sua vida girou em torno de mim. Nenhuma namorada. Nenhum amigo. Apenas eu.

— Sei que isso é difícil — ele limpa a garganta, a emoção obstruindo suas cordas vocais —, mas você tem a mim. Sempre pode vir falar comigo, D.

Eu sei que o que ele diz é verdade, mas não posso. Meu irmão é muito bom, muito gentil para que os horrores que assombram meus pensamentos escureçam seu coração.

Em algum momento, caio no sono e, quando acordo no sofá, o cobertor está dobrado ao meu redor, com um travesseiro sob minha cabeça.

capítulo 3

Meu irmão me deixa de carro para o meu primeiro dia de escola. Ficarei presa andando de ônibus no futuro próximo. Tenho minha habilitação, mas dirigir não é uma daquelas coisas que eu queria conquistar, especialmente não em uma nova cidade.

— Me mande uma mensagem se precisar de alguma coisa — ele chama atrás de mim, enquanto saio de seu carro.

— Mando.

Fechando a porta do carro, eu me viro e encaro a escola, exalando uma respiração pesada.

O prédio de tijolos de três andares com um banner embutido o proclama como Escola Aspen Lake High.

O gramado está repleto de alunos, vestidos com esmero para o primeiro dia. Eu sinto como se me destacasse como um polegar dolorido no jeans preto rasgado, camiseta larga e Vans amarelos. Eu nem tentei, apenas joguei a primeira coisa que meus dedos tocaram. Pelo menos consegui escovar o cabelo, o que é uma vitória, nas minhas contas.

Abaixando a cabeça para deixar meu cabelo proteger o rosto, sigo para dentro, navegando pelos corredores o melhor que posso. Eu deveria ter prestado mais atenção quando Sage estava me levando pela escola.

Abro minha agenda no telefone, tomando cuidado para manter minha cabeça baixa e não fazer contato visual com ninguém, já que não estou com vontade de falar. Minha primeira aula do período é Artes. Eu nunca fiz Artes antes, ou me considero o tipo mais criativo, mas fiquei presa a isso desde que me matriculei tarde e não pude escolher minhas próprias aulas.

Descendo o corredor, os olhos ainda colados no celular, esbarro em alguém. Quase caio com o impacto, mas uma mão forte me segura. Meus olhos pousam naquela mão, os dedos longos, as veias se destacando em seu braço, antes de finalmente olhar para o cara.

doce dandelion

— Desculpe por isso — diz ele, me soltando, embora muito obviamente fui eu quem esbarrei. O cabelo castanho liso está empurrado para trás de sua testa. Ele é pálido e magro, mas com alguns músculos. Seus olhos são de um azul misterioso tão claro que quase parecem brancos. Ele ajeita sua bolsa e não sei se fujo ou fico ali parada.

Finalmente, deixo escapar:

— Foi culpa minha. Desculpa.

Ele inclina o queixo para mim e volta a conversar com dois amigos que também não percebi.

Eu só lhes dou um breve olhar antes de continuar pelo corredor em um ritmo acelerado. Lembrando-me da sala que Sage apontou quando fizemos o tour, praticamente corro para ela, pegando um assento na mesa dos fundos.

Nos próximos minutos, a sala se enche ao meu redor. A professora na frente, uma mulher mais velha e gordinha com cabelos loiros, está sentada atrás de sua mesa, os olhos semicerrados, avaliando cada aluno que passa pela porta.

Felizmente, ninguém se senta ao meu lado. É uma escola grande, mas todo mundo parece conhecer todo mundo, pelo menos nesta sala, embora talvez só pareça assim já que sou a estranha.

A professora se levanta para fechar a porta, mas, antes que possa, outro estudante entra. É o cara com quem esbarrei mais cedo e minhas bochechas esquentam quando percebo que a única cadeira livre está ao meu lado.

— Obrigado por se juntar a nós, Sr. Caron. — Ela fecha a porta e volta para seu lugar atrás da mesa. — Bem-vindo a Desenho e Pintura Avançados. Todos vocês devem ser artistas estabelecidos neste momento e estou ansiosa pelas obras-primas que criarão este ano. — Ela limpa a garganta. — Vou distribuir o plano de estudos e as regras da sala de aula para vocês lerem. A regra mais importante é não se atrasar. — Seus olhos se estreitam no meu parceiro de mesa.

— Você me ama, Sra. Kline.

Ela resmunga, mas lhe dá um sorriso quase terno.

Eu não acho que meu colega de mesa está mentindo.

Ela se levanta, distribuindo os papéis. Chega à nossa mesa e para ao lado do cara.

— Não me dê problemas este ano, Ansel.

— Nunca. — Ele pisca, descruzando os braços para pegar os papéis dela, facilmente me passando um sem tirar os olhos da professora.

Ela não parece convencida, mas volta para sua mesa mesmo assim.

— Não deixe ela te assustar — meu colega de mesa pronuncia baixinho. — Ela é uma grande molenga.

Eu não respondo.

— Eu não reconheço você.

Mais uma vez, não dou uma resposta.

— Qual o seu nome?

Eu suspiro. Odeio dizer às pessoas meu nome, pois elas geralmente riem, pensando que estou brincando.

— D...

— Dandelion Meadows?

Fecho os olhos, levantando a mão.

— É Dani — digo à professora.

Ela me marca em sua lista.

— Dandelion Meadows — o cara, Ansel, pronuncia, se inclinando para trás na cadeira. — Nome interessante.

A cadeira range contra o piso de ladrilhos quando me movo.

— É um nome como qualquer outro.

— Definitivamente, não como qualquer outro.

Nossa conversa é abafada, mas tenho certeza que a Sra. Kline notará em algum momento.

— Seu nome é Ansel — acuso. — Dificilmente é normal.

— Meu pai é francês, então meus pais queriam que eu tivesse um nome francês.

— Você fala francês? — Nivelo os olhos para ele, tentando ouvir o que a professora está dizendo, porque Deus sabe que não sou avançada quando se trata de qualquer tipo de arte.

— *Quels sont tes* pais?

— Hippies, eles eram hippies.

— *Tu parles François?*

— *Juste un peu.*

— *Je suis impressionné.*

— *Merci.*[1]

Mudando para o inglês, ele estende a mão.

— É um prazer conhecer você, Dandelion Meadows.

---

1 Conversa em Francês: Quem são seus pais? / Você fala francês? / Só um pouco. / Estou impressionado. / Obrigado.

doce dandelion

— Dani. Apenas Dani.

Ele sorri, suas maçãs do rosto afiadas suavizando com o gesto. Deslizando minha mão na sua, ele dá uma sacudida na minha.

— Bem-vindo ao Aspen Lake High, lar dos Jaguars.

— Ansel. Dandelion. — A Sra. Kline estreita seu olhar mortal em nós. — Silêncio ou eu vou mudá-los de lugar.

— É Dani — eu respondo automaticamente. Ela nem me ouve. Confesso que não falo muito alto.

Ansel sopra um beijo para ela e inclina a cadeira para trás, levantando as pernas sobre a mesa e cruzando-as nos tornozelos.

Ela nega com a cabeça, voltando-se para o quadro de giz, onde escreve diferentes estilos de desenho e pintura.

— Você parece se safar muito.

Ansel se inclina; por um momento, temo que caia da cadeira, mas ele está completamente despreocupado.

— Não conte a ninguém — sua voz é um murmúrio abafado — mas ela é minha avó.

— Ela é mesmo?

— Aham. — Suas pernas caem de volta ao chão. Ele parece incapaz de ficar parado por muito tempo. — Sou o neto favorito dela. — Ele pisca.

— Tem certeza?

Ele levanta os ombros.

— Provavelmente não, mas perto o suficiente.

Passamos o resto do período em nosso melhor comportamento, embora Ansel continue a se mover sem parar, sempre mexendo as pernas ou tamborilando os dedos.

Quando a campainha toca, ele joga a bolsa no ombro.

— Vejo você mais tarde, Dandelion Meadows.

Antes que eu possa corrigi-lo, ele desaparece como se não estivesse lá.

capítulo 4

Passo o almoço na biblioteca antes de caminhar pela escola para o meu período diário com o orientador da escola. Provavelmente algum velhote suado, careca, de mau hálito e óculos muito grandes, que vai fingir saber como me sinto, insistir que posso falar sobre meus sentimentos e prometer que este é um espaço seguro.

Paro do lado de fora da porta. Fica perto dos escritórios da administração, mas isolado. As persianas estão fechadas na janela embutida na porta.

Incerta, levanto meu punho e bato. Meu coração troveja no peito, a sensação reveladora da transpiração começando a endurecer minha pele.

A ideia de alguém esperando que eu sente e fale sobre meu trauma me enche de uma espécie de pavor que não consigo explicar.

— Entre.

Envolvendo a mão ao redor da maçaneta, as portas emitem um gemido baixo quando se abrem. Na minha frente, encontro a bunda mais legal e firme que já vi.

Por favor, não deixe esse cara ser um velho desagradável, porque essa bunda é incrível.

O conselheiro está curvado, mexendo em um arquivo.

— Sente-se — ele instrui, xingando baixinho. — Estou apenas tentando consertar isso.

Algo ressoa e ele grita em vitória, rastejando para longe do armário. Fecha facilmente.

Fico parada, olhando para o conselheiro, Sr. Taylor. Ele está ajoelhado no chão, um par de calças azul-marinho abraçando suas pernas e bunda. Sua camisa azul-clara de botões está ajustada e, meu Deus, esse cara é trincado. Ele parece que deveria ser *personal trainer* com um corpo assim, não um conselheiro do ensino médio. Pelo perfil dele, posso dizer que tem uma barba escura, nariz afilado e lábios carnudos. Seu cabelo é uma confusão de ondas negras e bagunçadas.

doce dandelion

Quando ele se levanta, eu gemo.

Meu conselheiro do ensino médio é o Super-Homem. Dê-lhe os óculos e ele terá o olhar de Clark Kent por baixo também.

Ele é jovem, duvido que tenha trinta ainda, e gostoso.

Deus, sei que não queria um conselheiro velho assustador, mas este aqui... é lindo demais para descrever. Normal teria sido bom.

Ele escova as mãos grandes na frente das calças e, em seguida, passa uma nas cadeiras.

— Sente-se.

Tenho certeza de que ele já me disse isso uma vez, mas eu estava distraída com ele curvado. Deveria ser ilegal uma bunda ser tão firme.

Removendo a mochila, a coloco no chão antes de me sentar na cadeira de plástico rígido.

Ele se senta atrás da mesa. Também não é nada extravagante, mas está bem arrumada, embora seja apenas o primeiro dia e suponho que isso possa mudar. Há um diploma na parede da mesma faculdade que Sage frequentou.

— Eu sou o Sr. Taylor e você é... — Ele olha para um pedaço de papel.

Antes que possa dizer a temida palavra, eu pronuncio:

— Dani. É apenas Dani.

Ele usa as pontas dos dedos para empurrar o papel para a borda da mesa.

— Tudo bem, Dani. Parece que vamos passar o ano inteiro juntos. — Pego na ponta da minha unha, olhando para baixo. Ele pode ser agradável aos olhos, mas não significa que eu queira passar um ano inteiro falando sobre meus sentimentos com ele. — Quer falar sobre por que você está aqui?

Olho para cima e uma sobrancelha escura está elegantemente arqueada, enquanto ele espera pela minha resposta. Eu me pergunto vagamente como ele faz isso. Não consigo mexer uma sobrancelha só; se eu tentasse, pareceria como se estivesse tendo uma convulsão.

— Tenho certeza que você sabe por que estou aqui.

Não há como ele não saber quem eu sou. O tiroteio estava em todos os noticiários depois que aconteceu. É irônico, porém, que aqueles que foram rápidos em correr para a cena com suas câmeras para cobrir o horror nunca fizeram nada real para ajudar qualquer um de nós. Eles só queriam lucrar com a nossa dor, usar nosso trauma como uma ferramenta política em vez de tentar nos reunir como o que somos — pessoas. Não pode haver mudança sem compreensão.

— Sim, o Sr. Gordon me informou brevemente sobre a sua história.

Minha história.

A dor, o medo, a determinação e o horror de tudo se resumem em duas simples palavras inócuas.

— Então você sabe tudo o que precisa saber.

Levo várias tentativas para engolir a saliva quando minha garganta se fecha. Sinto a batida reveladora do meu coração acelerar um pouco. Meus dedos tamborilam levemente contra as pernas.

Os olhos do Sr. Taylor baixam como se ele pudesse ver o tique, mas acho que não consegue, não com sua mesa entre nós.

Olho ao redor da sala, para os pôsteres padrão da escola na parede com crianças sorridentes e frases estúpidas que são destinadas a motivar, mas apenas soam ridículas.

— Eu sei o que me disseram — ele responde, a voz profunda. — Mas não como você se sente, ou o que pensa.

Umedeço meus lábios, olhando fixamente para a parede à minha direita. Meu pulso salta com a sensação dele olhando para mim. Esperando. Esperando por palavras, esperando por uma reação, apenas esperando.

— Vamos começar simples. — Com o canto do olho, o vejo se levantar. Ele anda ao redor de sua mesa e para na minha frente. Sua perna roça a minha que está cruzada sobre o joelho e ele se senta na cadeira à minha esquerda. — Dani? — solicita.

É pela simples razão que ele me chama de Dani em vez de Dandelion que viro a cabeça na direção oposta e o encaro.

O medo está rastejando pelo meu corpo como um xarope pegajoso entupindo minhas veias, pronto para me sufocar.

— Como você está?

A resposta padrão seria boa. Ou bem. É o que todo mundo responde, se é verdade ou não.

Pressiono meus lábios, esperando que ele não possa ver o quanto estou tremendo, mas tenho certeza de que vê. É óbvio, afinal. Estou tremendo como uma folha, ou, como minha mãe teria dito, balançando como um dente de leão ao vento.

— Mal.

— Mal. — Não é uma pergunta. — Por quê?

Meus olhos examinam a sala mais uma vez, procurando a coisa que está faltando.

— Não há janela.

doce dandelion

Minha admissão sai de mim em um sussurro quase inaudível.

Ele olha ao redor da sala, como se não soubesse que não havia uma. Para outra pessoa, tenho certeza de que não é grande coisa. Meu medo de não ter acesso à janela é bobo, até para mim, porque naquele dia o refeitório tinha muitas janelas, mas em um espaço aberto não éramos nada além de alvos fáceis de qualquer maneira. Prontos para a colheita.

— Bem — ele se levanta, estendendo a mão para mim —, vamos então para algum lugar com uma janela.

Minhas sobrancelhas franzem e olho para sua mão. É grande e bronzeada, o tipo de mão que parece capaz e forte, como se ele pudesse construir uma casa com elas, se quisesse.

— Sério?

Ele inclina a cabeça.

— Se você está desconfortável aqui dentro sem uma janela, então sim, vamos para outro lugar.

— O-Ok — guincho de surpresa, colocando a mão na dele. Ele me puxa para cima e me solta antes de pegar minha mochila e colocá-la sobre o ombro largo.

— Vamos — ele abre a porta e espera que eu saia, fechando e trancando atrás de nós com uma chave —, vamos usar uma das salas de reuniões hoje.

Hoje. Ou seja, no futuro, talvez eu não tenha esse luxo.

Respiro um pouco mais fácil enquanto caminhamos pelo corredor branco brilhante, atravessando o ambiente por armários vermelho-cereja. Ele me leva para o escritório principal, passando pelo do diretor Gordon instalado dentro dele, acenando para as secretárias.

Ele chega a uma porta e a abre, acendendo uma luz no processo. Dentro da sala há uma parede de janelas, uma cerca de árvores que se ergue na metade do caminho. Há uma longa mesa com pelo menos vinte cadeiras. Escolho a mais distante da porta.

Ele me segue para dentro e coloca minha mochila aos meus pés, antes de se sentar na cadeira à minha frente. Atrás dele, olho pela janela para o gramado da frente, respirando um pouco mais fácil.

— Melhor?

Concordo com a cabeça.

— Um pouco.

Meu coração ainda não se acalmou e não consigo descobrir se tem a ver com o escritório claustrofóbico dele ou apenas ele.

— Você não tem nada para escrever — acuso, apontando para a mesa vazia à sua frente.

Ele dá de ombros, recostando-se um pouco na cadeira, mas não tanto quanto Ansel fez na aula de arte esta manhã.

— Não vou escrever nada.

— Não vai? — Surpresa colore meu tom.

Ele balança a cabeça para os lados, negando, e entrelaça os dedos. Cabelos escuros salpicam seus dedos.

— Não estou aqui para te julgar, Dani, ou tentar te entender. Eu gostaria de ajudá-la, mas você tem que estar disposta a me deixar.

— Não sei como fazer isso — admito, pegando o pedaço teimoso de esmalte ainda preso no meu dedo. Preciso repintá-las, mas não senti vontade. Amarelo é minha cor favorita, e minha cor de costume, mas agora não parece o que preciso. Talvez um roxo ou um azul, algo suave, mas de tom cinza.

— Comece falando — Sr. Taylor interrompe meus pensamentos.

— Sobre o quê?

— Qualquer coisa. O que você quiser. Pode ser tão simples quanto o que você comeu no café da manhã.

Meus olhos vagueiam para a vista da janela mais uma vez. A bandeira americana ondula ao vento. Fora isso, está vazio, o gramado assustadoramente parado.

— Não tomei café da manhã.

— Almoço?

— Um sanduíche de peru. O pão estava velho e a alface emborrachada.

Seus lábios se curvam como se ele estivesse tentando não rir ou sorrir.

— Não escolha o peru aqui, é uma droga. Experimente a salada de frango. — Abro a boca para protestar, porque uma salada de frango de escola parece a coisa mais nojenta que eu poderia comer, mas ele me interrompe: — Sra. Norris, a chefe do refeitório, faz ela mesma. É boa, eu prometo.

Acho que o surpreendo quando me aproximo, segurando o dedo mindinho da minha mão direita.

— Promessa de mindinho?

Ele olha para meu dedo estendido contemplativamente antes de envolver seu dedo muito maior ao redor do meu.

— Promessa de mindinho.

Nossos dedos caem e me sento para trás.

— Vou tentar amanhã então.

doce dandelion

Ele sorri, um gesto genuíno de satisfação.

Estou tentando. Tenho que tentar. Se leva um dia de cada vez para melhorar, tenho que começar de algum lugar. Uma simples conversa, um potencial aliado... eu posso fazer isso.

A campainha toca e me levanto, colocando a bolsa no ombro.

— Vejo você amanhã, Dani.

Eu não respondo, em vez disso, saio pela porta e vou para minha próxima aula, agradecida pelo dia estar quase acabando.

capítulo 5

As luzes na farmácia são desagradavelmente brilhantes.

Eles as mantêm assim para que as pessoas comprem mais rápido e deem o fora daqui?

Examino as prateleiras de esmaltes. Todos os tons de azul e roxo imagináveis, mas de repente não estou a fim deles, em vez disso, estou gravitando em direção aos laranjas. Talvez seja a amante do outono em mim.

Pego alguns tons, lendo os nomes — um esmalte tem que ter um nome engraçado ou não vou comprá-lo. Finalmente, escolho uma laranja ferrugem retrô da OPI chamado *Descascando a minha história*.

Eu me pergunto quem é contratado para inventar esses nomes e como eu poderia conseguir o emprego deles.

Meu coração está em Verde Perto.

Amarelo é o deserto.

Eu deveria começar a manter uma lista com as minhas ideias.

Meu telefone começa a tocar no bolso de trás e o pego. O nome de Sage me encara de volta e eu estremeço, começando a andar pelo corredor de doces — não posso ir à farmácia e não comprar doces, isso é loucura.

— Olá?

Ele exala, aliviado.

— Você está bem.

— Sim.

— Acabei de chegar do trabalho, onde você está? Não há nenhum bilhete, e você não mandou uma mensagem. Fiquei preocupado quando você não estava no apartamento.

— Sinto muito. — Realmente sinto, porque deveria ter sido mais atenciosa. Esqueço que, embora o trauma de Sage seja diferente, ele passou por muita coisa nos últimos meses. — Eu corri para a farmácia. Queria comprar um novo esmalte.

— Dani, você tem um milhão.

doce dandelion

— Eu queria outro. Nenhum deles estava certo.

— Bem, quer que eu vá buscá-la?

— Estou a um quarteirão de distância. Vou pegar alguns doces, fazer o pagamento e estar em casa em alguns minutos.

— Eu trouxe comida chinesa para casa para o jantar.

— Parece gostoso. Eu... eu te amo, Sage.

— Também te amo, D. Só... me avise da próxima vez para onde você vai, por favor?

— Eu vou. Promessa.

Desligo o telefone, colocando-o cuidadosamente no bolso.

Pego um saco de Hershey's Kisses para mim e uma caixa de Milk Duds para o meu irmão.

Não demoro muito para pagar e faço a curta caminhada de volta ao prédio. Esse é o lado positivo do meu irmão morar em um condomínio, estou a uma curta distância de tudo.

Entro no prédio elegante e entro no elevador até o andar dele.

Uso minha chave presa a um chaveiro que diz EU AMO NY de uma viagem em que fomos lá quando eu era muito jovem, antes de o meu pai morrer. Eu nem me lembro da viagem, mas o chaveiro era dele e agora é meu. É uma das únicas coisas dele que tenho.

A porta se fecha atrás de mim com um estrondo como uma pesada porta de quarto de hotel. O cheiro de comida chinesa emana das sacolas plásticas no balcão. Um rosto sorridente amarelo decora a frente deles.

— Sage? — chamo. — Voltei.

Andando pelo corredor até a área do quarto, ouço o chuveiro ligado no banheiro principal.

Coloco o esmalte no meu banheiro — também conhecido como banheiro do corredor — e o Hershey's no meu quarto. Os Milk Duds decido colocar na frente dos sacos de comida chinesa. Não tinha pensado nisso como uma oferta de paz, mas acho que meio que é.

O chuveiro chia quando é desligado. Puxo alguns pratos do armário, colocando nossas comidas favoritas; em seguida, despejo um copo de água para cada um de nós.

Alguns minutos depois, Sage entra, seu cabelo castanho-dourado úmido do chuveiro.

— Estou morrendo de fome — comenta, abrindo a geladeira e pegando uma cerveja.

Sage raramente bebe, então, quando bebe, sei que teve um dia difícil no trabalho ou é por minha causa.

Meu instinto me diz esta noite que é o último.

Nós nos sentamos nas banquetas de couro na bancada de granito preto e elegante.

— Como foi o trabalho? — pergunto, ao mesmo tempo que ele:

— Como foi a escola?

— Você vai primeiro — digo a ele. Isso me dá tempo para formar uma resposta.

Ele engole um pouco de cerveja, olhando para seu prato de porco *lo mein*.

— Foi bom. O mesmo de antes. Sem novidades.

— Vamos — forço um sorriso, batendo nele de brincadeira com meu cotovelo. — Você tem que me dar mais do que isso. Eu mal sei o que você faz.

Tudo o que sei é que meu irmão é um nerd de tecnologia e muito bom com computadores.

— Não é tão emocionante. — Outro gole de cerveja. Talvez eu não seja a culpada por seu consumo de álcool esta noite, afinal. — Na maioria das vezes, mantenho os computadores e o sistema funcionando.

— Parece interessante para mim — reflito, espetando um pedaço de camarão à milanesa.

— Agora me fale sobre a escola. Correu bem com o conselheiro lá? Ele me enviou um e-mail sobre uma reunião no final desta semana.

Quase engasgo com a comida, tossindo até que o pedaço de camarão se desprende. Tomando um gole de água, deixo escapar:

— Por que você vai se reunir com ele?

— Você está bem? — Sage olha para mim com as sobrancelhas franzidas e os olhos cheios de preocupação.

— Estou bem.

— Ele pensou que, já que te aconselharia durante o ano letivo, deveríamos nos encontrar, então vou saber com quem você vai se encontrar.

— Ah.

— Se você não quiser, eu não preciso.

Balanço a cabeça.

— Não, tudo bem, eu... ele prometeu que qualquer coisa que eu compartilhasse com ele seria confidencial. Eu não... não quero confiar em alguém e ter essa confiança quebrada.

Sage se encolhe e meu peito dói. Tenho certeza de que ele gostaria que

doce dandelion

eu falasse com ele, me abrisse. Ele tem que ver que sou uma garota diferente, uma irmã diferente daquela que ele cresceu tomando conta.

— Ele não vai me contar nenhum dos seus segredos, Dani. — Seu tom é um pouco áspero.

— Sage...

Ele nega com a cabeça, pegando sua cerveja e drenando o que sobrou. Levanta e joga a garrafa vazia no lixo antes de pegar outra e abrir a tampa.

Posso não ter sido a razão pela qual ele estava bebendo antes, mas é certo que sou agora.

capítulo 6

Sentada na minha aula do segundo período do dia, Governo, decido que a escola é uma grande piada. A professora, Sra. Spencer, passa os primeiros dez minutos olhando para o telefone, os próximos cinco minutos citando as regras de sua sala de aula — uma das quais, ironicamente, é nenhum uso de celular — e então o resto dos noventa minutos nos deixa nos nossos próprios dispositivos. Nas palavras dela, é só o segundo dia, não tem sentido trabalhar.

Sim, qual poderia ter o sentido nisso?

— Isso vai ser uma droga — a garota na minha frente fala lentamente. Ela se vira, olhando para mim. Seu longo cabelo loiro é encaracolado, bem abaixo dos ombros. — Oi.

Meu nariz enruga.

— Oi.

— Eu sou Sasha.

— Dani.

— Prazer em conhecê-la. — Ela sorri e parece genuíno. Parece o tipo de líder de torcida, patricinha e alegre, mas pelo menos não se mostra esnobe.

— Igualmente.

Eu sou ótima com as palavras.

Seu sorriso se alarga.

— Acho que temos outra aula juntas.

— Eu não sei. — Não estou tentando ser particularmente obscura. Eu realmente não sei, já que não prestei atenção a ninguém nas minhas aulas.

— Sim, tenho quase certeza de que você estava na minha aula de Estatística.

— Provavelmente. Eu não estava prestando muita atenção.

Ela abre outro sorriso.

— Tudo bem. Que outras aulas você tem hoje?

doce dandelion

29

Eu as descrevo e descobrimos que também temos Sociologia juntas no final do dia.

Olhando para a professora, eu a encontro lixando as unhas, sem prestar atenção em nós.

— Bem — digo para Sasha, pegando minha mochila do chão e colocando-a sobre meus ombros —, eu estou fora.

— O que você quer dizer? — pergunta, confusa.

Quando saio da sala e a professora nem percebe, acho que ela entende. Há uma chance de eu ter problemas por isso, mas é melhor do que a alternativa de ficar presa na aula por mais uma hora sem fazer absolutamente nada. Duvido que a Sra. Spencer sequer vai perceber a minha partida.

Passeando pelo corredor, paro para olhar a enorme fileira de janelas. Elas inundam o corredor com luz e eu paro, absorvendo-a. O sol sempre aqueceu e acalmou minha alma.

— Dani? — Eu me assusto com a voz do Sr. Taylor.

Viro-me da janela e encontro-o caminhando em minha direção, apenas alguns metros nos separando agora. Ele está vestido de forma semelhante à de ontem, exceto que hoje suas calças são cinza e sua camisa, branca. Meus olhos se fixam em sua mão, notando o sanduíche cuidadosamente embrulhado.

— Salada de frango? — Ele parece confuso. — O sanduíche. — Aponto para o que está em sua mão. — É salada de frango?

— Uh, sim, é. — Ele balança a cabeça, como se estivesse tirando a névoa da minha pergunta. — Você não deveria estar na aula?

— Minha professora não deveria estar ensinando? — zombo.

Ele aperta os lábios sem uma resposta clara.

Olho para trás pela janela, descansando a mão contra o vidro aquecido.

— Minha mãe sempre disse que eu fazia jus ao meu nome. Eu precisava do sol para prosperar e da liberdade para me mover. — Olho para o Sr. Taylor e ele está me estudando cuidadosamente. Não diz nada, mas posso dizer que ele está pensando. — Não posso me mover como costumava fazer antes, não mais.

Eu me afasto dele, o leve mancar que ainda tenho me atrasando.

Ele não me diz para voltar para a aula.

Acho que talvez saiba que essa sou eu tentando.

Tentando ser honesta. Tentando dar uma verdade. Tentando melhorar.

Você tem que começar em algum lugar, um pequeno passo doloroso de cada vez.

— Meadows, a biblioteca é para ler, não para comer.

Olho por cima do meu sanduíche de salada de frango e encontro Ansel sorrindo para mim.

— Se importa se eu me juntar a você?

Aponto para a mesa vazia. Não posso impedi-lo de sentar onde quer, mesmo que haja muitos outros lugares na biblioteca. Ele puxa a cadeira na minha frente, batendo sua bolsa em cima. Pega um saco de papel com o almoço, um bloco de desenho e lápis.

Ele come seu sanduíche, manteiga de amendoim e geleia, percebo, e me diz com a boca cheia:

— Sabe, se vamos ser amigos, você vai ter que começar a conversar mais.

— *Pourquoi devrions-nous être amis?*

— Por que não seríamos amigos? — ele contra-ataca facilmente. Enfia outro pedaço de sanduíche na boca e abre o bloco de desenho. — Eu sou incrível. Todo mundo quer ser meu amigo.

— Tanto assim? — Mordisco meu sanduíche. O Sr. Taylor estava certo. É muito melhor do que o peru e caseiro. Infelizmente, não tenho muito apetite na escola.

— Eu sou ótimo pra caralho — Ansel decreta, adicionando sombreamento ao que quer que ele esteja trabalhando. Não posso dizer exatamente o que é de cabeça para baixo, mas acho que é um close do olho de um animal.

— Se você é tão fantástico, por que está na biblioteca comigo?

Ele tira uma mecha de cabelo dos olhos e me lembro de um jovem Leonardo DiCaprio em Titanic.

— Porque você não veio almoçar ontem, e vi você entrar aqui hoje. Não queria que você comesse sozinha.

— Eu estou bem se você quiser voltar para seus amigos.

— Estou bem aqui, obrigado. — Sua língua fica ligeiramente para fora e ele se inclina sobre o bloco de desenho, trabalhando em sua criação. Seu sanduíche meio comido está abandonado e esquecido ao lado dele.

— Faça como você quiser. Eu sou meio chata. — Coloco o último pedaço de sanduíche na boca.

doce dandelion

Abro o saco de batatas fritas que roubei de casa, jogando uma batata com sal e vinagre na boca. Sage zomba de mim por amá-las tanto, mas elas são as melhores batatas, na minha opinião.

— Em que você está trabalhando? — Acho que é melhor tentar ter uma conversa educada com ele.

Ele o vira para que eu possa ver.

Há um olho como eu pensei, mas ainda não sei o que é.

— É um urso — explica. — Um projeto pessoal. Eu estava assistindo a um documentário sobre a vida selvagem um dia e achei que os ursos eram legais. — Ele vira o caderno de volta.

— Gostaria de saber desenhar.

Ele olha para mim com seus estranhos olhos azuis-claros.

— Se você não sabe desenhar, por que caralhos está em uma aula de arte? Isso não faz sentido.

— Eu não me inscrevi para as aulas até ser tarde demais. Então, não escolhi nenhuma das minhas eletivas.

— Merda, isso é uma droga. Com o que mais você ficou presa?

— Sociologia e Alimentação e Nutrição.

— Sociologia... — Estremece. — Não, obrigado. Mas Alimentação e Nutrição é incrível. Eu fiz no ano passado. Nós fizemos panquecas.

— Eu provavelmente vou incendiar a escola. Não sou a mais habilidosa quando se trata de cozinha.

Ele ri, esfregando o dedo na borda de seu desenho para borrar um pouco do lápis na página.

— Eu pagaria para ver isso.

— Não se preocupe, será um show gratuito. — Ofereço meu saco de batatas fritas para Ansel e ele olha para cima, negando com a cabeça.

— Sou mais um cara de creme azedo e cebola.

Finjo suspirar.

— Isso é trágico. Essa amizade nunca vai funcionar.

Ele arqueia uma sobrancelha.

— Então, nós somos amigos agora?

O sino toca.

— Acho que vamos ter que esperar para ver.

Sr. Taylor espera do lado de fora de sua porta por mim.

Inclino a cabeça, dando-lhe um olhar interrogativo.

— Pensei em irmos para a sala de reuniões novamente, até que eu possa resolver uma coisa.

— Resolver uma coisa? — repito suas palavras, tentando entendê-las. — Se isso for um problema eu vou... — Fecho os olhos, respirando fundo. — Eu vou ficar bem.

Ele balança a cabeça para os lados.

— Não se preocupe com isso. Não é grande coisa.

Sinto que ele está mentindo. Ou talvez seja a culpa mordiscando no fundo da minha mente que eu deveria estar bem em um quarto sem rota de fuga alternativa.

Descemos o corredor em silêncio, atravessamos o escritório e vamos para a mesma sala de ontem, nos exatos mesmos lugares.

Ele ainda não tem um caderno.

Não é que eu tenha duvidado dele ontem, mas... acho que duvidei.

Estou tão acostumada com essas pessoas tentando me consertar como se eu fosse um brinquedo quebrado que só precisa de algumas baterias novas para funcionar de novo — coloque-as e eu vou ligar imediatamente — que não estou acostumada a alguém querendo escutar.

— Como foi o seu almoço?

Conversação. Eu posso conversar.

— Foi bom. Provei o sanduíche de salada de frango. Você estava certo. Era gostoso.

Ele sorri, seus olhos enrugando nos cantos. Os olhos dele são da cor mais original de azul-esverdeado com anéis de ouro. Nunca vi olhos semelhantes a eles. Como um mar do Caribe pontilhado de ilhas.

— Como está indo o seu segundo dia?

Eu ri baixinho.

— Acho que você sabe bem como está indo.

Seus lábios se curvam para baixo quando ele se lembra de me encontrar no corredor.

— Independentemente disso, você precisa ficar na aula.

— Eu preciso fazer um monte de coisas — murmuro.

— Como o quê?

— Decorar meu quarto. Falar mais com meu irmão sobre coisas reais, meus pensamentos e medos reais. Fazer amigos. — Eu me inclino sobre

doce dandelion

a mesa, gesticulando com a mão para enfatizar o que tenho a dizer. — Tenho que esculpir um esboço da nova versão de mim que se encaixa neste mundo agora que o meu antigo eu se foi.

Sr. Taylor não me dá um olhar triste e compassivo como a maioria das pessoas faria.

— Você sabe qual é a parte ruim sobre um esboço?
— Diga-me.
— Eles são facilmente apagados.

capítulo 7

Encaro aquelas paredes brancas vazias.

Aquelas paredes brancas abandonadas por Deus no meu quarto.

Sage disse que eu poderia pintá-las quando me mudei. Decorar o espaço como eu quisesse. Mas não me incomodei, porque não sei como.

A garota que eu era e a garota que sou agora são duas pessoas totalmente diferentes.

Ainda gosto de amarelo, mas o branco frio e opressivo parece de alguma forma uma opção melhor.

Amarelo significa alegria.

Vibração.

Felicidade.

Eu não estou feliz. Não quero que meu quarto faça parecer que estou.

A porta do apartamento se abre, fechando um segundo depois. Odeio aquela porta. É absurdamente barulhenta.

— D?

— Aqui — grito.

Seus sapatos sociais batem no chão. É tão estúpido para mim que ele trabalha em computadores o dia todo, mas tem que se vestir bem. Minha porta se abre um momento depois e ele me encontra deitada de bruços, navegando na internet.

— Está com fome? — pergunta, puxando sua gravata e tirando em um movimento rápido. Ele a enrola em torno da mão, esperando pela minha resposta.

— Um de nós vai ter que aprender a cozinhar.

Seus lábios se repuxam em um sorriso.

— Você sabe que eu não sei cozinhar.

— Nem eu, mano.

— Bem, até que um de nós ceda, quer comer pizza?

Meu estômago ronca.

— Sim, pizza seria bom.

— Deixe-me tomar banho bem rápido e podemos ir.

Ele desaparece no corredor de seu quarto.

Fechando meu laptop, rolo para fora da cama e escovo meu cabelo. Isso só ajuda a minha aparência uma quantidade mínima. Pegando um dos poucos batons que possuo, preencho os lábios com a cor nude. Olhando no espelho, é impossível não ver o quanto envelheci nos últimos nove meses. É verdade que não tenho rugas, nem flacidez na pele, nem fios brancos. Mas está nos olhos, e acho que essa é a pior parte de todas. Receio que a expressão assombrada neles nunca vá embora e seja uma coisa permanente com a qual vou ter que me acostumar.

Não demora muito para Sage tomar banho e se trocar. Ele me conduz para fora do prédio do condomínio e desce a rua. A pizzaria é a menor que já vi. São apenas três mesas, todas de banquetas altas com apenas dois lugares. O espaço vazio de talvez três metros está lotado de pessoas esperando para pedir ou pegar.

— Pegue aquela mesa. — Sage me direciona para a que fica no canto, onde um casal está saindo. — Eu vou pedir.

Abro caminho entre as pessoas, prendendo a respiração enquanto o faço, não porque alguém cheira mau, mas porque odeio a sensação sufocante de seus corpos pressionados contra o meu.

Finalmente chego à mesa e me sento. Há migalhas e flocos de pimenta vermelha pontilhando a mesa. Arrasto para o chão, observando-os se afastarem. Passam-se dez minutos antes de Sage fazer o pedido e se juntar a mim. O recibo com o nosso número de pedido está na mão dele.

Sentamos um em frente ao outro, mas estamos em mundos separados, sem ideia de como romper a distância. Tentamos de pequenas maneiras. Pequenas perguntas do dia a dia. Nada muito profundo. Andando na ponta dos pés em torno do trauma que nós dois sofremos. Sage pode não ter estado no prédio naquele dia, mas teve que arcar com o fardo de muitas coisas por causa disso e não deve ter sido fácil.

— Eu pedi para você a pizza de queijo sem molho de tomate.

— É a minha favorita. — Olho para minhas unhas nuas. Ainda não as pintei. Eu deveria fazer isso esta noite. — O que você escolheu?

Olho para o menu pendurado acima da caixa registradora.

— Amantes de carne.

— É claro. — Reviro os olhos de brincadeira. — O que há com os caras de terem que comer carne com tudo? É o homem das cavernas em você?

— Provavelmente. — Ele pega o frasco que contém o queijo em pó e o sacode, franzindo as sobrancelhas e olhando para um pedaço que está grudado. — Quer fazer alguma coisa neste fim de semana? Você não fez muito desde que chegamos aqui e isso é em parte minha culpa. Eu deveria ter te mostrado mais a cidade, te levado para explorar ou alguma merda assim. Foda-se — pressiona as palmas das mãos nos olhos —, eu sou o pior irmão de todos os tempos.

Eu só estava bem o suficiente para deixar o hospital em maio. Estamos quase em setembro, o que significa que ele passou seis meses longe de casa, trabalhando remotamente, para poder ficar comigo no hospital. Uma vez que me mudei para cá, ver a cidade era a última coisa em minha mente e eu definitivamente não esperava que ele tirasse mais tempo para me mostrar.

— Não, você não é, Sage.

Ele solta um suspiro.

— Você fez muito mais do que a maioria dos irmãos jamais faria. Ficou ao meu lado no hospital... meu Deus, Sage, você se mudou para o meu quarto e dormiu no sofá por meses para que eu não ficasse sozinha. Não acho que você poderia ter escapado com isso, se as enfermeiras não tivessem uma queda gigante por você. — Ele ri, abaixando a cabeça. Pode negar o quanto quiser, mas flertar com as enfermeiras era praticamente seu trabalho de meio período enquanto estava lá. — Você me trouxe para morar com você. Comprou roupas, material escolar, um computador novo. Nunca me fez sentir solitária e isso significa mais do que você jamais saberá.

Meu irmão parece que vai chorar. Estico o braço pela mesa e coloco minha mão na dele.

Ele não diz nada. Nem precisa.

Quando nosso pedido é chamado, ele desliza da cadeira silenciosamente e volta com duas pizzas frescas em caixas.

— Quer voltar para o condomínio? — pergunto a ele. — Nós poderíamos colocar um filme.

— Não. — Ele balança a cabeça, olhando pela janela para os carros e pedestres que passam, todos alheios aos simples horrores que podem destruir nossas vidas em minutos. Segundos. — Vamos ficar fora por um tempo.

— Ok. — Abro minha caixa de pizza, inalando o perfume celestial. É minha comida favorita e juro que poderia viver disso. Honestamente, a pirâmide alimentar é um triângulo, assim como a pizza, portanto, tudo o que você precisa para uma dieta equilibrada é pizza.

doce dandelion

Dou uma mordida na delícia de queijo, abafando um gemido.

— Esta pode ser a melhor pizza que eu já comi.

Na minha frente, Sage sorri, espanando mais queijo na dele e depois uma camada grossa de flocos de pimenta vermelha.

— É a minha favorita.

— Isso pode ser perigoso — eu o advirto com a boca cheia. — Este lugar fica na mesma rua e eu poderia viver disso.

— Tem espinafre. É praticamente uma salada. — Ele pisca e eu rio.

É bom por pelo menos um momento me sentir feliz. Esse é o lance do trauma, medo, tristeza — tudo isso —, você não sente essas emoções totalmente 24 horas por dia. Há breves momentos de alívio e, quando você os tem, aprende a apreciá-los.

Sentar-se neste buraco de loja, comendo pizza com meu irmão, é uma das coisas mais simples do mundo, mas sei que essa memória ficará comigo para sempre, porque, no momento mais sombrio da minha vida, esse é um ponto brilhante.

capítulo 8

Esse é o último dia da minha primeira semana do último ano e está se arrastando.

Mais do que o normal, de qualquer maneira.

Mas pelo menos sobrevivi aos primeiros cinco dias, mesmo que eles tenham testado minha paciência com a pura monotonia de tudo isso. Honestamente, o dia inteiro poderia ser condensado em algumas horas, mas eles nos sujeitam a quase sete horas disso. Isso é mesmo humano?

— Eu não sei por que você não come no refeitório. Há muito espaço na mesa em que normalmente me sento com meus amigos.

— Então vá se sentar com eles — digo, soltando a porta da biblioteca. Ele a pega, seguindo atrás de mim até a mesa que se tornou minha esta semana. Estou grata que nenhum dos bibliotecários se importe comigo, ou com a gente, comer aqui, desde que limpemos.

— Nah, eu estou bem aqui com você, mas se tem medo de não ter onde sentar, isso não é verdade.

Sei que Ansel me colocaria de bom grado em seu grupo de amigos. Mesmo Sasha, que conheci mais em nossas aulas compartilhadas, provavelmente me deixaria sentar com ela.

— Prefiro o silêncio e a solidão. — Dou a ele um olhar aguçado, colocando meu sanduíche, de salada de frango, na mesa, antes de retirar minha mochila. Coloco as alças sobre a cadeira e me sento.

Ansel se atrapalha com a bolsa, tirando seu almoço e bloco de desenho antes de finalmente se sentar também.

— Eu posso ficar quieto, Meadows. Você não saberá que estou aqui.

Ele abre o bloco em uma página com um desenho mal começado e desembrulha seu almoço. Ele coloca tudo em uma fileira organizada. Hoje ele trouxe uma maçã, barra de proteína e iogurte. Sua bebida é um Kool-Aid azul, daqueles em garrafas plásticas com a tampa torcida. Ele espalha seus lápis e pega um.

doce dandelion

— No que você está trabalhando agora? — Aceno com a cabeça para o bloco.

Ele tira uma mecha de cabelo dos olhos e me encara.

— Shh, este é um momento de silêncio e solidão.

— *Touché.* — Rio levemente, desembrulhando o papel filme do meu sanduíche.

Ansel trabalha em seu esboço, dando mordidas em seu almoço no meio. Eu como, mas não tenho mais nada para me ocupar. Nunca fui muito de ler, mas, olhando ao redor nas prateleiras, me pergunto se talvez eu deva começar. O dever de casa e a internet só podem ocupar parte do meu tempo agora que não posso correr.

Ansel olha para mim entre as mechas de seu cabelo.

— Eu estava brincando, sabe. Nós podemos conversar.

Sigo um grão na madeira da mesa com a unha.

— Não tenho ideia do que falaríamos. Nós nem nos conhecemos de verdade.

Não estou sendo má, mas ainda não conheço Ansel o suficiente para manter uma conversa fácil e detesto conversa fiada.

Ele coloca o lápis na mesa, que começa a rolar. Ele o pega antes que caia. Afastando o bloco de desenho para o lado, cruza os braços sobre a mesa, inclinando-se para mais perto de mim.

— Se você quer que a gente se conheça, é melhor fazer perguntas.

Eu franzo a testa.

— Eu não gosto de perguntas.

Ele aperta os lábios, lutando contra um sorriso.

— Ah, Dandelion Meadows, como você me diverte.

— Dani — corrijo automaticamente, colocando uma mecha de cabelo atrás da orelha.

— Dani — ele imita.

Nós terminamos nosso almoço e limpo o lixo, enquanto ele dobra seu bloco de desenho e o coloca na bolsa. Volto à mesa para pegar minha mochila, mas Ansel me impede. Ele agarra meu braço e, antes que eu possa perguntar o que está fazendo, rabisca dez números na parte interna do meu antebraço com caneta preta.

Ele olha para mim com olhos azuis fantasmagóricos.

— Se você decidir que gosta de perguntas.

A campainha toca e ele pisca, me lançando um sorriso arrogante antes de desaparecer, deixando-me de pé na biblioteca, atordoada e confusa.

Não me incomodo em encontrar o Sr. Taylor em sua sala, indo direto para a de reuniões. Quando entro no escritório principal da escola, uma das secretárias me para.

— Ah, não, querida. O Sr. Taylor foi transferido para um novo escritório. Vocês não vão se encontrar mais aqui.

— Onde...

— Dani. — Ao som da voz calorosa do Sr. Taylor, eu me viro. Seu corpo se inclina pela metade para dentro do escritório principal e ele abre um sorriso vitorioso para a secretária. — Obrigado, Glenda, eu cuido dela. — Ele gesticula para que eu me junte, flexionando o braço ao fazê-lo. Considerando que trabalha em uma escola o dia todo, cinco dias por semana, me pergunto quando ele tem tempo para malhar.

Eu o sigo para fora da sala, confusa sobre o que está acontecendo.

— Ela disse que você tem um novo escritório?

Ele acena com a cabeça em concordância, olhando para mim enquanto caminhamos lado a lado para longe do escritório principal, depois passamos pelo que era dele.

— Sim, pedi para ser transferido.

— Por quê? — Não consigo entender por que ele iria querer mudar seu escritório. Isso parece bobo. Mesmo que o lugar fosse escassamente decorado, ainda era dele.

Ele dá de ombros, esfregando a mão sobre o queixo barbudo. O relógio em seu pulso esquerdo reflete a luz.

— Precisava de uma mudança.

Descemos por um corredor que nunca estive antes. Há algumas portas pelas quais passamos, a maioria marcada como um depósito ou armário de suprimentos. Passamos por uma sala comunitária que a escola aluga antes de fazer outra curva e parar em frente à porta final.

— Este lugar está fora do caminho — comento, enquanto ele enfia a mão no bolso, tirando sua chave. — Não entendo por que você teve que se mudar e vir parar aqui.

Ele olha para mim, deslizando a chave na fechadura.

— Aquela sala era um pouco pequena. Meio escura. Achei que algo diferente seria bom e o Sr. Gordon concordou.

Ele abre a porta, gesticulando para eu entrar primeiro.

Minha respiração fica presa e quase desabo em lágrimas, pega de surpresa como eu estou.

O calor de seu corpo pressiona atrás de mim, já que estou bloqueando sua entrada na sala.

Mas não consigo me mexer. Estou congelada.

Minha mão direita vai até a boca, meus dedos tremendo.

— Dani? — Ele está preocupado, preocupado por ter feito algo errado ou talvez até desencadeado algo.

Se ele desencadeou alguma coisa é gratidão.

É apenas meu quinto dia de aula, nosso quinto encontro, e ele já se esforçou para me acomodar. Esta é a última coisa que eu esperaria que ele fizesse. Ele não me deve nada, mas me deu tudo.

Olho pela janela. Para a luz do sol. Para a liberdade que ele inconscientemente me deu. As cortinas estão abertas, banhando a sala em um tom amarelo quente. Há caixas de livros e coisas ao redor, ele não terminou totalmente a mudança, mas sua mesa está aqui e, em vez das cadeiras, há uma namoradeira de aparência confortável.

Eu me viro e nos surpreendo, envolvendo os braços ao redor de sua cintura e o abraçando. Enterro o rosto em seu peito duro, represando minhas lágrimas, mas elas vêm de qualquer maneira. Eu odeio chorar, mas, quando elas vêm, eu as abraço. Tenho certeza de que estou arruinando sua camisa, mas ele não me diz para parar ou me afastar. Um momento se passa antes que ele hesitantemente envolva os braços ao meu redor e me abrace de volta.

Toque humano — uma coisa aparentemente normal, mas absolutamente vital para nossa sobrevivência.

Ele não me apressa, apenas me deixa abraçar minhas emoções.

Eu finalmente o solto, envergonhada, enxugando os olhos manchados de lágrimas nas costas das mãos. O preto as mancha do pouco de rímel que coloquei esta manhã e a camisa dele... sim, eu a estraguei toda.

— Eu sou uma bagunça. — Rio, tentando aliviar a nuvem pesada que se instalou. — Sinto muito pela sua camisa.

Ele olha para baixo e depois para mim.

— É só uma camisa.

Dou um passo para longe dele para que possa entrar no escritório. Ele me passa um lenço de papel de uma caixa que não notei em sua mesa e se abaixa, vasculhando uma mochila. Eu fungo, secando a última das minhas lágrimas. Eu me sinto ridícula, perdendo a calma por algo tão simples, mas não estava preparada para seu gesto gentil.

Quer dizer, ele pediu ao diretor para lhe dar um novo escritório porque sabia o quanto significaria para mim não me sentir discriminada por ter que ir para a sala de reuniões. Jogo o lenço fora em uma pequena lixeira perto da porta e guincho quando me viro para encontrar suas costas nuas e musculosas bem na minha frente.

Ele se vira ao ouvir o som, deslizando a camisa de algodão preta sobre o abdômen.

Engulo em seco, desejando que meu coração acelerado não fosse porque acho meu conselheiro atraente.

— Me desculpe por isso. — Ele pega a cadeira de trás de sua mesa, puxando-a para frente. Acenando com a mão, indica o sofá à minha esquerda. — Sente-se.

— Ah, sim, certo. — Balanço a cabeça. Estou atrapalhada com toda essa situação.

— O que tem no seu braço? — ele pergunta, inclinando-se para frente e envolvendo a mão em volta do meu pulso, virando meu braço para que os números pretos o encarem. Ele levanta uma sobrancelha, me dando um meio sorriso. Solta meu braço e se senta.

— Um número de telefone — respondo, mesmo que ele já saiba disso.

— Fazendo amigos?

— Fazendo... alguma coisa — termino, com um pequeno encolher de ombros. Sua sobrancelha arqueia novamente e explico: — Não sei o que o Ansel é.

— Um menino?

— Bem, eu sei disso, mas não sei o que quero que ele seja. — Suas sobrancelhas sobem ainda mais na testa. — Não assim — protesto, corando. — Eu só... — Olho pela janela, permitindo-me um momento para respirar fundo e me reagrupar. O Sr. Taylor espera pacientemente, sem tentar forçar nenhuma palavra de mim. — Não sei se eu quero... amigos.

Ele se inclina para frente, apoiando os cotovelos nos joelhos.

— Por que você não iria querer amigos, Dani?

Fecho os olhos.

Ouço o riso cortado por gritos, depois berros, depois o horror dos minutos que se seguiram.

Abro meus olhos, encarando o oceano azul dos dele.

— Porque dói demais.

doce dandelion

capítulo 9

A água do chuveiro cai em cascatas sobre o meu braço, mas os números pretos não mancham. Esfrego vigorosamente neles com uma toalha. Eles ficam mais apagados, mas não desaparecem. Meu braço começa a ficar vermelho e deixo o pano cair no chão do chuveiro com um plop.

Inclinando a cabeça para cima, deixo a água bater no meu rosto.

Ela pinga contra a minha pele e enfio os dedos pelo cabelo molhado.

Abrindo a boca, eu grito.

Grito, porque tenho que fazer alguma coisa. Tenho que liberar as emoções dentro de mim de alguma forma. Se não fizer isso, elas vão me sufocar, extinguir minha vida de dentro para fora.

Não quero ser quebrada, mas não sei como ser inteira. Como posso abraçar novas pessoas em minha vida quando sou um vaso quebrado com cacos ameaçando esfaquear quem tenta se aproximar?

Saindo do chuveiro, seco meu corpo, prendo meu cabelo e visto uma calça de pijama de algodão com bananas e uma das velhas camisas universitárias de Sage que roubei anos atrás. O número no meu braço agora é de uma cor cinza lamacenta. Eu o encaro sem piscar.

Depois que disse ao Sr. Taylor que não queria amigos porque dói demais, ele me disse:

— Às vezes nós temos que sofrer para sermos lembrados de que as melhores coisas da vida nos trazem alegria e dor.

Realmente não entendo o que isso significa, mas talvez faça sentido um dia.

Pego meu telefone do balcão e coloco o número de Ansel nele antes de mudar de ideia.

Só porque salvei seu número não significa que tenho que mandar uma mensagem para ele.

Estou sentada no balcão da cozinha pintando minhas unhas de um laranja *Descascando a minha história* quando Sage finalmente chega em casa. Meus olhos se movem para o relógio no micro-ondas, piscando em azul o fato de que ele está atrasado.

Ele deixa sua bolsa de trabalho na porta, desabotoa a gola da camisa e pega uma cerveja da geladeira.

Virando-se, apoia os cotovelos no balcão inferior, tomando um gole do líquido âmbar. Ele passa os dedos da mão esquerda grosseiramente pelo cabelo, bagunçando-o, antes de exalar um suspiro pesado.

— Por favor, me diga que seu dia na escola foi melhor que o meu.

Pressiono os lábios juntos.

— Foda-se — ele geme, engolindo mais.

— Não foi tão ruim. — Tenho de dar alguma esperança ao meu irmão. Se há algo neste mundo que todos nós merecemos é esperança.

Ele solta um grunhido rouco e incrédulo.

— Por que você não se demite?

— Temos que ter dinheiro, D. — Virando-se, abre a geladeira e começa a vasculhar o conteúdo escasso.

O banco range no chão de ladrilhos enquanto me arrasto para a frente.

— Você tem dinheiro da casa, do seguro de vida...

Seus ombros enrijecem, puxando para cima até que seu pescoço desapareça.

— Não vou tocar nesse dinheiro fodido a menos que eu precise.

— Sage...

Ele se vira bruscamente, batendo a mão contra o balcão de granito preto.

— Eu nem deveria ter esse dinheiro. Vou usá-lo para cuidar de você, Dani. Mas não vou tocar nesse dinheiro fodido para viver porque odeio meu trabalho. Isso é dinheiro de sangue que fica em uma conta porque nossa mãe foi assassinada. — Estremeço, mas ele continua. E eu deixo, porque claramente isso está pesando sobre ele. — A morte dela não será meu ganho.

— Ela não gostaria que você fosse infeliz.

Ele deixa cair a cabeça nas mãos, em seguida, abaixa-as lentamente, olhando para mim com olhos castanhos cheios de lágrimas.

— Eu não sou... eu não sou infeliz, Dani. Você não entenderia o quão desagradável e cruel este mundo pode ser.

Sinto como se tivesse sido esfaqueada. Aperto minha tampa de esmalte e deslizo para fora do banco. Suas sobrancelhas franzem enquanto ele me observa pegar minhas coisas.

Segurando minhas coisas nas mãos, olho para ele do outro lado do balcão.

— Sim, Sage, eu, de todas as pessoas, não sei absolutamente nada sobre esse mundo frio e cruel.

Ele se endireita, horror contorcendo seu rosto.

— Dani, eu...

Eu me afasto, indo para o meu quarto. Por cima do ombro, digo:

— Pedi comida indiana.

Ouço seus passos atrás de mim, mas, assim que chego ao quarto, eu tranco a porta.

Ele para do outro lado.

Ele não bate.

Ele não diz nada.

Porque não pode.

Não pode fazer isso melhorar.

Não pode retirar suas palavras.

Não pode trazer mamãe de volta.

Encaro a porta e percebo que é assim que toda a minha existência vai ser a partir de agora.

Sempre haverá uma parede me separando de todos os outros, porque eles nunca entenderão o verdadeiro horror ao qual sobrevivi.

O triste é a frequência com que essas coisas estão acontecendo, o número de mortes aumentando, os sobreviventes lidando com a culpa, mas estamos sendo esquecidos, porque, no final do dia, nós não somos nada.

A comida chega e Sage bate na minha porta.

— D? A comida está aqui. Por favor... porra, por favor, saia.

Agarrando meu travesseiro no peito, fecho os olhos. Não gosto de brigar com Sage. Ele é meu irmão, meu melhor amigo, o último da minha família.

Espero pelo som de seus passos se afastarem antes de deslizar para fora da cama, deixando cair o travesseiro na superfície amarrotada.

Abrindo a porta, ando pelo corredor e encontro Sage espalhando as caixas brancas para viagem na mesa de centro.

Ele se endireita quando entro na sala, as mãos nos quadris, e exala um suspiro pesado.

— Desculpe, Dani. Eu não deveria ter dito aquilo. O trabalho tem sido difícil e estou um pouco irritado. Explodir em você foi errado.

— Sinto muito também.

Ele me envolve em seus braços, me abraçando forte. Descansa o lado de sua bochecha contra o topo da minha cabeça.

— Você é tudo que me resta neste mundo, D. Nós temos que ficar juntos.

Eu me agarro mais a ele.

Ele me libera do abraço, mas continua segurando meus ombros. Não diz nada, apenas me encara como se estivesse tentando memorizar minhas feições.

Finalmente, ele solta e dá um passo para trás, limpando a garganta.

— Vamos, uh, comer então.

Ele pega água da geladeira e nos sentamos no chão em frente à mesa de centro.

— Quer colocar um filme? — pergunto a ele, abrindo as tampas das caixas para viagem.

— Claro. Escolha o que quiser.

Ele me entrega o controle remoto e percorro as opções.

— Crepúsculo! — grita, indignado. — Você ainda está chateada, não é?

Deixo cair o controle remoto no colo.

— Acontece que eu amo esses filmes, mesmo que nunca tenha lido os livros.

Ele solta um suspiro e puxa uma das caixas para mais perto de si, cavando o conteúdo fumegante.

— Todo o primeiro filme é melancólico — resmunga.

— Deve parecer triste e chuvoso — defendo, dando uma mordida na comida.

Sinto seus olhos em mim quando o filme começa com o monólogo de abertura de Bella.

— Não posso acreditar que já tive que aturar isso anos atrás, quando você tinha doze anos, mas agora? Estou ferido.

doce dandelion

— Você disse que eu poderia escolher. — Aponto meu garfo para ele como lembrete.

Ele franze a testa.

— Sim, você está certa. Vou ficar quieto.

Duvido que ele vá, mas agradeço o gesto. Queria colocar um filme de conforto e essa franquia me lembra de tempos melhores e mais felizes.

Quando o filme está na metade, Sage embala os restos de comida e os guarda. Eu me movo para o sofá, me enrolando debaixo de um cobertor, e estou mais do que um pouco surpresa quando Sage se junta a mim, sentando-se na extremidade oposta.

Eu me sento, lutando contra um sorriso.

— Espere, você está assistindo o resto de Crepúsculo de bom grado comigo?

Ele revira os olhos e bufa antes de cruzar os braços defensivamente.

— Estou envolvido agora.

— Mas você já viu antes.

— Cala a boca — ele resmunga, bem-humorado.

Eu me recosto, me escondendo debaixo do cobertor.

Quando o filme acaba, começo o próximo e Sage não faz nenhum movimento para sair.

Nós assistimos todo o segundo antes de decidirmos ir para a cama. Já passa da meia-noite, mas não estou com tanto sono. Finjo que estou de qualquer maneira.

Nós vamos para nossos quartos separados, mas Sage me para antes que eu possa entrar no meu.

— Sim? — Pisco para ele.

Ele aperta os lábios e engole.

— Nós temos que ficar juntos, Erva.

Aperto sua mão.

— Sempre, Capim.

Ele sorri de volta e entro no meu quarto, fechando a porta atrás de mim.

Erva e Capim.

São apelidos ridículos que costumávamos usar um com o outro anos atrás, quando éramos pequenos e constantemente nos importunávamos. Sage disse que eu era uma erva daninha irritante, sempre atrapalhando seu caminho, e eu disse que se fosse Erva, então ele era Capim. Faz muito tempo que nenhum de nós usa esses apelidos, mas esta noite é bom ouvi-los.

capítulo 10

Sentada no balcão da cozinha, enfio uma colherada do meu cereal na boca. Sage já está vestido, enquanto ainda estou relaxando em meus pijamas, e enxagua um copo na pia, esfregando-o para que nenhum resíduo de suco de laranja grude nele.

— Tenho que fazer algumas coisas hoje. Quer ir?

— Não. — Eu sempre tento passar nos finais de semana. Sage faz questão de me perguntar, mas quero que ele possa sair do condomínio e fazer coisas com amigos ou qualquer outra coisa sem eu ir junto.

— Tem certeza disso? Vou pegar alguns mantimentos, então escreva o que quiser na lista.

— Que lista?

Ele me passa o telefone, aberto no bloco de notas. Eu tenho que rir. É claro que Sage manteria a lista no telefone e não em um pedaço de papel de verdade.

Adiciono alguns itens, só porque sei que isso o faz se sentir melhor por ter coisas em casa que eu gosto.

— Tem algum plano com os amigos?

Ele balança a cabeça.

— Não.

— Sage — eu suspiro, passando o telefone de volta para ele. Ele o enfia no bolso da frente. — Sei que você tem amigos aqui. Vá fazer alguma coisa com eles. Não me deixe impedi-lo.

— Está tudo bem.

Ele realmente não parece incomodado, mas eu estou incomodada com isso. Sage construiu uma vida inteira antes de ficar preso a mim. Isso não deve parar porque estou aqui.

— Você deveria namorar. Certamente estava namorando antes de eu me mudar.

doce dandelion

Ele solta um suspiro.

— Você não precisa se preocupar com isso, Dani.

— Tudo o que estou dizendo é que você é um cara... tem necessidades, vá em frente e conquiste.

Sua boca se abre e ele engasga.

— Não, não, não. Retire isso. Não quero nunca mais que você fale sobre minhas necessidades ou conquistar qualquer coisa. Você é minha irmãzinha. Não. — Seu corpo inteiro treme como se ele estivesse tendo uma convulsão, mas, na verdade, está tentando se livrar da sensação nojenta.

— Não seja tão bebê — insisto, me levantando para limpar minha tigela vazia. — Eu tenho dezoito anos. Sei das coisas.

Ele esbarra em mim e quase derrubo a tigela no chão. Um pouco de leite cai sobre a borda, espirrando nele.

— Você não deve saber absolutamente nada. Você é muito jovem.

Eu bufo.

— Ah, Sage. Isso é adorável.

Passando ao redor dele, coloco a tigela na pia e pego uma toalha de papel para limpar a bagunça do chão.

— Quero fingir que toda essa conversa nunca aconteceu — resmunga, voltando para seu quarto.

Eu rio para mim mesma.

— Garotos.

Um minuto depois, ele sai do quarto com as chaves do carro na mão.

— Saia com seus amigos, por favor — peço. Ele para na porta, olhando para mim. Subo no balcão da cozinha, cruzando meus braços sobre a cintura. — Sei que você está preocupado comigo, e não quer que eu fique sozinha, mas me faz sentir horrível por estar mantendo você longe de sua vida — justifico. Ele abre a boca para protestar. — Sei que você está bem em estar aqui comigo, mas isso me incomoda, porque sei que você normalmente estaria fazendo outras coisas. — Posso dizer que ele ainda não está convencido. Está fazendo o que acha que é certo, e eu entendo isso, mas não quero me sentir como esse fardo constante com o qual ele sempre tem que se preocupar. — Além disso — pulo para baixo —, fiz alguns amigos na escola. Estava pensando em ver se um deles poderia sair.

Ele exala uma respiração pesada.

— Vou ver se algum dos meus amigos está livre.

— Obrigada.

Ele aponta um dedo para mim em advertência.

— Se você sair, eu preciso saber a que horas, com quem você está, o que está fazendo e a que horas volta.

— É claro. — Eu nem vou discutir com ele sobre todos esses detalhes, porque sei que vem do medo. Eu seria do mesmo jeito.

— Ok. Vejo você mais tarde.

Ele sai e eu entro no chuveiro. Não tinha planejado realmente usar o número de Ansel, mas agora me sinto culpada por não usar.

Assim que estou vestida, mando uma mensagem para ele.

Eu: Ei, é a Dani. Você está livre hoje?

Ansel: Puta merda. Você usou meu número. Os porcos estão voando? Deixe-me ir olhar pela janela.

Eu: Ha. Ha. Ha. Você não é engraçado.

Ansel: Aposto que você está sorrindo.

Eu: Não estou.

Eu estou.

Ansel: Estou livre. O que você quer fazer?

Eu: Não sei. Eu não sou daqui.

Ansel: O quê? Como eu não sabia disso? Achei que você fosse daqui. A escola é enorme, então nunca pensei em perguntar. De onde você é?

Eu: Óregon.

Ansel: Merda. Isso é maneiro. De qualquer forma, há muito o que fazer por aqui. Posso te buscar?

Eu: Sim, isso seria ótimo.

doce dandelion

51

Mando meu endereço e ele me diz que virá me buscar em trinta minutos.

Seco o que falta do meu cabelo úmido. Não me incomodo em passar a prancha, em vez disso, deixo-o em sua onda natural de praia. Agarrando o que preciso, desço para esperar.

O saguão do prédio tem piso de cerâmica brilhante e detalhes em preto e cromado. É moderno e frio, na minha opinião, mas suponho que é bonito à sua maneira.

Enfiando as mãos nos bolsos do casaco, ando com a cabeça baixa para esperar Ansel do lado de fora. Há uma área para ele parar, como em um hotel.

Antes de chegar às portas duplas para sair, algo me faz olhar para cima. Chame isso de sexto sentido, ou coincidência, não importa.

— Senhor Taylor — deixo escapar em surpresa.

Ele olha para cima do telefone, recuando quando me vê.

— Dani? — Ele se atrapalha com o telefone, finalmente enfiando-o no bolso.

Ficamos talvez a meio metro de distância, ambos confusos e sem saber o que dizer.

Eu falo primeiro.

— Você vive aqui?

— Sim. Imagino que você também?

Concordo com a cabeça.

— Eu moro aqui com o meu irmão.

— Ele está por perto?

— Não, ele saiu para fazer algumas coisas. Na verdade, espero que ele saia com os amigos. — O Sr. Taylor arqueia uma sobrancelha e eu explico: — Ele negligenciou sua vida social desde que, você sabe, ficou sobrecarregado comigo. Não quero impedi-lo de viver a vida.

— Tenho certeza que você não o impede de nada.

— Acredite em mim, eu impeço. — Olho para meus Vans amarelos, que brilham contra o azulejo preto. — Você já o conheceu? — Forço meus olhos para cima para encontrar os seus. — Ele disse que você pediu uma reunião.

Ele balança a cabeça, negando.

— Ainda não agendamos nada.

— Ah, tudo bem.

— Você não quer que nos encontremos? — Ele não soa acusador, apenas curioso.

Digo a ele a mesma coisa que disse a Sage.

— Você disse que eu podia confiar em você. Quero saber que posso.

— Não vou contar a seu irmão nada sobre o que conversamos. Isso é… eu nunca faria isso com você ou qualquer aluno.

— Certo. Obrigada. — Ele ajusta um par de óculos no nariz e, como odeio situações embaraçosas, deixo escapar: — Eu não sabia que você usa óculos.

Ele é totalmente o Clark Kent agora.

— Ah, sim. — Ele toca a lateral. — Eu tento dar um tempo aos meus olhos das lentes de contato no fim de semana.

— Você está bonito. — Estremeço. — Eu quis dizer que eles são bonitos.

Ele ri, mas quero rastejar sob a mesa mais próxima e me esconder.

Atrás dele, vejo parar o carro verde que Ansel me disse para ficar de olho.

— Meu amigo está aqui. É melhor eu ir.

Ele dá um passo para o lado, fora do meu caminho. Dou alguns passos antes que ele diga meu nome.

— Sim? — Eu me viro.

— Estou feliz em ver que você está fazendo amigos. É bom para você.

— Estou tentando.

— Eu sei.

Parece impossível quebrar o contato com seu olhar intenso, mas, de alguma forma, consigo fazer isso.

Entrando no carro de Ansel, ele me dá um olhar interrogativo.

— Quem era aquele?

— Ninguém. — Puxo o cinto de segurança pelo meu corpo enquanto ele desliza a marcha para arrancar. — Não era ninguém.

— Ok, este lugar é legal. — Giro em um círculo, olhando ao redor do café que Ansel me trouxe.

Watchtower Coffee & Comics é um lugar simples. As paredes são de um cinza-claro, exceto por uma parte que é um quadro de giz. No topo está escrito Watchtower e abaixo está o menu. Os pisos são de concreto e há muitas mesas para sentar e algumas cadeiras confortáveis, se você quiser pegar um dos quadrinhos para se aconchegar e ler.

— Estou feliz por ter gostado. — Ansel entra na fila atrás de três outras pessoas e me junto a ele.

— Você não me parece o tipo de cara dos quadrinhos.

Sua sobrancelha escura arqueia.

— Que tipo de cara você acha que eu sou?

Dou de ombros.

— O tipo artístico torturado que fuma atrás da escola e tem uma lata de lixo cheia de poemas inacabados.

Ele explode em gargalhadas, fazendo com que algumas pessoas que trabalham em seus computadores se virem e olhem para nós.

— Isso foi muito específico.

— Tenho uma imaginação fértil. — Olho para o cardápio. — O que é bom aqui?

— Tudo.

— Isso não ajuda.

— É verdade. — Nos movemos mais para a frente na fila.

— Nós estamos apenas parando aqui, entretanto. Agora que sei que você não é daqui, é hora de abrir seus olhos para o que a cidade tem a oferecer. Ah, e eu só fumo de vez em quando. Não conte para a minha mãe.

— Eu não conheço sua mãe.

— Sim, mas você vai conhecer.

Nego com a cabeça com sua arrogância.

Finalmente é a nossa vez de fazer o nosso pedido. Ansel insiste em pagar o meu, embora eu recuse. Estou aprendendo que ele é ainda mais teimoso do que eu.

Não precisamos esperar muito pelo nosso pedido. Tomo um gole do chá de boba BB-8 que pedi e exclamo:

— Esta é a melhor coisa do mundo! — Algumas risadas ecoam pela loja.

Ansel balança a cabeça, tentando não sorrir com minhas travessuras.

— Vamos, Meadows. Muito para ver, muito para fazer.

Ele pega seu Tatoonie Sunrise — um café gelado — e me leva para a rua.

— Para onde vamos agora?

— Bem — ele bebe seu café —, essa é minha cafeteria favorita. Agora vamos para o meu lugar favorito na cidade.

— Que é?

Ele balança um dedo.

— Este é um jogo de mostrar, não de dizer.

— Alguma dica?

— Envolve algo que você já sabe sobre mim.

Minha testa franze enquanto tento pensar em tudo que sei sobre ele até agora.

— Não envolve fumar, não é? — Penso no comentário dele no café. — Meu irmão vai me matar se eu chegar em casa cheirando a fumaça. — Vacilo com minhas próprias palavras. É uma frase de palavras tão simples, que eu normalmente usaria sem pensar duas vezes. Mas agora parece grosseiro.

— Estou magoado por você pensar tão pouco de mim. — Considerando que ele está sorrindo, acho que seu ego não está nem um pouco machucado. — Não, não envolve fumar. Você é tão hater.

— Ei — eu bato em seu ombro com o meu —, alguém tem que te manter humilde.

— Não tenho ideia do que você quer dizer. — Ele se faz de tímido.

— Uhumm, Sr. Popular.

Ele gargalha, jogando a cabeça para trás.

— Não sou popular.

— Ok, então talvez você não esteja na torcida ou no grupo de atletas, mas é popular. As pessoas gostam de você. Eu os vejo te parando nos corredores para conversar.

Ele começa a rir, abaixando a cabeça no meu ouvido enquanto caminhamos.

— Isso é porque eu sou o traficante deles, Meadows.

— O quê? — Tropeço, quase caindo de cara no chão. Sua mão quente envolve meu cotovelo e me impede de bater na calçada. — Você é um traficante de drogas? — sibilo, puxando meu braço de seu aperto.

Ele não parece nem um pouco incomodado com a minha proclamação.

— Diga um pouco mais alto para as pessoas lá atrás. — Ele pisca, levantando seu copo de café em um brinde. — É só maconha. É inofensivo.

— Espere, eu pensei que era legalizado aqui?

Ele balança a cabeça.

— Não para uso recreativo.

— Então... é por isso que as pessoas estão sempre parando você?

— Yup. — Ele estala o "p" e faz beicinho nos lábios.

— Você pode ter problemas. — Como se ele já não soubesse disso.

— Eu poderia ter problemas por muitas coisas, mas as regras foram feitas para serem quebradas.

— Isso não é uma regra, Ansel. É uma lei.

doce dandelion

— Preocupada comigo? — Nós paramos em uma faixa de pedestres e ele aperta o botão do semáforo para pedestres.

— Sim, estou.

— Não fique. Mas não conte a ninguém. — Ele estreita os olhos em mim. — Dedo-duros levam pontos.

Não posso dizer se ele está brincando ou não.

Balanço a cabeça, discordando, meu cabelo balançando ao redor dos ombros nus. Optei por usar um top porque sei que o tempo frio vai chegar em breve.

— Eu não faria isso.

— Supimpa.

— Não sei se alguém já te disse isso, mas você é um cara estranho.

Ele pisca novamente.

— Obrigado.

Atravessamos a rua e andamos mais alguns quarteirões — não tenho ideia de por que ele não veio dirigindo, mas está um dia bonito, então não posso reclamar — e acabamos na frente de um prédio de tijolos de aparência moderna. Há um sinal no lado esquerdo da frente que diz UMFA.

— UMFA? O que é isso?

Nós atravessamos a rua.

— Museu de Belas Artes de Utah.

— Este é o seu lugar favorito em toda a cidade?

Ele joga seu café vazio em uma lata de reciclagem em frente ao prédio.

— Aham. — Ele enfia as mãos nos bolsos. — Eu adoro desenhar, pintar, cerâmica, tudo isso. Acho que se trata de trabalhar com as mãos, ser capaz de criar algo do nada, exceto uma visão no meu cérebro.

— Uau — murmuro, inclinando a cabeça para trás para olhar para o prédio. Aperto os olhos contra a luz do sol forte.

— E você pensou que eu estava te levando a algum lugar para fumar. — Ele nega com a cabeça, mas sorri para mim.

Termino meu chá de boba e jogo o copo vazio na lixeira.

— O que é aquilo lá? — Aponto para uma figura de madeira à nossa direita, um pouco mais longe, mas claramente uma parte do grande edifício.

— Vou te mostrar.

Eu o sigo e suspiro.

— É um cavalo! É feito de paus?

— Entre outras coisas.

Eu estudo a escultura, maravilhada com a quantidade de trabalho e artesanato que teve que se empregar nisso.

— Seu nome é Rex. Uma artista chamada Deborah Butterfield o fez. Suas peças são absolutamente inspiradoras. Eu mesmo não sou muito bom escultor, desenho melhor, mas as peças dela me fazem querer melhorar nisso.

— Não tenho palavras. — Eu realmente não tenho.

— Tem mais. — Ele aponta por cima do ombro para o prédio.

Eu sorrio para ele, realmente me sentindo animada e mais do que um pouco feliz por ter mandado uma mensagem para ele hoje.

— Me mostra.

Ele pega minha mão.

— Vamos, Meadows. Se isso não faz você querer ser uma artista, nada o fará.

Leva três horas para explorarmos todo o edifício. Ansel, sem dúvida, foi várias vezes e conhece todos os detalhes, mas nunca me incentiva a me apressar. Em vez disso, é como se estivesse vendo pela primeira vez também.

Sage começa a ligar para o meu telefone quando chega em casa, apesar de eu mandar várias mensagens para que ele saiba que estou bem, então peço a Ansel para me levar de volta em vez de irmos comer algo como planejamos.

— Sinto muito pelo meu irmão — peço desculpas, soltando meu cinto de segurança quando ele estaciona em frente ao prédio do condomínio.

— Está bem. — Ele parece verdadeiramente querer dizer isso. — Você mora com seu irmão, então?

Eu não pensei sobre essa parte, sobre o que potencialmente ganhar amigos poderia significar. Sim, claro, o tiroteio na escola teve muita cobertura da mídia, mas é o nome do assassino que estava sempre em seus lábios, assim como aqueles que morreram naquele dia. Nós, os sobreviventes, não importávamos, ainda não importamos. Nós existimos aqui e ninguém sabe quem somos ou entende o que vivemos.

— Hum, sim.

— Que legal. E seus pais?

É uma pergunta bastante normal, mas me atravessa como uma lança física.
— Eles se foram.
Seus lábios abaixam.
— De férias?
Eu rio sem humor, inclinando minha cabeça contra o encosto de cabeça, deixo a cabeça cair para a esquerda e encontro seu olhar confuso.
— Férias permanentes.
Sua confusão se aprofunda antes de sangrar em horror.
— Porra, eu sou o pior. Sinto muito, Meadows.
— É isso e pronto. — Isso é o que continuo dizendo a mim mesma, de qualquer maneira. Como se, caso eu repetisse essas cinco palavras o suficiente, a realidade doeria menos. — Obrigada por hoje. — Eu quero dizer isso, também. Seus olhos suavizam e sei que ele pode dizer que estou sendo honesta.
— De nada.
— É melhor eu ir antes que meu irmão perca a cabeça ainda mais.
Com certeza, meu telefone vibra com outra mensagem. Eu balanço o dispositivo.
— Te mando uma mensagem mais tarde.
— Ok. Obrigada novamente. — Pulo para fora e fecho a porta atrás de mim. Ele se afasta enquanto eu entro.
Atravesso o saguão e entro no elevador.

> Eu: Estou subindo. Esfrie sua cabeça, irmão mais velho.

O elevador apita quando chego ao andar e saio, indo em frente pelo longo corredor. Antes que eu possa puxar minha chave, a porta se abre.
— Eu não sou bom nessa coisa toda de ser pai — Sage deixa escapar. — Pensei que seria bom fazer minhas coisas e saber que você estava com uma amiga. Mas não. Eu sou uma mãe coruja descontente. — Ele joga os braços no ar, dando um passo para o lado para que eu possa entrar. — Da próxima vez, vou encontrar esta amiga primeiro. Qual é o nome dela mesmo?
— Uh… — Mordo o lábio, porque Ansel definitivamente não é ela. Não escondi essa informação propositalmente de Sage, nem mesmo passou pela minha cabeça que isso pudesse importar. — Ansel.
— Esse é o nome de uma menina?

— Tenho certeza de que pode ser — eu me esquivo, abrindo a geladeira para pegar uma garrafa de água. Abrindo a tampa, tomo um gole.

— Pode ser? Significando neste caso que não é? — Ele aperta a sobrancelha. — Porra, eu sou um fracasso em ser um guardião. Deixei você passar o dia com um garoto, um garoto adolescente, e nem pensei até agora em perguntar sobre isso.

— Ansel é... Ansel. Ele é inofensivo.

E um traficante de drogas, mas Sage não precisa saber disso.

— Dani. — Seus olhos castanhos se estreitam em descrença. — Quando eu tinha a idade dele, estava constantemente tendo que bater uma. Flertar com garotas era basicamente um trabalho de tempo integral e, acredite em mim, fizemos muito mais do que flertar. — Ele usa citações aéreas e reviro os olhos. Assistir meu irmão ter um colapso por causa disso é meio hilário.

— Você está exagerando na proporção disso.

Ele esfrega as mãos pelo rosto.

— Como mamãe lidou com essa merda com você? Garotos e outras coisas?

— Bem, eu tinha amigos que eram tanto garotas quanto garotos. Nunca foi grande coisa.

Ele puxa o cabelo e, em seguida, aponta para mim.

— Sem namoro para você. Amigos, tudo bem, vou ter que me acostumar com isso. Mas absolutamente nada de namoro.

Eu quero rir dele, mas sei que seria a reação completamente errada neste cenário.

— Tudo bem, o que você disser. — Dou tapinhas em seu peito zombeteiramente quando passo por ele. — Vou para o meu quarto.

— Por que sinto que você está secretamente rindo de mim? — grita.

— Porque eu estou.

Fechando a porta do meu quarto, me inclino contra ela, mordendo o lábio para abafar meu sorriso.

Sei que nem todos os dias serão perfeitos. A felicidade é passageira para todos. Mas me permito essa pequena vitória.

capítulo 11

— Ei, vizinho. — Caio na almofada do sofá no escritório do Sr. Taylor. Ele olha para cima de um pedaço de papel, colocando-o de lado.

— Suponho que nós somos.

— Bleh. — Coloco a língua para fora, como se tivesse provado algo azedo. — Não diga "suponho", isso faz você parecer um velho conservador. Você não é velho.

— Não sou? — Ele se recosta na cadeira, lutando contra um sorriso.

Eu não acho que ele alguma vez vai admitir isso, mas ele se diverte comigo. E nunca vou admitir isso, mas o que pensei que seriam cinquenta minutos torturantes todos os dias está rapidamente se tornando minha parte favorita do dia. Ele não me pressiona para falar sobre o que aconteceu. Se eu não quiser falar, tudo bem. Se quiser ter uma conversa simples, ele está bem com isso. E se eu lhe der uma migalha de informação, sei que ele sente que é uma vitória.

Pego um bloco de desenho que comprei ontem, usando um lápis básico nº 2 para rabiscar algumas linhas na página. Eu definitivamente não sou uma artista como Ansel, mas o museu que ele me levou me inspirou a experimentar coisas por conta própria. A arte é, afinal, experimental e subjetiva.

— Quantos anos você acha que eu tenho? — pergunta, quando não respondo.

Olho para cima do pedaço de papel e das linhas que parecem nada, mas que para mim formam uma imagem de perto do tronco de uma árvore. Os cumes e espirais.

— Eu não sei, mas você não é velho. Duvido que já tenha trinta anos.

— Vinte e nove — ele me surpreende ao me dar uma resposta definitiva.

Aponto a ponta da borracha do meu lápis para ele.

— Tá vendo? Nem trinta e nem velho.

— O que é velho para você?

Faço uma pausa, fazendo beicinho nos lábios e ponderando suas palavras.

— Não sei. Acho que é mais do seu ser do que um número real. Alguém com cinquenta pode parecer mais velho do que alguém com oitenta, sabe? Há algumas velhinhas loucas por aí.

— Mas eu não estou autorizado a dizer "suponho"? — Ele inclina a cabeça para a direita, esperando pela minha resposta.

— Ei, isso foi um conselho, não um julgamento. Você quer soar como um peido velho e abafado?

— Você tá que tá hoje.

— É. — Dou de ombros. — Minha verdadeira personalidade estava fadada a se mostrar em algum momento. — Coloco o bloco de desenho de lado e cruzo as pernas debaixo de mim. — Acho que estou me adaptando.

— Você acha que estar perto de pessoas da sua idade está ajudando?

O Sr. Taylor está fazendo mais perguntas hoje, mas não parece tentar partir minha mente e ver por dentro. Parece que estou conversando com alguém que possa perguntar uma coisa dessas, como meu irmão.

— Pode ser. Não é como se eu tivesse muita socialização no hospital ou no centro de reabilitação. Eu estava mais focada em ser capaz de andar novamente.

Ele esfrega a mandíbula, seus olhos azuis escurecendo para um tom marinho.

— Não consigo nem imaginar.

— Sim — eu solto um suspiro, melancolia se instalando em meus ombros enquanto olho pela janela. — Eles me disseram que eu nunca mais iria andar, muito menos correr, mas queria provar que estavam errados. É um milagre que eu possa ficar de pé, mas coloquei tudo o que tinha para fazer isso acontecer. Ainda tenho dormência irradiando para o lado esquerdo. É por isso que eu ando engraçado.

O Sr. Taylor me encara como um problema de matemática complicado, algo pelo qual ele está igualmente fascinado e desesperado para resolver.

Odeio dizer a ele, mas não há resposta matemática quando se trata de mim.

Estou com cicatrizes. Fisicamente. Emocionalmente. Mentalmente.

De cada maneira que você olhar para isso, eu estou quebrada.

Minha perna é provavelmente a parte menos quebrada de mim, mesmo que às vezes eu a odeie tanto que tenho medo de que a raiva me sufoque por dentro.

Correr era minha vida. Eu era apaixonada por isso. Era a minha liberdade. Agora, vou viver o resto da vida nunca fazendo isso de novo.

Mas, no final das contas, eu tenho uma vida, onde outros perderam a deles.

doce dandelion

Vários momentos se passam antes que ele me diga:
— Você não se acha forte, não é?
Dou de ombros, olhando para minhas unhas meio pintadas que nunca me preocupei em terminar.
— Eu não sou. Fui colocada nessa situação e fiz o que tinha que fazer.
— Você poderia ter desistido — aponta.
— Eu acho que teria — admito, as palavras parecem uma lixa na minha garganta. — Mas eu não podia. Não, pelo bem do meu irmão. Ele precisava me ver inteira, tão inteira quanto eu pudesse ser. — Ele não diz nada e pego meu bloco de desenho novamente. — Não quero mais falar sobre isso.
— Sobre o que você quer falar?
Nada.
— Qual é a sua cor favorita?
— Azul — ele responde facilmente, nem um pouco incomodado por eu encerrar a conversa anterior. — Qual é a sua?
— Amarelo.
— Como um dente-de-leão? — Algumas pessoas fizeram essa pergunta ironicamente. Não o Sr. Taylor. Posso dizer que ele está genuinamente se perguntando.
— Uhumm — murmuro. — Amarelo dente-de-leão. Eu costumava trançá-los no meu cabelo durante o verão.
Quando as coisas eram mais simples e fáceis.
Afastando algumas lascas de borracha do meu bloco de desenho, pergunto:
— O que fez você querer ser conselheiro escolar?
Ele se recosta na cadeira, girando levemente. Ele pode pensar que parece despreocupado, mas posso dizer que minha pergunta o deixou um pouco nervoso.
— Eu queria ajudar as pessoas.
— Claro, sim, mas por que um conselheiro escolar?
Ele me olha nos olhos e sinto um arrepio percorrer minha espinha.
Ele não tem chance de responder, porque o sinal toca e sou forçada a ir para a aula.
Mas o olhar em seus olhos? Fica comigo.

— Estamos fazendo palavras de vocabulário — Sasha sibila, ao meu lado, baixinho. — O que é isto? Segunda série?

Ela olha para o papel com uma lista de palavras do vocabulário para as quais precisamos traçar uma linha para a definição correta. Sociologia definitivamente vale cada minuto agonizante gasto nesta aula antes de podermos ir para casa.

— Poderia ser pior.

— Estou entediada — lamenta.

Alguém a silencia. Do outro lado da sala, a professora levanta os olhos de sua mesa, atirando punhais em nós.

A Sra. Kauffman é levemente aterrorizante. Ela provavelmente está em seus quarenta e tantos anos, com um corte curto nas orelhas e franja grossa. Tem esses olhos redondos que parecem ver através de você e há uma carranca permanente colada em seu rosto — a menos que seu filho, que também trabalha na escola, apareça. Então ela é toda sorrisos.

— Mantenha sua voz baixa — sibilo baixinho.

Posso ter saído da nossa aula de História na semana passada, mas esta não é uma em que estou disposta a balançar o barco. Tenho quase certeza de que a Sra. Kauffman tem um porão em algum lugar, em que ela perde a cabeça e dá risadas torturando seus alunos.

Termino a planilha e a entrego, passando para a próxima tarefa. Passo o resto do período procurando as mesmas definições que combinamos em um dicionário real, em vez de pesquisar no Google e anotá-las.

É demorado e tedioso.

Estou começando a desejar ter lutado mais para conseguir meu diploma. Sage insistiu que eu terminasse a escola e eu queria fazê-lo feliz. Independentemente disso, estou aqui agora e tenho que fazer o melhor possível.

Eu consigo terminar tudo antes que a campainha toque, dispensando-nos para o restante do dia. Várias pessoas gemem, porque não têm tanta sorte e terão que fazer isso como lição de casa.

Sasha e eu caminhamos juntas pelo longo corredor, descendo as escadas para o andar principal.

— Pensei que o último ano seria ótimo — reclama, o som de armários se fechando ecoando ao nosso redor. — Festas. Jogos de futebol. Jogos de basquete. Mais festas. E nenhum trabalho escolar. Até agora, não é nada disso. É apenas a segunda semana. Não vou sobreviver a isso.

doce dandelion

Eu rio levemente. Aos meus ouvidos soa forçado e falso, mas Sasha não parece notar.

— De alguma forma eu acho que você vai conseguir.

Seu cabelo loiro encaracolado balança enquanto ela pula os dois últimos degraus, aterrissando solidamente no chão.

Desço os dois últimos como uma pessoa normal.

— Bem, acho que te vejo amanhã na aula de Estatística. — Ela mostra a língua de brincadeira, fazendo careta.

— Tchau. — Aceno, e ela segue na direção oposta, para o estacionamento dos alunos, e sigo em frente para o circuito do ônibus.

Só dou alguns passos quando escuto:

— Meadows! Espere!

Paro, reforçando meu aperto nas alças da mochila.

Ansel caminha vagarosamente pela multidão de estudantes. Eles se separam em torno dele. Ele nem precisa lutar contra. É meio incrível.

Ele passa o braço sobre meus ombros quando me alcança.

— Você está andando de ônibus?

— Bem, eu não dirijo, então… sim.

Seu braço cai ao meu redor.

— Uma veterana andando de ônibus? Nem pensar. Não posso aceitar isso. Você vem comigo.

Antes que eu possa protestar, ele pega minha mão. Não para segurá-la, mas para me puxar. As pessoas começam a encarar e ele me arrasta da direção do ônibus para a extremidade oposta, onde fica o estacionamento.

— Não me importo de andar de ônibus, Ansel.

— Sim, bem, você pode parar e tomar café no ônibus? Não, eu não acho que pode.

Ele não me deixa ir até que estamos em seu carro, e neste momento eu não tenho vontade de correr para tentar pegar meu ônibus para fazer um ponto.

Ele destranca o carro e eu entro, colocando a mochila entre os pés.

Buzinas soam e pneus cantam, os alunos correndo para sair do estacionamento antes de deixar os ônibus passarem.

Ansel liga o carro e eu imediatamente abaixo o vidro, enquanto ele sai de ré.

— Você não se importa, certo?

Ele nega com a cabeça e abaixa o dele.

— Não, prefiro assim, na verdade.

É um dia bastante quente, mas há um frescor no ar e sei que significa que os dias mais frios estão chegando.

Inclinando-me contra o encosto de cabeça, deixo o ar chicotear meu cabelo em volta dos ombros. Vai ficar uma bagunça emaranhada, mas não me importo.

Olho para Ansel, seu braço forte segurando o volante em uma das mãos. A coluna delgada de sua garganta. Ele é uma obra de arte de pele pálida e eu sou a nova garota danificada. Ele não sabe disso, porém, e não posso deixar de me perguntar por que ele me colocou debaixo de suas asas.

Seu olhar se lança para mim antes de retornar à estrada.

— O quê?

— Nada — respondo, olhando pela janela para as montanhas ao longe. Salt Lake City não tem falta de vistas deslumbrantes.

— Você estava olhando para mim.

— Não posso olhar?

Ele ri. O som ressoa em seu peito.

— Sim, olhe o quanto quiser, não me importo. Eu estava me perguntando por quê.

— Eu estava pensando. — Olho para longe da janela. Ele está iluminado pelo sol amarelo. O brilho dourado parece estar em desacordo com a estética branca, preta e cinza dele. Ansel tem a vibe de artista mal-humorado, mesmo que seja o completo oposto de mal-humorado.

— Sobre o quê?

Obter respostas minhas é como arrancar dentes, mas ele parece implacável.

— Ainda não entendo por que você quer ser meu amigo.

A seta é ligada e ele vira na estrada principal que leva à cidade.

— Não sei. — Ele dá de ombros, afrouxando o aperto no volante. — Você parece alguém que eu deveria conhecer.

— Isso não faz sentido. — Meu nariz enruga.

Seus olhos me perfuram por um segundo.

— Para mim, faz.

doce dandelion

capítulo 12

A porta do apartamento se abre e Sage entra, deixando cair sua bolsa no chão. Sua gravata está torta e o cabelo bagunçado, como se estivesse enfiando os dedos nele o dia inteiro.

— Você está em casa mais cedo — comento, fechando a tampa do meu laptop com minha lição de casa. Decidi trabalhar no bar da cozinha hoje, em vez de me esconder no quarto como costumo fazer.

— Aham. — Ele solta um suspiro, desabotoando os primeiros botões de sua camisa. — Tive uma reunião hoje, então nos deixaram ir mais cedo.

— Bem, isso é legal.

Ele ri sem humor, pegando uma banana do balcão e arrancando a casca.

— Só porque era tarde demais para que pudéssemos fazer qualquer trabalho.

Ele devora a banana como se estivesse faminto.

— Você comeu hoje?

Balança a cabeça para os lados.

— Deixe-me pedir uma pizza ou algo assim. — Pego meu celular para procurar lugares.

— Seria incrível. — Ele se inclina no balcão, descansando a cabeça nas mãos. — Acho que deveríamos ter uma aula de culinária.

Olho para cima do meu telefone.

— Sage, não sabemos cozinhar.

— Temos que aprender.

Nego com a cabeça.

— Como trocamos de papéis? Nós tivemos essa conversa e você me desmotivou porque provavelmente queimaríamos todo o prédio.

— Bem, não espero que nenhum de nós se torne o próximo Top Chef, mas devemos ser capazes de cozinhar pelo menos ovos. Eu nem consigo fazer isso direito.

Tenho ânsias pensando na bolha gelatinosa que Sage tentou me alimentar neste verão e chamou de ovos mexidos.

— Como você foi contra isso antes?

Ele ri.

— Porque nós somos cozinheiros realmente horríveis. Mas me sinto terrível por estarmos vivendo de comida para viagem. — Ele se endireita, cruzando os braços sobre o peito. — Sei que não sou seu pai, mas sou seu guardião e sinto que estou fazendo um péssimo trabalho.

— Sage... — Respiro fundo. — Você está fazendo um ótimo trabalho.

Meu coração se parte por meu irmão pode pensar que não está fazendo um trabalho adequado para me sustentar. Sei que ele está fazendo o melhor que pode e aprecio tudo o que ele faz. Ele não tinha que cuidar de mim, mas cuida.

Sua carranca se aprofunda. Deslizando do banco, dou a volta no balcão e o abraço.

Seus braços me envolvem e ele exala uma respiração trêmula que agita meu cabelo.

— Não quero falhar com você.

— Você não poderia. Nunca. Mas não espere ser perfeito. Ninguém e nada é.

Ele me solta e eu pulo de volta no banco, tomando um gole do chá de boba que comprei antes que Ansel me deixasse em casa.

— Ah, você esteve na Watchtower? — Sage pergunta, arregaçando as mangas de sua camisa.

— Sim, Ansel me levou neste fim de semana e paramos lá antes que ele me trouxesse para casa.

Sage endurece, estreitando os olhos.

— Ansel trouxe você para casa?

Limpo a condensação do copo de plástico.

— Ele meio que insistiu.

— Hum. — Seus lábios se estreitam.

— Sage — eu rio —, sério, você não tem nada com que se preocupar.

— Você só o conhece há uma semana e ele já está te levando para casa — resmunga, virando-se para a geladeira. Ele pega uma lata de Coca-Cola Diet e abre.

— Ele está se tornando meu amigo. Não é isso que você quer? Que eu vá para a escola? Que faça amigos e seja normal?

doce dandelion

Ele suspira, beliscando a ponte de seu nariz.

— Posso pelo menos conhecer esse cara? Se você vai sair com ele e ele está te trazendo para casa, eu gostaria de conhecê-lo.

— Tenho certeza de que posso fazer isso acontecer.

Ansel não me parece do tipo que se importa se tem que conhecer meu irmão.

— Você não poderia ter feito uma amiga que é uma garota?

— Bem, tem a Sasha — admito, pegando meu telefone. — Acho que podemos estar nos tornando amigas também.

— Graças a Deus.

— Posso pedir pizza agora?

Ele mexe os dedos para mim.

— Sim, pegue qualquer outra coisa que queira também. Vou tomar banho.

Ele passa atrás de mim e ligo para uma pizzaria aleatória a alguns quarteirões de distância que entrega. Eu me pergunto se Sage está realmente falando sério sobre aprender a cozinhar. Talvez, quando mencionei isso antes, o tenha feito pensar. Na minha aula na escola nós ainda não cozinhamos, aparentemente só fazemos isso uma vez por trimestre, e tem sido principalmente leitura de livros.

Sage e eu somos ambos cozinheiros tão horríveis que não consigo nos imaginar sendo capazes de aprender a fazer qualquer coisa. Mas pode valer a pena tentar.

Termino meu dever de casa e, quando a pizza chega, assino o recibo e pego. Também comprei — bem, tecnicamente Sage comprou — palitos de pão e um pedido de peito de frango.

Coloco tudo para fora e começo a fazer o meu prato. Meu estômago ronca com o aroma delicioso.

— Sinto cheiro de comida! — Sage grita de seu quarto e rio para mim mesma, porque suas palavras ecoam meus pensamentos. Ele pode ser sete anos mais velho que eu, mas somos estranhamente parecidos, apesar da diferença de idade. — Ah, você pediu peito de frango. — Esfrega as mãos e pega o prato que coloquei para ele.

Sentada no sofá, enrolo as pernas embaixo de mim mesma e mergulho na pizza. Tem rúcula, presunto e queijo parmesão em camadas por cima.

— Você escolhe as pizzas mais estranhas, D. — Sage olha para mim, se sentando com três fatias de sua pizza de amantes de carne.

— Você está perdendo. Isso é incrível.

Ele parece duvidar.

— Parece mais uma salada do que uma pizza para mim.

Pega o controle remoto e liga a TV, passando pelos canais antes de parar em uma reprise de *Bones*.

Não dizemos nada enquanto comemos, o que permite que meus pensamentos divaguem.

Isso geralmente é uma coisa perigosa, e esta noite não é diferente.

Penso no fato de que nossa mãe não está aqui. Acho que nós dois chegamos a um acordo com a morte do nosso pai, desde que se passaram tantos anos e ele estava doente, mas nossa mãe? Ela foi morta de uma forma horrenda, tirada à força deste mundo, e isso é errado. Ela ainda deveria estar aqui, rindo. Eu deveria estar em casa com ela em Oregon. Mas essa não é a realidade com a qual temos que conviver.

Os pedaços de pizza que comi pesam no meu estômago.

Eu me levanto e coloco meu prato de comida meio comido no balcão.

— D? — Sage pergunta, preocupação nublando sua voz. — O que há de errado?

— Preciso dar uma volta.

— Dani...

Ele começa a se levantar e olho por cima do ombro.

— Coma o seu jantar. Eu estou... eu vou ficar bem. Preciso de um pouco de ar fresco.

— Está escuro, deixe-me ir com você.

— Só vou dar a volta no quarteirão. Prometo.

Ele abre a boca para protestar mais, porém eu saio pela porta.

Ele poderia me seguir com bastante facilidade, mas felizmente não o faz. Apertando o botão dos elevadores, eu espero. Ele soa alegremente quando atinge o andar e eu entro, apertando o botão do saguão.

Honestamente, morar em um condomínio é muito parecido com morar em um hotel.

Espero que, um dia, quando eu for casada e tiver filhos, moremos em uma fazenda. Com galinhas, cabras, vacas, todos os animais e espaço aberto. A vida na cidade, embora conveniente, não é para mim.

Ando para fora na escuridão. Felizmente, meu telefone está no bolso, se algo acontecer.

Inalando o ar frio em meus pulmões, me forço a diminuir os passos. Meus pensamentos são erráticos e preciso acalmá-los junto com as batidas do meu coração.

Eu deveria me abrir para Sage quando meus sentimentos me sobrecarregam, mas já me sinto como um fardo grande o suficiente para ele sem adicionar mais em seus ombros.

As ruas estão cheias de atividade, mas ninguém me dá muita atenção. Viro a esquina no final do longo quarteirão, de cabeça baixa.

Tudo o que quero, mais do que qualquer coisa, é me sentir normal, mas sei que é uma realidade que nunca mais vou viver de novo. Tenho que aprender a viver esta nova existência. Uma em que minha mãe se foi, meus amigos morreram e pessoas más destruíram meu sentimento de segurança. Nada pode me devolver isso.

— Dani?

Minha cabeça dispara tão rapidamente para cima que quase tenho uma chicotada.

— Senhor Taylor… ai, meu Deus, isso é um urso?! — Pulo para trás, surpresa.

Logicamente, meu orientador da escola andando com um urso na coleira não faz sentido, mas o cachorro é enorme. O maior que já vi. Ele não parece real.

O urso-pardo — *cachorro* — gigante fareja meu corpo.

— Não. — Sr. Taylor ri. — Ele é um Terra-nova. — Ele sorri para a fera. — Zeppelin, diga oi para a Dani.

A longa língua rosada do cachorro se move para lamber meus dedos.

— Zeppelin? De Led Zeppelin?

Ele ri e começa a andar de volta por onde eu vim, então sou forçada a me juntar a ele.

— Sempre tive uma queda por bandas inglesas.

— Interessante. — Guardo esse pedacinho de informação no fundo da minha mente. Aprender sobre ele torna mais fácil me abrir. Parece que estamos em pé de igualdade. Não quero que ninguém saiba mais sobre mim do que eu sei sobre eles.

— O que você está fazendo aqui andando no escuro? — Ele faz uma pausa, deixando o cachorro cheirar a calçada.

— Eu… uh… precisava de ar.

— Ar. — Ele pressiona os lábios juntos, lutando contra um sorriso. — Não havia oxigênio suficiente lá dentro?

Nego com a cabeça, exalando uma respiração.

— Não.

Ele franze a testa.

— Quer falar sobre isso?

É por isso que decidi que gosto do Sr. Taylor. Ele não me pressiona para falar.

Eu me inclino para seu cachorro enorme, esfregando sua cabeça. Rio quando Zeppelin me dá um beijo molhado na bochecha.

É por isso que cães são maravilhosos. Eles não julgam. Eles dão amor facilmente. Quem dera todos fossem tão gentis uns com os outros.

— Eu estava pensando na minha mãe — admito, minha garganta grossa. Encaro os olhos castanhos quentes de seu cachorro. É mais fácil falar com ele do que olhar para o Sr. Taylor. — Ela deveria estar aqui. Eu deveria estar em casa, em Oregon, jantando com ela. Ela deveria estar me repreendendo por alguma coisa que eu fiz ou disse, ou me implorando para ficar em casa em vez de sair.

Eu rio sem humor, e finalmente olho para ele.

— Eu me arrependo muito disso... de não ter passado tempo com ela. Achei que tinha tudo certo, ingenuamente... não, egoisticamente... acreditando que sempre haveria mais tempo.

Eu me levanto, meu lado esquerdo formigando por todo o lado conforme faço isso. Encaro o Sr. Taylor nos olhos, colocando meus pensamentos para fora.

— Ela nunca vai me dizer "boa noite" novamente. Nunca vai perguntar se terminei minha lição de casa. Não vai ver eu me formar. Não vai me dar carona no meu primeiro dia de faculdade. Não vai me dizer para pensar duas vezes sobre minhas decisões. Não vai me ver conhecer meu futuro marido, nem me casar, nem ter filhos. Ela não vai me ver construir uma vida. E Sage...

Minha garganta se fecha, lágrimas escorrendo pelo rosto.

— Ele tem 25 anos e está preso cuidando de sua irmã mais nova em vez de viver sua vida. Eu sou um fardo para ele. Sei que ele diz que não sou, mas eu sou. Eu tenho que ser.

Engulo em seco, enxugando minhas lágrimas nas costas das mãos. Sinto Zeppelin cutucando minhas pernas.

— Esta não deveria ser a minha realidade, porra, mas é. Às vezes acho que deveria ter morrido naquele dia, o teto do refeitório seria minha última visão deste maldito mundo, mas então percebo que aquele dia nunca deveria ter acontecido de todo, e ninguém deveria ter morrido. Isso me

doce dandelion

deixa tão triste e com raiva — soluço, provavelmente não fazendo nenhum sentido neste momento — e os sentimentos... eles vão me sufocar.

Os olhos azuis do Sr. Taylor estão suaves, ternos.

— Não tenho palavras para tirar tudo isso de você. Eu gostaria de ter, mas não é assim que funciona. Você colocar isso para fora, deixando-se sentir, é disso que você precisa. Deixe-se abraçar a dor. Pode não fazer muito sentido, mas a dor pode curá-la.

— Não acho que há cura de algo assim.

Ele me estuda, não como se eu estivesse quebrada, mas como se eu fosse simplesmente fascinante para ele.

— Prometo que existe.

Fungo, por conta de minhas terríveis lágrimas.

— Promessa de mindinho?

Ele abre um sorrisinho.

— Promessa de mindinho.

Segurando meu dedo mindinho no alto, espero que ele enrole seu maior em torno dele, selando a promessa como uma assinatura em um contrato. Nossos dedos se soltam e, pela segunda vez na vida, eu abraço o Sr. Taylor.

Não sei o que há nele que me faz sentir segura, confortável, mas é algo que não sinto há muito tempo.

Eu o solto e rio um pouco.

— Deus, estou sempre toda melecada em cima de você. Por que você não me diz para cair fora?

Ele sorri suavemente.

— De alguma forma, eu imagino que isso não funcionaria em você. Você faz o que quer.

Ele vê tanto sobre mim sem que eu diga uma palavra.

— Deixe-me levá-la de volta.

Não discuto com ele.

Em vez disso, deixo meu orientador da escola me levar de volta ao prédio.

Entramos no mesmo elevador juntos.

Eu aperto o 11.

Ele pressiona o 12.

Não digo a ele que, um ano atrás, esse foi o dia em que toda a minha vida mudou para sempre.

Uma coincidência, digo a mim mesma, mas no fundo da minha mente eu acho que é mais.

capítulo 13

— Não entendo por que você come na biblioteca.

Sasha se joga na cadeira ao lado de Ansel.

Olho para ela. Estou há um mês inteiro em Aspen Lake High e meu almoço tranquilo de curta duração cresceu para incluir não apenas Ansel, mas seu amigo Seth e Sasha.

Sei que Sasha joga tênis no time da escola e tem muitos amigos por causa disso, mas, como Ansel, ela me colocou debaixo de suas asas.

Nenhum deles me trata como algum tipo de projeto de caridade, considerando que não sabem o que aconteceu comigo, mas ainda não faz sentido o por quê eles são meus amigos.

Finalmente aceitei que isso é o que eles são para mim.

Amigos.

Embora eu seja mais próxima de Ansel do que de Sasha.

Sasha é um pouco barulhenta e desagradável às vezes, enquanto Ansel é mais tranquilo. Sinceramente, não sei o que faria sem eles.

— Você não tem que almoçar aqui — eu a lembro, mastigando uma batata frita.

Ela revira os olhos, pousando seu almoço na mesa.

— Como se eu fosse fazer você comer com esses perdedores. — Ela acena com a cabeça para Ansel ao lado dela e Seth na ponta da mesa, entre Ansel e eu.

— Perdedores, hein? — Ansel levanta uma sobrancelha.

— Ah, cale a boca. — Ela abre um pacote de ketchup e esguicha um pouco em seu hambúrguer do refeitório. Torço o nariz com desgosto. Odeio ketchup. — Nós devíamos fazer alguma coisa neste fim de semana.

Seth olha para cima e ao redor para todos nós antes de seus olhos voltarem para o seu almoço. Não sei muito sobre o cara além do fato de que ele é extremamente tímido e um artista, como Ansel.

— Como o quê? — pergunto, quando ninguém mais diz nada.

doce dandelion

Não sou de longe a rainha da socialização, mas pode ser bom fazer algo em grupo. Na maioria das vezes, se passo tempo com alguém fora da escola, é Ansel.

— Não sei. — Ela mastiga e engole um pedaço de sua comida. — Ver um filme ou algo assim? Certamente há um filme da Marvel que poderíamos ver. Não sai um novo toda semana?

Ansel se recosta na cadeira, apontando para ela com um lápis.

— Eu não teria pensado em você como uma amante de filmes de super-heróis.

— Eu não sou. Mas há muitos caras gostosos neles.

Ansel revira os olhos e me encara, enquanto Seth solta uma risada silenciosa que se transforma em tosse, como se ele não quisesse achar Sasha engraçada.

— O que você acha, Meadows? Devemos ver um filme popular de super-heróis ou fazer outra coisa?

Mordo o lábio, pensando no quarto escuro e fechado em que eu ficaria presa para ver um filme e sei que isso me enviaria direto para um ataque de pânico.

Nenhum deles conhece esse meu lado e eu gosto desse jeito. Contanto que não saibam, significa que posso fingir que sou normal por um curto período de tempo.

— Não. — Nego com a cabeça. — Vamos fazer outra coisa.

— Que tal uma caminhada? — Ansel sugere. Para Sasha, ele acrescenta: — Meadows não viu algumas das vistas incríveis pra caralho que temos por aqui. Ela não tem ideia do que está perdendo.

Sasha franze os lábios enquanto pensa.

— Hmm, sim, isso poderia ser divertido. Em breve vai estar muito frio para caminhadas.

Ansel sorri.

— Frio significa que vamos esquiar, o que é ainda melhor.

Sasha concorda com a cabeça.

— Não posso discutir com você nisso.

— Uau, que surpresa.

Ela começa a retrucar, mas estalo meus dedos, chamando a atenção de ambos.

— Por que estamos falando sobre esquiar? Achei que faríamos uma caminhada?

— Você já esquiou? — Ansel inclina a cabeça, me avaliando.

Ao meu lado, Seth afunda em seu assento como se estivesse tentando se esconder.

— Não.

— Sério? — Suas sobrancelhas se erguem. — É como uma religião por aqui. Vou colocar você em alguns esquis em breve, Meadows.

Tenho certeza de que em breve não é exagero. Estamos a pouco menos de uma semana de outubro e o clima já esfriou significativamente. A maioria dos dias começa na casa dos 5 °C e pode chegar a quase 20 °C no momento mais quente. Estou acostumada com esse tipo de clima, então não me importo. Mas isso de fato significa que a neve está ao virar da esquina.

— Então, caminhada neste fim de semana?

Ansel e Sasha acenam com a cabeça, enquanto Seth balança em negação. Ele murmura alguma coisa sobre dever de casa.

— Domingo está bom? — Sasha pergunta, olhando de Ansel para mim. — Tenho um jantar em família no sábado.

— Isso é bom para mim. — Não é como se eu tivesse planos. Sage e eu ocasionalmente fazemos algo juntos, mas ele finalmente está passando mais tempo com os amigos, pelo que sou grata.

— Domingo funciona para mim. — Ansel coloca um pedaço de chocolate de seu almoço embalado na boca. — Eu vou te buscar, Meadows.

— E quanto a mim? — Sasha brinca, batendo os cílios para ele.

— Você pode ir andando.

— Tão rude. — Ela mostra a língua para ele.

— Ei, se você precisar que eu te busque, eu posso.

— Não. — Ela acena com a mão com desdém. — Encontro vocês lá... Bell Canyon?

— Sim, essa trilha é legal.

— A que distância fica daqui? — pergunto, amassando meu lixo, já que o sinal vai tocar a qualquer segundo.

— Cerca de vinte e cinco minutos. — Ansel se levanta, colocando a bolsa de mensageiro sobre os ombros.

— É lindo — Sasha declara, suas bochechas coradas. — As vistas são incríveis. Além disso, há uma área de piquenique e uma cachoeira. Aah, vou preparar um almoço. — Ela bate palmas. — Isto vai ser divertido.

A campainha toca e nos separamos.

Eu faço meu caminho pelos corredores, a multidão de estudantes diminuindo quando começo a andar pelo corredor que leva ao novo escritório do

Sr. Taylor. Esvazia completamente antes de eu virar a esquina do trajeto final.

A porta está entreaberta, então eu entro e largo a bolsa no chão antes de afundar meu corpo no sofá.

O Sr. Taylor ergue os olhos de seu computador.

— Foi um longo dia? — Ele levanta uma sobrancelha escura para a minha postura desleixada.

— Um longo dia, mês, ano, faça a sua escolha.

Ele clica algo no computador.

— O tempo parece esticar e desacelerar quando você está lidando com traumas e mudanças.

Eu expiro.

— É fodido pra caralho.

Ele olha por cima da mesa para mim.

— Desculpe, eu provavelmente não deveria xingar na frente de um professor.

Ele ri.

— Não sou seu professor e, lembre-se, tudo o que dizemos aqui é confidencial. Além disso, um palavrão dificilmente é algo que vai me irritar. Isso seria hipocrisia.

— Você já lidou com traumas ou mudanças?

Ele desliza para longe de sua mesa, usando os calcanhares para arrastar a cadeira com ele até que ele esteja na minha frente.

— Sim, não na sua medida, mas existem diferentes níveis de tudo.

— Que tipo de trauma?

— Quando eu estava no penúltimo ano da faculdade, rompi meu ligamento cruzado anterior durante um jogo de basquete. Tive que fazer cirurgia e fisioterapia. — Ele enrola a perna da calça, sua panturrilha firme e musculosa, para revelar a longa cicatriz que desce pelo joelho. Depois que dou uma olhada, ele abaixa o tecido sobre a perna. — Isso acabou com os meus sonhos de ser um atleta profissional. Na época foi devastador e fiquei puto com tudo e com todos. Mas percebi que aquele não era o meu caminho na vida. Eu deveria fazer outras coisas.

— Como isso? — Gesticulo ao redor da sala.

Um orientador do ensino médio parece patético ao lado dos sonhos da NBA.

— Sim. — Ele me estuda, provavelmente vendo a dúvida em meus olhos. — Sei que isso parece um pequeno sonho comparado ao que eu esperava fazer antes, mas estou feliz.

Aceno para suas palavras, incapaz de entender.

— O que você quer fazer quando se formar?

Não sei por que sua pergunta me pega desprevenida. É algo que qualquer um deveria perguntar a alguém da minha idade, é uma resposta que eu deveria ter prontamente na ponta da língua, mas não tenho uma, porque...

— Eu não sei.

— E a faculdade?

— Estou me candidatando. — Tiro um fiapo do meu jeans preto e seguro entre os dedos. — Mas não tenho certeza se realmente irei.

Sage espera que eu vá — não que ele vá me forçar, mas é o que ele fez, é o que sempre falamos de fazer como família. Mas as coisas são diferentes agora, e o futuro que pensei que teria um ano atrás foi arrancado de mim. O resto parece apenas um caminho rochoso também.

Ele se recosta na cadeira, como se estivesse pensando cuidadosamente sobre o que vai dizer.

— Se você pudesse fazer qualquer coisa, ser qualquer coisa, o que escolheria?

Olho para longe dele, para fora da janela, para a luz e a liberdade além.

— Eu não sei — sussurro, a voz trêmula.

Meu estômago revira e odeio quão desequilibrada me sinto. Não há mais nada me prendendo a um futuro. Estou perdida, flutuando e à deriva no mar sem ninguém para me puxar de volta à realidade.

— Você tinha planos antes? — Posso dizer que ele está hesitante em perguntar, mas isso também tem que ser expresso.

Relutantemente, trago meu olhar de volta para ele.

— Eu definitivamente estava indo para a faculdade. Queria ser advogada.

— Por que você não quer mais isso?

Engulo em seco, passando pelo caroço gigante alojado na minha garganta.

— Porque não posso lutar por um sistema que está quebrado. Um que falha com pessoas inocentes todo dia. Eu me recuso a ser parte disso.

Seus olhos azuis se aprofundam e juro que ele olha para mim com algo como respeito.

— Agora, não sei o que quero ser.

Não posso nem adicionar "quando eu crescer" no final disso porque sou crescida agora. Essas decisões estão sobre mim e terei que fazer algumas escolhas difíceis em breve.

— O que te deixa feliz?

doce dandelion

— Falar com você — admito, e seus ombros se endireitam.

— Sério? — Ele parece muito surpreso.

— Você não me pressiona para falar e ouve, mas não julga. Não tenta forçar opiniões sobre mim como outras pessoas. Quando eu estava no hospital, a maioria dos terapeutas que queriam que eu visse queria me dizer o que achavam que eu deveria fazer. Sei que não é isso que eles deveriam fazer, mas estava acontecendo. Talvez fosse porque eu era uma criança para eles, mas isso sempre me incomodou.

— O que mais te deixa feliz?

— Meus amigos. — Não acredito que estou admitindo isso, ou mesmo classificando-os como meus amigos, mas é isso que eles são. — Sage, meu irmão.

— Então, as pessoas te fazem feliz?

— Sim, parece que sim. Sinto falta de correr, embora — sussurro a última parte como uma confissão. — Eu me odeio por sentir tanta falta disso como sinto. Nunca mais vou correr e gostaria de poder esquecer isso.

Ele franze a testa ligeiramente e me pergunto se ele está pensando no basquete, o que isso significava para ele. Ele encontrou outra coisa pela qual é apaixonado, então talvez o mesmo possa acontecer comigo.

Como sempre, não posso falar sobre coisas profundas por muito tempo.

— Como está o Zeppelin? — pergunto. Não encontrei seu urso gigante/cachorro novamente, mas esbarrei nele algumas vezes entrando ou saindo do prédio. É um lugar tão grande que me surpreende vê-lo lá com tanta frequência, mas acho que não é tão louco, considerando que temos a mesma programação.

Seus olhos se estreitam em mim. Ele sabe o que estou fazendo, mudando o assunto para algo mais seguro, mas ele sempre me deixa. Já disse a ele muito mais do que a qualquer um no último ano. Ainda não descobri o porquê, mas já que falar com ele me faz sentir melhor, não refleti muito sobre isso.

Ele esfrega a mão sobre o queixo com barba por fazer. Aposto que é o tipo de cara que se barbeia e ainda tem sombra de cinco horas.

— O Zeppelin está bem. Eu me sinto mal por ele, porém. Um condomínio não é exatamente o melhor lugar para um cachorro do tamanho dele. Espero que um dia eu tenha mais espaço.

— Eu quero viver no campo, possuir muitos hectares — admito, um sorriso melancólico enfeitando meus lábios, enquanto permito que minha mente vagueie e visualize um futuro que tem as coisas que eu quero. Suponho que seja irônico como sei que quero certas coisas, mas ainda não descobri o que quero ser. — Amplo espaço aberto parece bom. Tem muita gente aqui.

— Sim, tem — ele concorda.

— Onde você cresceu?

Ele afasta o cabelo escuro dos olhos, inclinando-se para a frente com os cotovelos nos joelhos.

— Arkansas.

— E você acabou aqui?

— Uhmm — ele cantarola. — Me mudei para cá para fazer faculdade e me apaixonei por este lugar. As vistas são espetaculares, e as montanhas... — reflete, batendo o dedo indicador nos lábios. — Mas um dia vou me mudar para fora da cidade.

— Sage se mudou para cá para fazer faculdade. Ele ficou também. Obviamente. — Meus olhos passeiam ao redor da sala, em todos os livros. — Você lê muito?

Ele olha atrás de si para as prateleiras cheias de fileiras de livros de tamanhos e comprimentos variados. A maioria deles é relacionado ao trabalho, tenho certeza, mas noto alguns romances intercalados por toda parte.

Ele solta uma risada rouca e se levanta, caminhando até as prateleiras.

— Sim, muito pode ser aprendido ou apreciado nas páginas de um livro. — Ele olha por cima do ombro para mim. — Venha aqui.

Escuto seu comando, ficando de pé ao seu lado. O calor irradia de seu corpo e tento ignorar a energia que sinto no ar.

Ele pode sentir isso também?

Inclinando a cabeça para trás, ele inclina a sua para baixo para olhar para mim. Seus olhos traçam meu rosto antes que ele me olhe nos olhos.

Sim, ele sente também.

Ele limpa a garganta, tirando os olhos de mim e de volta para a prateleira.

Eu não deveria estar sentindo essa conexão, essa atração por estar perto dele.

Ele é o conselheiro da escola.

Ele é praticamente um professor.

É quase onze anos mais velho que eu.

Repito essas frases na minha cabeça em rápida sucessão, mas elas não acalmam meu coração acelerado ou diminuem o calor que cresce na sala.

doce dandelion

O Sr. Taylor pega um livro na prateleira de cima. Ele é tão alto, provavelmente 1,90m, o que significa que não precisa se esticar muito.

— Leia isso.

Ele coloca o livro em minhas mãos, tomando cuidado para não tocar minha pele com qualquer parte da dele.

Olho para a capa branca com o olho azul.

— *1984*, de George Orwell — leio, passando o dedo pela capa. Posso dizer que foi lido muitas vezes. As páginas amarelaram e os cantos da capa se curvaram para cima. — Por que este aqui?

Conheço o livro, mas nunca li. Não sou uma grande leitora, e não consigo me imaginar desfrutando de algo assim.

— Porque é o meu favorito. Estou emprestando para você ler.

Tento devolvê-lo a ele.

— Não, eu não poderia. Posso comprá-lo.

Ele me toca então.

Suas mãos se fecham em torno das minhas agitadas, segurando-as contra a superfície do livro. Aqueles olhos azuis dele, tão parecidos com o tom da capa, me congelam.

— Sei que você vai cuidar disso, Dani.

— Tem certeza? — Pisco para ele.

— Se eu não tivesse certeza, não teria oferecido em primeiro lugar.

— Bem... — Limpo a garganta, de repente tomada por algum tipo de emoção que não consigo identificar. — Obrigada.

Ele solta minhas mãos e instantaneamente sinto falta da sensação de suas palmas ásperas pressionadas contra elas, fortes e seguras.

Abro a capa e encontro o nome dele rabiscado no canto com uma letra áspera que é meio desleixada, mas ainda legível.

Lachlan Matthew Taylor.

— Lachlan é um nome único. — Fecho a capa do livro. Vi seu primeiro nome no crachá, mas nunca perguntei a ele sobre isso antes. — Nome de família?

Ele balança a cabeça em concordância, endireitando um modelo de carro em sua prateleira. Percebo que ele tornou este espaço muito mais seu em comparação com o genérico escritório sem janela em que entrei pela primeira vez.

— Nomeado em homenagem ao meu bisavô, que imigrou da Escócia.

— É um nome legal.

Ele ri.

— Acho que é um elogio vindo de uma garota chamada Dandelion Meadows.

Ele sorri para mim, seus olhos enrugando nos cantos.

Não pense em como ele é bonito. Não faça isso.

— Dandelion não é legal — zombo, examinando mais livros em suas prateleiras.

O calor na sala aumenta.

— Eu acho que é.

Fecho os olhos, tentando não pensar no fato de que quero que ele me toque. Que passe seus dedos levemente ao longo do meu ombro. Cubra meu pescoço.

Pare!

Ter uma queda por ele é uma coisa, ele é um dos caras — homens — mais bonitos que já vi e sou apenas humana. Mas imaginá-lo me tocando? Me beijando? Isso é ir longe demais.

— Vamos concordar em discordar sobre isso. — Eu me afasto da estante e volto para trás de sua mesa.

Espaço, tenho que colocar espaço entre nós.

Seus olhos se estreitam no meu movimento enquanto meu lado esquerdo decide que agora é o momento perfeito para me dar um ataque. O sinal toca e pego minha mochila.

Segurando o livro em uma das mãos, eu digo:

— O-obrigada pelo livro. Vou trazê-lo de volta depois de ler.

— De nada. Dani…

Mas ele não consegue terminar seu pensamento, pois saio correndo da sala, fechando a porta atrás de mim. Minha perna está rígida e inflexível enquanto manco pelo corredor, prendendo a respiração para ver se ele vem atrás, para perguntar o que há de errado, por que estou surtando.

Mas ele não vem.

Sou grata por isso, mas também sei que ele não vem porque já sabe a resposta.

doce dandelion

capítulo 14

— Aonde você vai mesmo? — Sage pergunta, às minhas costas, enquanto vasculho a geladeira em busca de suco de laranja.

— Bell Canyon. — Envolvo a mão ao redor da garrafa e a puxo para fora, servindo um copo para mim e para Sage.

— Ah, sim, eu conheço aquele lugar. Estive algumas vezes. Você vai gostar. — Ele se senta em uma das banquetas. — Precisa de uma carona?

Tomo um gole de suco e mordo o lábio.

— Uh, na verdade, Ansel vai me pegar em cerca de quinze minutos. Vamos tomar café da manhã primeiro. — Seus olhos se estreitam. — Sage — eu gemo, porque eu sei que ele está prestes a sair pela tangente.

Seus dedos apertam em torno de seu copo.

— Diga a esse garoto para estacionar na garagem e vir aqui. Eu quero conhecê-lo.

— Sage, sério? Ele é meu amigo. Não é como se ele fosse um *serial killer*.

Seus olhos cor de avelã me perfuram e ele parece que gostaria de poder colocar algum sentido em mim.

— Eu tenho o direito de conhecer com quem você está saindo, Dandelion.

Sei que ele está irritado quando me chama pelo primeiro nome.

— Sinto muito. — Digo isso com seriedade também. — Equilibrar o fato de que você é meu irmão, mas também meu guardião não é fácil.

Ele exala uma respiração pesada, empurrando os dedos por suas onduladas mechas castanho-douradas.

— É estranho para mim também, D. — Suas mãos se fecham em punhos antes de ele as achatar no granito. — Não quero falhar com você, com a mamãe ou com o papai.

Nunca parei para pensar como deve ser estar no lugar dele, ser responsável por sua irmã mais nova, agora que não há mais ninguém.

Claro, temos uma família estendida, mas a nossa unidade familiar normal está obliterada. Imagino que seria ainda mais difícil se eu fosse mais jovem.

— Vou ser mais respeitosa — sussurro baixinho.

Ele geme.

— Você é respeitosa, Dani. Acho que para você eu sou seu irmão mais velho irritante e superprotetor, o que é bom... eu ainda sou, de certa forma, mas também sou basicamente seu... — Ele para, apertando os lábios.

Seus olhos cheios de tristeza encontram os meus.

Ambos sabemos a palavra que ele se impediu de pronunciar.

Pai.

Sage é basicamente meu pai.

Mas, se isso for verdade, então quem ele tem para cuidar dele?

— Vou mandar uma mensagem para Ansel.

— Obrigado.

— É melhor eu terminar de me arrumar.

Posso dizer que ele está se voltando para dentro e não sei como tirá-lo disso.

Eu falo com o Sr. Taylor, mas com quem Sage tem que falar?

Enviando uma mensagem rápida para Ansel, enfio meus pés em um par de tênis que não uso há séculos. Sei que uma caminhada pode ser demais para minha perna, porém quero tentar. Estou cansada de ser deficiente, não pela minha perna, mas pelos meus medos.

Não demora muito até que Ansel me diga que está estacionando.

Andando pelo corredor, encontro Sage no local onde o deixei, sentado desamparado no balcão da cozinha.

— Ansel está aqui, eu disse a ele que o encontraria no saguão.

— Ok. — Sua voz é mais profunda, áspera, e sei que ele está perdido em coisas que não pode dizer.

Fecho a porta suavemente atrás de mim para que o clique da porta seja quase inaudível.

Desço o elevador até encontrar Ansel esperando no saguão, olhando para o teto. Não posso culpá-lo por olhar. Os lustres de vidro são bastante surpreendentes. Seu cabelo escuro está repartido, escovado para trás de sua testa e ele está vestido com shorts de basquete e uma camiseta simples. Ele quase não se parece consigo mesmo. Estou acostumada a vê-lo em jeans apertados, decote em V branco e algum tipo de jaqueta, mesmo que esteja acima dos vinte graus.

— Ansel — chamo, e ele abaixa os olhos do teto.

Um grande sorriso suaviza os ângulos de seu rosto quando ele me vê.

— Seu irmão está dificultando para você, hein?

— Sim — admito, e ele diminui a distância —, mas entendo de onde vem isso. Você não se importa, não é?

Ele balança a cabeça, negando.

— Este lugar tem serviço de quarto?

Eu rio, apertando o botão do elevador.

— Na verdade, eles têm.

— Porra, você está vivendo o sonho, Meadows. Se eu ficar com fome, minha mãe me diz para me virar. Isso seria conveniente.

— Mas caro. Ainda assim, meu irmão e eu pedimos comida a maior parte do tempo, de qualquer maneira.

— Certo, você mencionou que não sabe cozinhar. Ele também não sabe?

— Não.

Entramos no elevador quando as portas finalmente se abrem.

— Isso é difícil. Minha mãe é uma ótima cozinheira.

— Minha mãe também era.

— Porra, Meadows, eu sou o pior de todos.

Aperto o botão para o décimo primeiro andar.

Ansel encosta o corpo na lateral do elevador, me dando um olhar solidário.

— Me perdoa?

— Não há nada para perdoar. Não vou ficar brava com um comentário desses. Você tem permissão para falar sobre a sua mãe.

Seus olhos suavizam e ele me olha com carinho. Tenho certeza de que está curioso sobre o que tirou meus pais desta terra, mas não perguntou. Talvez ele suponha que, já que ambos se foram, foi um acidente de carro ou algo assim. Por enquanto, vou deixá-lo acreditar nisso, se for o que ele pensa. Um dia, espero ter forças para dizer a verdade, mas não consigo agora.

Quando as portas se abrem, eu o conduzo silenciosamente pelo corredor.

— Seu irmão não tem uma arma, não é? — Ansel agora parece um pouco assustado quando percebe que meu irmão mais velho espera por ele atrás de uma porta.

— Não, sem armas — sussurro, tentando bloquear as memórias que estão rastejando dos recessos do meu cérebro.

Abrindo a porta, rio quando encontramos Sage inclinado não tão casualmente contra o balcão da cozinha, olhando para a porta.

Entro primeiro, deixando Ansel me usar como escudo.

— Sage, este é Ansel. Ansel, meu irmão Sage.

Ansel limpa a garganta e dá um passo ao meu redor.

— Prazer em conhecê-lo. — Ele estende a mão para o meu irmão.

Sage olha para a mão dele como se fosse algum animal exótico que poderia mordê-lo. Seus olhos se movem para cima, observando a aparência de Ansel antes de olhar para ele como se fosse cravá-lo com adagas.

— Você não toca minha irmã com essa mão, não é?

Eu mentalmente bato na testa.

— Uh... — Ansel me encara e depois o meu irmão. — N-Não?

— Por que isso foi uma pergunta? — Os olhos de Sage se estreitam perigosamente e prendo a respiração, sem saber se devo rir ou agarrar as costas da camisa de Ansel e arrastá-lo para fora daqui.

— E-eu não sei? Não deveria ter sido. — Ansel endireita os ombros, decidindo não se encolher sob o olhar mortal do meu irmão.

Meu irmão faz uma espécie de grunhido de descrença.

— Para onde exatamente você está levando minha irmã?

A expressão de Ansel silenciosamente me pergunta:

— Você não contou ao seu irmão?

Eu contei, mas meu irmão psicótico quer ter certeza de que nossas "histórias" combinam.

— Nós estamos indo para Bell Canyon. É perto do bairro Wasatch Boulevard — Ansel responde, sua garganta se movendo de nervosismo.

Pobre garoto.

— Eu sei onde é. Dani mencionou que vocês estavam parando para o café da manhã.

— Uh, sim. Eu ia levá-la ao Penny Ann's Cafe.

Sage olha por cima do ombro de Ansel e aponta um dedo para mim.

— Pegue as panquecas de creme de leite. — Seu olhar volta para Ansel e o pobre garoto inala uma respiração instável. — Você vai pagar?

— Sim, eu estava planejando isso.

Sage sorri e eu me escondo atrás dos meus dedos.

— D? — Minhas mãos caem. — Peça a torta de manteiga de amendoim também.

doce dandelion

— Seu irmão é intenso. — Ansel despeja meia garrafa de calda em suas panquecas. Ele me passa a garrafa quando termina e adiciono um pouco à minha própria pilha de panquecas quentes. Elas cheiram como o céu.

— Ele não costumava ser tão ruim — admito, espetando o lado do garfo no meu café da manhã. — Mas ele é meu guardião agora, então é extremamente cauteloso. — Envolvendo os lábios em torno do talher, sufoco um gemido. — Ai, meu Deus, são fantásticas.

Deixo a panqueca assentar na língua, saboreando o sabor. Elas são leves e fofas, como imagino que seria comer uma nuvem.

— Quem diria que trazer você para Penny Ann ganharia a aprovação de seu irmão. Estou surpreso que ele não tenha te trazido aqui.

— Ele está ocupado.

— Trabalha muito?

Eu mastigo e engulo outra mordida, certa de que voltarei aqui em breve, porque nunca tomei um café da manhã tão bom antes.

— Ele trabalha para uma empresa de tecnologia e meio que mantém tudo funcionando, então sai cedo e trabalha até tarde.

— Isso é uma chatice.

— Está tudo bem. Eu gosto de ficar sozinha.

— Você não fica solitária? — Ele faz uma pausa, um pedaço de panqueca pendurado em seu garfo.

— Às vezes.

Franze a testa, enfiando a comida na boca. Com a boca cheia, diz:

— Bem, você sempre tem a mim, Meadows.

— Obrigada.

— Estou falando sério. Chama, liga, que eu sou teu amigo.

— Ok, Kim Possible.

— Você pegou a referência. — Ele aplaude. Meus olhos se estreitam quando coloca as mãos em volta da boca. — Ei, ela entendeu a referência — ele grita no café, fazendo com que praticamente todos olhem para nós.

— Cala a boca — imploro, odiando a sensação de tantos olhos em mim.

Ele ri, afastando o cabelo da testa, uma vez que teimosamente cai em seus olhos.

— Só estou tentando fazer você rir, Meadows.

— Parece que estou rindo? — Aponto para o meu rosto estoico.

Seu sorriso cai.

— Uh... não. Desculpa.

— Eu não gosto de pessoas olhando para mim.
Suas sobrancelhas franzem em confusão.
— Por quê?
Porque eu tenho medo de que eles vejam a dor. A mágoa. A tristeza. O fato de que estou quebrada.
— Não gosto disso. Timidez, eu acho.
Ele bufa, limpando as mãos em um guardanapo.
— Você não é tímida, Meadows.
Ele está certo, eu não sou, mas parecia uma explicação mais fácil.
Terminamos nosso café da manhã e pedimos uma torta para compartilhar.
— Vou ao banheiro. Já volto.
Ele desliza para fora da cabine e mando uma mensagem para Sasha, certificando-me de que ela estará na trilha a tempo. Ela me manda uma selfie em roupas de ginástica do lado de fora do carro.

> Sasha: Saindo da minha casa agora! Vejo vocês em breve, perdedores!

A garçonete deixa o pedaço de torta na mesa com dois garfos.
— Aqui está, querida. Aproveite.
Ansel vem ao virar da esquina do banheiro, esfregando as mãos quando vê a torta.
— Se prepare para sua mente explodir. Se achou que os bolos eram bons, você ainda não viu nada. — Ele desliza para a cabine em seu lugar na minha frente. Pegando o garfo, o segura no alto. — Tim-tim, Meadows.
Bato o garfo contra o dele e engulo.
— Ah. — Cubro a boca ao mastigar. — Isso está ótimo.
Ansel ri.
— Estou feliz que você gosta disso. Sou um completo fã de comida e Salt Lake tem alguns ótimos cafés e restaurantes.
— Definitivamente tem. Acho que é um bônus de viver na cidade, há uma tonelada de restaurantes únicos.
— Isso não é nem a ponta do iceberg.
Nós terminamos cada pedaço da torta e, apesar dos meus protestos, Ansel paga a conta inteira. Ele não diz, mas tenho quase certeza de que está paranoico de que meu irmão vai sair de trás de uma cabine ou vaso de plantas e gritar com ele se não o fizer.

doce dandelion

Nós dirigimos para a trilha de caminhada, encontrando Sasha já esperando. Ela se inclina contra seu carro hatch branco em um sutiã esportivo preto e legging preta. Seu cabelo encaracolado está trançado em cada lado e um par de pequenos óculos de sol pretos está na ponta de seu nariz.

— Vocês levaram muito tempo — ela comenta, enquanto descemos do carro.

— Quanto tempo é essa trilha? — pergunto, apertando os olhos por causa do sol. Levanto a mão para proteger os olhos.

— Pouco mais de três quilômetros até a cachoeira — Ansel responde, dando a volta na frente do carro com uma mochila amarrada nas costas.

— E mais quase cinco de lá para o reservatório, mas não acho que faremos isso. Um total de seis quilômetros é suficiente para hoje. — Sasha pega a mochila a seus pés e a amarra.

De repente me sinto despreparada, agora que percebo que sou a única que não tem uma.

— Eu embalei sanduíches e água para quando chegarmos à cachoeira.

— Tenho água também. — Ansel aponta para sua bolsa atrás de si.

Sasha revira os olhos por trás dos óculos de sol.

— Puxa-saco.

— Como trazer água me torna um puxa-saco? — resmunga, e nós três começamos a subir a trilha.

Eu não tentei nada assim desde que fui liberada da clínica de reabilitação em que estava depois do hospital, e rezo para que minha perna aguente a caminhada de três quilômetros de ida e volta.

Tenho receio da distância total de seis quilômetros, mas decido enfrentar mentalmente uma parte de cada vez.

Um ano atrás, seis quilômetros não seriam nada. Eu poderia ter corrido isso sem ficar sem fôlego. Agora, a ideia de andar por ela ameaça me dar um ataque de pânico.

Faço o meu melhor para silenciar meus pensamentos e me concentrar nas implicâncias de Ansel e Sasha.

— Você sabia que eu estava trazendo o almoço. Deveria estar implícito que eu cobriria a porção da bebida.

— Água nunca é demais.

— É verdade, mas agora você está carregando uma mochila sem motivo.

Ansel tenta não rir enquanto fico atrás dos dois, meu mancar me atrasando.

— Você gostaria que eu me virasse e colocasse a mochila no carro? —

Ele para completamente e eu tropeço, tentando não esbarrar nele. — Uau, desculpe, Meadows. — Sua mão se fecha em volta do meu braço e ele me impede de cair de cara. — Eu deveria ter olhado para trás antes de parar.

— Tudo bem — murmuro, minhas bochechas esquentando. Não porque ele está me tocando, mas porque não deveria ter me impedido de cair. Quando ele parou na minha frente, não consegui me mover a tempo por causa da minha perna estúpida.

Olho para ela, sentindo a raiva borbulhar dentro de mim. Eu me permito sentir essa emoção por apenas um momento antes de desligá-la e me concentrar na gratidão em vez disso, porque tenho sorte de sequer andar. Minha perna e meu pé podem me causar problemas, mas ser capaz de ficar de pé e dar um único passo é uma bênção pela qual sou grata.

Os dois param de brigar e nós seguimos a trilha.

Perco o fôlego constantemente com as vistas deslumbrantes. É mais bonito do que eu esperava. Está ficando óbvio para mim por que meu irmão se apaixonou por Salt Lake e nunca mais saiu.

Eventualmente chegamos à cachoeira. Tento não pensar no fato de que levamos quase uma hora por minha causa, os dois diminuindo a velocidade até caminharmos lado a lado, eu no meio.

A cachoeira é maior do que eu esperava, cercada por árvores começando a adquirir tons de vermelho, laranja e amarelo. Há um grande afloramento rochoso e é aí que montamos o nosso piquenique, tomando cuidado para evitar o musgo escorregadio em algumas áreas.

— Isto é manteiga de amendoim e geleia — Ansel acusa, desembrulhando seu sanduíche.

Sasha revira os olhos, soprando uma mecha de cabelo solto de seus olhos.

— O que você esperava? Bife e batatas? Você tem sorte de conseguir isso.

Ela me passa um sanduíche embrulhado.

— Ignore o Ansel — digo a ela, olhando feio para ele. — Ele come manteiga de amendoim e geleia três vezes por semana.

Ansel sorri para mim.

— Prestando atenção no que eu como, Meadows?

— Só porque você me perturba.

Ele ri, sabendo que não me incomoda, pelo menos não mais.

— Vocês deveriam namorar — Sasha anuncia, mastigando um pedaço de seu sanduíche. Ansel e eu olhamos para ela sem nenhuma expressão na cara. — O quê? — Ela pisca, inocente. — Vocês dois já se implicam como um velho casal. Apenas oficializem.

doce dandelion

Sinto os olhos de Ansel desviarem para mim, mas ignoro.

— Nós somos amigos. Não estou interessada em um relacionamento.

Ansel limpa a garganta.

— Por que estragar uma coisa boa?

Sasha olha para nós como se fôssemos burros.

— Qualquer coisa que vocês digam. — Juro que há alívio em seus olhos, no entanto.

— Isso é lindo. — Olho em volta para todas as árvores e cachoeiras. Não tenho certeza da nossa exata altura, mas isso não importa, porque a vista é incrível.

— Há muitos lugares assim por aqui. Meio que me perco em meu próprio mundo e esqueço que eles existem. — Ansel arranca um pedaço de sua casca do pão e Sasha olha brava para ele.

— Pare de arruinar minha obra-prima. Trabalhei duro para isso.

Ansel ergue os olhos quando percebe que ela está falando com ele.

— Hã...?

— Garotos — ela murmura para mim. — É incrível como são burros.

— Eu sou burro por tirar a casca? — Ele parece genuinamente ofendido.

— Não, sua espécie como um todo é burra.

— Nós somos da mesma espécie, Sasha. Apenas gêneros diferentes.

— Tem certeza disso? — argumenta, seus olhos estreitos e mortais.

Se ela pensa que Ansel e eu discutimos como um velho casal, não sei como chama o que eles fazem.

Nós terminamos nosso almoço, arrumamos tudo e descemos.

Dou um abraço de despedida em Sasha e entro no carro de Ansel para que ele possa me levar para casa.

Depois de trinta minutos de carro, ele estaciona na frente do prédio. Por alguma razão, me vejo relutante em deixá-lo, o que é completamente irracional e bobo.

— *Je te verrai demain*, Meadows.

Vejo você amanhã.

— Obrigada pela carona.

Saio do carro dele e entro no prédio, indo em direção ao elevador.

Apertando o botão, fico lá e espero, tentando ignorar a dor que irradia do meu quadril esquerdo para baixo, na minha perna. Eu exagerei hoje e vou pagar por isso. Mas me diverti demais para me importar.

As portas se abrem e sou prontamente empurrada para o chão por um gigante floco marrom. Uma grande língua rosada e molhada lambe meu rosto desde a parte inferior do meu queixo até o topo da minha testa.

— Zeppelin! Quieto, rapaz. Você não pode atropelar estranhos. — O cachorro gigante é puxado de cima de mim e eu rio, limpando o rosto da baba. — Ah, Dani, é você. — Um sorriso fácil transforma seu rosto, suavizando suas feições.

— Ei, Lachlan.

Eu estremeço.

Lachlan... você está chamando-o de Lachlan agora?

— Desculpe pelo Zeppelin. — Estou surpresa que ele não me corrija e me diga para chamá-lo de Sr. Taylor. Respiro de alívio com isso. — Aqui, deixe-me ajudá-la a se levantar.

Ele estende a mão e eu a pego. Normalmente, eu recusaria, mas, com o meu lado esquerdo praticamente dormente, realmente preciso de ajuda. Atrás dele, o elevador fechou e as setas acesas acima indicam que está voltando para cima e terei que esperar outro.

— Não se preocupe com ele. Eu gosto deste garoto. — Acaricio a cabeça do cachorro. Ainda não consigo superar o tamanho dele. Eu tenho 1,60m e, quando se senta nas patas traseiras, ele é quase tão alto quanto eu.

— Ainda assim, ele não deveria estar derrubando as pessoas. — Ele envolve a coleira em torno de sua mão direita algumas vezes. — Tendo um bom fim de semana?

— Não foi tão ruim.

— Bom. — Ele engole a saliva, apertando os lábios. — Já começou o livro?

Nego com a cabeça, cruzando os braços sobre o peito. O gesto empurra meus seios juntos e seus olhos, espontaneamente, caem para as elevações e depois para longe. Não perco o tique sutil em sua mandíbula. Deixo meus braços caírem.

— Estou planejando começar hoje à noite.

— Estarei curioso para ouvir o que você pensa sobre isso.

Eu sorrio. Uma discussão de livro com Lachlan soa bem, apesar do fato de que eu provavelmente vou odiar seu livro favorito.

Inclinando-me ao redor dele, aperto o botão de outro elevador.

— Não fique muito animado. Eu provavelmente vou rasgá-lo em pedaços.

Seu sorriso cresce e ele dá alguns passos para trás, em direção à saída.

— Discordâncias podem ser saudáveis. Opiniões são vitais.

doce dandelion

O elevador apita e eu aponto para as portas abertas.

— Eu... uh... vejo você por aí.

Seus olhos azuis são brilhantes, tão brilhantes que reluzem como as estrelas no céu. Acho que poderia me perder neles para sempre e isso não me incomodaria.

— Vejo você depois, Dani.

Entro no elevador e solto um suspiro trêmulo no segundo em que as portas se fecham.

Ansel me disse que me veria amanhã e eu não senti nada. Nenhuma excitação, nenhuma vibração na barriga, nada.

Mas quando Lachlan disse isso?

Eu senti tudo.

capítulo 15

É o meio da noite e as luzes do meu quarto estão apagadas. Fiquei deitada de lado sob as cobertas segurando as páginas do livro como um colete salva-vidas. Não acredito no que estou lendo. Minha boca está aberta de horror enquanto viro página após página, estremecendo com quão assustadoramente realista este livro é para hoje.

Só queria ler alguns capítulos antes de tentar dormir, mas sei que isso não vai acontecer. Tenho que saber como termina.

Se eu soubesse exatamente onde Lachlan morava no prédio, estaria batendo na porta dele agora mesmo e exigindo respostas. Mas como não é possível bater em todas as portas do décimo segundo andar, eu continuo lendo.

Uma hora depois, são três da manhã e estou de olhos arregalados, encarando o teto. O livro acabado está no meu peito, meus dedos entrelaçados sobre ele.

Eu me sinto zangada, enfurecida e, se não soubesse que este livro era tão especial para ele, eu o jogaria na parede e o socaria para completar.

Há pouca ou nenhuma chance de eu conseguir dormir esta noite, o que não é tão incomum. Tiro as cobertas do corpo e coloco o livro na cômoda antes de andar na ponta dos pés do meu quarto para a cozinha. Faço uma tigela de cereal e me sento no sofá, ligando a TV. Passa um monte de comerciais e, como não estou interessada em comprar um aspirador de pó ou uma bugiganga qualquer, acabo colocando um filme.

Colocando a colher de cereal na boca, não consigo me livrar da dor no peito por causa do livro. Nunca li nada que me fez sentir tanto. É verdade, estou principalmente irritada, mas sei que este é um livro que vou pensar nos próximos anos.

Terminando meu cereal, limpo a tigela antes de me deitar no sofá, puxando o cobertor sobre mim. Mantenho o volume da TV baixo o suficiente para não acordar Sage.

doce dandelion

Por algum milagre, consigo adormecer e acordar por volta das seis. Eu me preparo para a escola, tomo um café da manhã rápido com um muffin do supermercado e me despeço de Sage quando ele sai para o trabalho.

Coloco a cópia de Lachlan de *1984* cuidadosamente na mochila. Está em más condições, então não é como se uma página amassada fosse minha culpa, mas por algum motivo eu acho necessário tratá-la com reverência.

Descendo as escadas, espero o ônibus escolar. Quando ele chega, eu subo e ando até os fundos, sentando e colocando meus fones de ouvido. *Fire and the Flood* toca, de Vance Joy, e inclino a cabeça contra o vidro enquanto o ônibus começa a se mover.

Eu provavelmente deveria conseguir um carro. Tive a liberação para dirigir depois que fui liberada do centro de reabilitação, mas fiquei com muito medo. É uma daquelas coisas que não consigo explicar, o medo. É completamente irracional, mas não significa que não seja uma coisa real.

Depois de mais algumas paradas, o ônibus segue para a escola.

Espero que ele se esvazie antes de me levantar, andando pelo corredor estreito.

— Tenha um bom dia — digo ao motorista do ônibus antes de sair.

Minha manhã passa em uma lentidão entorpecente. Tudo o que posso pensar é no meu período diário com Lachlan. Estou louca para falar com ele sobre a história. Não consigo decidir se gostei ou odiei, mas acho que não importa, já que ela me afetou profundamente.

— Você parece distraída — Ansel comenta, amassando o lixo do almoço e jogando na lata a alguns metros de distância. Suas mãos estão manchadas com lápis de seu mais recente projeto de uma coleção abstrata de formas intrincadas e tortuosas.

— Tenho muita coisa na cabeça. — Meu próprio bloco de desenho está enfiado na bolsa, intocado hoje, já que meu cérebro está focado em outro lugar. Não o tenho usado muito durante o almoço, já que agora estamos com Sasha e Seth.

— Quer falar sobre isso? — Ele segura a porta aberta para mim no corredor movimentado. Sasha e Seth saíram pela extremidade oposta da biblioteca.

— Não, estou bem.

— Onde você está indo? Eu posso te levar até lá. — Ele inclina a cabeça para baixo, esperando pela minha resposta.

Meus dedos apertam as alças da mochila.

— Uh... não, está tudo bem.

Ele sorri.

— Eu tenho tempo.

— Não, de verdade. — Coloco o cabelo atrás da orelha. — Fica fora do caminho. É melhor eu me apressar.

Empurro os corpos dos alunos, deixando um Ansel confuso para trás. Não quero que ele e Sasha saibam para onde tenho que ir todos os dias. Eles vão fazer perguntas, perguntas que não vou responder, e, se acontecer de pesquisarem meu nome no Google, vão encontrar a verdade bem na cara deles. Uma verdade que não quero que eles, ou qualquer outra pessoa aqui, saiba. Não tenho vergonha do que aconteceu. Foi uma realidade horrível que tive que enfrentar, ainda tenho que enfrentar todos os dias, mas isso não significa que quero ser confrontada com olhares ou perguntas difíceis que não quero responder.

Meus pés batem nas escadas e reprimo o pânico crescente dentro de mim. Ansel e Sasha se tornaram meus amigos e vão querer saber mais sobre mim. É inevitável, amigos normalmente sabem tudo sobre você.

Os corredores começam a esvaziar quando a maioria das pessoas chega às suas aulas. Descendo o corredor que leva ao escritório de Lachlan, faço o meu melhor para afastar meus pensamentos preocupantes. Por um momento, quero ser normal novamente. Quero falar sobre este livro, e não sobre como me sinto, sobre minhas memórias ou como estou fodida.

A porta está entreaberta quando chego ao escritório dele e a abro.

— Dani. — Seu sorriso transforma seu rosto e meu estômago dá uma cambalhota.

Tenho uma queda pelo meu conselheiro da escola. Se isso não significa problema, não sei o que significa.

— Ei. — Respiro, tentando mascarar meu alívio por estar perto dele.

Algo em sua presença acalma minhas entranhas de uma forma que nada nem ninguém mais consegue. Não faz sentido e não posso explicar, mas acho que é assim que os sentimentos funcionam.

— Você começou o livro? — Seus olhos estão iluminados de animação.

— Na verdade, eu o terminei. — Vasculho a minha mochila, colocando a cópia gasta e amada em sua mesa.

Ele a pega e olha para mim com surpresa.

— Você terminou.

— Sim. — Caio no sofá, minha mochila aos meus pés.

doce dandelion

— O que você achou? — Ele parece hesitante, mas esperançoso.

— O livro me deixou louca.

O riso explode para fora dele.

— Faz você pensar, hein?

— Ele é torturado e no final ele ama o Grande Irmão! Foi tudo por nada! Qual era o propósito disso?

Seus longos dedos envolvem o livro e ele o pega, olhando-o como se nunca o tivesse visto antes.

— É uma mensagem alertando contra os perigos do totalitarismo. Acho esclarecedor. Então, você odiou?

— Não sei como me sinto sobre isso. Eu não amo, mas não tenho certeza se odiei. Nunca vou esquecer, no entanto.

Ele passa o dedo pela capa com reverência.

— Isso é o que o torna o meu favorito. É o tipo de história que se transforma em minha mente muito depois de ter terminado.

— Quantas vezes você leu?

Ele olha para as páginas desgastadas.

— Não sei. Cinco, talvez seis vezes.

— Uau. — Meus olhos se arregalam de surpresa. — Nunca li um livro mais de uma vez.

— Você gostaria de ler outro? — Ele se levanta, caminhando para a extrema direita de sua estante. Ele guarda o *1984* e espera que eu me junte a ele.

— Não sei. — Deslizo as mãos nos bolsos de trás do jeans, balançando em meus calcanhares. — Tudo o que você tem a recomendar é tão deprimente?

Seus lábios se curvam em pensamento, seus olhos examinando as prateleiras.

— Você acha que gostaria de um thriller? Algo psicologicamente distorcido?

Dou de ombros, pegando um porta-retrato de sua prateleira.

— Pode ser. Eu não sou exatamente o tipo de garota de corações e flores, então uma foda mental parece bem a minha cara.

Seus lábios se curvam em um sorriso.

Estudo a foto dentro da moldura. É um Lachlan mais jovem, talvez com uns dezenove anos, vestido para uma partida de golfe, o taco em sua mão. Ele está ao lado de um homem que poderia ser seu gêmeo, se não fosse por seu cabelo mais ruivo comparado ao preto de Lachlan. Mas a estrutura facial, o formato dos lábios e a cor dos olhos são todos iguais.

— Seu pai?

Ele olha para a imagem com um sorriso carinhoso.

— Aham. — Coloco a moldura de volta onde a encontrei, examinando mais bugigangas ali. — Dani? — Lachlan me chama e forço meu olhar para longe das prateleiras. — Tenho um livro que acho que você gostaria, mas está em casa. Você pode passar por lá e pegá-lo, se quiser.

Sei que ele não está me convidando, mas meu corpo aquece de qualquer maneira, cantarolando com algum tipo de eletricidade.

— Seria ótimo.

Seu braço roça o meu enquanto ele se move, pegando um quadro mais alto e entregando para mim.

— Minha mãe, minha irmã, meu pai e meu avô. — Ele aponta cada indivíduo ao seu redor na formatura da faculdade. Meu coração dói, porque nunca vou ter uma foto como esta. Sua mãe tem cabelos pretos que caem em longas ondas e uma pele parda. Sua irmã é uma mistura perfeita entre ambos os pais. Seu cabelo é escuro, mas não tanto quanto o de Lachlan, com toques de vermelho.

— Sua mãe e irmã são lindas. Você é próximo da sua família?

— Muito. Também tenho uma tonelada de primos que parecem irmãos.

— Quais são os nomes deles? — Aponto para a família dele na foto.

— Minha mãe é Catriona, minha irmã é Isla, meu pai é Niall e meu avô é Leith.

— Uau — devolvo a moldura para ele —, são muitos nomes únicos.

— Minhas raízes escocesas são profundas.

Ele se estica para colocar a foto de volta na prateleira de cima, sua camisa esticada sobre sua forma musculosa. Mordo meu lábio para não fazer algum tipo de barulho.

— Você tem um kilt? — disparo.

Ele se endireita, os lábios se contraindo com o riso.

— Na verdade, eu tenho.

Pensei que imaginar Lachlan em um kilt ajudaria a acalmar meu coração acelerado, mas está tendo o efeito completamente oposto.

Não é legal, coração. Não é legal, porra.

— É o padrão de tartan da família e tudo. — A maneira como seus olhos brilham, não tenho certeza se ele está falando sério ou se divertindo comigo.

— Você já esteve na Escócia?

Apenas alguns centímetros separam nossos corpos. Nenhum de nós fez qualquer movimento para retornar à posição sentada. Eu me pergunto se ele percebe a maneira como nossos corpos parecem gravitar um em direção ao outro sem nenhum pensamento, pelo menos da minha parte. Sim, estou atraída por ele, acho que qualquer mulher sã estaria, mas eu não cruzaria a linha de propósito. Meu corpo, o dele também, parece não saber que existe uma.

Ele balança a cabeça.

— Não, ainda não. Está na minha lista de desejos.

— Eu nunca pensei muito nas coisas que gostaria de fazer antes de morrer — murmuro baixinho, achando olhar para ele de repente difícil. Engulo em seco. — Acho que eu deveria agora, você sabe, depois de tudo. — Meu suspiro pesado ecoa pela sala, se prolongando em um suspense pesado.

— Você consegue pensar em uma coisa que gostaria de fazer?

— Viajar seria bom, acho. Principalmente eu quero...

Ele se vira, seu corpo inclinado para baixo em direção ao meu em um gesto quase protetor.

— Você quer? — Não sei se ele percebe, mas sua voz está rouca. Isso faz meu centro apertar e doer de uma maneira que nunca aconteceu antes. Tive alguns relacionamentos breves antes do tiroteio, um que durou quase um ano. Então, não é como se eu fosse totalmente inexperiente. Mas nenhum desses caras fez meu corpo reagir assim. — Dani? — Sua língua desliza um pouco para fora, molhando seus lábios.

Não quero admitir o que tenho a dizer, porque não quero que ele pense que é sobre ele, mas ele não está me dando escolha.

— Eu quero me apaixonar. — Seus olhos escurecem, mas não perco o pequeno passo que ele dá para longe de mim. — Quando eu estava deitada naquele chão, molhada do meu próprio sangue, gritos ecoando por toda parte, eu sabia que morreria. A única coisa de que me arrependi naqueles breves momentos antes de perder a consciência foi o fato de que nunca conheceria o amor verdadeiro, esmagador e eterno. Não caminharia até o altar para encontrar o homem dos meus sonhos. Não seguraria meu filho nos braços. Não envelheceria com alguém. — Tenho que fazer uma pausa e recuperar o fôlego, também me permitindo ter um momento para manter as lágrimas sob controle. — Eram as coisas simples e comuns que eu perderia que doeram mais. No final das contas, essas coisas podem parecer mundanas ou desnecessárias para alguns, mas para mim eram tudo o que eu queria. Então, acho que se eu fosse colocar alguma coisa na minha lista de desejos, me apaixonar estaria no topo dela.

Seu olhar se aprofunda e sinto isso todo o caminho até a ponta dos meus dedos dos pés.

Um arrepio começa na base da minha espinha, subindo pelo meu corpo.

— Você está com frio? — Ele parece preocupado.

Nego com a cabeça.

— Não, não é frio.

O sinal toca.

Odeio aquele sinal esquecido por Deus. Eu quero ficar aqui, neste pequeno casulo, um pouco mais.

Lachlan dá um passo ao meu redor, de volta para sua mesa.

— Deixe-me anotar o número do meu apartamento. — Ele rabisca alguns números e me passa o bilhete azul. — Para você buscar o livro. — Ele limpa a garganta. Sinto que ele está tentando me lembrar, ou talvez a si mesmo, de que esta não é uma ligação social.

— Obrigada.

Pego o bilhete dele e agarro a mochila.

— Vejo você depois da escola — digo, indo para a porta.

Ele não responde e não olho para trás, porque algo me diz que não quero ver a expressão em seu rosto.

capítulo 16

Ando pela extensão do condomínio de Sage. O Post-it azul está pressionado em uma bola enrugada na palma da minha mão direita.

1206.

Lachlan está um andar acima de mim, no 1206. É tolice eu estar pirando com isso. Ele vai me dar um livro. É isso. Nada mais. Mas meu coração parece não perceber e continua saltando toda vez que penso nele.

— Isto é ridículo!

Se alguém pudesse me ver agora, eu pareceria uma pessoa insana.

Caminho até a porta com passos fortes, fechando-a bruscamente atrás de mim. O som dela ecoa pelo corredor.

Estou começando a suar e isso não é nada atraente.

Aperto o botão do elevador e cruzo os braços sobre o peito. Balanço para frente e para trás sem firmeza, tentando eliminar a adrenalina do meu corpo de alguma forma.

É um livro, eu me lembro. *Você está pegando um livro dele. Isso é tudo.*

Entrando no elevador, continuo a me dar uma conversa de motivação interna.

Quando as portas se abrem, ando pelo corredor até o apartamento de Lachlan, parando do lado de fora para tomar um momento para me concentrar.

Uma vez que estou confiante de que estou bem, levanto o punho e bato.

Não tenho que esperar muito antes de a porta se abrir e ele ficar do outro lado parecendo muito gostoso para ser o equivalente a um professor. Ele veste uma camisa com mangas cortadas e shorts de ginástica soltos. Sua pele ainda está escorregadia de suor, seu cabelo úmido também.

— Ei. — Ele sorri, meu estômago se revirando — Entre, vou pegar o livro.

Ele dá um passo para o lado e acena para mim quando continuo parada ali. A porta se fecha e fico lá olhando para o que é basicamente o gêmeo da casa do meu irmão, apenas invertido com a cozinha e os quartos à minha esquerda em vez da direita.

Meus olhos piscam sobre ele, tentando e falhando em encontrar alguma coisa pouco atraente no homem. Ele pega uma garrafa de água e toma um longo gole, os músculos da garganta se contraindo.

Eu estar aqui deve estar quebrando algum tipo de regra da escola, mas Lachlan não parece ter pensado nisso. Provavelmente porque para ele eu sou uma criança. Uma garota de dezoito anos que reclama com ele sobre seus problemas cinco dias por semana. Ele não tem os pensamentos que estou tendo — como o fato de o quarto dele estar a apenas alguns metros de distância. Ele certamente não se pergunta como seria minha pele contra a sua.

Ele é a única pessoa com quem me sinto à vontade para realmente falar sobre o que aconteceu e isso formou algum tipo de conexão que está me fazendo ter esse tipo de pensamentos. Nem entendo por que, de todos com quem falei desde a tragédia, é com ele que me abro. Há um sentimento inexplicável dentro de mim quando se trata de Lachlan. Talvez, se eu fosse mais velha, mais experiente, teria palavras para isso.

— Você não se importa se eu soltar o Zeppelin, não é? Ele está no meu quarto.

Meu coração bate mais rápido quando ele menciona o quarto.

— Não me importo. — Tento enfiar discretamente o post-it amassado no bolso de trás, de repente com medo de deixá-lo cair. Eu quero guardar.

— Me dê um segundo.

Ele termina de beber todos os quinhentos mililitros de água, enxugando a boca com as costas da mão bronzeada.

Seus passos ressoam suavemente pelo corredor, um tapete cinza liso suavizando seus passos.

Segundos depois, há um latido e Zeppelin corre pelo corredor, batendo em mim.

Envolvo os braços ao redor dele e abraço o cachorro mamute de volta.

— Zep, cara! Tenha cuidado com ela! — Lachlan chama de seu quarto.

— Você é um bom menino, não é? — Coço Zeppelin atrás das orelhas. Ele me dá um beijo, me cobrindo de baba de cachorro. Franzo a testa, porque é meio nojento, mas o cachorro é muito doce para deixar isso me incomodar por tempo demais.

Nós nunca tivemos um cachorro enquanto crescíamos. Eu sempre quis ter um, mas minha mãe dizia que não tínhamos tempo, o que eu entendia,

doce dandelion

com ela trabalhando e todas as minhas atividades extracurriculares. Mas talvez Sage me deixasse ter um cachorro?

Eu me levanto quando ouço os pés de Lachlan caminhando pelo corredor. Zeppelin esfrega a cabeça na minha perna, implorando por mais atenção.

— Aqui está aquele livro.

Ele me oferece a capa dura e eu a pego, estudando a capa — cores escuras, olhos espreitando, vibrações muito assustadoras.

— Não é terror, certo? Não gosto de ter medo.

Ele ri, agarrando a parte de trás de um dos bancos em sua ilha de café da manhã.

— Não. Vai te manter fazendo suposições, mas não é assustador.

Arqueio uma sobrancelha para ele.

— Promessa de mindinho?

Ele ri.

— Promessa de mindinho.

Ele assente, envolvendo o dedo mindinho em volta do meu quando ofereço.

Afastando-me, levanto o livro no ar, usando-o para apontar para ele.

— Obrigada. Eu vou hã… obrigada. — Por que diabos eu sou tão estranha? Coloco uma mecha de cabelo atrás da orelha. — Vou embora agora.

Ele ri, soltando a cadeira para abrir a porta para mim.

— Vejo você amanhã, Dani.

Saio pela porta de frente para ele. Forço-me a me virar e ir para o elevador. Antes de chegar ao final do corredor, olho por cima do ombro.

Ele ainda está me observando, seus olhos estreitados, o rosto conturbado. Quando ele me pega olhando, esconde suas feições e fecha a porta.

— O cheiro disso é incrível. Estou morrendo de fome. — A porta se fecha atrás de Sage e olho para cima do sofá onde estou enrolada com o livro. Demorou para começar, mas agora me mantém em dúvida.

— Esqueci totalmente que pedi comida.

Quando chegou, vinte minutos atrás, eu voltei a ler, consumida demais pela história para sequer comer. Além disso, sempre tento esperar por Sage.

Colocando o livro na mesa de café, empurro o cobertor para longe e me levanto.

— Você está lendo? — Sage pergunta, seu tom normalmente profundo um pouco alto em surpresa.

— Humm, sim.

— Onde você conseguiu o livro? — A pergunta é abafada por uma batata frita que ele tirou de uma das caixas de comida.

Entro em pânico por um breve segundo.

— Peguei me emprestado.

— Que legal. — Ele arregaça as mangas de sua camisa. — Deus, estou morrendo de fome. Vou comer antes de tomar banho.

Ele pega os pratos e começa a empilhar comida neles. Pedi para nós batatas fritas e um sanduíche de bacon, alface e tomate. Ele passa um para mim, já enfiando um pedaço de sanduíche na boca.

— Almoçou?

Ele balança a cabeça.

— Não, não tive tempo. Houve um contratempo e alguns computadores pararam de funcionar. Foi um caos.

— Isso parece barra pesada.

— Foi. — Ele se joga no sofá com um gemido cansado.

Eu me junto a ele, empurrando o livro para fora de seu alcance caso ele o pegue. Não tenho certeza se conhecerá o nome de Lachlan se abrir, mas não quero arriscar. Vou ter que perguntar a ele por que escreve seu nome nos livros, porque não entendo.

— Sinto muito que você tenha tantas horas sozinha antes de eu voltar para casa.

— Está tudo bem. — Cubro a boca ao mastigar. — Isso me dá a chance de fazer a lição de casa e relaxar.

Na verdade, na maioria das vezes fico sentada e entediada. Minha lição de casa geralmente termina na escola, então, quando chego em casa, não há nada a fazer além de assistir TV ou desenhar. Mas eu não amo desenhar como Ansel, e só posso fazer isso por um tempo antes de ficar frustrada com as minhas linhas patéticas que mal completam uma forma. Hoje, o livro ajudou a ocupar meu tempo. Talvez eu tenha que dar uma chance a mais livros.

doce dandelion

— Isso é verdade. — Sage parece aliviado, e estou feliz por poder aliviar o fardo de seus ombros, mesmo que seja uma mentira inocente. — Está muito bom. De onde você encomendou?

— Era uma lanchonete a alguns quilômetros de distância. Mandei o Uber Eats entregar.

— Hmm — ele cantarola, a maior parte de sua refeição devorada enquanto a minha mal é tocada.

— Acho que vou comer no meu quarto se estiver tudo bem? — falo. Ele olha para mim com surpresa, já que nunca peço para sair. — Eu meio que quero ler.

— Tudo bem, D.

Levanto-me com meu prato de comida e o livro. Faço uma pausa na beira do corredor antes de desaparecer completamente de sua vista.

— Sage? — chamo. Ele olha para cima. — Eu te amo.

Ele sorri, seus olhos castanhos suavizando com algo como gratidão. É uma coisa tão simples dizer a alguém que você a ama, mas essas três pequenas palavras podem significar muito.

— Eu também te amo, mana.

capítulo 17

— Você tem um gosto estranho para livros.

Deixo cair o livro pesado, de mais de quinhentas páginas, na mesa de Lachlan. Ele pula, não tendo me ouvido entrar desde que estava tão absorto em algo no computador. Tenho certeza de que ele tem uma tonelada de coisas a fazer com os veteranos se preparando para as inscrições para a faculdade.

— Você não gostou? — Ele fecha o navegador e pega o livro. Folheia as páginas antes de fechá-lo com um estalo.

— Eu amei. Mas isso não significa que não seja estranho. Quero dizer, sei que múltiplas personalidades são uma coisa real e tudo, mas isso foi intenso.

Ele se inclina para trás na cadeira, seu sorriso fácil fazendo meu estômago dar uma cambalhota.

— O que achou do final?

— Achei que ela deveria ir para a cadeia. — Renuncio ao sofá e empoleiro minha bunda na ponta de sua mesa. Ele se afasta para me ver melhor. — Ela sabia o que suas personalidades estavam fazendo, mas não parou Jackie quando matou aquele senhor idoso. Ela deixou. Ir para uma ala psiquiátrica e não enfrentar a prisão parece que ela se safou muito fácil.

— Mas ela não conseguia controlar suas personalidades quando estavam em posse — ele argumenta.

— Isso é verdade — concordo, cedendo nesse ponto. — Mas a personalidade de Jackie ainda estava lá, como Loretta e Mae. Jackie vai voltar. Ela não deveria ser punida?

— Mas ela ainda não está sendo punida? Ela está presa em uma ala psiquiátrica pelo resto de sua existência, e Keeley, a pessoa real e personalidade principal, não é insana e não é tecnicamente uma assassina.

— Argh — eu gemo, me levantando para andar de um lado para o outro em seu escritório. — Dói meu cérebro.

Ele ri e a cadeira range quando se levanta.

— Acho que um bom debate saudável é divertido.

— É o que dizem as pessoas velhas.

Algo pisca em seus olhos e ele desvia o olhar, juntando as mãos atrás das costas.

— Quer mais alguma coisa para ler?

— Poderia muito bem pegar algo. — Dou de ombros, parando ao lado dele. Sua colônia enche meu nariz. É algo fresco, como bergamota, com um toque de algo leve como água e carvalho. — Me distrai — admito suavemente. Minha cabeça se inclina de vergonha. Não sei por que sinto vergonha desse fato, mas sinto. — É uma fuga.

— Ler é uma boa fuga — concorda, olhando para mim. Seus olhos azuis me seguram no meu lugar, incapaz de me mover ou mesmo respirar por um segundo. — É bom estar perdido em outro mundo por um tempo. Mas não podemos esquecer a realidade para sempre.

Seu tom é um aviso, lembrando-me de que tenho que escolher encarar aquele dia de frente, os meses que se seguiram de dor e reabilitação.

Quando não respondo, ele limpa a garganta.

— Você terá que passar na minha casa novamente esta tarde. Vou separar alguns neste fim de semana para trazer aqui.

— Na verdade, posso pegá-lo amanhã de manhã? — Eu me esquivo, mordendo meu lábio.

Sua cabeça se inclina interrogativamente.

— Planos para esta noite?

É a primeira sexta-feira em uma eternidade que eu realmente tenho planos.

— Sim, vou sair com meus amigos. — Primeiro para o jogo de futebol e depois para a festa, onde tenho certeza de que haverá grandes quantidades de álcool e outros comportamentos ilegais e ilícitos.

— Uhum. — Ele acena com a cabeça em concordância, lambendo os lábios e lutando contra um sorriso. Ele não é estúpido, tenho certeza de que sabe o que está acontecendo esta noite. Houve muitos sussurros no corredor. — Divirta-se. Passe por lá por volta das nove. Eu tento dormir até mais tarde no fim de semana. Se for muito cedo, estarei em casa de novo por volta das quatro.

— Isso é dormir até mais tarde?

Ele ri, atravessando a sala e olhando pela janela.

— Eu normalmente acordo às cinco e meia todas as manhãs, então, se conseguir dormir até as sete ou oito é um milagre.

— O que você vai fazer amanhã? Você disse que não voltaria até às quatro. — Estremeço assim que as palavras saem dos meus lábios. Eu pareço intrometida pra caralho e isso não é da minha conta. Ele é um adulto, o orientador da escola, alguém responsável por mim e não tenho o direito de esperar uma resposta, mas ainda quero uma. Não sei o motivo, ele provavelmente tem uma namorada, seria uma loucura se não tivesse. Ele é gostoso, legal, inteligente. Provavelmente tem planos com ela amanhã, alguma mulher bonita o suficiente para ser modelo da Victoria's Secret. — Não responda — digo de repente. — Isso... não é da minha conta. Eu não deveria ter perguntado.

Ele ri, claramente divertido com o meu desconforto. Seus olhos enrugam nos cantos.

— Vou sair com amigos. Estamos indo jogar beisebol.

— Parece divertido. — Solto o ar que não sabia que estava segurando, tudo porque ele não mencionou uma namorada.

Eu sou insana.

O sino toca. Isso sempre reduz meu tempo com ele. Cinquenta minutos, cinco dias por semana, é tudo o que recebo, e estou começando a valorizar cada segundo disso. Nesses preciosos minutos, me sinto eu mesma de novo, a garota que eu era antes de ser atingida por uma tragédia e uma dor inimaginável. Claro, essa parte de mim ainda está lá, e ele é a única pessoa em quem sinto que posso confiar, mas mesmo quando o faço, ele nunca tem pena de mim.

Eu sou apenas... Dani.

capítulo 18

— Seu irmão sabe para onde você está indo? — Ansel pergunta, com diversão, quando deslizo para o banco do passageiro de seu carro.

— Ele sabe que vou ao jogo e chegarei tarde em casa. Tenho certeza que ele suspeita, mas não vai ficar muito bravo. Quero dizer, ele festejou durante todo o ensino médio. Não é como se pudesse julgar.

— O que quer que você diga, não quero ser assassinado.

— Ele não vai te matar. — Reviro os olhos, puxando o cinto de segurança sobre o meu corpo. — Mutilar você, possivelmente.

Ansel me fita com os olhos arregalados e eu rio.

— Não é engraçado, Meadows — resmunga, afastando-se do prédio.

— Um pouco engraçado. — Seguro meu polegar e indicador um pouco afastados.

A viagem para a escola não é muito longa, mas o estacionamento já está cheio. Acabamos parando um quarteirão ou mais de distância em um estacionamento de uma mercearia e caminhando. Pessoas passam com carrinhos de golfe para pegar as outras e levá-las ao campo de futebol, então nós subimos.

> Sasha: Onde estão vocês? Estou esperando na bilheteria.

> Eu: Quase lá.

> Sasha: Andaaaa.

O carrinho de golfe nos deixa e encontramos Sasha na bilheteria, pagando nossos cinco dólares para que possamos entrar.

O rugido maçante da multidão crescente envia um arrepio de medo através de mim.

MICAELA SMELTZER

Fechando meus olhos, levo um momento para me concentrar. Não posso passar o resto da minha existência me escondendo no apartamento de Sage. Tenho que sair e viver. Se não enfrentar meus medos, eles vão me afogar.

Eu os sigo por um arco, contornando a pista até as arquibancadas. O final do campo mais próximo do placar está pintado de vermelho com letras brancas, soletrando ALH, de Aspen Lake High.

Subimos pelas arquibancadas, passando por alunos e pais até chegarmos a um lugar onde nós três podemos nos sentar um pouco confortavelmente.

Eu tremo, enfiando as mãos no bolso da frente do moletom.

— Frio? — pergunta Sasha. — Eu trouxe cidra de maçã quente. — Abro a boca para perguntar onde diabos ela escondeu isso, quando ela tira uma garrafa térmica de sua bolsa e copos de plástico. — Quer um pouco, Ansel?

— Claro.

Ela enche um copo e passo para ele antes de pegar para mim.

Tomo um gole, e é surpreendentemente bom, com a menor pitada de álcool.

— Você normalmente carrega cidra de maçã quente por aí?

Ela dá de ombros, puxando um gorro vermelho com o mascote da escola — um jaguar — nele. Ela o coloca, puxando-o sobre as orelhas.

— Só para jogos de futebol. Fica frio. Tem que ter algo para aquecer.

— Você fez isso?

— Minha mãe faz. Mas eu adiciono um pouquinho de uma coisinha, se você entende o que quero dizer. — Ela pisca, tomando mais um gole.

— Sim, eu entendo. — Termino o meu e ela o enche novamente. — Quanto você tem aí?

— Duas garrafas térmicas. Os jogos podem ser longos — ela raciocina, levantando os ombros e deixando-os cair.

Ansel estende seu copo para que ela o complete.

O jogo começa, mas não presto muita atenção. Estou mais entretida com os comentários e aplausos de Sasha e Ansel.

Após a segunda bebida de Ansel, ele para, já que está levando Sasha e eu para a festa.

O jogo termina, nosso time vence e a atmosfera está pulsando de vida. Meu corpo fica vermelho de excitação, ou talvez seja do que quer que Sasha tenha colocado na cidra de maçã.

Voltamos em um carrinho de golfe até o estacionamento e entramos no carro de Ansel. Sasha se enfia na parte de trás.

— Você tem alguma coisa aí que eu possa fumar?

doce dandelion

— Sempre. Você tem algum dinheiro? — Ansel pergunta a ela, olhando no espelho retrovisor antes de puxar o cinto de segurança sobre o corpo.

Ela passa a mão pelo console do meio e lhe entrega algum dinheiro. Ele embolsa e tira algo de dentro.

Ela o pega e logo o veículo está cheio de algo que cheira vagamente a grama e fica nebuloso dentro do carro quando ela exala um pouco de fumaça.

— Onde é exatamente essa festa?

— Em uma velha fazenda abandonada na propriedade da família de Todd Hilton — Ansel explica, virando para a rua. O vermelho do semáforo reflete no carro, banhando-o com um brilho sinistro.

— Você percebe que não tenho ideia de quem é essa pessoa, certo?

Ansel ri, virando à esquerda quando a luz muda.

— Ele está no time de futebol americano. Não me pergunte em que posição ele joga. Não presto atenção a essa merda.

Eu rio, olhando pela janela para os prédios que passam.

— Não ria. Eu não me importo.

Cerca de quinze minutos depois, ele vira em uma estrada de terra. Mais cinco depois disso e ele estaciona em um campo com um monte de outros carros. Nós saímos e caminhamos em direção ao celeiro. Há luzes penduradas no interior que refletem aqui fora e há uma fogueira e um barril à direita dela. À medida que caminhamos em direção à multidão maior, as pessoas continuamente param Ansel para fazer uma negociação. É divertido, mas ainda me surpreende, porque Ansel não me parece o tipo de traficante de drogas. Claro, ele não está vendendo coisas pesadas como cocaína ou metanfetamina, mas isso não muda o fato do que ele é.

Sasha dá um gritinho e corre para se misturar com alguns de seus amigos de tênis. Fico ao lado de Ansel e ele me serve um pouco de cerveja do barril, passando-me o copo vermelho. Tão típico.

Ansel cumprimenta com soquinhos alguns caras e eu fico para trás, não muito confortável. Fui a algumas festas antes... bem, antes, mas elas nunca foram realmente a minha praia.

Acho que só fui, mesmo agora, em um esforço para me encaixar. Sinto-me ainda menos parte das coisas agora. Tudo isso, é tão simples e o que se espera, mas vi os fatos difíceis da vida e agora isso parece estúpido e uma perda de tempo.

Ansel me apresenta às pessoas, à medida que avançamos. Eu prontamente esqueço todos os seus nomes. Não de propósito, mas porque no minuto em que ouço o nome de um, outra pessoa está me cumprimentando.

— Todas essas pessoas frequentam a nossa escola? — pergunto para Ansel baixinho. Sei que nossa escola é grande, mas parece um grupo ridiculamente grande de pessoas em uma festa para isso ser apenas nossa escola.

Ele ri, embolsando mais dinheiro. Ele deve ter feito pelo menos mil dólares no pouco tempo em que estamos aqui.

— Nah, muitas outras escolas próximas aparecem aqui também.

— Desculpe por apenas ficar perto de você. — Tomo um gole de cerveja quente e rançosa.

Os olhos azuis pálidos de Ansel queimam em mim e paro de andar.

— Você não precisa se desculpar por querer ficar perto de mim, Meadows. — Ele abre um sorriso e eu rio. — Eu sou incrível pra caralho. — Ele fica sóbrio e limpa a garganta. — Sério, você é minha amiga, então não peça desculpas. Amigos saem juntos.

— Eu... eu sinto como se estivesse no seu caminho. — Abaixo a cabeça quando admito isso em voz alta. Parece bobo uma vez que as palavras estão lá fora.

— Definitivamente não. — Ele joga um braço em volta dos meus ombros. — Vamos, Meadows, vamos nos divertir.

Passam-se algumas horas antes de nos enchermos e sairmos da festa. Sasha pega uma carona com alguns de seus outros amigos, então somos apenas Ansel e eu.

— Você se divertiu? — pergunta, manobrando seu carro em torno de todos os outros veículos estacionados.

— Na verdade, eu me diverti. — Ansel acabou me puxando para a pista de dança improvisada dentro do celeiro. A transpiração ainda gruda na minha pele do suor que eu consegui.

— Bom. — Ele sorri, dirigindo pela estrada de terra escura.

— Estou cansada, no entanto — admito. — Eu poderia realmente dormir esta noite. — Mal pronuncio a última parte.

— Não dorme muito?

Nego com a cabeça antes de perceber que ele não pode me ver.

doce dandelion   111

— Não, normalmente não. Muita coisa na minha cabeça.

— Gostaria de falar sobre isso?

— Não.

— Tudo bem.

O resto do caminho é tranquilo e agradeço a ele pela carona, entrando no prédio e subindo até o décimo primeiro andar. Sage está bem acordado, sentado no sofá. Um programa de culinária zumbe ao fundo, o que me faz rir.

— Você não precisava esperar acordado. — Tranco a porta atrás de mim.

— Está meio tarde.

— Eu sei.

É bem depois de uma da manhã.

Ele exala um suspiro pesado.

— Da próxima vez, volte para casa mais cedo.

— Você está me dando um toque de recolher? — Sufoco uma risada. Estou inteiramente divertida, não zangada.

— Sim. Meia-noite nas sextas e sábados, e se você sair nos outros dias tem que estar em casa às dez.

— Ok.

Ele parece surpreso.

— Você não vai lutar comigo sobre isso?

— Não. Eu devo?

— Eu teria lutado — ele admite com relutância. Sento-me no sofá ao lado dele, que cheira o ar. — Você andou fumando maconha? — acusa, com um olhar assassino.

— Eu não, mas outras pessoas estavam.

Eu convenientemente deixo de fora a parte sobre Ansel fornecendo a maior parte dela.

— Porra, Dani — ele se levanta e anda de um lado para o outro na frente da mesa de café, quase pisando no meu pé —, não quero você andando com esse tipo de gente.

Eu bufo.

— Aham, Sage, porque nós sabemos que você tem sido o garoto-propaganda das boas decisões.

Ele estreita os olhos.

— Exatamente, não seja como eu.

— Eu não fiz nada de errado — resmungo.

Ele bagunça o cabelo.

— Eu... Porra, eu me preocupo com você, D. Você é tudo que me resta. Quero te manter segura.

Eu me levanto, envolvendo os braços em torno de sua cintura. Ele me abraça de volta.

— Eu te amo, Sage, mas estou tentando... tentando viver, ser normal.

— Agora me sinto um babaca. — Ele me solta e olha para mim, cruzando os braços sobre o peito. — Tome cuidado e, de agora em diante, se você for a uma festa, me chame para te buscar. Não quero mais aquele garoto dirigindo para você.

— Aquele garoto tem nome. — Meus lábios se contorcem com alegria.

Sage revira os olhos e fala meio de má vontade:

— Ansel.

Eu rio e o abraço uma última vez antes de tomar banho, colocar meu pijama e subir na cama. Meu corpo está cansado e adormeço logo, mas eu sonho, bons sonhos pela primeira vez em quase um ano.

Sobre olhos azuis, mãos entrelaçadas e lençóis emaranhados.

Sobre coisas que não posso ter.

capítulo 19

Batendo na porta de Lachlan, cinco minutos para as nove, dou um passo para trás e espero que ele responda. Escuto latidos do outro lado da porta e um estrondo quando Zeppelin deve catapultar seu corpo inteiro contra a porta.

— Zep, cara, acalme-se!

Com essa exclamação, a porta se abre e minha respiração fica presa quando vejo o vislumbre de uma barriga bronzeada, lisa e musculosa um segundo antes de ele puxar a camisa para baixo sobre o corpo. Meus olhos o percorrem, desde o short cinza de dormir, até seus pés descalços, de volta à covinha em seu queixo, barba grossa, olhos azuis cintilantes e cabelo despenteado.

Zeppelin enfia a cabeça ao redor da perna de Lachlan, a língua saindo de sua boca.

— Estou com o livro para você — ele diz, acenando para eu entrar. Inalo o cheiro de bacon recém-cozido e meu estômago ronca. Lachlan olha por cima do ombro com um pequeno sorriso de menino. — Com fome?

— Aham — admito, olhando ao redor de sua casa. Não prestei muita atenção à sua decoração e toques pessoais quando parei na segunda-feira. Ele pintou as paredes de um branco quente em comparação com o tom mais austero de Sage, e onde o apartamento do meu irmão joga com o preto, branco e cromado da cozinha, Lachlan optou por ricos detalhes em madeira e móveis de couro. Há uma colcha de retalhos amarrotada e gasta empilhada no sofá, como se ele estivesse deitado lá algum tempo antes de eu bater.

Ele percebe para onde estou olhando e diz:

— Minha avó fez isso para mim quando eu tinha quatro anos. Está velha e caindo aos pedaços, mas...

— É sentimental e você adora — termino para ele, me abaixando para acariciar Zeppelin. O cachorro grande esfrega seu corpo inteiro contra mim e juro que ele cantarola.

Lachlan sorri e assente.

— Exatamente. — Ele pega um livro do balcão, entregando para mim. Estudo a capa, azul-escura com um padrão geométrico que tem imagens de um castelo espreitando. — É fantasia, achei que você poderia tentar outro gênero. Você é bem-vinda a ficar para o café da manhã, se quiser. — Ele morde o lábio, franzindo as sobrancelhas. Talvez perceba que não seria normal um orientador da escola convidar uma aluna para o café da manhã, mas ele não retira o que disse.

— Tudo bem, eu preciso… hum… voltar.

Eu meio que preciso, desde que escapei quando Sage desceu a rua para pegar café e muffins para o nosso café da manhã.

— Você pode levar alguns com você, se quiser. Há muito. Eu meio que exagero quando cozinho.

— Você cozinha muito?

— Eu cozinho. Gosto disso.

— Eu não consigo cozinhar — admito, com uma risada silenciosa. — Nem meu irmão. Devemos ter aulas hoje mais tarde, na verdade.

Sage finalmente marcou para nós aulas de culinária e, embora eu esteja ansiosa para passar um tempo com meu irmão que não envolva ficar deprimida em seu apartamento, estou com um pouco de medo do caos que estamos prestes a trazer para algum chef desavisado.

Lachlan ri.

— Não é tão difícil assim e é divertido experimentar sabores. Ver o que funciona junto e o que não funciona — ele reflete, puxando uma caixa de ovos da geladeira.

— Diga isso aos ovos gelatinosos que meu irmão faz e à água do macarrão que eu queimei.

Ele abafa uma risada.

— Você queimou água?

— É um oxímoro, eu sei, mas aconteceu.

— Interessante.

Quero continuar parada ali conversando com ele.

— Então, fantasia, hein? — Eu me pego dizendo.

— Sim. — Ele liga o fogão, adicionando um pouco de azeite a uma frigideira. — Eu leio principalmente thrillers psicológicos, mas sou conhecido por me interessar por outros gêneros. Na minha opinião, você pode aprender qualquer coisa com qualquer livro.

— É mesmo? — Abro o livro, folheando as páginas.

Ele dá de ombros, quebrando um ovo na frigideira quente.

— Quem diz que você não pode não tem uma mente aberta.

— Interessante — reflito, e seus lábios se contorcem. Percebo que é porque ele usou a mesma palavra para mim. — É melhor eu ir. — Curvo-me e acaricio Zeppelin.

— Vou trazer mais alguns livros para a escola, então os terei quando você terminar. É uma série, e eu tenho o resto, se você gostar. — Ele aponta para o livro apertado contra o meu peito.

— Ok, vou deixar você saber. Tchau.

Eu aceno e saio para que ele possa terminar de cozinhar seu café da manhã.

Pego as escadas em vez do elevador até o andar de Sage. Entro no apartamento e fecho a porta, trancando-a atrás de mim. Mal coloquei o livro na mesinha de cabeceira quando ouço a porta se abrir com a chegada de Sage.

Ajeitando meu cabelo, já que ele caiu do coque bagunçado que fiz quando acordei, ando para a cozinha.

— *Cinnamon Dolce Latte*. — Sage me passa o copo da Starbucks. — E um *Red Eye* para mim. — Ele toma um gole, deixando escapar um assobio baixo. — Isso é bom e muito necessário.

Ele não está mentindo. As olheiras sob seus olhos me preocupam. Sei que é parcialmente minha culpa e silenciosamente juro ser uma irmã melhor para ele. Não gosto de aumentar seu fardo.

Abro a caixa com quatro muffins de uma padaria local, pegando um de mirtilo para mim. Sage escolhe o de banana.

Puxo um pedaço, colocando-o na boca.

— Mmm, isso está gostoso.

Sage ri.

— Deveria estar, eles os fazem frescos. Tive que esperar na fila por quinze minutos, e essa foi uma espera curta em comparação com o normal. Mas é por isso que demorei tanto para voltar.

— Onde exatamente vamos fazer essa aula de culinária? — pergunto, dando outra mordida.

Sage me surpreendeu com a notícia esta manhã quando acordei de que ele tinha marcado para hoje, mas se esqueceu de me dizer. Ele acrescentou que esperava que eu não tivesse planos com Ansel e tivesse que cancelar. Sua antipatia pelo meu amigo é engraçada para mim, já que Sage era meio que um galinha quando estava no ensino médio, e Ansel realmente é apenas um amigo para mim. Eu me pergunto o que ele pensaria se eu dissesse que tenho uma queda pelo meu orientador. Algo me diz que ele mataria Lachlan, embora Lachlan seja inocente e provavelmente não esteja ciente dos meus pensamentos escandalosos.

— É no Salt Lake Culinary Education. Eles oferecem aulas únicas para adultos e crianças, então isso parece ser o que precisamos.

— Acho que nós podemos precisar de mais de uma. — Eu rasgo o resto do meu muffin colocando um pouco na minha boca. Sage come o dele como um cupcake, engolindo grandes mordidas.

— Nós provavelmente vamos, mas imaginei que começaríamos com uma. Minha agenda está prestes a ficar ainda mais cheia e terei que trabalhar muito nos finais de semana. — Ele olha para o balcão, seus ombros apertados.

Eu gostaria que ele se demitisse, descobrisse algo que o deixa feliz, mas ele sente que é isso que tem que fazer. Talvez seja. Afinal, tenho dezoito anos e ainda estou na escola, então não consigo realmente me identificar em estar na posição dele. Sei que sinto falta de seu sorriso, seu sorriso verdadeiro. Mas ele provavelmente sente falta da mesma coisa sobre mim.

— Você trabalha demais. — Afasto as migalhas deixadas no balcão do meu muffin com a mão e as jogo fora.

— Eu preciso. — Ele descansa a cabeça na mão, cada pedacinho de seu muffin se foi. Ele toma um gole de café, me observando.

— O quê? — Algo me diz que ele vai me perguntar algo que não quero responder.

— Já pensou para onde você está se candidatando para a faculdade? As inscrições precisam sair em, o que, seis semanas?

— Algo parecido. — Um suspiro pesado destrói meu corpo.

— Você não respondeu à pergunta. — Ele levanta uma sobrancelha, mas não soa acusador sobre isso.

— Não pensei muito sobre isso. — Apoiando meu quadril contra a lateral do balcão, olho para baixo, desenhando rabiscos ociosos no tampo de granito.

— Você precisa se decidir. Você poderia... você poderia voltar para Portland, se quisesses.

Minha cabeça dispara para cima.

— Eu não vou voltar para lá, Sage.

doce dandelion

Meu coração acelera só de pensar nisso. Não posso voltar para aquela cidade, aquele estado, e não pensar no que aconteceu. Sei que nossa mãe e nosso pai estão enterrados lá, mas eu não consigo nem pensar em ir visitá-los. Aquele lugar todo guarda muitas lembranças ruins agora. Não posso olhar para nada da mesma maneira novamente.

Seus lábios se curvam para baixo com simpatia e ele passa a mão direita rudemente por seu cabelo ondulado. Está ficando um pouco longo e ele precisa cortá-lo.

— Desculpa, D. Eu não deveria ter sugerido isso. — Ele solta um longo suspiro.

— Talvez eu não vá para a faculdade — sussurro, pulando em cima do balcão. Torço meus dedos uns nos outros, balançando as pernas para frente e para trás.

— Dani, você tem que ir para a faculdade.

Olho brava para ele.

— Eu não tenho que fazer nada, Sage. Talvez eu queira vagar pelo mundo, descobrir quem sou, e não posso fazer isso em uma sala de aula.

— É isso que você quer?

— Eu não sei o que eu quero! — grito, lágrimas picando meus olhos. — Você não entende isso? Eu não sei de mais nada. Não sei quem sou ou como me encaixo neste mundo.

O rosto de Sage cai.

— Dandelion. — Ele leva três passos para estar na minha frente. Envolve seus braços ao redor do meu corpo trêmulo, me abraçando apertado. Descansando o queixo em cima da minha cabeça, ele diz: — Eu não sabia que isso estava te incomodando tanto.

— Um ano atrás, uma bolsa de estudos estava no bolso para praticamente qualquer faculdade que eu quisesse ir. — Fungo, deixando-o ir para que eu possa secar o rosto. — Você sabe que eu estava no caminho para a faculdade de Direito, mas não posso mais fazer isso. Eu odiaria. Nosso sistema de justiça é uma merda e eu ficaria miserável. Não quero passar todos os dias odiando meu trabalho e minha vida. A vida é muito curta para isso.

Ele aperta os lábios e acho que talvez eu o tenha ofendido.

— Não vou te pressionar a fazer uma coisa que você não quer fazer. Mas, por favor, envie inscrições, assim, quando chegar a hora, você poderá escolher ir ou não.

— Você não está bravo? — Minha voz treme levemente.

— Um pouco — admite, seus olhos suavizando. — Mas não pelas razões que você pensa.
— O que você quer dizer?
— Eu gostaria de ser tão forte quanto você — é tudo o que ele diz, antes de pegar seu café e caminhar pelo corredor até o quarto.

capítulo 20

— Nós não somos bons nisso, tipo, nem um pouco. — Olho para baixo, para a explosão de ingredientes em todos os lugares; o líquido derramado nos balcões, farinha que de alguma forma acabou no teto e um prato que parece comestível, mas não apresentável, o que era metade do objetivo.

— Vamos provar.

Corto um pedaço do frango à parmegiana e coloco na boca, hesitante, duvidando que Sage e eu pudéssemos fazer qualquer coisa com sabor de comida.

— Ah, isso está bom — admito, fechando os olhos enquanto o sabor explode na minha língua.

— Fizemos um bom trabalho, D. — Sage é todo sorrisos, sorrisos genuínos, e meu coração fica feliz em vê-lo desfrutando de algo tão simples como fazer uma refeição decente comigo.

Provo as batatas assadas com alho em seguida e quase derreto no chão com a pura delícia delas.

— Ei — começo, com a boca cheia —, acho que isso significa que nós podemos cozinhar.

Sage ri.

— Sim, com instruções e ajuda deles. — Ele aponta o garfo para nossos dois professores, que estão verificando alguns dos outros grupos de pessoas. São principalmente casais jovens loucamente apaixonados ou famílias que estão tentando envolver seus filhos na cozinha.

— Isso é verdade. — Eu me sinto triste com a notícia, porque poderia comer isso todos os dias.

Degustamos nosso prato e empacotamos as sobras, nos despedindo antes de sairmos.

— Há mais alguma coisa que você queira fazer hoje? — Sage pergunta, subindo em seu Nissan Maxima.

Nego com a cabeça.

— Eu meio que quero ter um dia preguiçoso. Simplesmente ir para casa, vestir meu pijama e vegetar.

Sua risada enche o carro e me faz sorrir. É bom ouvir.

— Porra, isso soa incrível para mim. Preciso de todo o descanso que eu conseguir.

Quero falar com ele sobre se demitir novamente, sei que pode ficar bem temporariamente até que consiga outra coisa, mas ele é teimoso e nunca vai ouvir, então mantenho a boca fechada por enquanto.

Sage estaciona na garagem embaixo do prédio e pegamos o elevador.

— Quer assistir a um filme? — Ele joga as chaves no balcão da cozinha, tirando sua jaqueta leve.

— Na verdade, vou pintar minhas unhas e começar um novo livro.

— Ainda lendo? — Ele arqueia uma sobrancelha, claramente surpreso.

— Estou começando a adorar.

— Bom para você. Há uma biblioteca a dois quarteirões de distância, se quiser ir.

— Ah, tudo bem, é bom saber. — Eu duvido que vá usá-la enquanto Lachlan continuar me emprestando seus livros favoritos, mas nunca se sabe.

Chegando ao meu quarto, tiro os sapatos e coloco uma calça verde e uma regata preta. Escolho uma música e uma nova cor de esmalte, optando por um verde-menta chamado Vintage. Eu realmente não entendo como o Vintage se relaciona com o verde-menta. ExperiMenta não teria sido melhor? Mas o esmalte foi um presente, então não posso esperar que todos os escolham com base em nomes como eu.

Sentada no chão, pinto minhas unhas cuidadosamente, certificando-me de não sujar a pele. É a perfeccionista em mim. Eu as deixo secar antes de me levantar. Minha perna está dormente no momento em que faço isso e manco até a cama.

Esticando-me, me enrolo sob os cobertores, pegando o livro ao lado da cama. Deitada de lado, abro e começo a ler.

Acabando o livro em tempo recorde, eu o jogo de lado, indignada com o final do suspense. Preciso saber o que acontece a seguir, se Icarus realmente matou Lizzie ou não. Pegando-o de volta, saio com pressa do quarto.

— Aonde você está indo? — Sage se senta no sofá, parecendo preocupado.

— Preciso do segundo livro — resmungo, enfiando os pés em um par de sapatos perto da porta.

— Agora? São dez da noite.

— Sim, agora. — Fecho a porta atrás de mim, deixando-a bater um pouco alto demais.

Subo as escadas até o andar de Lachlan, impaciente demais para esperar o elevador. Batendo meu punho contra sua porta, espero que ele responda.

Zeppelin late alto e incessantemente. Ouço Lachlan silenciá-lo segundos antes de a porta se abrir.

— Dani? — Ele solta em surpresa, não esperando que eu aparecesse em sua casa tão tarde. Me empurro para dentro e ele deixa a porta fechar, virando-se para me encarar. — O que há de errado? Você está bem?

Sua preocupação genuína me surpreende.

— Eu terminei. — Seguro o tomo de mais de quinhentas páginas para ele. — Esse final... você é cruel. Eu preciso do próximo. Tipo, agora mesmo.

Ele ri, sua garganta flexionando ao fazê-lo.

— Você já terminou, hein?

— É incrível — digo, segurando o livro contra o peito. — Eu não conseguia largar. Mas falando sério, Lachlan, preciso saber o que acontece a seguir. — Estreitando meus olhos nele, ignoro Zeppelin cheirando minhas roupas no momento.

Um sorriso ilumina seu rosto. Lentamente saindo da minha neblina sobre o final inesperado, percebo que ele não está vestindo uma camisa, e está apenas com um par de shorts de algodão muito soltos e um boné de beisebol azul-marinho virado para trás.

Minha garganta aperta e percebo que não deveria estar olhando para ele como... como se eu tivesse algum tipo de paixão ou o achasse atraente. Ele é a última pessoa por quem eu deveria me sentir atraída. Ele é onze anos mais velho que eu, trabalha na escola e é meu conselheiro, pelo amor de Deus.

— O que há de errado? — Seu sorriso escorrega um pouco.

— N-Nada — gaguejo, colocando uma mecha de cabelo atrás da orelha.

— Você amou o livro, então?

— Muito mais do que os outros dois — admito, mordendo o lábio. — Esses eram meio sérios e este tinha mais ação e romance. Quem não gosta de um beijinho?

Ele ri, coçando a barba escura em seu queixo.

— Eu amo a sua honestidade.

Eu fico lá, de pé, balançando desajeitadamente. Olho para baixo apenas para perceber que usei os enormes chinelos de Sage. Zeppelin cutuca o nariz contra a minha perna, exigindo atenção.

— Então, sim — divago —, poderia me emprestar o próximo?

Eu me agacho e acaricio Zeppelin. Ele me enche de beijos e não posso deixar de rir, porque faz cócegas.

Lachlan nos observa. Tento ignorar a sensação do seu olhar em mim, mas é impossível.

Eu gosto dele me olhando.

Claro, é inocente, mas meu cérebro não quer aceitar isso.

— Vou pegar os próximos dois para você. — Ele dá um passo em volta de mim e do cão. Eu o vejo desaparecer no corredor até seu quarto.

O cachorro me cutuca com o focinho.

— Desculpa. — Eu rio, acariciando-o novamente.

Lachlan não se foi por um minuto antes de retornar com os próximos dois da série, colocando-os no balcão.

— É uma série de sete livros. Se acontecer de você terminar os dois antes de segunda-feira, mande uma mensagem e eu posso deixá-los com você. — Meu rosto empalidece e ele ri. — Ou você pode vir buscá-los.

— Hum, claro. Isso seria ótimo. — Eu me levanto, muito para o desgosto de Zeppelin. Ele choraminga, arranhando o chão. — Mas eu não tenho o seu número.

Ele entra na cozinha e pega o telefone do balcão. Passa para mim.

— Coloque seu número. Vou enviar uma mensagem, assim você fica com o meu.

Ele parece à vontade, como se a minha presença não o afetasse em nada. Isso me faz questionar se talvez imaginei a coisa toda ontem, quando compartilhamos um olhar. Coloco meu nome e número de telefone, devolvendo-lhe o aparelho.

— Obrigada, Lachlan. — Ele me passa os livros e olho para as capas, deixando meu cabelo cair para frente para esconder meu rosto. — Eu... você não sabe o que significou para mim ser capaz de me perder no mundo de outra pessoa por um tempo.

doce dandelion

A ponta de seu dedo toca meu queixo, incitando-me a levantar a cabeça. Assim que o faço, ele deixa cair a mão.

— Estou feliz que isso tenha ajudado você, Dani.

— Eu odiava ler antes. — Deslizo meu dedo sobre as partes em relevo do livro de capa dura. — Agora não é tão ruim assim. — Dou um último tapinha na cabeça do Zeppelin. — Sinto muito por incomodá-lo.

— Você não está me incomodando, Dani.

Olho para ele por baixo dos meus cílios. Há uma parte de mim que é confiante, que não se importa em dizer o que pensa, mas então há essa outra parte de mim que hesita.

— Eu deveria estar.

Suas sobrancelhas franzem em confusão com as minhas palavras. Eu não elaboro, no entanto. Lachlan não é estúpido e vai descobrir o que quero dizer por conta própria.

— Obrigada novamente. — Passo por ele, ignorando o arrepio que percorre minha espinha quando meu braço roça o dele.

Volto para a casa de Sage com os livros nos braços.

— Onde você foi? — ele exige. — Você não pode sair assim com meias respostas, Dandelion.

— Fui pegar mais livros emprestados de um colega. — Tranco a porta e me viro, segurando-os para que ele possa vê-los.

Ele parece suspeitar.

— Seu colega mora perto?

— No edifício.

— Quem é esse colega? Não é Ansel, é? — Ele parece pronto para matar com a própria ideia.

— Não. — balanço a cabeça.

— Quem então? Só ouço você falar sobre Ansel e de alguém chamada Sasha. É Sasha, então?

Procuro um nome no meu cérebro e acabo soltando:

— Taylor. — Não é uma mentira total. — Taylor mora no prédio.

— Oh. — Seus ombros relaxam. — Uma garota. Está bem então.

Sim. Uma garota.

Taylor poderia facilmente ser o nome de um menino, mas vou deixá-lo acreditar no que ele quiser. Não é como se eu fosse lhe dizer que é o Sr. Taylor.

— Eu vou para a cama agora.

Ele me acena.

Fechando a porta do quarto atrás de mim, coloco os livros ao lado da cama antes de subir sob as cobertas. Meu telefone vibra e cavo debaixo de todos os cobertores até finalmente localizá-lo.

Meu coração salta quando vejo o texto na tela.

> Número desconhecido: É Lachlan.
> Boa noite, Dani.

capítulo 21

— Você tem planos para o Halloween? — Ansel puxa a cadeira à minha frente, sentando-se. Sasha e Seth ainda não chegaram.

— É quase Halloween? — deixo escapar, olhando para cima do meu bloco de desenho. O desenho tosco de um velho carvalho parece algo que uma criança do jardim de infância faria.

Ansel franze a testa, inclinando a cabeça.

— Hum, sim, Meadows. É nesta sexta-feira.

O tempo tem passado em um borrão. Acho que isso é uma coisa boa. Significa que minha mente não está em coisas que não deveria estar.

— Claramente, você não tem planos então. Há uma festa, você está indo.

— Eu não quero ir.

— Meadows — ele diz, em voz baixa —, tudo que você tem feito ultimamente é ler e desenhar. Está na hora de sair. Vou te levar para casa hoje. Vamos pegar algumas fantasias antes de eu deixá-la.

— Como eu me vestiria?

Sasha se joga no assento ao lado de Ansel.

— Aah, planejamento da festa de Halloween? Eu vou como uma gatinha sexy.

Ansel lhe dá um olhar irritado.

— Que previsível.

Ela joga o cabelo loiro encaracolado sobre o ombro, secretamente dando-lhe o dedo do meio enquanto o faz.

Seth ri e eu pulo, olhando para ele e me perguntando quando diabos ele entrou sorrateiramente. Eu pensaria que o cara é um fantasma se Ansel e Sasha não o vissem claramente também.

— O que você vai ser? — Sasha responde, franzindo os lábios. — Um artista pensativo? Você já finge isso todos os dias, talvez devesse escolher algo um pouco mais fácil de fazer, como um crítico idiota.

Suas sobrancelhas escuras se estreitam.

— O que se arrastou para dentro da sua bunda e morreu?

— Nada. — Ela olha para suas unhas francesinhas.

— *La pute* — Ansel murmura baixinho, negando com a cabeça.

Pressiono os lábios, tentando não rir. Algo me diz que Sasha gosta de Ansel, mas ele está completamente alheio.

O almoço é tenso depois disso, e Ansel não menciona o Halloween ou a festa novamente, mas sei que ele também não esqueceu.

Nós quatro acabamos nos separando cedo e levo o resto do meu almoço para baixo comigo. Sento-me ao lado da porta fechada do escritório de Lachlan. Normalmente eu entro direto, mas, como ainda faltam quinze minutos para o horário de almoço terminar, decido esperar.

Desenterrando meu almoço inacabado, começo a comer.

Alguns minutos se passam e minha alma quase pula para fora quando a porta se abre com um assobio. Meu saco de batatas fritas cai do colo, algumas pousando no chão de linóleo branco e cinza.

— Oh, fo-desculpe. Dani? Você está adiantada.

Olho para cima, para cima, para cima, para o corpo incrivelmente alto de Lachlan. Ele fica ali, parecendo um modelo da Dior em uma calça preta e camisa de botões brancos. Há uma pequena pilha de papéis em suas mãos. Seus óculos de Clark Kent começam a deslizar pelo nariz e ele os empurra de volta. Ele nunca usou os óculos na escola antes.

— Sim, desculpa. — Pego as batatinhas caídas do chão, colocando-as em um saco Ziplock. — O almoço ficou meio estranho, então nos separamos cedo.

Seus lábios se curvam para baixo.

— Gostaria de falar sobre isso?

Nego com a cabeça.

— Foi bobeira.

— Bem, você pode entrar. Eu tenho que ir ao escritório para fazer cópias disso. — Ele folheia os papéis nas mãos. — Devo levar apenas cinco minutos.

— Ok. — Eu sorrio para ele, observando enquanto passa e se vira no final do corredor.

Recolhendo minhas coisas, me movo para dentro do escritório e termino meu almoço, jogando o lixo na lixeira do canto.

Ele volta, deixando um rastro de sua colônia no caminho, uma pilha de papéis ainda maior em suas mãos do que antes. Ele os coloca sobre a mesa, apoiando o grampeador em cima, e pega sua cadeira, puxando-a de trás da mesa antes de se sentar. Ele solta um suspiro profundo assim que o faz e sorri.

— Além do almoço, como foi seu dia?

— Sem incidentes. Maçante. Tedioso. Devo continuar? — brinco, esfregando a mão esquerda no tecido áspero que cobre o sofá.

— Não — ele sorri, rindo levemente —, acho que entendi a essência. — Seus olhos azuis brilham como as estrelas no céu noturno. Sou fascinada por seus tons de azul. Eles são os olhos mais brilhantes que já vi e de uma cor única.

— Nenhuma lente hoje.

Ele parece confuso por um segundo antes de levantar a mão e sentir seus óculos.

— Ah, sim. Meus olhos estavam me incomodando. — Ele se recosta na cadeira, inclinando a cabeça para o lado, e me estuda. Normalmente, quando alguém me olha desse jeito, eu me sinto como um espécime raro sendo inspecionado sob um microscópio; algo a ser estudado, sondado, descoberto como um alienígena de outro mundo. Mas não me sinto assim de jeito nenhum dessa vez. Há alguma coisa ligeiramente diferente na maneira como ele me estuda, um calor, como se houvesse uma parte dele que sente a dor profunda vivendo dentro de mim e ele quer descongelá-la. — O que faria o seu dia melhor?

— Huh? — Sou pega de surpresa com a pergunta dele.

— Você disse que a escola é maçante e chata para você. O que a faria ser melhor?

Olho pela janela como sempre faço quando preciso de um momento para organizar meus pensamentos. É como se uma parte de mim pensasse que todas as respostas que preciso estão lá fora e eu só tenho que localizá-las, pegá-las e entregá-las a ele.

— Eu não sei. — Tremo de medo, um medo que está enraizado na boca do meu estômago. — Eu não sei de mais nada.

Quando finalmente tenho coragem de voltar meus olhos para os seus, eles estão suaves, me encarando não com pena, mas com compreensão.

— Tudo bem não saber.

— Estou com medo do que vem depois — admito, mordiscando meu lábio inferior. — O que acontece quando eu sair daqui? O mundo real não é um lugar que perdoa.

— Este é o mundo real também, Dani.

— Eu sei, mas a escola parece um pequeno espaço isolado comparado ao que está lá fora. Eu costumava pensar que sabia onde me encaixava nas coisas, qual era o meu papel, só que não sei de mais nada. Isso é algo que foi tirado de mim naquele dia.

Ele não pergunta em que dia. Ele sabe.

Ele bate o dedo contra os lábios. Ainda não há pena em seus olhos, pelo que sou grata. Não quero que sintam pena, quero ser compreendida.

— Eu não sei o que me faz feliz. — Puxo a manga da camisa, esfregando o tecido entre o polegar e o indicador. — Sei que não podemos ser felizes o tempo todo, isso é impossível, mas...

— Mas o quê? — pede, quando fico quieta por muito tempo.

Exalando uma respiração, levanto os ombros, deixando-os cair.

— Eu não quero *existir*, eu quero viver. Isso é tudo o que tenho feito desde que aconteceu. Existir, não viver. — Minha garganta fica apertada e prendo a respiração, represando minhas malditas lágrimas. Eu não quero chorar. Quero ser forte.

— E você acha que precisa ser feliz para viver?

Inclino a cabeça.

— Você não precisa? Se você não está feliz, não está apenas vagando pela vida? Você está lá, mas não está *lá*, se entende o que quero dizer. — Faço uma pausa, esfregando meus lábios. — Esqueça isso, provavelmente não estou fazendo nenhum sentido.

— Não, eu ouço o que você está dizendo. Você... — Ele limpa a garganta e se inclina para frente, juntando as mãos. Suas piscinas gêmeas azul-celestes olham profundamente em minha alma, vendo tudo. — Você quer falar sobre aquele dia, Dani?

Meu coração acelera com a pergunta dele.

Eu quero falar sobre aquele dia? Quero reviver aquele pesadelo?

Sinto meu corpo travar, toda a tensão congelando meus músculos.

— Dani? — Sua voz parece ecoar como se ele estivesse em um longo corredor. — Você está bem?

Fecho os olhos, cerrando meus punhos, e tento bloquear as memórias. O silêncio sinistro pontuado por estalos e gritos aleatórios. Medo cobrindo minha língua como um xarope pegajoso que não conseguia engolir.

Muito. É tudo demais.

— Dani?

Sua mão toca a minha e envia faíscas por todo o meu braço.

doce dandelion

Agarro a minha mochila, passando por ele e saindo pela porta.

Apresso-me pelo corredor, seus passos ecoando atrás dos meus. Corro para o primeiro lugar que encontro que sei que ele não vai me seguir — o banheiro feminino.

Empurro-me para dentro em uma cabine. Minha mochila cai do braço no chão e fecho a tampa do vaso sanitário. Sentando-me, puxo as pernas até o peito. Lágrimas queimam meus olhos e eu fungo.

Ele bate na porta, ainda dizendo meu nome.

— Dani.

Sua voz está perto, muito perto.

Olho para cima e, através dos olhos embaçados, o encontro parado na frente da cabine, já que não me preocupei em trancá-la.

— Dani — ele sussurra meu nome com preocupação. Mordo o lábio com tanta força que sinto gosto de sangue. Ele entra totalmente na cabine na minha frente. Sua grande estrutura é esmagadora e bloqueia a visão do banheiro. — Eu estou com você.

Ele se agacha e envolve seus grandes braços fortes em volta do meu pequeno corpo.

— Estou com você, Dani — repete, me segurando.

Eu fungo em sua camisa.

Ele me abraça forte e fecho meus olhos.

Silenciosamente desejo que ele possa me segurar assim para sempre, seus braços sendo a cola para todos os meus pedaços quebrados.

capítulo 22

— Meadows! Espere! — Olho por cima do ombro para encontrar Ansel correndo atrás de mim. Ele para ao meu lado, exalando uma risada suave. — Eu disse que te levaria para casa hoje. Nós temos que arranjar fantasias. Você esqueceu?

Pressiono a mão na cabeça.

— S-Sim, desculpe, eu esqueci. Estou com dor de cabeça.

Na verdade, não estou, mas me sinto exausta. Tudo o que quero fazer é ir para casa e rastejar para minha cama.

— Bem, foda-se. — Seus ombros caem. Ele enfia as mãos nos bolsos, inclinando a cabeça para o lado. — Eu ainda posso te levar para casa. Será mais rápido.

— Você realmente não precisa. — Olho para longe dele. Dói encarar seu rosto genuinamente sorridente e despreocupado quando me sinto do jeito que me sinto.

— Não é grande coisa, Meadows. — Ele pega minha mão, me puxando em direção ao estacionamento estudantil. Sei que se eu dissesse um não, ele me deixaria pegar o ônibus, mas francamente não quero ficar sozinha. Não que eu ficaria sozinha no ônibus, por si só, mas não conheço essas pessoas.

Ansel abre a porta do passageiro para mim e coloco minha mochila entre os pés.

Ele entra no carro, o motor chacoalhando para a vida, mas não dá a ré imediatamente. Vira lentamente para me encarar, seu rosto marcado com preocupação.

— Você está bem?

Sua pergunta me pega desprevenida; por algum motivo, não estou esperando por isso.

— Claro que estou bem. — As palavras saem de mim em descrença, como se eu não pudesse acreditar que ele pensaria que *não* estou bem.

doce dandelion

— Meadows — ele fala meu nome suavemente e pega minha mão gentilmente na sua —, correndo o risco de levar um soco no rosto, você não parece bem.

É como se suas palavras me quebrassem e caio em lágrimas. Elas saem de mim, encharcando minhas bochechas, e o pobre Ansel parece chocado.

— Porra, quer falar sobre isso?

Balanço a cabeça, negando.

— Não, aqui não.

— Onde?

— Me leva para casa, *por favor*. — Minha voz falha e limpo loucamente minhas bochechas molhadas, tentando secar a evidência da minha dor e sofrimento. É como se inconscientemente eu achasse que, se pudesse esconder isso, então não existe.

Ansel sai da vaga e entra na fila para deixar o estacionamento da escola. Parece que leva uma semana inteira antes que ele estacione no condomínio. Nós subimos as escadas em silêncio enquanto pondero como explicar isso — minto ou dou a verdade a ele?

Uma mentira seria mais fácil, mas também confusa, e Ansel parece um verdadeiro amigo. Eu não *deveria* mentir para ele. Mas a verdade é assustadora.

Destranco a porta e entro, esperando Ansel se juntar a mim. Ele olha em volta inquieto.

— Seu irmão não está em casa, está?

Eu rio, negando com a cabeça.

— Não. Ele trabalha até tarde. Não estará em casa por horas. Com medo dele?

Ele engole em seco.

— Não, de jeito nenhum. — Sua voz chia.

Adiando o inevitável, abro a geladeira e pego duas garrafas de água. Jogo uma para Ansel, que a pega facilmente.

Ele desenrosca a tampa e toma um gole antes de me encarar. Ainda não saí da cozinha, mantendo a ilha como uma barreira entre nós. Não tenho medo de Ansel, mas tenho medo de mim mesma.

— O que é isso, Meadows? Você está agindo de forma engraçada e parece realmente chateada.

Aperto a garrafa de água com um pouco de força demais e o plástico protesta, fazendo um barulho cruel.

— Você não está grávida, está?

Minha cabeça dispara para cima e solto uma risada incrédula.

— Não, não estou grávida.

Ansel anda um pouco de um lado para o outro, dando-me tempo para organizar meus pensamentos. Devo estar demorando muito, porque depois de um tempo ele diz:

— Você não precisa me contar. Seja o que for... eu não te forçaria a compartilhar nada comigo que você não queira. Sério, me diga para ir embora e eu vou.

Seus olhos azul-claros brilham com sinceridade. Eu acredito cem por cento que ele sairia por esta porta agora mesmo se eu pedisse a ele.

Deixando a garrafa de água no balcão, me movo para a sala e sento no sofá. Dou um tapinha no espaço ao meu lado e Ansel se senta.

Como hoje cedo, esfrego os dedos contra a manga da camisa.

— Você sabe que eu moro com meu irmão...

— Sim? — Ele inclina a cabeça, se perguntando onde estou indo com isso.

— Nosso pai faleceu de câncer quando éramos mais jovens...

— Porra, sinto muito, Meadows.

Levanto a mão, balançando a cabeça.

— Isso não é o pior de tudo.

Ele se acalma, recostando-se levemente e endireitando seus ombros como se estivesse se preparando para algum tipo de batalha. Eu gostaria de poder usá-lo como escudo, mas ninguém e nada pode me proteger das memórias. Tenho que lutar contra elas sozinha.

— Eu me mudei da área de Portland para morar aqui com Sage, porque... — Fecho os olhos. Preciso arrancar isso como um curativo, colocar tudo para fora. — Houve... houve um tiroteio na minha antiga escola.

Seus lábios se abrem e vejo que ele está quebrando a cabeça, provavelmente se lembrando de quase um ano atrás, quando estava em todos os noticiários por alguns dias. Ele molha os lábios com a língua, os olhos tristes e assombrados, provavelmente imaginando como foi aquele dia para mim.

— Minha mãe trabalhava lá. Ela não conseguiu sobreviver. Muita gente não conseguiu. — Eu me inclino contra o lado do sofá, meu corpo de repente pesado demais para aguentar.

Ele coloca sua mão sobre a minha.

— Dani...

Nego com a cabeça, deixando-o quieto.

— Era puro mal em sua forma mais crua. Eu... eu nunca conheci

doce dandelion

um medo como aquele. Não quero entrar em detalhes sobre aquele dia ou como me sinto sobre isso, mas é... é por isso que faço certas coisas do jeito que faço. É por isso que às vezes eu ajo engraçado ou fico chateada sem motivo. Eu odeio lugares sem janelas e o refeitório... — Engulo em seco. — Não quero ficar lá mais tempo do que o necessário.

— Por quê? — Assim que a pergunta o deixa, ele parece se desculpar, mas não a retira.

— Porque era onde eu estava quando fui baleada.

Ansel se encolhe, sua palidez aumentando alguns tons.

— Porra, Meadows. Eu...

Levanto minhas mãos, silenciando-o mais uma vez.

— Sério, Ansel, não quero ouvir desculpas e não quero falar mais sobre isso do que já falei nesse momento. Talvez um dia, mas não agora — imploro baixinho para ele. Sinto as lágrimas começando a arder em meus olhos, mas não quero chorar. Chorar não me levou a lugar nenhum.

Seus lábios se afinam como se ele estivesse se segurando para não dizer algo. Finalmente, ele acena com a cabeça, seus olhos suaves e compreensivos.

— Por favor, não conte a Sasha. Não conte a ninguém — imploro.

Se as pessoas souberem, terei que lidar com os olhares, os sussurros, e sei que estou frágil demais para lidar com isso. Eu só sou forte até certo ponto.

— Eu não vou, mas...

Olho brava para ele.

— Você deveria contar a Sasha.

— Sasha é uma bocuda. — Eu o encaro, esperando que ele proteste. Ele não o faz.

— Sim, você está certa, mas isso não significa que, como sua amiga, ela não mereça saber.

— Talvez um dia. — É o maior acordo que ele vai conseguir de mim.

— Obrigado por me dizer.

Sei que ele quer dizer isso.

capítulo 23

De alguma maneira, me pego concordando com a coisa toda da festa de Halloween, o que significa que, no dia seguinte, Ansel e eu vamos em busca de fantasias. Sinceramente, não vejo sentido em me fantasiar, mas tanto Ansel quanto Sasha insistem que é uma obrigação. Por que não posso usar calça de moletom e uma camisa manchada de pizza e me chamar de estudante universitária durante as provas finais? Parece legítimo para mim, e confortável.

Ansel estaciona do lado de fora da loja sazonal de Halloween. Eu o sigo para dentro, meus olhos imediatamente atacados por luzes piscantes, bonecos infláveis gigantes e pisca-piscas roxos e laranjas.

— As fantasias são por aqui.

Sigo Ansel até o fundo do lado direito da loja. Existem muitas opções, mas todas parecem bem básicas para mim.

Seguro uma fantasia sexy de unicórnio e levanto a sobrancelha, virando o saco plástico para mostrá-lo a Ansel.

— Sério?

— Isso é terrível. Mas há uma fantasia sexy para tudo. Quer ser uma torradeira? Há uma versão sexy em algum lugar. — Ele pisca para mim e penduro o saco de roupas de volta. Sem chance de eu ir como um unicórnio sexy.

A loja tem muitas coisas para escolher, mas nada rouba o meu interesse.

Ansel encontra algumas opções, mas nada que ele ame. Nós dois acabamos saindo de mãos vazias.

Fazemos mais algumas paradas, todas sem sorte. Faz sentido com apenas dois dias até o Halloween, mas posso dizer que Ansel está irritado.

— Acho que teremos que improvisar e fazer nossas próprias fantasias. — Afivelo o cinto de segurança quando voltamos para o carro da última loja de Halloween que ele queria olhar.

— Não é uma má ideia, Meadows — reflete, ligando o carro. — Eu provavelmente posso fazer algo funcionar.

— Acho que também posso.

doce dandelion

— Beleza. — Ele estende o punho para bater contra o meu.

Fazemos uma última parada na Watchtower para pegar bebidas antes que ele me deixe.

— Se seu irmão estiver em casa, não diga a ele que você estava comigo — são suas palavras de despedida quando saio, arrastando minha mochila atrás de mim.

Nego com a cabeça para ele.

— Sage não machucaria uma mosca.

Ele aponta um dedo para mim.

— Mentira!

Fecho a porta e ele vai embora. Indo para dentro, ajeito a mochila no ombro, atravessando o saguão. Espero o elevador e subo, surpresa ao encontrar Sage já em casa.

— Você está em casa cedo. — Chuto a porta para fechá-la, já que as minhas mãos estão cheias e, em seguida, coloco as coisas no chão para que eu possa trancá-la.

— Não muito.

Olho para o relógio do micro-ondas e percebo que ele está certo — cheguei em casa mais tarde do que pensava.

— Onde você estava? — ele pergunta, seu tom acusatório.

— Procurando uma fantasia de Halloween.

— Você vai fazer doces ou travessuras? Não está um pouco velha?

Reviro os olhos e começo a ir em direção ao meu quarto.

— É para uma festa de Halloween.

— Uma festa? — ele repete, como se isso fosse algum tipo de conceito estrangeiro.

— Uhumm — murmuro.

Seus olhos focam no copo na minha mão.

— Ansel trouxe você para casa.

— Sim. — Não estou tentando irritá-lo, mas ele tem sido tão engraçado sobre Ansel que não sei mais o que dizer. Não vou deixar de ser amiga dele porque Sage tem um problema com isso. Especialmente quando esse problema é especificamente sobre o fato de Ansel ter um pênis.

Ele resmunga em resposta.

— Onde vai ser essa festa?

— Ainda não tenho certeza. — A raiva brilha em seus olhos e tenho certeza de que ele está imaginando Ansel e eu sozinhos em algum lugar. — Sasha também vai, e algumas outras pessoas que eu conheço.

Isso parece acalmá-lo um pouco.

— Eu não quero você fora a noite inteira — avisa. — Você estará em casa à meia-noite.

— Na verdade, eu ia passar a noite com Sasha.

Seus lábios torcem, tentando avaliar se estou mentindo ou não.

— Tudo bem. — Ele passa os dedos pelo cabelo. — Mas mande uma mensagem e me avise quando estiver na casa dela depois da festa.

— Eu vou.

Sasha me perguntou hoje na hora do almoço se eu gostaria de passar a noite na casa dela. Eu não queria, não de verdade, mas decidi que seria uma boa ideia se eu acabasse bebendo um pouco.

Sage finalmente recua, soltando um suspiro.

— Vou pedir o jantar.

Eu o deixo em paz e vou para o meu quarto. Deixo cair minha mochila no chão, tirando os sapatos. Vasculhando minha bolsa, pego o dever de casa e me sento à mesa perto da cama. Costumo fazer a lição de casa na cama, mas sinto a necessidade de misturar tudo hoje.

No corredor, escuto Sage pedindo o jantar e não consigo deixar de rir comigo mesma. Nossa única aula de culinária nos fez muito bem.

No momento em que termino meu dever de casa, nossa comida chega e nos sentamos juntos no sofá para comer.

— Você está bem comigo indo para a festa de Halloween, certo? — falo, quando sinto que Sage ficou quieto por muito tempo.

Ele olha para mim, estudando meu rosto. Inala uma respiração profunda e assente com a cabeça.

— Sim, não estou feliz com isso, mas só porque me preocupo com você. Mas você tem dezoito anos, este é seu último ano e... — Ele faz uma pausa, apertando os lábios. — Depois do ano passado, quero ver você viver sua vida. Não seria certo te impedir de fazer isso.

Colocando meu prato de comida na mesa de café, eu lhe dou um abraço de lado e beijo sua bochecha.

— Eu te amo.

Eu realmente amo. Sei que sou incrivelmente sortuda por ter um irmão como ele.

— Eu também te amo, D.

Ele beija minha testa e nós trocamos um olhar, apenas um que nós dois podemos ter, porque, como irmãos que passaram pelo inferno que nós passamos, está cimentado um vínculo especial.

doce dandelion

capítulo 24

— O que você está vestindo? — Sage me olha com curiosidade quando entro na sala de estar.

Abaixo o rosto, focando na minha regata preta justa, jaqueta de couro e jeans skinny rasgado. Minha clavícula, pescoço e rosto expostos estão salpicados de gotas de sangue. Há mais em meus braços, mas, como eles estão atualmente cobertos, ele não pode ver. Seguro uma caixa de cereal em uma das mãos e uma faca de cozinha de plástico na outra.

— Uma fantasia.

— Isso não é uma fantasia. — Ele bufa, me olhando de cima a baixo, suas sobrancelhas franzidas para tentar descobrir exatamente o que eu sou.

— Sim, é — defendo, me sentindo um pouco desanimada por não ser óbvio. — Sou uma cereal killer.

Seus olhos se iluminam com o entendimento, a boca se abrindo.

— Ah, agora entendi.

Reviro os olhos e pego meu telefone para ver a mensagem que chegou.

— É Ansel. Ele está aqui. Devo dizer a ele para vir para um interrogatório? — Arqueio uma sobrancelha, meu tom de brincadeira, mas também sério, porque não vou deixar Sage colocá-lo no sufoco novamente.

— Não, vá em frente.

Ele se levanta do sofá onde estava assistindo a um jogo de futebol e pega sua carteira do balcão.

— Aqui, pegue isso. — Ele bate um par de notas de vinte que acabaram de um caixa eletrônico na minha mão.

— Não preciso do seu dinheiro, Sage. É uma festa.

— Pegue — insiste, fechando minha mão em torno da sua. Ele sente que vou reclamar, então me força a aceitar dizendo: — Isso me dará paz de espírito.

— Tudo bem. — Coloco o dinheiro no bolso. Provavelmente não é o lugar mais seguro, mas terá que servir.

— Tenha cuidado — avisa, com os olhos severos. — Não tome bebida de ninguém, mesmo de alguém que você conhece. Ok?

Aceno com a cabeça.

— Vou ficar bem, Sage.

Eu meio que gostaria agora de não ter mencionado a festa para ele.

— Se você beber demais e quiser que te pegue, eu vou. Não importa o horário.

— Você não precisa se preocupar comigo.

Seu olhar me diz que ele se preocupa e que devo parar de discutir com ele.

— Me deixe saber quando chegar na casa de Sasha.

Eu o abraço.

— Pare de se preocupar, Mamãe Ursa. — Minha voz está abafada contra o tecido de sua camisa Henley verde.

Ele ri baixinho, apertando forte.

— Eu preciso.

Ele me solta, me dá um último aviso, e finalmente estou a caminho do andar principal para me encontrar com Ansel do lado de fora.

— Por que você demorou tanto? — pergunta, quando entro no carro.

— Meu irmão preocupado.

Os lábios de Ansel se apertam, não em desdém, mas em compreensão. Agora que ele sabe o que aconteceu, vê por que meu irmão é insanamente superprotetor.

— Onde é a festa? — Puxo o cinto de segurança pelo corpo e o prendo antes que ele se afaste.

— Na casa do Chuck. — Ao meu olhar vazio, ele acrescenta: — Os pais dele estão fora da cidade neste fim de semana.

Aceno com a cabeça para cima e para baixo, como se isso fizesse todo o sentido para mim.

— O que exatamente você é? — Ele olha para mim brevemente, parando em um sinal vermelho. O tom vermelho enche o carro, fazendo com que sua pintura branca no rosto pareça brilhar.

— Como isso não é óbvio? — murmuro, mais para mim mesma do que para ele. — Sou uma cereal killer.

Ele sorri.

— Ah, isso é genial.

— O que você é? — rebato. — Um esqueleto? — Metade de seu rosto está pintado com tinta branca e preta e suas roupas são todas pretas.

doce dandelion

— Basicamente. — Ele dá de ombros, dirigindo para frente quando a luz muda. — Eu não conseguia pensar em mais nada, então peguei minhas tintas e fiz isso.

— Parece bom.

E parece mesmo. Com suas maçãs do rosto afiadas e olhos brilhantes, o visual realmente se destaca, onde em outra pessoa poderia parecer palhaçada.

— *Merci.*

Ele estende a mão e aumenta o volume, qualquer que seja a música que está tocando em seu telefone soando nos alto-falantes. Conversamos um pouco, mas a maior parte do tempo é silenciosa entre nós.

Sei que estamos na festa antes mesmo de eu ver a casa, graças aos carros estacionados ao longo da estrada de cascalho e terra. Aparentemente, fica em alguns hectares, o que a torna excelente para festas.

Ansel estaciona o carro e eu desço. Nós dois andamos o resto da distância até a casa. Tremo no ar frio da noite. Isso me deixa agradecida por ter tido a premeditação de usar uma jaqueta. Independentemente disso, só tenho uma regata por baixo, então ainda sinto uma pitada de frio.

Ansel estende a mão, passando o braço em volta do meu ombro. Puxando-me contra o seu lado, ele me lança um sorriso brincalhão.

— Frio, Meadows? Vou aquecê-la imediatamente.

Balanço a cabeça, mas não me afasto dele.

Juro que andamos mais de um quilômetro e meio antes de chegarmos à casa. É enorme, uma das maiores que já vi, e se parece exatamente com algo que estaria na capa da revista Mansões Modernas em Montanhas. Não acho que a revista exista de verdade, mas esta casa me convence de que deveria existir.

As paredes pulsam com a música e, quanto mais nos aproximamos dos degraus da frente, mais sinto o chão tremendo com ela também. O lado de fora é decorado com lápides, zumbis saindo do chão e luzes roxas penduradas ao longo do telhado.

Ansel corre pelos degraus da frente, abrindo a porta. Ele acena com a cabeça para eu entrar primeiro. As luzes estão quase todas apagadas, exceto pelas roxas e laranjas estrategicamente colocadas, junto com os projetores, que acho que são destinados ao exterior. Na parede à esquerda, bruxas verdes piscam ao longo dela.

— Vamos tomar uma bebida e procurar a Sasha. — Ansel pega minha mão, me puxando pela multidão de adolescentes. Deve haver muitas pessoas aqui, considerando que o terreno não é pequeno e está basicamente de parede a parede com corpos.

Ele já esteve aqui antes, ou tem um senso de direção aguçado, porque chegamos à cozinha em pouco tempo. Há alguns barris, garrafas de licor e até alguns lanches — principalmente tortilhas, molho mexicano e alguma coisa estranha que nem quero adivinhar o que é.

— Cerveja? — Uma sobrancelha espreita em sua testa, rachando sua pintura de rosto um pouco.

— Claro. — Eu o vejo pegar o copo vermelho e enchê-lo, passando para mim antes de pegar um para si.

Meu corpo se move levemente ao ritmo da música retumbante, meus olhos varrendo a sala em busca de alguém que eu reconheça.

— Seth está vindo? — Eu realmente não conheço Seth, mas pelo menos ele não é um completo estranho como a maioria dessas pessoas.

Meu lado antissocial está realmente me incomodando agora.

Ansel dá de ombros.

— Disse que vinha, mas nunca sei com ele. — Inclina o copo para trás, tomando alguns goles grandes.

Agarro a mão de Ansel novamente e nós dois abrimos caminho pela cozinha lotada.

— Gatinha sexy — Ansel anuncia, apontando com um dedo, o resto enrolado em seu copo. — Não, não é a Sasha. Ali está outra, ainda não é ela.

Não posso deixar de rir, porque ele estava certo no início da semana quando disse que gatinha sexy era previsível. Com minha faca de plástico no bolso e caixa de cereal debaixo do braço, tenho certeza de que nem pareço ter tentado.

— Homem-Aranha também parece ser uma escolha popular.

Novamente, ele não está errado. A maioria dos caras parece ser algum tipo de personagem da Marvel. Homem-Aranha, Thor e Homem de Ferro sendo as principais escolhas.

Quase todo mundo está falando alto sobre a música, dançando ou dando uns amassos. O cheiro de maconha paira no ar, e tenho certeza de que Ansel estará vendendo bastante esta noite. Ele mencionou que as festas realmente aumentam seu lucro regular.

Verificamos o andar de cima, ainda nada da Sasha, antes de seguirmos para o porão. Nós a vemos quase imediatamente em uma mesa de sinuca jogando *beer pong*. Duas orelhas de gato preto se projetam no topo de sua cabeça em meio a todos os seus cachos loiros em espiral. Seu vestido é justo, preto e brilhante, e mal cobre alguma coisa. Quando ela se move, uma parte significativa da lateral de seu peito é mostrada e mais do que alguns caras olham descaradamente.

Ansel nega com a cabeça e murmura:

— Ela é brincadeira.

— Você não gosta muito dela, não é?

Posso estar convencida de que Sasha tem uma queda por ele, mas o cara não parece retribuir o favor. De forma alguma.

Seus lábios estão apertados e ele assiste a cena na nossa frente com as sobrancelhas estreitas. Ainda não soltou minha mão, apesar do fato da minha palma estar começando a suar.

— Eu não gosto de previsibilidade.

Ignorando seu comentário, grito:

— Sasha!

Acenando, finalmente capto sua atenção e ela sorri. Seus olhos já estão um pouco vidrados e ela tropeça, tentando nos alcançar.

— Meus amigos! — berra, jogando seus braços em volta de nós. Quando dá um passo para trás, franze a testa para nossas mãos unidas. — Vamos. — Ela puxa meu braço que está segurando a caixa de cereal, que cai. — Oooops. — Leva a mão à boca e dá risadinhas.

Resisto à vontade de revirar os olhos. Por que me incomodei em vir? Pessoas bêbadas são o meu tipo de pessoa menos favorito.

Ansel se abaixa, pegando a caixa de cereal. Ele passa para mim, olhando bravo para Sasha ao fazê-lo.

— Cuidado, Sasha. Você poderia tê-la machucado.

Não perco o jeito que ele inclina seu corpo ligeiramente na minha frente.

— Eu não queria — ela retruca, franzindo a testa. — Você sabe que eu não tinha intenção, certo, Dani? — Ela pisca seus grandes olhos para mim.

— Certo.

Tento ignorar a raiva que sai de Ansel.

— Vamos jogar. — Ela não me agarra desta vez, mas eu a sigo, Ansel relutantemente vindo atrás de nós.

Entro no time de Sasha, que consiste nela e mais duas pessoas — um cara chamado Henry e uma menina chamada Josie — que estão no time de tênis da escola com ela.

Após alguns minutos de jogo, Ansel sussurra em meu ouvido que estará de volta em pouco tempo.

Ele não diz isso, mas sei que é mais do que provável que vai vender um pouco de maconha.

Fico com Sasha, bebendo mais álcool do que pretendo durante o jogo de *beer pong*.

Depois que o jogo acaba, Sasha me arrasta para uma pista de dança improvisada — basicamente uma seção vazia do porão onde outras pessoas estão dançando.

— Meu cereal — grito, quando ele é deixado para trás na mesa.

Sasha está alheia. Ela gira em torno de mim, enquanto eu luto para encontrar meu ritmo. Minha perna já está protestando e a noite mal começou. A caminhada do carro estacionado até a casa com as minhas botas de salto alto foi uma má ideia, mas não é como se eu pudesse ter ido descalça.

— Relaxe, Dani! — Sasha grita, acima da música.

Agarrando meus braços, ela se move ao meu redor. Não estou acostumada com esse tipo de dança, nem mesmo com esse tipo de festa. Claro, fui a algumas antes, mas na maioria era um grupo muito menor de gente curtindo no porão de alguém, bebendo cerveja e sendo detestáveis. Esta é uma *festa* como as que sempre vi nos filmes.

Depois de alguns minutos, começo a me sentir mais confortável e danço com ela, cantando junto a letra da música que está tocando.

— Isso é incrível! — grita.

Concordo com a cabeça, meu corpo corado pelas cervejas que tomei.

— Onde está o Ansel? — digo, procurando em volta por ele. Já se passaram cerca de trinta minutos, talvez mais, desde que ele nos deixou.

— Quem se importa? — devolve. — Divirta-se, garota!

Com o álcool queimando em minhas veias, ouço suas palavras, me perdendo na música e nas vibrações de todos ao meu redor.

Jogando meus braços acima da cabeça, solto um gritinho balançando os quadris.

— Sim, garota! Aproveite. — Sasha move seu corpo muito mais graciosamente do que o meu.

Fechando meus olhos, eu deixo ir.

Deixo ir embora as minhas preocupações.

Meus medos.

Dúvidas.

Por um momento, eu me permito ser uma garota, qualquer garota.

Apenas por uma noite.

doce dandelion

capítulo 25

Derramar mais cerveja na minha garganta provavelmente não é a melhor ideia, mas a lógica deixou meu cérebro uma hora atrás.

— Sim! — Sasha aplaude, e os outros gritam:

— Vira, vira, vira!

Viro a cerveja em tempo recorde, jogando a lata vazia no chão. Minhas mãos vão para o ar no mesmo momento em que aplausos soam ao meu redor.

O pobre rapaz ao meu lado ainda está tentando terminar a dele.

Um arroto muito desagradável sai de mim, mas não consigo me sentir envergonhada.

A figura de Ansel empurra a multidão.

— Annie! — berro, me jogando para ele.

— Opa. — Seus braços se entrelaçam ao meu redor, segurando a maior parte do meu peso. — Você está bêbada?

— Pssh, não — pronuncio indistintamente, meus pés saindo debaixo de mim.

— Uau. — Ansel segura mais forte no meu corpo, me levantando. — Encontre suas próprias pernas, Meadows, não vou te carregar para fora daqui.

Dou um tapa de brincadeira no braço dele.

— Você carregaria, se precisasse.

Ele revira os olhos.

— Vamos dançar — convido.

— Não vamos.

Ele não tem escolha enquanto o puxo para a multidão.

Agora que o álcool me soltou ainda mais, eu danço livremente, encontrando um ritmo que não sabia que possuía. Viro as costas para Ansel, levantando meu cabelo e olhando para ele por cima do ombro com um olhar sedutor.

Ele parece aflito por um momento, mas o olhar desaparece tão rapidamente que estou convencida de que imaginei isso.

— Você pode me tocar, Ansel.

Não sei se ele realmente me ouve acima da música, mas suas mãos agarram meus quadris por trás.

Balanço o corpo contra o dele, deitando a cabeça para trás contra seu peito.

— Isso é bom — murmuro, fechando os olhos. Meu corpo está pesado, cansado. Não faço ideia de que horas são, mas eu provavelmente preciso dormir, embora não queira.

— Quanto você bebeu? — Sua voz vibra contra mim.

— Não muito — minto.

— Hum. — Eu o sinto cantarolar mais do que ouço. — Você está bem, Meadows? Você não é assim.

Giro em seus braços, levando os meus ao redor de seu pescoço.

— Estou *ótima*. Me soltando. Me divertindo. Sendo uma adolescente normal.

Pela maneira como ele olha para mim, sei que ele está completamente sóbrio e analisando tudo o que digo. Ele passa as costas dos dedos sobre a minha bochecha, seus dentes cavando levemente no lábio inferior.

— Vamos colocar um pouco de água em você.

Ele tenta me puxar para longe dos outros dançando, mas eu me agarro firme, fincando os calcanhares no chão.

— Não, não, não. Eu quero dançar.

— Vou pegar água para você. — Desta vez ele desembaraça meus braços de seu corpo tão facilmente que sei que ele não estava se esforçando o suficiente antes.

Franzo a testa para sua figura, recuando.

Sem humor para dançar agora, subo as escadas, procurando por um banheiro. Localizo um no final do corredor com apenas algumas pessoas esperando; graças a Deus, pois eu poderia fazer xixi nas calças.

Esperando minha vez, quase choro de alívio quando finalmente chego ao banheiro. Estou no meio do xixi quando escuto um monte de gritos e berros de:

— *Saiam! Vai!*

Minha frequência cardíaca acelera e me levanto, puxando o jeans para cima.

Pés batem no chão, corpos correndo para uma saída.

Ai, Deus, ai, Deus, ai, Deus.

— Polícia! — Ouço alguém gritar.

doce dandelion

Mais gritos. Parece um estouro da manada. Olho para a porta trancada do banheiro, o pânico se instalando. Minha respiração me deixa em calças curtas.

Tenho que sair.

Há uma janela no banheiro, não grande, mas eu deveria ser capaz de sair por ela — possivelmente caindo de cara no chão no processo, mas é melhor do que levar um tiro.

Abrindo a janela, subo na tampa do vaso sanitário fechado para conseguir altura suficiente para sair do espaço estreito. Com certeza, caio no chão, rolando meu corpo para que meu lado direito leve o peso e não meu rosto.

Me levantando rapidamente, ando o mais rápido que consigo com o meu mancar. Sinto-me como uma presa fácil, porque não posso mais correr.

Tudo o que tenho comigo é minha faca de plástico estúpida que não servirá para nada caso alguém queira atirar em mim.

Então, eu continuo. Cada passo é um a menos de distância da casa.

Outras pessoas estão correndo para os carros, mas eu vou para a floresta. Não tenho um carro e o de Ansel está muito longe. Tenho que me esconder.

Deus, eu tenho que me esconder.

A adrenalina corre em minhas veias e a única coisa em minha mente é a sobrevivência. É puro e simples, tenho que colocar espaço entre a casa e eu, encontrar um lugar para me esconder até...

Até o que?

Não pense nisso agora. Cai fora. Você tem que fugir.

Lágrimas escorrem pelo meu rosto, o ar frio queimando-as enquanto me movo. Consigo chegar na floresta e sigo em frente. Minha perna está cansada, mal se movendo para frente. Pura força de vontade é a única coisa que me move neste momento. Sinto-me completamente sóbria neste momento, embora logicamente eu saiba que não estou.

Através de vislumbres entre as árvores, vejo o reflexo de luzes vermelhas e azuis, sirenes tocando.

Quem está morto?

Empurro esse pensamento do meu cérebro, porque não posso me debruçar sobre isso agora. Tudo o que importa é chegar em segurança.

Segurança, o que é isso mesmo?

Escuto vozes de outros se esgueirando pela floresta. Eles não estão sendo nada silenciosos.

Eles não sabem que você tem que ficar quieto?

— Acho que foram para a floresta! — uma voz grita em algum lugar atrás de mim, perto da casa.

Ainda não cheguei longe o suficiente.

O pânico toma conta de mim mais uma vez.

Eu não quero morrer.

Mais passos trovejam na floresta. Procuro ao redor por algum lugar para me esconder, sabendo que tenho que ficar abaixada e sair do caminho.

Movendo-me o mais silenciosamente que posso, encontro um local onde uma árvore caiu. Coloco o corpo embaixo dele. Minha roupa escura fornece camuflagem. Fico deitada o mais imóvel que consigo, prendendo a respiração, fingindo-me de morta.

As vozes se afastam, indo em outra direção.

Mas eu ainda não me levanto e me mexo. Estou com muito medo de eles voltarem.

Meus dedos ficam dormentes de frio. Meu corpo quer tremer, mas, de alguma forma, mantenho o controle de cada músculo do meu corpo — com muito medo de farfalhar até mesmo uma folha.

Uma hora se passa, talvez mais, antes de eu finalmente sair de debaixo da árvore. As coisas ficaram em silêncio por um tempo. O medo começa a se instalar em meus ossos enquanto caminho pela floresta, minha perna protestando a cada passo. Começo a chorar novamente. Odeio ter medo. Não quero mais ter medo. Nunca mais quero ter que temer pela minha vida e aqui estou.

Tirando meu telefone do bolso, não há sinal.

Porra, sem sinal e sozinha na floresta. Os sons de animais correndo pela escuridão são a única coisa para me fazer companhia, mas eles só estão me assustando mais. Há ursos por aqui?

Envolvo os braços ao meu redor, mas isso faz pouco para me ajudar a ficar quente.

Onde está a minha jaqueta?

Eu não percebi até agora que não estou usando-a, mas, com dificuldade, me lembro de tirá-la quando estava jogando *beer pong* com a Sasha.

Deus, estou com tanto frio.

Meus dentes começam a bater, mas estou com medo de que o barulho possa chamar a atenção de alguém que ainda esteja aqui, então mordo a língua, imediatamente sentindo o gosto de sangue.

Não sei o quanto andei antes de finalmente sair da floresta para uma estrada de cascalho escura. Olho para a esquerda e para a direita, mas não há sinal de qualquer tipo de vida.

Desenterrando meu telefone, descubro que tenho sinal. Ligo para Ansel primeiro. Ele toca, toca e toca. Tento ligar para ele novamente. Uma terceira vez. Nada ainda. Minha preocupação aumenta.

Ele está ferido? Tomou um tiro? Foi esfaqueado? Está morto?

Ligo para Sasha em seguida. Vai direto para o correio de voz.

Porra!

As mensagens de texto começam a chegar agora que tenho serviço.

> Sasha: Onde você está?

> Sasha: Policiais estão chegando

> Sasha: Estamos ferradosss

> Sasha: Estou indo embora, ONDE VOCÊ ESTÁ?

> Sasha: Garota, estou te largando aí

> Sasha: Dani?

> Sasha: Vc tá com o Ansel? Ele também não está respondendo.

> Sasha: Vc ainda vem para o meu calçado?

> Sasha: Calça.

> Sasha: Maldito corretor automático. CASA.

> Sasha: Dani? A polícia te pegou? Seu irmão vai te mataaaar.

Suas mensagens lentamente começam a fazer sentido para o meu cérebro embriagado.

Não houve tiroteio. Não havia nenhum bandido vindo atrás de nós.

Eram os policiais vindo para desmantelar uma festa em casa. Sim, isso é assustador o suficiente, mas não é o que pensei que fosse. Meu pânico e medo era sobre o que é essencialmente uma coisa normal. Tudo porque agora estou programada para esperar o pior.

Eu pensei, verdadeiramente acreditei, que estava acontecendo de novo. Que pessoas inocentes estavam morrendo e eu tinha que fugir.

Toda a adrenalina do meu corpo sai de uma vez. Eu desabo no chão sujo. Cascalho cava em meus joelhos dos rasgos em meu jeans.

O que há de errado comigo? Por que eu tenho que ser assim? Por que não posso ser normal? Por quê? Por que tudo isso aconteceu?

Minhas mãos tremem ao redor do telefone, minhas lágrimas borrando a tela. Não consigo falar com Ansel e não quero ligar para Sage. Sei que ele viria me buscar, mas ficaria bravo, com razão, e não quero que ele se culpe de forma alguma por isso. Do jeito que está, Sage provavelmente está perdendo a cabeça, já que eu não disse a ele que estou na casa de Sasha.

— Merda, merda, *merda*. — Meus dedos se atrapalham com o telefone e mando uma mensagem para ele.

> Eu: DESCULPE. Fiquei sem sinal. Estou na casa de Sasha. Estou segura. Te amo.

> Sage: São 3 da manhã Dani. Estive doente de preocupação.

> Eu: Sinto muito. De verdade.

> Sage: Falaremos amanhã.

> Eu: Sage, me desculpe!

> Sage: Amanhã, Dani.

Enterro o rosto nas mãos, sabendo que ele está furioso. Ele tem todo o direito de estar. Ficaria ainda pior se visse onde estou agora.

Eu deveria cerrar os dentes e contar a ele, fazer com que ele venha me buscar, mas estou muito chateada para lidar com o que tenho certeza que será um sermão.

Percorrendo meu telefone, paro no contato de Lachlan. Eu não deveria ligar para ele, nunca, de verdade, e definitivamente não a esta hora da noite.

Eu faço isso de qualquer maneira.

Ele toca algumas vezes antes de uma voz rouca e sonolenta responder:
— Alô?

doce dandelion

— Lachlan — solto, minha respiração embaçando o ar. — Eu…

— Dani? — Ouço o barulho ao fundo, como se ele estivesse empurrando os lençóis para fora do corpo. — São três da manhã. Você está bem?

— N-não. — Minha voz treme e sinto as lágrimas vindo novamente.

— Você está machucada?

Todas as emoções de antes voltam correndo.

— Não, eu estou bem, mas… você pode vir me buscar?

— Onde você está?

Parece que ele está pegando uma carteira, chaves.

— Eu… não sei. Vou te mandar uma mensagem com a minha localização.

— Você jura que está bem?

— Tão bem como posso estar.

— Você está em algum lugar seguro?

Eu hesito.

— Não sei.

Ele exala pesadamente.

— Envie-me sua localização. Estarei aí o mais rápido que conseguir.

Desligo e mando a localização para ele. Arrepios invadem meu corpo e envolvo meus braços ao meu redor, andando para frente e para trás cerca de seis metros para tentar ficar quente.

> Lachlan: No meu carro e a caminho.

> Eu: Obrigada.

Fechando os olhos, inclino a cabeça para o céu noturno. Esta noite não foi de nenhuma maneira como eu esperava. A exaustão se instala em meus ossos e, depois de mais algumas voltas para frente e para trás, eu me sento para esperar.

capítulo 26

Faróis piscam em meu corpo, os pneus do carro esmagando o cascalho solto. Um Acura preto mais antigo para ao meu lado. Antes que eu possa me levantar, Lachlan corre para fora do lado do motorista até mim.

— Dani, *porra*, por que você não está vestindo um casaco?

Antes que eu possa piscar, ele tira o moletom por cima da cabeça, puxando-o pelo meu corpo junto com seu perfume celestial.

— Eu o perdi.

Seus olhos azuis se estreitam em mim.

— O que aconteceu? Quer saber, me conta no carro, você deve estar congelando.

Ele me pega pelas mãos e me levanta. Envolve seu braço quente e forte em volta do meu corpo e me guia para o banco do passageiro. O calor explode das aberturas e um suspiro feliz me escapa quando me acomodo no assento. Seu carro cheira a ele com um toque de menta.

Lachlan sobe no lado do motorista, fechando a porta com mais força do que o necessário.

— Que porra aconteceu? — Ele olha para mim, preocupação clara brilhando em seus olhos. Surpreende-me que ele esteja xingando. Deve estar realmente assustado. Ou talvez tenha uma boca suja fora da escola.

— Eu estava em uma festa. — Enrolo seu moletom mais apertado em volta do meu corpo como se isso fosse de alguma forma me manter segura enquanto as memórias ressurgem.

— Você está machucada? — pergunta novamente, como fez no telefone. — Deus, Dani, por favor, não me diga que alguém tocou em você.

Minha boca se abre e nego com a cabeça rapidamente.

— N-não. Nada disso. Eu estava bebendo. Bastante — acrescento timidamente, mordiscando o lábio nervosamente ao admitir isso para ele, já que é basicamente meu professor.

doce dandelion

Não, ele é Lachlan.

— Alguém drogou a sua bebida?

— Não. — Olho pela janela. — Mas os policiais apareceram e...

— E o quê? — ele pede, sua voz apertada. — Você está me preocupando, Dani.

Suspiro, girando meu olhar e observando seu perfil. Seu nariz afiado, maxilar forte. Ele é mais do que bonito. Não existe uma palavra na língua inglesa para Lachlan.

— É estúpido.

— Dani — sua voz é severa —, não há nada que você possa me dizer que eu vá pensar que é estúpido de alguma forma.

— Os policiais vieram e eu estava no banheiro. Ouvi os gritos para sair e...

Eu paro e seus dedos apertam ao redor do volante. Um músculo em sua mandíbula se contrai.

— E você pensou que alguém tinha sido baleado.

Ele não enquadra isso como uma pergunta, mas eu respondo de qualquer maneira:

— Sim.

Ele olha para mim.

— O que você fez?

— Pulei pela janela. — Mostro a ele os arranhões nas minhas pernas, que são visíveis através dos rasgos. — E então eu parti para a floresta. Tive que andar o mais rápido que pude, já que não consigo mais correr. Deus, eu sinto falta de correr. Pensei que ia morrer de novo.

— Foda-se — ele amaldiçoa novamente. Tremo de surpresa quando ele pega minha mão, dando um aperto suave antes de me soltar. — Sinto muito que você teve que passar por isso.

— Está tudo bem.

Ele estremece.

— Dani, *não* está tudo bem. Nada do que aconteceu com você foi "tudo bem". Não diga isso. Não diga isso nunca.

Ele entra na rodovia, indo para a cidade. Sei que estaremos no condomínio em alguns minutos.

— Posso ficar com você esta noite?

Seus olhos disparam para mim, parecendo doloridos.

— Eu... isso não é uma boa ideia.

— Por quê? Não posso deixar meu irmão me ver assim. Não posso ir para casa bêbada — argumento, desesperada. Abaixando a cabeça, sussurro: — Não posso decepcioná-lo.

Lachlan exala um suspiro cansado e acena com a cabeça.

— Tudo bem, ok.

Ele estaciona na garagem subterrânea. Nós dois ficamos em silêncio e pegamos o elevador até em casa. Ele destranca a porta e Zeppelin imediatamente vem até nós. Ele leva um tempo extra me cheirando enquanto Lachlan tranca a porta.

Quando me viro, encontro Lachlan de pé com as mãos nos quadris, a cabeça ligeiramente inclinada.

— Você estava com tanto medo que pulou pela janela, hein?

Eu concordo com a cabeça, acariciando Zeppelin. O cachorro é tão grande que nem preciso me abaixar.

— Eu me escondi na floresta, debaixo de uma árvore caída. Não me mexi por um longo tempo. Eu… me fingi de morta.

Seus olhos se fecham e ele parece aflito. Seu pomo de Adão balança enquanto ele engole. Quando abre os olhos, são piscinas de geleiras gêmeas.

— Não tenho palavras para facilitar isso para você. Gostaria de ter, mas elas não existem. O que aconteceu com você, antes, nunca deveria ter acontecido. Você não deveria se sentir dessa maneira. Nunca. E lamento que um monstro tenha arruinado as coisas para você.

— Está tudo bem.

Está tudo bem, três palavras que são um reflexo. Ele se encolhe.

— Não, Dani, não está tudo bem. — Curvo minha cabeça e ele limpa a garganta. — Você realmente deveria ir para casa.

Minha cabeça dispara para cima.

— Por favor, não me obrigue. Sage vai ficar chateado e eu não… eu não quero ter que explicar isso para ele, porque vai incomodá-lo ainda mais. Sei que ele se sente culpado pelo que aconteceu, mesmo que não devesse. Ele nem estava lá.

Lachlan torce os lábios, me dando um aceno de cabeça que é a única indicação de que ele está concordando.

— Deixe-me pegar algo para você se vestir. Pode dormir no meu quarto.

— Isso não é necessário. — Minhas mãos sobem em protesto, balançando de um lado para o outro. — O sofá está bom.

Ele balança a cabeça, negando.

— Boa tentativa, mas não, você pode ficar com a cama.

Ele dobra o dedo, me dizendo para segui-lo pelo corredor estreito. Sigo, minhas botas ecoando na madeira a cada passo que dou.

Ele abre a porta do quarto principal. Meus olhos varrem o ambiente, absorvendo o espaço muito pessoal que é inteiramente Lachlan.

As paredes são de uma cor escura de carvão. Seus móveis são todos de diferentes tons de madeiras ricas. Sua cama é uma montanha de cobertores cinza e brancos. É a cama mais aconchegante que já vi. Ao pé dela, no chão, há pilhas e mais pilhas de livros. Há mais pilhas em todo o quarto. No canto, o único toque real de cor é uma cadeira baixa azul-marinho. Ao lado, há uma mesinha, um livro e seus óculos. Acima da cama há uma obra de arte do horizonte de São Francisco. Ao lado de sua cama, estendendo-se acima dela, há uma linha de luz pendurada. É provavelmente a peça de aparência mais moderna em toda a sala.

Lachlan vasculha sua cômoda, saindo com uma camiseta e um par de shorts de ginástica.

Limpando a garganta, ele diz:

— Serão um pouco grandes para você, mas você deve conseguir fazer funcionar. Os shorts têm cordões. — Olha por cima do ombro para a cama bagunçada pelo sono. — Troquei os lençóis ontem, mas posso colocar outros se você quiser.

— Assim está bom. Obrigada. — Pego as roupas e ele assente.

— Eu vou arrumar o sofá. Boa noite, Dani.

— Boa noite.

Ele pega um travesseiro da cama e um cobertor na ponta. Seu braço roça o meu quando ele passa e, apesar do moletom quente e do frio que há muito me deixou, meu corpo se cobre de arrepios.

Antes que ele possa fechar a porta novamente, eu digo:

— Lachlan? — Ele faz uma pausa, olhando para mim com a mão na porta. — Obrigada. De verdade. Isso... obrigada.

Seus lábios se estreitam, seus olhos escurecem. Ele me dá outro aceno e fecha a porta.

Coloco as roupas na cama, relutantemente removendo seu moletom. Tiro minhas roupas, deixando apenas meu sutiã e calcinha. Seus shorts são muito grandes para mim, como ele disse, mas sou capaz de amarrá-los apertado o suficiente para que deslizem apenas um pouco pelos meus quadris. Puxo sua camisa e o moletom. Ele vai ter sorte se conseguir o moletom de volta. É uma cor cinza-carvão, claramente usado e amado, com um logotipo desbotado do Led Zeppelin.

O cachorro bate na porta, soltando um gemido. Da sala de estar, ouço Lachlan repreender com um severo:

— Zeppelin, não.

Subindo na cama, apago a luz. Rolando para o meu lado, puxo as cobertas até o queixo. Cercada pelo cheiro de Lachlan, decido que isso é o mais perto do céu que vou chegar. Agora que a adrenalina diminuiu, meu corpo se sente cem quilos mais pesado que o normal. Não gosto nada da sensação. Nunca senti exaustão assim antes. Se senti isso depois do tiroteio, não me lembro, porque passei a maior parte desses dias em sono profundo após várias cirurgias.

Não sei quanto tempo fico deitada no escuro, mas a porta se abre. Lachlan entra na ponta dos pés silenciosamente como se não quisesse me acordar.

— Desculpa — ele murmura baixinho, quando vê meus olhos abertos. — Preciso pegar uma coisa. Não queria te incomodar.

— Eu não estava dormindo.

Ele se agacha ao meu lado, cavando na gaveta ao lado de sua cama.

— Gostaria de falar sobre isso? — questiona, mas balanço a cabeça em negação. Ele puxa uma hortelã embrulhada da gaveta. — Quer uma?

— Mais uma vez, nego. Ele a coloca na boca, deixando cair a embalagem sobre a mesa.

Ele começa a se levantar, para sair. Agarro seu antebraço. Seu pulso bate contra minha palma quando ele para.

— Não vá ainda — imploro, entrecortada.

Zeppelin pula na cama, se enrolando ao meu lado. Ele prontamente desmaia com um ronco canino alto.

— Você precisa de alguma coisa? Eu posso trazer água para você.

Nego com a cabeça, mordendo meu lábio.

Ele. Eu preciso dele.

Isso não faz nenhum sentido. É ilógico. Mas eu preciso.

Desde o primeiro dia de aula, há algo nele em que intuitivamente confio, que uma parte de mim, talvez minha alma, talvez outra coisa, reconhece que é com ele que posso compartilhar meus segredos.

Mas eu não deveria desejá-lo.

Eu *não posso* desejá-lo.

É errado.

doce dandelion

É imoral.

Para ele.

Para mim.

— Dani? — Seus olhos se arregalam de preocupação.

Engulo o nó na minha garganta e vou contra tudo dentro de mim que diz que eu não deveria fazer isso; pelo contrário, escuto a parte que é inexplicavelmente atraída por um homem que não posso ter.

Minha mão envolve sua nuca, sentindo o cabelo escuro curto na base de seu crânio. Ele congela. Não perco o fato de ele prender a respiração ou a guerra em seus olhos.

Mas não deixo a batalha começar, porque sei que, uma vez que isso aconteça, isso não vai acontecer, e *meu Deus*, preciso que aconteça mais do que preciso da minha próxima respiração.

Eu me inclino, fechando a curta distância entre nós. O sabor de menta em sua língua permeia o ar e lambo meu lábio inferior antes de pressionar a boca na dele. Minha boca formiga com seu gosto. Ele não se move a princípio, mas então um grunhido viril ecoa em sua garganta. Seus dedos longos e fortes se emaranham no meu cabelo. Seu aperto é forte o suficiente para machucar, mas não é doloroso. Sua língua encontra a minha e aquele gosto de menta está em toda parte.

Nunca fui beijada assim antes. É mais devastador do que um beijo, como se ele fosse um cavaleiro reivindicando sua recompensa. Sua barba por fazer queima minhas bochechas, mas não me importo com a picada — é um lembrete bem-vindo de que isso é real, de que estou beijando Lachlan, porém, mais importante, que ele está me beijando de volta.

O calor formiga pela minha espinha e fico de joelhos, envolvendo meus dois braços ao seu redor, pressionando meu corpo no dele. Suas mãos se movem para minha cintura, amontoando-se no tecido. Ele ainda está ajoelhado no chão e amo a influência que tenho acima dele do meu lugar na cama. Como se ele fosse meu para tomar.

Acho que eu nunca quis nada nem ninguém do jeito que quero Lachlan Taylor.

Sr. Taylor.

Meu conselheiro.

A porra do meu orientador escolar.

A lógica é uma fera inconstante quando o seu coração está em jogo.

Por que ele? Por que, de todos os seres humanos do planeta, meu coração decidiu bater por ele? Eu nem tenho certeza se é amor que sinto, isso parece muito bobo. Eu não o *conheço* assim. Mas a conexão não pode ser negada. Ela existe e exige ser sentida. Ele também sente isso. Tenta não sentir, mas vejo a batalha sendo travada dentro dele. Nós dois, quer queiramos admitir ou não, estamos andando em uma linha tênue.

Esta noite, ela se partiu.

Ele se afasta de repente, virando a cabeça para o lado. Sinto frio em todos os lugares pela perda de seu toque. Aquele músculo em sua mandíbula se contrai e seus punhos caem para os lados, cerrados com força, as veias em seu braço se destacam nitidamente.

Caio para trás, minha bunda descansando em meus pés.

— Lachlan, isso foi...

Ele não olha para mim, sua voz é um fio tenso.

— Isso não pode acontecer de novo, Dani. Nunca.

— Lachlan. — Tento alcançá-lo, mas ele se levanta, tropeçando alguns metros para trás.

Ele relutantemente encontra meu rosto por um segundo antes de seus olhos caírem no chão.

— Sinto muito. Isso nunca deveria ter acontecido. Eu sou... — ele morde o lábio com força. — Porra, eu sou seu conselheiro. Não pode acontecer novamente. Nunca. — Ele parece irritado. Comigo? Consigo mesmo? Com nós dois? Não sei. — Você é... Porra, você é uma estudante. Nem deveria estar aqui. Na minha cama. — Ele acena uma das mãos com força para mim. — Caralho. — Ele esfrega as mãos pelo rosto, as palmas raspando contra a barba por fazer. — Você está bêbada — ele divaga — e eu te beijei. Porra, eu beijei uma estudante.

— *Eu* beijei *você* — sussurro baixinho, de repente me sentindo insegura.

Seus olhos se estreitam em mim. Esses tons azuis normalmente brilhantes parecem pretos em seu quarto escuro.

— Sou um adulto, Dani. Não deveria ter deixado isso acontecer. — Ele rosna as últimas palavras. Passando os dedos pelo cabelo que antes estava despenteado por mim, ele deixa cair as mãos para os lados. — Você está bêbada e eu deveria ter te parado. — Ele olha para mim, quebrado, completamente envergonhado de si mesmo.

Quero abrir minha boca para dizer a ele para não se sentir assim.

— Você está bêbada — repete. — Provavelmente nem vai se lembrar disso pela manhã, mas eu vou. — Ele sai bravo do quarto, raiva irradiando de seu corpo.

doce dandelion

Zeppelin levanta a cabeça, farejando o ar, mas não pula para seguir seu mestre. Ele descansa a cabeça grande nas patas e fecha os olhos.

Olho para fora da porta agora aberta através do corredor escuro, para algum lugar além de onde Lachlan está, sem dúvida, lutando consigo mesmo.

Não vou dizer a ele, porque sei que não vai fazê-lo se sentir melhor. Mas, depois de todas essas horas, estou perfeitamente sóbria.

capítulo 27

Não durmo até seis da manhã. Passo uma hora inteira repetindo o beijo várias e várias vezes no meu cérebro.

Ele me beijou de volta.

É uma verdade que é inegável e envia bolhas de excitação explodindo em meu corpo.

Eventualmente, eu durmo, não acordando até uma da tarde.

Zeppelin se foi do meu lado, a cama fria. Saindo de debaixo das cobertas, observo a porta agora fechada e minhas roupas, dobradas cuidadosamente naquela cadeira azul-petróleo, meus sapatos no chão ao lado dela.

Saio da cama, usando o banheiro principal anexo. Volto descalça para o quarto e ando de um lado para o outro por alguns minutos, sem saber como ele vai agir depois da noite passada. Soltando um suspiro, tiro as roupas de Lachlan, jogando-as no cesto antes de vestir minha roupa da noite anterior. Coloco seu moletom de volta. Digo a mim mesma que é porque estou vestindo apenas uma regata, mas é uma mentira. Quero algo dele perto de mim, para que seu cheiro perdure.

Eu abro a porta, espiando pelo corredor. A TV está em algum canal de notícias, pedaços ecoando de volta para mim. Faço uma pausa, esperando ouvir movimento, alguma indicação de onde Lachlan está, mas não há nada.

Pressionando meus lábios, ando o mais silenciosamente que posso. A parte de trás de sua cabeça me cumprimenta. Ele está estirado na parte chaise de um sofá seccional em um par de calças de moletom pretas e uma camisa cinza de manga comprida. Ele levanta o braço, mudando de canal. Zeppelin está no chão perto de uma mesa de centro. O cachorro levanta sua cabeça grande, bufando para mim, antes de usar as patas como travesseiros mais uma vez.

— Você acordou. — Sua voz é profunda, rouca.

— Aham.

Ele olha para mim de pé ali, sem jeito, torcendo as mãos.
— Com fome?
Dou a ele um olhar surpreso. Não esperava essa pergunta.
Concordo com a cabeça.
Ele sai do sofá, passando direto por mim para a cozinha.
— Você gosta de tacos de peixe? — Seus olhos se movem para mim, esperando por uma resposta.
— Sim, isso seria ótimo.
Ele começa a tirar os ingredientes da geladeira e do freezer, empilhando-os no balcão. Vira as costas para mim, ligando o forno. Deslizo minha bunda em uma das banquetas.
Nós dois ficamos em silêncio por um tempo enquanto ele corta e pica coisas.
— Eu não posso cozinhar — admito, timidamente.
Ele não levanta os olhos ao cortar alguma coisa de folhas verdes.
— Eu sei. Você me disse uma vez.
— Ah.
Silêncio mais uma vez.
Não consigo fazer uma leitura sobre ele, para saber se está com raiva, chateado ou tentando encontrar palavras para dizer alguma coisa.
Leva cerca de quinze minutos antes que ele deslize dois tacos na minha frente. Ele não fez nenhum para si mesmo.
Pego um, dando uma mordida. É delicioso, os sabores explodindo na minha língua. Antes que eu possa elogiá-lo, ele estreita os olhos em mim.
— A noite passada não pode acontecer de novo.
Quase engasgo com a mordida de comida ao engolir. Pego a garrafa de água que ele estende para mim.
— Foi inapropriado — continua, apoiando os cotovelos no balcão. Ele me olha sério. — Se algo assim acontecer de novo, você não pode me ligar. — Ele parece angustiado ao dizer as palavras, como se elas arranhassem as paredes de sua garganta. — Eu não sou um cavaleiro de armadura brilhante. Você tem alguma ideia de quantos problemas eu poderia ter agora se alguém soubesse que estava aqui? — Ele cobre o rosto com as mãos, soltando um gemido antes de soltá-las. — Sem contar que nos beijamos.
Não perco o jeito que ele fala isso. Ele não diz que eu o beijei.
Nós.
Nós nos beijamos.

— E-eu pensei que você tivesse gostado.
É claramente a coisa errada a dizer. Seu rosto empalidece.
— Depois de comer, você precisa ir embora.
— Lachlan...
Ele se encolhe, soltando um:
— Sr. Taylor.
Pressiono meus lábios, lutando contra as lágrimas.
— Noite passada...
— Não pode acontecer de novo.
Abaixo a cabeça, dando um pequeno aceno em compreensão.
Por mais que eu queira protestar, sei em que tipo de posição isso o colocou. Seria imaturo da minha parte argumentar de volta. Posso ser jovem, mas não sou estúpida. Olhando de volta para ele, estendo meu dedo mindinho.
— A noite passada fica entre nós. Não contamos a ninguém. Promessa de mindinho?
Ele envolve seu dedo ao redor do meu.
— Promessa de mindinho — murmura, naquela sua voz profunda. Olhando em seus olhos, vejo a dor e a turbulência neles. Me machuca, porque sei que coloquei isso lá.
Não deixamos cair os dedos imediatamente.
Depois de alguns segundos a mais, quebramos o contato visual e, finalmente, ele puxa o dedo para trás.
Ele apoia as mãos no balcão, os ombros tensos. Olhando para o prato, me forço a dar outra mordida, ignorando a tensão no ar. Não posso brincar com ele como faria normalmente; não agora, pelo menos.
Meu telefone começa a vibrar e Lachlan o usa como uma oportunidade para sair da cozinha. Eu o ouço se acomodar atrás de mim no sofá, mas não ouso me virar e olhar para ele.
Puxando o telefone para fora do bolso do capuz, vejo um número desconhecido.
— Alô? — respondo, hesitante.
— Você está bem. — Ansel respira do outro lado.
— Sim? — sai como uma pergunta por algum motivo.
— O que aconteceu com você ontem à noite? Não consegui te encontrar.
— É meio que uma longa história. — Sinto os olhos de Lachlan perfurando a parte de trás do meu crânio. — O que aconteceu com você? Te liguei, mas você não atendeu.

doce dandelion

— Meu telefone caiu do bolso e quebrou. A tela inteira rachou. Vou ter que pegar um novo. Tem certeza de que está bem? Está com a Sasha?

Coloco uma mecha de cabelo atrás da orelha. Caramba, é quase impossível ignorar Lachlan ouvindo cada palavra.

— Não, Sasha me abandonou.

Ele geme do outro lado.

— Claro que ela abandonou. Você conseguiu uma carona com alguém?

— Sim, estou em casa agora.

Não é uma mentira total. Eu estou no prédio, mas não na casa do meu irmão.

— Isso é bom. Quer ir à Watchtower mais tarde?

Nego com a cabeça, então me sinto burra, já que ele não pode ver.

— Não, é melhor eu ficar em casa.

— Vejo você na segunda-feira então.

— Sim.

Desligo, colocando o telefone de volta no moletom.

— Quem era? — Lachlan pergunta, sua voz apertada.

— Ansel. — Ainda não me viro para olhar para ele.

Ele faz algum tipo de barulho na garganta que não tenho certeza se é para ser uma resposta ou não.

Só consigo comer mais uma mordida e engolir toda a garrafa de água. Há uma leve dor de cabeça se formando atrás dos meus olhos, mas é o mínimo que mereço depois do dano que fiz na noite passada. Felizmente, entre a adrenalina e quanto tempo fiquei no frio, o que poderia ter sido uma ressaca potencialmente assassina é muito leve.

Esvazio meu prato, lavo e coloco na lava-louças.

Estou protelando.

Sei isso.

Tenho certeza de que ele também sabe.

Fico entre a cozinha e sua sala de estar. Ele não desvia o olhar da TV quando diz:

— Você precisa ir, Dani.

— Eu tenho que dizer algo.

Ele força seus olhos a se afastarem da tela, inclinando a cabeça para mim. Uma sobrancelha escura se arqueia. Posso dizer que ele está chateado. Comigo? Consigo mesmo? Não sei.

— O quê?

— Eu deveria dizer que sinto muito, mas não sinto. — Sua carranca se aprofunda. — Eu não sinto muito por ontem à noite. Não me arrependo de confiar em você quando não confio em ninguém. Não sinto muito por te ligar. E não me arrependo de te beijar. Acho que é um mau hábito pedir desculpas por coisas pelas quais você não sente muito e me recuso a fazer isso.

Seus olhos se estreitam em fendas.

— Você não vê como ontem foi errado?

Engulo em seco, balançando para trás em meus calcanhares.

— Errado nem sempre significa ruim, *Sr. Taylor*.

Seus lábios se abrem, mas ele não diz mais nada; em vez disso, cruza os braços musculosos sobre o peito. Seus olhos passam por mim mais uma vez, da cabeça aos pés, parando no moletom que ainda uso.

Ainda assim, ele não diz nada.

— Vejo você na segunda-feira.

São as mesmas palavras que Ansel me disse, mas, de alguma forma, muito diferentes.

Com essas palavras de despedida, eu me viro e saio, sem saber se serei bem-vinda novamente.

capítulo 28

— Estou de castigo pela próxima década — anuncio a Ansel, quando ele se senta ao meu lado na aula de arte.

Ele estremece, tirando seu bloco de desenho e suprimentos da bolsa de mensageiro. Há coisas que podemos usar que são fornecidas pela escola, mas ele sempre escolhe as suas próprias.

— Tão ruim assim? — Ele o abre em uma página limpa.

Pego meu próprio bloco de desenho, abrindo no projeto atual de aula. Ansel terminou o dele há uma semana e agora trabalha no que quiser durante as aulas.

Meu desenho de um hipopótamo, o animal que me foi designado para este projeto, parece mais uma criatura animada inventada do que qualquer coisa real. Os olhos de Ansel passam por ela, mas ele não diz nada.

Eu gostaria de ter o talento dele, mas não tenho.

— Sage me repreendeu. Mas eu merecia.

Acabei confessando quase tudo a Sage sobre a festa e a chegada da polícia. Eu convenientemente deixei de fora a parte de ter pensado que havia um atirador e Lachlan vindo em meu socorro, mas me senti melhor por ser *majoritariamente* honesta. Eu costumava contar tudo a ele, mas as coisas mudaram depois do ano passado. Ele não é mais apenas meu irmão. Ele é meu guardião. Isso colocou uma pressão sobre os papéis que normalmente desempenhamos. Não o culpo por estar irritado comigo. Eu também estaria se os papéis fossem invertidos, então aceitarei minha punição e não reclamarei.

— Quanto tempo você está de castigo?

— Um mês. Não tenho permissão para sair nas noites de sexta-feira ou no fim de semana, a menos que ele vá comigo. Então, se você quiser fazer alguma coisa, meu irmão estará acompanhando.

Ansel dá uma risadinha.

— Vejo você em um mês, Meadows. — Ele joga uma piscadinha na minha direção. — Não tenho vontade de morrer e algo me diz que seu irmão me mataria. — Fica quieto por alguns minutos, os únicos sons entre nós são o arranhar dos lápis de carvão. — Vocês têm algum plano para o Dia de Ação de Graças?

Nego com a cabeça.

— Não. Normalmente... normalmente Sage teria voltado para ca... — eu me paro — para Portland. Nós poderíamos visitar nossos avós, mas ele está sobrecarregado de trabalho, então duvido que queira fazer isso e nenhum de nós cozinha. Então, é. — Termino com um encolher de ombros.

Surpresa me inunda quando Ansel diz:

— Vocês poderiam vir à minha casa. Quero dizer, eu teria que perguntar à minha mãe primeiro, mas acho que ela não se importaria. Especialmente quando souber que vocês não vão fazer nada.

— O Halloween foi sexta-feira, como já estamos falando sobre o Dia de Ação de Graças? — Belisco a ponte do meu nariz, sentindo uma dor de cabeça chegando.

— É a temporada de feriados, Meadows. Você não é uma Scrooge, é?

— Não — zombo. — Geralmente não, de qualquer maneira.

Não digo a ele, mas passei o último Dia de Ação de Graças entrando e saindo da consciência, já que estava sendo fortemente sedada, e o Natal também foi passado no hospital.

O décimo segundo mês está se aproximando rapidamente. Vai fazer um ano desde que nossa mãe faleceu. Um ano desde o pior dia da minha vida.

Pavor se instala em meus ombros como um cobertor pesado.

Tenho evitado pensar naquele dia. Tem sido mais fácil empurrá-lo para os recessos do meu cérebro. Acho que, para lidar com isso, no meu cérebro tem sido *um dia*, mas está praticamente aqui. Não posso ignorá-lo para sempre.

— Você está bem? — Ansel fala, me tirando dos meus pensamentos. Ele parece e soa preocupado.

Concordo com a cabeça, colocando uma mecha de cabelo castanho-claro atrás da orelha.

— Tudo bem. — Movo a mão e xingo quando deixo uma mancha no papel do lado dela.

Sem perder o ritmo, Ansel me passa uma de suas borrachas redondas poderosas que o vi usar antes. Eu a pego com um sorriso agradecido, apagando a marca da página. Eu gostaria de poder apagar outras coisas tão facilmente.

doce dandelion

— Você pode falar comigo, sabe — ele diz, em um murmúrio baixo.

Estou surpresa que a Sra. Kline ainda não tenha gritado conosco por nossa conversa, mas, quando olho para ela, vejo que está ocupada em sua mesa conversando com um aluno.

— Eu sei.

— Não tenho certeza se sabe.

Minha cabeça vira para a direita, dando-lhe um olhar engraçado.

— O que isso deveria significar?

Ele estreita seus estranhos olhos azuis-claros. Seus cílios escuros ultralongos se espalham contra suas salientes maçãs do rosto. Ele olha ao redor da sala para se certificar de que ninguém está escutando.

— Você compartilhou sobre o que aconteceu porque sentiu que precisava. Não porque confiava em mim. — Meus lábios se abrem, uma refutação pronta, mas ele balança a cabeça para me silenciar. — Tudo bem, a confiança é conquistada e eu ainda não ganhei a sua. Não nos conhecemos há muito tempo, mas, quando estiver pronta, pode falar comigo sobre qualquer coisa. Eu não sou o tipo de julgar. Quer dizer, meu trabalho paralelo é como traficante. Seria meio hipócrita julgar, hein?

Processo suas palavras e aceno.

— Fará um ano no dia doze.

Seu rosto cai. Não era a resposta que ele esperava.

— Ah.

Eu me afasto dele, não querendo ver o seu olhar vazio.

Seus dedos batem contra o topo da mesa. Suponho que esteja procurando palavras para dizer, mas essa é a coisa, não há palavras. Inclino o corpo para longe dele, focando no meu projeto. Pelo canto do olho, vejo sua cabeça cair, um suspiro de resignação ecoando em seu peito quando finalmente percebe que não pode dizer nada.

O resto da aula é passado em silêncio entre nós. Espero que ele não leve para o lado pessoal, não estou ofendida, simplesmente não tenho mais nada a dizer.

No almoço, não me surpreendo quando ele dá um esporro em Sasha por ter me abandonado. Também não estou surpresa quando ela argumenta de volta que ele me deixou também. Ele diz:

— Isso foi diferente. Eu estava pegando água para ela e ela desapareceu de perto de mim.

Sasha simplesmente responde com um condescendente:

— Uhumm.

Seth, como sempre, não diz nada.

— Você foi à festa? — pergunto a ele suavemente, deixando os outros dois brigarem.

— Sim.

— O que você era? Eu não te vi lá.

— Invisível.

Ele diz isso tão inexpressivo que o encaro, esperando o final. Quando não consigo um, me sento na cadeira, esfregando as palmas das mãos sobre o jeans.

— Ok, então.

Quando a campainha toca, sinalizando a mudança de classe, faço uma corrida louca para o escritório de Lachlan. Não tenho certeza do que esperar quando o vir depois da maneira como deixamos as coisas no sábado de manhã, mas sei que ele é meu lugar seguro e agora *preciso* dele.

Andando depressa pelo longo corredor de azulejos, eu paro de repente quando chego à sua porta fechada, um pedaço de papel colado do lado de fora.

Em letras digitadas, diz:

> Em reunião até as 15h. Por favor, consulte o escritório.

Sua assinatura é uma coisa arranhada na parte inferior.

No começo, quero ficar brava porque precisava vê-lo. Mesmo que ele não dissesse nada para mim, eu precisava estar na mesma sala que ele. Então, quase imediatamente depois, sinto medo.

E se ele estiver em uma reunião por minha causa? Alguém poderia saber que eu liguei para ele? Que estava no seu apartamento?

Parece ilógico, mas, quando você está fazendo algo tão imoral, a lógica sai voando pela janela.

Não quero ir ao escritório.

Compelida por algo que não consigo entender muito bem, tiro uma caneta da minha bolsa e desenho um Dandelion. É uma coisa patética, basicamente o contorno de uma flor com uma linha simples saindo dela para o caule.

Mas ele saberá.

Tampando a caneta, a enfio no bolso.

doce dandelion

167

Como me recuso a ficar sentada no escritório pelos próximos cinquenta minutos, volto para a biblioteca e me acomodo em uma mesa lá, trabalhando no dever de casa. Pelo menos estarei adiantada naquele dia.

O nervosismo pinica meu cérebro, me perguntando sobre o que é a reunião. Não consigo afastar a sensação de que é sobre mim.

Passo o resto do dia em um nevoeiro. Não estou surpresa quando as aulas terminam e recebo uma mensagem de texto de Sage.

> Sage: Não deixe Ansel te dar carona para casa.

Não posso deixar de revirar os olhos.

> Eu: Entrando no ônibus agora.

Ele envia um polegar para cima enquanto me sento, encostando em uma das janelas frias.

Pairo sobre o contato de Lachlan, querendo enviar uma mensagem para ele, mas sabendo mais do que provavelmente ele nem vai responder, o que só vai me fazer sentir pior.

O ônibus me deixa e desço a rua, entrando no prédio.

Uma vez no elevador, eu me inclino contra a parede de trás e solto uma respiração reprimida que sinto como se estivesse segurando a maior parte do dia. Quando as portas se abrem, eu abaixo a cabeça. Desço o corredor, entrando no apartamento de Sage.

Trancando a porta atrás de mim, vou para o meu quarto, deixando minha mochila no chão. Chuto meus sapatos, caindo na minha cama. Não tenho ideia do que fazer comigo mesma. Minha lição de casa está feita, estou proibida de fazer qualquer coisa com Ansel, e terminei o último livro que peguei emprestado de Lachlan.

Não me dou bem com o tempo ocioso. Nunca me dei. Sempre que sentia essa energia inquieta reprimida, eu corria, mas isso não é mais uma opção. Minhas pernas ainda estão gritando comigo pelo que fiz para elas na sexta à noite.

Levantando-me, vasculho a geladeira em busca de qualquer coisa que possa ser misturada para uma refeição. Claro, não há nada. Com um suspiro resignado, dou um passo para trás, colocando as mãos nos quadris. Vai demorar algumas horas até que Sage chegue em casa.

Nesse tempo, eu poderia me tornar comprovadamente insana.
Pego meu telefone, enviando-lhe uma mensagem.

> Eu: O que você quer para o jantar?

Ele não responde de imediato, então me sento no sofá e ligo a TV.

> Sage: Comida.

Reviro os olhos.

> Eu: Espertinho.

> Sage: Qualquer coisa está bom.

Exalo um suspiro profundo, colocando o telefone no sofá ao meu lado.
Quando começo a mexer os polegares depois de um episódio de NCIS, decido que já basta.

> Eu: Já que estou de castigo, isso significa que não posso sair para ir à biblioteca que você me falou?

Mais uma vez, tenho que esperar por uma resposta, já que ele está ocupado trabalhando.

> Sage: Está bem. Há dinheiro na gaveta da cozinha se quiser um cartão da biblioteca. Mas NÃO faça mais nada.

> Eu: Obrigada. Eu não vou.

Com um gemido, saio do sofá, me enfio em um casaco e coloco alguns sapatos.
Não tenho certeza de onde fica a biblioteca, mas, com uma rápida pesquisa no Google, recebo as direções. Uma curta caminhada de dez minutos depois, entro pelas enormes portas duplas. Minha cabeça balança para trás e minha boca se abre enquanto observo os elegantes azulejos de mármore e madeira rica. É elegante, mas também de alguma maneira aconchegante;

doce dandelion

acho que isso se deve em grande parte às fileiras e fileiras de prateleiras de mogno e cadeiras de couro espalhadas pelo espaço.

A primeira coisa que faço ao entrar é pedir um cartão da biblioteca. Por mais que amasse continuar pegando emprestados os livros de Lachlan, depois do nosso beijo eu não quero abusar da minha sorte.

A alegre bibliotecária, uma mulher que provavelmente não deve ter mais de trinta anos, me passa um cartão recém-laminado.

— Você precisa de ajuda para encontrar algo em específico?

Balanço a cabeça.

— Não, obrigada. Eu quero dar uma olhada.

— Isso é bom. — Ela abre outro sorriso e eu saio, movendo-me pelas prateleiras, examinando as diferentes seções.

Escovando meus dedos sobre as lombadas, não posso deixar de sorrir para mim mesma, porque nunca imaginei que acabaria amando ler. Acho que precisou do livro certo, ou talvez tenha precisado de Lachlan.

Deixo escapar um suspiro vazio, odiando que meus pensamentos constantemente quisessem seguir até ele ultimamente.

Consigo matar uma hora de tempo, indo embora com dois livros.

Voltando para o condomínio, o frio queima meu corpo apesar das minhas camadas de roupas. Espero um dia morar em algum lugar quente. Posso gostar de olhar para a neve, mas o frio é demais para mim.

Sorrio para Denny, o porteiro, e corro para dentro do calor do prédio. Indo para os elevadores, paro quando vejo Lachlan esperando por eles.

Como se pudesse sentir meus olhos, ele se vira. Começa a desviar o olhar, mas volta.

Não perco o jeito que sua mandíbula aperta, os olhos se estreitam.

Ele me viu, então não faz sentido tentar me esconder. Ando até ele, parando ao seu lado enquanto esperamos pelo elevador. Zeppelin não está com ele e não posso deixar de me perguntar se acabou de chegar em casa.

As portas de um dos elevadores se abrem e esperamos que uma família saia. Lachlan estica o braço, impedindo que as portas se fechem, e me faz sinal para entrar primeiro.

Entro, parando no canto e segurando os livros apertados contra o peito.

— Qual andar? — ele fala, de costas para mim. É impossível não notar a tensão em seus ombros.

— Onze — sussurro, mordendo o lábio.

Deus, isso é estranho.

Ele aperta o botão e fica perto do teclado numérico, como se estivesse apavorado de chegar perto de mim.

Limpando a garganta, eu digo:

— Sua reunião... não era sobre mim, era?

Ele olha por cima do ombro lentamente, sobrancelhas unidas.

— Por que você pensaria que era sobre você?

Dou a ele um olhar que quer dizer: *sério?*

— Quero dizer... nós nos beijamos.

Ele enfia as mãos nos bolsos, quase me encarando com raiva.

— A última vez que verifiquei, a escola não tinha câmeras instaladas no meu apartamento. — Meus lábios se separam. — Não, Dani, a reunião não teve nada a ver com você.

— Ah... ok. — Abaixo a cabeça, ouvindo-o soltar um suspiro pesado. Minhas bochechas queimam como se eu tivesse sido repreendida.

O elevador para no meu andar e eu desço.

— Dani?

Eu me viro, inclinando a cabeça para o lado.

— O quê?

Ele torce os lábios para frente e para trás, parecendo estar em guerra sobre o que dizer.

Antes que ele possa, as portas se fecham.

Abaixo a cabeça, deixando escapar um suspiro.

É melhor assim. Não há nada que ele ou eu possamos dizer.

capítulo 29

— Você parece distraída hoje.

Minha cabeça dispara para cima com o comentário de Ansel.

— Eu não estou.

Pareço na defensiva, mesmo para meus próprios ouvidos, mas é só porque estou distraída. Por pensamentos sobre o Lachlan. Não consigo parar de repetir o incidente do elevador de ontem no meu cérebro. Não que ele tenha dito algo particularmente rude ou odioso, foi a vibração no ar. Nunca foi tenso entre nós antes, mas ontem sim. Uma parte de mim sabe que eu deveria me arrepender do beijo, mas não consigo. Não consigo me arrepender de algo que parecia tão inconcebivelmente *certo*.

— Claro que não está. — Ele solta um suspiro, sua mão se movendo sobre o bloco de desenho. — É algum projeto ou algo assim? Ou…? — Ele deixa sua pergunta pairar no ar.

— Ou? — É Sasha quem se anima, olhando de Ansel para mim na frente dele com os olhos apertados.

Ansel me encara, se desculpando.

— Não é nada, Sasha. Não é da sua conta.

Juro que, se ela pudesse cuspir fogo, ele seria queimado.

— Quer saber, Ansel, você nem sempre tem que ser tão babaca comigo. Foi uma pergunta.

Ele assiste em choque enquanto ela junta as coisas, correndo para fora da biblioteca.

Olho brava para ele, pegando minhas próprias coisas.

— Você pode ser legal com ela? Ela gosta de você, seu idiota.

Seu rosto se contorce de horror.

— Ela *não* gosta de mim.

— Confie em mim, ela gosta. — Jogo a mochila sobre os ombros e saio atrás de Sasha, esperando que possa encontrá-la, já que ela já desapareceu nos corredores.

Escuto um barulho em um dos banheiros e vou direto para ele.

Lá dentro, eu a encontro na pia, suas mãos segurando a porcelana branca. Ela funga, limpando o nariz nas costas da mão.

— Vai embora, Dani. *Por favor*. — Ela liga a água, lava as mãos e molha o rosto. Quando me vê ainda no espelho atrás dela, ela rosna: — Vai.

— Ansel é um idiota. Sei que você gosta dele e lamento que ele não veja isso.

Ela solta um bufo indignado, pegando as toalhas de papel para secar as mãos.

— Todos os meninos são. Ele é completamente alheio quando se trata de mim. — Ela nega com a cabeça e olha para mim com um sorriso que é tudo menos feliz. — Ele não pode me ver quando só tem olhos para você. — Ela acena com a mão na minha direção.

Minha boca se abre.

— O que você quer dizer?

— Ele. Gosta. De. Você. — Ela pontua as palavras como se elas arranhassem sua garganta.

— Isso é loucura. Nós somos apenas amigos.

Ela arqueia uma sobrancelha.

— Agora quem é o alheio? — Meus lábios se abrem novamente. Seus ombros se apertam e ela solta um suspiro trêmulo. — Vai, Dani. Por favor.

— Desculpa — sussurro.

Desculpa. Uma palavra tão inútil, mas de alguma maneira sempre parece necessária da mesma forma.

— Eu não posso fazê-lo gostar de mim. — Ela encolhe os ombros como se não fosse grande coisa. — É hora de eu seguir em frente com essa paixão ridícula. — Ela faz uma pausa, inclinando a cabeça. — Como você sabia que eu gostava dele?

Quero dizer a ela que tem sido óbvio, mas acho que isso pode deixá-la brava.

— Eu presto atenção.

Ela balança a cabeça, esperando que eu vá embora.

Estendendo a mão, aperto a dela. Ela me dá um pequeno sorriso em troca.

— Você sempre pode falar comigo se precisar.

Finalmente a deixo, porque sei que, quando me sinto do jeito que ela se sente, gosto de ficar sozinha também.

A campainha toca e eu gemo. Não terminei meu almoço desde que corri atrás de Sasha e ainda estou com fome. Mas não há nada que eu possa fazer sobre isso no momento.

Relutantemente, me aventuro pelos corredores caóticos cheios de conversas. Alcançando o longo corredor que leva ao escritório de Lachlan, roço os dedos contra as paredes pintadas de branco.

Meu estômago está pesado com a perspectiva de vê-lo.

Chego a meio caminho de seu escritório antes que meus pés não avancem mais. Fico ali parada, suspensa, incapaz de seguir em frente. Não sei o que é que me prende. Medo? Vergonha?

Suas palavras de ontem vão e voltam na minha cabeça.

Por que você pensaria que era sobre você?

Eu me viro, andando com propósito na direção oposta. Cada passo me levando mais e mais longe dele.

Não sei o que ele vai pensar quando eu não aparecer. Também não me importo. Talvez ele nem esteja lá.

Os corredores estão se esvaziando, restam apenas alguns atrasados como eu.

Eu poderia ir à biblioteca, mas não vou. Existem algumas áreas comuns na escola, mas também não paro em nenhuma delas.

Em vez disso, me encontro me aventurando no único lugar que mais evitei.

O campo de atletismo interno.

As luzes estão reduzidas, pois não está em uso.

Subo as arquibancadas, me sentando no meio, olhando para a pista.

Pela maior parte dos anos, toda a minha vida girou em torno da corrida, desde que eu estava no ensino médio. Eu *amava*. Correr era meu oxigênio e estou sufocando sem isso. É uma daquelas coisas que tento não reconhecer muito que existem, porque tenho certeza de que as pessoas pensariam que sou louca. Eu deveria ser grata.

Eu posso andar, afinal de contas.

Me alimentar.

Limpar minha bunda.

Mas a única coisa que era meu mundo inteiro além da minha família foi arrancada naquele dia.

Tanto foi roubado de mim, e não correr me irritava. Perder ambos os pais antes de completar dezoito anos, sobreviver a um tiro... parecia punição suficiente. Pelo quê, eu não sei. Mas perder a corrida em cima disso parecia extraordinariamente injusto.

Suponho que a vida seja assim.

Nada nunca é simples. Ou fácil.

É tudo dor e mágoa. Preocupação e medo. Estresse e ansiedade.

Se você tem um pedaço de felicidade, tem que segurá-lo com tudo.

Por alguma razão, as palavras da minha mãe decidem que agora é o melhor momento para ecoar na minha cabeça.

Minha doce Dandelion. Que você seja sempre tão livre quanto os pássaros, tão selvagem quanto as flores e indomável como o mar.

É o que ela sempre me disse. Desde que eu era pequena, até que foram suas últimas palavras ditas para mim quando pensou que eu estava morrendo, mas foi ela quem morreu.

Eu me pergunto o que ela pensaria se visse que não sou mais livre, ou meu eu selvagem, ou indomado. Sempre fui a garota que dançava ao seu próprio ritmo, que sorria em tudo, que *vivia*.

Não sei mais como fazer isso.

Sinto vislumbres disso quando estou perto de Lachlan. É errado me sentir do jeito que me sinto, mas com ele me sinto vista por quem sou, mas sentida pelo que sofri.

Descanso os pés nas arquibancadas abaixo de mim, meus cotovelos nos joelhos, com as mãos embalando meu rosto nas mãos.

Eu me sinto exausta, cansada do peso do mundo ao meu redor.

Sentada sozinha, tento ficar ancorada no momento.

Minutos se passam em silêncio. É apenas eu, minhas respirações e o zumbido rítmico do prédio ao meu redor. É um som que você normalmente não ouviria a menos que estivesse isolada pelo silêncio como estou. É quase como uma batida de coração, a vibração constante da escola.

— Aí está você.

Minha cabeça chicoteia para baixo.

Estou chocada ao encontrar Lachlan subindo as arquibancadas. Sua calça cinza está esticada sobre suas coxas grossas a cada passo que dá. As mangas da camisa de botões branca estão enroladas até os cotovelos. Ele não sabe que esse visual é criptonita para qualquer mulher com um pulso?

Olho para longe dele, encarando à frente.

Tento ignorar o ranger das arquibancadas, mas é impossível quando seu calor me envolve e ele se senta ao meu lado. Suas pernas pressionam contra as minhas.

— Você não apareceu. — É uma acusação.

— Eu não apareci.

— Por quê?

doce dandelion

Com mais controle do que acho que tenho, lentamente inclino a cabeça em sua direção.

— Eu não queria.

Ele pisca para mim. Aqueles brilhantes olhos azul-celestes dele parecem brilhar.

Olhando para a pista, eu murmuro:

— Por que isso importa, afinal?

— Porque importa.

Eu suspiro. Que não resposta ridícula.

— Achei que você não queria me ver — murmuro, puxando as mangas do meu suéter azul empoeirado.

Ele observa meus movimentos e eu paro, como se eles fossem algum tique que pode revelar alguns pensamentos internos dos quais nem estou ciente.

Ele desliza os dedos por seu cabelo preto espesso. Juntando as mãos, ele me dá um olhar peculiar.

— Eu sempre quero ver você.

Ele aperta os lábios como se tivesse admitido demais, até mesmo seu tom implica em algo que ele não disse.

Eu sempre quero ver você... mas eu não deveria.

"Não deveria" devem ser as piores palavras que existem. Implica em não fazer algo, mas também tem um final em aberto.

Eu não deveria estar me apaixonando pelo meu orientador, mas isso não impede que isso aconteça.

Não deveria tê-lo beijado, mas fiz isso de qualquer maneira.

— Você não parecia feliz em me ver ontem.

Ele esfrega o queixo, sobrancelhas juntas.

— Você tem todo o direito de estar bravo — continuo, sem olhar para ele. Não consigo. Talvez isso me torne uma covarde, mas não me importo. — Mas eu não vou retirar aquele beijo por nada.

Ele endurece ao meu lado. Quando fala, sua voz é de gelo. Incrivelmente fria.

— Você acha que estou bravo por causa do beijo?

Minha cabeça estala para ele.

— Você não está?

Eu posso ser jovem, mas não sou burra. Ele estava lívido na manhã seguinte, frio, distante. Ontem também.

Ele nega com a cabeça, deixando escapar uma risada autodepreciativa.

Ele se levanta, alisando as mãos na frente de suas calças. Inclino a cabeça para cima.

— Eu não estou bravo com o beijo. Eu nem sequer estou bravo com você. Mas eu estou *lívido* — seus dentes rangem, suas mãos cerradas ao seu lado — comigo mesmo por gostar disso e não querer nada mais do que tomar você em meus braços e beijá-la novamente.

Eu ofego.

— É por isso que estou bravo, Dani. — O sino toca. — Apareça amanhã. Eu não gosto de vasculhar a escola atrás de você.

Ele se vira, suas longas pernas o levando para longe pelas arquibancadas. A porta se fecha atrás dele.

E ainda fico sentada, atordoada em silêncio, congelada no lugar.

Lachlan quer me beijar novamente.

capítulo 30

— Acho que nós deveríamos sair. Você tem estado muito quieta ultimamente e... — Olho por cima do meu dever de casa para Sage parado na porta do meu quarto com as mãos nos quadris. Ele solta um suspiro. — E amanhã vai ser difícil para nós dois. — Ele aperta a ponte do nariz. — É difícil todos os dias — ele murmura o último baixinho.

— Estou fazendo lição de casa.

Não quero sair, não quando tudo o que consigo pensar é que amanhã vai fazer um ano. Eu me lembro todos os dias, mas há algo sobre a marcação de um ano que parece tão final de certa forma — como se a morte já não fosse final.

Sage molha os lábios, estreitando os olhos em mim. Eles passam por cima de mim, vendo mais do que quero que vejam.

— Acho que você precisa sair. — Seu tom não deixa espaço para discussão. Tenho certeza de que ele vê as olheiras sob meus olhos por não dormir.

Fecho o livro e descruzo as pernas.

— Sair não vai mudar nada.

Seus dedos batem contra o lado de sua perna.

— Você não pode se esconder aqui para sempre, Dani. — Seus olhos estudam meu quarto, o cômodo branco e frio que dificilmente tem algum traço de personalidade.

— Eu não estou me escondendo. Eu vou para a escola, lembra? — Arqueio uma sobrancelha. — Além disso, estou de castigo.

Ele me dá um olhar exasperado, lábios apertados.

— Quer saber, considere-se oficialmente fora do castigo. — Meus olhos se erguem para os dele com surpresa. — Está me matando ver você desse jeito — admite, sua voz diminuindo. — E eu sei que não ajudo as coisas. Raramente estou aqui e... eu não gosto de falar sobre o que aconteceu.

— Mesmo se você falasse, eu não gostaria.

A tensão em seus ombros diminui um pouco com isso.

— Troque suas roupas, vamos sair para jantar.

Suspiro, sabendo que não há sentido em discutir mais com ele. Quando ele me vê me movendo para sair da minha cama, dá um único aceno de cabeça e fecha a porta.

Troco a calça e a camisa de moletom por jeans e um belo suéter. Até coloco o meu melhor par de botas. É bobagem, mas espero que ele veja que estou me esforçando.

Quando saio do quarto, ele já está na porta, vestindo o casaco.

— O que você quer comer? — Ele ajusta a gola para que fique alinhada.

— Sushi? — sugiro.

Ele sorri.

— Não como isso há uma eternidade. Parece bom para mim. Conheço o melhor lugar. Nós vamos andar.

Enrugo meu nariz, pegando meu próprio casaco pendurado no gancho da porta.

— Mas está frio.

— Não é longe — ele promete.

Puxo as luvas amarelas do bolso do meu casaco, colocando-as.

Descemos no elevador e me esforço para acompanhar seu passo de pernas longas ao atravessarmos o saguão. Tenho 1,65 m, então não sou muito baixa, mas Sage tem 1,80 m e parece chegar a todos os lugares com apenas alguns passos de gigante.

Nós saímos para a rua e me enfio no meu casaco.

Sage solta uma risada quando me vê. Provavelmente pareço uma tartaruga tentando se esconder em seu casco.

— Vamos. — Ele estica o braço, colocando-o em volta dos meus ombros. Ele me puxa contra si, bagunçando meu cabelo. Eu deveria ter usado um chapéu.

Quando ele sorri para mim, vejo como é forçado.

Isso é tão difícil para ele quanto para mim. Mas ele está tentando, então eu tenho que tentar também.

O restaurante de sushi fica a apenas uma quadra do condomínio. Há uma pequena espera antes de conseguirmos uma mesa. Acabamos enfiados em um canto dos fundos perto dos banheiros. Não é o local ideal, mas estou morrendo de fome, então não vou reclamar.

— Como está indo a escola? — Sage pergunta, depois de dar nosso pedido ao garçom.

— É a escola.

Ele estreita seus olhos castanhos.

— Você pode me dar uma resposta melhor do que essa.

Puxo as mangas do meu suéter mais para baixo até minhas mãos, envolvendo meus dedos ao redor das bordas para cobrir as palmas.

— Apenas tentando passar e sair.

— Você ainda não tem certeza sobre a faculdade? — Ele inclina a cabeça para o garçom, que coloca dois copos de água na mesa.

Sage me ajudou a preencher os formulários e enviei uma pilha enorme pelo correio algumas semanas atrás.

— Não. — A resposta de uma palavra flutua no ar.

Ele descansa os cotovelos na mesa. Se a mãe estivesse aqui, ela o repreenderia por isso.

— Eu quero que você vá.

Suspiro, pressionando meus lábios. Não quero decepcioná-lo.

— Eu sei, mas tenho que fazer minhas próprias escolhas. Ainda não sei quais elas são.

Desta vez é ele quem suspira.

— Olhe para você — continuo. — Quero dizer, você foi para a faculdade e tem um emprego que o deixa infeliz. Não tenho certeza se a faculdade é o mais importante de tudo.

A mandíbula de Sage aperta e temo ter dito a coisa errada.

— Ponto justo — murmura.

— Talvez eu vá, talvez eu não vá. É tão errado viver sem um plano?

Ele abre um sorrisinho.

— Não, mas você não pode viver a sua vida inteira assim.

Desta vez é ele quem tem razão.

— A vida corta as nossas asas — murmuro baixinho, limpando a condensação da lateral do copo de água. — Todo mundo diz para você sonhar alto, mas então a sociedade faz tudo o que pode para te manter no chão.

Sage suprime uma risada e inclina o copo para mim em saudação.

— Bem-vinda à vida adulta. Você já percebeu isso.

— Você é feliz? — Eu me pego perguntando a ele de repente.

Meu irmão inclina a cabeça, ponderando minha pergunta.

— Sou feliz em alguns momentos.

— Mas os momentos são fugazes.

Momentos são tudo o que tenho com Lachlan. Momentos, olhares roubados e nada além de uma sensação de acerto.

Sage olha nos meus olhos.

— A felicidade também.

Expiro, suas palavras me acertando direto no peito como um soco. Ele me dá um olhar triste, como se estivesse com medo de me decepcionar de alguma forma com sua resposta. Mas eu entendo. A felicidade é breve e, se não fosse, nós não entenderíamos o poder da emoção.

Sage e eu terminamos nosso jantar e voltamos para o condomínio. Eu ainda não consigo pensar nisso como um lar.

Estamos quase de volta quando avisto um cachorro marrom gigante bem à frente. Meu coração dá um solavanco, meus passos vacilam.

Sage olha por cima do ombro quando percebe que não estou ao lado dele.

— D?

Eu o alcanço e Zeppelin deve me cheirar, porque, antes que eu possa piscar, o cachorro grande está tentando pular em mim. Lachlan mal consegue segurá-lo.

— Ei, amigo. — Coço o cachorro atrás de suas orelhas. Sua língua gigante pende para fora da boca. É como se ele estivesse me dando um sorriso bobo.

— Você conhece esse cachorro? — A voz de Sage é áspera, acusadora, seus olhos passando de mim para o dono do cachorro.

— Oi, Dani. — A voz de Lachlan passa sobre mim como um rio límpido e fresco. É melódico, e eu não deveria gostar tanto.

Endireito os ombros, olhando para o meu orientador. Antes que eu possa dizer qualquer coisa, sinto Sage envolver os dedos em volta do meu pulso. Seu aperto é firme, mas não doloroso. É como se ele pensasse que poderia ter que me agarrar e fugir.

— Como você conhece a minha irmã? — Seu tom é acusador e tenho certeza de que seus olhos são o mesmo enquanto encara Lachlan.

Lachlan estende a mão.

— Eu sou Lachlan... Sr. Taylor. O orientador da Dani.

Os lábios de Sage se abrem com compreensão e ele agarra a mão de Lachlan, dando-lhe um aperto firme.

— Ah, prazer em conhecê-lo.

— Sim, o mesmo. — Lachlan assente. Acho que ver meu irmão o abalou de alguma forma. — Nós nunca tivemos aquela reunião.

— Certo. — Sage estala os dedos. — Desculpe por nunca remarcar. O trabalho tem sido uma loucura.

doce dandelion

181

— Compreensível.

— Você mora nas proximidades? — Sage pergunta a ele, enquanto morro por dentro. Por alguma razão, não quero que ele saiba que Lachlan mora em seu prédio. Mencionei que tinha uma amiga chamada Taylor que morava lá e não quero que ele some dois mais dois.

Como se sentindo meus pensamentos, ou provavelmente lendo o pânico em meus olhos, Lachlan limpa a garganta.

— Sim, não muito longe daqui.

— Legal. — Sage acena com a cabeça. — Estamos a caminho de casa do jantar. Foi bom conhecê-lo.

— Mhmm, você também — Lachlan sussurra, seu olhar demorando na minha forma embrulhada.

— Vamos — Sage me incentiva a avançar. — Sei que você está com frio. — Ele me puxa para o prédio.

Olho por cima do ombro para Lachlan e Zeppelin. Pensei que ele já teria começado a se afastar agora, mas está olhando para mim, seus olhos apertados, sua expressão torturada, mas pensativa.

Não estou mais com frio.

capítulo 31

O travesseiro abafa meus gritos. Acordo com eles, meu rosto úmido de lágrimas. Rolo e me sento, os lençóis se acumulando na minha cintura. Afastando meu cabelo dos olhos, limpo o rosto com as costas das mãos. Mal posso recuperar o fôlego. Continuo esperando ouvir os passos de Sage, temendo tê-lo acordado. Não seria a primeira vez. Mas um minuto se passa, e então dois, e três antes de eu colapsar para trás de volta. Os travesseiros parecem engolir meu pequeno corpo.

Olho para o meu lado e o relógio na minha mesa de cabeceira diz que são três da manhã.

Eu não vou voltar a dormir.

Empurrando as cobertas para longe, saio da cama, enfiando os pés no meu par de chinelos fofos preto e cinza. Caminhando pelo corredor, pego uma garrafa de água da geladeira. Avidamente bebo, o plástico enrugando em minhas mãos.

Não sei por que pensei que poderia ignorar esse dia, que talvez passasse rápido e eu nem fosse perceber. Mas é como se meu corpo sentisse isso chegando. Esfrego a parte de trás do pescoço. Está pegajosa de suor.

Eu estou uma bagunça. Enfio a garrafa de água quase vazia de volta na geladeira. Pretendo me deitar no sofá e ligar a TV, mas não é isso que acontece. Em vez disso, meus pés me levam para fora da porta, pelo corredor e pelas escadas. Nem me incomodo com o elevador.

Hesito por um segundo do lado de fora de sua porta antes de bater ruidosamente com a palma da mão. Esta é uma má ideia total. As coisas estão tensas entre nós, mas eu *preciso* dele. Preciso que Lachlan faça a dor ir embora. Preciso que ele me segure, porque não sou forte o suficiente para fazer isso agora.

Não ouço nada e começo a me preocupar que talvez ele esteja fora. Lachlan não tem nem trinta ainda. É inevitável que tenha uma vida social, que o mantenha fora de casa e com mulheres. Deus, só de pensar nisso me

doce dandelion

dá um nó na garganta, o que é patético. Ele é meu orientador, é onze anos mais velho que eu. Não posso ter esses sentimentos por ele ou sentir ciúmes de alguma mulher imaginária com quem ele pode ou não estar.

Dentro do apartamento, Zeppelin solta um latido estrondoso.

Eu continuo batendo.

Quase caio de bunda quando a porta é aberta.

— Dani? — Lachlan me observa com os olhos semicerrados. Seu cabelo preto se levanta adoravelmente como penas amarrotadas que instantaneamente quero alcançar e alisar. Minha mão até se contorce para fazer isso, mas me seguro. — É cedo, por que você está aqui?

— Eu...

A clareza entra em seus olhos por trás dos óculos, todos os vestígios de sono desaparecendo.

— Você não pode estar aqui — ele sibila.

— Por favor — imploro, antes que ele possa bater a porta na minha cara; não que eu ache que ele faria, mas o visual só aumenta meu desespero. — Eu preciso de...

— Você precisa do quê? — Ele não diz isso com ódio, mas eu recuo de qualquer maneira.

Quero ser forte o suficiente para não precisar de nada dele ou de ninguém. Mas o fato é que sou apenas uma pessoa e não consigo lidar com todas essas emoções sozinha. Além disso, todo mundo deveria ter *alguém*, e por alguma razão estúpida meu coração escolheu Lachlan para confiar e compartilhar meus sentimentos.

— Eu preciso de você — finalmente empurro as palavras para fora da minha boca.

Olho para os planos duros de seu peito nu, deslizando lentamente por sua garganta larga, mandíbula com barba por fazer e, enfim, pousando naqueles olhos azuis que veem demais.

Ele levanta um braço para o batente da porta, descansando a cabeça contra ele, e solta uma respiração irregular. Seu corpo inteiro estremece com isso.

— Você não pode precisar de mim, Dani. Você... não pode.

Agarro minhas mãos para não estendê-las e tocá-lo.

— Mas eu preciso.

Ele fecha os olhos, sua mandíbula cerrada. Ele parece estar com o pior tipo de dor física e odeio que eu seja a causa, mas ainda assim não me viro para sair.

— Você sabe que dia é hoje, não sabe?

Seus olhos se movem lentamente para mim, escurecendo com uma clareza repentina.

Não, ele não sabia. Mas ele sabe agora.

Seus ombros caem e posso dizer que perdeu a luta dentro de si.

— Venha aqui. — Sua voz é grave, baixa, e sinto isso por todo o meu corpo.

Ele me alcança primeiro, me pegando em seus braços fortes. Ficamos parados na porta aberta de seu apartamento enquanto ele me abraça, pressionando o lado direito de sua bochecha no topo da minha cabeça. Meus braços sobem lentamente, pegos de surpresa com essa súbita reviravolta. Quando chego a um acordo com o fato de que ele não vai me afastar, envolvo os braços firmemente ao seu redor. Os músculos de suas costas flexionam e um pequeno gemido ressoa de sua garganta.

— Eu deveria saber — ele murmura, e juro que beija o topo da minha cabeça.

— Você esqueceu — acuso, meus dedos pressionando contra suas costas nuas. Cavo minhas unhas um pouco, querendo, de maneira egoísta, que ele sinta um pouquinho da dor que eu convivo todos os dias. — Todo mundo esquece.

Afinal, os vivos raramente gostam de reconhecer qualquer coisa que tenha a ver com a morte. Eles ficam muito assustados com a finalidade dela.

— Eu não esqueci, mas você me pegou de surpresa. Você não deveria estar aqui.

— Mas eu estou.

Ele suspira.

— Mas você está. — Não me soltando, ele me puxa para dentro e fecha a porta. — Seu irmão?

Inclino a cabeça para trás para olhar para seu corpo alto.

— Dormindo.

— Ele não pode descobrir que você se foi.

— Eu sei.

— Você precisa voltar.

Aperto meu abraço sobre ele.

— Não, ainda não — imploro. — Segure-me só um pouco mais. Ele não vai acordar por mais algumas horas, eu prometo — afirmo. Ele pega meu rosto e olha para mim. Seu pomo de Adão balança e ele parece muito dilacerado. — Não me faça ir embora.

doce dandelion

Ele solta um suspiro trêmulo e dá um único aceno de cabeça.

— Você pode ficar — finalmente sussurra, as palavras quebrando quando ele as diz. — Para baixo, Zeppelin — repreende. Eu estava tão perdida no momento, nele, em meus sentimentos, que nem percebi o cachorro grande se esfregando em nós.

Gemo quando minhas pernas são suspensas por ele e me encontro embalada contra seu peito quente com seus braços ao meu redor. Meus braços automaticamente se enrolam em seu pescoço enquanto ele me carrega.

— O que você está fazendo?

Ele arqueia uma sobrancelha.

— Carregando você?

— Por quê?

Ele empurra a porta de seu quarto com o cotovelo para abri-la.

— Porque você me pediu para te segurar.

Mordo meu lábio enquanto ele me deita suavemente na cama. Ele sobe sobre o meu corpo, se acomodando atrás de mim. Puxa minhas costas contra seu peito. Fecho meus olhos.

Se isso é um sonho, eu nunca quero acordar.

Ficar envolvida nos braços de Lachlan assim é o tipo perfeito de distração. Eu me mexo contra ele, tentando ficar confortável, e ele solta um gemido.

— Por favor, não faça isso.

— Por quê? — pergunto.

Ele solta uma risada que ressoa por seu corpo. Sua respiração sopra suavemente contra a parte de trás do meu pescoço.

— Se eu precisar te dizer o porquê, então é mais uma grande razão para você não estar na minha cama agora.

Meus lábios se abrem lentamente.

— Ah.

— Sim, ah. — Ele suspira pesadamente, seus braços apertando ao meu redor.

Alguns minutos se passam em silêncio, exceto por nossas respirações, o zumbido de um ventilador de chão e os roncos suaves do Zeppelin vindo de algum lugar atrás de Lachlan.

— Seus olhos estavam vermelhos. Você estava chorando?

— Huh? — Meu cabelo roça seu braço quando viro a cabeça para olhar para ele por cima do ombro.

Ele se senta um pouco para que possa me encarar.

— Quando eu abri a porta, seus olhos estavam vermelhos como se você tivesse chorado muito.

— Ah, s-sim — gaguejo. — Acordei de um pesadelo. Eu os tenho com muita frequência, mas este foi pior. Acho que faz sentido, considerando que faz um ano hoje.

Suas sobrancelhas escuras se juntam em uma linha grossa.

— Você nunca me disse que tem pesadelos.

Molho meus lábios e dou de ombros, o que é estranho estando deitada com os braços dele em volta de mim.

— Eu te digo mais do que digo a qualquer um, mas não te conto tudo.

Surpreende-me quando ele desliza a grande ponta de seu polegar sobre meus lábios, traçando a forma deles.

— Você pode me dizer qualquer coisa, Dani. — Ele parece magoado com a minha admissão de que guardo segredos dele, mesmo que ele *deva* saber. Só dei a ele pequenos pedaços dos meus pensamentos mais íntimos nos últimos meses, como pequenas migalhas de pão; o suficiente para evitar a fome, mas não o para realmente sobreviver.

— É difícil compartilhar as partes mais quebradas de nós mesmos, você não acha? Os pensamentos, as memórias, a dor... é tudo tão irregular e cortante. Eu já tenho que me machucar, não quero que outras pessoas se machuquem também.

Ele rola seu corpo tão de repente que não está mais me segurando. Em vez disso, paira acima do meu corpo, as mãos em cada lado da minha cabeça como se estivesse fazendo uma flexão. Ele é cuidadoso para evitar que seu corpo toque o meu, mas isso não muda o fato de que estamos em uma posição muito comprometedora no momento. Eu não acho que ele percebeu ainda, mas eu sim.

Se eu levantasse meus quadris, poderia alinhar meu centro perfeitamente com o contorno de seu pau através de sua calça de moletom. O pensamento por si só umedece minha pele com a transpiração. Se Lachlan pudesse ler minha mente agora, não tenho nenhuma dúvida de que me agarraria e me empurraria para fora o mais longe possível dele.

— Já pensou que, compartilhando mais, então alguém poderia te ajudar a carregar o fardo? Você não precisa fazer tudo sozinha.

— Estou tentando — sussurro, minha voz falhando — com você. Com outras pessoas... — Viro minha cabeça, não querendo olhar para ele

doce dandelion

agora. — Com o meu irmão... eu vi no hospital e... sempre que alguém mencionava algo sobre o que aconteceu, ou sobre mim, ou se desculpava pela perda da nossa mãe, ele... se fechava. Ele já ficou preso comigo, não quero sobrecarregá-lo ainda mais.

Com uma das mãos, ele coloca meu cabelo para trás, seus dedos demorando mais contra a minha pele do que o necessário.

— Tenho certeza de que você não é um fardo para seu irmão.

Meu lábio inferior treme e eu o mordo, não querendo chorar.

— Não importa. Eu *sinto* que sou. E você... — Solto o ar, meus dedos tremendo ao alcançar seu queixo barbudo. — Não sei por que compartilhei mais com você do que já fiz com qualquer outra pessoa. Isso não faz sentido.

Não sei se ele percebe ou não, mas se inclina para o meu toque, seus olhos se fechando por um segundo. Ele os abre novamente, e mesmo em seu quarto escuro eles são de um azul ofuscante.

— Tem que fazer sentido?

Pressiono meu dedo na covinha em seu queixo.

— Não, acho que não.

Lachlan abaixa seu corpo um pouquinho mais perto do meu e prendo a respiração. É ridículo como meus olhos instantaneamente vão para seus lábios. Eu quero beijá-lo novamente. Quero isso mais do que tudo, mas não ouso diminuir a distância entre nós. Ele vai ter que me beijar.

Com um gemido, Lachlan cai de volta na cama ao meu lado, me pegando em seus braços, então fica me segurando como antes.

— Você quer falar sobre o seu pesadelo?

Nego com a cabeça, inalando uma lufada de seu cheiro delicioso que se apega ao travesseiro dele.

— Não. Mas eu preciso.

Lachlan não me pressiona para continuar. Ele espera. Ele é bom nisso — nunca me pressiona, só me deixa resolver as coisas no meu cérebro.

Minutos se passam em seu quarto escuro, e sua respiração fica uniforme atrás de mim. Tenho certeza de que ele adormeceu, o que é compreensível a esta hora.

— O pesadelo sempre começa do mesmo jeito. Estou andando com meus amigos a caminho do almoço. Eu vejo minha mãe, ela está de plantão durante este horário. Aceno para ela, que acena de volta com um grande sorriso. Pego meu almoço no refeitório e me sento com os meus amigos no nosso lugar de sempre. Estamos falando de algo bobo, provavelmente as férias de fim de ano e o que vamos fazer. É quando ouvimos o primeiro tiro. Todos olhamos em volta surpresos, o refeitório fica assustadoramente silencioso. Acho que todos nos perguntamos se o que ouvimos era realmente um tiro. Foi quando aconteceu de novo, e desta vez houve gritos.

Fecho os olhos, lutando contra as emoções, e sou transportada de volta para aquele dia. O medo ainda parece fresco hoje, se instalando no meu estômago como um nó pesado. Minha garganta se contrai, como naquele dia, em que eu não conseguia nem sequer gritar.

— Os alarmes dispararam e todos começaram a gritar e correr. Vi minha mãe entrar no refeitório e me levantei para ir até ela. Isso me colocou em uma posição vulnerável, em uma área mais aberta, e foi aí que levei um tiro, pouco antes de alcançá-la. Os gritos ficaram mais altos. Eu caí de joelhos e minha mãe começou a chorar. Ela correu para mim, me agarrou pelos cotovelos e caiu no chão comigo. Houve mais tiros. E medo... Eu não sabia que o medo tinha um gosto, mas tem. Era pesado no ar e cobria minha língua... salgado, metálico, doía toda vez que eu engolia.

Engulo em seco agora, apertando a mão de Lachlan.

— Pensei que ia morrer ali enquanto minha mãe me segurava. Ela também.

Minha doce Dandelion. Que você seja sempre tão livre quanto os pássaros, tão selvagem quanto as flores e indomável como o mar.

O nó na minha garganta fica maior.

— Mas ela morreu em vez disso.

— Não é um pesadelo.

Eu me assusto com a voz profunda de Lachlan reverberando contra mim. Recuperando-me, murmuro:

— Não, era a minha realidade.

Ele não diz que sente muito. Não há nenhum sentido para as palavras "sinto muito"; não nesta situação, pelo menos. Em vez disso, ele me aperta com mais força, aninhando seu rosto no meu pescoço. Meu coração pula quando ele pressiona seus lábios carinhosamente na curva onde meu pescoço encontra meus ombros.

— Estou aqui com você — ele cantarola.

Seguro sua mão com mais força.

Não me deixe cair.

doce dandelion

capítulo 32

De alguma forma, saio do apartamento de Lachlan sem acordá-lo. Deixo um bilhete em seu travesseiro com um simples *"obrigada"*.

As chances de Sage estar acordado tão cedo são pequenas, é antes das seis, mas nunca se sabe. Abro a porta, pois não a tranquei atrás de mim, e entro na ponta dos pés. Faço uma pausa, ouvindo. Quando não escuto nada, fecho-a suavemente e tranco.

Pego uma água e uso o banheiro antes de deslizar de volta para a minha cama.

Fico surpresa quando caio no sono logo, sem voltas de um lado para o outro ou visões de coisas que prefiro não reviver.

Acordo tarde, quase meio-dia, e encontro Sage sentado no sofá.

Ele olha para cima quando me ouve e abaixa o volume da TV. Ele me dá um pequeno sorriso forçado. Seus olhos estão tristes.

— Eu não queria te acordar.

— Obrigada. — Atravesso a sala, me jogando no sofá ao lado dele. — Acho que precisava disso. — Também acho que o tempo gasto nos braços de Lachlan me ajudou a ter o melhor sono que tive em muito tempo que não foi induzido por drogas do hospital.

— Com fome? — Sage pergunta, olhando para o relógio inteligente pendurado em seu pulso. — Nós podemos ir tomar um *brunch*. Conheço um ótimo lugar...

Não posso deixar de sorrir. Meu irmão, o apaixonado por comida que não faz ideia de como cozinhar, mas conhece os melhores lugares para comer.

— Um *brunch* soa bem. Talvez nós pudéssemos ir a algum lugar depois? Um mercado?

Sage sorri para mim, seus olhos um pouco mais brilhantes.

— Sim, podemos fazer isso, D.

Acho que ele precisa de uma distração hoje tanto quanto eu. Não se trata de esquecer o que aconteceu naquele dia, ou a nossa mãe, mas encontrar uma maneira de manter nos impedir de afundar.

— Vou me arrumar. — Levanto e vou tomar banho.

Seco meu cabelo com secador, já que não quero ficar do lado de fora com as madeixas molhadas. Eu me arrumo em algumas das minhas roupas mais quentes — um par de jeans de lavagem escura, uma gola alta preta com um suéter cinza grosso por cima e, por cima de tudo, coloco um gorro. Assim que visto meu casaco, *desafio* o frio a tentar me tocar.

Quando saio do meu quarto, Sage ri da minha roupa.

— Frio?

— Não, eu estou bem e quentinha. Vai ficar assim também. — Mostro minha língua para ele.

É mais fácil ser brincalhona do que ceder à tristeza dolorosa que sei que vai voltar. Lachlan ajudou a mantê-la sob controle, mas seus poderes mágicos não podem durar para sempre. Então, por enquanto, mantenho minha cara de corajosa. Às vezes temos que usar uma máscara para passar pelas coisas, fingir até conseguir.

Sage veste seu casaco preto, enquanto eu faço o mesmo. Também visto minhas luvas.

Descemos para a garagem e entramos no carro de Sage. A viagem para onde ele está me levando só dura quinze minutos, no máximo. Ele para no estacionamento e me diz para segui-lo.

Acabamos em um pequeno café no nível inferior de um arranha-céu. É o tipo de lugar facilmente esquecido, mas os cheiros que exalam são incríveis. Minha barriga ronca em resposta.

Estamos sentados em uma cabine e os menus são entregues a nós.

— O que devo pegar? — pergunto a Sage, que já deslizou seu cardápio para a beirada da mesa.

Coloco o meu para baixo, esperando por sua resposta.

— A rabanada, com certeza... a de canela. É fenomenal. E pegue o suco de laranja. É recém-espremido.

Dou uma pequena risada.

— Que tal você pedir para mim? — sugiro, arqueando uma das sobrancelhas.

Ele esfrega os lábios, escondendo um sorriso.

— Combinado.

Uma garçonete aparece momentos depois, como se sentisse que já sabemos o que queremos. Sage diz o pedido para ela, o que é fácil, já que é o mesmo para nós dois.

Quando ela sai, Sage me encara do outro lado da mesa. Seus olhos estão tristes e, quando o encaro, percebo o quanto meu irmão envelheceu no último ano. Ele é jovem, claro, mas há linhas ligeiramente visíveis ao redor de seus olhos e nos lados de sua boca que não estavam lá antes. O estresse e a preocupação o afetaram.

— Como você está hoje? — Ele estremece e enfia os dedos pelo cabelo. — Isso soa genérico, mas estou falando sério.

Não sei a melhor maneira de responder a ele. Não quero mentir e fazer parecer que estou bem, mas não quero preocupá-lo mais do que já preocupo.

Tiro o casaco para me dar um momento para me recompor e chegar a uma resposta.

— Não bem, mas melhor do que eu pensei que estaria — estabeleço. É verdade também. Pensei que poderia acabar curvada em uma bola, pensando no terror, na minha mãe, nos meus amigos, na inocência que foi roubada naquele dia.

Sage acena com a cabeça, sua língua deslizando para umedecer os lábios. Ele só faz isso quando está nervoso ou incomodado com alguma coisa.

— Eu continuo tentando imaginar como foi aquele dia para você e, meu Deus, Dani... me mata por dentro pensar a que você sobreviveu.

Fecho os olhos, bloqueando as imagens que apenas horas atrás eu compartilhei com Lachlan.

— Não pense nisso, Sage. Por favor.

Ele continua, implacável:

— Receber aquela ligação... — Ele faz uma pausa, balançando a cabeça. Ele parece sentir dor física, estar doente do estômago. — Foi o momento mais assustador da minha vida. — Ele parece totalmente de coração partido retransmitindo isso. — Acho que apaguei. A próxima coisa que eu sabia era que estava saindo de um avião em Portland, a caminho do hospital. Você ainda estava em cirurgia, mas eu ficava dizendo a mim mesmo que você sentiria que eu estava lá. Precisava que você superasse isso mais do que precisava de qualquer outra coisa.

— Sage. — Lágrimas enchem meus olhos, transbordando. Estico-me sobre a mesa, colocando a mão sobre a sua. Ele vira a dele, apertando a minha.

— Você não tem ideia de como eu estava apavorado. Pensei que a minha família inteira tinha ido embora.

Fecho meus olhos, meu corpo inteiro estremecendo. Odeio pensar em qualquer coisa a ver com o que aconteceu, mas aquele dia e os próximos foram alguns dos piores da minha vida. Quando me disseram que talvez eu nunca mais andasse, meu primeiro pensamento foi que preferia ter morrido. Olhando para trás, sei que foi uma coisa egoísta de se pensar, mas achei que minha vida não poderia ser satisfatória. Eu era ingênua e estava com raiva.

Sage pigarreia, recostando-se na cabine.

— Estou feliz por ter você, D.

Não tenho palavras para ele, então simplesmente sorrio e espero que seja o suficiente.

No mercado, ele me leva para a parte interna, o que é ideal considerando o tempo frio, e enorme. Ela se estende por milhares de metros quadrados até onde posso ver.

A gente fica junto, porque, mesmo com celulares, se nos separarmos, seria difícil encontrar um ao outro.

— O que você está procurando?

Olho para ele, surpresa que ele tenha notado minha intensa varredura.

— Não tenho certeza. — Dou de ombros, meus olhos percorrendo as mesas pelas quais passamos. — Mas vou saber quando eu ver.

Ele balança a cabeça em um aceno e continuamos nos movendo.

Há uma enorme quantidade de coisas em exibição, desde coisas que parecem mais lixo, ou itens de venda de garagem, até itens legais como antiguidades e criações artesanais.

Estamos procurando por quase uma hora, e posso sentir Sage ficando cansado, já que ele detesta esse tipo de coisa, quando finalmente localizo o que estava procurando.

Bem, eu não estava procurando por este item em particular, apenas alguma coisa que me lembrasse da nossa mãe. Durante o último ano, tentei não pensar nela, e escondi os lembretes, mas hoje estou escolhendo lembrar ao conseguir algo que sei que ela adoraria.

— Dani, aonde você vai? — Sage me chama.

doce dandelion

Eu nem tinha percebido que estava me afastando dele.

Paro na barraca, meus dedos deslizando sobre os sinos de vento feitos à mão. Eles são decorados com flores, amarelas e brancas, pintadas à mão, bem como outras tridimensionais feitas de arame. É impressionante e alguém teve que gastar muito tempo fazendo isso. Minha mãe amava a natureza. Ela adorava jardinagem e cavar as mãos na terra. Ela sempre dizia que lá fora era onde ela pertencia, selvagem e livre como os pássaros e as flores, e que os sinos de vento que ela colecionava eram a música de sua alma. Ela tinha tantos deles, pendurados na varanda dos fundos, árvores, em qualquer lugar que pudesse colocar um.

— É isso — anuncio a Sage, quando ele se junta a mim.

Ele me dá um olhar interrogativo.

— Um sino de vento?

Molho meus lábios, de repente nervosa. Não quero deixá-lo bravo ou chateado.

— É para a mamãe. Quero pegar algo para ela hoje.

As feições de Sage suavizam e ele me dá um olhar simpático.

— Sim, D, é claro.

Sage barganha com o cara e compra o sino de ventos para mim. O cara embrulha com cuidado para não danificar e me entrega em um saco de papel pardo.

Agarro a bolsa no peito, como se tivesse que protegê-la, enquanto abrimos caminho pela multidão até o estacionamento do lado oposto.

Nada é dito, mas Sage volta para seu apartamento.

Uma vez dentro, me viro para ele.

— Você se importa se eu deixar no meu quarto?

Ele balança a cabeça, negando.

— É seu. Você escolheu.

Dou a ele um sorriso agradecido e desço o corredor até o meu quarto. Coloco a bolsa no chão para poder tirar o casaco e as botas. O apartamento está quentinho e não quero suar até a morte.

Com cuidado, desembrulho os sinos. Eles roçam um no outro, ecoando pelo meu quarto.

Ficando na ponta dos pés, me inclino sobre a mesa de cabeceira, pendurando-a em um prego que já estava no lugar perfeito para deixar os sinos pendurados no canto da grande janela.

Dando um passo para trás, aperto as mãos e sorrio.

— Oi, mãe.

capítulo 33

— Ei. — Ansel caminha ao meu lado no corredor da escola. — Recebi a permissão dos meus pais de que você e seu irmão podem vir à nossa casa no Dia de Ação de Graças.

Não digo a ele, mas esqueci completamente do seu convite.

— Ah, hum, sim... diga a eles obrigada por mim. Vou perguntar a Sage se ele concorda.

— Você não respondeu às minhas mensagens neste fim de semana — ele diz, em voz mais baixa. — Eu queria ter certeza de que você estava bem. — Quando não respondo imediatamente, ele gentilmente agarra meu cotovelo e me puxa para uma entrada. — Dani, fale comigo.

— Foi uma merda. Não vou mentir, não é fácil.

Ele abaixa a cabeça, tentando me forçar a encontrar seu olhar.

— Estou aqui por você, Dani. Ou estou tentando estar, pelo menos.

— Eu sei.

Ele franze a testa, seus olhos se estreitando em mim.

— Não tenho certeza se você sabe. — O sino de aviso toca e ele faz uma careta. — Tenho que ir para a aula. Vejo você mais tarde.

Ele me encara por um segundo longo demais e uma respiração chocada passa pelos meus lábios quando ele beija a minha bochecha. Antes que eu possa fazer qualquer coisa, ele já se foi, indo na direção oposta.

Pressiono a mão no local em que ele me beijou.

Que diabos?

Lachlan se senta em sua mesa, a cabeça inclinada sobre algum tipo de papel ou formulário que ele está inspecionando de perto. Sua cabeça se levanta em surpresa quando eu entro, fechando a porta atrás de mim. Estou sem fôlego, tendo corrido até aqui o mais rápido que pude, o que é um feito bem difícil.

Sua confusão rapidamente se transforma em preocupação.

— Você está bem? Por que você está aqui? Não é hora de estar aqui, certo? Perdi a noção do tempo? — murmura a última parte para si mesmo.

— N-Não — gaguejo, minhas costas contra a porta.

Seus olhos se estreitam e ele se levanta lentamente, as palmas das mãos sobre a mesa.

— Você deveria estar no almoço.

— E-eu... eu tive que vir aqui — deixo escapar, a confusão e a ansiedade chacoalhando dentro de mim.

— Por quê? — Sua voz é profunda, hesitante. Acho que ele está com medo da minha resposta.

— Eu não posso almoçar com meus amigos hoje — assobio.

— Por que não? — Ele cruza os braços sobre o peito. Pela maneira como está olhando para mim, sei que está dissecando minhas palavras e postura, tentando descobrir o que me deixou tão abalada.

— *Porque* — coloco a mão no peito — Ansel me beijou.

Os lábios de Lachlan se abrem.

— O quê? — Ele parece surpreso e não sei se eu deveria me ofender ou se a surpresa dele é por outro motivo.

— Foi na bochecha — admito em voz baixa —, mas tive a sensação de que ele queria beijar mais do que a minha bochecha. — Cubro o rosto com as mãos. — Não estou preparada para lidar com isso.

A mandíbula de Lachlan estala.

— Você trouxe o almoço?

— N-Não. — *Ótimo, voltei a gaguejar.* — Vim direto para cá. Eu não podia correr o risco de encontrar com ele ou com meus outros amigos.

Lachlan esfrega seu queixo barbudo.

— Vou pegar algo para comermos. Você... — Ele acena com a mão para mim. — Você fica aqui.

Abro a boca para argumentar, mas ele se move facilmente ao meu redor e sai pela porta.

Ela se fecha atrás dele, deixando-me sozinha.

Tiro a mochila, colocando-a no chão. Meu casaco sai em seguida. Raramente paro para usar meu armário, ao contrário de muitos outros alunos, então carrego o que preciso comigo o tempo todo.

Caminhando até a janela, olho para fora para os pequenos flocos de neve caindo pelo céu. Há uma leve camada no chão, mas tenho a sensação de que terá desaparecido quando partirmos hoje. Não importa, porém, uma forte nevasca está ao virar da esquina, tenho certeza.

Ando ao redor, percebendo que esta é a primeira vez que estou sozinha no escritório dele. Não posso deixar de bisbilhotar um pouco. Dando um passo atrás de sua mesa, sento-me, analisando tudo ali em cima — o que ele acha que é importante o suficiente para estar ao alcance da mão.

Existem várias canetas, brancas e douradas. Pego uma, virando-a sobre os dedos. Eu não deveria fazer isso, é completamente irracional, mas coloco uma no bolso do jeans.

Há mais duas fotos de família, uma dele e de sua irmã no que parece ser um show, e a outra é dele com seus pais no Seattle Space Needle.

Estudo a imagem mais de perto. Ele está muito mais jovem nela, talvez dezesseis anos.

Meu dedo desliza contra o vidro, meus olhos se arregalando para uma figura no fundo da foto.

Eu reconheço a camisa rosa brilhante.

Havia uma casquinha de sorvete derretendo na frente.

Eu usava isso o tempo todo quando tinha sete anos — com tanta frequência que minha mãe jurava que jogaria fora para que eu fosse forçada a usar outra coisa. Ela nunca jogou.

A imagem do meu rosto está granulada devido à distância, mas sei que sou eu. Minha mão está apertada na da minha mãe, ela está de costas para a câmera e me lembro dela gritando com Sage por se afastar. Mas ele tinha quatorze anos e não queria ser visto conosco. Não era legal ter a mãe acompanhando um passeio escolar e sua irmã mais nova junto.

Meus olhos voltam para Lachlan na foto, a versão adolescente dele, com um sorriso torto e inocência juvenil. Seu rosto está despido de qualquer traço de barba por fazer e há travessura em seus olhos.

Eu me sinto confusa, meu coração gagueja por trás das minhas costelas, porque... como é possível que Lachlan e eu nos cruzássemos tantos anos atrás?

Meu peito fica apertado e percebo que estou prendendo a respiração.

Eu o solto, inalando uma lufada de ar fresco.

Em outro plano temporal, Lachlan e eu existimos, por um momento fugaz, no mesmo lugar.

Agora, aqui estamos nós hoje.

A porta de seu escritório se abre e deixo cair a foto. Ela cai para fora da mesa, no chão, e uma rachadura aparece no meio.

Caio de joelhos para pegá-la.

— D-Desculpe — gaguejo, quando ele entra com a comida. Eu me levanto, a moldura presa nas mãos. — Eu estava olhando. Não queria quebrá-la.

— Não tem problema. — Ele coloca a comida na mesa, nem um pouco incomodado com a minha bisbilhotice.

Ele estende a mão para a foto, mas não posso devolvê-la imediatamente.

Olho para a garota no canto, aquela criança inocente que não tinha ideia do que estava à sua frente ou de quem estava a poucos metros dela — o homem que um dia consumiria seu coração, corpo e alma.

— Dani? — pergunta, inclinando a cabeça e tentando ver o que me deixa tão cativada pela foto.

Devolvo a ele com outro pedido de desculpas murmurado. Ele segura a moldura, olhando para a foto como se estivesse tentando descobrir o que me deixou arrebatada.

Não vou dizer a ele que sou eu na foto.

Ele a coloca de volta, mas, pela sua carranca, sei que ainda está tentando decifrar isso.

Com um balançar de cabeça, ele pega um dos sanduíches e passa para mim.

— Trouxe alguns sacos de batatas fritas, já que não sabia do que você gosta.

Olho para os sacos de batatas fritas em sua mesa e pego o de sal e vinagre. Não estou mais com fome, mas sei que preciso fazer um esforço e comer alguma coisa.

Eu me sento no lugar de sempre, cruzando as pernas debaixo de mim. Não é a posição mais confortável, mas me dou bem.

Os olhos de Lachlan voam sobre mim.

— Quer falar sobre isso?

— A foto? — deixo escapar, meus olhos disparando em surpresa.

Ele olha para o quadro e de volta para mim com uma expressão confusa.

— Não — nega com a cabeça, desembrulhando o sanduíche —, sobre Ansel. Você parecia muito chateada quando chegou aqui.

Em meu choque com a foto, esqueci completamente do Ansel e do beijo.

— Eu exagerei. — Abro o saco de batatas fritas, vasculhando para escolher uma que esteja enrolada. — Foi apenas na minha bochecha.

Ele franze a testa.

— Mas você estava chateada.

— Porque fiquei surpresa. — Meus olhos encontram os dele com relutância. Lachlan é provavelmente a última pessoa no planeta com quem eu deveria ter essa conversa, considerando que compartilhamos um beijo de verdade. — Eu... Ansel é meu amigo, mas acho que ele quer mais.

— E você não?

Continuo olhando para ele.

— Não.

— Por quê?

A bolsa enruga na minha mão.

— Eu gosto de outra pessoa.

Ele se recosta, juntando as mãos — seu sanduíche e as batatas fritas fechadas abandonadas na mesa.

— Dani...

Nego com a cabeça, não querendo ouvir o que ele tem a dizer.

— Você não precisa dizer nada. Eu sei que está errado. Eu sei... — Engulo o nó na minha garganta. — Eu sei que nada pode acontecer... de novo, mas não vou negar meus sentimentos. Não quando estive entorpecida por tanto tempo.

Seus olhos azuis suavizam, as águas furiosas subitamente se acalmam. Ele parece querer dizer mais, mas aperta os lábios.

Comemos em silêncio.

A campainha toca, encerrando o almoço.

E, ainda assim, nos sentamos em silêncio.

Não há mais nada que possa ser dito.

capítulo 34

— Não posso acreditar que concordei com isso — Sage resmunga, enfiando a camisa oxford azul-clara nas calças azul-marinho passadas. — Ação de Graças com *Ansel* — zomba do nome, fazendo uma careta junto com ele. — Prefiro jantar com um bando de hienas.

Suspirando do meu banquinho, digo pela milésima vez:

— Nós não temos que ir.

Ele coloca as mãos nos quadris, estreitando os olhos em mim.

— Bem, eu concordei. Não posso exatamente voltar atrás agora.

— Você não tinha que dizer sim — eu o lembro, com um dedo apontado.

Ele esfrega a mão sobre a barba por fazer. Normalmente, ele está recém-barbeado, já que seu trabalho exige, mas, como tem alguns dias de folga, está deixando crescer.

— Foi legal a família dele nos convidar. Teria sido rude recusar. — Ele exala uma respiração pesada. — Ele sabe?

— Sabe o quê? — Pisco para ele, confusa.

— Sobre... — Ele acena com a mão para mim descontroladamente.

Eu sei o que ele está perguntando, mas não posso evitar quando digo:

— Ele sabe magia? — Imito seu gesto com a mão.

— Dandelion — ele avisa e eu rio, escorregando do banco.

— Sim, Sage, ele sabe o que aconteceu.

Acena com a cabeça, as mãos ainda nos quadris.

— Estou surpreso por você ter contado a ele.

— Eu também. — Não faz sentido negar. — Você está pronto, então?

— Aham. — Ele pega seu casaco do cabide, colocando-o.

Começo meu processo de me empacotar em um milhão de camadas.

Nós descemos para a garagem e Sage imediatamente liga o carro, deixando-o aquecer. Abro as minhas mensagens de Ansel, encontrando aquela com o endereço de sua casa.

Vinte minutos depois, paramos do lado de fora de uma monstruosidade em forma de uma casa de pedra e tijolo. É gigante, com uma entrada circular e o que tenho certeza que é um gramado verde brilhante no verão.

Sage estaciona o carro, soltando um assobio baixo.

— O pai dele é parente do presidente da França? Eles têm um presidente? Primeiro-ministro? — divaga, seu nariz enrugado em pensamento.

— Acho que eles têm os dois. — Solto meu cinto de segurança, saindo do carro.

Minha respiração embaça o ar enquanto caminhamos para a porta da frente.

— Nós deveríamos ter trazido um prato ou algo assim — Sage resmunga, baixinho.

Eu dou a ele um olhar incrédulo.

— Não podemos cozinhar.

Ele ri.

— Certo. Ninguém iria querer nada que trouxéssemos de qualquer maneira. Mas poderíamos ter comprado uma torta.

— Tarde demais agora. — Aperto a campainha.

Não temos que esperar muito até que a porta se abra, mostrando uma mulher que deve ser a mãe de Ansel.

— Ah, vocês devem ser Sage e Dani. Ansel fala muito bem de você. — Ela sorri para mim.

Eu a encaro com admiração. Ela é linda, com cabelos castanhos-escuros soltos em cachos volumosos, pele clara e olhos âmbar, seus lábios carnudos são de uma cor rosa brilhante, e ela está usando um vestido branco justo que eu teria pavor de manchar.

Sage e eu entramos no enorme saguão. Há uma grande escadaria e, à nossa esquerda, está uma sala de estar formal; à direita, a sala de jantar, com uma mesa já posta e um lustre brilhando acima dela.

— Deixe-me pegar seus casacos.

Dou a ela um olhar cético, porque certamente ela não quer que meu casaco sujo estrague seu vestido. Mas ela acena para nós, suas unhas pintadas de um rosa suave.

Eu me pergunto como se chama a cor. Acho que o chamaria de Pinkeca.

Ela pega nossos casacos, pendurando-os em um armário do corredor.

— Ah — ela bate palmas de repente e eu pulo com o barulho —, eu sou Eliza. Elizabeth, mas prefiro Eliza.

doce dandelion

Ela se parece com uma Eliza.

— É muito bom conhecê-la.

Dou uma cotovelada em Sage quando ele não diz nada, muito ocupado analisando a bela casa.

Ele abaixa os olhos do teto abobadado para ela.

— Sim, muito obrigado por nos receber, Eliza. Eu agradeço.

— Estou feliz que vocês puderam vir. Vamos, todo mundo está no covil.

Ela gesticula para que a sigamos.

Ela nos leva para um porão acabado, onde um grupo de pessoas está reunido em torno de uma tela tipo cinema assistindo a um jogo de futebol.

— Meadows. — Ansel se levanta quando me vê, seus olhos imediatamente indo para meu irmão. — E, uh, Sage. — Ele anda ao redor das pessoas, tomando cuidado para não tropeçar em nenhuma perna. — Fico feliz que vocês puderam vir.

— Vou terminar as coisas — Eliza diz e volta a subir as escadas.

Olho em volta para todas as pessoas, estranhos, exceto a Sra. Kline. É engraçado como vê-la fora da escola parece estranho e desconfortável, mas nunca foi assim com Lachlan.

— Obrigada por nos convidar — digo, dando uma cotovelada em Sage novamente, mas desta vez por um motivo completamente diferente.

— Sim, obrigado.

Ansel nos apresenta sua família, incluindo seu pai, Gaspard.

Uma vez que todas as apresentações são feitas, Ansel enfia as mãos nos bolsos de sua calça marrom.

— Eu queria te levar para conhecer a casa — Ansel se dirige a mim e Sage bufa, revirando os olhos.

— *Sage* — rebato, já que ele prometeu que se comportaria bem.

— Se for um problema... — Ansel para.

Sage estreita os olhos para o meu amigo.

— Uma volta, apenas uma volta pela casa, e nenhum quarto, porra. Vou esmagar suas pequenas nozes de adolescente do tamanho de uma ervilha se você sequer pensar em tocar na minha irmã.

Ansel engole em seco.

— É Ação de Graças, Sage — eu gemo, minhas bochechas corando com sua declaração.

Sage suspira.

— Vai, mas se você demorar mais de vinte minutos, eu vou caçar você.

— Ai, meu Deus. — Agarro a mão de Ansel, para me afastar de Sage, mas, quando os olhos do meu irmão se estreitam perigosamente, rapidamente libero meu aperto.

Antes que Sage possa protestar, Ansel e eu subimos as escadas. Ele me dá um rápido tour pelo primeiro andar, depois me leva para o segundo.

— Seu irmão disse que sem quartos, mas... — Ele para com um encolher de ombros, abrindo uma porta.

O quarto dele é exatamente o que eu esperaria de Ansel. Telas cobrem o espaço, esboços colados nas paredes e materiais de arte por toda parte. Sua cama é baixa no chão com uma longa cabeceira preta. As duas janelas, com uma cômoda no meio, dão para o jardim da frente. O piso de madeira é coberto por um grande tapete branco salpicado de tinta.

Giro em um círculo com um sorriso no rosto.

— Eu amei. É muito você.

— É meio simples. — Ele esfrega a parte de trás de sua cabeça.

Paro na frente dele.

— É perfeito.

Ele me dá um sorriso torto. Dando um passo à frente até que apenas poucos centímetros nos separem.

— Não tive a chance de te dizer antes, mas você está linda.

Olho para baixo para o meu vestido. É um tom castanho, com pequenas flores azuis e brancas, botões descendo na frente e apertado na cintura. É um vestido bastante simples, mas agradeço o elogio mesmo assim.

— Obrigada. — Sorrio para ele, me surpreendendo quando ele fecha a curta distância entre nós. Ele gentilmente coloca uma das mãos no meu quadril, seus olhos hesitantes.

Meu batimento cardíaco dispara.

Seus lábios se afinam.

— Dani?

Tum-dum, tum-dum, tum-dum.

Tudo o que posso ouvir é o meu batimento cardíaco em meus ouvidos.

— O-o quê?

Seus olhos vão para a minha boca.

— Eu realmente quero te beijar — ele sussurra, seus olhos se aprofundando na cor. Sua mão vem até minha bochecha, as pontas de seus dedos se emaranham no meu cabelo.

— Ansel... — Abaixo a cabeça, balançando-a para os lados. Minha mão pressiona contra seu estômago, empurrando-o levemente para longe.

doce dandelion

Ele exala um suspiro e sua mão cai do meu rosto enquanto dá um passo para trás. Seus olhos estão tristes, mas ele força um sorriso.

— Está tudo bem, Meadows.

Mordo meu lábio, lutando contra as lágrimas. Gosto de Ansel como amigo, mas não o vejo de uma forma romântica. Não quando... não quando meus pensamentos são consumidos por outra pessoa.

— Eu não quero te machucar.

— Sou bem grandinho, Meadows. Sim, eu gosto de você. Realmente gosto de você. Mas — ele dá de ombros, pisando na ponta dos sapatos — você não me vê desse jeito. Está tudo bem, mas eu tinha que tentar.

Nós nos encaramos e não consigo pensar em mais nada para dizer. Não entendo por que sinto vontade de chorar, não é como se ele tivesse me rejeitado, mas acho que há uma parte de mim que gostaria de gostar dele de volta. Isso tornaria as coisas muito mais fáceis.

— Dandelion Meadows! Onde você está?

Solto a respiração que estava segurando.

— É melhor descermos.

— Sim — Ansel concorda, seus olhos tristes.

Mata-me ferir seus sentimentos, mas não vou enganá-lo.

Ele me leva por uma escada nos fundos para que possamos aparecer como se estivéssemos lá embaixo o tempo todo.

Os olhos de Sage se estreitam quando nos vê.

— Onde você esteve?

— Conhecendo a casa, lembra? — Tento esconder a pontada sarcástica das minhas palavras, mas não estou totalmente certa de ter conseguido.

— O jantar está quase pronto — ele responde, olhando entre Ansel e eu.

Finalmente, ele balança a cabeça e se vira, indo embora.

Ansel e eu paramos no corredor. Sinto que algo precisa ser dito, mas não sei o quê. Estou sem palavras.

— Ansel...

— Não, Meadows. Está tudo bem.

Sua boca está dizendo uma coisa, mas seus olhos estão dizendo outra.

Não sinto vontade de discutir com ele sobre o assunto, então aceno com a cabeça.

Nós nos juntamos aos outros.

Ele ri, mas seus olhos não.

Ele sorri, mas seus olhos não.

E não posso deixar de sentir que quebrei o coração do meu melhor amigo.

Não é como se eu pedisse a ele para gostar de mim dessa maneira, mas ainda não quero machucá-lo.

E talvez, se não fosse por Lachlan, eu poderia gostar dele também.

Mas há Lachlan. Talvez não um Lachlan e Dani, mas, ainda assim, eu tenho os meus sentimentos assim como Ansel tem os dele.

Quando seus olhos encontram os meus do outro lado da mesa, não posso deixar de me perguntar o que ele pensaria se soubesse que beijei nosso orientador, que meus sentimentos superavam em muito aqueles de *inocência*.

A comida que comi de repente fica pesada no meu estômago.

Já não estou com tanta fome.

capítulo 35

Dezembro nos invade com um frio de matar.

A neve lamacenta assola as ruas, acumulando-se em desagradáveis montanhas cinzentas.

Subo no ônibus escolar, tremendo dentro do meu casaco apesar das camadas de roupa.

Localizando um assento vazio na parte de trás, eu me sento, colocando meus fones de ouvido.

Say Love, de James TW, toca em meus ouvidos enquanto o ônibus se afasta do meio-fio. Faz apenas uma semana e meia desde o Dia de Ação de Graças, mas as coisas ainda estão estranhas entre Ansel e eu. Em sua defesa, eu tenho estado muito mais arisca com a coisa toda do que ele. Sei que é em grande parte pela minha culpa pelos meus sentimentos por Lachlan.

O ônibus chega e eu desço, fazendo uma pausa e inclinando a cabeça para o céu. Está de uma cor acinzentada, alguns flocos começando a cair. Eles estão alertando para uma tempestade de neve para começar esta noite. Duvido que seja tão ruim quanto dizem, nunca é.

Inalando uma lufada de ar frio, entro direto para a sala de arte.

Puxando meu bloco de desenho, trabalho preguiçosamente no meu último desenho pessoal. É um esboço de Sage. Olhos perturbados, sobrancelhas grossas, linhas preocupadas. Porque são principalmente olhos, outra pessoa pode não reconhecer isso como meu irmão, mas eu reconheço.

Os alunos se infiltram, e não é surpresa que Ansel seja o último.

Ele se senta ao meu lado.

— Me evitando, Meadows? — Ele arqueia uma sobrancelha, seu tom leve, mas os olhos tristes.

— Não — me esquivo, fechando meu bloco de desenho e guardando-o para que possa trabalhar na nossa última tarefa de aula: uma paisagem em aquarela.

Ele faz um barulho que está em algum lugar entre uma zombaria indignada e uma tosse.

— Não minta para mim. Nós somos amigos. Sei que você... porra, sei que eu estraguei as coisas, mas, por favor, fale comigo. Eu nunca me perdoaria se arruinasse a nossa amizade.

Ignoro seu comentário por um momento, me levantando para pegar minha tela da prateleira. Ele segue, pegando a sua, e nós voltamos para a mesa.

— Não sei o que dizer. — É uma resposta de merda, mas é tudo o que tenho.

Ele solta um suspiro, balançando seu cabelo desgrenhado.

— Podemos pelo menos conversar sobre isso? Se não o fizermos, sempre será estranho.

Mordo meu lábio. Sei que ele está certo, mas meu estômago se revira com o pensamento.

— Tudo bem — concordo com relutância.

— Deixa eu te levar para casa. — Abro a boca para protestar, então ele rapidamente acrescenta: — Sei que Sage disse a você que eu não poderia mais te levar para casa, mas ele não vai saber. Vamos parar na Watchtower e conversar... terreno neutro.

Lanço um olhar para ele, assentindo com a cabeça.

— Ok.

Ele sorri de volta.

— Obrigado.

Não me agradeça. Não quando um dia você pode me odiar se descobrir quem realmente tem o meu coração.

Puxo o último livro que peguei emprestado de Lachlan e o passo para ele atrás de sua mesa. Ele está usando seus óculos novamente e os empurra para cima do nariz antes de pegá-lo. Seus dedos longos envolvem o livro de capa dura antes de ele se virar e colocá-lo na prateleira.

Ainda tenho que dizer a ele que tenho um cartão da biblioteca, não quando eu preferiria emprestar livros dele. É bobo, eu sei, mas gosto de compartilhar seu amor pelos livros. Vê-lo se iluminar ao falar sobre suas leituras favoritas é um dos meus momentos preferidos compartilhados com ele.

Ele não pergunta se eu quero outro emprestado. Em vez disso, automaticamente pega outro e passa para mim.

Não olho para o título, ou mesmo para a capa, antes de colocá-lo na mochila. Neste ponto, confio nas escolhas dele.

— Como está sendo o seu dia? — pergunta, mexendo em alguns papéis em sua mesa.

— Ok, eu acho. — Dou de ombros, colocando minha mochila no chão perto dos meus pés.

Ele está com as persianas puxadas para cima, o chão lá fora coberto de neve fresca. Flocos caem do céu, torcendo e rodopiando.

— Eles estão dizendo que vai ser uma nevasca.

Minha cabeça gira lentamente para trás em sua direção.

— Vou acreditar quando vir.

A neve pode ser uma ocorrência bastante regular aqui, mas uma nevasca, nem tanto.

— Eu não sei, o céu está ficando mais escuro.

— Sério? Eu não tinha notado, Sherlock.

Seus olhos se arregalam com o meu tom mal-humorado.

— Algo está errado.

Uma afirmação, não uma pergunta, porque Lachlan vê tudo e sabe tudo.

Nunca contei a ele sobre Ansel querer me beijar no Dia de Ação de Graças. Não contei a ele sobre como isso estremeceu meu relacionamento com meu único amigo verdadeiro. Não me entenda mal, eu gosto de Sasha, mas ela não me entende como Ansel.

— Ansel quer conversar comigo depois da escola. — Bato o pé no chão, o tapete abafando o som.

— Ah, é? — Ele se inclina para trás em sua cadeira, cruzando os dedos e os descansando no peito.

Não adianta mais tentar manter isso em segredo.

— Ele pediu para me beijar, mas eu disse que não, que não gosto dele desse jeito. Ele ... ele tem sido bastante normal desde então, mas eu não sei como ser, porque me sinto terrível.

— Por quê? Você não deveria se sentir mal... se você não o vê dessa maneira, não pode evitar.

Hesitante, levanto os olhos para encontrar os seus, azul-bebê.

— Sim, mas como ele se sentiria se soubesse o que está me segurando?
Os lábios de Lachlan torcem e ele engole em seco.
— O que está te segurando?
Seus olhos me dizem que ele sabe.
Sua expressão também.
— Você.

Seu corpo estremece suavemente, é quase imperceptível, mas estou observando-o de perto, então não perco o tremor.

Ele se inclina para a frente, as mãos cruzadas sobre a mesa. Ele não se moveu para ficar à frente dela hoje. Provavelmente é bom que não tenha feito isso.

— Dani... isso... nós... — Ele exala uma respiração pesada, parecendo sentir dor. — Nada pode acontecer conosco.

Lachlan nunca disse verbalmente que retribui meus sentimentos, mas também nunca negou nada. Ele poderia me dizer que eu sou louca, que ele é mais de uma década mais velho que eu, mas não faz nada disso porque também sente . Negar isso seria um crime.

— Eu sei — sussurro, puxando minhas mangas —, mas quando os sentimentos existem eles não podem ser desligados com um interruptor. Não posso me forçar a gostar dele do jeito que ele quer que eu goste.

Lachlan me encara, seus olhos preocupados. Quando fala novamente, é com duas palavras simples:
— Sinto muito.

O sino acima do café da Watchtower Coffee & Comics soa alegremente, sinalizando a nossa chegada. A fila é mais longa do que o normal, provavelmente devido à tempestade iminente e ao frio ártico que corta todas as camadas de roupas agrupadas.

Ansel e eu entramos na fila, esperando a nossa vez.

Em vez do meu habitual chá boba, pego um café com leite. Uma vez que nós dois fizemos nossos pedidos, nos sentamos em uma das mesas, um em frente ao outro.

Pego o rótulo colado na lateral do meu copo, esperando que ele fale primeiro.

— Olha — ele finalmente fala, inclinando-se para frente com os dedos enrolados em torno de seu café —, eu fiz merda e tornei as coisas estranhas. Você é... porra, Meadows, você se tornou a minha melhor amiga. Sei que você pode não acreditar nisso, mas acredite. Não quero estragar as coisas e arruinar a nossa amizade por causa de uma paixão boba.

— Boba? — Meu tom é divertido, meus lábios se contraindo com a ameaça de um sorriso.

Ele abre um sorriso, passando os dedos pelo cabelo despenteado.

— Ok, talvez não boba, mas ainda assim... sua amizade significa mais para mim. Eu sou bem grandinho, Meadows. Posso lidar com a rejeição. Você não gosta de mim desse jeito, beleza. Eu respeito os seus limites.

Solto meus dedos ao redor do copo.

— Obrigada. Eu... me desculpe por eu ter tornado as coisas estranhas, mas... — Mordo meu lábio, não tendo as palavras. — Não queria fazer nada que você pudesse entender como se eu estivesse te provocando.

Ele balança a cabeça, negando.

— Meadows, você disse não. Eu entendo o que essa palavra significa e nunca desrespeitaria você, pensando que alguma coisa inocente que faz ou diz pode significar mais e tentaria tirar vantagem.

— Obrigada — sussurro, colocando minhas mãos debaixo da mesa. — Eu não estava procurando fazer amigos aqui, mas então conheci você e você é meu melhor amigo. Eu não queria ferir seus sentimentos. — Abaixo minha cabeça, minha voz suave.

Ele estende a mão por cima da mesa, batendo o dedo indicador sob meu queixo para que eu levante minha cabeça.

— Você é a minha melhor amiga, isso é tudo o que importa.

Ele sorri para mim e eu sorrio de volta. Algo muda, e o eixo do mundo parece endireitado mais uma vez.

capítulo 36

De pé diante das grandes janelas da sala de estar do apartamento, olho para a neve caindo em uma grossa cortina branca. Não consigo nem ver o prédio do outro lado da rua. Tudo está ofuscado pela brancura.

O noticiário passa em segundo plano, falando sobre o acúmulo esperado e a ameaça de falta de energia.

Mordo meu lábio com preocupação, já que Sage ainda não está em casa.

Afastando-me da janela, tiro meu telefone da mesa de centro e ligo para ele. Nenhuma resposta.

> Eu: Você está a caminho de casa?

Sua resposta vem alguns minutos depois.

> Sage: Não posso sair ainda. Desculpa.

> Eu: O tempo está ficando muito ruim.

> Sage: Eu sei. Mas o chefe não nos deixará ir embora até que terminarmos isso aqui.

> Eu: Cuidado.

> Sage: Sempre.

Guardo o telefone, balançando a cabeça com irritação. É ridículo que estejamos no meio da tempestade do século e seu trabalho não o deixe sair. Ele precisa se demitir, e se não puder ver depois disso, então meu irmão é o maior idiota que já existiu.

Meu estômago ronca de fome. Aqueço algumas sobras de comida, me sentando no topo da bancada para comer sozinha.

doce dandelion

As luzes piscam e eu olho em volta com medo.

Por favor, fiquem acesas, por favor, fiquem acesas, entoo silenciosamente para mim mesma.

Elas piscam novamente antes de apagarem completamente.

Um pequeno grito sai da minha garganta. Levo a mão à boca, silenciando o som.

O apartamento está envolto em completa escuridão, exceto pelo branco puro da janela. Abandonando minha comida, tropeço até onde deixei meu telefone.

A tela se acende e mando uma mensagem para Sage novamente.

> Eu: Acabou a energia.

> Sage: Está sem aqui também.

> Eu: Você está voltando para casa?

> Sage: A neve já está muito profunda. Estamos presos aqui, independentemente da falta de energia.

— Você tem que estar brincando comigo — murmuro para mim mesma.

> Eu: Fique seguro.

Enfiando o telefone no bolso de trás, respiro fundo, tentando pensar se há velas em algum lugar.

Mas eu já sei que não há, porque Sage afirma que elas lhe dão dor de cabeça.

> Eu: Temos uma lanterna?

> Sage: Verifique a gaveta ao lado da pia.

Navegando ao redor da sala, bato meu quadril no braço do sofá antes de finalmente chegar à cozinha. Abro a gaveta e puxo a lanterna grande, ligando-a.

Nada.

> **Eu:** As pilhas estão gastas. Temos novas?

Meu pânico está aumentando, ameaçando fechar minha garganta e me sufocar.

Estou sozinha, em um apartamento escuro e vazio. Isto é uma receita para o desastre.

> **Sage:** Porra. Não. Desculpe, D.

Solto um gemido de frustração.

> **Sage:** Você vai ficar bem?

> **Eu:** Tenho que ficar.

> **Sage:** Acho que não vou sair daqui esta noite. Talvez nem amanhã.

Olho para sua mensagem, engolindo a raiva.

Se ele tivesse simplesmente voltado para casa, ou largado este emprego estúpido, eu não estaria sozinha agora em um apartamento escuro como o breu, a momentos de perder minha mente sempre tranquila.

À medida que minha raiva e pânico aumentam, tomo uma decisão que é tanto imprudente quanto estúpida.

Saindo para o corredor escuro, tateio meu caminho para baixo e para a porta em direção às escadas.

Deus, espero que ninguém esteja nos elevadores.

Minha mão se fecha ao redor da porta e eu a abro.

Tenho que me mover devagar, já que realmente não consigo enxergar, e só tenho um brilho fraco emanando do meu telefone.

Subo um lance de escadas, saindo no décimo segundo andar.

Encontrando-me na frente da porta de Lachlan, eu bato, fazendo uma oração silenciosa para que ele esteja em casa.

Se ele não estiver...

O latido estrondoso do Zeppelin ecoa e um segundo depois a porta se abre.

— Dani — ele sussurra meu nome, um som abafado em seus lábios.

Ele não parece nem um pouco surpreso em me ver.

doce dandelion

Sua grande mão envolve meu pulso esquerdo, me puxando para dentro. Ele fecha a porta atrás de mim.

A sala brilha com pelo menos uma dúzia de velas acesas. É bastante fácil distinguir a forma dos móveis e cheira a produtos recém-assados.

— Eu pensei que você poderia aparecer — murmura, inclinando a cabeça para baixo.

— Pensou?

Suas mãos seguram meus cotovelos, e não sei se ele percebe ou não, mas nossos corpos estão a apenas alguns centímetros de distância. Zeppelin fareja meu corpo, mas está estranhamente mais contido do que o normal.

Ele concorda.

— A escuridão é um espaço sem janelas.

Inclino minha cabeça para cima na direção dele, umedecendo meus lábios com a língua. Estar tão perto dele está fazendo coisas comigo.

Não importa que apenas um punhado de horas atrás ele tenha falado de como nada poderia acontecer entre nós.

Soltando-me, ele se vira:

— Sente-se, quer um pouco de água ou algo assim?

Nego com a cabeça, colocando uma mecha de cabelo atrás da orelha. As chamas das velas piscam em seus olhos azuis.

— Tudo o que eu quero é não ficar sozinha.

Ele desliza as costas dos dedos sobre minha bochecha.

— Você não está. Estou aqui com você.

Ele nunca foi tão ousado comigo. Talvez seja a escuridão, ou a tempestade, ou algo mais. Não importa, porque tudo que eu sei é que a maneira que ele está olhando para mim agora é o jeito que sempre quis ser vista nos olhos de outra pessoa.

Ele limpa a garganta e dá um passo para trás, talvez percebendo que está sendo mais para frente do que o normal. Ele me deixa passar, meu braço roçando seu estômago enquanto manejo no espaço apertado.

Zeppelin está bem no meu encalço. Assim que minha bunda toca o sofá, ele coloca a cabeça enorme nas minhas pernas, querendo que eu o acaricie. Afago sua cabeça, sorrindo enquanto faço isso. Seus olhos se movem, observando Lachlan se sentar no sofá também, bem ao meu lado, apesar dos outros lugares que poderia se escolher.

O lado esquerdo de sua perna está rente à minha direita, me incendiando.

Ele tem alguma ideia do que sua presença faz comigo, sem mencionar seu toque?

O silêncio nos envolve, e não sei como quebrá-lo, nem mesmo se quero.

No silêncio, ele é apenas Lachlan, e eu sou Dani. Não somos estudante e conselheiro.

A escuridão e o silêncio não têm rótulos. Eles não julgam ninguém.

Dentro da escuridão, você pode esconder uma enormidade de pecados. O problema é quando a luz volta.

Inclinando-me contra as almofadas do sofá, inclino a cabeça em direção a ele.

Ele faz o mesmo, nós dois piscando um para o outro.

Tremo de surpresa quando ele segura minha bochecha com a mão direita. Lachlan está me tocando. Me tocando *de boa vontade*. Quase prendo a respiração, mas forço um ar suave entre meus lábios.

— Por que eu tenho que estar tão dilacerado por você? — murmura, seus olhos percorrendo meu rosto. Sombras dançam sobre seu belo rosto das velas bruxuleantes. — Você — seu polegar roça meus lábios —, uma estudante. Você está me transformando no pior tipo de pessoa, desejando algo que não posso reivindicar.

Meu coração gagueja fora do ritmo.

Seus dedos mergulham no meu cabelo, descendo até a minha nuca.

Coloco a mão sobre a dele, não querendo que me solte. Estou com tanto medo que de repente ele vai cair em si, colocar distância entre nós, e preciso absorver cada segundo disso.

Seus olhos baixam, seus longos e grossos cílios pretos se espalhando contra suas bochechas.

— E-e se você não tivesse que reivindicar? — sussurro as palavras, com medo de dar voz a elas. — E se eu estiver me oferecendo a você?

— Dani... — Ele balança a cabeça para um lado e para o outro.

Tomo seu rosto entre as mãos, sua barba áspera contra as minhas palmas. Erguendo-me de joelhos, eu me arrasto para frente. Há apenas uma sombra de espaço entre nós.

— Como você pode pegar algo que eu *quero* dar?

Sua língua desliza para fora, umedecendo seus lábios. Aqueles olhos azuis vibrantes dele são quase marinhos no escuro, com um toque de ouro da luz das velas.

— Está errado.

— Não *parece* errado — argumento, minha testa pressionada suavemente na dele. Nossas respirações se misturam no ar, compartilhando espaço como nossos pensamentos e sentimentos. Seus olhos se fecham novamente, as mãos se abrindo e fechando em punhos em suas coxas. — Você pode me tocar. — Meus lábios roçam sua bochecha. — Eu vou te deixar. Não vou me importar de jeito nenhum.

Quero subir em seu colo, pressionar meu corpo contra o dele. Quero sentir todas as minhas curvas suaves derretendo em seus pontos duros. Quero sentir seus lábios nos meus.

Mas ele precisa fazer o movimento desta vez. Isso não pode ser unilateral. Não é justo. Não quero sentir que estou me empurrando para alguém que não me quer também, mesmo quando tudo diz que ele quer.

O músculo em sua mandíbula se contrai, seus olhos em guerra, lutando uma batalha que não posso nem começar a entender.

Seu cabelo escuro faz cócegas na minha testa enquanto ele se move.

— Eu *não posso* fazer isso. Por que continuo deixando você entrar?

Não acho que ele está falando em seu apartamento.

Nós estamos tão próximos agora, apenas uma respiração nos separando. Quero desesperadamente que ele me toque, mas sei que não posso forçar isso. Se eu forçar, só vai afastá-lo.

Sei por que ele hesita, é o que me impede de reivindicar o que quero. Posso ser jovem, mas isso não significa que eu não entenda as ramificações para nós dois se formos descobertos. Mas também parece o maior crime de todos negar nossos sentimentos. Algo que parece tão *certo* assim nunca deveria ser errado.

Mas isso é certo.

Nós somos certos.

E admitir o que queremos, ceder, é mudar a trajetória de nossas vidas.

Seus olhos se fecham mais uma vez, murmurando meu nome.

Em um piscar de olhos, suas mãos estão nos meus quadris.

Dou um gritinho quando ele me puxa para o seu colo. Meus quadris afundam nele, um gemido suave separando meus lábios ao senti-lo pressionado no meu centro.

— Dani — cantarola.

Suas mãos agarram meu cabelo.

Rolo meus quadris, provocando outro gemido da minha garganta.

— Dani — um ronronar desta vez.

Finalmente, felizmente, seus lábios estão nos meus.

capítulo 37

Isto é o que um beijo deve ser. Algo que você sente por todo o seu corpo. Minha pele fica hipersensível a cada toque. Minhas palmas pousam em seu peito sólido, amassando o tecido de sua camisa entre as mãos. Ele me beija com um desespero que espelho com meus movimentos. Estou ávida para chegar mais perto dele, para sentir cada parte dele.

Nossas línguas se entrelaçam com uma paixão que mantivemos acorrentada por meses. Este é o tipo de beijo que vi nos filmes e li nos livros que ele me emprestou. É um beijo que muda as coisas. Não há como voltar disso. Não se compara de forma alguma ao nosso primeiro beijo. Aquilo foi uma coisa hesitante e frágil, enquanto esse é uma reivindicação.

Eu sei, de fato, que ninguém jamais será capaz de me beijar como Lachlan faz.

Não é como se eu tivesse muitos beijos no meu passado para comparar, mas sei que esse é especial.

Nossos lábios se movem juntos, criando uma melodia de nossa própria criação. Meus joelhos pressionam contra seu lado e, se meu peso contra ele é um incômodo, ele não mostra isso.

Envolvendo os braços ao redor de seu pescoço, meus seios pressionam seu peito. Suas mãos deslizam para cima pelos meus lados, seus polegares descansando sob suas protuberâncias.

Quero que ele vá mais alto. Quero que ele me desnude. Nunca senti esse tipo doloroso de necessidade antes. Meu centro pulsa e me esfrego contra ele, precisando de algum tipo de alívio. Eu choramingo, mas ele abafa o som com um beijo.

Meus pensamentos são um loop constante de *Lachlan* de novo e de novo, seu nome ecoando em meu cérebro como uma oração.

Eu me pergunto se seus pensamentos são semelhantes, porque ele geme meu nome antes de mergulhar para outro beijo.

No fundo da minha mente, minha consciência sussurra para mim que eu deveria parar com isso. Não porque é errado, mas porque ele pode ter problemas. Essa é a última coisa que eu quero. Eu não me perdoaria se ele tivesse problemas por minha causa.

Moralmente, a única coisa que nos separa é seu emprego.

Fora isso, do jeito que eu vejo, nós dois somos adultos. Tenho dezoito anos, farei dezenove em poucos meses, dia vinte e dois de abril. *Sei* o que estou fazendo. Não estou sendo coagida, mas o fato de eu ser uma estudante e ele ser um conselheiro escolar nos coloca em uma situação precária.

Mas, por agora, quero esquecer tudo isso.

Mergulho no beijo vorazmente, dando-lhe tudo de mim. Vivo cada momento roubado como se fosse o último, e isso significa não deixar espaço para arrependimentos. Tenho que dar e receber enquanto posso.

Lachlan endurece debaixo de mim, e a sensação dele tão longo e firme contra um lugar tão íntimo rouba meu ar, aquecendo minha pele. Eu me pergunto como seria se esticar entre nós, deslizar a mão sob a faixa de sua calça de moletom e envolver a mão ao redor dele.

— Porra — ele rosna, puxando para baixo rudemente a lateral da minha camisa.

Ele salpica beijos por cima do meu ombro nu e pescoço. Minhas costas se arqueiam, me fazendo balançar mais fundo nele.

— Lachlan. — Puxo seu cabelo, mantendo-o perto de mim. Estou apavorada que, se afrouxar meu aperto, ele vai cair em si e parar.

Mordendo meu lábio, continuo a balançar contra ele, perigosamente perto de um orgasmo. Nunca tive um assim antes, com um cara — um homem — só por minha conta. Estou indo atrás dessa sensação, embora esteja um pouco envergonhada por poder gozar tão facilmente dessa maneira.

Lachlan envolve meu cabelo em torno de seus dedos, puxando meus lábios de volta aos dele. Ele está selvagem, desequilibrado. Está construindo um desejo dentro de mim por muito mais.

Lachlan é um coquetel de gasolina e estou mais do que disposta a pegar fogo.

— Por que você? — sussurra entre os beijos. — Por. Que. Você?

Não tenho resposta para ele, não quando continuo me perguntando a mesma coisa sobre ele. Algumas coisas não precisam fazer sentido, eu suponho, não quando elas parecem tão certas.

Suas mãos deslizam para baixo pelo meu corpo, para os meus quadris, me balançando mais forte contra si.

— Lachlan — ofego, e ele morde meu lábio inferior, puxando-o em sua boca.

Seus olhos azuis encontram os meus no escuro quando ele libera meu lábio.

— Se solte, Dani, eu estou com você.

Eu não quero me soltar, porque, assim que fizer isso, temo que este momento entre nós acabe também. Não há como controlar isso uma vez que eu cair da borda em um abismo de prazer. Seu aperto se intensifica em meus quadris, o dele balançando contra o meu.

Ele ofega, deixando escapar um gemido baixo.

— *Porra.*

Nós caímos juntos.

Girando.

Rodopiando.

Estrelas.

Prazer.

A umidade penetra na minha calcinha, provavelmente nas minhas calças, mas não consigo me importar.

Lachlan envolve seus braços firmemente ao meu redor, sua respiração tão irregular quanto a minha enquanto desce de seu próprio orgasmo.

Espero que ele me afaste, fique chocado com o que aconteceu entre nós, mas ele me abraça mais apertado, enterrando o rosto no meu pescoço, pressionando beijos suaves na minha pele sensível.

Enrolo os dedos em seu cabelo, beijando seus lábios suavemente.

Ele coloca um beijo carinhoso na pele sensível abaixo da minha orelha.

Nossos corpos estão colados e espero que ele não tenha planos de me liberar, porque não quero ir a lugar nenhum. Isso bem aqui, com ele, é onde pertenço. É a única coisa que tenho certeza.

— Está com fome? — pergunta baixinho depois de um tempo.

Aceno em concordância contra seu peito.

— Mas não quero me mexer.

Ele ri, o som vibrando contra o ouvido que pressionei em seu peito. Coloco a mão na sua garganta para que eu possa sentir lá também. Ele pega minha mão, beijando as pontas dos meus dedos.

— Você precisa comer.

Ele se levanta comigo enrolada em seu corpo, me carregando para a cozinha. Me coloca no balcão, onde atrás de mim ainda mais velas estão acesas.

Lentamente desenrolo meu corpo do dele.

— Por que você tem tantas velas?

Ele dá de ombros, abrindo a geladeira escura.

— Eu gosto de velas.

É uma resposta tão simples, mas me faz rir de qualquer maneira.

— Não posso exatamente cozinhar nada para você, então um sanduíche está bom?

— Seria ótimo.

Ele começa a tirar tudo o que precisa e faz dois sanduíches. Estou louca para perguntar a ele sobre o que aconteceu, mas não quero que a realidade se estabeleça e que ele se arrependa. Me mataria se ele se arrependesse, quando esse foi um dos melhores momentos de toda a minha vida.

Lachlan termina de fazer o sanduíche e adiciona algumas batatas fritas ao lado antes de me passar um prato. Ele pula no balcão ao meu lado, nossas pernas balançando da mesma forma. Sentada aqui com ele assim, as coisas parecem tão simples, como se eu fosse uma garota, uma *mulher*, passando tempo com o homem que gosta. As coisas não parecem tão complicadas quanto são.

Dou uma mordida no meu sanduíche, mastigando em silêncio.

— Está bom? — ele pergunta um momento.

— Está ótimo. — Pego uma batata, mordiscando-a.

— Você está terrivelmente quieta — ele reflete. — Não está se arrependendo das coisas, né?

Minha cabeça atira em sua direção.

— Não, mas estou preocupada que você esteja.

A respiração que o deixa é uma rajada poderosa. Colocando seu prato de lado, ele se vira para mim. Seus lábios são uma linha fina ao olhar para suas mãos, flexionando-as, abrindo e fechando em punhos. Espero que ele diga alguma coisa, mordendo minha própria língua.

— Eu deveria estar. — Sua voz é quase um sussurro. — Mas não estou. — Ele finalmente olha para mim de frente e, mesmo que esteja escuro, posso ver em seus olhos que ele fala sério. — Porra, é tão errado. — Ele abaixa a cabeça, balançando-a. — Mas nada nunca pareceu tão certo quanto quando estou com você. No segundo em que você entra em uma sala, eu estou ciente. É como se o meu corpo conhecesse e sentisse você. Nunca experimentei nada parecido antes. — Ele range os dentes. — Isso me deixa com raiva, porque você é jovem, Dani. Muito mais jovem do que eu. Você pode pensar que onze anos não é muito, mas é mais de uma década e, acredite, nós crescemos e mudamos muito nesse período. Tenho tanto medo que os meus sentimentos por você vão roubar algo de ti.

Eu coloco meu prato para baixo, agarrando suas mãos nas minhas. Me corta ao meio quão torturado ele parece.

— Você não pode me forçar a sentir as coisas que sinto. Isso é tudo coisa minha. Você não tem ideia de quão louca eu me senti por ter me apaixonado por você. Parece tão clichê... o cara sexy mais velho... mas os sentimentos não são uma torneira que você pode abrir e fechar. Eles simplesmente *são*.

Ele puxa as mãos das minhas. Não posso nem sentir a dor da rejeição antes que ele toque minha bochecha, acariciando o polegar com ternura contra a curva.

Ele se inclina lentamente, os olhos nos meus, procurando qualquer sugestão de hesitação de mim, mas não lhe dou nenhuma. Nossos olhos se fecham no mesmo segundo. Em outro, seus lábios estão nos meus. É perigosamente errado, mas inegavelmente certo.

A próxima coisa que sei é que ele está deslizando para fora do balcão e estou em seus braços mais uma vez.

Eu o envolvo, nunca quebrando o toque de sua boca, enquanto ele me carrega pelo apartamento e para seu quarto.

Escuto as unhas de Zeppelin no chão duro nos seguindo, mas Lachlan consegue fechar a porta, deixando-o do lado de fora.

Ele se senta na cama, e minhas pernas caem de cada lado dele, pressionando o colchão. Eu o sinto se esticar debaixo de mim novamente.

Ele me manobra para que eu esteja deitada em sua cama, a cabeça pressionada no travesseiro, com ele em cima de mim. O calor de seu corpo me envolve, e parece que nada mais existe além de nós dois.

Minhas mãos encontram seu caminho sob a camisa dele, roçando os planos duros de seus músculos. Ele se senta, estendendo a mão para enfiar os polegares na gola e a arranca. Me beija novamente, sua língua entrelaçada com a minha.

Uma de suas mãos toca o meu quadril, hesitantemente acariciando por baixo da minha camisa. Ele traça um círculo ao redor do meu umbigo antes de se retirar. Mexo meus quadris, esfregando em sua pélvis.

— Você pode tirá-la — praticamente imploro.

Ele rola de cima de mim, mas antes que eu possa sentir a dor da perda, ele puxa meu corpo contra o seu grande, então estou praticamente esparramada por cima. Nossas pernas se entrelaçam e coloco o braço esquerdo sobre seu peito, onde ele prontamente entrelaça nossos dedos.

— Por que você parou? — ofego, sem fôlego. — Eu pensei...

Ele aperta minha mão contra a pulsação rápida de seu coração.

— Não.

— Não? — repito, mágoa colorindo meu tom.

Ele inclina a cabeça para baixo e, mesmo que eu não possa vê-lo claramente no quarto escuro, sinto o peso de seu olhar.

— Porque não vou foder você como um adolescente excitado que não consegue se controlar. Você significa mais para mim do que isso. — Sua outra mão encontra minha bochecha. Ele roça as costas de seus dedos sobre a minha carne sensível. — As melhores coisas da vida devem ser saboreadas. Estimadas. — Engole em seco, limpando a garganta. Seus dedos mexem levemente nos meus por causa dos nervos. — Os pensamentos que tenho sobre você quebram tantas regras do caralho. Se estou indo para o inferno por isso, quero fazê-lo completamente. Quero levar meu tempo. Quero explorar cada fenda do seu corpo com a língua e arrancar seus pensamentos como uma corda de violão. Quero saber os meandros do que você ama e por que você ama. Quero conhecer as partes mais sensíveis do seu corpo, o que te faz gemer meu nome e implorar por mais. Sou um bastardo egoísta, Dandelion Meadows, e quero cada parte de você.

Não respondo, não com palavras de qualquer maneira.

Em vez disso, eu o beijo.

Você já tem a mim.

Quando ele me beija de volta, seus lábios dizem: *eu sei*.

capítulo 38

Acordar nos braços de Lachlan é a última coisa que espero e, por um momento, acho que é um sonho. Tento ficar enterrada no doce abraço do sono, mas isso não me segura mais. Pisco, abrindo os olhos, e quando o quarto de Lachlan aparece na luz da manhã, a noite anterior vem correndo de volta para mim. Um sorriso lento faz cócegas em meus lábios e o reprimo, tentando mantê-lo contido. Não sei por que, já que ele ainda parece estar dormindo, sua respiração suave acariciando meu pescoço exposto.

Sua frente está enrolada nas minhas costas, nossas pernas entrelaçadas. Um de seus braços repousa entre meus seios. Eu me preocupo que, quando acordar, ele vai ter vergonha de se encontrar nesta posição comigo, mas não posso me arrepender do que aconteceu entre nós na noite passada. Cada toque, beijo e momento íntimo é algo que vou guardar para sempre. Por mais que eu quisesse mais, estou feliz agora que ele não cedeu, porque será muito mais doce quando isso acontecer. E eu sei, sem dúvidas, que vai acontecer.

Lachlan e eu somos inevitáveis.

Um oceano poderia nos separar e sei que no fundo nós ainda encontraríamos o nosso caminho de volta um para o outro.

Sua mão flexiona contra o meu estômago e sei que ele está a segundos de acordar.

Seu polegar esfrega em um círculo ao redor do meu umbigo, onde minha camisa subiu. Ele solta um bocejo sonolento, enterrando o rosto na parte de trás do meu pescoço. Sua barba por fazer arranha minha pele e tento não rir quando faz cócegas.

Lentamente, rolo para encará-lo. Sua mão encontra o caminho de volta ao meu quadril, me puxando para mais perto. Ele abre os olhos, o azul se tornando mais brilhante conforme acorda completamente.

— Dani. — Meu estômago afunda com o som sensual do meu nome em sua voz matinal profunda e sonolenta.

doce dandelion

Passo o dedo sobre uma de suas sobrancelhas escuras, de repente tímida.
— Oi.

Ele sorri, aqueles dentes brancos e retos mostrando sua existência. Pega minha mão, mordiscando de brincadeira meus dedos antes de circular nossas mãos juntas.

Espero que a ficha caia, que ele perceba quão errado isso é e me empurre para fora de sua cama, de seu apartamento, com raiva no rosto.

Mas ele continua me encarando, seus olhos percorrendo meu rosto como se ele estivesse tentando memorizar cada detalhe e característica.

Ontem à noite, ele me beijou em sua cama por um longo tempo antes de se levantar para apagar as velas do cômodo principal. Quando voltou, nos beijamos um pouco mais, nossas mãos explorando os corpos um do outro, mas não muito, antes de finalmente adormecermos.

Lachlan segura minha bochecha e minha pele automaticamente se aquece com seu toque magnético. Meus mamilos endurecem e arrepios se levantam em minha pele.

— O que você está pensando? — sussurro, quebrando o silêncio.

Ele traça o formato dos meus lábios com a ponta do dedo indicador.

— Nada. — Abro a boca para dizer que duvido disso, quando ele acrescenta: — Quero lembrar como é este momento e qual é a sensação dele. Não quero manchar isso com a realidade.

Entendo o que ele quer dizer. Colocando minha mão na base de sua garganta, sinto o pulso firme de seu coração.

— Podemos ficar aqui para sempre? — Não quero dizer as palavras em voz alta, mas de alguma forma elas escapam.

As linhas ao lado de seus olhos se aprofundam por um segundo com o pensamento.

— Quem me dera. — Sua mão se move para baixo para o meu quadril, permanecendo lá. — Preciso deixar o Zeppelin sair.

— Não quero me mexer.

— Eu também não, mas a vida não espera por ninguém.

Sei que ele está certo. De alguma forma, conseguimos finalmente sair de debaixo das cobertas quentes. Tento a luz na mesa de cabeceira, mas ela não acende.

— Ainda sem energia.

Ele suspira, puxando um moletom que estava pendurado na maçaneta. Não está tão desgastado quanto o que guardei dele. Lachlan não pediu de volta. Acho que ele sabe que é meu agora.

— Eu vou voltar. — Ele abre a porta e Zeppelin imediatamente entra, correndo de mim para Lachlan e voltando.

— É melhor eu ligar para o meu irmão.

Lachlan estremece com a lembrança do meu irmão. Essa verdade se insinua como uma mancha indesejada na noite que passamos juntos. Não importa o quanto tentemos, a realidade é uma cadela que não vai ficar longe de nós.

Ele dá um único aceno de cabeça antes de escoltar Zeppelin do quarto. Sigo, observando-o puxar seu casaco de inverno e colocar a coleira no cachorro. Ele me dá um sorriso pequeno e hesitante, quase tímido, antes de sair.

Pego meu telefone, que acabei deixando no sofá ontem à noite, e ligo para Sage.

Ele atende no primeiro toque.

— Porra, Dani, sinto muito por não poder chegar em casa. Não tenho ideia de quando vou ser capaz de sair. As estradas ainda estão um inferno e a energia...

— Está tudo bem, Capim, não se preocupe. — Espero que o apelido idiota ajude a aliviar um pouco o estresse dele. — Estou bem. Não se estresse. Volte para casa quando puder.

— Eu vou. — Um suspiro aliviado ecoa pelo telefone. — Vou te avisar quando finalmente sair daqui.

— Eu te amo.

Ele fica quieto do outro lado por um momento antes de retornar o sentimento.

Termino a ligação e volto para o banheiro de Lachlan.

Depois de me aliviar, lavo as mãos e roubo um pouco de sua pasta de dente. Passo no dedo e escovo os dentes o melhor que posso. Meu cabelo está uma bagunça selvagem dos dedos de Lachlan. Por mais que eu não queira descartar as evidências, sei que, se não fizer isso, meu cabelo será impossível de lidar mais tarde.

Finalmente me sentindo um pouco mais humana, saio do banheiro enquanto Lachlan volta.

Eu me inclino contra a porta de seu quarto e ele faz uma pausa no corredor, nós dois nos encarando através do espaço estreito.

Meu coração bate com um abandono imprudente. Com cada batida, ele está dizendo: *eu pertenço a você*.

doce dandelion

Zeppelin corre até mim, me forçando a olhar para baixo e quebrar o contato visual com seu dono.

— Ei, amigo. — Eu me abaixo, abraçando o adorável cachorro-urso.

Lachlan limpa a garganta.

— Conseguiu falar com seu irmão?

Olho para cima da minha posição agachada.

— Sim. Ele ainda está preso no trabalho. As estradas não são seguras.

— Está ruim lá fora. — Ele coça o queixo. — Vou tentar descobrir algo para o café da manhã.

— Eu posso ajudar. — Ele arqueia uma sobrancelha e eu rio. — Bem, quero dizer, não há energia. Não é como se eu pudesse queimar o lugar. — Dou de ombros ao me levantar.

Ele abre um sorriso.

— Eu adoraria a sua ajuda.

Com um último afago na cabeça de Zeppelin, sigo Lachlan até a cozinha. Ele começa a tirar as coisas da geladeira, empilhando-as no balcão.

— Você gosta de torradas de abacate? — Ele segura a fruta... vegetal... seja lá o que for. — Quero dizer, será mais como abacate no pão, já que não posso torrar exatamente, mas não deve ficar tão ruim.

Eu rio, roubando o abacate dele. Minhas unhas azuis brilham contra a casca dele.

— Me diga o que fazer.

Lachlan me diz como cortar e remover a semente gigante no meio. Coloco a metade em uma tigela, enquanto ele assiste com um sorriso divertido, porque estou convencida de que de alguma forma vou estragar algo tão simples quanto isso.

Cada um de nós espalha o abacate sobre o pão, e Lachlan adiciona alguns tomates uva que cortou ao meio. Com um toque de pimenta está pronto.

Pego a torrada de abacate não torrada e a mordo.

— Nada mal — elogio, segurando a mão na frente da boca para esconder minha mastigação.

Ele sorri de volta, segurando a sua "torrada" no alto para brindar com a minha.

— Nós provavelmente deveríamos ter feito isso antes de começarmos, mas antes tarde do que nunca. — Seus olhos brilham com humor.

Gosto de ver esse lado relaxado dele, onde ele abaixa a guarda comigo.

— Vai visitar sua família neste Natal?

A escola vai parar em menos de duas semanas para as férias. Faria sentido ele voltar ao Arkansas para uma estadia prolongada.

Ele balança a cabeça, negando.

— Eles estão vindo aqui, na verdade.

Olho em volta, como se estivesse tentando imaginar mentalmente sua família em seu apartamento.

— Isso vai ser legal.

— Uhum. — Ele limpa uma migalha do lábio inferior.

— Você precisa de uma árvore.

— Uma árvore? — repete, arqueando uma sobrancelha escura.

— Sim, uma árvore de Natal. Quero dizer, Sage e eu também não temos, mas você deveria conseguir uma. Você tem o lugar perfeito. — Aponto para uma área aberta perto das janelas.

— Por que vocês ainda não têm uma? — Ele apoia o quadril contra o balcão, inclinando a cabeça para baixo.

Dou um pequeno encolher de ombros, dando uma mordida e enfiando na boca.

— Sage está ocupado com o trabalho. Ele acaba tendo que fazer muitas coisas em casa quando está por perto.

— Isso deve ser chato.

Arqueio uma sobrancelha, lambendo o abacate do dedo.

— Não dê uma de psiquiatra em mim, *Sr. Taylor*.

Ele solta uma pequena risada, balançando a cabeça.

— Foi uma declaração.

— Fazer o quê. — Essas três palavras devem ser o meu lema de vida. — Ele tem que fazer o que dizem. Sei que ele odeia, mesmo que tenha tentado me convencer por um tempo que adorava, mas não vai pedir demissão.

— Por quê? — Lachlan parece confuso, uma ruga se formando em sua testa normalmente lisa.

— Por que ele não se demite? — indago. Ele acena com a cabeça e solto o ar. — Porque nós, Meadows, somos um bando de teimosos.

— Não, sério, o que ele faz? Ele provavelmente poderia encontrar outra coisa bastante fácil. É uma grande cidade. — Ele agita os dedos preguiçosamente.

— Coisas com computadores. Juro que ele é um gênio secreto. — Termino meu pedaço de pão e puxo uma folha de papel toalha para limpar os dedos. — E tenho certeza de que muitos lugares adorariam tê-lo, mas não

doce dandelion

estou brincando quando digo que ele é teimoso. É como se ele achasse que precisa se esforçar para provar um ponto.

— Para quem?

— Ele mesmo? — Deixo meus braços caírem para os lados. — Eu realmente não sei. Continuo implorando para ele largar, mas ele não vai.

— Hum. — Lachlan aperta os lábios.

— O que você está pensando?

— Nada. — Ele nega com a cabeça e estende a mão, colocando-a na minha cintura. Seu toque é suave ao me puxar para mais perto até eu ficar entre o arco de seus braços. Com a outra mão, ele segura o lado direito da minha bochecha. — Por que você parece um sonho?

— Um sonho? Eu sou mais um pesadelo.

Ele joga a cabeça para trás, seu pomo de Adão balançando com o riso. Quando para, seus dentes cavam em seu lábio inferior e seus olhos se fixam em mim. Ele parece querer dizer alguma coisa, mas mantém as palavras para si.

Me fala, Lachlan, imploro silenciosamente. *Me dê todos os seus pensamentos, suas palavras, seus medos, sonhos e ambições. Dê tudo para mim. Vou tratá-los com carinho, eu prometo.*

Ele engole em seco e, em vez disso, pega minha mão, me puxando para a sala de estar.

Zeppelin levanta sua cabeça poderosa, nos observando do chão enquanto Lachlan afunda no sofá e me puxa para baixo consigo, encaixando meu pequeno corpo entre suas pernas para que eu caia em cima e de frente para ele. O cachorro se acomoda, claramente acostumado com a minha presença agora.

Cruzo as mãos em seu peito e descanso o queixo nelas. Piscando para ele, espero que faça ou diga alguma coisa. Ele olha de volta para mim. Me pergunto o que ele vê quando me olha.

Pareço tão quebrada quanto me sinto na maioria das vezes? Ele vê a desesperança começando a desaparecer dos meus olhos? Está estampado em todo o meu rosto o quanto estou loucamente apaixonada por ele?

— Sabe — ele começa, limpando a garganta —, quando imaginei que você apareceria ontem, falei para mim mesmo para te dizer que você tinha que voltar para casa, que não poderia ficar aqui comigo. Mas então, eu abri a porta e te vi. Todas aquelas palavras… elas não existiam mais. Quando se trata de você, sou incapaz de ter bom senso. Não entendo, mas acho…

acho que estou cansado de lutar. Penso em você quando não deveria, tenho sonhos com você que são imorais, me preocupo com você, me pergunto o que você está pensando e, mais do que tudo, quero tornar tudo melhor para você e estou rasgado por dentro porque estou aterrorizado que eu nunca possa fazer isso.

Ele esfrega o polegar pela minha bochecha. Nem tenho certeza se ele percebe o que está fazendo.

— Você já faz.

Seus olhos azuis se iluminam ao mesmo tempo em que ele sorri — e esse sorriso?

É como uma marca em meu coração, um sentimento ardente e penetrante conforme assina seu nome como proprietário.

E nem percebe que pertence a ele.

capítulo 39

Lachlan esfrega seu polegar distraidamente em círculos ao redor da minha panturrilha, onde minhas pernas estão dobradas em seu colo. Ele parece pecaminosamente sexy com um livro nas mãos e os óculos empoleirados no nariz. Me deu um livro para ler também, já que a energia ainda está desligada, mas tudo que eu quero é olhar para ele no brilho da luz das velas. Quero gravar o corte afiado de sua mandíbula, a inclinação de seu nariz e o ângulo de sua sobrancelha na minha memória. Talvez eu nunca mais tenha essa oportunidade de passar tanto tempo sozinha com ele sem a preocupação ou ameaça de tudo o que existe contra nós fora dessas paredes.

— Eu posso sentir você olhando para mim.

Eu rio, inclinando o lado da cabeça contra o sofá.

— Não posso evitar.

Ele lentamente desvia seu olhar das palavras na página para mim.

— Prometo que esse livro é tão bom quanto os outros que te emprestei.

Mordo meu lábio ligeiramente, tentando esconder meu sorriso crescente.

— Tenho certeza que sim, mas prefiro olhar para você.

— Por quê? — Ele parece realmente curioso sobre a minha resposta.

Hesito, não querendo parecer assustadora.

— Porque, bem agora, eu posso olhar para você como quiser, e não preciso me preocupar com alguém vendo algo que não deveria nos meus olhos — declaro. Seus olhos escurecem ligeiramente para um azul tempestuoso. — Como no outro dia, quando passei por você no corredor, tudo que eu queria fazer era te olhar, mas estava com muito medo de que os meus amigos pudessem notar que não olho para você como o conselheiro da escola.

Ele engole em seco.

— Como você olha para mim, Dani?

— Como se você fosse meu.

Sua respiração trava um pouco, o pequeno som amplificado pelo apartamento completamente silencioso. Ele joga o livro de lado e dou um gritinho quando me encontro subitamente presa ao sofá com seu corpo grande sobre o meu. Meus quadris se mexem por vontade própria, e ele usa seu próprio corpo para me impedir de me mover mais. Suas mãos estão entrelaçadas em meus pulsos, segurando-os acima do meu corpo. Eu me sinto vulnerável assim, mas não tenho vontade de fugir.

— Por que você tem que dizer coisas assim?

— Como o quê? — Minha voz falha quando olho para ele. Ele está tão perto que posso contar cada cílio e sarda em seu nariz, se eu quiser.

— Coisas que fazem parecer impossível pra caralho ser um cara bom.

Se eu pudesse usar as mãos, tocaria seu queixo barbudo.

— Você é um cara bom.

Ele balança a cabeça.

— Não, Dani, não sou. Um cara bom não estaria trancado em seu apartamento com uma aluna. Um cara bom não a teria beijado. E um cara bom definitivamente não estaria na porra da posição em que estamos agora. — Sua respiração acaricia meus lábios com cada palavra. — Um cara bom definitivamente não estaria pensando nas coisas que estou pensando agora.

Levo um momento para encontrar minha voz.

— O que você está pensando?

Seus olhos piscam e sua mandíbula se fecha como se ele estivesse tentando aprisionar as palavras em sua garganta. Ele balança a cabeça para um lado e para o outro, seus olhos se fechando.

— Me conta — imploro, balançando meus dedos e testando seu aperto.

Quando seus olhos se abrem, é como se o azul estivesse pegando fogo.

— Eu quero saber qual é o seu gosto — começa. Abro a boca para protestar que nos beijamos, mas ele balança a cabeça. — Não da sua boca, querida — completa. Meu coração gagueja com o carinho. — Quero saber como você soa, como é te sentir, quero saber o que te traz mais prazer. Isso não é o que um cara bom pensa sobre a sua aluna.

Não tenho palavras. Elas estão presas dentro de mim, todas as letras flutuando e misturadas. Sou incapaz de pegar qualquer uma delas e transformá-las em frases.

— Finja que não sou sua aluna.

— Mas você é.

— *Não* — rebato. — Eu sou a Dani. Eu sou apenas a Dani.

doce dandelion

Ele roça seu nariz contra o meu, seus lábios perto demais, mas ainda tão distantes.

— É aí que você está errada.

Ele me pega de surpresa quando finalmente me beija. Seus lábios são quentes nos meus. Ele ainda não solta minhas mãos, deixando-o inteiramente no controle. Me beija do jeito que quer, devagar, sem pressa, roubando outro pedacinho de mim.

Seus lábios foram feitos para beijarem os meus. Suas mãos para as minhas segurarem.

Seja meu, meus lábios falam com os dele com movimento, nenhum som passando entre eles.

Eu já sou seu, ele diz de volta.

Acho que nenhum de nós pode entender esses sentimentos, mas eles não podem mais ser controlados. São uma coisa selvagem, caótica, viva e respirando. Todas as razões que deveriam nos manter separados estão desmoronando ao nosso redor.

Atrás das minhas pálpebras fechadas há um flash de luz. Por um instante, sou estúpida o suficiente para acreditar que somos nós, que estamos criando algum tipo de energia, mas, quando abro os olhos, encontro a sala inundada de luz.

Os lábios de Lachlan se separam dos meus, seu aperto se afrouxando, mas ele ainda mantém seu corpo acima do meu, piscando lentamente para mim.

— A energia está de volta — diz, sem fôlego, afirmando o óbvio.

— Sim — afirmo, suspirando, sem saber o que mais dizer.

Ele se senta, afastando-se do meu corpo no processo. Instantaneamente sinto falta da sensação dele e me sento, minha garganta se fechando quando vejo a vergonha lentamente se infiltrando no rosto dele. Quero tirar para longe. É a última coisa que quero ver. Não depois disso, não depois da noite passada.

Ele esfrega as mãos rudemente sobre o rosto.

Quando as deixa cair, seus olhos ficam lacrimejantes.

— Não diga isso — imploro, intensificando o pedido ainda mais com os olhos.

— Porra, isso é tão errado.

— Você estava me beijando cinco segundos atrás — protesto, minha voz falhando. — O que mudou?

Minhas mãos se fecham em punhos. Quero voltar para quando as luzes estavam apagadas, onde a escuridão escondia nossos pecados.

Lachlan se levanta de repente, batendo um punho contra o peito. As veias em seu pescoço se destacam. Nunca vi alguém parecer tão puramente torturado antes.

— Estou matando você e estou me matando — ele engasga. — Porra. — Ele inala uma respiração, seu corpo inteiro se expandindo com ela. — Estar com você parece tão certo, porra, mas é...

Também fico de pé, apontando para ele.

— Não ouse dizer que é errado. Não faça isso. — Nego com a cabeça.

— Mas é, Dani. Porra, você não vê isso?

— Eu não me importo! — grito. — Eu, pela primeira vez na vida, não quero questionar tudo e, em vez disso, quero seguir meu instinto para o que parece certo. Isso é tão errado?

Seus olhos ficam maiores.

— Sim, Dandelion! Isso é! — Ele puxa o cabelo, e parece tão torturado que quero envolver meus braços ao seu redor e melhorar as coisas, mas sei que *eu sou* o problema, então não posso fazer isso. — Não vou citar todas as razões pelas quais isso é errado, porque você já sabe. — Ele balança o braço para mim em um gesto amplo. — Você não vê? Não posso estar com você na luz, tenho que me esconder como um covarde na escuridão e me recuso a fazer isso. — Sua mandíbula aperta e ele balança a cabeça rudemente. — Não vou fazer isso comigo ou com você.

Olho em volta para todas as luzes brilhantes no apartamento — ódio queimando em minhas veias, porque uma coisa tão simples arruinou tudo.

— Eu não me importo com a luz — sussurro em derrota.

Não adianta brigar com ele.

— Eu não deveria ter me permitido ceder aos meus sentimentos. — Suas palavras são quase inaudíveis, a vontade de lutar saindo dele também. — Você merece muito mais do que essa merda de vai e vem.

Fecho meus olhos, liberando uma respiração reprimida.

— Eu entendo. Sei que... o que sentimos que é tecnicamente *errado*, e entendo onde você quer chegar. Não vou mentir e dizer que não dói, porque dói. Cinco minutos atrás, eu estava superfeliz, sentada com você, observando você, beijando você. Agora... — Deixo minhas mãos caírem para os lados. — Tudo porque as luzes *estúpidas* estão de volta, arruinou tudo.

Nós nos encaramos, o pouco espaço entre nós de repente parecendo intransponível.

Lachlan engole em seco, movendo sua mandíbula para frente e para trás.

doce dandelion

— Sinto muito.

Sei que ele sente. Eu também.

— Eu vou embora. — Minha voz falha.

Seus olhos acompanham meu progresso e me movo ao redor dele, indo para a porta. Zeppelin levanta a cabeça, me observando ir também. Nem ele nem seu dono fazem um movimento para me parar.

Olho por cima do meu ombro e encontro Lachlan me encarando com olhos tristes, sua expressão de dor.

Virando-me, eu saio, deixando a porta se fechar atrás de mim como um ponto no final de uma frase.

Horas mais tarde, a porta finalmente se abre e Sage entra, parecendo totalmente exausto. Não consigo entender o alívio absoluto que sinto ao vê-lo, mas salto para fora do sofá em seu corpo.

— Uau. — Ele tropeça para trás pela minha força, envolvendo seus braços em volta de mim. — Senti sua falta também, Erva.

Eu o seguro com força, não querendo soltá-lo.

— Não me deixe — imploro ao meu irmão entrecortadamente. — Todo mundo vai embora, mas você não pode ir.

Ele me aperta mais forte, descansando sua cabeça em cima da minha.

— Nunca.

capítulo 40

Leva uma semana sólida para a neve abrandar o suficiente para voltarmos à escola. A nevasca recorde foi tão ruim que caminhões foram trazidos de fora do estado, não apenas para consertar a energia, mas para limpar a neve das ruas. Assisti da janela de Sage enquanto a neve era carregada em caminhões basculantes para ser transportada. Parecia assustadoramente apocalíptico.

Amarrando os cadarços dos meus Vans amarelos, faço uma oração, agradecida por esta ser a última semana de aula antes das férias de inverno. Claro, isso significa muito tempo gasto sozinha com Sage trabalhando na maioria dos dias, mas pela primeira vez desde o início do ano letivo não estou ansiosa para os meus cinquenta minutos passados com o Sr. Taylor todos os dias.

Passei a semana inteira me lembrando de que ele é o Sr. Taylor, não Lachlan.

Todos os meus lembretes não me impediram de comprar um presente de Natal para ele, no entanto.

Levantando-me, passo as mãos na frente do meu jeans e coloco o moletom cinza com o mascote da escola nele. Sasha tinha conseguido para mim, e eu esqueci, enterrando-o no meu armário. Tenho certeza de que ela ficará feliz em me ver usando.

Vestindo meu casaco, luvas e chapéu, finalmente coloco minha mochila nos ombros, pronta para enfrentar o frio e pegar o ônibus.

Dando um rápido adeus a Sage, que normalmente já teria ido para o trabalho, corro para fora da porta.

Mal consigo pegar o ônibus a tempo, e estaria mentindo se não admitisse que estava desafiando um pouco o destino, esperando perder e voltar para casa.

Subindo as escadas, a porta range e se fecha atrás de mim quando encontro meu lugar e me sento perto da janela. O frio do vidro se infiltra, refrigerando o ar.

Colocando meus fones de ouvido, procuro nas minhas listas de reprodução. Escolho uma e clico em ordem aleatória. *Hollow*, de Jome, começa a tocar.

Inclinando a cabeça para trás, o ônibus se afasta da calçada enquanto finjo que não vejo o Acura preto dirigindo ao lado dele.

— Belo moletom — Sasha comenta, jogando o cabelo loiro encaracolado por cima do ombro ao se sentar à mesa da biblioteca.

— Obrigada, uma garota estranha conseguiu para mim — brinco, puxando o tecido.

— Rude. — Ela põe a língua para fora. — É bom ver você ostentando algum espírito escolar para variar.

— Estou tentando.

— Ela fica bem em qualquer coisa. — Ansel pisca para mim e puxa uma cadeira. Sei que ele não está flertando comigo, apenas tentando me defender.

— Ela está bonita.

Olho para Seth com a boca aberta.

— Ele fala. — É tão raro ele responder que me pega de surpresa. Tenho certeza de que esta é apenas a segunda ou terceira vez que falou no almoço durante todo o ano. Não tenho aulas com ele, e não posso deixar de me perguntar se ele fala nelas.

Seth dá de ombros em resposta, pegando seu almoço embalado.

Desembrulho meu sanduíche. Não peguei a salada de frango hoje e estou começando a me arrepender dessa decisão. Meu sanduíche de peru parece mais comida de gato regurgitada. Mas eu não queria olhar para o sanduíche de salada de frango, muito menos comê-lo, porque sabia que só pensaria em Lachlan. Estou temendo o suficiente vê-lo hoje.

Entendo suas motivações, por que ele continua me afastando. Não sou burra. Vejo como isso é errado. Mas não significa que não parte meu coração um pouco estar perto dele, especialmente quando pareço sempre lhe dar um pedacinho de mim em cada uma de nossas sessões. Parece que sempre há uma única verdade que deixo com ele antes de ir.

— Você parece distraída — Ansel observa.

— Sim, acho estranho estar de volta depois de uma semana.

— Você tem olheiras debaixo dos olhos. — Meu olhar se volta para Sasha. — Não está dormindo?

Eu raramente durmo uma noite inteira, mas dormi quando Lachlan me segurou. Agora o sono é ainda pior do que o habitual. Mal consigo uma hora inteira antes de acordar, me preocupando com alguma coisa, ou lutando contra uma memória que está abrindo caminho para a superfície.

— Sasha — Ansel geme, balançando a cabeça.

— Está bem. — Sei que Sasha não está tentando ser rude. Ela parece preocupada. — Não, eu não tenho dormido muito.

— Ah. — Ela franze a testa, achatando os lábios. — O que há de errado? Quer falar sobre isso?

Balanço a cabeça, negando.

— Não, tenho certeza que vai se resolver em breve.

Ansel me lança um olhar solidário. Sei que deveria contar a Sasha sobre o meu passado, mas tenho tanto medo de dividir as coisas com mais pessoas. Não quero mudar aos olhos dela por causa do que aconteceu comigo.

— O que vocês vão fazer nas férias? — Sasha pergunta, dando uma mordida em seu sanduíche.

— Indo esquiar — Ansel responde, inclinando a cadeira para trás em duas pernas. — Meadows?

— Nada planejado. — Dou um pequeno encolher de ombros. Não me incomoda muito que não vamos fazer nada. Estou aliviada por não voltar para Portland. Gostaria que Sage não estivesse trabalhando a maior parte do tempo, mas não tenho nada a dizer sobre o assunto. — E você? — Olho para Seth, esperando por uma resposta. Ele encara fixamente a mesa.

— Vou para Nova York — Sasha fala, quando Seth se recusa a responder. — Passaremos mais de uma semana em Manhattan, comemorando o Natal e o Ano-novo lá.

— Vai ser divertido.

— Estou ansiosa para isso. — Ela deve sentir Ansel olhando para ela, porque se vira para ele, piscando. — O quê?

— Nada, princesa. — Ele tenta reprimir um sorriso.

doce dandelion

Sasha revira os olhos e se volta para mim, balançando a cabeça. Mesmo que não tenhamos falado mais sobre isso, sei que ela ainda tem uma queda por ele, mas também está ficando irritada com seu comportamento.

— Se você tem alguma opinião de merda para vomitar, diga — ela o desafia.

Ansel arqueia uma sobrancelha.

— O quê? Nada a dizer? — ela contra-ataca. — Sua família é rica, então não sei por que isso importa para você. Além disso, meus avós moram lá e estamos de visita.

Seth olha para o teto, assim como eu também, mas não acho nada interessante.

— Quer saber, Ansel, não sei se alguém já te disse isso, mas você é meio chato pra cacete.

Ele ri, completamente divertido.

— Eu não sou meio chato pra cacete, eu tenho um cacete. Gostaria de uma descrição?

— Irritante pra caralho.

— Gente — chamo, gemendo e querendo bater neles. Quando olho para Seth novamente, para implorar silenciosamente por ajuda, ele se foi.

Esse cara é mesmo real ou ele é uma invenção da minha imaginação?

Felizmente, sou salva pelo sinal. Guardo meu lixo, digo adeus aos brigões e o jogo fora antes de sair para o corredor. Desço as escadas, caminhando na direção do escritório do Sr. Taylor. Antes de chegar ao longo corredor vazio que me levará até ele, eu paro, congelando. É como se meus pés não se movessem mais. É bobo. Não tenho nada a temer ao vê-lo. Tudo o que ele me disse antes de eu deixá-lo era um ponto válido. Mas não vê-lo por uma semana deixou um nó estranho no meu peito.

Antes que eu perceba, estou indo embora, e me encontro no último lugar que deveria estar.

Sento-me nas arquibancadas duras, olhando para a pista de corrida coberta.

Colocando minha bolsa entre os pés, me inclino para trás, descansando as mãos em cada lado das minhas pernas. Se eu fechar os olhos, posso ouvir os aplausos das arquibancadas. Sentir a excitação zumbindo nas minhas veias e a tensão nas minhas pernas. Mas quando os abro, não é nada além de uma pista de corrida vazia novamente e silêncio. Um lembrete flagrante do que nunca terei.

Fungo e enxugo uma lágrima antes que ela possa cair.

Estremeço quando o Sr. Taylor se senta ao meu lado.

— Não demorou muito — observo, fungando novamente. Faz talvez cinco minutos desde que eu deveria estar em seu escritório.

Eu o sinto dar de ombros.

— Eu sabia onde procurar desta vez. — É impossível não sentir seu olhar. — Por que você não veio?

— Não sei. — Envolvo meus braços ao meu redor. — Eu ia, mas em vez disso me encontrei aqui.

— Você está brava comigo.

Eu não deixo passar o fato de que ele faz uma afirmação, não uma pergunta.

— Não. — E eu não estou. Finalmente, olho para ele. Seus olhos estão suaves hoje, mas sua barba está um pouco mais grossa, como se não tivesse vontade de se barbear. — Entendo como isso é complicado. — Quase disse errado em vez de complicado, mas não queria usar essa palavra. Pelo meu ponto de vista, como nos sentimos um pelo outro não é essa coisa feia e do mal, mas a situação é; a posição dele *versus* a minha.

Sr. Taylor exala uma respiração pesada. Tenho que ficar me lembrando de que é quem ele é — Sr. Taylor, não Lachlan. Ele nunca deveria ter sido Lachlan para mim e isso me rasga por dentro.

— Eu nunca quis te machucar, Dani.

Coloco o cabelo atrás da orelha, inclinando a cabeça em sua direção.

— Não acho que nenhum de nós tinha intenção de que as coisas chegassem onde estão. — Aperto as mãos. — Simplesmente aconteceu.

Seus olhos baixam.

— Tenho vinte e nove, quase trinta, não deveria ter deixado isso acontecer.

Solto uma risada sem humor.

— Não acho que idade ou maturidade sejam o problema aqui; nós temos uma conexão e isso nos fez fazer algumas escolhas que não são as melhores.

Ele engole em seco, seu pomo de Adão balançando.

— E precisamos parar de fazê-las.

Mordo meu lábio, querendo manter minhas palavras afastadas, mas é claro que não consigo.

— Você realmente acha que isso é possível? Muita coisa aconteceu no calor do momento.

doce dandelion

Ele esfrega uma das mãos sobre sua mandíbula.

— Eu não estou... não estou tentando brigar, ou agir como se não sentisse nada por você. — Aqueles olhos azuis-caribenhos me encaram, vendo *através* de mim. — Eu poderia perder meu emprego se alguém descobrisse — ele sussurra baixinho, e eu me sacudo.

Egoisticamente, apesar de entender que sou sua aluna e ele meu conselheiro, que tenho dezoito anos e ele vinte e nove, nunca me liguei exatamente que ele poderia perder o emprego por causa disso. Meu estômago se enrola em um nó apertado.

— Eu...

— Eu não estou tentando fazer você se sentir mal, Dani. Mas você precisa entender o quão complicado e fodido isso é.

Abaixo a cabeça.

— Sinto muito.

Não sei mais o que dizer.

Ele desliza as palmas das mãos sobre a frente de sua calça azul-marinho.

— Você não tem nada para se desculpar. Se alguém deve se arrepender, sou eu.

— Mas você não se arrepende?

Ele balança a cabeça para os lados, esfregando o queixo.

— Não, acho que isso me torna um bastardo, mas não me arrependo de gostar de você.

Deixo escapar um suspiro, apertando as mãos enquanto olho para a pista.

— Eu sinto muita falta disso. Odeio que nunca mais poderei correr.

Sr. Taylor fica pensativo.

— Acho que você precisa se concentrar menos no que não pode fazer e mais no que pode.

Suas palavras atingem uma corda.

— Você pode andar — ele continua. — Você pode rir, sorrir, *respirar*. Existem outras formas de exercício além da corrida, sabe. — Ele divertidamente bate seu joelho no meu.

Sei que suas palavras são inocentes, mas não posso deixar de imaginar mentalmente exatamente como gostaria de me exercitar com ele. Eu sou uma ameaça.

Ele se levanta, estendendo a mão para mim.

— Vamos, faltam trinta minutos, vamos para o meu escritório.

Encaro sua mão por alguns segundos antes de pegá-la, deixando-o me puxar para cima. Ele solta minha mão, e é bem a tempo, porque as portas se abrem e um dos zeladores entra, indo esvaziar a lata de lixo.

É um lembrete tão flagrante do que ele disse momentos atrás sobre perder o emprego se alguém soubesse sobre nós.

Nós dois observamos o zelador e, quando seus olhos se voltam para os meus, eles estão imensamente tristes.

Isso me lembra tanto do que ele me disse em seu apartamento, que não pode estar comigo na luz.

Outro pequeno pedaço do meu coração desmorona.

capítulo 41

— Odeio tanto essa aula — Sasha sussurra baixinho, me passando uma folha.

Aceno com a cabeça em concordância. Também odeio Sociologia. Honestamente, pensei que esta aula poderia ser vagamente interessante, mas estava errada. A professora é uma ditadorazinha, e o trabalho é chato.

— Pelo menos aquele filme foi interessante — comento, passando os papéis para o aluno atrás de mim. — Sabe, aquele baseado na peça ou qualquer outra coisa com a garotinha que mata pessoas.

— Mas era preto e branco. — Ela estremece como se isso fosse a coisa mais blasfema de todas.

— Bem, era um filme antigo. — Suprimo a vontade de revirar os olhos.

— Preencher a página na frente de vocês não requer conversa, senhoras — a Sra. Kauffman chama, dando a nós duas um olhar fulminante.

Pressiono meus lábios com força e Sasha olha carrancuda para as costas da Sra. Kauffman.

A planilha leva a maior parte do período da aula para ser preenchida, o que é uma façanha, considerando que é uma aula de noventa minutos.

Quando o sinal toca, a turma inteira não consegue sair rápido o suficiente e empilha os papéis preenchidos na mesa dela.

Sasha e eu saímos juntas. Ela aperta o livro de Sociologia contra o peito. A Sra. Kauffman insiste que os levemos para todas as aulas, mas nós ainda não os abrimos. Passamos mais tempo com o dicionário do que com qualquer outra coisa.

— Esta semana parece que não termina nunca. — Descemos os degraus junto com a investida de outros estudantes ansiosos para ir para casa. — Estou tão pronta para as férias de Natal.

Eu não comento. O que eu diria, afinal? Estarei sozinha a maior parte do tempo, então não estou particularmente ansiosa por isso, mas será divertido trocar presentes com Sage no dia de Natal.

— Tenho certeza de que vai ser legal.

— Uhumm — ela cantarola, e começa a tagarelar sobre Manhattan, os outros bairros e tudo o que ela mal pode esperar para fazer... principalmente as compras.

Nós nos separamos do lado de fora quando ela se dirige para o estacionamento dos alunos.

Entro no meu ônibus e me sento ao lado de um garoto que acho que é um calouro.

Eu sou uma veterana, mais velha que uma veterana, andando de ônibus.

Minhas mãos flexionam no colo. Eu poderia dizer a Sage que estou pronta para ter um carro, sei que ele ficaria animado e me daria um em um piscar de olhos. Nós vendemos meu primeiro carro antes que eu me mudasse para cá com ele. Não havia sentido em mantê-lo, especialmente quando não iria dirigi-lo de qualquer maneira. Mas algo continua me impedindo de buscar a liberdade que um carro me daria.

Passam-se pelo menos dez minutos antes que as portas finalmente se fechem no ônibus e nos afastemos da escola. Nós nos esbarramos e dou um sorriso de desculpas ao meu companheiro de assento quando meu corpo bate no dele.

Quando finalmente chego à minha parada, não consigo sair rápido o suficiente. Minhas botas chapinham na neve cinzenta enquanto subo a rua até o prédio do condomínio. Alcançar o calor do saguão envia um arrepio pelo meu corpo gelado.

Pegando o elevador, finalmente chego ao apartamento de Sage e entro.

Odeio o silêncio do vazio que me cerca. Ainda não me acostumei a isso. Largando a mochila no chão, ligo a TV para ouvir algum ruído de fundo.

Tenho alguns trabalhos de casa para fazer, então tiro o que preciso da bolsa, espalhando os livros e papéis sobre a mesa de centro.

Pilhas de lição de casa são a ruína da minha existência, então faço o meu melhor para não deixar isso sair do controle. Porque perdemos uma semana inteira, os professores nos sobrecarregaram hoje, o que é especialmente uma droga, considerando que as férias de Natal são na próxima semana.

Sentada no chão, vasculho as tarefas escolhendo aquela que sei que posso terminar mais rápido.

Horas depois, quando Sage finalmente chega em casa, meu estômago está roncando inquieto, mas terminei três das cinco tarefas para o final da semana.

— Pediu o jantar? — Sage desenrola o cachecol do pescoço.

— Não. — Eu me levanto, esticando meus membros rígidos. — Estou fazendo lição de casa.

— Droga. — Ele olha para a explosão de papéis e meu laptop que tive que pegar no quarto para começar um artigo. — Vou pedir alguma coisa.

— Obrigada. — Esfrego meus olhos cansados, então começo a organizar minha bagunça para que eu possa movê-la para o quarto.

— Você pode deixar isso aí se quiser — Sage diz, com um aceno de mão, pegando o telefone com a outra. — Eu não me importo.

— Não, eu terminei por esta noite. Preciso de uma pausa e de comida. — Abro um sorriso.

Sage ri, ligando para um dos vários locais de entrega que comemos com muita frequência.

Levando tudo de volta para o meu quarto, despejo sobre a mesa. Torço o nariz para a bagunça e organizo o melhor que posso. Felizmente, não terei que empacotar nada disso até quarta-feira de manhã.

Os passos de Sage ecoam no corredor, parando do lado de fora do meu quarto.

Olhando para cima, eu o encaro, seu ombro encostado na porta. Ele olha ao redor do meu quarto, para as decorações limitadas e a falta de personalidade. Além do sino dos ventos, não há muita coisa que diga que este é o meu quarto.

Ele me dá um sorriso triste.

— Você deveria pintar as paredes.

Olho para as paredes brancas nuas, franzindo o nariz.

— Qual é o ponto?

Seus ombros caem e a culpa me consome, porque sou responsável por esse peso incomensurável que ele carrega.

— É um lar, D. — Sua voz é suave, a primeira letra do meu nome crepitando em sua língua.

Pressiono os lábios antes que eu possa dizer a ele que não é meu lar. Não quero partir seu coração.

Não é que eu pense na casa em que crescemos com tanta frequência, mas um lar guarda a felicidade dentro de suas paredes, tem uma personalidade, um coração pulsante das pessoas que moram lá. O apartamento de Sage não tem. É bastante gritante com apenas alguns toques masculinos. Não há nada de especial nisso. É um lugar para dormir, comer e assistir TV. É sobre isso.

Não digo a ele nenhum dos meus pensamentos.

Em vez disso, digo:

— Talvez um dia.

Andando até a minha cômoda, abro uma das gavetas e tiro um pijama para depois do banho.

Ainda sinto Sage me observando. Fechando a gaveta, hesito em olhar em sua direção, mas me obrigo a fazer isso. Sua mandíbula se move para frente e para trás, os olhos castanhos mais castanhos do que dourados pela primeira vez.

— Sage? — incito, querendo arrastá-lo de onde quer que as profundezas de seus pensamentos o enviem.

Ele encontra meu olhar.

— O quê?

Ele continua a piscar para mim.

— Sage, vamos lá…

Ele esfrega a mão sobre o queixo, deixando-a cair ao seu lado.

— Seu quarto em casa sempre foi uma bagunça. Era uma explosão de cores e coisas que você amava. Seus sapatos quase sempre eram chutados no chão, perigosamente perto de fazer você ou qualquer um que entrasse tropeçar. Havia fotos de você com amigos, de mim e você, a mãe e o pai, havia vida e personalidade. Era *você*. Este espaço frio e sem vida não é você. — Ele joga a mão em direção ao meu quarto.

Olho em volta, para as paredes brancas, colcha branca, móveis brancos e até o tapete branco fofo. Eu escolhi as coisas e ele comprou.

— Seu antigo quarto era amarelo — continua. — Deus, era aquele tom horrível de amarelo brilhante e eu odiava tanto. Uma vez perguntei à mamãe por que ela te deixou escolher aquela cor. Sabe o que ela me disse? — Ele não espera que eu responda, pois sabe que eu não sei mesmo. — Ela disse que todo mundo merece se expressar de alguma forma e a cor era a maneira mais fácil de fazer isso. Ela me disse que Dandelion era o nome perfeito para você, porque amarelo-dente-de-leão é a cor da sua alma. — Quero desesperadamente fingir que não posso ver a lágrima fazendo um rastro em sua bochecha. — O branco é… é vazio. E me aterroriza pra caralho pensar que isso é um reflexo de você agora. E se sua nova cor for branca porque sua alma está vazia? E se for minha culpa por não tentar mais?

— Sage…

Ele enfia os dedos pelo cabelo e mordo meu lábio, porque sei que ele precisa tirar isso do peito. Ele trabalha dia após dia, no que tenho certeza que é um cubículo, mas quem sabe. Já que odeia seu trabalho, suponho que ele odeia falar com a maioria de seus colegas. Ele sai raramente com os amigos. Volta para casa para *mim*, sua irmã mais nova e quebrada com a qual foi sobrecarregado, e me mata que ele carregue esse tipo de fardo em seus ombros.

— Não sei por que a mamãe pensou que eu poderia fazer isso. — Sua voz falha quando ele acena com o braço para mim. — Eu sou um fracasso do caralho.

— Você não é um fracasso, Sage — murmuro, juntando meus dedos na minha frente.

Ele abaixa a cabeça, passando as costas das mãos sobre as bochechas molhadas.

— Porra, não sei por que estou derramando tudo isso.

— Porque você precisa.

Ele levanta a cabeça.

— Dani…

— Branco, para mim, é um novo começo. — Olho ao redor da lousa em branco. — Sim, é frio, às vezes parece um hospital, mas é simbólico. É começar de novo. É aprender quem eu sou agora, quem vou ser. Branco é a liberdade de escolha. Mas acho que você está chateado com muito mais do que o quarto — sussurro a última parte.

Ele funga, seus olhos um pouco vermelhos agora.

— Estou estressado, preocupado, minha sanidade é inexistente — admite, com uma risada forçada.

— Sabe que eu tenho o Sr. Taylor para conversar, né? — pergunto baixinho, como se ele fosse algum pássaro frágil e ferido que eu poderia assustar se falasse muito alto ou me movesse muito rápido. Ele dá um único aceno de cabeça por reflexo. — Você precisa ver alguém, Capim. — Espero que usar o apelido amenize o golpe.

Surpreendentemente, ele não descarta meu comentário.

— Sim, eu sei — resmunga, sua voz crua. Corrigindo suas feições, diz: — Eu… uh… eu vou tomar banho. A comida está paga, basta assinar o recibo se chegar antes de eu sair.

— Uhumm — murmuro, observando-o andar pelo resto do corredor.

Caio na cama, de repente exausta. Soltando um gemido poderoso que deveria sacudir as paredes, cubro meu rosto com as mãos. Tudo parece tão esmagador. O passado, Sage, Sr. Taylor, a própria vida. Nada mais é simples.

Levantando-me, vou em busca do meu telefone, encontrando-o no chão perto do sofá. Eu me inclino, pegando-o, e abro as mensagens.

> Eu: Sei que as coisas estão complicadas e me desculpe por incomodar você, mas tudo bem se eu te mandar uma mensagem?

Apenas vinte segundos se passam antes que sua resposta venha.

> Lachlan: Você pode me mandar uma mensagem a qualquer hora.

> Eu: Tem certeza?

> Lachlan: Sim.

> Eu: Promessa mindinho?

Ele não responde de imediato, mas quando o faz é com uma foto de dedos unidos.

> Lachlan: Promessa de dedo mindinho.

Um sorriso estúpido, bobo e traiçoeiro curva meus lábios.

> Lachlan: E aí?

Eu me deito no sofá, cruzando os pés.

> Eu: É Sage. Ele está guardando muito dentro de si.

> Lachlan: Todos nós tendemos a fazer isso.

> Eu: Ele precisa falar com alguém... como eu falo com você.

> Lachlan: Posso recomendar alguns conselheiros que ele pode ver.

doce dandelion

> Eu: Você poderia me dar uma lista para dar a ele?

> Lachlan: Sim, claro, te darei uma amanhã.

> Eu: Obrigada.

> Lachlan: Sem problemas, Dani.

Guardo o telefone no bolso e decido colocar dois pratos e copos de água na mesa. No momento em que termino, há uma batida com a entrega. Pego os dois sacos de papel, assino o recibo e começo a distribuir a comida grega que Sage pediu. Se há uma coisa que pode ser dita sobre o nosso hábito de comer fora, é que comemos uma variedade.

Pizza sempre será minha favorita, no entanto.

Sage emerge do corredor com o cabelo úmido e os olhos avermelhados.

— Obrigado, D. — Ele dá um beijo na minha bochecha, me dando um sorriso de desculpas. — Sinto muito por isso.

— Não se desculpe. É um mau hábito pedir desculpas por coisas pelas quais nós não temos motivos para nos desculpar.

— Pare de ser tão esperta — brinca, pegando um dos pratos, bagunçando meu cabelo com a mão livre. Levanto a mão e aliso para baixo, dando-lhe um olhar de desagrado épico que ele perde.

Nós estacionamos nossas bundas no sofá com o nosso jantar e os copos de água.

Segurando meu copo no alto, dou-lhe um pequeno sorriso.

— Tim-tim?

Ele ri, negando com a cabeça. Pega o copo, batendo contra o meu.

— Tim-tim, D.

capítulo 42

— Eu realmente não entendo para que teremos uma assembleia, — resmungo para trás, para Ansel. Chegamos ao primeiro período apenas para sermos encaminhados ao ginásio para uma assembleia obrigatória. Não foi planejado ou teríamos sabido sobre isso. Há um estrondo baixo soando pela escola dos murmúrios da conversa silenciosa. — Você sabe do que se trata?

— Nenhuma pista. — Ele olha em volta como se houvesse algum tipo de dica nas paredes.

Ouço sussurros de excitação, como se talvez houvesse um convidado surpresa. Escuto alguém dizer algo sobre talvez ser uma visita de ex-alunos famosos.

O pavor reinando no meu estômago diz que é algo mais.

— Tenho certeza de que está tudo bem. — Ele pega minha mão, dando um pequeno aperto antes de soltar.

Hiperventilo quando entramos no ginásio e todo o corpo discente enche as vibrantes arquibancadas vermelhas. Eu congelo, e Ansel espera comigo. Não há nenhuma maneira que eu possa sentar naquela multidão de pessoas. Estou melhor, mas não muito.

Ansel fica ao meu lado, esperando os assentos preencherem até conseguirmos um lugar na primeira fila.

As conversas ao nosso redor são tão altas que fico tentada a tapar os ouvidos com as mãos.

O Sr. Gordon entra no ginásio junto com o vice-diretor e o Sr. Taylor. Estou tão estressada que não consigo nem imaginar como o Sr. Taylor está bonito, com sua calça preta justa e a camisa de botões cor de carvão. Seu crachá está pendurado no cordão em volta do pescoço, balançando para frente e para trás enquanto ele anda. Ele para ao lado do Sr. Gordon, então tanto ele quanto o vice-diretor flanqueiam o homem.

doce dandelion

O que está acontecendo?

Ele começa a falar e eu alcanço a mão de Ansel, a apertando com toda força.

Ouço palavras como *atirador ativo.*

Nenhuma vítima relatada.

Lesões mínimas.

A polícia está cuidando disso.

Vocês estão seguros.

Mas nós não estamos seguros. Está acontecendo de novo. Em uma escola a apenas poucos quilômetros daqui. Está acontecendo *o tempo todo, porra, e ninguém está fazendo nada para impedir.*

Por que eles não se importam?

Por que eles não vão nos salvar?

Sinto que vou vomitar.

— Se alguém quiser falar com o Sr. Taylor sobre isso, seu escritório está sempre disponível para você passar lá ou agendar para vê-lo durante o dia. À luz desses eventos recentes, o conselho escolar decidiu começar as férias mais cedo. Este será o último dia de vocês.

Ele começa a falar sobre outras coisas, mas meus ouvidos estão zumbindo, tornando impossível ouvi-lo.

Acho que Ansel diz meu nome, mas sinto que vou vomitar.

De alguma forma, consigo ficar de pé.

Se eu pudesse correr, o faria, mas saio mancando de lá o mais rápido que posso antes de passar mal na frente de toda a escola.

Irrompo pelas portas do corredor, procurando o banheiro mais próximo. Sei que há um perto.

— Meadows, você está bem? — A voz de Ansel está bem ao meu lado, cheia de preocupação.

Batendo a mão na minha boca, nego com a cabeça.

— Dani.

Fecho os olhos.

Sr. Taylor.

— Deixa comigo — ele diz para Ansel, enquanto desço outro corredor, misericordiosamente avistando um banheiro. — Eu vou cuidar dela.

Tropeçando no banheiro feminino, desabo na primeira cabine, esvaziando meu estômago.

A presença do Sr. Taylor paira atrás de mim enquanto ele abaixa seu corpo, agachando-se. Sua grande mão pressiona minhas costas.

— Dani — ele murmura, esfregando círculos tranquilizantes.

— Vá embora — choramingo, meu estômago se contraindo enquanto procura por qualquer outra coisa que possa esvaziar no banheiro.

— Não vou a lugar nenhum. — Sua voz é severa atrás de mim.

Vomito, arfando, mas nada mais surge. Afastando o cabelo dos olhos, digo a ele novamente:

— *Vá embora.*

— Não.

— Asno teimoso. — Tento empurrar seu braço de cima de mim, mas não consigo alcançá-lo.

— Eu queria te dizer antes que o Sr. Gordon convocasse a assembleia, mas ele não me deixou.

Dou a descarga e não tenho energia para protestar quando ele me ajuda a ficar de pé. Lavando as mãos e o rosto, quase dou um sorriso quando ele enfia a mão no bolso, passando-me uma bala de hortelã como as que ele guarda ao lado da cama.

Rasgo o embrulho e coloco na minha boca. Não é uma escova de dentes, mas vai ter que servir.

A parte de trás de seu dedo indicador segue a curva da minha bochecha antes de colocar meu cabelo atrás da orelha. Quando ele pisca para mim, surpreso, percebo que ele não queria fazer isso.

A porta abre e fecha para o banheiro.

— Ah. — Uma garota se assusta ao ver o Sr. Taylor. — Desculpe, vou para outro lugar.

— Não, está tudo bem. A Srta. Meadows está vindo ao meu escritório.

— Estou?

Ele me dá um olhar.

— Estou — esclareço.

Caminhamos lado a lado até seu escritório e me jogo sem cerimônia no sofá de dois lugares. Não estou com a minha mochila, já que ficou na sala de arte, mas acho que posso pegá-la mais tarde.

Sr. Taylor puxa sua cadeira para fora e ao redor da mesa, se sentando na minha frente. Inclinando-se para frente, aperta as mãos, soltando um suspiro. Esfregando as mãos nervosamente na calça, ele me observa, sem saber o que dizer. Eu também não sei, e o silêncio reina.

Depois de sólidos cinco minutos, ele implora:

— Diga alguma coisa. Eu quero te ajudar, mas não sei como.

— Essa é a coisa — sussurro, tirando meu olhar da janela. — Não há nada que você possa fazer para ajudar. Você pode parecer o Super-Homem, mas não é ele. Não pode salvar o mundo, não pode me salvar, não pode impedir que pessoas más façam coisas ruins.

Seu rosto se contorce de frustração.

— Tem que haver alguma coisa — implora. — Fala comigo, por favor.

— O que você quer que eu diga? — rebato. — Que escutar aquilo foi como levar um tiro de novo? Que a memória dos gritos ecoou na minha cabeça, que eu senti a umidade quente do sangue embaixo de mim, que odeio tanto a porra da cor vermelha e está em toda parte nesta maldita escola? — Minha voz se eleva a um grito, graças a Deus o escritório dele fica neste corredor solitário.

Ele empalidece, seus punhos abrindo e fechando como se estivesse tendo dificuldade em não me tocar.

— Tanto mal existe no mundo — continuo, minha voz abaixando para um sussurro suave —, mas também há o bem, eu sei disso, o problema é quando os mocinhos não fazem *nada* para parar os vilões. O tiroteio na minha escola não mudou nada e esse também não vai. Não estou tentando ser cética, apenas realista. E sabe de uma coisa? É enlouquecedor viver em um mundo onde as nossas vidas são tão pouco valorizadas e, se algo te traz mesmo que um pouco de felicidade, é de alguma forma errado. — Ele sabe que estou falando sobre ele agora, posso ver em seus olhos. — Torna-se egoísta querer uma coisa que é *sua*.

— Dani...

Eu me sento, cruzando os braços sobre o peito.

— Fale com o Sr. Gordon, ou quem for necessário, quero ir para casa. Quero que meu irmão venha me buscar.

Ele me encara por um longo momento, sua mandíbula trabalhando para frente e para trás.

— Ok — finalmente diz, ficando de pé. Sua cadeira balança para frente e para trás em sua ausência, rangendo levemente.

Ele dá a volta na mesa, pegando o telefone com fio preto. Mal ouço suas palavras enquanto ele fala com o escritório.

Quando desliga, ele me diz que estão ligando para Sage.

— Minha mochila está na sala de artes. — Ainda não consigo olhar para ele, não quero que ele veja a raiva fervendo dentro de mim, pronta para explodir. Não estou brava com ele, então não quero que me interprete mal.

Porra, estou tão furiosa com as pessoas que têm o poder de fazer uma mudança, mas não dão a mínima.

Somos todos um bando de ovelhas indefesas, quer você perceba ou não.

O suspiro que ele exala é triste, tingido com um pouco de frustração.

— Vou buscá-la para você.

— Eu mesma posso pegar.

Outro suspiro, este ainda mais pesado de frustração. Forço-me a olhar para ele, os dedos de sua mão esquerda estão em seu quadril e ele esfrega a testa com a direita.

— Eu disse que vou buscar, Dani. Você… fique aqui sentada.

Ele gesticula para eu ficar e sai, a porta se fechando um pouco alto demais.

Deitada no sofá, olho para o teto revivendo o medo novamente, o que experimentei há um ano está fresco para todos aqueles alunos a apenas alguns quilômetros de distância.

— *Nunca pensei que algo assim aconteceria aqui.* — Escutei tantas pessoas dizerem isso após o tiroteio.

Acho que isso é parte do problema, a ingenuidade humana de que onde quer que você esteja é seguro, mas tudo pode acontecer com qualquer um, em qualquer lugar. Nem estou tentando ser uma pessoa negativa, como minha mãe diria, é apenas a maldita verdade.

Colocando minhas mãos no peito, bato meus dedos impacientemente, esperando o Sr. Taylor retornar. Há mais de uma sala de artes, mas, como ele não pediu detalhes, não os dei.

O telefone em seu escritório toca e, mesmo que eu não devesse, coloco minhas pernas no chão e me levanto para atender.

— Escritório do Sr. Taylor — respondo.

— Hum… o Sr. Taylor está aí?

— Ele saiu por um momento.

— Ah… ok. É Dandelion Meadows?

— Primeira e única.

Os papéis se misturam ao fundo.

— Hum, sim, nós conseguimos falar com seu irmão. Ele disse que está saindo do trabalho agora para te pegar.

— Obrigada.

— Uhum. Tenha um bom-dia.

— Sim, você também. — Desligo o telefone quando o Sr. Taylor entra na sala, com a minha mochila pendurada na mão. Eu me pergunto o que

doce dandelion 253

ele acha dos emblemas na frente. Há um girassol, um Post Malone rabiscado e alguns outros aleatórios.

— Por que você estava no telefone? — Seus olhos se estreitam quando ele coloca a bolsa no chão.

— Escritório ligou. — Saio de trás de sua mesa e, como a sala não é a maior, nos coloca quase peito contra peito. — Meu irmão estará aqui em breve.

Ele abaixa o queixo. Seus olhos são piscinas escuras rodopiantes.

— Fale comigo.

— Eu já falei.

Ele balança a cabeça, discordando, a mandíbula tensa. Suas mãos vão para seus quadris e tento ignorar as veias em seus antebraços.

— Não o suficiente, Dani. Você me dá pedaços antes de se desligar. Estou me esforçando pra caralho para te ajudar, mas não posso, se tudo o que você me dá são migalhas. — Ele levanta e abaixa as mãos.

— Como quem você está tentando me ajudar? — rebato.

— Hã? — Ele pisca para mim.

Inclino minha cabeça para o lado.

— Como Sr. Taylor ou como Lachlan?

— A-Ambos — ele gagueja.

Balanço a cabeça para frente e para trás, dando um pequeno passo para longe dele. Tenho que me afastar do cheiro inebriante de sua colônia para que eu possa pensar direito.

— Eu gostaria de poder te dar mais, te contar tudo, mas quando eu mal consigo entender meus pensamentos... — Paro, envolvendo meus braços em volta de mim. — Já estou te dando tudo o que tenho, pouco a pouco, eu estou *tentando* e isso precisa ser o suficiente.

Suas feições suavizam e ele estica as mãos em minha direção antes de deixar seus braços caírem para os lados com uma expressão cabisbaixa quando percebe onde estamos e que ele não pode me tocar assim.

Toques inocentes não deveriam importar, mas quando há sentimentos reais por trás deles é que se torna um problema.

— Vou esperar lá na frente. — Eu me abaixo, pegando a mochila que ele colocou no chão momentos antes.

— Está frio.

— Vou esperar do lado de dentro.

Ele solta um suspiro frustrado.

— Deixe-me esperar com você, então.

— Por quê? — retruco, meu tom mais sarcástico do que eu pretendia que fosse. — Se fosse qualquer outro estudante, você se ofereceria para esperar comigo?

Ele empalidece ligeiramente, seus lábios entreabertos.

— E-eu não sei.

Pelo menos é uma resposta honesta.

Soltando um suspiro, alcanço a maçaneta da porta atrás de mim.

— Eu sou uma garota crescida, Sr. Taylor. Vou ficar bem.

Há um olhar aflito em seu rosto e, se ele percebe ou não, estica a mão para mim novamente.

Virando-me, deixo a porta se fechar atrás de mim.

Caminho pelos corredores vazios, esperando em frente às enormes portas e janelas para a visão do Maxima de Sage aparecer.

Quando isso acontece, corro para fora, entrando em seu carro quente, deixando meu corpo derreter nos assentos aquecidos.

Sage parece preocupado, e quando as primeiras palavras que ele pronuncia são "sinto muito", sei que contaram a ele sobre a outra escola, ou ele viu na TV.

Olho pela janela, fingindo não ver a forma alta parada do lado de fora, mãos nos bolsos, sem casaco.

— Eu também.

capítulo 43

Sou pega de surpresa quando Sage estaciona do outro lado da rua da Watchtower. Ele estaciona o carro, deixando o motor ligado, e olha para mim com uma expressão terna.

— Acho que essa é a sua coisa com Ansel — faz uma careta para o nome —, mas pensei que poderíamos tomar um café antes de ir para casa.

Dando um aceno lento com a cabeça, alcanço a maçaneta.

Atravessamos a rua, fazendo nosso pedido.

— Devemos nos sentar?

Mais uma vez, dou-lhe um aceno de cabeça.

Ele me deixa escolher a mesa. Apesar de ser o meio do dia, muitas já estão ocupadas.

Enquanto ele espera pelo nosso pedido, eu me sento, batendo os dedos contra a mesa laqueada.

Um dos trabalhadores regulares entrega a ele as bebidas e pisca um sorriso em minha direção com um aceno.

Sage coloca as xícaras na mesa, puxando a cadeira na minha frente.

Ele esfrega a mão no rosto, pegando sua xícara de café e tomando um gole. Colocando-o de volta no lugar, envolve os longos dedos ao redor dele.

— Eu nem sei o que dizer, D.

— Você não pode mudar o que aconteceu hoje. — Levo o canudo aos lábios, tomando meu chá de boba. — O mal existe e nós temos que lidar com ele. — Correndo meus dedos pelo cabelo emaranhado pelo vento, respiro. — Eu... não estava esperando por isso. Eu deveria, mas... não poderia prever que isso aconteceria de novo tão perto.

Sage se encolhe.

— Poderia tão facilmente ter sido na minha nova escola. Quais são as chances? — Solto uma risada sem humor. — Não é justo, e sei que o ditado é que *a vida não é justa*, mas algumas coisas deveriam ser, sabe? —

Os lábios de Sage apertam, mas ele fica quieto, me deixando falar. — Eu deveria ser capaz de entrar na escola sem medo. Não deveria ter que olhar por cima do ombro, imaginando se algum cretino com uma arma está à espreita na próxima esquina. Não deveria ter medo de espaços apertados ou cômodos sem janelas. Mas esse medo mora dentro de mim e de tantos outros, e no final das contas isso não importa. Nós não importamos.

— Você é importante para mim — Sage sussurra, estendendo a mão e colocando sobre a minha.

Viro a palma da mão para cima e aperto a dele.

— Eu sei.

Nenhum de nós diz isso, mas, quando olho nos olhos do meu irmão, tão perto da sombra dos meus, sei que nós dois estamos pensando a mesma coisa.

Se isso bastasse.

Sage me deixa no condomínio. Ele tem que voltar ao trabalho depois de uma ligação que recebeu no caminho de volta. Eu poderia dizer que ele estava irritado, mas ele não lhes disse para irem se ferrar. Em vez disso, obedeceu como um bom pequeno servo.

Entro no espaço vazio como de costume, acendendo as luzes ao andar.

Odiando o silêncio assustador mais do que o habitual, coloco minha música e pego uma muda de roupa, atravessando o corredor até o banheiro.

Ligando a água, espero que ela vaporize o cômodo antes de tirar minhas roupas sujas e jogá-las no cesto quase cheio. Já que Sage teve que voltar ao trabalho, eu poderia lavar a roupa assim que sair.

Qualquer coisa para me manter ocupada e minha mente distraída.

Entro no chuveiro com box de vidro, deixando o spray molhar meu corpo e cabelo. De pé sob o chuveiro, vejo a água descer pelo ralo. Flexionando os dedos dos pés, pintados de uma cor rosa quente chamada *Em PolvoRosa*, meus pensamentos vagam para o Sr. Taylor.

Lachlan.

Por mais que eu tente, ele é Lachlan para mim.

Eu o afastei hoje por autopreservação, mas ainda me sinto uma babaca. Eu poderia ter sido mais legal, ele estava apenas tentando me ajudar e me fazer falar, mas precisava que ele se machucasse tanto quanto eu estava machucada.

A água quente cai em cascata ao meu redor, rapidamente enrugando meus dedos. Por mais que eu queira ficar aqui por uma hora, sei que não é a melhor ideia. Pego meu xampu perfumado de pêssego, esguichando um pouco na mão antes de ensaboar o cabelo. Não demora muito para que a espuma esteja rodando pelo ralo e eu esteja condicionando os fios. Enquanto o condicionador está no meu cabelo, pego minha bucha amarela e a passo com meu sabonete líquido. Esfrego bem cada centímetro do meu corpo, tentando lavar a sensação nojenta de hoje, mas não demoro muito para perceber que nada vai fazer tal milagre.

Enxaguando meu cabelo e corpo, saio, enrolando uma toalha fofa em volta de mim.

Minha pele e meu cabelo molhados pingam no tapete em frente à pia, mas sou a única que usa este banheiro, então não importa se ficar úmido.

Limpando a condensação do espelho, me inclino para frente, cutucando a pele sob meus olhos e minhas bochechas. Eu pareço exausta e sei que a combinação das notícias de hoje com o meu pouco sono já me arrasou. Se eu tiver sorte, posso cochilar antes que Sage chegue em casa.

Seco meu cabelo um pouco para que ele não fique pingando nas minhas costas e coloco as roupas que trouxe aqui comigo. Sufocando um bocejo, pego o cesto de roupa suja e o carrego para a pequena lavanderia afastada da cozinha. Carrego minhas roupas e começo o ciclo, movendo as de Sage da secadora para uma cesta, colocando-as em seu quarto.

É um pouco mais tarde quando há uma batida na porta.

Exalo um suspiro pesado, imaginando quem poderia ser. Nós nunca recebemos visitas, a menos que o entregador conte, e eu não pedi comida.

Ficando na ponta dos pés, espio pelo olho mágico, um pequeno suspiro saindo dos meus lábios quando vejo Lachlan do outro lado.

Descendo em meus pés, mordo meu lábio inferior enquanto ele bate mais uma vez.

Colocando a palma da mão na porta, eu me equilibro e abro.

Ele limpa a garganta sem jeito.

— Eu… seu irmão está aqui? — Ele aponta para dentro. — Eu queria verificar você depois de hoje.

— Ele não está, mas e se estivesse? Você não deveria estar aqui — sibilo, olhando para o corredor como se Sage pudesse aparecer magicamente.

Ele passa os dedos pelos cabelos em um gesto agitado.

— Eu queria ver se você estava ok.

— Como você sabe que é aqui que eu moro? — Ele nunca esteve no meu apartamento antes, então não há como saber.

— Perguntei lá embaixo.

— E eles te contaram? — Arqueio uma sobrancelha, ainda de pé entre a porta e a parede, bloqueando sua entrada.

— Sim.

Eu bufo.

— A segurança é bem frouxa então, hein?

Ele solta um suspiro.

— Dani, por favor, não estou aqui para discutir com você ou me fazer parecer um idiota ainda maior. Queria te ver e perguntar como você está. Isso é tudo. — Ele me olha e aceno com a cabeça.

Empurrando a porta mais aberta, silenciosamente o convido a entrar.

— Sage não vai voltar por mais algumas horas, eu suspeito, mas você tem cinco minutos. Eu quero comer um pouco de pipoca e tirar uma soneca.

Cruzando os braços sobre o peito, dou a ele um olhar desafiador enquanto ele está ocupado observando o apartamento.

— Cinco minutos é o suficiente. — Ele finalmente abaixa a cabeça e pisca para mim. Meu cabelo está em um coque bagunçado em cima da cabeça, minha calça de moletom está solta e folgada, um velho par de Sage, de quando ele tinha a minha idade, e minha camiseta está solta, mas é óbvio que não estou usando sutiã.

— Quer pipoca? — pergunto, porque eu poderia muito bem tentar ser educada.

Nem sei por que estou com raiva dele — não, nem mesmo com raiva, apenas irritada.

— Estou bem.

— Você que sabe.

Abro o armário, ficando na ponta dos pés para alcançar a caixa vermelha, mas então Lachlan está lá de repente, seu corpo grande e quente atrás de mim. Coloca a mão no meu quadril, se esticando e pegando a caixa com facilidade. Ele se afasta, segurando-a para mim.

— Obrigada. — Minha gratidão é inexistente em meu tom quando a arranco dele.

Ele limpa a garganta, afastando-se desajeitadamente, para se apoiar na coluna que leva à cozinha. Ele provavelmente está percebendo quão perto nossos corpos estavam e que, embora Sage possa não estar aqui, este definitivamente não é o lugar para testarmos os nossos limites.

Retiro a aba de papelão, puxando a pipoca embrulhada em plástico. Enquanto meus dedos fazem um trabalho rápido para livrar o pacote de pipoca do plástico, olho para o homem alto e imponente ocupando espaço na cozinha. Foi há mais de uma semana que eu dormi em seus braços, e não quero nada mais além de que ele os envolva ao meu redor agora, me abrace forte, mas eu ouvi o que ele disse e, posso ser jovem, mas não sou estúpida. Embora não me importe com a nossa diferença de idade, ou nossas posições, realmente me importo que alguém descubra e isso o machuque. Se ele perdesse o emprego por minha causa, eu nunca me perdoaria.

— É melhor você começar a falar. Seus cinco minutos já começaram. — Eu me viro, abrindo o micro-ondas para colocar o pacote dentro. Aperto o botão e o aparelho ganha vida com energia enquanto me viro de volta, de frente para Lachlan.

Sr. Taylor, Sr. Taylor, Sr. Taylor, entoo silenciosamente na minha cabeça. *Ele não é Lachlan para você. Não mais, e ele nunca deveria ter sido.*

Estou com as mãos atrás de mim no balcão, olhando diretamente para ele.

Ele olha de volta com uma teimosia em sua mandíbula e aquelas sobrancelhas escuras apertadas.

Inclinando minha cabeça para o lado, decido esperá-lo.

Depois de mais um minuto, ele sopra uma rajada de ar, passando os dedos pelos cabelos escuros. Há uma teimosia em seus lábios quando olha para mim, mas ele nega com a cabeça.

— Eu queria ver se você estava bem, acho.

— Acha? — Arqueio uma sobrancelha, movendo meus braços para cruzá-los sobre o peito. — Você tem meu número. Poderia ter me mandado uma mensagem.

— *Ver*, Dani. Eu queria ver se você estava bem. Com meus próprios olhos. Eu me senti impotente pra caralho hoje. Não sei o que fazer ou dizer para melhorar isso para você.

Molho os lábios, desviando o olhar dele.

— Você não pode fazer nada disso, ninguém pode — admito, com uma respiração suave. — O que eu preciso você não pode me dar. — Meu tom é triste e, se ele continuar parado ali, tenho medo de começar a chorar, e realmente não quero. Quero comer minha pipoca e tirar uma soneca... me esconder desse mundo odioso por um tempinho.

Ele dá um passo à frente antes de se parar. Sua mandíbula tremula, as mãos se abrindo e fechando em seus lados.

— Diga-me de qualquer maneira, diga-me do que você precisa.

Torço meus lábios para um lado e para o outro, mas sei que não vou ser capaz de guardar as palavras para mim mesma.

— Ser abraçada — minha voz falha —, confortada, compreendida, *amada*. Estar lá faz toda a diferença, porque muitas vezes as palavras não são suficientes, é de ação que eu preciso.

Leva a ele mais dois de seus passos firmes antes que esteja na minha frente. Um segundo e seus braços estão ao meu redor. Um batimento cardíaco e seus lábios estão beijando o topo da minha cabeça.

Atrás de nós, sinto o cheiro da pipoca queimando enquanto estoura, mas não me importo. Não quero mais a pipoca, mas definitivamente quero Lachlan, mesmo que não devesse.

Ele enfia minha cabeça sob seu pescoço. Pressionando meu ouvido em seu peito, sinto as batidas constantes de seu coração. Tão sólido, tão seguro. Tão forte e poderoso quanto ele. O cheiro de sua colônia e algo mais que é exclusivamente dele enche meus pulmões enquanto o inspiro.

Fiquei irritada quando o vi parado do lado de fora da porta, mas agora estou mais do que feliz por ele estar aqui.

— Eu vou te abraçar — murmura, contra o topo da minha cabeça, seu abraço apertado. — Eu vou te abraçar enquanto eu puder.

— Para todo o sempre. — Aperto a parte de trás de sua camisa em minhas mãos, estremecendo com a admissão do quanto eu realmente o quero. — Eu quero que você me abrace assim todos os dias pelo resto da eternidade.

— Dani...

— Shh — murmuro. — Eu sei.

Mas deixe-me sonhar.

Ele me balança um pouco para frente e para trás. O micro-ondas apita atrás de nós, me lembrando de que não desliguei.

— Sua pipoca. — Ele começa a me soltar, mas envolvo os braços mais apertados em torno de seu torso. Deus, eu poderia viver nos braços deste homem.

— Eu não me importo com a maldita pipoca.

Ele solta uma pequena risada, me abraçando novamente.

Estou louca para ficar na ponta dos pés e beijá-lo, mas sei que não posso. Isso me mata um pouco por dentro. Mas tê-lo me segurando alivia um pouco da dor que encheu meu corpo hoje desde que descobri a notícia.

doce dandelion

Eu decido, já que ele veio aqui e tudo, compartilhar alguns dos meus pensamentos. É um "obrigada" sem usar essa palavra.

— Ouvir o que aconteceu hoje me lembrou muito daquele dia. Como um dia pode começar tão normal e de repente se tornar algo completamente diferente. É uma quebra de ingenuidade e, mesmo que eu já tenha vivido isso, me senti confortável aqui. — Suas mãos flexionam ao meu lado. — Este foi um lembrete de que o conforto é uma ilusão. Qualquer momento pode ser o último.

— Você tem permissão para se sentir confortável, Dani. — Sua voz ressoa contra mim.

— Não parece assim. — Soltei uma risada sem humor. — Odeio que todas as pessoas naquela escola tiveram sua ingenuidade tirada deles também. Às vezes, é melhor permanecer no escuro.

Inclino minha cabeça, olhando para ele. Minhas palavras me lembram do que ele disse. Ele deve estar pensando a mesma coisa, porque seus olhos me fitam tristemente.

— Você é uma pessoa forte, Dani. Espero que saiba disso.

Suas palavras significam muito, mas nego com a cabeça.

— Eu realmente não sou.

— Acredite em mim, você é. — Ele pressiona os lábios com ternura na minha testa. — Eu preciso ir — sussurra, com uma voz dolorida.

— Eu sei.

Mas eu o seguro, ele me segura e nenhum de nós solta.

A abertura e o fechamento da porta horas depois me desperta de um cochilo profundo no sofá. Enterrada sob uma pilha de cobertores, eu me sento, esfregando meus olhos cansados.

— Ei — resmungo, com uma voz cheia de sono. — Que horas são?

— Oito — ele murmura, seus dedos fazendo um trabalho rápido nos botões de seu sobretudo. — O chefe me obrigou a ficar até mais tarde por ter que sair.

Meu queixo cai.

— Você está de sacanagem.

— Gostaria de estar. — Ele esfrega o queixo. — Que cheiro é esse? Algo está pegando fogo? — Ele começa a procurar a origem do cheiro.

— Queimei pipoca mais cedo.

Ele abre um sorriso.

— Tem que tirar antes que o micro-ondas termine, D.

— Sim, sim, eu sei. O que há com seu chefe? Achei que ele estava tranquilo quando você teve que sair para ficar comigo no hospital?

— Também achei. — Seu suspiro ondula fora dele, que começa a desabotoar a camisa. — Aparentemente, eles estão me dando o inferno por isso agora.

Empurrando os cobertores de cima de mim, imploro a ele novamente.

— Sage, *por favor*, se demita. Você pode encontrar algo melhor do que isso. Você é inteligente, um ativo valioso. Qualquer empresa teria sorte em te ter. Você não tem que aturar essa merda.

— É um trabalho — ele retruca. — É assim mesmo.

— Sim, um trabalho em que você passa a maior parte do seu tempo. Aquele que te deixa infeliz. Como isso é justo?

— Eu não vou continuar tendo essa discussão com você — avisa, apontando para mim. — Estou *bem*.

— Que seja. — Solto um suspiro, sem vontade de ficar com dor de cabeça discutindo com ele. Além disso, senti falta dele e estou feliz por ele estar em casa. — Eu não comi. Devo pedir alguma coisa?

Ele esfrega os lábios.

— Vá em frente. Eu também não comi.

Eu o observo andar pelo corredor.

Ele não está cansado dessa monotonia? Ele vai trabalhar, odeia isso, chega em casa, toma banho, pede comida, lava, enxagua e, porra, repete tudo.

Eu amo meu irmão e ele merece mais do que isso.

Fazendo o pedido, ouço o chuveiro ligar.

Vai demorar trinta minutos antes que a comida seja entregue, então me deito no sofá. Pegando o controle remoto, passo pelos canais, parando em um antigo episódio do Cartoon Network de *Três Espiãs Demais*.

Colocando as mãos sob a cabeça, assisto ao programa até a comida chegar. Sage *ainda* está no chuveiro, porque eu juro que ele está tentando queimar a pele. Ou pelo menos livrar-se de todos os vestígios de trabalho. Eu gostaria que ele se abrisse para mim e falasse sobre o porquê realmente não se demite. Sei que tem que ser algo mais, nada ruim, mas é como se ele estivesse com medo de ir para outro lugar.

Pegando a comida do entregador, que já me reconhece neste momento, puxo todas as caixas para viagem do restaurante da rua, abrindo a tampa dos nachos que pedi. Por alguma razão eu tenho desejado eles. Pego um chip, colocando-o na boca.

— Mmm — eu gemo, é tão bom quanto eu esperava que fosse. — Tão gostoso — falo para mim mesma, fazendo um pouco de dança feliz para garantir.

Preparo um prato de nachos e levo a caixa para viagem com um cheeseburger até o sofá. Estou morrendo de fome e não vou esperar por Sage.

Só comi um quarto do meu hambúrguer quando ele finalmente se junta a mim. Pega sua comida e se senta ao meu lado, jogando os pés em cima da mesa de café. Ele não abaixa as pernas agora como às vezes faz, como se pudesse ouvir a mãe repreendendo-o.

Ele dá uma mordida no hambúrguer que pedi para ele, um pouco de molho de churrasco manchando seu lábio, e o limpa. Depois de engolir, ele me diz em um tom suave e culpado:

— Sinto muito por ter que voltar ao trabalho hoje.

Dou um pequeno encolher de ombros. Eu não queria ficar sozinha, mas não ia implorar para ele ficar. Lachlan parar aqui na verdade ajudou um pouco.

— Está tudo bem.

— Não está. — Ele inclina seu corpo para mim. — Toda vez que me viro, estou fazendo a coisa errada. Não é como se você precisasse voltar para casa para viver esse inferno. O que aconteceu hoje foi horrível pra caralho, D, e sei que você provavelmente não vai parar de pensar nisso e eu... deixei você.

— Por favor, não se sinta culpado.

Sage já carrega muita preocupação e culpa.

Ele abaixa os pés para o chão e se inclina para frente, colocando o recipiente de isopor sobre a mesa.

— Eu não posso deixar de me sentir desse jeito. Assim que saí daqui, me senti o maior pedaço de merda de todos os tempos, mas sabia que, se não fosse, provavelmente seria demitido.

— Não quero bater na mesma tecla ou qualquer coisa, mas se demita.

Ele ri, mas não há um traço de humor nisso.

— Talvez eu vá. — Minhas sobrancelhas disparam para cima em surpresa, já que ele estava discutindo há pouco sobre isso ser um trabalho e com o que ele tinha que lidar com isso. — Estava pensando durante o banho — admite, cruzando os braços sobre o peito. — Acho que me agarrei tanto a este trabalho porque queria que alguma coisa permanecesse o mesmo quando todo o resto fosse diferente, mas é estúpido pra caralho continuar fazendo isso comigo mesmo.

— É mesmo. — Mastigo outro nacho.

Ele move os lábios para frente e para trás.

— Acho que vou dar o aviso prévio e procurar outra coisa. Eu mereço mais do que isso e você também. Você precisa de um irmão que esteja aqui contigo e eu não tenho estado.

— Sage — digo com tristeza —, você fez o melhor que pode.

Ele sorri para mim, também triste, mas há um brilho em seus olhos — uma excitação.

— Mas eu posso fazer mais.

Quando ele abre um sorriso, meu coração se sente um pouquinho melhor.

capítulo 44

No próximo dia, Sage entra no apartamento xingando baixinho. A porta se fecha com uma pancada atrás dele e olho para cima do sofá onde estava enrolada com o último livro que Lachlan me emprestou.

— O que há de errado? — Empurro tudo de mim, correndo para o lado dele, pensando que talvez ele esteja ferido ou algo assim.

Ele saiu para o trabalho há mais de uma hora e certamente se estivesse ferido iria para o hospital, não voltaria para casa. Mas pode estar doente.

Ele joga as mãos para cima.

— Dei o aviso prévio e fui demitido. Estúpido, fodido, pomposo, *imbecil!* — Ele se enfurece, empurrando a correspondência do dia anterior do balcão da cozinha. Agarrando o balcão, ofega em respirações rasas. — Crescer é uma porra de uma armadilha. Não faça isso, Erva.

— Tudo vai ficar bem.

Ele aperta os lábios.

— Vai ficar — repete, depois de um momento —, mas agora estou puto pra caralho. — Colocando as mãos nos quadris, ele inclina a cabeça para o lado. — Vou me trocar e vamos para algum lugar.

Olho pela janela para os flocos de neve.

— Mas está frio.

Sage revira os olhos.

— Você age como se nunca tivesse vivido o inverno. — Ele começa a descer o corredor, gritando atrás de si: — Vá se trocar.

Olho para a minha calça e casaco de moletom, franzindo a testa. Não quero me vestir com roupas "reais". Quero estar confortável e ficar aqui. Mas sei que Sage não vai descansar até me tirar de casa.

Fechando-me no meu quarto, visto jeans, um suéter pesado e botas de inverno. Sage já está na porta da frente, enfiando os braços no casaco. Pego o meu, fazendo o mesmo.

— Onde estamos indo? — questiono, quando entramos no corredor.
— Nenhuma ideia. — Ele sorri, um sorriso completamente tonto. — Essa é a beleza disso.

— Não é incrível? — solto, saindo do museu de arte para o ar frio.
— É... alguma coisa. — A resposta de Sage é esperada.
Bato em seu braço com o cotovelo.
— Vamos, é incrível. Eu não posso acreditar que você nunca visitou.
Ele abre um pequeno sorriso.
— Não sou exatamente um conhecedor de arte. Como você sabia sobre esse lugar?
— Ansel...
Ele levanta uma das mãos.
— Não diga mais nada.
Eu rio, subindo em seu carro.
— Você não tem nada para se preocupar quando se trata de Ansel. Ele é meu amigo, só isso.
Ele desliza atrás do volante, ligando o motor.
— Você pode me dizer isso o quanto quiser, mas ele ainda é um cara e ainda tem um pênis.
Reviro os olhos.
— Irmãos.
— Irmãs.
Trocamos sorrisos idênticos. Quando ele se afasta, eu digo:
— Você já pensou em ver um conselheiro? — Estou com uma lista de Lachlan no meu telefone para sugerir a Sage. Também desisti de tentar me forçar a pensar nele apenas como o Sr. Taylor. Ele é Lachlan para mim e nada pode mudar isso. Nem mesmo se fosse a coisa mais inteligente.
— Não muito — admite, com uma careta. — Acho que tenho tempo agora, estando desempregado e tudo. Provavelmente seria uma boa ideia, hein? — Ele olha para mim para garantir.
— Eu não queria falar com nenhum dos meus, mas o Sr. Taylor realmente ajudou.

doce dandelion

Apesar da minha paixão por ele, e que se tornou mais, acho mesmo que ser forçada a vê-lo cinco dias por semana me ajudou a derrubar as paredes que ergui para proteger a mim mesma, meus pensamentos e meus medos. Eu o conheci e isso torna mais fácil compartilhar as coisas.

— Eu acho que vou — ele fala suavemente, como se, ao não falar alto, não fosse tão assustador.

— Eu... uh... tenho uma lista de conselheiros que o Sr. Taylor sugeriu... para depois que eu me formar. — Rapidamente minto quando suas sobrancelhas se erguem, imaginando que será mais fácil de engolir se ele acreditar que a lista é para mim.

— Ah, beleza. Me passe depois.

— Eu vou.

Olhando pela janela, olho para os prédios pelos quais passamos. As cores do tijolo e da pedra se misturam, ocasionalmente quebradas por um grafite.

— Perdida em pensamentos? — pergunta, depois de alguns minutos.

Nego com a cabeça.

— Alegremente vazia no momento.

Quando seus olhos se movem do trânsito para mim, sei que ele acha que estou mentindo, especialmente com o que aconteceu ontem.

Com certeza ele diz:

— Tem certeza disso?

Estou quieta.

— Sim — finalmente digo. Também não é mentira, eu me deixei levar e não tinha nada na cabeça, mas agora tenho.

— Devemos parar para tomar um café antes de irmos para casa?

— Sim. — Chego para a frente, ajustando a ventilação. — Isso seria bom.

Depois de passar pela Watchtower, nós finalmente voltamos ao condomínio.

— Vou assistir a um filme — anuncia. — Quer se juntar a mim?

— Não. — Nego com a cabeça. — Eu tenho dever de casa.

Mesmo que as aulas tenham sido canceladas levando às férias, eu ainda tinha coisas que estavam por fazer e tenho certeza de que serão esperadas no dia em que voltarmos.

— Eu ia assistir Transformers — ele cantarola, citando um de seus favoritos de infância que me deixou viciada em um verão, quando ele estava cansado de assistir aos filmes da Barbie que eu continuava pedindo.

— De verdade, tenho coisas para terminar.

— Ok. — Ele pega o controle remoto, caindo no sofá.

Levo meu *dolce latte* de canela do Starbucks comigo de volta para o quarto. Desenterrando meus livros e bloco de tarefas, leio o que me resta fazer. Com um suspiro, me acomodo na cama e começo a trabalhar, periodicamente tomando um gole de café. O apartamento é pequeno o suficiente para que eu ouça o filme rolando ao fundo, mas não sinto vontade de colocar música para abafar o som disso.

Algumas horas depois, todo o meu dever de casa está completo e Sage enfia a cabeça na porta.

— Meus amigos me convidaram para tomar uma cerveja. Está tudo bem com você se eu for?

— Não me importo. Você dificilmente precisa da minha permissão.

— Eu queria perguntar. Não parecia certo sair sem dizer alguma coisa. Você ficará bem?

— Estou bem, Capim.

Ele ri.

— Ok, ok. Eu vou sair.

Guardo as coisas da escola, enfiando a mochila no fundo do armário, já que não vou precisar dela por duas semanas.

— Tchau! — Sage grita, um momento antes de a porta se fechar.

Desde que ele se foi, vasculho o armário do corredor, procurando a árvore artificial que ele costumava ter... eu sei que existe, porque vi fotos dela quando ele as enviava para a mamãe.

Localizo-a alojada no canto, levando-a para a sala de estar. Estou feliz que estava lá, porque o único outro lugar que eu poderia pensar em olhar seria o armário do quarto dele e eu não vou olhar lá. Sua cueca fedorenta pode estar por lá. Não, obrigada.

Uma parte de mim se preocupa se devo esperar por Sage, que isso deva ser algo que façamos juntos. A culpa me incomoda, pensando nos Natais da nossa infância quando nós três decorávamos juntos e bebíamos chocolate quente com músicas de Natal tocando ao fundo.

Meu telefone vibra, invadindo meus pensamentos.

> Sasha: Estão realizando uma cerimônia à luz de velas para os alunos e professores que foram feridos ontem. Eu vou. Quer ir tb?

doce dandelion

Eu congelo, lendo seu texto repetidamente. Não há nada de errado com o que ela diz, só que é mais um lembrete de tudo o que estou tentando superar. Ansel saberia que não deveria me perguntar se eu gostaria de ir, mas não Sasha, porque eu não compartilhei essa parte importante de mim com ela.

> Eu: Não.

> Sasha: K.

Uma simples letra "k" como sua única resposta serve para me irritar por algum motivo. Não posso nem identificar o que é que me incomoda tanto. Acho que está parecendo que tudo de ruim que aconteceu ontem, que aconteceu em outras escolas, locais de culto, cinemas, e assim por diante, está de alguma forma simplificado em uma letra insignificante.

Jogo meu telefone no sofá, afastando-o de mim antes que eu fique brava o suficiente para tacá-lo na parede.

Com Sage ou sem Sage, estou atacando esta árvore esta noite.

Sem chocolate quente ou música de Natal para me ajudar, eu terminei a árvore, enfeitando-a com luzes coloridas, penduricalhos e ornamentos de segunda mão que nossa mãe lhe deu quando se mudou para sua própria casa.

Um filme passa na TV agora, mas mal estou prestando atenção.

Quando a porta finalmente se abre, já passa das onze da noite. Não é tão tarde no grande esquema das coisas, mas para Sage pode muito bem ser cinco da manhã.

— Ei — chamo, enquanto ele tranca.

Ele entra na sala, sorrindo para a árvore.

— Você montou a árvore. — Aponta para ela. Seus olhos caem para o punhado de presentes modestamente embrulhados embaixo dela de coisas que eu encomendei para ele.

— Sim, precisava ser mais natalino.

Ele joga as chaves no balcão com um barulho.

— Eu deveria ter colocado no começo do mês.

— Bem, você não fez isso — afirmo simplesmente. — Então eu fiz.

— O que você está assistindo? — pergunta, batendo levemente em meus pés para que eu os tire da mesa de centro e o deixe passar. Não é como se ele pudesse ir passar pela frente da mesa de café ou algo assim.

— Um filme brega de Natal na TV — admito. — Não tenho prestado muita atenção, mas aposto qualquer coisa com você que provavelmente há um cara da cidade de coração frio namorando uma garota de lá. Então, a garota da cidade fica presa em uma cidadezinha remota do interior e se apaixona por um cara que ganha a vida fazendo molho ranch ou vendendo cavalos de balanço. Ah, provavelmente há um cachorro também. E o cara da cidade perde a garota no final.

Ele ri abertamente, negando com a cabeça para mim.

— Ah, Dani. Molho ranch, hein?

— Quero dizer, é provável. Ah, e tecnicamente você seria o garoto de coração frio da cidade, trabalhando com computadores e tudo mais.

Ele arqueia uma sobrancelha.

— Recebo pontos de bônus por me demitir? Bem, por ser demitido — ele emenda.

Penso por um momento.

— Claro, eu acho. Mas, convenhamos, você é um nerd e vai conseguir outro emprego com computadores. Só não se esqueça de como falar com as meninas. Eu gostaria de algumas sobrinhas ou sobrinhos algum dia.

Juro que ele se engasga com a própria saliva.

— Retire isso. Não quero nem pensar em crianças agora. Sou novo demais.

— Você vai fazer vinte e seis em breve — eu o lembro.

Ele me dá uma expressão horrorizada como se tivesse me pego chutando um cachorrinho ou algo assim.

— Sim, e isso é muito jovem pra caralho para pensar em crianças, Dandelion. — Ele estremece… estremece de verdade, todo o seu corpo tremendo, e faz algum tipo de ruído estranho com os lábios.

Isso é muito divertido para mim agora. Eu sorrio, me sentindo mais leve do que me senti desde a notícia de ontem.

— Eu poderia tomar conta deles.

Ele salta para uma posição de pé.

doce dandelion

— Cala a boca, cala a boca, cala a boca — cantarola, se afastando com as mãos frouxamente sobre os ouvidos. — Não quero ouvir nenhuma dessas bobagens. — Abro a boca e ele realmente grita, então enfia os dedos nos ouvidos. — La, la, la. Não consigo te ouvir.

Ele desaparece no corredor para seu quarto e eu realmente presto atenção no filme desta vez. Acontece que o cara não ganha a vida com molho ranch, mas é um produtor de leite. Perto o suficiente.

capítulo 45

Balançando o bloco de desenho sobre os joelhos, movo o lápis para frente e para trás, deixando as linhas simples que estava desenhando se transformarem em uma borboleta-monarca.

Sei que meus esboços não são nada comparados à bela arte que Ansel faz, mas há uma paz que encontro em deixar minha mente vagar, minha mão me guiando. Levando-me para alguns lugares surpreendentes.

Quando acho que o desenho está o mais próximo possível da perfeição, fecho o bloco, deixando-o de lado na minha cama desarrumada. Com a escola parada e Sage em casa, passei a maior parte do tempo me escondendo debaixo das cobertas da cama, me perdendo em novas histórias ou criando arte.

Saindo do meu quarto na ponta dos pés, espio a sala de estar e encontro Sage assistindo esportes.

— Ei — ele fala quando me vê. — Quer ir a algum lugar?

Olho para a pilha de presentes embaixo da árvore, mais cheia do que na noite em que a coloquei, contendo coisas que Sage comprou para mim e outras que nossa família enviou. Há até um embrulho em papel preto com um laço prata de Ansel, que ele me deu quando veio jantar uma noite. Sage nem mesmo resmungou... muito.

— Não, eu estou bem aqui.

— Sério, talvez eu possa conseguir ingressos para uma peça ou algo assim. — Ele franze o nariz.

Rindo, envolvo meus braços em mim mesma.

— Mesmo se pudesse conseguir alguma coisa na véspera de Natal, você nem gosta desse tipo de coisa.

— Podemos ir ao cinema? — sugere, se iluminando.

Penso no espaço escuro e fechado.

— Não, eu estou bem, sério. Só vou pegar um refrigerante.

doce dandelion

— Você que sabe.

Da geladeira, pego uma Fanta de uva. Culpo o Ansel por me viciar. Bebi uma no Dia de Ação de Graças, mas a obsessão realmente não começou até que ele parou aqui na outra noite e trouxe uma caixa inteira, deixando-a quando saiu. Agora, elas são minhas e não me canso disso.

Batendo meu quadril contra a porta da geladeira, ela se fecha. Sage solta uma risada quando viro a esquina, balançando a cabeça.

— D, você vai ter que parar com o refrigerante ou eu vou ter que correr até a loja de conveniência e comprar mais.

Eu me ilumino.

— Você poderia? Só me resta um.

Ele suspira, estreitando os lábios, mas acaba abrindo um sorriso.

— Claro, eu não me importaria de pegar alguns lanches e comida. Precisamos do suficiente para passar os próximos dois dias com tanta coisa fechada.

— Você tem razão — concordo, inclinando a lata em sua direção.

Entrando no meu quarto, eu o ouço se mexer, murmurando sobre onde está sua carteira.

Sentada na minha cama mais uma vez, cruzo as pernas debaixo do corpo. Meu telefone acende debaixo do cobertor e tenho que cavar para localizá-lo.

Quando o faço, estou mais do que um pouco surpresa ao encontrar o nome de Lachlan olhando para mim. Não tivemos nenhuma comunicação desde o dia em que ele apareceu aqui.

> Lachlan: O que você está fazendo?

> Eu: Nada. Por quê?

> Lachlan: Alguma chance de você aparecer aqui?

Mordiscando meu lábio inferior, ouço Sage colocando seu casaco.

— Estarei de volta em pouco tempo — ele grita, a porta se fechando por trás de si.

Hesito por mais um segundo antes de responder.

> Eu: Estarei aí daqui a pouco.

Saltando da cama, deixo a lata de refrigerante fechada na mesa de cabeceira. Olhando para o meu pijama, sei que me trocar é uma obrigação. Puxo um par de jeans e uma velha camisa do Led Zeppelin que comprei em um brechó com Lachlan em mente. Passando uma escova pelas mechas emaranhadas, enfio os pés nos tênis, deixando um recado rápido para Sage sobre estar na casa de Taylor por alguns minutos, caso ele volte mais cedo do que eu esperava, e saio correndo pela porta, mas não antes de voltar para pegar o presente embrulhado para ele que escondi na gaveta da minha mesa.

Mais uma vez, não me incomodo em esperar o elevador, optando por subir as escadas. Eu gostaria de poder tirar a expressão boba do meu rosto. Não deveria me fazer tão ridiculamente feliz vê-lo. Mas não importa o quanto eu tente, Lachlan é sempre mais do que apenas o meu orientador.

Alcançando sua porta, levo um segundo para recuperar o fôlego antes de bater.

Ela se abre apenas um segundo depois, como se ele estivesse esperando por mim.

O largo sorriso branco em seu rosto me faz pensar que ele está tão tonto quanto eu. Não passou nem uma semana direito separados, mas agimos como se já tivessem passado meses desde que nos vimos.

Digo a mim mesma que não deveria fazer isso, mas não importa, já que não sou boa em me ouvir de qualquer maneira, e a próxima coisa que sei é que meus braços estão em volta do pescoço dele e estou abraçando-o como se a minha vida dependesse disso.

Ele enterra o rosto no meu pescoço, inalando meu cheiro. Eu poderia até jurar que ele murmura *"finalmente"* baixinho, mas está me puxando para dentro tão rápido, deixando a porta se fechar, que não posso ter certeza.

Me soltando, ele dá um passo para trás e limpa a garganta.

— Como você tem estado?

— Ok — respondo, com um sorriso, quando Zeppelin corre em minha direção, balançando o rabo tão rapidamente que quase derruba uma lâmpada. Eu me abaixo, esfregando as bochechas do monstro, deixando-o me lamber. — Também senti sua falta, amigo.

Levantando-se, Lachlan aponta para mim em surpresa. Bem, não para mim especificamente, mas para o que eu visto.

— Bela camisa.

— Sim, um cara velho parece gostar deles, então decidi dar uma olhada. Eles não são ruins.

Algo pisca em seu rosto e eu gostaria de poder retirar minhas palavras. Quis dizer isso em tom de brincadeira, mas sei que a última coisa que ele precisa é de um lembrete da diferença de idade entre nós.

— Você quer algo para beber? — pergunta, esfregando o queixo barbudo.

— Uh…

— Eu fiz biscoitos também.

— Biscoitos? — Levanto uma sobrancelha. — Eu posso ser tentada por alguns biscoitos. Que tipo?

— Limão.

— Claro, vou provar um. — Dou de ombros, deslizando em uma das banquetas. Coloco o presente no balcão ao meu lado. Ele pega literalmente uma boleira, que deixa seus biscoitos em exibição. — Você fez isso? — desabafo, surpresa.

— Sim. — Ele levanta a cúpula de vidro, permitindo-me pegar um.

— Você cozinha e assa? — Mexo o biscoito entre nós. — Arrasou, Martha Stewart.

Ele balança a cabeça para mim, negando, seus lábios se curvando no mais ínfimo dos sorrisos enquanto espera que eu dê uma mordida.

Eu faço, apenas uma mordidela no início. Cantarolando, cubro a boca caso as migalhas caiam.

— Isso está delicioso.

Ele ri, apoiando os braços no balcão na minha frente.

— Você pode pegar outro antes de ir.

— Que tal todos eles? — negocio.

Ele aperta os lábios para esconder um sorriso.

Olhando em volta, noto a árvore colocada no canto — muito mais bonita do que tudo de segunda mão de Sage. Alguns presentes estão embaixo e é aí que me lembro dele me dizendo que sua família estava vindo visitar.

— Eu deveria estar aqui? — sussurro, ainda segurando metade de um biscoito na mão. — Sua família não está aqui? — Olho em volta, como se eles fossem pular de trás do sofá ou de um armário para gritar: — Surpresa!

Ele dá a volta no balcão da cozinha, parando ao meu lado.

— Não, eles vêm amanhã.

Terminando meu biscoito, solto um suspiro.

— Por que você me pediu para vir?

Seus olhos vão para o presente pousado em sua bancada de granito.

— Tenho algo para você. Parece que nós dois fizemos isso. — Ele levanta a mão para eu esperar onde estou. Ele corre até a árvore e pega dois pequenos pacotes embrulhados para presente abaixo. Ele volta, entregando-os para mim.

Eu os pego gentilmente, sorrindo com o quão bem embrulhados estão. Os bonecos de neve sorriem alegremente para mim e pequenos pinguins dançam no gelo. Eu esperava algo mais viril, como papel xadrez, mas gosto que isso reflita seu lado brincalhão.

Deslizando seu presente, ele o pega, segurando-o delicadamente entre as mãos grandes.

Mordo meu lábio nervosamente, me sentindo boba agora pelo que comprei. Foi um capricho total, mas quando vi o anúncio on-line sabia que era o presente mais perfeito de todos para ele. Não estava esperando nada em troca, mas estou mais do que um pouco animada para ver o que o lembrou de mim.

— Um, dois, três — ele faz a contagem regressiva e nós dois rasgamos nossos presentes.

O meu primeiro revela uma minicâmera verde que imprime fotos.

— Eu vi isso e me lembrei de você por algum motivo — explica, com um encolher de ombros hesitante.

— Eu acho incrível. — Ele olha para a caixa de papelão simples em suas mãos. — Vamos, tire isso — encorajo, ansiosa para ver o que ele pensa.

Com um sorriso, ele o faz, puxando o dispositivo de metal.

— O qu... — Ele começa a perguntar, então vê a folha com isso e o adesivo do que exatamente o dispositivo de metal faz.

— É um carimbo — explico, embora provavelmente não seja necessário. — Percebi que você sempre escrevia seu nome nos livros. Agora, você pode usar isso. — Dou um toquinho nele, já ansiosa para ver seus livros impressos com as bordas arredondadas e seu nome cuidadosamente embutido nele.

— Este livro pertence a Lachlan Matthew Taylor — ele lê o que eu tinha escrito, para que possa usá-lo para marcar as páginas de título dos livros que possui. — Dani, isso é... acho que nunca recebi um presente tão atencioso.

Dou de ombros, como se não fosse grande coisa, mas por dentro estou me sentindo tonta por ele amar tanto.

— Você tem mais um — ele me lembra, sacudindo os dedos para a caixa ainda embrulhada nas minhas mãos, a outra depositada no balcão.

doce dandelion

— Ah, certo.

Retiro o papel, revelando um e-reader novinho em folha, também verde.

— Eu queria conseguir os dois amarelos — explica. — Sei que é a sua cor favorita, mas não consegui, então espero que o verde venha em segundo lugar.

— Como você sabe que amarelo é a minha cor favorita?

— Você sempre usa e, mesmo que não possa vê-lo, sempre posso sentir seu sol.

Ele não sabe, mas suas palavras me atingem com força.

Ele é o sol, eu sou a chuva, mas não somos nenhum arco-íris juntos. Não há final feliz para nós. Como pode haver? Quero muito que haja, e continuo insistindo e insistindo, porque não posso ficar longe. Anseio pela proximidade dele, porque... bem, ele é o sol e eu preciso dele. Mas as verdades ainda permanecem.

Minha idade.

Sua posição.

Isso poderia arruinar nós dois.

Ele deve notar a tristeza em meus olhos e me interpreta mal.

— Não quero que você pense que não pode pegar meus livros emprestados, não é por isso que comprei para você, mas achei que poderia abrir seus olhos para outros livros que nem eu li. — Ele abre um sorriso. — Você poderia me dar algumas recomendações algum dia.

— Sim, talvez. — Esfrego o dedo sobre a embalagem laranja que abriga meu novo e-reader. Estou tentando afastar meus pensamentos melancólicos. Eles não têm que se meter aqui, azedando este momento com ele, porque mesmo que meu instinto me diga que não há uma cerca branca esperando por nós no nosso futuro, isso não significa que eu não queira aproveitar o agora e o que quer que seja que isso me traga. — Muito obrigada por isso, significa muito.

Seu sorriso é torto, quase brincalhão. Isso o faz parecer mais jovem do que seus quase trinta anos.

— E obrigado por isso. — Ele segura o carimbo. — Acho que tenho uma desculpa para comprar mais livros agora, hein?

Olho para a pilha crescente ao lado de seu suporte de TV.

— Não tenho certeza se você precisa de uma.

Seus olhos seguem o meu olhar.

— Acho que você está certa.

O silêncio cai entre nós e balanço as pernas para frente e para trás, sem saber o que fazer ou dizer.

Ele torce os lábios como se estivesse pensando a mesma coisa. Depois da nossa última conversa sobre as complicações e implicações do que estamos fazendo, não quero pressioná-lo, nem mesmo quando eu quero beijá-lo.

Estou tentando ser adulta, ser responsável. Mas é difícil.

— E-eu deveria ir — finalmente falo, pulando para baixo.

Meu movimento parece tirá-lo de algum tipo de transe.

— Sim, obrigado por ter vindo. — Ele diz isso com tanta facilidade, como se eu estivesse parando para pedir açúcar emprestado, não para ele dar um presente de Natal para sua aluna.

Pego meus presentes, embalando-os em meus braços e valorizando-os mais do que ele pode imaginar.

Ele me acompanha até a porta, Zeppelin cheirando meus calcanhares. Abrindo-a, ele espera que eu passe. Eu me viro e olho para ele.

— Feliz Natal.

— Feliz Natal, Lachlan — sussurro de volta, meu coração se apertando.

Outro meio-sorriso depois, ele fecha a porta.

Volto para o apartamento com meus presentes e, quando Sage retorna com Fanta de uva, guloseimas e comida para viagem suficiente para uma semana, digo a ele que subitamente não estou me sentindo bem.

Também não é totalmente uma mentira.

capítulo 46

Na hora do almoço no dia de Natal, todos os presentes estão desembrulhados, o papel cuidadosamente colocado na lata de lixo. Isso faz restar apenas nós dois, no apartamento muito silencioso que é surpreendentemente solitário, apesar das duas almas que residem lá dentro.

Sage passa pelos canais da TV, estalando a língua enquanto o faz. Às vezes, ele para em um por alguns segundos antes de seguir em frente; em outras, alguns minutos se passam antes que o inevitável acionamento do botão aconteça.

— Você quer escolher alguma coisa? — pergunta de repente, segurando o controle remoto para mim.

— Claro. — Eu poderia tentar, porque ele parece incapaz de escolher. Acabo colocando em *Esqueceram de Mim*. É um clássico.

Agarrando um cobertor, subo no sofá de onde estava sentada no chão, brincando com o tablet de artista que ele me deu, usando o aspecto de caligrafia dele.

Sage se recosta nas almofadas, apoiando o cotovelo no braço do sofá e a lateral do rosto na palma da mão aberta.

Parece que até no Natal vamos gastar nosso tempo fazendo o que costumamos fazer quando estamos juntos. Comendo e assistindo TV. Não é como se alguma coisa estivesse aberta, mas mesmo que estivesse eu não gostaria de ir.

Tecnicamente, este é o nosso segundo Natal sem a mamãe. Mas eu ainda estava no hospital no ano passado, então acho que nenhum de nós notou, por mais horrível que pareça. Lembro-me de Sage montando uma miniárvore de Natal no meu quarto. Não tenho certeza se era permitido, mas ninguém disse a ele para tirar de lá também.

Meu telefone vibra com mensagens de texto rolando de meus amigos e familiares me desejando um feliz Natal. Sou egoísta o suficiente para ter ignorado todos eles. No entanto, enviei a Ansel um agradecimento pela peça incrível que ele me fez... uma flor, um dente-de-leão, para ser específica, feita de pedaços de madeira como a arte que eu tanto admirava no museu quando ele me levou pela primeira vez.

Quando o filme termina, nenhum de nós se move para começar o próximo.

— Sage? — hesito em perguntar.

Ele vira a cabeça na minha direção.

— Sim? — Seu olhar é cético.

— Por que você não tem uma namorada?

Sua testa franze.

— O que faria você perguntar isso?

Estalo meus dedos preguiçosamente.

— Você namorou antes, no ensino médio e na faculdade, mas não agora.

Ele esfrega a parte de trás de sua cabeça.

— Não tive tempo, acho — admite, quase confuso. — Você sabe o quão infernal tem sido o trabalho. Não havia o suficiente de mim para dar. Por quê? — sonda de novo, perguntando-se por que entrei nessa repentina linha de pensamento.

— Eu estava pensando em como é tranquilo com apenas nós dois aqui.

— Sim — reflete, olhando ao redor com tristeza. — Nunca me incomodou antes, porém, quando era só eu, mas pensar em você indo para a faculdade... eu não gosto da ideia de estar aqui sozinho de novo.

— Sage — digo seu nome lentamente. — Eu não vou para a faculdade.

Seus olhos se arregalam, quase parecendo horrorizados.

— Mas você se candidatou. Eu ajudei você a enviar os formulários. Eu...

Levanto a mão, silenciando sua divagação.

— Eu te disse especificamente que enviaria inscrições, mas não tinha certeza se eu iria. Ainda não quero ir, Sage. Isso não vai mudar quando eu precisar aceitar.

— Dani... — ele começa. — Faculdade... é o que você deveria fazer.

— O que eu deveria fazer e o que quero fazer são duas coisas muito diferentes. Posso não saber exatamente o que quero, mas sei que ir para a faculdade nesse momento não é uma opção para mim.

Sua boca abre e fecha, sua respiração acelerando.

— Não fique bravo — imploro. A última coisa que quero fazer é brigar com meu irmão no Natal. Francamente, não quero brigar com ele nenhum dia, mas em um feriado é especialmente horrível.

doce dandelion

— Eu não estou... bravo. — Mas a maneira como ele cospe a última palavra me faz pensar o contrário. — Eu estou... — Ele enfia os dedos pelo cabelo. — Mamãe queria que você fosse para a faculdade. Isso é o que ela esperava e queria para você. Se você não for... é estúpido, mas sinto que estou falhando com ela.

Balanço a cabeça rapidamente para os lados.

— Sage, não. As coisas são diferentes agora. Esse era o meu plano também naquela época, mas o tiroteio, a morte da mamãe... fez com que a minha vida tomasse um rumo diferente. Não estou dizendo que nunca irei para a faculdade, mas não vou agora. Não quero mais ser advogada e preciso de tempo para descobrir quem sou e onde me encaixo no mundo.

— Bem — ele solta um suspiro —, eu sei de uma coisa com certeza.

— O que é?

— Não importa qual caminho alternativo você tome, ou as escolhas que faça, você sempre será Dandelion Meadows. Eu te amo, Erva.

Eu me movo, deitando a cabeça em seu ombro.

— Também te amo, Capim.

Nós entrelaçamos nossos dedos mindinhos, uma promessa silenciosa de ficarmos juntos no que vier pela frente.

Lachlan pode ser o homem com quem eu faço a maioria das promessas de dedo mindinho agora, mas Sage é quem as ensinou para mim, e meu irmão nunca quebrou uma.

Espero que Lachlan também não.

capítulo 47

Ansel e eu andamos de braço dado pela rua do condomínio, indo para uma loja de arte próxima que abriu recentemente. Ele deu a entender que queria dar uma olhada e, como é tão perto, optamos por caminhar assim que ele chegou aqui, apesar do meu ódio absoluto pelo frio.

— Não posso acreditar que deixei você me convencer disso. — Estremeço com a temperatura, apertando meu braço no seu.

Ele se aproxima de mim também.

— Não está tão frio, Meadows. Pare de ser um bebê. Estamos quase lá. Estamos a apenas dois quarteirões do condomínio. Teria sido bobagem dirigir.

Dou a ele um olhar que diz que discordo totalmente dessa afirmação.

— Uau, não é o Sr. Taylor?

Olho para frente, para onde ele está apontando com a mão livre.

— Quem? — deixo escapar, sentindo o sangue correr para o meu rosto como se tivesse sido pega fazendo algo que não deveria.

— Senhor Taylor, o orientador — acrescenta, ainda apontando.

Quando olho, sei sem dúvida que é Lachlan andando com seu urso de estimação. Mas aperto os olhos de qualquer maneira.

— Ah, sim, parece. Ele mora no meu prédio — deixo sair casualmente, esperando que minha voz não esteja tremendo como acho que está.

A cabeça de Ansel vira na minha direção.

— Mentira?

À medida que nos aproximamos do cruzamento, reconheço as três figuras andando perto dele pelas fotos em seu escritório.

Uma coisa é ver sua família em fotos, outra é vê-los pessoalmente. Sinto minha saliva ficar alojada na garganta, tudo porque eu provavelmente estou me sentindo parecida com Lachlan no dia em que ele me encontrou com Sage. Vê-lo com sua família é um lembrete de como, se fôssemos descobertos pelo que fizemos, não seriam apenas nossas vidas que poderiam ser afetadas. Nossa família saberia e isso os machucaria imensamente.

doce dandelion

Sei o momento em que Lachlan me vê, porque a conversa casual que estava mantendo com seu pai é abruptamente interrompida.

Não é realmente uma surpresa, nós nos encontrarmos.

Ansel e eu diminuímos o passo, assim como Lachlan, o que força sua família a fazer o mesmo.

Ainda não contei ao meu amigo que passo meu período diário com o Sr. Taylor. Posso ter contado a ele o que aconteceu na minha antiga escola, mas parecia muito embaraçoso compartilhar esse fato com ele. Além disso, estou preocupada que, se ele descobrir, pode começar a perceber que gosto um pouco demais do orientador da escola.

Lachlan limpa a garganta, e tento não notar como ele fica bem em seu casaco de inverno justo e um gorro cinza.

— Oi, Ansel. Oi, Dani.

— Oi, Sr. Taylor — Ansel é quem responde.

Dou um aceno desajeitado, esperando que nenhum deles perceba a familiaridade com que Zeppelin se esfrega em mim.

— Mãe, pai, Isla, esses são dois alunos da escola em que trabalho.

— Ah — sua mãe se ilumina —, prazer em conhecer vocês dois.

Ela estende uma das mãos com luva vermelha para cada um de nós. Ela é linda, seu cabelo escuro com mechas prateadas e linhas de sorriso ao lado dos olhos. Seu pai é igualmente bonito, uma versão mais velha do próprio Lachlan com um sorriso encantador e óculos. Isla é linda, e tenho que dar uma cotovelada em Ansel por praticamente babar ao vê-la. Suas tranças castanho-escuras pendem de seus seios e suas bochechas estão tingidas de rosa por causa do frio no ar. Uma leve camada de sardas está espalhada na ponta de seu nariz.

— Sim, prazer em conhecê-los — finalmente encontro as palavras para responder.

Há um momento de hesitação antes de Lachlan dizer:

— Bem, vejo vocês depois das férias.

— Uhum, tchau, Sr. Taylor — Ansel responde.

Eles parecem estar alheios ao modo como Lachlan e eu mantemos contato visual por um tempo muito longo. Estamos na ponta dos pés em uma corda bamba, esperando que ela se parta a qualquer segundo.

Não enrolo meu braço no de Ansel novamente enquanto terminamos nossa caminhada até a loja de arte.

Uma vez lá dentro, Ansel parece que ganhou na loteria. Seus olhos azul-claros ficam grandes e redondos. Com um resmungo de:

— Eu vou te encontrar em um momento. — Ele desaparece por um dos corredores, e temo que nunca mais o veja ou tenha notícias dele.

Estou apenas meio que brincando.

A loja é enorme, bem maior do que eu esperava.

Existem fileiras e mais fileiras de diferentes pigmentos, tons pastéis e todas as coisas possíveis que você poderia precisar para criar alguma coisa.

Ouço um grito de alegria em algum lugar da loja e algo me diz que o barulho agudo é de Ansel.

Lutando contra um sorriso, pego um tubo de tinta a óleo, chocada com o custo. Sei que os suprimentos são caros, mas caramba, isso deve ser para os profissionais e eu só preciso das coisas básicas da escola.

Movendo-me para outro corredor, encontro prateleiras e mais prateleiras de blocos de desenho com diferentes texturas de papel. Há lápis, carvão, esfuminho, borrachas e muito mais.

É seguro dizer que esta é definitivamente a versão do céu de Ansel.

Eu o encontro eventualmente com os braços carregados de suprimentos.

— Você não está comprando nada? — pergunta, e nego com a cabeça em resposta. — Você que sabe.

Ele vai para o caixa e, depois de pagar várias centenas de dólares — não estou brincando —, nós voltamos para casa.

Ansel coloca as coisas na porta e pego uma Fanta de uva da geladeira para cada um de nós. Passando uma para ele, abro a tampa, sorrindo para o assobio satisfatório das bolhas.

— Onde seu irmão foi? — pergunta, olhando ao redor do apartamento vazio. Meu irmão estava aqui quando ele me pegou. Foi uma daquelas vezes que Sage foi um idiota e o fez vir aqui.

— Não faço ideia. — Dou de ombros, caindo no sofá. — Ele tem a liberdade de fazer o que quiser agora.

Ansel acena e se junta a mim, empurrando minhas pernas de brincadeira para abrir espaço.

— Ele não vai me matar e me cortar em pedaços quando voltar e me encontrar aqui, vai?

— Possivelmente. — Seus olhos se arregalam e empurro seu ombro. — Ele não vai, juro. Ele gosta de dificultar para você, mas está amolecendo.

Talvez.

Não realmente.

Mas Ansel não precisa saber disso.

doce dandelion

Meu amigo olha para mim com os olhos apertados.

— Eu quero acreditar em você, mas não consigo. — Ele engole um pouco de refrigerante.

— Você vai para a faculdade?

Ele recua, minha pergunta repentina pegando-o de surpresa. Mas depois da conversa que tive com meu irmão, fiquei curiosa para falar com o Ansel sobre isso. A arte é sua paixão, sua vida, o que ele pretende fazer?

Ele coça a nuca, me dando um olhar tímido.

— Eu não pensei muito sobre isso, para ser honesto. Sei que deveria. Meus pais querem que eu vá, eu me inscrevi, mas...

— Sim, é assim que me sinto.

Ele parece aliviado com isso.

— É uma droga ir contra a norma e o que as pessoas querem de você, mas a arte é minha vida. Eu quero criar. Quero tocar as pessoas com algo que eu faço. Não quero ser um professor de arte, que é o que meus pais me empurraram para fazer. — Ele toma outro gole do refrigerante, o líquido espirrando na lata. — As expectativas são uma merda fodida.

— Sim, elas são — sussurro em resposta. — Nós colocamos pressão suficiente sobre nós mesmos como está.

— Porra, essa conversa está me deixando triste. Coloque um filme ou algo assim antes que eu fique deprimido e construa um forte.

— Um forte? — Levanto uma sobrancelha.

Ele ri.

— Quando eu era criança, sempre que ficava triste ou com problemas, eu construía um forte. Não sei por quê.

Dou uma olhada nele.

— Estamos velhos demais para construir um forte?

Ele bufa.

— Você nunca é velho demais para construir um forte.

Duas horas depois, construímos um forte de um tamanho decente ao redor da TV, duas pizzas grandes foram entregues e acabamos com mais duas latas de refrigerante cada um — isso é um problema, eu sei.

— Seu irmão vai enlouquecer quando vir isso — Ansel comenta, olhando sobre todos os cobertores que usamos em cima de abajures e cadeiras para criar nosso esconderijo.

Eu rio, genuinamente rio, e me inclino contra o lado do meu melhor amigo, descansando minha cabeça em seu ombro.

— Não me importo com o que ele faz, esta é a coisa mais divertida que já tive em um tempo.

Ansel sorri, deixando sua cabeça tocar a minha.

— Meadows, não sei que magia trouxe você para a minha vida, mas estou feliz pra caralho por isso.

— Sim, eu também. — Alcanço sua mão, entrelaçando nossos dedos.

Não quero dizer isso de uma maneira romântica, e sei que Ansel entende que não tenho esses sentimentos por ele agora. Ele aperta minha mão e, ao mesmo tempo, nós dois nos deitamos em todos os travesseiros que pegamos de outros cômodos do apartamento para empilhar no chão. A mesa de centro está atualmente enfiada no meio do chão da cozinha.

O filme que colocamos continua a passar, uma das tampas da caixa de pizza aberta, mas nenhum de nós faz um movimento para fechá-la.

— Você sabe o que é louco, Meadows?

— O quê?

— Em poucos meses, estamos prestes a ser empurrados do ninho direto para a idade adulta sem uma rede de segurança para nos pegar. Espero que não morramos.

É a sua frase que me faz cair na gargalhada.

— Acho que é melhor praticarmos nossas técnicas de voo.

— Como suas asas estão funcionando no momento? — Ele aperta meu braço levemente com a mão oposta que não está segurando a minha.

Rolando minha cabeça em direção a ele, respondo honestamente:

— Elas não estavam trabalhando por um tempo, mas estão se consertando. Espero que sejam fortes o suficiente para me manter no ar.

Ele fica quieto por um momento, e então fala baixinho:

— Bem, se elas não forem, Meadows, eu vou ter que te carregar para onde você quiser ir.

Sorrio para mim mesma. De alguma forma, sei que ele vai mesmo.

capítulo 48

Muito em breve é véspera de Ano-Novo, com a escola começando apenas dois dias depois. Por que eles estão nos mandando de volta apenas para ter aulas quinta e sexta-feira está além de mim, mas tanto faz.

— Tem certeza de que não quer ir? — Sage me pergunta pela milésima vez, saindo do corredor vestindo um belo par de jeans e um suéter verde-esmeralda que torna seus olhos mais verdes que dourados.

— Positivo, não quero sair com seus amigos nerds de computador em uma churrascaria na véspera de Ano-Novo. Vou ficar bem aqui. Estou assistindo Jogos Vorazes. — Aponto para a TV, onde o filme passa. Eu li o livro no novo dispositivo de leitura que Lachlan me deu e agora estou obcecada. Já disse a ele que era uma leitura obrigatória.

— Por que você não queria sair com os seus amigos? — Ele ajusta as mangas de seu suéter.

Sasha está de volta e ela e Ansel vão à mesma festa hoje à noite, mas eu recusei. Depois da última vez, não estava interessada.

— Porque eu não queria — retruco, brincando. — Sério, vá, seja feliz, beba, beije uma estranha. Estou bem.

— Eu posso ficar na casa do meu amigo — avisa. Ele mencionou anteriormente que eles comeriam e voltariam para a casa de alguém chamado Simon. Honestamente, a informação entrou por um ouvido e saiu pelo outro, porque eu estava ocupada lendo. Lachlan criou um monstro.

— *Vai* — insisto. — Estou bem. Divirta-se. Mande uma mensagem se precisar ver como estou, mas, de verdade, estou bem aqui. — Eu me levanto e dou um abraço nele. — Você se preocupa demais, Capim.

— Você pode me culpar?

— Não — respondo com tristeza, forçando um sorriso. — Mas você ainda tem que viver.

— Sim, sim — ele concorda. — O dinheiro está no balcão, se quiser pedir alguma coisa, e as sobras estão na geladeira.

— Eu *sei*. — Rio.

Ele exala e começa a enrolar os braços no casaco.

— Tudo bem, estou indo. Eu te amo.

— Amo você também.

Eu o observo ir, sinceramente esperando que se divirta.

Desligando as luzes, me acomodo no sofá. Deitada de lado, apoio a cabeça no travesseiro. O brilho da árvore de Natal e da tela da TV faz o apartamento parecer mais aconchegante, embora eu sinta falta do forte de cobertores que Sage forçou Ansel e eu a remover prontamente quando chegou em casa no outro dia.

O segundo filme tem cerca de vinte minutos quando meu telefone vibra na mesa de centro.

Tiro meu braço para fora dos limites quentes do cobertor em que estou enfiada e o coloco perto.

> Lachlan: Feliz (quase) Ano-Novo.

> Eu: Obrigada, para você também.

Tento não sorrir para mim mesma, percebendo que, para me mandar uma mensagem, ele deve estar pensando em mim.

> Eu: Você está fazendo algo especial com sua família?

> Lachlan: Não, eles foram embora ontem. Estou aqui sozinho. Sou eu e o Zeppelin, como sempre. Você está fazendo algo divertido com o seu irmão?

> Eu: Ele saiu com os amigos. Provavelmente nem vai voltar para casa. Ele está sendo um cara normal de vinte e poucos anos por uma noite.

> Lachlan: Então você está sozinha também?

> Eu: Yuuup.

doce dandelion

As bolhinhas de resposta aparecem e depois desaparecem. Balançando a cabeça, desligo a tela e volto minha atenção para o filme. Alguns minutos se passam antes que meu telefone vibre novamente.

> Lachlan: Você poderia vir aqui se quisesse. Então nenhum de nós estaria sozinho.

Encaro sua mensagem com surpresa.

> Lachlan: Eu sei que disse que isso não poderia continuar acontecendo, mas sou um mentiroso do caralho, porque não posso ficar longe de você e, como o egoísta que sou, quero ver você. Sou muito babaca, eu sei.

> Eu: Tem certeza? Estou bem aqui, sério.

> Lachlan: Venha. Por favor.

Engulo em seco, desejando não querer ir tanto quanto quero.
Mas nós dois sabemos que não vou dizer não.

> Eu: Vou subir daqui a pouco.

Mergulhando do sofá, desligo a TV e corro para o meu quarto, depois para o banheiro. Vou de um lado para o outro, porque pareço uma bruxa e preciso me tornar apresentável. Uma hora depois, meu cabelo está enrolado, meu hálito está fresco e até me vesti com uma regata preta de renda, jeans preto e um salto. Estou preocupada que seja um pouco sexy demais, mas espero que o jeans dê uma amenizada.

Afofando meu cabelo encaracolado, coloco um *gloss* transparente nos lábios e esguicho um pouco de perfume no pulso.

— Você está sendo ridícula — murmuro para o meu reflexo, antes de desligar a luz. Agarrando meu telefone, vou em direção às escadas, desta vez pegando o elevador devido aos meus saltos.

Quando as portas se abrem, entro com algumas outras pessoas e aperto o botão do andar de cima. Se algum deles acha estranho, não diz uma palavra.

Um minuto depois, estou andando pelo corredor e batendo na porta dele.

Meu coração bate contra a gaiola que tentei tanto erguer ao redor dele. A que cai sempre que Lachlan está por perto. É ridículo como um coração pode ser inconstante. É um órgão tão traiçoeiro.

Leva um momento antes de a porta se abrir e, quando isso acontece, estou feliz pra caralho por ter me vestido. Seus olhos varrem sobre mim preguiçosamente, então mais uma vez para garantir. Ele está vestido mais casualmente do que eu, mas, como o vejo vestido todos os dias na escola, isso é bem-vindo. A calça jeans abraça suas coxas grossas como uma segunda pele e sua camiseta azul-clara está bem gasta, esticada no peito largo.

— Você está linda — ele sussurra, limpando a garganta como se não quisesse dar voz às palavras.

— Obrigada. — Minhas bochechas coram levemente. — Você não está tão ruim assim. Vai me convidar para entrar?

— Ah, sim. — Ele se afasta.

— Algo cheira incrível — murmuro, inalando o perfume celestial que emana de sua cozinha. — Onde está o Zeppelin?

Seus pés descalços andam até a cozinha e o sigo, pulando no topo de granito escuro. Balanço as pernas para a frente e para trás.

— Tenho que colocá-lo em sua caixa quando cozinho. Ele não fica de longe quando estou aqui e, depois de um quase acidente com um pouco de água fervendo, aprendi que era mais seguro colocá-lo para fora até que a comida estivesse preparada. Com fome?

— Morrendo de fome. — Eu não estava com nem um pouco de fome antes, até sentir o cheiro da comida. Mas agora meu estômago ronca como se um monstrinho vivesse lá. — O que é aquilo?

— Molho de espinafre e creme sobre costeletas de porco. Eu também fiz batatas e o pão está aquecendo. — Ele aponta para várias panelas e pratos.

— Você fez tudo isso para si mesmo?

Ele dá de ombros, triste.

— Eu moro sozinho, então quando faço alguma coisa, quero sobras para quando estou cansado demais para cozinhar.

— Bem, estou feliz que você está compartilhando comigo hoje, porque parece delicioso. — Bato em sua perna vestida de jeans com a ponta do meu salto de tiras.

— Está quase pronto, se quiser se sentar. — Ele aponta para a pequena mesa de jantar perto de sua sala de estar. Sage não tem mesa porque… bem, Sage é Sage e por que se incomodar quando você tem um sofá e um balcão.

doce dandelion

— Eu gosto mais daqui — admito, minha voz mais rouca do que eu pretendia, mas é isso que Lachlan faz comigo. Ele olha por cima do ombro para mim com um sorriso torto.

Algo parece diferente no ar esta noite entre nós.

Mais espesso.

Mais pesado.

Observo Lachlan terminar os últimos toques na refeição e então começo a colocar a mesa. Ele me ajuda nessa parte, me direcionando facilmente para onde guarda tudo nos armários e gavetas.

Cada um de nós leva seu prato para a mesa junto com dois copos de água.

— Você deve deixar o Zeppelin sair?

Ele nega com a cabeça, puxando uma cadeira para eu me sentar. Coro e pego a cadeira, deixando-o me empurrar para frente.

— Se eu fizer isso, ele só vai implorar por comida. Eu gostaria de jantar com outra pessoa para variar.

— Você não jantou com a sua família todas as noites enquanto eles estavam por aqui?

— Sim — ele se senta —, mas quero ter uma boa refeição com você.

Ah.

Cada um de nós corta as costeletas de porco e dou uma mordidinha. Geralmente não sou fã da carne.

— Ai, meu Deus! — grito de surpresa. — Isto está delicioso.

Ele ri, engolindo um pedaço de comida.

— Gostou?

— Tão gostoso. — Corto outro pedaço e como antes de provar uma batata. — Meu Deus, você é um cozinheiro incrível. — Não posso deixar de elogiá-lo, porque é merecido. — Tem certeza de que queria ser jogador de basquete e orientador foi seu plano B? Porque você, senhor, deveria ter sido um chef.

Ele ri do meu comentário.

— Eu te asseguro, não sou tão talentoso assim na cozinha. Eu me supero muito mais em outras coisas. — Seus olhos piscam e ele limpa a garganta, balançando a cabeça ligeiramente. — Mas estou muito feliz que você tenha gostado.

Dou uma mordida no pão de manteiga, mastigando e engolindo.

— Obrigada por me convidar. Eu estava bem ficando em casa e assistindo filmes, mas isso… isso é legal.

Ele levanta a cabeça do prato.

— Sim?

— Sim — ecoo.

Nós trocamos um pequeno sorriso, cheio de todas as coisas entre nós que estamos com muito medo de dar voz. Mas elas ainda existem lá, no espaço entre palavras e olhares, pensamentos e sons.

Quando nós dois estamos satisfeitos, ficamos na cozinha juntos, ele enxaguando os pratos enquanto os coloco em sua máquina de lavar louça.

Uma vez que a cozinha e a mesa estão limpas, ele volta para deixar o Zeppelin livre, e fico de pé na frente de sua janela, olhando para a vista. Fica apenas um andar acima do de Sage, então não é tão diferente, mas talvez seja a contagem regressiva do novo ano em questão de horas que faz as coisas parecerem tão diferentes.

— Para o que você está olhando?

Estremeço ao som de sua voz, rouca e quente, logo atrás de mim. O nariz molhado de Zeppelin cutuca minha mão antes de sua longa língua rosa deslizar para fora e lamber meus dedos. Dou uma risadinha antes de olhar para seu dono.

— Tempo.

— Tempo? — repete, com uma sobrancelha franzida. — Você está olhando para o tempo?

— Sim — sussurro, envolvendo meus braços em volta de mim. Seu apartamento está bastante quente, então não é como se meus braços nus estivessem frios, mas ele deve pensar que estou, porque, em um piscar de olhos, pega um cobertor de uma cadeira lateral e o coloca suavemente sobre os meus ombros. — Olha lá para fora — peço baixinho, tocando sua janela e deixando para trás minha impressão digital; uma prova para quando eu for embora de que estive aqui e algo existia neste espaço entre nós. — Está passando por nós.

— Aqui dentro também — ele sussurra, tocando meu cotovelo.

Virando-me da janela, para ele, estou convencida de que ele vai me beijar e, *meu Deus*, anseio demais pelo toque de seus lábios. Mas ele não beija. Em vez disso, entrelaça nossos dedos e me puxa para o sofá, colocando a TV em uma das várias contagens regressivas.

Curvando-me, tiro meus saltos e me enrolo no sofá com o corpo contra o dele.

Ele não diz nada, não tenta aumentar a distância. Seu braço descansa preguiçosamente ao redor do meu corpo como se isso fosse uma ocorrência diária — ele fazer o jantar e nós dois sentados juntos para assistir TV.

— Eu costumava sempre assistir ao replay da contagem regressiva em Nova York com a minha mãe — ofereço a informação. Nem parece que cacos de vidro estão cutucando minha garganta. — Aquele com Ryan Seacrest?

— Sei de qual você está falando. — Esfrega o polegar em círculos no meu ombro. — O que mais vocês faziam?

— Ela colocava lanchinhos, como queijo e bolachas, outros salgadinhos, e me deixava beber cidra com gás, e eu me achava muito crescida e sofisticada. — Dou uma risada suave com as memórias, quantas vezes provavelmente me fiz de boba pensando que estava bebendo álcool de verdade. — Sinto falta dela.

— Aposto que ela era incrível.

— Ela era, mas como você pode ter tanta certeza? — Inclino a cabeça para trás, observando sua mandíbula forte.

— Você é filha dela e acho que você é incrível, então ela teria que ser também. Posso colocar lá se você quiser. — Ele pega o controle remoto no sofá perto do Zeppelin.

— Não, quero fazer novas memórias.

Seus olhos azuis são chamas, devorando minha alma com um pequeno olhar.

Sua garganta balança, a língua desliza para umedecer os lábios.

— Bem — ele fala, depois de um momento. — Por novas memórias então.

capítulo 49

— Nós estamos a cinquenta e nove minutos da meia-noite e de um ano novo! — o locutor na TV proclama, um pouco metido demais em seu terno. — Estaremos de volta após este intervalo comercial.

Agarrando o controle remoto do colo de Lachlan, desligo a TV.

— O que você está fazendo? — Sua surpresa é evidente.

— Isso é chato. Vamos descobrir nossa própria maneira de tornar a próxima hora divertida. — Coro assim que as palavras saem da minha boca, percebendo o que parece que estou insinuando. — Você não tem música? Dance comigo, Lachlan.

— Eu não danço — ele resmunga.

De pé, agarro suas mãos.

— Você vai dançar comigo.

Ele suspira e me deixa forçá-lo a sair do sofá. Ele se eleva acima de mim e me sinto incrivelmente pequena. Ele é maior que tudo — o meu Super-Homem.

— Eu realmente sou um péssimo dançarino.

Seguro meu dedo mindinho.

— Promessa de mindinho que não vou contar a ninguém que você é péssimo dançarino.

Ele balança a cabeça, rindo, e enrola o dedo ao redor do meu.

— Você é demais.

— Eu sou tudo de bom — respondo, brincando.

Seus olhos se aprofundam na cor quando ele inclina o queixo para baixo.

— Sim, você é.

— Música?

Ele aponta para um alto-falante em sua cozinha que não percebi antes e me passa seu telefone desbloqueado para que eu possa usar seu aplicativo de música. Não demoro muito para encontrar o que quero e logo um remix mais lento de *Unsteady*, de X Ambassadors, está tocando.

doce dandelion

Os lábios de Lachlan se curvam e ele estende as mãos, encaixando uma na minha e a outra na minha cintura.

Eu me aproximo e dou um gritinho quando ele me puxa ainda mais para perto. Abaixando a cabeça no meu ouvido, ele sussurra rispidamente:

— Se vamos dançar, Dandelion, vamos fazer isso direito.

Suas palavras enviam um arrepio na minha espinha.

Nunca gostei de ser chamada pelo meu nome completo, exceto pela minha mãe, mas ouvir isso na língua de Lachlan me dá uma nova apreciação.

Nós balançamos para frente e para trás no meio de seu apartamento, meus pés amortecidos pelo tapete macio sob meus dedos. Zeppelin nos observa com um olhar divertido, para um cachorro de qualquer maneira. Sei que não é como se estivéssemos dançando como profissionais, mas isso ainda parece tudo.

— Por que você quer dançar? — murmura suavemente, nossos corpos tão próximos que sinto a vibração de suas cordas vocais por todo o meu corpo.

— Porque eu posso — sussurro. — Posso não ser capaz de correr, mas ainda posso fazer isso. Estou seguindo seu conselho e focando no que posso fazer. — Um olhar cruza seu rosto. — O quê? Me diga.

Ele balança a cabeça, negando, e seus lábios se curvam um pouquinho.

— Você não tem ideia do quão incrível você é.

— Sou mediana. Entediante. Definitivamente não incrível.

Seus lábios encontram a concha da minha orelha novamente.

— Isso é o que as pessoas mais brilhantes e notáveis sempre dizem. Confie em mim, Dani, você é incrível.

Suas palavras enchem meu corpo de calor, me encorajando a tomar o que quero.

Enquanto nos balançamos, meus dedos encontram sua nuca, deslizando em seu cabelo. Seus olhos se fecham por um segundo, mas é tudo que preciso.

Na ponta dos pés agora, eu o beijo. Parece que faz uma eternidade desde que fiz isso, mas sei que não é verdade. Mas não importa, porque meu corpo ainda reage como se fosse a primeira vez. Bolhas pulam e estouram no meu estômago, meu coração palpita como uma borboleta desesperada para se libertar. Espero que me afaste, mas ele não faz isso. Ele me puxa para mais perto, sua mão deslizando para baixo sobre meu quadril até que seus dedos basicamente se espalham sobre toda a minha bunda.

Seu abraço é apertado, como se estivesse segurando o que é dele.

Eu quero ser dele mais do que tudo.

Vou deixar ele me ter, tudo de mim, cada pensamento triste e feliz, cada emoção, meu corpo, meu coração. É dele para tomar posse.

Suas mãos seguram meu rosto, quase o engolindo em seu aperto, aprofundando o beijo. Ele me reivindica, sua língua e a minha se torcendo juntas.

— Por que tem que ser você? — sussurra rispidamente, movendo seus lábios sobre o meu rosto.

— Me beije — imploro, nem mesmo me importando se eu soar devassa.

Ele beija, nossa dança há muito esquecida, mas uma dança completamente nova começando a se desenrolar.

Suas mãos se movem pelo meu corpo, criando uma trilha que envia fogo se espalhando pelo meu corpo.

— Me toque — imploro. — Por favor. — Minha voz está dolorida de necessidade.

— Dani...

— *Por favor.*

Seu pronunciado "foda-se" é um estrondo profundo.

Uma de suas mãos se move do meu lado, para cima, para cima, para cima, até descansar sob a curva do meu pequeno seio.

— Lachlan — imploro, entre beijos. — Mais.

Seu polegar esfrega contra a protuberância sensível escondida sob o meu sutiã. Sua outra mão vai para as minhas costas, apertando o tecido entre seus dedos grandes. Pode ficar permanentemente enrugado após seu toque, mas eu não me importo. Ele pode arruinar minha camisa, ele pode me arruinar.

Nosso beijo se torna mais frenético, e o calor engrossa o ar até que juro que sinto a umidade na minha pele. Meus cotovelos descansam em seus ombros, minhas mãos segurando seu cabelo.

Seus lábios se movem pelo meu pescoço, fazendo-me arquear as costas em resposta. Meus quadris empurram contra os dele e não há como ignorar a dureza esticando seu jeans. O gemido que sai dos meus lábios deveria me envergonhar, mas me recuso a ficar envergonhada por sentir prazer.

— Vem aqui — ele rosna, agarrando a parte de trás das minhas coxas.

Dou um gritinho quando ele me pega como se eu não pesasse nada. Seus lábios descem sobre os meus mais uma vez, roubando o fôlego que eu mal estava começando a pegar.

Suas longas pernas contornam o sofá, me carregando pelo corredor. Ele bate na porta de seu quarto com o pé e em um piscar de olhos minhas costas atingem o colchão.

Seu grande corpo é um cobertor sobre o meu. Com seu aperto no meu pescoço, nossos lábios estão separados apenas por milímetros.

— Você é linda pra caralho.

— Me mostre.

Seus olhos brilham no quarto escuro, iluminado apenas pelas luzes que emanam do lado de fora.

— Dani...

— Me mostre — imploro, beijando seu queixo. — Me mostre. — Sua mandíbula. — Me mostre. — Sua bochecha. — *Me mostre.*

Seus olhos fitam profundamente os meus.

Procurando.

Vasculhando.

Encontrando.

A mão no meu pescoço vai para o meu rosto, e ele aperta minhas bochechas, não com força, mas possessivamente.

— Não tem mais volta disso. — Seu aperto afrouxa um pouco.

— Nós já não temos.

Ele pisca uma, duas, três vezes.

— Tem certeza?

— *Sim.*

Antes que ele possa pensar muito, envolvo uma perna ao redor de sua cintura, minha mão espalmada em seu peito, e uso todo o meu peso corporal para empurrá-lo até que esteja deitado na cama. Eu me sento em cima dele, rolando meus quadris contra os seus. Meu núcleo se aperta, meu corpo inteiro estremece com o que eu quero — *preciso.*

— Dani...

— Cala a porra da boca.

Abaixo a cabeça sobre a dele, meu cabelo varrendo para frente. Nosso beijo é abrasador, línguas emaranhadas com paixão e nosso desejo mal controlado.

Suas mãos agarram minha bunda com força, me rolando contra ele mais forte, mais rápido.

— *Ai, meu Deus.* — Ele vai me fazer gozar se não parar. Montar ele assim, mesmo através dos nossos jeans, esfregando minha boceta de uma forma que faz todo o meu corpo estremecer. — Lachlan — gaguejo seu nome, sentindo o orgasmo se construir dentro de mim.

Suas mãos se movem por baixo da minha regata solta. Minha pele está tão quente que seu toque parece gelo contra mim. Arrepios pontilham meu corpo conforme ele sobe cada vez mais alto.

— Levante seus braços — ordena, em uma voz mais profunda do que o normal.

Ainda rolando meus quadris contra sua ereção, que é de alguma forma ainda maior do que antes, eu faço o que ele diz.

Segurando meus braços acima da cabeça, ele se senta, levantando o frágil pedaço de tecido acima do meu corpo, revelando o sutiã sem alças de renda que coloquei, e gentilmente deixa a roupa na cama ao nosso lado.

— Você é linda, Dani.

Ele olha nos meus olhos quando diz isso e eu acredito.

Seu olhar desce para os pequenos inchaços dos meus seios. Por um segundo, quero ficar envergonhada com o tamanho, mas o olhar que ele dá a eles só me faz sentir poderosa. Sua boca se fecha ao redor do meu seio direito, sua boca quente e úmida contra a cobertura fraca. Não sei se ele percebe no escuro, mas sei que se as luzes estivessem acesas ele com certeza veria claramente os botões rosa redondos.

Ele se inclina para trás e gemo em protesto, mas o som é cortado quando ele dá a mesma atenção ao meu outro seio.

— Meu Deus, Lachlan — grito, puxando seu cabelo enquanto me esfrego contra ele.

Com um frenesi desesperado em meus movimentos, puxo e tento arrancar sua camisa até que ele engancha os polegares na parte de trás dela, tirando-a. Ele a coloca ao lado da minha na cama e, inclinando-se para trás, descansa seu corpo nos cotovelos. Um sorriso hesitante brincando em seus lábios enquanto meus olhos traçam os contornos de seu corpo. Estendendo a mão, deslizo o dedo indicador sobre sua clavícula, descendo pelo peito até o umbigo e os pelos pretos e rijos ali. Trazendo minhas mãos de volta para cima, eu as coloco contra seu peito, o pequeno punhado de pelos do peito fazendo cócegas em minhas palmas. Engulo em seco, meu coração acelerado, porque agora, neste instante, ele é meu.

Nossos olhos estão travados, tanta coisa sendo trocada entre nós com um simples olhar. Meu coração se enche com algo de outro mundo, o tipo de sentimento que as pessoas procuram a vida inteira, o tipo de sentimento pelo qual as guerras são travadas.

Amor.

Alguns podem pensar que sou muito jovem para entender o conceito de amor, mas não é algo que possa ser definido por palavras, apenas um sentimento, e eu sei, sem dúvida, que amo Lachlan Taylor. Não entendo, por que ele, entre todas as outras milhões de pessoas no planeta, mas não importa, porque foi ele que eu escolhi.

Não consigo guardar as palavras para mim. Quero que ele saiba que isso é mais para mim do que um caso com o meu orientador. Isso é *real*. É doloroso, é bruto, somos *nós*.

— Eu te amo — murmuro, pressionando um beijo carinhoso em seus lábios.

Suas mãos flexionam contra os meus lados, sua mandíbula trabalhando para frente e para trás, seus olhos se enchendo de turbulência. Temo que ele vá me empurrar para longe, que o bom senso vá ultrapassar nossos sentimentos, mas ele não faz isso.

— Eu também te amo. — As palavras mal passam de um sussurro, mas é tudo pra caralho, e as sinto até os dedos dos pés. Dizê-las uma vez deve torná-lo mais ousado, porque ele as diz novamente, desta vez mais alto: — Eu te amo. — Mais alto. — Eu te amo. — Começa a pontuar cada palavra com um beijo. — Eu te amo. Eu te amo. *Eu te amo, Dandelion Meadows. Apesar de tudo, apesar de mim, eu te amo.*

Nossos beijos se aprofundam, alimentados por um amor que desafia as probabilidades.

Quando seus dedos encontram o caminho para o meu cinto, eu imploro:
— Por favor.

Ele o desfaz facilmente, depois o botão. Desce o zíper.

— Levante-se, Dani — sua voz faz cócegas no meu ouvido.

Deslizando de seu colo, eu faço. Ele se levanta comigo, me forçando a dar um passo para trás.

Seus olhos se conectam com os meus antes que ele caia de joelhos. Guincho de surpresa, enrolando meus dedos em seu cabelo escuro e grosso.

Ele beija a pele abaixo do meu umbigo, fazendo meus quadris balançarem involuntariamente. Com minhas calças desabotoadas, basta um puxão dele para trazê-las pelas minhas pernas. Ele agarra um dos meus tornozelos, depois o outro, jogando meu jeans de lado.

Posso estar usando um sutiã sexy, mas isso é porque é o único sem alças que eu possuo. Não vim aqui esta noite pensando que as coisas levariam até aqui, então não coloquei uma das minhas roupas íntimas mais bonitas.

Ele dá uma risada silenciosa para a calcinha azul-marinho com ursos polares em trajes espaciais.

— Elas são bobas, eu sei.

Ele olha para cima, balançando a cabeça.

— Elas são você.

— Ai, meu Deus — grito, quando ele coloca a boca sobre a minha calcinha. Quero ficar envergonhada com quão molhada estou, e como ele deve provar isso, mas, quando seus olhos encontram os meus no escuro, tudo o que sinto é que estou sexy e sou desejada.

Ele coloca um beijo na parte interna da minha coxa, e curvo meu corpo sobre o seu, correndo a mão por suas costas nuas.

Seus dedos se enrolam nas laterais da minha calcinha, deslizando-a pelos meus quadris e pernas. Ele não me dá a chance de sair dela antes que sua boca esteja no meu centro, lambendo, chupando, *devorando*.

— Lachlan! — grito, já mais perto do que antes. Jogo a cabeça para trás, meu cabelo caindo em cascata ao meu redor. — Ai, Deus. Não pare. Por favor, não pare. — Meu corpo é um fio sensível ao redor dele, e com ele fazendo o que está fazendo, estou prestes a explodir.

Sua mão direita desliza pelo meu estômago, pousando no meu peito. Ele o pega, puxando o sutiã para baixo até ficar nu. Seu polegar circula meu mamilo enquanto chupa meu clitóris em sua boca.

— *Ai, foda-se.*

Meu orgasmo se estilhaça através de mim, minhas pernas tremendo. Acho que apaguei, porque, quando abro meus olhos estou no colchão mais uma vez e Lachlan está desabotoando sua calça jeans. Sentando-me, solto meu sutiã nas costas, deixando-o cair para o lado.

Seus dedos hesitam no zíper.

— Você tem certeza disso?

— Mais certeza do que já tive sobre qualquer coisa.

Ele acena com a cabeça uma vez, um músculo em sua mandíbula se contraindo.

Observo seus dedos no zíper, abaixando-o. Pontos pretos flutuam em minha visão e percebo que estou prendendo a respiração. Seus jeans caem e ele os chuta atrás de si.

Sua ereção aperta contra a cueca boxer preta e meus olhos se arregalam. Essa coisa está prestes a me destruir. Ele começa a puxá-la para baixo, mas eu limpo a garganta, estendendo a mão para detê-lo.

— Deixe-me. — Eu nem mesmo reconheço minha voz; é nervosa, mas também um pouco sensual ao mesmo tempo.

Com uma ousadia que eu não sabia que possuía, me arrasto para frente, inalando uma respiração. Ele estende a mão como se não pudesse evitar, esfregando um dos meus mamilos entre os dedos. Puxo sua boxer para baixo apenas um centímetro e a ponta de seu pau fica para fora, um gotejamento de pré-sêmen grudado na cabeça inchada.

Ele desliza as costas de seus dedos sobre a minha bochecha e levanto os olhos.

— Eu te amo — sussurra.

Engulo em seco.

— Eu também te amo.

Quando sua cueca cai no chão, levo um momento para observá-lo. Seu pênis se projeta orgulhosamente de seu corpo, o pelo escuro bem aparado. A ponta é um tom roxo e é coberta com veias. Estou olhando para ele como se nunca tivesse visto um, porque não vi.

Exceto aquela única vez que tentei assistir pornografia, mas minha mãe chegou em casa e me assustou, o que me fez jogar acidentalmente meu laptop na parede onde ele quebrou.

Tive flertes no passado, até mesmo um breve namorado que mal durou um mês, mas nunca houve ninguém com quem eu quisesse dar esse passo. Não até ele. E agradeço a Deus por meu novo amor pelos livros que não me sinto completamente fora do circuito sobre o que fazer.

Timidamente envolvo a mão em torno dele, mordendo meu lábio.

— É tão grande — deixo escapar. — Grosso também. — Posso não ter nenhum pau para comparar, mas meu instinto diz que Lachlan está acima da média.

Não sei o que me faz fazer isso, mas minha língua desliza para fora, lambendo aquela gota de umidade. A cabeça de Lachlan cai para trás e um torturado *"porra"* deixa seus lábios.

Chupo a ponta entre os lábios; não tenho certeza se estou fazendo certo, mas o jeito que ele cobre o rosto e parece que está tendo problemas para respirar me faz pensar que é ok.

Chupo um pouco mais em minha boca. É um pouco estranho e desconfortável, já que não estou acostumada com isso, mas não me importo tanto assim. Especialmente não quando Lachlan solta um gemido baixo, murmurando meu nome repetidamente.

Deslizando a mão para cima e para baixo, pressiono meu polegar contra a maior veia em seu pênis, observando-o com fascinação.

— Porra, Dani, pare. Você vai me fazer gozar.

Tirando a boca do seu pau, um fio de saliva gruda no meu lábio inferior. Ele se abaixa, limpando-o com o dedo.

Suas mãos fortes me ajudam a levantar e ele inclina a cabeça para baixo, esfregando seu nariz contra o meu.

— Tem certeza disso, Dani? Nós podemos parar. Nada mais precisa acontecer.

— Cale-se. — Agarro a parte de trás de sua cabeça, trazendo seus lábios nos meus. Meus seios empurram em seu peito, suas mãos descansando abaixo da curva deles. Juro que sinto a umidade manchar minhas coxas pelo meu desejo. Deitando de volta na cama, eu o puxo comigo. — Eu quero isso — ofego, entre beijos. — Eu quero você.

Mais do que qualquer coisa.

Ele se afasta e eu gemo em protesto, estendendo a mão para ele até ver que está pegando uma camisinha de sua mesa de cabeceira. Meu peito dói por um momento, porque *sei* que ele não comprou aquelas com a intenção de usá-las comigo. Mas ele *está usando* e isso é tudo que importa.

Ele rasga o papel alumínio, puxando o pedaço redondo de borracha e colocando-o ao lado da minha cabeça.

— O qu...

Começo a protestar, mas ele agarra meus quadris, me puxando para a beirada da cama até minha bunda quase cair.

Ele acaricia seu pênis uma vez, duas vezes, antes de cair de joelhos.

Começo a me sentar, mas ele coloca uma mão gentil no meu estômago, silenciosamente me pedindo para eu me deitar de volta.

Meu corpo inteiro está tremendo com uma mistura de prazer e nervosismo. Ele se ajoelha e, com as minhas pernas ligeiramente abertas, está olhando direto para a minha boceta. Começo a fechar as pernas com vergonha, mas ele balança a cabeça.

— Deixe-as abertas. — Sua voz é mais profunda que o normal, gutural.

Se ele percebe como minhas pernas tremem, não diz nada. Pela maneira como seu braço se move, sei que ele ainda está esfregando a mão para cima e para baixo em seu pau.

— Mais — ordena, e abro um pouco mais. Um estremecimento percorre seu corpo e grito quando ele mergulha, chupando minha boceta e o sensível nó de nervos.

— Ai, meu Deus, Lachlan. — Meus dedos agarram os fios mais longos de cabelo preto no topo de sua cabeça, e não posso deixar de esfregar meus quadris em seu rosto. Estremeço quando suas mãos deslizam pelas minhas coxas.

Ele esfrega dois dedos contra a minha fenda, olhando para mim com o cabelo bagunçado e os lábios brilhantes. Observa minha boca formar um "O" perfeito enquanto desliza um, depois o outro, em mim. Ele os bombeia suavemente no início, depois um pouco mais rápido com os dedos enrolados.

— Ai, foda-se. — Aperto meus olhos fechados com a sensação. Com apenas dois de seus dedos, me sinto esticada além da medida. Não posso imaginar quando ele colocar aquela *coisa* em mim. Ele vai me destruir, rasgar a minha pele.

— Você é apertada, Dani. Apertada pra caralho.

Meus dedos se enrolam em seus lençóis enquanto balanço para frente e para trás, sentindo o orgasmo crescendo dentro de mim. Estou começando a entender por que as pessoas fazem tanto barulho por causa do sexo. Isso é incrível.

Quando sua boca chupa meu clitóris, é tudo o que preciso para o meu orgasmo chegar.

Grito seu nome uma e outra vez, uma oração, uma súplica.

Ele se move para cima do meu corpo, beijando seu caminho até lá, girando sua língua em torno de cada um dos meus mamilos. Minha boceta aperta com tremores secundários. Quando sua boca alcança a minha, ele me beija e seguro seu rosto entre as mãos. Provo a mim em seus lábios e surpreendentemente não me importo com isso. Em vez disso, me excita ainda mais. Há algo erótico em saber que aqueles lábios com os quais ele está me beijando estavam em algum lugar íntimo do meu corpo, um lugar que não compartilhei com ninguém.

Agarrando o preservativo ao lado da minha cabeça, ele se levanta para colocá-lo e olha para mim, nua em sua cama.

— Vou te perguntar isso uma vez, Dani. — Seus olhos se fecham por um breve segundo e, quando se abrem, o azul brilha com algo que não consigo interpretar. — E apenas uma vez, então seja honesta. Você é virgem?

Minhas bochechas coram, inferno, todo o meu corpo cora, e dou a ele uma única queda de queixo em resposta.

— *Porra* — ele rosna, mas não parece zangado.

Ele encaixa o preservativo em torno de seu pênis e o rola para baixo com um golpe certeiro.

Está acontecendo. Está realmente acontecendo. Eu vou fazer sexo com Lachlan.

— Isso vai doer, mas, porra, prometo ser o mais gentil possível.

Dou a ele um único aceno de cabeça. Sei que ele vai. Confio nele. Com a minha vida, com os meus segredos, com as minhas promessas.

Suas grandes mãos envolvem meus quadris, alinhando-me com a ponta de seu pau.

— Se você quer que eu pare, me diga. A qualquer momento. Você diz. Eu paro.

Aceno com a cabeça.

— Eu quero isso. Quero você.

Um estremecimento percorre seu corpo e, com uma das mãos no meu quadril, ele pega a outra e agarra a base de seu pau, guiando-o para dentro de mim. Ele empurra apenas um centímetro e meu corpo fica tenso.

— Relaxe, baby — murmura. — Se você relaxar, será mais fácil.

Expirando, tento me acalmar. Ele empurra um pouco mais e fecho os olhos. Meu corpo protesta contra a intrusão. Parece desconfortável e antinatural. Minhas unhas arranham seu peito, provavelmente cortando sua pele, mas ele não age como se isso doesse.

— Lachlan — choramingo. — Apenas faça. Por favor.

— Tem certeza?

Olho entre nós e ele *mal está dentro* e está queimando como um fogo rasgando o centro do meu corpo.

Concordo com a cabeça.

— Faça isso.

— Aguente firme, bebê.

Respiro fundo e ele avança, passando pela barreira que o bloqueava.

— Isso dói, isso dói, isso dói — entoo, uma e outra vez.

— Sinto muito, baby. — Ele se inclina sobre o meu corpo, espalhando beijos no meu rosto, enxugando as lágrimas que umedecem minhas bochechas.

Eu fungo, me sentindo uma covarde, mas essa merda foi dolorosa. Sempre pensei que as pessoas estavam sendo dramáticas sobre isso quando falavam que doía, as pessoas gostavam de dramatizar muitas coisas, então pensei que isso não fosse diferente.

Errado.

— Respire, vai aliviar, baby.

Balanço a cabeça para os lados.

— Grande demais, você é grande demais.

Ele ri, pressionando seus lábios no canto dos meus.

— *Respire*.

Faço o que ele diz, respirando fundo algumas vezes. Parte da dor abranda, diminuindo a cada inspiração. Meu corpo relaxa, ajustando-se ao seu tamanho e à nova plenitude.

— Melhor? — Ele sussurra, segurando seu peso acima do meu corpo. Abaixo meus olhos, vendo como ele se encaixou completamente dentro de mim.

Dou um aceno lento.

— Sim, apenas… — Minhas mãos agarram seus bíceps. — Vai devagar.

Ele não se move por mais um momento, e então se arrasta lentamente. Meus dedos apertam em torno de seus braços, minhas unhas cavando em sua pele, mas ele não vacila.

— Respire, Dani — ele me lembra, quando prendo a respiração novamente.

Eu aceno, soprando o ar preso em meus pulmões.

Eu o vejo puxar novamente um pouco antes de empurrar. Ele balança para dentro e para fora, deixando meu corpo continuar a se ajustar a ele.

Depois de alguns minutos, eu imploro:

— Mais.

— Mais?

— Mais — confirmo.

Ele puxa ainda mais e é impossível não perder o pouco de vermelho manchando o preservativo. Ele olha para baixo, vendo também e geme:

— Porra, isso é sexy.

Ele rola seus quadris de volta para os meus. Minhas costas se arqueiam e um gemido baixo deixa minha garganta. Está começando a parecer *bom*. Não é ótimo, mas estou ficando excitada novamente. Meus mamilos endurecem com o prazer crescente e ele se curva, passando a língua sobre o primeiro, depois o outro, antes de chupar o esquerdo em sua boca completamente.

— Puta merda — grito, a sensação enviando um pulso direto para o meu núcleo. Quando minha boceta aperta seu pau, um som ressoa em sua garganta.

Corro as mãos sobre o punhado de pelos em seu peitoral, descendo sobre seu abdômen. Quero ver e sentir tudo dele. Quero apreciar cada momento disso, memorizá-lo para que eu possa reproduzir de novo e de novo, como é ter Lachlan dentro de mim.

— Você é linda pra caralho. — Ele salpica beijos do meu pescoço até os meus seios. Meu corpo se arqueia para ele. — Eu te amo. — Agarra minhas mãos, nossos dedos se entrelaçando ao lado da minha cabeça. — Eu te amo — confessa novamente, repetidamente, enquanto faz amor comigo.

Quero cravar meus dedos em suas costas, mas não posso, então aperto suas mãos nas minhas.

— Eu te amo — sussurro de volta, no escuro.

Meu Deus, o escuro. É sempre no escuro com a gente, não é? Um lugar para se esconder? Um lugar para sentir? A escuridão é nosso porto seguro, onde podemos abaixar a guarda.

— É tão bom te sentir, Dani. Melhor do que eu sonhei. — Seus lábios roçam meu ouvido com cada palavra.

— Você sonhou com isso? — digo suavemente.

Ele acena contra mim, sua cabeça enterrada em meu pescoço.

— Mais do que jamais deveria ter feito, porra.

— Me beije — imploro, e ele faz.

Sua língua invade minha boca e eu gemo, porque é como se ele estivesse fazendo amor com a minha boca e minha boceta ao mesmo tempo. Um pequeno gemido ecoa da minha garganta.

Soltando as minhas mãos, ele se levanta, agarrando meus quadris.

— Meu Deus, te sentir é como ter o céu e o inferno envolvidos em um. Você é meu pecado e minha salvação.

Envolvo as pernas em torno de seus quadris e sussurro baixinho:

— Mais forte.

Ele rosna, me compelindo. Seu aperto em meus quadris é forte, não ficarei surpresa se ficar com hematomas, mas não consigo me importar, porque é muito bom. A dor de antes se foi completamente, pelo menos por enquanto. Tenho certeza de que sentirei isso mais tarde, mas agora estou tão cheia de amor, de paixão e de algo ainda mais profundo, que parece que isso é a coisa mais próxima que chegarei do Céu na Terra.

Sinto a maré subindo dentro de mim. Depois de dois orgasmos, não pensei que isso aconteceria uma terceira vez, especialmente não com a perda da minha virgindade, mas deixe Lachlan provar que eu estava errada.

Mordendo meu lábio, olho para ele acima de mim.

— Você vai me fazer gozar de novo — confesso.

Ele estende a mão para onde nossos corpos se encontram e estremeço de surpresa quando ele toca seus dedos, agora molhados com o meu prazer, no meu clitóris e começa a esfregá-lo em círculos.

Movo meus quadris nos dele, desejando a fricção, enquanto ele

doce dandelion

bombeia para dentro e para fora, ainda esfregando aquela protuberância sensível de nervos.

— Porra, Dani, me diga que você está perto. Eu vou gozar e quero que você goze primeiro. — Seu rosto está contraído e sei que ele está se segurando.

— Quase lá — ofego.

E eu estou, com um último empurrão de seu pau para dentro e para fora eu vou ao limite, um orgasmo mais poderoso do que os dois anteriores com ele enterrado dentro de mim. Ele fica lá, seus gemidos enchendo o ar, seu pau se contorce no meu interior.

Nenhum de nós se move por um momento, recuperando o fôlego, deixando a realidade afundar ao nosso redor.

Lachlan se move primeiro, saindo de mim. Seu pau ainda está duro quando ele tira a camisinha, indo para o banheiro.

Eu respiro, me forçando a levantar. É quando tento me mover que percebo o quanto meu corpo passou desde que ele me carregou de volta para cá.

Levantando-me, sigo Lachlan até o banheiro.

Ele olha da pia para mim, mas não diz nada quando me fecho no vaso sanitário para me aliviar. Quando me limpo, o papel higiênico está manchado com um pouco de sangue. Levantando-me, dou descarga no vaso sanitário, observando a última evidência da minha virgindade desaparecer. Quando abro a porta, Lachlan ainda está de pé ao lado da pia. Ele estende uma escova de dentes limpa. Eu a pego silenciosamente e nós dois escovamos os dentes lado a lado. Surpreendentemente, não me sinto envergonhada de ficar nua com ele. Quero dizer, eu não deveria depois do que fizemos, mas parece que talvez eu devesse, já que ninguém nunca me viu nua assim antes.

Cuspimos na pia ao mesmo tempo, trocando um sorriso.

Ele me passa um copo para enxaguar minha boca com água e, quando termino, o usa para fazer o mesmo.

Tocando os dedos cautelosamente na minha bochecha, ele abaixa a cabeça para a minha.

— Você se sente bem?

Se eu avaliar certas partes do meu corpo, não, mas...

— Eu me sinto incrível. — E não é mentira.

Eu me sinto no topo do mundo.

— Você pode passar a noite aqui? — Um olhar cruza seu rosto, como se lhe doesse ter que pedir isso, por eu não ser livre para fazer o que quero.

Eu concordo com a cabeça. Antes de convidá-lo para dançar, recebi uma mensagem de Sage dizendo que ficaria na casa de seus amigos e estaria em casa amanhã à tarde, ou hoje, não tenho ideia de que horas eram.

— Bom. — Lachlan sorri, pegando minha mão e me puxando de volta para sua cama.

Colocamos nossos corpos debaixo das cobertas e nós dois nos assustamos quando o barulho da TV volta no outro quarto.

Soltando um suspiro, Lachlan enfia os dedos pelo cabelo.

— O Zeppelin deve ter rolado no controle remoto.

A contagem regressiva começa e eu sorrio para ele.

— Dez, nove, oito...

Lachlan me puxa para mais perto de seu corpo, e jogo minha perna sobre a dele.

— Sete, seis, cinco...

Ele esfrega o nariz contra o meu.

— Quatro, três, dois, um!

Ele me beija, segurando meu queixo entre o polegar e o indicador direito, a mão esquerda sobre meu quadril nu.

Sons de aplausos vêm do outro cômodo e ele pressiona um beijo carinhoso e amoroso no meu nariz.

— Feliz Ano-Novo, Dani.

doce dandelion

capítulo 50

Quando acordo de manhã, estou usando o bíceps de Lachlan como um travesseiro. Meu rosto está encostado em seu peito na pequena depressão ali que é como se tivesse sido feita apenas para mim. Nenhum de nós se vestiu e sinto cada centímetro de seu corpo nu contra o meu. Meu núcleo aperta e sufoco um gemido, porque estou incrivelmente dolorida lá. É esperado, mas, caramba, sinto que preciso colocar gelo e isso não soa nada agradável.

Traço meu dedo em torno de uma das almofadas de seus mamilos rosa-acastanhados.

Ele faz algum tipo de ruído sonolento em sua garganta.

Abrindo os olhos, ele sorri.

— Bom dia, linda.

Algo no meu peito alivia com seu comportamento despreocupado.

— Bom dia — sussurro de volta.

Sei que ainda há muito entre nós, coisas sobre as quais precisamos conversar depois do que aconteceu na noite passada, mas nesse momento eu quero aproveitar para acordar com ele.

Ele envolve um braço em mim, sua mão enrolando acima da curva da minha bunda.

Traço seus lábios com o meu dedo.

— No que você está pensando?

Ele pega minha mão, dando um beijo gentil na delicada aba de pele entre meu polegar e o dedo indicador.

— Em como eu gostaria de poder acordar com você na minha cama assim todos os dias. — Seus olhos vão se escurecendo. — Quero que você saiba que ontem à noite foi *a melhor noite da porra da minha vida*, mas isso não muda os fatos.

— Eu sei. — Tento puxar minha mão de volta, mas ele não solta. Ele a beija de novo, desta vez a parte carnuda da minha palma abaixo do meu dedo mindinho.

Ele trava nossos dedos juntos, colocando nossas mãos unidas no colchão entre nós.

— Não vou me sentir culpado por te amar como te amo, Dani. Não vou... não vou mais me torturar com isso. Isso me mata, porra, que eu não possa te amar abertamente, como você merece, mas, por enquanto, isso tem que ser o suficiente.

— É — eu me apresso a dizer. Vou aceitar isso em vez de não tê-lo nenhum dia. Aperto minha mão em torno dele. — O amor é suficiente.

Ele me encara de volta.

— Espero que sim. — Ele me olha. — Você não se arrepende da noite passada, não é?

— *Lachlan*. — Dou uma pequena risada. — Você está falando sério agora?

Suas bochechas ficam vermelhas, a cor se espalhando por seu nariz e tornando as sardas mais perceptíveis.

— Sinto muito. — Ele solta minha mão, agarrando meu quadril em vez disso. — Preciso saber se você está ok.

Coloco minha mão contra a sua mandíbula, olhando em seus olhos para que ele ouça cada palavra e veja a honestidade em meus olhos.

— Estou mais do que ok, Lachlan. — Ele abre a boca e coloco minha palma contra ela. — Não se atreva a me perguntar se tenho certeza.

Eu o sinto sorrir sob a minha mão antes de eu abaixá-la.

Aperto minhas mãos sob a minha cabeça, olhando para ele. Não posso evitar. Tenho tão poucas oportunidades de olhar para ele do jeito que eu quero. Seus cílios pretos se curvam contra suas bochechas conforme ele pisca, seus lábios se separam levemente com respirações uniformes. Tão de perto assim, vejo cada mancha de cor em seus tons de azul, de traços de verde a gotas de ouro.

— Por que você está me olhando assim? — Sua voz é rouca e ele puxa as cobertas sobre os nossos corpos, cobrindo nossos ombros de onde ela caiu.

— Porque você é meu — respondo de volta, me lembrando de outra conversa que tivemos.

Ele me dá um sorriso brincalhão.

— Eu sou seu, hein? Isso faz de você minha?

— Eu tenho sido sua, Lachlan, desde o momento em que você mudou todo o seu escritório por mim.

— Tanto tempo assim? — Ele arqueia uma sobrancelha escura.

— Foi quando você coletou o primeiro pedaço do meu coração. Mas, com a sua bondade e carinho, eu te dei mais e mais sem nem perceber, até ter certeza de que a coisa toda está aqui agora. — Coloco a mão em seu peito, sob a batida constante de seu coração.

Ele coloca a mão sobre a minha.

— Se o seu está aqui, então o meu... — ele pega aquela mão grande dele, colocando-a no mesmo lugar no meu corpo onde a minha está no dele — está bem aqui. — Zeppelin solta um latido e Lachlan xinga. — Porra, ele precisa sair. Eu voltarei. Você fica aqui.

Seguro o lençol contra os seios com meu antebraço, observando-o deslizar para fora da cama. Um pequeno ruído me deixa com a visão de sua bunda perfeitamente em forma. Tudo nele é perfeito. Ele veste sua boxer e desaparece no closet, emergindo em uma calça de moletom grossa, uma blusa de moletom e gorro.

— Eu voltarei.

Dou-lhe um aceno de cabeça em resposta, ouvindo-o falar com Zeppelin e os sons de uma coleira e depois seu casaco.

— Fique aquecida — ele grita para mim.

— Eu vou!

A porta se fecha e eu rolo, enterrando o rosto no travesseiro que cheira a ele. Um sorriso enorme de orelha a orelha toma conta do meu rosto e eu rio.

Rolando de costas, cubro meu rosto com as mãos.

Ontem à noite... isso aconteceu. Foi real. Cada toque, beijo, gemido... tudo isso.

Abro meus braços.

Estou na cama de Lachlan Taylor.

Estou *nua* na cama de Lachlan Taylor

Eu fiz sexo com o meu conselheiro.

Com o homem que conheci nos últimos meses.

O homem que meu coração anseia.

O homem que eu amo.

O som do chuveiro me acorda e percebo que cochilei enquanto Lachlan estava passeando com o cachorro. Sufocando um bocejo, eu me sento, vendo vapor no espelho do banheiro. Escorregando da cama, nua como no dia em que nasci, entro nele. Os azulejos estão frios sob os meus pés.

Mordo meu lábio quando olho para o chuveiro com paredes de vidro.

O vidro está embaçado, mas ainda vejo o contorno de seu corpo alto. Sua cabeça está inclinada para frente, a água caindo em cascata sobre ele. Uma das mãos no vidro, a outra...

Ai, foda-se.

Mordo meu lábio, meu corpo corando porque ele está acariciando seu pau. Ele não sabe que estou acordada ou que entrei aqui. Ele faz um barulho, um gemido profundo. Isso me impulsiona para frente e passo em torno de suas roupas no chão para abrir a porta.

Ele vira a cabeça bruscamente, seus olhos brilhando com luxúria. Meus mamilos endurecem sob seu olhar. Meus pés pisam nos ladrilhos molhados, um pequeno passo de cada vez.

— Dani — ele geme profundamente, ainda acariciando seu pau.

— Lachlan. — Coloco as mãos em seus quadris; em seguida, movo-as sobre seu estômago até que parem em seus ombros. Descanso a cabeça contra suas costas, sentindo sua respiração irregular. Posso dizer que ele se sente inseguro, sua mão desacelerando, mas eu sussurro: — Não pare, quero assistir.

Seus olhos aparecem por cima do ombro para mim e o solto, dando um passo para trás enquanto ele se vira completamente.

Ele continua se movendo, me forçando a me mover até que as minhas costas estejam pressionadas contra o vidro. Ele coloca uma das mãos enormes ao lado da minha cabeça. Permito que meus olhos caiam por apenas um milissegundo, observando o comprimento de seu membro que se projeta de seu corpo, tão grande, sua mão se movendo para cima e para baixo, girando em torno da ponta.

Seus lábios roçam os meus quando ele diz:

— Você quer assistir eu me acariciar enquanto penso em você, não é, Dani? — Sua voz é um rosnado áspero que envia prazer correndo através de mim.

— Sim.

Ele dá uma risada rouca.

— Eu gosto de ter você assistindo.

doce dandelion

Mordo meu lábio enquanto ele se afasta, ainda na minha frente, mas com as costas contra a parede de azulejos. Inclina a cabeça contra ela, olhos fechados. Ele se acaricia mais rápido, mais forte. Um pequeno gemido me deixa e eu seguro meus seios pequenos, torcendo meus mamilos. Apesar de estar dolorida, sinto minha boceta ficando molhada. Não acho que meu corpo poderia lidar com seu pau agora, mas isso não significa que eu não possa ter um orgasmo.

Minha mão desliza sobre o meu estômago, gotas de água caindo sobre mim. Meus dedos encontram os nervos sensíveis e mal comecei a esfregar meu clitóris quando ele rosna um forte:

— Não.

Pisco para ele.

— Não? — Ainda me esfrego, mordendo meu lábio para segurar um gemido.

— *Não*.

Deixo a mão cair, olhando para ele com surpresa.

— Por quê?

— Porque eu vou tocar em você, baby. Mas você queria assistir eu me tocar, então assista.

Eu mal consigo engolir, meu coração batendo tão rápido que é um rugido em meus ouvidos.

Lachlan me observa e eu o observo. Vê-lo se masturbar é uma visão e tanto. Ele é tão alto, musculoso, uma coisa linda — e testemunhar o prazer dominá-lo torna a visão diante de mim ainda melhor.

Ele esfrega o polegar ao redor da ponta e lambo meus lábios, querendo prová-lo, mas sabendo que não posso me mover. Fico de pé contra o vidro, mantendo até minhas mãos contra ele para não ficar tentada a me tocar.

— Caralho, você adora assistir isso, não é?

— Uhumm — choramingo.

— Ai, porra — ele geme. — Estou quase lá, baby.

Minha boceta aperta, observando sua mão apertar em torno de seu pau.

— Foda-se, eu vou gozar.

Assisto com admiração quando o sêmen jorra dele, pousando no chão de ladrilhos e pegando sua mão. Seus olhos se fecham por vontade própria, a cabeça caída para trás em êxtase. Os tendões em seu pescoço se esticam e os sons que ele faz ao atingir o orgasmo enviam tiros de eletricidade pelo meu corpo, porque é gostoso pra caralho.

Ele leva um momento para voltar de seu orgasmo e, quando o faz, olha para mim com uma faísca de perigo em seus olhos.

Guincho quando de repente ele está bem na minha frente.

— Vire-se, baby.

— O qu...

— Vire-se — pede, pausadamente, e pontua as palavras com um giro dos dedos.

Pisco para ele por um segundo antes de fazer o que ele diz.

— Mãos no vidro.

Obedeço ao seu comando, mantendo minha cabeça para o lado.

— Meu Deus, você é muito linda, porra. — Vejo seu reflexo no vidro, olhando para mim. Ainda não consigo acreditar que isso está acontecendo. Parece um sonho do qual vou acordar e ficar desapontada quando perceber que não é real.

Mas é.

Acho que com uma atração como a nossa era inevitável que cedêssemos. Você só pode lutar contra a gravidade por certo tempo, e nós dois estamos caindo juntos desde o início.

Ele coloca as mãos em meus quadris, quase na minha bunda, e as traz para cima, em volta da minha frente, parando para segurar meus seios. Toda a frente de seu corpo pressiona minhas costas, e a sensação da nossa pele, tão macia e escorregadia, é estranha, mas bem-vinda. Ele mergulha a cabeça na curva do meu pescoço e a deixo cair contra seu ombro firme.

— Eu te amo — ele sussurra na pele, dando uma leve mordida onde meu pescoço encontra meu ombro. Sua mão esquerda aperta meu peito e a outra desce.

Choramingo quando seus dedos descem mais, roçando provocativamente contra a minha boceta nua.

— Toque-me.

— Ainda não.

Grito novamente quando seus dedos estão bem ali, mas ele ainda não me toca.

— Lachlan — imploro.

— Shh. — Suas cordas vocais zumbem contra o meu corpo.

Ele traz a mão de volta para cima, girando os dedos ao redor do meu umbigo.

— Mãos no vidro — ordena.

doce dandelion

Eu não percebi que elas tinham caído. Num piscar de olhos, levanto minhas mãos de novo, colocando-as contra o vidro embaçado. Ele mordisca minha orelha e eu estremeço. Sua mão mergulha novamente, mal roçando meu clitóris. Minhas mãos ameaçam fechar em punhos, meus dedos flexionando, mas de alguma forma eu as mantenho no vidro.

— Ai, meu Deus — grito, minha cabeça pendendo para o lado quando seu dedo médio grosso cutuca minha entrada, girando através do meu prazer. Eu gemo quando ele sai, mas em um segundo ele está trazendo aquela umidade contra meu clitóris, esfregando-o em círculos lentos e constantes.

— Isso é bom, baby?

Meus lábios tremem.

— S-Sim. Muito bom.

Ele cantarola em satisfação, beijando meu ombro.

Meus quadris começam a se mover por conta própria, esfregando minha bunda em seu pau. Eu o sinto ficando duro novamente.

Ouvi histórias de amigos do passado e escutei por alto conversas das primeiras vezes desajeitadas de algumas garotas, como tudo acabou em minutos, às vezes até segundos. Mas minha experiência com Lachlan não é como nenhuma dessas histórias, e talvez seja porque ele é um homem e os outros eram meninos.

— Dani — ele rosna meu nome no meu ouvido, transformando-o um som selvagem. — Porra, você está me matando, baby.

Ele aplica um pouco mais de pressão no meu clitóris, aumentando sua velocidade. Meu orgasmo bate como um foguete atirando no céu. Meu corpo inteiro treme e, quando minhas mãos caem do vidro, meu corpo incapaz de ficar em pé, ele está lá para me pegar.

Ele me pega em seus braços, me segurando perto, gentilmente agora. Esfrega minhas costas, os tremores diminuindo.

— Isso foi...

Ele me silencia com um beijo. Esfregando o polegar na minha bochecha, olha nos meus olhos.

— Incrível — ele termina por mim.

Trinta minutos mais tarde, estamos limpos e meu cabelo está molhado por ter sido lavado. Encostada no balcão da cozinha dele, a camisa que peguei emprestada sobe, mostrando minha calcinha da noite anterior. Elas parecem tão infantis, mas toda vez que seus olhos saltam da frigideira de ovos, eles piscam com desejo, então não deve ser tão ruim.

— O cheiro disso é incrível. — Descanso a cabeça na mão, observando-o cozinhar.

Ele polvilha pimentões vermelhos e verdes, cebolinha e algo que meu cérebro não consegue reconhecer, já que não sei cozinhar, nos ovos.

Sorri para mim, parecendo despreocupado e feliz. Não quero ver esse olhar ir embora. Quero permanecer aqui nesta bolha de felicidade para sempre. Não parece pedir muito, mas sei que é uma impossibilidade.

— Vai ter um sabor ainda melhor.

Enquanto continua com os ovos mexidos, meus olhos examinam descaradamente seu corpo. Ele colocou um par de calças de dormir, sem cueca, e esse fato está me matando desde o momento em que o observei. Acho que deveria ser uma regra que ele não use calças. Seria ótimo.

Meus olhos vão para sua bunda e como o tecido se molda às curvas dela.

— Posso sentir você olhando para minha bunda. — Ele arrisca um olhar por cima do ombro para confirmar e lhe dou um sorriso safado em troca.

— Tentando aproveitar ao máximo.

Seus olhos se enchem de tristeza antes de limpar a garganta e o olhar se vai novamente.

Ele deposita os ovos em dois pratos separados com os pedaços de pão que eu torrei e untei com manteiga — de alguma forma, eles estão um pouco queimados, o que posso dizer que o diverte, mas ele não comenta sobre isso. Ele abre uma gaveta, pega dois garfos e coloca um em cada prato.

— Pegue o suco de laranja — ele me diz, acenando com a cabeça para os dois copos que servi mais cedo. — Eu cuido dos pratos.

Com os sucos na mão, o sigo até a mesa e nos sentamos para comer juntos.

Minhas bochechas coram pensando no nosso inocente — bem, não completamente inocente — jantar ontem à noite e como nenhum de nós esperava que nada do que veio a seguir acontecesse.

Lachlan dá uma mordida no ovo. Depois de engolir, ele pergunta:

— Tem certeza de que você está ok?

Estendendo a mão, a coloco na dele.

doce dandelion

— Estou ótima. Pare de se preocupar.

Ele concorda com a cabeça, sua mandíbula tensa, mas me sinto melhor quando relaxa e ele se inclina para frente para beijar minha bochecha.

Isso parece a imagem da felicidade doméstica.

Se eu me permitir, posso fingir que somos um casal, e isso é o que nós fazemos todas as manhãs. Sentamos para comer juntos, trocamos beijos, toques e fazemos amor como se fosse a coisa mais simples do mundo.

Mas Lachlan não é meu namorado.

Ele não é meu marido.

Ele nem deveria ser meu amigo.

Nas paredes de seu apartamento é tão fácil me iludir pensando que o mundo lá fora não existe, mas *existe*, e nosso amor nunca seria aceito. Definitivamente não na escola, ou mesmo em público, se soubessem dos detalhes sórdidos. Eu me pergunto o que a família dele pensaria. Meu estômago se aperta me lembrando do meu irmão.

Se Sage soubesse onde eu estava, o que fiz ontem à noite com o meu *orientador*, ele mataria Lachlan. Sei disso tão bem quanto sei que o céu é azul. Isso deixaria meu irmão com tanta raiva que ele não consideraria as ramificações.

Lachlan estende a mão, alisando minha testa.

— Você está preocupada.

Sei que é uma afirmação, mas aceno de qualquer maneira.

— Sim. Acho que sou eu quem está surtando dessa vez.

— Isso é... complicado — ele concorda, levando o copo aos seus lábios deliciosos. — Isso também me preocupa. Me estressa pra caralho, na verdade. — Ele coloca o copo para baixo, correndo os dedos pelo cabelo em irritação. — É tão difícil não olhar para você como se eu me importasse, como se eu te amasse, mas no momento em que estamos fora daqui é isso que tenho que fazer e isso me mata, porra. — Ele junta as mãos, abaixando a cabeça. — Isso é foda.

Coloco a mão em seu antebraço.

— Não vamos estragar isso. Por favor? As últimas doze horas foram as melhores da minha vida. Não quero sentir vergonha por me sentir feliz.

Ele toca os dedos suavemente na minha bochecha, certificando-se de que eu olhe em seus olhos quando diz:

— Ok, não vamos falar sobre isso agora. — Sentando-se para trás, ele deixa cair a mão. — Francamente, não há muito mais que possa ser dito que já não tenhamos feito. E veja onde isso nos levou. Acho que agora o melhor plano de ação é fora daqui você é minha aluna, eu sou seu conselheiro. Mas aqui...

— Nós somos *nós*.

Ele dá um único aceno de cabeça.

— Exatamente.

Essas palavras são mais fáceis de dizer do que de fazer, com esse amor que continua a crescer cada vez mais a cada dia.

O olhar que mantemos me diz que ele está pensando a mesma coisa que eu.

Não tenho certeza se é possível sairmos ilesos disso.

capítulo 51

 Parece estranho estar de volta à escola. A pausa de duas semanas foi um alívio bem-vindo, mas me acostumei demais a ficar em casa e fazer as coisas no meu próprio tempo. Acordar às seis essa manhã me matou. Não é como se eu tivesse dormido até tão tarde durante o meu tempo de folga, só até às oito, mais ou menos, mas duas horas antes parecia como não dormir nada.

 Sufocando um bocejo, vou para a escola, saindo do ônibus. Meu casaco ajuda a bloquear um pouco do vento, e a neve que tínhamos antes derreteu completamente da nevasca bizarra de um mês atrás. Um monte de redes de notícias afirma que a mudança climática é responsável pelas montanhas de neve com as quais fomos atingidos, mas, honestamente, quem sabe.

 Abro a porta da escola, o ar quente batendo no meu rosto.

 Vendo Sasha de pé contra a parede com alguns de seus amigos de tênis, sigo nessa direção com um sorriso no rosto.

 — Ei, Sasha, como foram suas férias?

 Ela move seu cabelo loiro encaracolado sobre um ombro.

 — Foi legal, bom ficar longe por um tempo. Como foi o seu? — Ela acena para seus outros amigos, que se despedem, indo na outra direção.

 — Tranquilo. — Foi tudo menos isso, mas não é como se eu pudesse admitir que estou fazendo sexo com o Sr. Taylor. Embora, conhecendo Sasha, ela provavelmente me faria elogios. — Foi um Natal legal e calmo com o meu irmão — elaboro, não querendo parecer rude com a minha resposta de uma palavra.

 — Que legal. Ele já encontrou um novo emprego?

 Eu tinha dito a Sasha por mensagem de texto que meu irmão havia largado o emprego uma noite enquanto estávamos conversando.

 Balanço minha cabeça para os lados.

 — Com os feriados, ele não começou a procurar. Disse que vai começar a enviar currículos esta semana. — Mordendo o lábio, acrescento: — Eu acho que ele está preocupado que seu antigo chefe o impeça de entrar em algum lugar novo.

— Ah, espero que não. — Ela franze a testa, alisando o cabelo. — Isso seria completamente injusto. O antigo chefe dele é realmente tão babaca assim?

— Aparentemente.

Ela olha em volta, hesitante.

— Você viu Ansel nas férias?

— Sim? — Arqueio uma sobrancelha. — Por quê?

Ela solta um suspiro.

— Nenhuma razão.

— Vamos, Sasha, você pode me dizer.

Ela balança a cabeça, negando.

— Não é nada. Eu sei que nem estava em casa, mas... ele sai com você fora da escola, mas não comigo. É bobeira. — Ela solta o ar, dando-me um sorriso triste. — Eu gostaria de poder superar essa paixão estúpida quando ele claramente não gosta de mim e nunca vai gostar.

Toco seu cotovelo, tentando dar a ela algum tipo de conforto.

— Você vai seguir em frente eventualmente. Ou, quem sabe, talvez ele deixe de ser um pau no cu e te dê uma chance.

Não digo a ela, mas não acho que ele vai. Honestamente, não sei por que ela gosta dele. Eles são opostos completos, com basicamente nada em comum.

Ela bufa, revirando os olhos.

— Duvido disso. Talvez algum cara novo e gostoso se transfira antes do final do ano. Nunca se sabe.

O sino de aviso toca e nos despedimos.

Eu me dou uma breve conversa estimulante enquanto ando pelos corredores, assegurando a mim mesma que vou passar por hoje, amanhã, pela próxima semana e todos os meses depois disso até a formatura. Estou melhor agora do que estava no início do ano e, embora o último dia em que estive aqui tenha sido um grande retrocesso, voltei e é isso que importa.

Lachlan olha para mim uma vez quando entro em seu escritório e sente o pânico crescente dentro de mim.

Achei que estava bem quando cheguei aqui, e fiquei por um tempo, mas murmúrios ecoaram pelos corredores o dia todo sobre o tiroteio antes do intervalo. Foi pior do que eu esperava ouvir as conversas, nomes de amigos feridos passando de um lado para o outro. É um alívio que ninguém tenha morrido, mas isso não deveria ter acontecido em primeiro lugar.

O diretor Gordon até fez com que todos os professores distribuíssem papéis com informações sobre novas medidas de segurança que foram postas em prática enquanto estávamos de folga. Como mais câmeras e verificações extras de segurança em qualquer pessoa que não seja da equipe tentando entrar no prédio. Estou feliz que eles estejam levando isso a sério, mas, ao mesmo tempo, é trágico que tenha chegado a isso.

A porta se fecha atrás de mim, me tirando dos meus pensamentos.

De alguma forma, sem que eu percebesse já que estava tão perdida em minha cabeça, Lachlan apareceu na minha frente. Em um piscar de olhos, seus braços estão ao meu redor.

— O que há de errado, baby? — Ele endurece no momento em que as palavras saem de sua boca.

— Parece que todo mundo está falando sobre o tiroteio. — Minhas palavras são abafadas por sua camisa. Saio de seu abraço, dando-lhe um sorriso de desculpas. A culpa se apega a mim, porque, se alguém entrasse aqui, eu saberia no meu íntimo que não há nada inocente sobre nós nos tocarmos.

Ele dá um passo para trás, encostando a bunda na mesa e cruzando os braços musculosos sobre o peito. Tento não pensar no fato de que apenas um dia atrás eu vi aquela deliciosa bunda nua em seu chuveiro.

Eu me sento no sofá, longe dele. Minha mochila cai do meu braço para descansar no chão acarpetado.

Puxando minhas pernas para cima, envolvo meus braços ao redor delas e descanso o queixo nos joelhos.

— Eu me sinto tão estúpida por ficar chateada com isso.

— Por que você acha que isso fez você se sentir assim?

Arqueio uma sobrancelha.

— Não banque o psicólogo comigo.

Uma risada explode dele.

— Desculpe, não quis soar como um. Mas acho que a melhor maneira de seguir em frente é descobrir por que ouvir sobre isso te incomoda... é a maneira como as pessoas falam sobre isso? É porque aconteceu? É porque é muito perto do que você viveu?

— Tudo isso? — As palavras saem como uma pergunta por algum motivo. Ele me dá um momento para organizar os pensamentos. — Acho que muito se deve ao fato de que nem sequer deveria ser uma conversa acontecendo.

Ele balança a cabeça, concordando.

— Faz sentido.

— Ouvir isso repetidas vezes é uma droga. Isso me faz lembrar o que aconteceu comigo, e então penso nas pessoas falando sobre mim e todos os outros que se machucaram ou morreram naquele dia. Faz meu estômago doer.

Não digo a Lachlan, mas passei meu almoço no banheiro, vomitando. Sasha e Ansel insistiram no meu telefone, tentando ver se eu estava bem, ou onde estava, mas eu não tinha energia nem coração para mandar uma mensagem de volta.

Lachlan me encara por um longo momento, seu rosto tenso.

— Eu gostaria de poder fazer tudo isso ir embora para você.

— Sim, bem, você não pode. — Não estou tentando ser rude, é apenas a realidade. Esfregando a mão no rosto, digo: — Estou melhor, mas é complicado. Faz apenas um ano. Ainda está fresco.

— Ninguém espera que você supere isso. — Sua voz é segura, seus olhos tristes. — A cura leva tempo, as cicatrizes mentais são algumas das mais profundas e, para ser franco com você, Dani, isso ficará com você por toda a sua vida. O melhor curso de ação é encontrar maneiras de lidar com isso. Quando algo começa a te chatear, você precisa pensar em outra coisa. — Ele pondera sobre suas próprias palavras. — Talvez você possa pensar em uma lembrança favorita, ou um sonho do futuro, para se concentrar e abafar os outros pensamentos.

Puxo o elástico de cabelo no meu pulso.

— Você acha que eu deveria ter morrido naquele dia?

Seus olhos se arregalam de horror, os lábios se abrindo.

— Por que diabos você diria isso?

— Eu não sei... minha mãe morreu, outros também.

De repente, ele está agachado bem na minha frente. Apesar das ramificações, ele agarra minha mão, segurando-a gentilmente nas suas.

— Sim, e outros sobreviveram naquele dia também, Dani. Você está destinada a estar aqui por uma razão. *Nunca mais* duvide disso. Você me ouve? Nunca quero ouvir você dizer uma coisa dessas novamente. Você está exatamente onde deveria estar.

doce dandelion

Comigo, ele deixa não dito, ou pelo menos eu ouço essa palavra silenciosa pendurada lá.

Olho para a janela, as persianas abertas por onde qualquer um pode passar. Rapidamente, toco minha mão livre em sua bochecha, e me inclino para colocar um beijo carinhoso em seus lábios. Acaba em um segundo, mas é muito necessário. Eu já me sinto mais forte.

Encaro a janela novamente, encontrando-a ainda vazia do lado de fora. Silenciosamente, eu admito:

— Aquele dia sempre será uma nuvem escura sobre mim, não é?

Ele balança a cabeça.

— Não, baby. Essa nuvem escura vai ficar cinza, depois vai clarear, mas é o seguinte: nós precisamos dos dias chuvosos para apreciar os ensolarados. Então, quando esses dias ruins chegarem, não fique pensando neles. Use-os em vez disso para se lembrar de tudo de *bom* que você tem.

— Por que você é tão inteligente?

Ele ri.

— Confie em mim, eu não sou tão inteligente. Estou apaixonado por você, não estou? — Mesmo que as palavras possam ser dolorosas, ele sorri ao dizê-las.

Eu o soco levemente no braço.

— Errado, isso o torna ainda mais inteligente. Eu sou um partidão.

Ele ri, se levantando. Pega sua cadeira, puxando-a ao redor e na frente da mesa. Ele se acomoda e nós passamos o resto do período conversando sobre livros.

Quando eu saio, meu coração se sente um pouquinho mais leve.

capítulo 52

De pé do lado de fora da academia do condomínio, questiono por que estou aqui.

Sei que minha hesitação é boba, porque não poder correr não significa que não posso me exercitar. Meus médicos mencionaram que andar de bicicleta seria bom, mesmo no elíptico, mas meu coração anseia pelo esvaziar da mente de correr, como eu poderia me distrair e sentir o asfalto batendo sob meus pés.

Às vezes, quando penso naqueles dias, todo o meu tempo gasto correndo, é como se fosse uma garota totalmente diferente.

Soltando um suspiro, agarro a maçaneta e a empurro.

Ela se abre, revelando a academia de última geração. É grande, muito maior do que eu esperava, com equipamentos brilhantes, pisos acolchoados e TVs de tela grande.

Há duas outras pessoas lá dentro, ambos homens, perto dos pesos. Eles olham para mim quando a porta se fecha, anunciando a minha chegada, mas retornam ao seu treino de ginástica sem olhar duas vezes, o que é um alívio.

Colocando meus fones de ouvido, Takeaway, de The Chainsmokers, toca. Subo na bicicleta que está escondida no canto mais distante.

Começo a pedalar, tentando ignorar a frustração que sinto.

Mas sei que se puder voltar a me exercitar, será bom não só para a minha saúde física, mas mental também.

Pedalo mais rápido, sentindo um suor começar a brotar na minha pele. Minha frequência cardíaca aumenta e, embora ainda não seja tão boa quanto correr, parece melhor do que quando entrei aqui pela primeira vez.

Um movimento chama a minha atenção e minha cabeça dispara para cima, preocupada que um dos homens possa estar vindo na minha direção. Não sou ingênua o suficiente para perceber que sou jovem, mulher e estou

doce dandelion

muito sozinha aqui se alguém quiser tentar alguma coisa. Pelo menos há câmeras colocadas em diferentes áreas.

Mas, quando olho, vejo Lachlan entrando na sala. Shorts azul-marinho estão pendurados nos quadris, indo abaixo dos joelhos, escondendo a cicatriz ali. Ele usa uma regata branca ajustada que mostra todos os músculos que trabalhou duro para ter.

Ele não sabe que estou aqui, e o assisto descaradamente dizer algo para os outros dois caras em saudação. Ele faz uma conversa fácil com eles e me pergunto se são amigos ou conhecidos por esbarrar um no outro aqui com frequência.

Lachlan se afasta deles e se senta em um banco, amarrando novamente seus tênis.

Ele pega alguns pesos e começa a trabalhar. É um espetáculo para ser observado, vê-lo grunhir e suar sobre os pesos. Faz as borboletas no meu peito vibrarem loucamente. Não parece importar o que ele faz, o homem apenas fica sexy fazendo isso.

A bicicleta apita para mim. Estremeço, percebendo que desacelerei até quase parar graças ao meu olhar. Até minha música parou e eu não percebi.

Aperto o botão da bicicleta, dizendo que não terminei meu treino, e escolho outra playlist.

Quando olho para cima, Lachlan está olhando para mim do outro lado da sala.

Apesar da distância entre nós, sinto seu olhar em todos os lugares. É como se ele visse através de mim, visão de Raio-X direto para as coisas que mais tento esconder das pessoas.

Ele realmente é o Super-Homem.

Ele dá um pequeno sorriso torto e vira as costas para mim para que possa se concentrar no treino.

Ainda não há chance de eu me concentrar no meu. Não quando a vista da parte de trás dele é tão boa quanto a da frente.

Tire a cabeça de bobagens. Foco, Dani.

É mais fácil falar do que fazer, mas faço o meu melhor para pedalar os últimos dez quilômetros que me propus a fazer hoje.

Quando finalmente os alcanço, desço e pego um dos lenços antibacterianos para limpar a bicicleta.

Faço o meu melhor para ignorar o homem imponente, maior que tudo, ocupando tanto espaço na sala e nos meus pensamentos.

Indo para o corredor do lado de fora da academia, eu me curvo sobre a fonte de água, desde que me esqueci de trazer uma garrafa comigo.

Sinto sua presença antes de vê-lo, antes mesmo de sua sombra escurecer o espaço ao nosso redor.

— Você seguiu meu conselho.

Eu me viro, passando as costas da mão na boca, onde a água fria gruda nos meus lábios.

— Não é correr, mas tenho que começar em algum lugar.

Ele me dá um aceno de queixo.

— Fico feliz.

Eu lhe dou um pequeno sorriso em troca.

— Espero que eu venha a gostar disso. — Não quero parecer tão melancólica quanto pareço, mas é difícil não me debruçar sobre coisas que costumavam existir.

— Bem — ele limpa a garganta —, estou orgulhoso de você por tentar.

— Obrigada.

Sua camisa está úmida de suor, grudada na pele. Observo enquanto ele a afasta um pouco com um sorriso brincalhão.

— É melhor eu voltar. Queria dizer algo antes de você ir embora.

Há meio metro de espaço entre nós, afinal, estamos em público, e está me matando um pouco por dentro não poder tocá-lo. Sinto que não posso brincar com ele também, já que não deveria conhecê-lo dessa maneira. Isso o incomoda como incomoda a mim? De pé na minha frente, sorrindo, parece que não, mas você nunca sabe o que se passa na cabeça de alguém.

Nós nos despedimos e fico lá, enquanto ele volta para a academia antes que eu finalmente tenha coragem de mover meus pés.

Pegando o elevador, me inclino contra o corrimão dentro dele, pulando para fora quando chego ao andar de Sage.

Quando abro a porta, encontro-o sentado na frente do sofá jogando videogame — só que ele não possuía nenhum videogame quando saí daqui.

Ele olha por cima do ombro, apertando um botão para pausar o jogo.

— Olha o que o entregador trouxe, D! Tive que ligar logo. Não jogo essa merda há anos. Esqueci como é divertido.

Dá uma pontada no meu peito ver que meu irmão estava tão ocupado com o trabalho que não fazia sentido investir em um jogo, porque nunca tinha tempo para jogá-lo. Eu realmente espero que onde quer que ele acabe em um novo emprego, que apreciem o que ele traz para a empresa e não o façam trabalhar até a morte como seu último lugar.

doce dandelion

— Isso é Mario Kart? — pergunto surpresa, finalmente percebendo o que está na tela da TV.

— Sim, venha se sentar e jogar.

Eu sorrio, realmente animada com isso. Costumava assistir Sage jogar este e outros jogos o tempo todo quando era pequena. Às vezes ele me dava um controle para eu fingir que estava jogando, até eu ficar mais velha e isso não funcionava mais. Então nossa mãe o obrigou a me ensinar como fazer isso.

— Deixe-me tomar banho primeiro.

Ele salta levemente no sofá, retomando o jogo.

— Ok, ok, se apresse.

Sufoco uma risada e pego o que preciso do meu quarto, me fechando no banheiro. Quando saio, Sage está vibrando com ainda mais energia e agindo mais como se tivesse dezesseis anos e não vinte e seis.

Mas, tenho que admitir, é mais do que bom ver esse lado dele novamente.

Tomo um banho rápido, visto minhas roupas e escovo os dentes antes de me juntar a ele, então estou pronta para a noite.

Caindo no sofá, pego o outro controle.

— Deixe-me terminar esta corrida e vou mudar para dois jogadores — promete, sua língua saindo enquanto ele corre ao redor da pista.

Alguns minutos depois, quando vence, ele muda as coisas, permitindo que eu escolha meu personagem e meu carro de corrida.

— Eu vou bater na sua bunda — digo a ele com uma risada, a contagem regressiva aparecendo na tela.

Ele bufa.

— É mesmo, Erva?

— Ah, sim.

Nós dois sabemos que é um blefe total. Eu nunca ganho. Por alguma razão, nunca consegui entender como jogar direito, mas ganhar não é o que importa. É tudo sobre se divertir.

Nós passamos a noite inteira tentando jogos diferentes. É uma das coisas mais divertidas que fiz com meu irmão em muito tempo. Por volta de uma da manhã, ele me obriga a ir para a cama, já que eu tenho escola. É inútil, já que não é como se eu normalmente tivesse uma noite inteira de descanso de qualquer maneira, mas não protesto, pois sei que ele está apenas tentando ser responsável.

— Boa noite, Capim! — grito, antes de fechar a porta.

— Boa noite, Erva — ele diz de volta. — Eu te amo.
— Amo você também.

Quando a porta se fecha, inclino minhas costas contra ela, deixando meus olhos se fecharem.

O medo sobe pela minha espinha, nem sei o que o desencadeia neste momento, mas sei sem dúvida que se ele descobrir sobre Lachlan e eu, vai me odiar para sempre.

capítulo 53

Antes que eu perceba, é fevereiro. Dia dos Namorados, para ser exata. Os armários estão decorados com post-its, algum projeto proposto pelo grêmio estudantil para deixar palavras positivas para as pessoas hoje. Não faz sentido para mim, mas acho que eles não querem que as pessoas solteiras se sintam mal?

— Ei, Meadows! — Ansel chama, me alcançando enquanto caminho para o corredor de arte. — Meu Deus, você anda rápido. — Ele solta um suspiro, diminuindo seus passos ao meu lado. — Isto é para você. — Ele estende uma única rosa amarela para mim. — Não surte, ok, Meadows? O florista disse que rosas amarelas significam amizade. Eu até peguei uma para a Sasha. Não sou um idiota total.

Eu pego a rosa dele, sufocando uma risada por ele me conhecer tão bem. Eu estava definitivamente questionando o significado da flor.

— É linda. — É a imagem de uma rosa perfeita, as pétalas grandes e curvas. O amarelo é vibrante, como o sol… como um dente-de-leão. Eu a cheiro e o cheiro é divino. — Obrigada.

Ele joga o braço em volta do meu ombro, me puxando para perto de brincadeira.

— Tenho que cuidar da minha garota.

— Me dando uma flor? — Sorrio para ele, que nega com a cabeça.

— Não, fazendo você sorrir.

Meu sorriso cresce e eu abraço seu lado.

— Obrigada.

— Você não precisa me agradecer.

Entramos na sala de artes, nos sentando em nossa mesa de sempre. Coloco a rosa na mesa suavemente e vou pegar meu projeto atual: uma aquarela da Torre Eiffel. Cada um de nós recebeu um monumento para fazer uma aquarela. Ansel está fazendo o Big Ben.

A Sra. Kline grita instruções para pegarmos nossas tintas e começarmos a trabalhar. A pintura está prevista para o final da semana. Estou realmente satisfeita com a forma como a minha está ficando, a mistura das cores pastel e as gotas aleatórias propositais.

— Você tem planos para este fim de semana? — Ansel pergunta, voltando para a mesa com copos de água para cada um de nós mergulhar os pincéis.

— Não que eu saiba.

Sage encontrou outro emprego e só está lá há duas semanas. Ele parece estar gostando mais do que do último, e volta para casa em um horário decente e também não acaba trabalhando em casa. É muito cedo para saber com certeza, mas acho que é mais adequado para ele.

— Deveríamos ir fazer alguma coisa.

— Como o quê? — Antes que ele possa responder, eu me levanto para pegar minhas tintas.

Quando volto, ele diz:

— Nós poderíamos ir para as pistas de gelo durante o dia. Vou te ensinar a esquiar. Ou *snowboard*. O que você preferir.

— Você percebe que eu odeio o frio, certo? Brincar na neve não é minha ideia de diversão.

Ele ri.

— Vamos lá, é uma das melhores partes de viver aqui. É uma experiência.

Eu sei que ele tem razão.

— Tudo bem, vamos fazer isso. Mas pergunte a Sasha e Seth também.

— Já perguntei e eles estão dentro.

Faz-me sentir um pouco melhor saber que ele não me perguntou primeiro.

— Ok, vamos fazer isso então.

Provavelmente vou me arrepender disso, mas lembro a mim mesma que, mesmo que eu faça papel de boba, as lembranças valerão a pena.

— Como foi o seu almoço? — Lachlan pergunta, quando entro em seu escritório.

— Falante. — Todos, bem, todos nós, exceto o Seth, passamos os trinta minutos discutindo sobre este fim de semana e como vai ser.

Aparentemente, Ansel tem permissão para pegar emprestado o SUV de sua mãe, então nos encontraremos em sua casa e partiremos de lá. Tenho certeza de que Sage não se importará de me deixar lá.

Ok, ele provavelmente vai, já que Ansel está envolvido, mas ficará bem quando perceber que Sasha e Seth também vão.

— Falante, hein?

— Sim — respondo. — Vou esquiar amanhã.

Ele arqueia uma sobrancelha.

— É mesmo?

— Ansel vai me ensinar.

— Bela flor. — Ele olha para o que está na minha mão. Há um tom engraçado em sua voz, talvez irritação, mas ele limpa a garganta e finjo que não percebi.

— É de Ansel — respondo, e ele faz um som. — Ele disse que amarelo é para amizade.

— Como foi isso?

Dou de ombros enquanto fico confortável. A essa altura do ano, o escritório de Lachlan é praticamente outra casa.

— Ele não fez nenhum movimento, se é isso que você está perguntando. Desde que conversamos e fui honesta sobre os meus sentimentos, ou a falta deles, as coisas melhoraram.

— Hmm — ele cantarola.

— O quê? — pergunto, uma ponta na minha voz que me surpreende.

— A maioria dos adolescentes não desiste.

— Não quero mais falar sobre ele. — Meu tom é definitivo. É estranho falar sobre Ansel com Lachlan.

Desde a véspera de Ano-novo nosso relacionamento floresceu para mais. Tentamos nos comportar da melhor forma na escola, mas houve momentos em que trocamos olhares que, se alguém visse, suspeitaria de algo. Houve alguns poucos beijos breves, e às vezes nosso toque demora quando não deveria. Não fizemos sexo novamente, no entanto. E, meu Deus, eu realmente quero.

É como se algum tipo de fera excitada tivesse despertado dentro de mim, mas penso naquela noite e naquela manhã muito mais do que deveria, desejando-a de novo e de novo. Mas nós também não estivemos sozinhos no apartamento dele. Não enquanto meu irmão não estava trabalhando, e ultimamente ele está em casa todos os fins de semana e às noites, então é impossível escapar.

— Sobre o que você quer falar? — questiona, recostando-se na cadeira. Ele parece um pouco tenso, seus olhos cansados.

— Minha mãe — deixo escapar, a confissão pegando nós dois de surpresa. Ele fica quieto, esperando que eu continue. — Eu tenho sentido falta dela mais do que o normal.

— Isso é natural. O luto vem e vai para sempre. É como uma onda.

— O baile de formatura é em breve. — Olho para ele através dos meus cílios, pensando no quanto eu gostaria de poder ir ao evento monumental em seu braço, mas é impossível. — A formatura... — continuo. — Está partindo meu coração ela não estar aqui para esses marcos.

Seus lábios se afinam.

— Sinto muito, Dani. Ela deveria estar aqui e não faz sentido que não esteja. Mas lembre-se de quão forte você é e de que, de certa forma, ela está lá. Ela vive em seu coração agora.

Não tenho intenção, mas eu toco meu coração com os dedos. Sei que ele está certo. Ela pode ter ido embora no sentido literal, mas continua viva. Em mim, em Sage, em nossas memórias. É impossível que ela realmente tenha ido embora.

— O luto não é fácil — continua. — É essa bola de emoções complicadas e retorcidas. Quando você pensa que está a desvendando, ela se torce novamente. Mas você tem que continuar trabalhando nisso, até encontrar a corda certa para puxar. Quando você consegue, de repente as coisas começam a melhorar. Mas, lembre-se, é ok se sentir triste. Tristeza não é fraqueza, e fraqueza não é fracasso.

Lágrimas queimam meus olhos. Fiz muito bem em me segurar nas últimas semanas, mas deixe que eu comece a chorar agora.

Suas palavras eram algo que eu precisava ouvir, mesmo que não soubesse.

Ele me permite chorar, embora desta vez não me toque.

No começo, os toques eram inocentes, ele me abraçava para me confortar, para me lembrar de que não estou sozinha e que está tudo bem, mas agora aconteceu tanta coisa entre nós que até mesmo um abraço parece cruzar uma linha importante.

Quando encontro minhas palavras, falo um pouco mais sobre minha mãe, mais lágrimas são derramadas. O sinal toca e ele se levanta, pegando minha mochila. Ele a segura enquanto me levanto e então me dá.

Antes de eu sair da sala, ele sussurra:

— Você é a pessoa mais forte que eu conheço.

Essas palavras... elas significam mais do que ele jamais saberá.

Sage não está em casa quando chego, mas, se as últimas duas semanas são alguma indicação, ele estará em casa nos próximos trinta minutos a uma hora.

Faço um pedido para entrega de uma loja local que faz algumas das melhores comidas caseiras.

Tirando meus sapatos quando chego ao meu quarto, abro minha mochila, tirando o conteúdo para que possa trocá-los com o que vou precisar para segunda-feira.

É quando encontro o envelope amarelo.

Sentando-me na beirada da cama, abro o envelope com cuidado, não querendo rasgá-lo.

Dentro, há um pedaço grosso de papel com as iniciais de Lachlan no topo.

Para minha linda Dani,

Você não tem ideia do quanto me mata ter que escrever isso em segredo. Que eu não possa te dizer abertamente como me sinto em um dia dedicado ao amor. Você consome meus pensamentos, e quando você não está por perto, sinto sua falta mais do que deveria. Ainda luto com meus sentimentos por você, com a culpa, mas parece que não consigo evitar. O amor é complicado, mas quando é verdadeiro não há como negar. Embora eu possa não ser capaz de mostrar meu amor por você abertamente, é uma das maiores partes de mim. Você se tornou minha outra metade. Feliz Dia dos Namorados, baby, eu te amo.

- Lachlan

Algo mais cai do envelope e me curvo para pegá-lo do tapete branco no meu chão. Meus lábios se abrem em surpresa enquanto seguro o caule de um dente-de-leão seco entre o polegar e o indicador. Traz um sorriso aos meus lábios.

Puxando meu livro favorito que li da pequena estante, principalmente ocupada com bugigangas, pressiono a flor no meio das páginas.

Escondida, como nosso amor, mas existindo mesmo assim.

capítulo 54

De alguma forma, acabo na parte de trás do SUV da mãe de Ansel com Seth, enquanto Ansel dirige e Sasha serve como copilota, criticando tudo o que ele faz e constantemente mudando de estação de rádio.

Uma velha canção de rock toca e ela faz uma careta, mudando de estação *novamente*.

— Você pode parar? — Ansel reclama, esfregando a têmpora com uma das mãos.

— Estou tentando arrumar algumas boas músicas. Olhos na estrada.

Ele exala uma respiração pesada, olhando para mim no espelho retrovisor enquanto balança a cabeça.

Seth, como sempre, está em silêncio, observando as árvores cobertas de neve enquanto nos dirigimos para o norte.

Estamos na estrada há cerca de uma hora, o que significa que estamos a meio caminho da estação de esqui. De alguma forma, conseguimos permissão de todos os nossos responsáveis para passar a noite lá e iremos para casa logo pela manhã. Ansel e Seth vão dividir um quarto, assim como Sasha e eu.

— Ooh, aqui está uma boa. Essa é clássica. — Sasha balança a cabeça ao som de uma música de alguma *boyband* dos anos 90. Seus pés descansam no painel do carro e Ansel olha bravo várias vezes para eles.

— Abaixe seus pés — dispara para ela. — Minha mãe vai me matar se este carro voltar em condições menos que perfeitas.

Ela bufa, revirando os olhos para ele, mas faz o que pede. Murmura algo baixinho, mas não sei o quê.

A mandíbula de Ansel pulsa. Ele provavelmente está se questionando por que a convidou. Sasha não é uma pessoa ruim, no entanto. Ansel é mais quieto e introspectivo, já ela é mais espalhafatosa.

Sasha, felizmente, fica quieta, embora suas trocas de estação de rádio não parem.

Finalmente chegamos, fazemos o check-in e vamos todos trocar de roupa para algo apropriado para o clima. Felizmente, Sasha tinha calças de neve que eu poderia pegar emprestado.

— Eu me sinto como o boneco da Michelin. — Viro para ela, toda inflada. — Olhe para mim.

Ela cai na risada.

— Mas você está fofa. Além disso, olhe para mim.

Ela está empacotada da mesma forma.

Nós encontramos os caras no saguão e saímos para alugar nosso equipamento e ir para as encostas.

Quando caio pela milionésima vez, levanto minhas mãos em derrota, olhando para Ansel. Não vejo Sasha ou Seth há algumas horas, porque eles deixaram Ansel e eu na rampa infantil para ir fazer colinas mais desafiadoras.

— Não desista. — Ansel abafa o riso, estendendo uma das mãos enluvadas para me puxar para cima da montanha de neve. — Você está tão perto de conseguir.

— Ansel. — Eu lhe dou um olhar mortal. — Já se passaram horas e não consigo andar mais do que alguns metros sem cair de bunda.

— Sim, mas eu acho que da última vez você foi um centímetro mais longe do que estava caindo. — Ele ri.

Eu o golpeio, mas ele se esquiva facilmente e eu caio de novo.

— Ugh — gemo. — Terminei aqui. Quero café. Ou chocolate quente. Alguma coisa quente. Estou me transformando em um picolé.

— Tudo bem — ele concorda, me ajudando a levantar *novamente*. — Vou pegar para você uma bebida quente e um lanche. Vamos lá.

Eu o sigo até onde devolvemos nosso equipamento e cambaleio meus ossos rígidos de volta ao saguão do resort. Acabamos em um café, sentados ao lado de uma lareira de pedra que vai até o próximo andar.

Ansel se senta na minha frente, me passando o latte de caramelo que eu pedi, bem como um muffin de chocolate que ele acrescentou. Um para cada um de nós.

doce dandelion

— Tentando me subornar com chocolate? — brinco, arrancando um pedaço e o colocando na boca.

— Depende. Está funcionando?

— Talvez um pouco — digo com a boca cheia, algumas migalhas caindo na mesa. Eu as afasto e tomo um gole do meu café. É muito bom.

Ansel envolve os dedos em torno do cappuccino que ele pediu, me observando.

— O quê? — Pisco.

— Nada — ele responde, divertido. — Você simplesmente é muito ruim em esquiar.

Minhas bochechas queimam e jogo um pacote de açúcar na mesa para ele. Ele se esquiva facilmente, rindo.

— Talvez você seja um mau professor, pensou sobre isso?

— Nah. — Ele sorri. — Com certeza é você.

Eu suspiro.

— É difícil com a minha perna — admito, quebrada. — Não é forte o suficiente para coisas assim.

Seu sorriso cai, os olhos se arregalando.

— Merda, Meadows, por que você não disse nada?

Dou de ombros, aproximando minha cadeira do calor do fogo.

— Eu queria tentar.

Ele balança a cabeça, negando.

— Se você se machucasse... porra, da próxima vez fale.

— Você vai tentar me ensinar mais algum esporte? — Levanto uma sobrancelha.

Ele abre um pequeno sorriso.

— Provavelmente não. Os esportes de neve são os únicos em que sou bom.

— Aí estão vocês! — Nós olhamos ao redor para encontrar Sasha abrindo o zíper de seu casaco laranja brilhante. — Seth — ela ordena —, vá me pedir um mocha e pegue o que você quiser. — Ela enfia algum dinheiro do bolso para ele, que sai sem um pio de protesto.

Ela chega à nossa mesa, puxando uma das cadeiras vazias e desabando nela.

— Estou exausta, mas isso foi muito divertido. Obrigada por me convidar. — Ela lança um sorriso hesitante na direção de Ansel.

Ele mexe os dedos em resposta, dizendo silenciosamente que não é grande coisa.

— Quer ir tomar banho daqui a pouco? Depois, todos nós podemos sair para jantar.

— Isso é bom para mim — concordo, percebendo que a escuridão está se aproximando. Nós prometemos estar na estrada de manhã cedo, então quanto mais cedo comermos e nos acomodarmos para a noite, melhor.

Seth volta com o mocha de Sasha e uma xícara fumegante de chá para si. Ele lhe entrega o troco e ela o coloca de volta no bolso por segurança.

Depois que nossas bebidas são esvaziadas, nós quatro seguimos juntos para o nosso andar e para nossos quartos adjacentes.

Deixo Sasha tomar banho primeiro enquanto tiro todas as camadas de roupas em que me enfiei.

Com a maioria das minhas camadas fora, deixando-me em leggings pretas e uma camisa preta de manga comprida, espero Sasha terminar.

Caindo de volta na cama, envio uma mensagem para Sage, deixando-o saber o que estamos fazendo. Enviei-lhe atualizações frequentes ao longo do dia para ajudar a aliviar suas preocupações.

> Sage: Fico feliz que você esteja se divertindo.

> Eu: Obrigada. Vejo você amanhã.

> Sage: Envie uma mensagem antes de ir para a cama.

> Sage: Me mande uma mensagem quando sair de manhã também.

> Eu: Eu vou. Não se preocupe.

> Sage: Me preocupar é o meu trabalho.

Nego com a cabeça, colocando meu telefone na cama.

A porta do banheiro se abre, vapor saindo com ela.

— Todo seu — Sasha anuncia, segurando uma pequena toalha branca em seu corpo esguio.

Pego minha muda de roupa e tomo meu banho. O frio está começando a deixar meus ossos e o banho quente ajuda imensamente.

Saindo, seco meu corpo completamente e prendo o cabelo úmido em um coque para que ele não pingue nas roupas limpas que visto.

Voltando para o quarto, encontro Sasha de pé ao lado da minha cama com o telefone na mão.

doce dandelion

Não, não o telefone dela.

O meu.

Eu reconheço o adesivo *"você consegue!"* descascado na parte de trás. Suas sobrancelhas estão franzidas e ela olha para cima quando me vê.

— Quem é Lachlan? Você tem um namorado ou algo assim?

— Não — deixo escapar muito rápido, correndo para frente para arrancar meu telefone dela.

Na tela, o texto mostra claramente:

> Lachlan: Sinto a sua falta.

Ela revira os olhos.

— Você pode me contar. Eu sei guardar segredo.

Eu a encaro, tentando não rir, porque não há maneira no inferno que eu possa contar a ela que fiz sexo com o nosso orientador da escola. Estou chocada que ela não reconheça seu primeiro nome, ou talvez ela o faça, mas acha que há outro Lachlan no mundo que eu conheço.

— Não é nada. — Enfio meu telefone no bolso da calça jeans.

Seus olhos se estreitam, desconfiados.

— Dani...

Eu me viro, ignorando-a.

— Vou chamar os meninos.

Antes que ela possa responder, estou fora da porta e batendo na deles. Ela se junta a mim, ainda me lançando olhares confusos e especulativos.

A porta se abre, revelando Seth com as sobrancelhas estreitas. Seu cabelo escuro está úmido, encaracolado nas pontas.

— Há um incêndio?

— O-o quê? — gaguejo, pega de surpresa porque ele falou.

— Você está batendo na porta como se houvesse uma emergência. Há. Um Incêndio? — enuncia.

Balanço a cabeça.

— Não.

— Seth, cara, não implique com ela. — Ansel aparece, dando um tapa no ombro do amigo. — Talvez ela esteja realmente com fome ou algo assim. — Ele termina de colocar o cinto no lugar. — Vamos lá.

Cutuco o garfo no meu jantar caro, incapaz de comer muito, porque não há espaço com o puro pânico enchendo minha barriga por causa de Sasha ter visto aquela mensagem. Ainda bem que não dizia mais do que *"sinto a sua falta"*, ou eu estaria em apuros.

— Acho que ela não estava com fome.

Todos nós olhamos para Seth.

— Hã? — Ansel ergue uma sobrancelha.

Seth acena com a cabeça para o meu prato mal tocado.

— Você disse que talvez ela estivesse realmente com fome. Ela não comeu.

— Algo errado, Meadows?

Nego com a cabeça.

— Estou bem.

Sasha estreita os olhos em mim. É óbvio para ela que me desliguei depois que ela viu a mensagem no meu telefone. Quero ficar brava com ela por bisbilhotar, mas a culpa é minha por deixar meu telefone no quarto para começar.

— Cansada de hoje, eu acho. — Empurro minha comida um pouco mais. — Eu poderia estar pegando alguma coisa.

— Vou pegar as comandas e podemos ir — Ansel responde. Os pratos de todos eles já estão vazios.

— Eu queria sobremesa. — Sasha faz beicinho.

— Então pegue pra viagem — ele diz a ela.

Os dois partem em busca da nossa garçonete.

Seth volta ao seu silêncio normal.

São mais uns vinte minutos até que todas as nossas contas sejam pagas e Sasha tenha sua sobremesa. A viagem de volta ao hotel é mais dez minutos.

Nós duas entramos no quarto e eu rapidamente pego meu pijama, me trancando no banheiro antes que ela possa entrar, mas sei que não posso evitá-la para sempre.

Quando saio do banheiro, ela já está esperando sua vez.

Subo na cama, apago as luzes e rolo de lado.

doce dandelion

Eu não respondi a Lachlan. Não posso. Espero que ele não leve para o lado pessoal, mas não posso arriscar que Sasha possa ver qualquer outra troca.

Sasha sai do banheiro um pouco mais tarde e não estou dormindo como queria estar. Mantenho meus olhos fechados, porém; minha respiração uniforme.

Seus passos são leves no chão acarpetado. Um momento depois, há o som das cobertas sendo viradas para trás e o colchão range quando ela afunda nele.

Um minuto se passa antes que ela fale:

— Eu sei que você está acordada, Dani. — Endureço, ainda de frente para a parede, de costas para a cama dela. — Se você não quer me contar sobre seu namorado ou o que seja, tudo bem. Todos nós temos os nossos segredos.

Sua última frase parece uma picareta acertada no meu peito.

Sinto que tenho tantos segredos. Eles estão empilhando um em cima do outro.

É errado que Sasha seja minha amiga e há tantas coisas que ela não sabe sobre mim, porque eu não queria compartilhá-las. Não é um reflexo dela, mas de mim, que quero manter essas coisas comigo, em vez de ser aberta e honesta.

Eu rolo e vejo que ela está de lado, de frente para mim. Seu cabelo loiro parece brilhar dentro do quarto escuro.

— Não quero falar sobre a mensagem, é complicado, mas… tem coisas que eu não te disse que deveria ter contado. Tenho sido uma amiga realmente ruim para você.

— Isso não é verdade…

Continuo, como se ela não tivesse falado:

— Eu deveria ter te contado isso há muito tempo, mas eu não estava pronta; provavelmente não deveria ter escondido, mas é complicado.

— Você não tem que me dizer nada que não esteja pronta. Quero dizer, sou intrometida pra caralho, então é claro que quero saber, mas não vou evitar você por não compartilhar coisas comigo.

— Não — balancei a cabeça —, está na hora.

Sasha espera pacientemente pelos minutos que levo para descobrir o que dizer.

Quando o faço, as palavras saem de mim.

Assim como as lágrimas.

E quando Sasha sobe na minha cama, me abraçando, eu não a impeço. Em vez disso, eu a abraço de volta.

capítulo 55

Está escuro lá fora quando nós subimos no SUV para ir para casa. Ansel tem algum tipo de coisa de família para a qual ele precisa voltar, então sua mãe disse para estar em casa o mais tardar às oito. Ansel, provavelmente não querendo correr o risco de se meter em encrencas, insistiu que todos nós estivéssemos acordados às cinco e na estrada o mais tardar às seis. São cinco e quarenta e cinco, então acho que nos saímos muito bem.

Desta vez, sento-me na frente, já que Sasha quer tentar dormir mais.

Não demora muito até que um ronco suave emana do banco de trás e sei que ela está fora.

— Você se divertiu, Meadows?

— Sim, foi divertido. Lamento que você tenha ficado preso tentando me ensinar e realmente não conseguiu esquiar sozinho.

Ele me dá um sorriso no carro escuro.

— Não importa, eu me diverti mesmo assim. — Sufocando um bocejo, inclino a cabeça contra a janela fria. — Coloque o rádio no que quiser. Ou aqui, conecte seu telefone. — Ele o pega, estendendo-o para mim.

— O que quer que você queira está bem.

Ele suspira, deixando o fio cair, e liga a estação que está tocando no momento.

— Seth, você está legal aí atrás? — pergunta.

Há um grunhido em resposta e Ansel ri, balançando a cabeça.

Mando uma mensagem para Sage avisando que estamos na estrada. Quase imediatamente, ele envia um joinha. Eu me pergunto se ele dormiu. Ele é tão preocupado.

A estrada que sai do resort é longa e com bastante vento. É ainda pior sair do que chegar, já que agora é ladeira abaixo.

Os faróis brilham na estrada coberta de neve e...

— Ansel! Cuidado! — grito, mas é tarde demais.

doce dandelion

Ele pisa no freio, mas o carro desliza, batendo no cervo que saiu correndo da floresta. O airbag explode na minha cara e o SUV gira, colidindo com o barranco. Minha cabeça bate no painel, umidade escorrendo do meu nariz, e então a escuridão cobre minha visão como um agradecimento final.

O bipe de máquinas é um som muito familiar e, com meus olhos fechados, por um momento penso que estou de volta ao hospital depois do tiroteio e todos os últimos meses foram um sonho. Piscando meus olhos abertos, deixo escapar um gemido grogue. Meu rosto dói como o inferno.

— Onde está a minha irmã? — Ouço gritos no corredor, seguidos por alguns *"senhor"*.

Um momento depois, a porta do quarto em que estou é aberta e Sage está ali, pálido e em pânico.

Me pega de surpresa quando ele cai de joelhos e, de repente, várias enfermeiras estão lá, tentando ajudá-lo a se levantar.

Quando ele encontra suas pernas novamente, corre para o meu lado.

— O que aconteceu? Recebi uma ligação que você estava ferida e no hospital. Eu vim o mais rápido que pude. Mal ouvia o que eles me diziam.

— E-eu não me lembro — gaguejo.

Sage grita com a enfermeira:

— Ela tem dano cerebral! Ela não se lembra! Faça alguma coisa!

Nesse momento, flashes e pedaços do que aconteceu voltam à tona.

O veado. O carro girando. A batida do metal contra a rocha.

Coloco a mão na cabeça, sentindo um latejar começando no meu crânio.

— Senhor, ela bateu a cabeça e teve uma concussão. A memória dela vai ficar nebulosa.

Abafo o próximo discurso de Sage enquanto ele vai e volta com a enfermeira.

Pelo que entendi da conversa, além da concussão, meu nariz sofreu um grande golpe, mas não quebrou, e minhas costelas estão machucadas pelo cinto de segurança.

— Meus amigos — falo de repente, minha garganta seca. — Eles estão ok?

— Eles estão bem, querida — ela me garante, com um tapinha na minha mão, atirando punhais no meu irmão escandaloso. — Um pouco machucados como você, mas vão ficar bem.

— Posso beber um pouco de água?

— É claro. Estarei de volta com o médico, como seu irmão pediu. — Ela lhe dá um olhar aguçado.

Assim que sai, ele está de volta ao meu lado, puxando uma cadeira até a beirada da cama branca.

As cobertas são duras contra o meu corpo. Agarrando minha mão direita, ele a embala na sua. Há alguns arranhões em cima da minha mão, mas não tenho ideia de como chegaram lá.

— Eu poderia ter perdido você *de novo* — sua voz falha, seus olhos se enchendo de lágrimas.

— Sage. — Minha mão balança na dele. Não sei o que dizer. "Desculpa" parece fraco e patético, não é como se isso fosse planejado, apenas aconteceu. — Eu estou bem — digo, em vez disso.

Ele esfrega a outra mão no rosto cansado.

— Eu não sei o que faria se algo acontecesse com você. Mamãe me deixou no comando e não acho que você quase morrer a deixaria muito feliz.

— Não foi sua culpa — digo, confusa.

Seu rosto aperta.

— Eu deixei você ir. Deveria ter dito não.

Reviro os olhos.

— Foi um acidente bizarro. Eu poderia ser atropelada por um carro na faixa de pedestres. Você não pode controlar tudo, não importa o quanto tente.

Ele estremece.

— Não diga coisas assim, D.

— É verdade — protesto. — Você não pode se esconder porque tem medo do que *pode* acontecer. Você tem que sair e viver. Eu me diverti com meus amigos. Um cervo correu na frente do carro. Ninguém poderia ter previsto isso.

Seus lábios se curvam um pouco.

— Pare de ser lógica — pede. Abro um sorriso e gemo. — O quê? — Suas mãos flutuam ao meu redor. — O que dói?

— Meu rosto. — Toco minha bochecha suavemente.

doce dandelion

Nesse momento a enfermeira volta com um copo de isopor com água com tampa e canudo, um médico de jaleco branco atrás dela.

Pego a água dela com gratidão e tomo um gole. Não faço ideia de quanto tempo estou aqui, algumas horas, suponho, mas minha garganta parece como se fizesse dias desde que bebi uma gota d'água.

O médico explica as mesmas coisas que a enfermeira, mas diz que gostariam de me observar por mais algumas horas antes de me deixar ir embora, e que também serei mandada para casa com analgésicos.

Torço o nariz com essa notícia. Odeio tomar analgésicos. Na maioria das vezes, eles me fazem dormir o dia todo e isso me incomoda.

Sage concorda com tudo o que o médico diz, fazendo perguntas aqui e ali. Finalmente, depois de quinze a vinte minutos de perguntas intermináveis, meu irmão solta o homem.

Quando somos nós dois mais uma vez, ele me olha com um leve sorriso e balança a cabeça.

— Você acha que poderia parar de quase morrer?

Aperto sua mão.

— Sem promessas, mas vou tentar.

Ele exala um suspiro pesado.

— O que eu vou fazer com você?

— Me ame, mesmo quando eu te deixar louco. — Sinto lágrimas queimarem meus olhos, pensando em todo o medo e turbulência que meu irmão suportou por minha causa.

— Bem, isso é fácil o suficiente, Erva.

capítulo 56

— O que aconteceu com o seu rosto?

Olho para Lachlan, de olhos arregalados, quando entro em seu escritório na quarta-feira. Ele se levanta, as mãos em sua mesa, me encarando em completo choque. Acho que já que ele é um membro do corpo docente, não ouviu os murmúrios ecoando pelos corredores sobre o acidente. Felizmente, todos os nossos ferimentos foram bastante leves. Poderia ter sido muito pior.

— Ah, eu... — Giro o dedo no meu rosto. — Eu sofri um acidente.

— Mas que porra é essa? — deixa escapar, ainda me encarando em choque.

Eu pareço ter vivido inferno, eu sei. A força contra o meu nariz causou dois olhos pretos, e roxo *definitivamente* não é a minha cor.

Ele descongela e de repente está bem na minha frente, pegando meu rosto muito gentilmente em suas patas enormes que ele chama de mãos.

Vejo as perguntas refletidas em seus olhos.

— Eu estava com Ansel, Sasha e Seth — ele provavelmente não tem ideia de quem são todos eles, mas seus olhos se estreitam quando menciono Ansel — e nós acertamos um cervo. Isso fez o carro girar e batemos em um barranco. Eu estou bem, prometo. Dolorida, mas bem.

— Dani — meu nome é um apelo em seus lábios. — Por que você não me contou?

Penso em sua mensagem não respondida no meu telefone. Depois que Sasha descobriu a mensagem, eu estava com muito medo de responder e com o acidente na manhã de domingo... bem, Sage tem sido uma mãe coruja, então tem sido impossível deixar Lachlan saber de qualquer coisa.

— Eu não podia.

Seu rosto cai, mas sei que ele entende.

— Mas você está bem? — Seu polegar esfrega um círculo suave sobre minha bochecha.

— Estou bem. Apenas com alguns danos. Minhas costelas também estão machucadas.

doce dandelion

Ele olha para baixo, como se pudesse ver o hematoma no meu peito do cinto de segurança através do meu suéter preto.

— Eu sinto muito, porra.

— Foi um acidente bizarro — respondo, movendo-me ao redor dele para me sentar no sofá, meu corpo desejando o descanso. Sage queria me manter em casa pelo resto da semana, mas eu queria voltar ao meu horário normal.

— Pensei que você estivesse doente quando você não apareceu ontem ou segunda-feira. — Suas mãos ficam baixas em seus quadris. — Eu queria te mandar uma mensagem, mas achei que não deveria.

Solto um suspiro, olhando para ele com olhos tristes.

— Isso é tão complicado.

— Sim. — Ele se inclina contra a mesa, esfregando o rosto. Seus olhos passam por mim mais uma vez.

— Sei que parece ruim, mas poderia ter sido pior — garanto. Ele limpa a garganta, e posso dizer que está um pouco engasgado. — Lachlan, eu estou bem, juro.

Ele abre a boca para responder, mas nesse momento a porta se abre.

Ele salta para longe de sua mesa como se estivesse pegando fogo. Por sorte, não estávamos nem perto.

— Ah, desculpe interromper — uma das secretárias diz — me disseram para passar isso para você. — Ela estende alguns arquivos, a outra mão ainda na maçaneta.

O sorriso de Lachlan é apertado.

— Obrigado. — Ele os pega dela, deixando-os em sua mesa.

— Sem problemas. Desculpe — diz novamente, me dando um sorriso de desculpas —, eu não queria interromper.

— Bata da próxima vez. — O tom de Lachlan é gelado e bastante rude.

Ela empalidece, seus olhos atirando para os dele.

— Claro, mais uma vez, me desculpe.

Ela fecha a porta atrás de si e nós dois ficamos em silêncio por vários minutos.

Lachlan finalmente se move, caindo em sua cadeira.

Não sei o que dizer, então continuo calada. O que aconteceu é a prova de como nós temos que ser cuidadosos, porque é muito fácil sermos pegos.

Vejo como ele abre e fecha os punhos, sua mandíbula tensa, sobrancelhas unidas. Meu próprio coração galopa como um cavalo imprudente cheio de adrenalina agora que ela se foi.

Não estávamos fazendo nada de errado, mas poderíamos facilmente estar, e em um segundo tudo poderia ter pegado fogo.

Os olhos azul-bebê de Lachlan flutuam na minha direção e sua expressão torturada é um soco direto no meu peito.

— Está tudo bem — digo, mas sei que realmente não está.

Ele balança a cabeça para frente e para trás, em silêncio.

O vômito de palavras toma conta, e começo a contar a ele sobre a viagem de fim de semana, mais sobre o acidente, conto a ele sobre os últimos dois dias e Sage cuidando de mim. Mas tudo o que faz é escurecer ainda mais seu rosto e o buraco no meu estômago cresce.

Eu o vejo se desligando bem na minha frente, e é assustador pra caralho. Chegamos longe demais para voltar atrás.

Quando o sinal toca, me assusta, e sei que tenho que ir.

Parando na porta, olho por cima do ombro:

— Não me deixe — murmuro.

Seus olhos se voltam para mim, o medo vívido.

Ele me dá um aceno de cabeça, porém, e digo a mim mesma que é melhor do que nada.

capítulo 57

Algumas semanas depois, não há mais nenhuma evidência do acidente, exceto pela leve dor ainda nas minhas costelas, mas não é nada que eu não possa lidar.

Entrando na academia, encontro-a vazia.

Subindo na bicicleta, coloco meus fones de ouvido e começo a minha playlist.

Deixando a minha cabeça esvaziar, eu me abstraio por um tempo até que meus pensamentos derivam para Lachlan.

As coisas não têm sido as mesmas desde que aquela secretária invadiu a sala. Não é como se estivéssemos fazendo alguma coisa, mas acho que o medo do que *poderíamos* estar fazendo o consumiu. Mesmo se alguém o visse tocando a minha bochecha, isso não seria inocente, não entre alguém na posição dele e uma estudante.

No entanto, está se aproximando de abril, e sinto tanto a falta de seu toque que meu corpo inteiro dói por isso. Não é que ele não tenha me tocado, nós compartilhamos alguns toques de nossos dedos, beijos roubados, mas não nos perdemos um no outro como fizemos na véspera do Ano-Novo.

Quero sentir sua pele nua sob a minha. Traçar os contornos de seus músculos com a ponta do dedo. Quero senti-lo dentro de mim, ao meu redor, tomando conta de tudo.

Mas com a parede que ele construiu de volta, isso não parece provável.

A única coisa que me conforta é que ele ainda me diz que me ama. Às vezes, sussurrado no meu ouvido antes de eu sair do escritório dele; outras vezes, na rua, se eu esbarrar com ele e o Zeppelin, e se ele não consegue falar, manda uma mensagem.

É como se ele quisesse que eu soubesse, apesar de sua distância, que seus sentimentos ainda permanecem.

Com os pensamentos de Lachlan enchendo minha cabeça, me esqueço de registrar meu treino e, quando olho para a bicicleta, ela me diz que fiz 40 quilômetros, o que é muito mais do que preciso no meu primeiro dia de volta. Eu pretendia fazer apenas uns míseros dez em uma velocidade lenta.

Descendo, meu corpo está levemente úmido de suor. Passando o braço pela testa, tomo um gole da água. Desta vez, lembrei-me de trazer uma garrafa comigo.

Engolindo cada gota, sigo para a saída. Balançando a porta para abri-la, imediatamente esbarro em alguém. Meu corpo começa a cair, mas uma grande mão me agarra.

— Uau, sinto muito por isso — uma voz rouca fala.

Olho para o meu salvador, um homem alto com cabelo castanho espesso e uma grande barba com fios grisalhos.

— Obrigada por me pegar. Isso poderia ter sido ruim. — Eu teria acabado com uma contusão enorme no meu quadril, com certeza.

— Tire a mão dela! — Olho para ver Lachlan marchando pelo corredor em seu traje de ginástica.

— Que porra é essa, cara? Ela estava caindo. Eu a segurei. Fim da história. — Ele me encara com olhos castanhos quentes. — Você está bem?

— Estou bem.

Satisfeito, ele me solta e dá uma olhada em Lachlan antes de ir para o ginásio.

— Que diabos, Lachlan? — disparo, fumegando de raiva. — Eu esbarrei nele e comecei a cair. Ele estava me ajudando, é isso.

A raiva ferve em minhas veias, porque odeio seu olhar furioso.

— Você não pode impedir as pessoas de me tocarem — continuo, quando ele não diz nada.

Suas narinas se dilatam, mas então a luta se esvai dele. Uma respiração sai. Passando os dedos pelo cabelo, ele vira os olhos para mim, parecendo um pouco envergonhado, o que ele deveria estar.

— Desculpa — ele sussurra. — Eu sou um babaca. Acho... — ele desvia o olhar por um momento antes de centrar em mim mais uma vez. — Acho que me irritou vê-lo tocando em você tão livremente, tão abertamente, quando eu não posso fazer o mesmo. Não sem culpa na consciência. — Sua mão se levanta, como se quisesse tocar minha bochecha, mas ele rapidamente a deixa cair, apertando a mandíbula.

Lágrimas ardem em meus olhos.

— E-eu sei que isso é complicado. Mas tenho dezoito anos. Sou uma *adulta*, Lachlan. Vou fazer dezenove em algumas semanas. Vou me formar em junho... vai ficar tudo bem.

Ele pisca para mim.

— C-Certo? — digo em voz baixa.

Ele parece tão magoado, e isso me mata pra caralho que eu seja a fonte disso.

— Eu não sei, Dani.

— O-o que há para não saber?

Suas mãos sobem, prendendo-me contra a parede com uma de cada lado de mim.

— Tudo.

— Hã?

Seus lábios roçam perigosamente perto da minha orelha e estremeço com a sensação subindo pela minha espinha.

— Quando se trata de você, eu não sei de mais nada, e definitivamente estou questionando que tipo de homem eu sou.

— Lachlan...

Ele dá um passo para trás.

— Porque, de onde estou, eu sou o pior tipo que existe. Pegar algo que não deveria pertencer a mim.

Ele se afasta, desaparecendo na academia, e fico parada ali perdida, tendo que recuperar meu fôlego.

Quero dizer que ele está sendo louco. Ele não roubou nada. Eu dei a ele tudo.

Minha confiança.

Meu coração.

Minha virgindade.

Meu amor.

Tudo de mim.

Eu dei de graça. Ele não é um ladrão.

Ele não é.

capítulo 58

Meu aniversário cai em uma quarta-feira, o que significa que tenho que passá-lo na escola.

Ansel me persegue antes do primeiro período começar para me dar um cupcake de chocolate com cobertura amarela, uma vela saindo do topo.

— Ansel! — Pego dele, lutando contra um sorriso. — Obrigada.

Ele dá de ombros como se não fosse grande coisa e nada atencioso.

— Eu acenderia a vela, mas se um professor visse eu poderia ser expulso — ele brinca, com uma piscadinha brincalhona.

Fecho os olhos e faço um desejo de qualquer maneira. Ele pega a vela para que eu possa comer o cupcake. Dando uma mordida, sufoco um gemido, porque o cupcake é malditamente bom demais.

— Aqui, dê uma mordida. — Seguro o cupcake para ele.

— Obrigado — ele fala, mastigando.

Quando olho para cima, vejo Lachlan nos observando e uma dor enche minha barriga. Depois do nosso encontro fora da academia do condomínio algumas semanas atrás, ele está me evitando. Não é como se pudesse se esconder de mim durante meu período com ele, mas tem sido estritamente profissional, quase frio às vezes.

Está me matando por dentro, e quero falar com ele sobre isso, mas ele nunca me dá chance. A última vez que tentei falar sobre isso na escola, ele parecia que ia engasgar e ficou olhando para a porta como se fôssemos ser interrompidos por alguém de novo.

Nós passamos por Lachlan e tento esconder minha decepção quando nem sequer consigo um sorriso dele.

— Então, eu estava pensando — Ansel começa, chamando minha atenção de volta para ele e para longe do homem taciturno agora em algum lugar atrás de nós, voltando para seu escritório sem dúvida. — O baile está chegando e devemos ir. Como amigos — ele acrescenta. — Estritamente amigos.

doce dandelion

353

Eu rio dele por querer deixar isso bem claro. Cartazes enchem os corredores, lembrando juniores e seniores de comprarem seus ingressos para o baile que está chegando, no dia 2 de maio.

— Eu não estava planejando ir — seus ombros caem —, mas poderia ser divertido.

Sasha foi convidada por alguém do time de beisebol e sei que ela está animada. Ela está me dizendo que *tenho* que ir pelas últimas duas semanas.

— Vou comprar os bilhetes — ele fala.

Reviro os olhos.

— Vou comprar o meu bilhete.

— Não, Meadows. Deixa comigo.

Nego com a cabeça.

— Qualquer coisa que você diga. — Embora, eu ainda pretendo obter o meu próprio. Não é justo com ele me convidar como amigo e depois pagar por tudo.

Chegamos à aula e temos que parar de falar sobre o baile para começar a trabalhar em nosso grande projeto final para a aula de arte. Teremos algumas coisas menores depois disso, mas esse contará para a maior parte da nossa nota. A Sra. Kline nos dividiu em grupos de quatro e então nos deu uma pintura para dividir entre nós. A parte da pintura que faremos será em um forro que será instalado no escritório da frente no final do ano.

Tirando as tintas que vou precisar, começo a trabalhar na minha seção. Não estou nem perto do nível de artista que os outros alunos estão, mas estou fazendo o meu melhor, e não acho que a minha parte pareça tão ruim assim. Ela combina perfeitamente com o resto.

— Com boa aparência, Meadows. — Ansel bate no meu cotovelo de brincadeira no caminho de volta com sua paleta de tintas.

— Obrigada.

A Sra. Kline coloca uma música e começamos a trabalhar. É bom se perder um pouco nos redemoinhos de cores da pintura clássica de Picasso que estamos recriando.

É a pintura dele, Garota em frente ao espelho, e de alguma forma parece apropriado que esta me foi designada para fazer parte. É assim que me sinto muitas vezes, como se estivesse em frente a um espelho, tentando descobrir quem realmente sou, se o que vejo refletido para mim é verdade.

Meu pincel passa sobre o azulejo, adicionando uma segunda camada de cor a uma parte que já pintei, para ajudar a preencher algumas das lacunas esbranquiçadas onde a tinta não quer grudar no azulejo.

— Parece bom — a Sra. Kline me diz, passando.

Minhas bochechas esquentam sob sua aprovação. A aula de arte se tornou uma das minhas favoritas. Recentemente, tive que comprar outro caderno de desenho porque preenchi o primeiro.

Ansel, ouvindo-a, ergue os olhos de seu próprio azulejo e sorri para mim.

Seu cabelo castanho cai sobre a testa e, com seu sorriso, ele é todo charme de menino. Meu coração dói com algo que não consigo entender, porém, mais uma vez me pego desejando que fosse por ele que eu tivesse sentimentos. As coisas seriam muito menos complicadas.

As últimas notas da versão muito alta e muito desafinada da música de feliz aniversário que Sasha e Ansel cantaram permanecem no ar. Seth, é claro, não se juntou à canção festiva.

A bibliotecária nos encara brava com um aviso, mas não diz nada, já que somos sempre quietos.

— Vocês estão me envergonhando, pessoal. — Meu rosto inteiro está, sem dúvida, vermelho-lagosta.

— Nós? Envergonhando? Nunca. — Sasha pisca para mim, comendo a salada que pegou para o almoço. — Ah! — Ela pula, curvando-se para vasculhar sua bolsa. — Aqui está o seu presente. — Ela desliza uma bolsa roxa sobre a mesa.

Pego, com um sorriso agradecido.

— Você não precisava me dar nada.

Ela revira os olhos.

— Cala a boca e abre.

Removo o papel de seda e revelo vários itens pequenos. Pego o primeiro, um ursinho de pelúcia segurando um coração que diz "feliz aniversário", o próximo é uma loção perfumada de lavanda e, finalmente, uma pequena caixa de joias. Abrindo-a, encontro metade de um colar de amizade. Meus olhos disparam para ela, que puxa a outra metade de debaixo de sua camisa.

— Obrigada, Sasha. Isso é... realmente atencioso.

Sei que é apenas um colar de amizade, mas significa o mundo para mim saber que fiz relacionamentos duradouros com essas pessoas. Nunca imaginei que contaria a alguém na escola o que aconteceu comigo, mas fiz amigos em Ansel e Sasha. Contar a ela naquela noite no hotel foi a melhor decisão que eu poderia ter tomado. Ela merecia saber, e me aproximei dela desde então. Não percebi isso antes, mas estava me segurando, com medo de que ela descobrisse a verdade. Contar a Ansel desde o início é o que acredito ter ajudado a forjar nossa amizade tão profundamente.

Tiro o colar da caixa e o coloco no lugar. Seguro a metade do coração irregular contra o peito e sorrio para ela.

As palavras parecem me faltar, então agradeço novamente e ela acena com a cabeça.

Desta vez, Ansel me passa uma sacola de presentes.

— Ansel...

— Você não achou que eu só te daria um cupcake, não é?

— Cupcake? Eu quero um — Sasha interrompe, olhando ao redor como se ela não tivesse notado.

— É o aniversário de Meadows, eu comprei um cupcake para *ela*. Não pra você.

Ela empina o nariz no ar.

— Não sei por que alguém compraria *um* cupcake. Isso é um crime.

Ele nega com a cabeça.

— Vá em frente, abra.

Assim que espio na bolsa, percebo o ingresso do baile.

— Ansel, eu disse que compraria o meu bilhete!

— Eu sei. Por isso fui em frente e comprei.

— Espere um minuto, vocês vão ao baile juntos? Por que vocês não me contaram?

— Nós decidimos esta manhã — explico.

— Bem, isso é ótimo. Podemos ir comprar vestidos juntas! — Ela bate palmas animadamente. — Eu vou no próximo fim de semana com a minha mãe.

— Isso seria ótimo. — A última coisa que quero fazer é arrastar Sage para compras de vestidos. Isso soa como a minha versão do inferno. Ele provavelmente insistiria em me colocar em alguma coisa que me cobrisse da cabeça aos pés.

— Ok, Meadows, abra seu presente agora. Não era o seu ingresso para o baile.

Seth observa tudo sem dizer uma palavra. Surpresa, surpresa.

Da sacola de presentes, tiro um estojo Lucite cheio de esmalte. Meu queixo cai e olho para Ansel em choque.

— Como você sabia que eu amo esmaltes?

Ele bufa.

— Você sempre usa, e está por todo o seu quarto. Eu me sentei em um frasco uma vez. — Eu rio, mordendo o lábio e abrindo a caixa, tirando as várias cores e olhando os nomes diferentes por curiosidade. — Deixe-me dizer a você, quando fui comprar todas essas coisas, recebi alguns olhares estranhos. Mas não se preocupe, eu aguentei tudo por você, Meadows.

Não posso deixar de rir de seu drama.

— Obrigada, pessoal. Sério, este foi um aniversário muito bom.

— Você vai fazer alguma coisa com seu irmão? — Sasha pergunta, com a boca cheia de salada.

— Nós provavelmente vamos sair para comer. — Não que isso seja realmente diferente de qualquer outro dia, mas tanto faz.

— Isso soa divertido. Seu irmão é tão gostoso, à propósito. — Ela se abana.

Ela o conheceu brevemente pela primeira vez quando ele me pegou no hospital.

— Eca, por favor, me diga que você não está tendo uma queda pelo meu irmão.

Ela dá de ombros delicadamente.

— Ele é gostoso, eu tenho olhos. Me processe.

Cubro o rosto com as mãos.

— Cala a boca, estou perdendo o apetite.

Ela ri em resposta.

Desembrulhando meu sanduíche, dou uma mordida hesitante, vendo como meu estômago responde. Felizmente, estou bem, apesar de ouvir minha amiga dizer que meu irmão é gostoso.

Só comi metade do meu sanduíche antes de o sinal tocar, mas é o suficiente.

Todos nós jogamos nosso lixo fora e nos despedimos antes de seguirmos em direções opostas. Meu estômago se aperta com receio de ver Lachlan. Embora eu tenha me acostumado com a distância dele nos últimos dois meses, isso não significa que eu goste, especialmente não hoje, sendo meu aniversário.

Quando chego ao seu escritório, hesito do lado de fora da porta fechada.

Respiro fundo várias vezes, me firmando, antes de pegar a maçaneta e puxá-la para baixo.

doce dandelion

Ele olha para cima quando eu entro, usando seus óculos hoje.

— Ei, Clark — brinco, imaginando que isso pode aliviar o clima.

— Clark?

Aponto para seus óculos.

— Clark Kent, você sabe... o Super-Homem?

— Sim, eu sei. — Ele volta sua atenção para a tela do computador. Eu me sento no sofá e pego a lição de casa. — O que você está fazendo? — Ele arqueia uma sobrancelha em minha direção.

Arqueio uma de volta.

— Meu dever de casa.

— Por quê?

Enrolo minhas pernas debaixo de mim, balançando minha mão.

— Não sei, talvez porque não estou com vontade de falar hoje.

— Por que não?

— Porque é meu aniversário. — Olho brava, não para ele, mas através dele. — Hoje vai ser um bom-dia. Não estou falando do passado. Não vou ficar triste ou com raiva. Então vou sentar aqui e fazer minha lição de casa. Continue com o que quer que você esteja fazendo. Tenho certeza de que é muito mais importante do que eu, de qualquer maneira.

Estremeço, percebendo o quão reclamona a última frase soa. Não quero ser petulante, mas é horrível tê-lo agindo tão profissionalmente comigo ultimamente. Sei que é assim que as coisas sempre deveriam ter sido, mas a linha foi cruzada, e ele pode tentar o quanto quiser, mas ela não pode ser descruzada.

Nada pode apagar minhas memórias da sensação de suas mãos em meus quadris, a forma como seu pau se encaixou dentro de mim, como ele chupou meus seios. Tudo isso é permanente. Seu silêncio não pode remover suas ações.

O único som na sala é a respiração pesada que ele exala como se o peso do mundo estivesse em seus ombros.

Se ele está preocupado comigo, *conosco*, ele não sabe que estou pronta para carregar esse fardo com ele? Em poucos meses a escola vai acabar, essa preocupação vai ficar para trás.

— Feliz aniversário, Dani.

— Obrigada — minha resposta é suave, enquanto olho em branco para o dever de casa no meu colo.

Pelo menos quinze minutos se passam com ele continuando a trabalhar e eu principalmente encarando o meu dever de casa em vez de fazê-lo.

— Isto é ridículo. — Ele se afasta de sua mesa.

— Eu concordo.

Ele enfia os dedos longos pelo cabelo, andando de um lado para o outro na sala. Minha barriga dói vendo como ele está rasgado.

Ele se vira, de frente para mim, balançando o braço no ar descontroladamente.

— Há tantas coisas que quero dizer a você e não posso. Está me matando afastá-la, mantê-la à distância, mas eu tenho que fazer isso. — Ele bate no peito com o punho fechado. — Não estou fazendo isso para te machucar, ou te deixar com raiva, ou qualquer uma das coisas que você possa pensar. Estou tentando te proteger mais do que a mim mesmo. Eu quero te ajudar, mas estou preocupado que esteja te machucando.

— Você não está me machucando...

— Ouça — ele começa novamente —, eu tenho trinta anos, você tem dezenove. As paredes desta escola são uma prisão muito rígida que deveriam impedir você e eu de ficarmos juntos. Deixei meus sentimentos corromperem minha sensibilidade e, por causa do que sinto por você, eu preciso protegê-la. Você sentada aí, me dizendo que não quer falar porque é seu aniversário, me mata, porque eu sei que se eu não estivesse forçando as coisas a permanecerem profissionais, você nunca teria dito isso.

Há várias coisas dessa proclamação nas quais eu deveria me concentrar, mas em vez disso eu digo:

— Você tem trinta agora? Quando é seu aniversário?

Como eu não sei quando é o aniversário dele? Por que nunca perguntei?

— Hoje.

Pisco para ele, pensando que não posso tê-lo ouvido direito.

— Não, meu aniversário é hoje.

— Assim como o meu.

— Nós temos a mesma data de aniversário? — Não sei por que faço uma pergunta, quando ele já deixou claro.

— Sim.

— Por que você nunca me contou? — Não é como se eu tivesse feito um anúncio para ele sobre o meu aniversário, mas ele olhou minhas informações, então tinha que saber.

— Não é importante.

Reviro os olhos.

— É claro que uma coincidência como essa *definitivamente* não é importante.

— É apenas um aniversário. — Ele bagunça o cabelo novamente. Está ficando mais despenteado, como se ele não se importasse em aparar ultimamente.

— Eu teria dado alguma coisa para você — murmuro, cruzando os braços sobre o peito.

Ele se abaixa na minha frente.

— Eu sei que você teria.

— Foi por isso que você não me contou?

Ele dá de ombros.

— Nunca apareceu uma oportunidade.

Olho para longe dele, não satisfeita com essa explicação. Eu me dou alguns segundos para ficar com raiva, e então o encaro com nada além de tristeza.

— Feliz aniversário, Lachlan.

Seus olhos percorrem meu rosto como se estivesse estudando cada detalhe.

— Feliz aniversário, Dani — ele diz novamente.

Assusta-me quando seus dedos roçam meu joelho enquanto ele se levanta. Sei que ele fez isso de propósito.

Ele volta a se sentar em sua mesa, voltando ao seu trabalho, e mais uma vez estamos fingindo ser nada além de estranhos.

Assopro e apago a vela do cheesecake de caramelo salgado. Sage me trouxe a um restaurante chique para comemorar, mas eu teria ficado bem comendo pizza em casa. No entanto, este cheesecake parece delicioso.

Tirando a vela, dou uma mordida na sobremesa enquanto Sage observa.

— Huumm — murmuro.

Depois do grande jantar que tivemos, eu não tinha certeza se aguentaria mais, mas, convenhamos, sempre há espaço para a sobremesa.

Sage come o sundae de brownie que pediu para si mesmo.

— Como você diria que seu aniversário foi?

— Tem sido muito bom. — Por mais que eu queira que as coisas voltem ao normal com Lachlan, me recuso a deixar isso arruinar meu dia.

— Bom. — Ele limpa a calda de chocolate do lábio.

Quando chegou em casa do trabalho, ele me deu meus presentes, alguns novos materiais de arte, alguns livros que achou que eu poderia gostar e algum dinheiro, sutilmente sugerindo usá-lo para decorar meu quarto.

Nós terminamos nossas sobremesas, pagamos e retornamos para casa.

Estamos quietos no caminho de volta, e depois que ele estaciona na garagem, eu me viro para ele.

— Vou dar uma caminhada.

— Eu posso ir com você — insiste, soltando o cinto de segurança.

Nego com a cabeça.

— Não, eu quero ir sozinha.

Ele parece um pouco magoado no começo, mas depois assente.

— Ok, não demore muito.

— Eu não vou.

Enquanto ele sobe no elevador, subo as escadas para o saguão e saio para a rua. O sol está começando a se pôr, e tudo está banhado em tons de ouro e laranja.

Enrolando minha jaqueta jeans mais apertada em volta de mim para evitar o frio vindo do vento fraco, começo a andar, inalando o ar fresco.

O calor desvanecendo do sol é bom no meu rosto. Inclino minha cabeça para o céu.

Eu quero parar de me sentir tão perdida. Como me reencontrar? Mostre-me o caminho.

Não me surpreendo quando meus pensamentos não recebem respostas.

Continuo andando, provavelmente longe demais, e me forço a voltar para o condomínio.

Meus passos diminuem quando vejo o enorme cachorro marrom à minha frente, seu dono alto e de ombros largos de pé ao lado dele.

Por que eu tenho que sofrer por ele? Por quê? Por que ele entre todas as outras milhões de pessoas no planeta?

Novamente, nenhuma resposta.

Como se ele sentisse a minha presença, Lachlan olha por cima do ombro, assustando-se quando me vê. Ele balança a cabeça, seus passos também diminuindo, como se estivesse esperando que eu o alcance.

Eu acelero, passando por ele.

— Dani! — chama, fazendo meu estômago revirar ao som de sua voz. — Dani, espere!

Suas súplicas me fazem reduzir e, em segundos, uma cabeça enorme bate na minha perna. Não posso deixar de sorrir para o cachorro marrom com os olhos doces e cheios de alma.

doce dandelion

— Você ia me ignorar? — A voz de Lachlan é baixa.

Inclino meu queixo, encontrando seu olhar intenso.

— Eu estava pensando nisso.

Ele trabalha sua mandíbula para frente e para trás.

— Eu mereço.

— Sim, você merece. — Não faz sentido negar os fatos.

— Sinto muito. — Mais uma vez, assim como hoje cedo, ele enfia os dedos longos pelos cabelos desgrenhados. — Tem... tem que ser assim.

Resisto à vontade de revirar os olhos. A última coisa que quero que ele pense é que sou imatura sobre essa coisa toda. Eu o amo profundamente e sinto falta de estar com ele. Quer ele saiba ou não, ele é meu lugar feliz, mas entendo mesmo a gravidade da situação.

— Independente disso — continua, sem que eu adicione nada à conversa —, eu... eu tenho uma coisa para você. — Seus lábios se afinam. — Está no meu apartamento. Venha comigo e eu vou pegá-lo. Quero que você receba hoje, enquanto ainda é seu aniversário.

— É seu aniversário também — eu o lembro, como se ele já não soubesse. — Você não vai fazer nada?

Ele pressiona os lábios enquanto continuamos a andar lado a lado em sincronia.

— Não.

— Por que não? — Estou sendo intrometida, eu sei, mas não consigo evitar. — Aniversários são feitos para serem comemorados.

Seus lábios trabalham para frente e para trás e posso ver a tensão visivelmente agarrada ao seu corpo enquanto ele luta consigo mesmo sobre se quer ou não expressar o que está em seu cérebro.

Finalmente ele olha para mim, suas sobrancelhas unidas.

— Se não posso comemorar como eu quero, com quem eu quero, qual é o sentido? Fiz um bolo para mim, isso é o suficiente.

— Você fez seu próprio bolo? — Minha voz é pequena. Por alguma razão, isso parte meu coração. Ninguém deveria ter que fazer seu próprio bolo de aniversário.

— Sim? — sai como uma pergunta. — O que há de errado com isso?

— É *seu* aniversário. Alguém deveria fazer seu bolo para você.

— Não é grande coisa. Faço isso desde que morei sozinho.

— Ok, master chef.

Ele realmente ri. Entramos no prédio, pegando o elevador até o andar dele.

Quando chegamos à sua porta, ele me olha por cima do ombro.
— Espere aqui.
Reviro meus olhos desta vez.
— O quê? Você acha que vou pular em você ou algo assim?
Ele nega com a cabeça, sua língua deslizando para molhar os lábios.
— Não é com você que estou preocupado, Dani.
Antes que eu possa responder, ele desaparece dentro, deixando a porta fechar.
Fico de pé lá, me sentindo como uma perdedora patética, enquanto espero que ele volte.
Mal se passa um minuto quando a porta se abre e ele estende um pequeno pacote e um envelope.
— Eu... — ele começa, então balança a cabeça. — Pegue.
Empurra a caixa e o envelope para mim e sou forçada a agarrá-los. Eu seguro com cuidado, olhando para ele. Antes que ele possa fechar a porta por completo, digo:
— Lachlan?
— Sim? — Ele faz uma pausa, seus olhos torturados.
— Ano que vem, vou fazer seu bolo de aniversário.
Eu o deixo ali parado antes que ele possa me dar uma negativa que não quero ouvir, e uma que me recuso a acreditar que seja verdade.
Pego o elevador, desço um andar e tenho que bater para que Sage me deixe entrar.
— Eu estava ficando preocupado — ele diz ao abri-la. — O que é isso? — Seus olhos caem para o pequeno pacote na minha mão e cartão.
— Ah... eu... hum... Taylor me mandou uma mensagem enquanto eu estava caminhando e me disse para passar e pegar meu presente de aniversário.
Quero dizer, não é uma mentira total, certo?
— Isso foi legal. — Ele fecha e tranca a porta atrás de mim. — Por que eu nunca conheci essa colega? Quer dizer, sei que não conheci realmente todos eles, mas se ela mora neste prédio, você pode convidá-la para jantar. Não quero que você pense que não tem permissão.
— Hum... vou manter isso em mente. — Mordo meu lábio inferior. Mentir assim para meu irmão está me consumindo por dentro, mas não é como se eu pudesse dizer a verdade a ele. — Eu vou para a cama.
Está começando a ficar tarde e é noite de escola, então pelo menos essa parte não é mentira.

Fechando a porta do quarto atrás de mim, tenho o cuidado de trancá-la. Coloco o presente e o envelope no edredom branco, olhando para os dois como se fossem uma cobra que poderia atacar e morder meus dedos.

Por que, Lachlan? Por que você tem que brincar com meu coração assim?

Eu me afasto da cama, vasculhando a cômoda em busca de um pijama. Puxo um par de leggings verdes e uma velha camisa universitária de Sage que roubei anos atrás. Mas, quando me viro, é claro, os dois itens ainda estão na minha cama esperando.

Eu gemo, pegando a caixa primeiro.

Sei que não tenho coragem de esconder em uma gaveta. Vai me incomodar demais.

Rasgo o papel de embrulho rosa-claro, revelando a pequena caixa de papelão. Levanto a tampa com cuidado. No topo, há uma nota retangular do tamanho de um cartão de visita com a caligrafia de Lachlan.

> *Quando vi isso, sabia que era você e tinha que comprá-lo.*
> *— L*

Levantando o cartão, revelo o delicado colar que está embaixo.

É um dente-de-leão de fio de ouro, não do tipo que você faz desejos que tantos outros transformaram em joias e tatuagens; não, isso é projetado para parecer um verdadeiro dente-de-leão amarelo, como a flor do meu nome.

Pego a corrente, olhando para a flor de arame que é do tamanho de uma moeda de dez centavos.

— Linda — sussurro para mim mesma. Colocando a caixa para baixo, eu me atrapalho para prender o colar em volta do pescoço. Quando o faço, fica acima do colar da amizade que Sasha me deu. Coloco minha mão sobre ela protetoramente, fechando os olhos.

Depois de um momento, pego o envelope amarelo e o abro, removendo a carta de dentro.

> *Dani,*
> *Ultimamente, parece que a única maneira que encontro para comunicar meus pensamentos e sentimentos adequadamente a você é*

escrevê-los. Espero que saiba que meus sentimentos não mudaram, mas manter distância é necessário. Não vou repetir aqui coisas que você já sabe sobre o porquê, é inútil.

Em vez disso, quero dizer que te amo. Essa é a única verdade em tudo isso que importa.

Errado, imoral, não importa, não posso negar o que sinto por você.

Gostaria que estivéssemos passando nossos aniversários juntos, mas não podemos. Parece que a lista de coisas que não podemos e não devemos fazer está ficando cada vez mais longa.

Mas, conhecendo você nesses meses, me apaixonando por você, não consigo me arrepender disso. Isso significaria que me arrependo de você, e você, Dandelion Meadows, não é o arrependimento de ninguém.

Feliz aniversário, baby. Eu te amo.

Por favor, se você não acredita em mais nada, saiba que meu amor por você é real.

- Lachlan

Seguro sua carta contra o meu coração, fechando os olhos. Por um momento, posso fingir que é ele que estou segurando.

capítulo 59

Depois de alguns resmungos de Sage, ele realmente expressou — ou fingiu — entusiasmo por eu ir ao baile com Ansel. Pode ter sido a minha insistência de que só vamos como amigos que finalmente o fez parar de atirar olhares de reprovação a cada menção ao baile. Ele até desembolsou algum dinheiro para uma limusine compartilhada e para o meu vestido de baile.

Fazer compras com Sasha tinha sido mais divertido do que eu esperava. Éramos apenas nós duas e nós rimos e brincamos, expressando opiniões sobre vários vestidos antes de decidirmos pelo *perfeito*.

Com meu cabelo e maquiagem feitos, entro no meu vestido, deleitando-me com a sensação dele. É muito mais estilo princesa do que eu alguma vez pensei que escolheria, mas, de alguma forma, é perfeitamente eu ao mesmo tempo.

Ele desce, expondo mais decote do que eu normalmente me sentiria confortável, mas parecia que a noite seria um pouco mais ousada. No entanto, meu irmão provavelmente vai ter um piripaque quando o vir. É ajustado na minha cintura, antes de sair em uma saia de tule esvoaçante. A coisa toda é de uma cor champanhe, mas o que o fez se destacar para mim são as flores rosas, brancas e azuis costuradas por todo o vestido com hastes verdes. A quantidade de flores é maior na parte de baixo, com não tantas enquanto sobe a saia. Há algumas costuradas no topo e esfrego meus dedos sobre elas, maravilhada com os detalhes requintados. Nunca tive nada parecido, mas adorei.

Olhando para o meu reflexo no espelho, escovo um cabelo fugitivo de volta ao seu penteado. Sage insistiu que eu arrumasse o cabelo e a maquiagem no salão. Defini um limite nas unhas, que eu pintei de uma cor nude.

Meu cabelo, que normalmente está sempre solto ou jogado para cima em um coque bagunçado, tem duas tranças no lado esquerdo da cabeça com o resto do cabelo puxado para trás e preso no meu pescoço. Algumas mechas perdidas emolduram meu rosto artisticamente para suavizar o visual. Minha maquiagem, que levou um tempo surpreendentemente longo considerando quão simples parece, dá à minha pele um brilho quente e iluminado. Meus olhos estão sombreados em diferentes tons de rosa, e meus lábios são de uma cor rosa nude com um *gloss* bronze no topo. Eu me sinto bonita — não que eu ache que sou um patinho feio —, mas, quando me olho no espelho, eu pareço adulta, mais como uma mulher do que a garota que sinto que estou presa.

Agarrando minha bolsa brilhante da minha cômoda, coloco meu telefone, brilho labial e o dinheiro que Sage me deu para esta noite.

Antes que eu possa escorregar meus pés nos saltos, Sage grita:

— Ansel está aqui!

Ajeitando os sapatos, eu me levanto, dando uma conferida uma última vez.

Removi o colar de Sasha, mas o dente-de-leão de Lachlan está pendurado acima dos meus seios.

Não posso ir ao baile com ele, mas pelo menos ele estará comigo de alguma maneira.

Não querendo dar ao meu irmão um momento a mais para pensar em mudar de ideia sobre me deixar ir com Ansel, eu os encontro na porta da frente.

— Uau — Ansel deixa escapar, me olhando de cima a baixo.

Sage sorri.

— Você está linda, D. — Seus olhos se estreitam no meu peito exposto. — Não me lembro de concordar com isso — ele resmunga.

Ando até Ansel e ele estende o corsage que me deu. É uma bela variedade do que parecem ser flores silvestres. Ofereço a ele meu pulso e ele o coloca. Agarrando sua lapela de orquídea branca simples, faço o mesmo.

Ele parece surpreendentemente bonito em seu smoking verde bem intenso, tão verde que é quase preto. Seu cabelo escuro está mais domado do que o normal e aqueles olhos azul-claros misteriosos dele são de outro mundo.

— Você parece bem — digo a ele, finalmente encontrando minha voz.

— Não tão bem quanto você.

— Pare de flertar com a minha irmã e deixe-me tirar algumas fotos.

Quero dizer a Sage que, se ele chama isso de flerte, não é de se admirar que esteja solteiro, mas não estou com vontade de provocá-lo e possivelmente deixá-lo bravo. Não quero que nada estrague esta noite.

Passo para o lado de Ansel e ele envolve um braço em volta de mim com cuidado, não querendo me tocar em qualquer lugar que Sage possa perder a cabeça.

doce dandelion

Uma vez que Sage tem sua cota de fotos — ele parece muito uma mamãe coruja —, estamos livres para ir depois de uma palestra sobre estar seguro e quando voltar para casa, o que felizmente é muito mais tarde do que o normal, já que ele concordou que eu poderia ir para o *after party*.

Ansel solta um suspiro enquanto esperamos pelo elevador.

— Seu irmão ainda me assusta — sussurra baixinho, como se Sage fosse aparecer de repente atrás de nós.

— Ele é um manteiga-derretida. Juro.

— Confie em mim, acho que ele escondeu alguns corpos em seu tempo.

As portas se abrem quando começo a rir.

Ansel pega minha mão para entrarmos, minha respiração fica presa quando finalmente olho e vejo Lachlan encostado na lateral do elevador. Ele está em um par de jeans, uma camiseta cinza-escura agarrada a ele como uma segunda pele.

Minha garganta fecha quando estou ao lado de Ansel, com Lachlan a apenas alguns centímetros de distância quando as portas se fecham.

— Ah, oi, Sr. Taylor — Ansel diz, com um sorriso.

Os olhos de Lachlan estão em mim, observando cada centímetro de mim em meu vestido, minha pele brilhando com a loção que passei. Ele parece sentir dor, como se algo estivesse alojado em seu esôfago.

Limpando a garganta, ele diz:

— Uh, sim. Olá. Vocês dois parecem... bem. — Essa palavra soa forçada e quando seus olhos encontram os meus, eles dizem algo diferente.

Linda.

As portas se abrem para o saguão e ele faz sinal para que saiamos primeiro.

O aperto de Ansel na minha mão se intensifica quando tropeço um pouco nos calcanhares, mas ter Lachlan nas minhas costas está mexendo com a minha cabeça.

Antes de chegarmos às portas, olho para trás. Meus olhos se conectam com os dele onde ele está parado no centro do saguão, assistindo. O olhar torturado em seu rosto rasga meu estômago em pedaços. Anseio por correr de volta, pular em seus braços, mas não posso.

Eu tenho que ir.

A limusine deixa Ansel, Sasha e seu par, Brett, no hotel.

O saguão está cheio de estudantes vestidos com suas melhores roupas.

— Por aqui, pessoal — Sasha orienta, apontando na direção que precisamos ir para o salão de baile.

Seu vestido azul-claro balança em torno das pernas. Na frente, há uma fenda alta e tomara-que-caia na parte superior. Saltos de tiras prateadas estão enrolados em seus tornozelos e ela não se incomodou com nenhum tipo de joia. Escolheu deixar o cabelo solto em cachos naturais, e eu estou feliz porque o cabelo dela é lindo. Acho que ela se parece com a Cinderela e sei que Brett está olhando para ela com apreço.

Assim que entramos no salão, meu queixo cai. As luzes estão esmaecidas e lâmpadas cintilantes pendem do teto em tons de branco, dourado e roxo. As mesas ao lado estão cobertas com toalhas pretas. Há uma área liberada para a dança, um buffet com comidas e bebidas e uma estação de DJ montada.

— Vamos dançar! — Sasha grita, agarrando a mão de Brett e arrastando-o para a pista de dança. Ele não protesta e eles se perdem na multidão.

Ansel balança seu corpo na frente do meu e se curva levemente com um sorriso torto, estendendo a mão para mim.

— O que a senhorita diz? Posso ter esta dança?

Deslizo minha mão na dele.

— Mostre o caminho.

Ansel me dá um sorriso torto e o deixo me puxar para a pista.

Meu corpo brilha com suor quando finalmente saímos da pista de dança. Sigo Ansel até a mesa de bebidas, surpresa com a risadinha feliz que continua saindo dos meus lábios.

Eu não tinha certeza se me divertiria esta noite, mas estou me divertindo muito. É bom sair com meus amigos.

Ansel me passa um copo cheio de água gelada. Eu o esvazio enquanto ele serve o dele e então encho o meu de novo.

Pegando um prato com lanches, encontramos uma mesa para sentar para descansar.

Dou uma mordida no salgadinho, observando Sasha e Brett ainda arrasando na pista de dança. Não posso deixar de me encontrar sorrindo.

Quando olho para Ansel, ele está me observando com um sorriso.

— O quê?

Seu sorriso cresce.

— Você... você parece feliz.

— Eu estou feliz. — Pela primeira vez em muito tempo, posso dizer isso com total confiança. Percorri um longo caminho desde que a escola começou.

Sasha vem correndo até nós e pega minha mão.

— Volte pra lá.

Brett cai em um dos assentos vazios.

— Eu preciso de um tempo.

Deixo Sasha me arrastar de volta para longe, nós duas dançando juntas, rindo, *vivendo*. Meu Deus, estou vivendo novamente.

Sinto os olhos de Ansel em mim. Atiro um sorriso em sua direção, tentando afastar as mãos bobas de Sasha enquanto ela tenta fazer um show para toda a turma do último ano.

Depois de algumas danças com ela, faço o meu caminho de volta para a mesa, engolindo uma água fresca que Ansel teve a gentileza de trazer para mim.

— Esta é a melhor noite de todas — Sasha proclama, finalmente se sentando. Brett tira um frasco do bolso e estende para ela. Ela toma um gole, estremecendo no processo. — Que diabos é isso?

Ele dá de ombros, olhando para o frasco.

— Eu não sei, misturei um monte de merda para que meus pais não notassem.

Sasha mostra a língua.

— Isso é nojento. Guarde para você. — Jogando o cabelo por cima do ombro, ela pergunta: — Quando vamos para o *after party*?

— Não vejo por que não podemos ir agora. Estamos aqui há duas horas — responde Ansel. — Devo chamar o carro?

Sasha procura qualquer protesto de Brett ou de mim e não recebe nenhum.

— Beleza, chame a limusine — ela manda. — Dani e eu precisamos correr para o banheiro.

— Nós precisamos?

Ela revira os olhos.

— É claro.

Ela me arrasta para o banheiro fora do salão de baile. Terminamos nossas coisas e lavamos as mãos antes de retocar a maquiagem.

Afofando o cabelo, ela diz:

— Brett parece bem esta noite, hein?

— Eu acho que sim — digo, me perguntando aonde ela quer chegar com isso.

Ela se inclina para frente, passando um pouco de batom rosa nos lábios.

— Acho que vou fazer sexo com ele esta noite. Quero perder minha virgindade antes da faculdade. Esta noite parece uma noite tão boa quanto qualquer outra.

Pisco para ela. Isso não soa como uma boa lógica para mim.

— Você não deveria esperar até amar alguém? Ou pelo menos se importar com eles?

— Não, eu quero acabar com isso. Todo mundo faz disso um grande negócio e não quero fazer isso. Você vai fazer sexo com Ansel esta noite?

Engasgo com minha saliva.

— Não, definitivamente não. Ele é meu amigo, só isso.

— Quero dizer, ele é gostoso. Por que não? Você é virgem?

Outras garotas estão entrando e saindo do banheiro, então não é como se estivéssemos sozinhas. Não posso acreditar que ela quer ter essa conversa aqui e agora.

— Eu... uh... não.

Ela se vira para mim, sorrindo.

— Foi aquele cara, Lachlan?

— O quê? — Meus olhos se arregalam.

— Sabe, aquele que te mandou uma mensagem dizendo que sentia sua falta?

Uma garota que eu reconheço da minha aula de inglês fala da pia que está na frente.

— Lachlan? — Ela me olha de cima a baixo. — O único Lachlan que eu conheço é o orientador.

— Aah, ele é gostoso pra caralho — alguém mais diz.

Meu corpo queima com o calor e, antes que Sasha possa abrir sua boca grande, eu a arrasto para fora do banheiro e viro a esquina.

— Ai, Dani, isso dói. — Ela extrai seu braço do meu aperto. — O que está acontecendo? Ignore-as, eu não acho que você dormiu com o orientador. — Ela finalmente olha para o meu rosto. — Ai, meu Deus, você fodeu totalmente com o orientador.

— Cala a boca — sibilo. — Você não pode contar a ninguém.

— Eu... — Ela pisca, de boca aberta para mim. — Uau. Muito bem, garota.

Então, ela choca o inferno fora de mim, levantando a mão para um *high-five*.

— Não vou te cumprimentar por isso.

Ela deixa cair a mão.

— Então... é por isso que você nunca gostou de Ansel dessa maneira? Sei que minhas bochechas estão com um tom surpreendente de vermelho.

— Sim.

Ela me encara com perplexidade.

— Uau, há tanta coisa que eu ainda não sei sobre você. Nunca teria pensado nisso. Você parece boa demais para ir atrás de alguém que é praticamente um professor. — Ela parece impressionada, o que me faz sentir mal do estômago.

— Eu não fui atrás dele, e ele não veio atrás de mim. Simplesmente... aconteceu.

— Preciso de detalhes.

— Não está acontecendo. — Nego com a cabeça, inflexivelmente.

— Ah, vamos lá...

— Aí estão vocês — Brett diz, vindo do nada, — Ansel já está no carro. Vamos lá.

Sasha caminha para o lado dele, olhando para mim quando não me movo.

— Você não vem?

Nego com a cabeça.

— Vocês vão na frente. Eu... eu encontro vocês lá mais tarde.

— E o carro?

— Vou pegar um táxi ou pegar uma carona com outra pessoa.

— Ah, bem, tudo bem.

Eu a vejo sair com Brett. Sei que Ansel provavelmente vai tentar me encontrar quando perceber que não estou com eles, então me escondo no banheiro. Com certeza, as mensagens começam a vir dele.

> Ansel: Onde você está?

> Ansel: Sério, isso não é engraçado.
>
> Ansel: Você quer que seu irmão me mate?
>
> Ansel: Meadows, onde diabos você está?
>
> Ansel: Estamos indo.
>
> Ansel: Você vem mais tarde ou não?
>
> Ansel: Tanto faz, Meadows.
>
> Ansel: Roda-se.
>
> Ansel: F O D A – S E.
>
> Ansel: Estou tão puto com você agora.

Desligo meu telefone.
Não quero machucar Ansel, mas preciso ficar sozinha agora.
Saindo do banheiro, eu chamo um táxi.

doce dandelion

capítulo 60

Não deveria ser qualquer surpresa para mim que de alguma forma eu acabe do lado de fora da porta de Lachlan.

Hesito, sem saber se quero bater ou não.

A coisa inteligente a fazer seria descer as escadas, dizer a Sage que eu não estava com vontade de ir à festa, vestir o pijama e ir para a cama.

Mas eu sei que não vou fazer isso.

Fazer o que eu *deveria* fazer parece ser uma impossibilidade nos dias de hoje.

Hesitando por mais um segundo, eu bato. É por volta da meia-noite, então imagino que ele esteja na cama. Estou prestes a bater novamente quando ela abre.

Ele inclina o quadril contra a porta, seu braço esquerdo bem esticado segurando a porta aberta. Ele está vestido com uma camiseta e calça de moletom agora, e parece pronto para cair na cama.

Ele não diz nada, nem eu. Sua expiração é o único som que enche o ar quando ele se afasta, deixando-me entrar. Mal consigo passar por ele com meu vestido bufante.

Olho em volta, vendo as caixas de papelão encostadas na parede.

— Para que servem?

Seus olhos vão para mim e voltam para eles, parecendo distantes.

— Livrando-me de algumas coisas. — Ele passa os dedos pelos cabelos, os lábios apertados. Cruza os braços, encostando as costas na porta. — O baile não foi agradável? — Seu tom é um pouco sarcástico, mas, quando desvia o olhar, tenho a sensação de que é com ele mesmo que ele está irritado e não comigo.

— Foi divertido, mas é apenas um baile.

— Você deveria estar fazendo coisas com seus amigos. Coisas normais com outros adolescentes. Você não deveria estar aqui comigo.

— Mas eu quero estar aqui com você. — Sorrio para Zeppelin quando ele abre um olho sonolento de sua almofada. Aparentemente já passou da hora de dormir.

— Por que você faz isso comigo, Dani? — Parece como se eu tivesse enfiado uma faca em seu coração.

— Fazer o que? — pergunto inocentemente, completamente perplexa.

Ele esfrega as mãos no rosto.

— Estou tentando fazer a coisa certa dando espaço para você, mas aí você aparece aqui e não é justo. Como posso esperar que eu fique longe de você quando você está bem aqui? — As palavras começam a sair dele, que balança a mão na minha direção. — Vê-la no elevador esta noite foi um soco no peito, porque você é linda e parece minha, mas é tão jovem, e não posso te levar ao seu baile porque é errado pra caralho. Não posso te levar em um encontro adequado. Eu não posso... Nós não podemos ser vistos juntos.

— Pare de repetir coisas que eu já sei — rosno, como um animal encurralado. — Eu entendo, ok. Você não precisa ficar me dizendo. Eu sei, acredite. Mas e o que eu sinto? — Levo meus dedos ao coração. — Hã? Isso importa mesmo? Que eu quero estar com você, que eu quero que você me abrace? Que eu quero te beijar? Fazer amor com você?

Um músculo em sua mandíbula se contrai.

— E as cartas que você me deixou? Você... você disse que me ama. — Minha voz diminui à medida que fico insegura de mim mesma.

Há algo em seus olhos que não consigo decifrar. Algo que estou *perdendo*.

— Lachlan...

Em um piscar de olhos, ele está em cima de mim, sua boca fazendo a minha prisioneira. Ele é duro, exigente. Seu aperto em minhas bochechas é forte e encontro minhas costas pressionadas contra a parede.

Ele me agarra como um animal selvagem, enrolando o tule da minha saia em suas mãos, tentando puxá-lo para cima.

Eu o beijo de volta com fervor, uma faísca acendendo em um fogo inteiro dentro de mim com um toque de seus lábios. Combino com seu desespero, puxando sua camisa, tentando passá-la por sua cabeça.

Ele joga a peça para longe como se não pudesse afastá-la o suficiente dele.

Seus olhos são safiras gêmeas brilhando quando ele olha para mim. Todo o seu corpo é um fio tenso esperando para explodir.

— Se você não me disser como te tirar desse vestido, eu vou arrancá-lo de você.

doce dandelion

O doce e gentil Lachlan da nossa primeira vez se foi. Em seu lugar, está esta fera de homem. Estou um pouco assustada, mas há algo intrigante em ver esse lado dele.

Eu me viro, varrendo meu cabelo que está solto de seu penteado, graças a seus dedos gananciosos.

Virando-me, espalmo minhas mãos na parede, inclinando a cabeça para o lado para que ele possa ver o zíper nas costas.

Ele não diz nada enquanto agarra o zíper minúsculo entre o polegar e o dedo indicador, baixando-o lentamente. O vestido se afrouxa ao redor do meu corpo e sinto a parte de cima começar a cair pelos meus braços. Minhas costas nuas estão expostas a ele. Ele suga uma respiração.

— Você não está usando sutiã.

É uma afirmação, mas respondo assim mesmo:

— Você não pode exatamente usar um com um vestido como este.

— Não — sua voz é rouca, mais rouca que o normal —, suponho que você não pode. Abaixe os braços.

Faço o que ele diz e a parte de cima do vestido cai facilmente de mim. Seu grande corpo pressiona atrás de mim e sufoco um gemido quando ele beija minha nuca.

— Você é linda pra caralho.

Ele chove beijos na minha espinha, caindo de joelhos atrás de mim, onde coloca as mãos nos meus quadris, empurrando o resto do meu vestido para baixo para que caia aos meus pés.

Ele desliza os dedos sob os lados da minha calcinha branca rendada, tirando-as também.

— Dê a volta.

Acho impossível ignorar seu comando. Há algo em seu tom de voz que não posso negar. Também estaria mentindo se não admitisse que é quente pra caralho ver esse lado dele, como se uma parte de si mesmo que ele normalmente mantém acorrentada fosse solta.

— Coloque uma de suas pernas sobre o meu ombro.

— O qu...

Guincho quando ele agarra minha perna para mim, jogando-a por cima do ombro direito. Ele afasta mais minha outra perna. Choramingo, mordendo meu lábio. Estou completamente exposta a ele, vulnerável.

Ele belisca a parte interna da minha perna antes de mergulhar direto na minha boceta.

— Ai, meu Deus! — Minha mão direita aperta seu ombro esquerdo. Ele cantarola contra mim, sua língua deslizando contra as minhas dobras.
— Ai, puta merda. — Minha cabeça bate na parede. — Não pare. — Aperto seu ombro, minha outra mão puxando seu cabelo, tentando segurá-lo no lugar, mesmo que ele não esteja tentando ir a lugar nenhum. Ele chupa meu clitóris e uma série de palavrões sai da minha boca enquanto rolo meus quadris contra sua boca.

Seu braço direito está enrolado em volta da minha perna, mas, com a mão oposta, ele desliza para cima pelo meu corpo, agarrando meu seio com força entre os dedos e apertando. Quando ele belisca meu mamilo, a sensação vai direto para o meu núcleo e meu orgasmo me atinge com força. Meu corpo inteiro se curva sobre o dele, tremendo incontrolavelmente.

— Puta merda — continuo repetindo, uma e outra vez, até que ele está na minha frente novamente, silenciando-me com um beijo e um duelo de línguas.

Ele agarra a parte de trás das minhas coxas e me levanta para entrelaçar as pernas ao redor de sua cintura. Eu me esfrego contra sua ereção que se força contra sua calça de moletom. Provavelmente estou deixando uma mancha molhada no tecido de algodão, mas não me importo e, pelo que sinto, acho que ele não está usando cueca, então provavelmente está muito ciente de como estou molhada.

Ele me leva pelo corredor até seu quarto, chutando a porta atrás de si. A parede estremece e algo cai de sua cômoda, mas nenhum de nós para de se beijar para dar uma olhada.

Ele me deita na cama, ficando de pé entre minhas pernas com a cabeça inclinada para o lado. Sua mandíbula está rígida e ele esfrega o revestimento pesado de barba lá. Ele me encara, deitada nua em sua cama, meus seios doendo por seu toque e a pele entre minhas pernas em carne viva e vermelha do áspero roçar de sua barba. Ele se abaixa, colocando a mão na curva da minha cintura, estudando os planos lisos do meu estômago. Ele olha para mim como se eu fosse um banquete aberto apenas para ele, mas acho que, de certa forma, meio que sou.

Agarro sua mão, seus olhos seguem meus movimentos enquanto a trago aos meus lábios. Beijo seus dedos, observando como seus olhos se dilatam. Quando solto sua mão, ele usa as duas, colocando-as ao redor dos meus seios como se estivesse medindo seu peso ou tamanho em um grande aperto.

Ele mergulha, sugando meu mamilo direito na boca. Meus quadris rolam para cima, procurando por atrito. Ele se move para o meu outro seio, dando a mesma atenção antes de esbanjar minha boca. Ele é selvagem, desequilibrado e ganancioso, nossas línguas lutando.

— Preciso de você em mim. — A pessoa que fala sou eu, mas não soa como eu. A voz é rouca, encharcada de desejo, e soa muito mais confiante e experiente do que sou.

Seu polegar esfrega minha bochecha com ternura, antes de se levantar. Meu corpo parece tão frio sem o dele sobre o meu.

Apoiando-me nos cotovelos, vejo-o chutar o moletom, seu pau saltando livre. Ele pega um preservativo, arrancando a embalagem com os dentes, seus olhos nos meus o tempo todo. Há algo diferente na maneira como ele olha para mim, como se estivesse com medo de que eu fosse desaparecer. Ele rola a camisinha e eu não posso deixar de observar as carícias de seus dedos prendendo o látex no lugar.

— Vire-se.
— O qu...
— Vire-se.

Engulo em seco e rolo sobre o meu estômago. Ele agarra meus quadris, me manobrando para a posição que me quer. Abaixa o corpo e minhas costas arqueiam quando sua língua desliza contra a minha boceta novamente. Eu grito, segurando os lençóis entre os dedos.

Eu o sinto ficar atrás de mim, alinhando seu corpo com o meu. Em um movimento suave, ele embainha seu pau dentro de mim.

Mordendo meu lábio para conter mais sons, meu aperto nos lençóis aumenta.

— É tão bom sentir você — ele murmura, sua voz rouca e grossa. Ele envolve um braço em meu torso, me empurrando para cima até que minhas costas estejam niveladas com a sua frente. Seus dedos descansam ao redor da coluna da minha garganta enquanto ele bombeia em mim. Movo meus quadris contra os dele, encontrando seus impulsos.

— Ai, Deus — grito, sua outra mão deslizando para esfregar meu clitóris. Com a mão na minha garganta, ele empurra minha cabeça mais para trás, capturando meus lábios com os dele.

— Lachlan — ofego seu nome. Agarro sua mão perto da minha garganta e minhas unhas cravam em sua pele. — Isso é tão bom. Você me faz me sentir tão bem.

Seus gemidos e grunhidos ecoam em meu ouvido, junto com sua respiração. É tão pecaminosamente erótico, destacado ainda mais pela forma como os planos de seu corpo parecem atrás de mim.

Ele bombeia em mim com mais força, em seguida, puxa para fora de repente. Antes que eu possa protestar, ele me vira de volta e estou deitada de costas na cama. Ele sobe na cama comigo, seu corpo sombreando o meu. Ele empurra de volta e abafa meus sons com um beijo. Enlaça nossos dedos ao lado da minha cabeça, balançando para dentro e para fora de mim. A fricção me deixa ofegante e outro orgasmo está se formando. Não demora muito antes de eu gozar, meu corpo tremendo e apertando em torno da plenitude dele dentro de mim.

Ele se levanta, agarrando meus quadris entre as mãos, e me penetra mais forte do que antes.

— Lachlan! — grito, meus dedos agarrando seu estômago, arranhando a pele.

Outro orgasmo me atinge e mal me recuperei do último. Ele grunhe, seu gemido longo e prolongado quando goza também. Ele termina, arrancando o preservativo. Ele o joga na lixeira perto da cama e afasta o cabelo molhado de suor antes de se deitar ao meu lado. Envolve seus braços em mim, me puxando contra o seu lado, onde ele salpica beijos suaves contra o meu pescoço.

Ele continua sussurrando algo de novo e de novo.

Passam-se alguns minutos antes que eu perceba que ele está dizendo que sente muito.

Só que não sei pelo que ele sente muito.

Quando ele faz amor comigo de novo, desta vez mais devagar, mais doce, penso que não tinha que ter ouvido essas palavras de jeito nenhum.

capítulo 61

Na segunda-feira, a maioria da classe do último ano não parece ter se recuperado do baile. As pessoas parecem meio adormecidas ou ainda de ressaca, apesar de um dia inteiro de recuperação no meio.

Levo meu sanduíche de salada de frango embrulhado em papel filme para a biblioteca, surpresa ao descobrir que sou a última a chegar.

Ansel olha para cima com o som dos meus pés se aproximando e sei que ele ainda está bravo. Liguei ontem, mas ele ignorou todas as minhas chamadas e mensagens de texto.

Por favor, não fique bravo comigo, meus olhos dizem.

Ele olha bravo de volta para mim e sei que minha comunicação silenciosa não está adiantando. Errei, eu sei. Ansel era meu par no baile, como amigos ou não, eu o desrespeitei ao desaparecer e, se ele soubesse onde eu tinha ido... bem, duvido que falasse comigo novamente.

— A noite de sábado foi selvagem — Sasha fala, abafando um bocejo. — Não acredito que você nos abandonou, onde você foi?

Sinto os olhos de Ansel em mim, esperando por algum tipo de explicação que possa ser boa o suficiente.

— Eu... uh, eu fui para casa.

— Você foi para casa? Deus, você é uma estraga-prazeres. — Ela joga uma embalagem em mim.

Seth, é claro, não diz nada e Ansel se juntou a ele no bonde silencioso hoje.

Sinto-me mal do estômago, porque o peso de tudo está chegando a mim de repente. Odeio guardar segredos como este e isso é tudo que Lachlan e eu somos — um segredo gigante.

Pegando meu sanduíche, eu o rasgo em pedaços, de repente sem fome. Meu estômago se revira com emoções inquietantes.

Sasha fala sem parar sobre a festa. Estou tão tentada a gritar com ela e dizer que não me importo com a festa, mas como ela é a única falando, é melhor do que o silêncio.

Quando o sinal toca, corro atrás de Ansel. Eu o alcanço no corredor, minha mão envolvendo seu cotovelo. Ele congela, todo o seu corpo tenso como se estivesse enojado com o meu toque.

Se ele soubesse.

— Por favor, deixe-me falar, Ansel. Eu sinto muito. — Tento puxá-lo para um corredor menos movimentado, mas ele não se mexe.

Ele vira a cabeça para mim, os olhos azuis estreitados e a testa com raiva.

— Você disse a Sasha que nos encontraria lá, mas nunca o fez. Eu entrei e procurei por você, sabe? — Ele está fervendo, vibrando com raiva da cabeça aos pés. — Você ignorou minhas mensagens e eu estava preocupado pra caralho com você. Mas você não se importou com isso. Eu poderia ter te levado para casa. Nós podíamos ter pegado um táxi ou a limusine poderia ter deixado você. O que diabos deu errado? Pensei que você estava se divertindo. Você parecia feliz. — Ele olha bravo para mim, esperando minha refutação.

— Eu me diverti mesmo — minha voz é tão pequena.

— Então o que diabos deu errado? Foi por causa do que aconteceu com você na sua antiga escola? Você surtou? Poderia ter me contado, se for o caso. Eu não teria me importado.

Pisco para ele.

— S-Sim, foi... difícil. Você sabe... me divertir. Eu me senti culpada.

É uma mentira completa. Naquela noite, eu não pensei sobre o meu passado. Vivi no presente. Deixo minha raiva, meu ódio, meus medos, tudo ir embora, como se fosse jogar tudo no ralo.

Ansel deve ver alguma coisa no meu rosto, porque o dele se contorce de desgosto e me olha como se não me conhecesse nem um pouco.

— *Menteuse.*

Mentirosa.

A porta de Lachlan está fechada quando chego, o que não é novidade, mas o que é novo é o fato de estar trancada.

doce dandelion

Bato na porta.

— Lachlan? Sou eu.

Nada.

Pressiono meu ouvido na porta, caso ele esteja em uma reunião particular para ver se ouço o murmúrio de vozes. Se ele estiver ocupado, espero em outro lugar. Mas não escuto nada.

Nada além de um silêncio assustador.

Também não há nenhum bilhete na porta.

Com um suspiro, vou para a pista coberta para sentar e esperar.

Ele vai me encontrar.

Mas ele nunca aparece.

Na terça-feira, ele também não aparece.

Ou na quarta-feira.

Nem quinta-feira.

Como odeio lidar com o pessoal da secretaria, passo cada um desses dias na pista coberta.

Receio que ele esteja doente ou algo assim, mas todas as mensagens ficam sem resposta.

Rumores começam a rodar sobre sua ausência, meu nome perigosamente ligado ao dele.

Na sexta-feira, tudo vai para o inferno.

capítulo 62

Ser chamada para a secretaria raramente é uma coisa boa, e meu instinto me diz quando apareço no escritório do diretor que isso é ruim. Os rumores que estão circulando nos últimos dias não foram bons, todo o tipo de conversa sobre Lachlan ser demitido por dormir com uma estudante — *eu*.

Culpo a conversa estúpida no banheiro durante o baile com a boca grande da Sasha.

A maioria dos rumores é absurda, sobre nós fazendo sexo por toda a escola e todos os tipos de comentários obscenos, mas, no final do dia, isso não importa, porque nós *realmente* fizemos sexo, quer tenha acontecido ou não na escola. Ninguém se importa se os rumores são verdadeiros ou não.

Bato na porta do Sr. Gordon e ela se abre um momento depois.

— Sage — deixo escapar, encontrando meu irmão sentado na mesma cadeira que ele ocupou todos aqueles meses atrás, quando eu estava me matriculando. — Por que você está aqui?

— Não faço ideia. O que está acontecendo?

Um suor brota em todo o meu corpo e tenho certeza de que estou ficando com um perigoso tom de vermelho.

Ruim, isso é ruim.

Mas Lachlan ainda não está aqui e isso me preocupa mais.

Ele realmente foi demitido por causa dos rumores? Onde ele esteve?

— Sente-se, Srta. Meadows. — O Sr. Gordon balança a mão na cadeira vazia antes de alisar a gravata e ir para trás da mesa para se sentar em sua própria cadeira.

Olho entre o diretor Gordon e meu irmão, lutando contra meu pânico crescente.

O que está acontecendo?

O Sr. Gordon coloca as palmas das mãos sobre a mesa, esticando os dedos. Limpando a garganta, ele começa:

doce dandelion

— Não sei a melhor abordagem para lidar com esta situação delicada.

— Situação delicada? — A cabeça de Sage vai e volta entre mim e o diretor. — Vamos ao que interessa, certo?

O Sr. Gordon solta um suspiro.

— Senhor Taylor, nosso orientador, recebeu outra oferta de emprego e avisou há algumas semanas que sairia antes do fim das aulas.

Que diabos? Outro trabalho? Ele mudou de emprego para descomplicar as coisas entre nós? Por que não me dizer isso?

— Ele já se foi, mas em sua ausência começaram a circular rumores de um relacionamento inapropriado entre ele e uma aluna.

Mais uma vez, o olhar de Sage dispara entre o Sr. Gordon e eu.

— Estou confuso, por que estamos aqui então? É porque ela o via todos os dias? Você precisa fazer perguntas ou algo assim? Tenho certeza de que Dani lhe dirá tudo o que precisa saber.

Vou desmaiar. Ou vomitar. Isto é ruim.

— Bem, veja só. — Sr. Gordon entrelaça os dedos. — Os rumores dizem respeito a Dandelion.

— Dani? Minha irmã? — Sage bufa. — Como?

Ele sabe como. Ele sabe o que está sendo insinuado. Mas ele não quer aceitar.

Minhas mãos estão apertadas nos braços da cadeira em que me sento.

Os olhos do diretor Gordon se deslocam para mim e voltam para meu irmão.

— Rumores se espalharam pela escola de que a relação entre Dandelion e o Sr. Taylor era mais do que profissional.

Todo o rosto de Sage está vermelho brilhante, os punhos cerrados no colo.

— Acredito que o que você está me dizendo é que o corpo estudantil está espalhando rumores, porque um membro da equipe saiu, de que minha irmã deve ter dormido com eles? Essa é a coisa mais idiota que eu já ouvi.

— Senhorita Meadows? — Sr. Gordon olha para mim.

— S-são rumores — gaguejo. — Senhor Taylor me ajudou muito, com o que aconteceu antes, mas é só isso. T-Talvez as pessoas tenham percebido que eu passava todos os dias um período com ele e o boato começou assim.

O Sr. Gordon me encara, procurando por qualquer vestígio de que eu possa estar mentindo.

— Senhorita Meadows, se ele te coagiu de alguma forma a fazer algo que você não estava confortável, eu preciso saber. A escola precisará fazer uma investigação, seu novo local de trabalho precisará ser contatado...

— Isso não é necessário — garanto, apressada. — Sério, não é nada disso.

— Se minha irmã diz que nada aconteceu, eu acredito nela.

O Sr. Gordon suspira.

— Bem... eu... eu acho que sim, vocês podem ir então. Peço desculpas por trazê-los até aqui.

Sage se levanta, apertando a mão do homem.

Quando saímos do escritório, o pânico começa a tomar conta de mim.

— V-você pode me levar para casa?

Sage inclina a cabeça para o lado.

— Sim, eu não vejo por que não. Você está com suas coisas?

Concordo com a cabeça.

Ele me libera e o sigo até o estacionamento. Ele me deixa no condomínio e sai para voltar ao trabalho.

Em vez de ir para o apartamento dele, vou para o de Lachlan, batendo a mão na porta.

— Abra — imploro, lágrimas queimando meus olhos.

Eu menti para o diretor. Foi necessário, eu sei, mas preciso ver Lachlan. Preciso que ele me pegue em seus braços, me abrace e me diga que vai ficar tudo bem.

Mas ele nunca vem à porta. Zeppelin não late.

Alguém abre uma porta no final do corredor e olha na minha direção.

— Você está tentando falar com o jovem que mora lá? — Ela sorri com olhos castanhos gentis. É mais velha, provavelmente com quase 60 anos, mas tem essa presença calma que instantaneamente me faz sentir à vontade.

— Sim. — Eu fungo, enxugando meu rosto para livrar minha pele das poucas lágrimas que escaparam.

— Ele se mudou, docinho. — Ela parece tão desamparada em me dar essa informação.

— Se mudou? Isso é impossível.

Não é? Ele não se mudaria e não me contaria.

Mas então penso em seus *"me desculpe"* murmurados e no Sr. Gordon dizendo que ele conseguiu outro emprego. Eu acreditei naquele momento que ele tinha feito isso por *nós*, para que não tivéssemos que nos preocupar em sermos pegos. Que finalmente seríamos capazes de amar abertamente.

Mas não foi isso que ele fez.

Ele me deixou.

doce dandelion

— Você mora no décimo primeiro andar?

Eu me assusto com o som de sua voz. Até esqueci que ela estava lá. Dou um aceno rígido.

— Espere um segundo. — Ela levanta um dedo para eu esperar.

Destranca sua porta e volta para dentro, retornando apenas um momento depois.

— Eu deveria colocar isso embaixo da porta, mas já que você está aqui... — Ela para, segurando um envelope para mim. Sua escrita familiar está na frente, anotando o número do apartamento de Sage.

— O-obrigada. — Envolvo meus dedos em torno dele, pegando-o dela.

— Sem problemas. — Ela começa a se virar para sair. — Você vai ficar bem, docinho?

— Estou bem.

Não estou, mas de que adiantaria contar a essa senhora?

Ela assente e se dirige para o elevador.

Fico ali por mais alguns minutos, olhando para a porta dele como se esperasse que ela se abrisse a qualquer segundo. Quando isso não acontece, finalmente pego o elevador até o andar de Sage. Não tenho energia para usar as escadas.

Entrando, vou direto para o meu quarto, batendo a porta com força atrás de mim.

Grito o mais alto que consigo e então grito um pouco mais. Sua carta fica enrugada em minhas mãos, mas não me importo, porra.

Não quero ler as desculpas esfarrapadas que ele escreveu para mim.

Começo a rasgar o envelope em dois, mas mal o rasgo meio centímetro antes de não poder ir mais longe. Meu rosto inteiro está molhado de lágrimas e enfio a carta no fundo da minha gaveta de roupas íntimas.

Cobrindo meu rosto com as mãos, deixo todas as minhas emoções saírem. Eu lamento, esses gritos de esmagar a alma como nunca ouvi antes.

Eu nem chorei assim depois do tiroteio, mas acho que quando acordei estava insensível a tudo.

Eu não estou entorpecida desta vez, porém, e sinto tudo.

Eu odeio isso.

Não quero sentir isso.

Seria mais fácil não sentir nada.

Pego meu telefone da mochila e abro o contato dele.

> Eu: Seu desgraçado! Seu fodido desgraçado! Eu te odeio!

> Eu: Você foi embora?!

> Eu: Como você pôde fazer isso e não me dizer!

> Eu: Eu te odeio tanto, maldito. Nunca mais quero ver a sua cara.

> Eu: Rumores estão circulando sobre nós, mas aposto que você nem liga.

> Eu: Você ALGUMA VEZ se importou comigo ou foi tudo uma mentira?

> Eu: ME RESPONDE!

> Eu: Eu te odeio. Eu te odeio. Eu te ODEIO.

Jogo meu telefone longe e ele bate na parede, deixando um amassado, mas não consigo me importar.

Sons angustiados saem de mim e caio no chão, embalando-me na posição fetal.

Isso dói. Isso dói demais. Eu quero que pare. Mãe, eu gostaria de estar com você. Não quero sentir nada.

Esmago meus olhos fechados, mais lágrimas vazando.

Algo ecoa no meu quarto e abro meus olhos, procurando a fonte do barulho. Acontece de novo e minha boca se abre de surpresa quando vejo os sinos de vento se movendo suavemente, mal roçando um no outro quando não deveriam estar se movendo. É como se fosse a minha mãe falando comigo neste momento. Lembrando-me da minha força e capacidades.

Minha doce Dandelion. Que você seja sempre tão livre quanto os pássaros, tão selvagem quanto as flores e indomável como o mar.

— Dói, mãe — resmungo, minha voz crua. — Viver dói muito.

Meus olhos se fecham novamente e juro que sinto as costas de seus dedos roçando minha bochecha, um beijo gentil na minha testa.

Eu continuo chorando e em algum momento caio no sono.

doce dandelion

capítulo 63

Sage chega em casa para me encontrar dormindo no chão, ainda em posição fetal, com lágrimas secas em minhas bochechas.

— Dani!

Com sua exclamação, acordo de surpresa. Meus olhos estão doloridos de tanto chorar. Tenho dificuldade em abri-los, piscando lentamente para limpar a névoa.

— Por que você está no chão? — pergunta, curvando-se. A preocupação gravada em seu rosto faz meu estômago revirar.

Pulo e corro até o banheiro, desmoronando na frente do vaso sanitário antes de esvaziar a pouca comida que comi hoje nele. Seguro o vaso e a próxima coisa que sei é que Sage está lá, gentilmente puxando meu cabelo para longe.

— Você está doente?

Meu coração está doente.

Não posso responder a ele porque vomito novamente. Meu estômago se contrai, procurando por qualquer outra coisa que possa esvaziar.

— Eu posso correr para a loja e pegar um remédio para você.

Fecho meus olhos. Eu gostaria que a medicina resolvesse isso.

Aperto meus olhos fechados, rolando para longe do vaso. Ele solta o meu cabelo enquanto me sento contra a parede, puxando meus joelhos até o peito. Inclino a cabeça para trás, procurando algum tipo de força interior para me fazer passar por isso.

Lachlan se foi. Estou sozinha. Como posso enfrentar sem ele? Ele é minha alegria. Minha casa.

— Você está chateada com os rumores, D? É o ensino médio, vai passar. Algo mais vai acontecer e todos vão esquecer. Não é verdade, isso é tudo que importa.

Pisco meus olhos abertos e encaro o meu irmão.

Ele balança para trás, caindo de bunda.

— Diga-me que não é verdade, Dandelion. Você disse ao diretor que nada aconteceu.

Desvio o olhar, começando a chorar novamente.

— Que porra! — grita, pulando de repente.

Cubro meu rosto, tentando esconder... o quê? Minha vergonha? Não tenho vergonha de amar Lachlan, mas ainda sinto que fiz algo horrível.

Sage empurra tudo para fora do balcão. Minha escova de dente, pasta de dente, escova, perfume, que se espalham no chão.

Ele aponta para mim, falando por entre os dentes.

— Você vai contar a verdade ao Sr. Gordon. Aquele homem nunca mais merece trabalhar. Que porra aconteceu, Dani?

— Não é culpa de Lachlan. — Fungo, me levantando lentamente da minha posição no chão.

— Lachlan. — Ele balança a cabeça. — Você o chama pelo primeiro nome? Ele é o Sr. Taylor, Dandelion! Sr. Taylor. Diga comigo. Ele é a porra do seu orientador, não seu... seu... seu amigo de foda ou qualquer outra coisa! — Ele joga a mão no ar e eu estremeço, suas palavras me cortando. As veias em sua testa se projetam e ele parece a segundos de entrar em combustão. De repente, ele empalidece, seus olhos se estreitando. — Não há nenhuma amiga neste prédio chamada Taylor, não é? É ele? Você esteve vendo ele todo esse tempo e eu fui estúpido pra caralho para enxergar!

Meu rosto se contorce e ele tem sua resposta.

— Porra! — grita, socando a parede. Ele deixa para trás um buraco aberto e, quando puxa a mão, está coberto de detritos de gesso e sangue. — Eu vou matar aquele homem! — Aponta para mim, mandíbula apertada. — Vou fazê-lo se arrepender de ter colocado um dedo em você.

— Eu tenho dezenove anos! Sou uma adulta! Posso fazer o que quiser!

— Não, Dandelion, você é uma criança emocionalmente atrofiada! Você foi *baleada*, seus amigos foram mortos, você viu nossa mãe morrer bem na sua frente. Ele se aproveitou de você e nada do que disser pode me convencer do contrário.

— Eu o amo e ele me ama — tento manter meu tom uniforme, mas há um gorjeio nisso, porque não tenho ideia de onde ele está.

Sage move sua mandíbula para frente e para trás.

— Sim? Bem, onde ele está? — Ele abre bem os braços. — Porque eu não o vejo vindo em seu socorro. — Ele espera que eu diga alguma coisa

doce dandelion

e quando não digo, ele grita: — Onde ele está? — Quando ainda não respondo, ele termina: — Ele não está em lugar nenhum, porque você não importa para ele, porra.

Ele me encara por mais um momento e então sai do banheiro. Segundos depois, a porta bate atrás dele.

Caio no chão, chorando novamente.

Dei-lhe tudo, mas ele não me deu nada.

Desperto de onde durmo no sofá esperando por Sage.

Há batidas na porta e o som de vozes. Abro os olhos, piscando, e verifico a hora no meu telefone, vendo que já passa das duas da manhã.

Suspirando, empurro meu corpo cansado para cima e sigo para a porta, espiando. Vejo alguém que não reconheço, talvez uns trinta anos com cabelos loiros, mas Sage está curvado contra o cara, então abro a porta.

— Oi, você deve ser Dani? — o cara pergunta e eu aceno. — Eu sou Grahan. — Ele estende a mão, mas rapidamente a puxa de volta quando meu irmão começa a cair no chão. — Sou amigo de Sage. Ele está bêbado como um gambá e eu ia trazê-lo de volta para a minha casa, mas ele insistiu que tinha que vir para cá.

Abro mais a porta.

— O que posso fazer para te ajudar com ele?

— Segure a porta. Eu posso lidar com ele.

Os olhos embaçados de álcool de Sage encontram os meus. Ele ainda parece zangado, mas também triste.

Graham o carrega até o sofá, depositando-o nele.

— Ele pode ficar aqui?

— Pode. — Aceno com a mão.

— Eu posso ficar, se você precisar de ajuda com ele — oferece.

Nego com a cabeça, ainda segurando a porta aberta.

— Eu posso lidar com ele.

Graham caminha até mim e sussurra baixinho:

— Não tenho certeza com o que ele está chateado, mas já estava bem bêbado quando cheguei ao bar e continuou, mesmo quando eu disse a ele para parar. Tente fazê-lo beber um pouco de água e dê alguma aspirina.

— Ok, obrigada por trazê-lo para casa.

Graham inclina a cabeça em reconhecimento e sai.

Virando-me, me preparo para enfrentar mais da ira de Sage, mas, em vez disso, o encontro meio adormecido.

Sirvo-lhe um copo de água, certificando-me de que não está muito gelada para que seja mais fácil para ele beber. Assim que pego duas aspirinas no banheiro, me agacho ao lado dele e o forço a tomá-las, assim como o copo inteiro de água. Deitado de lado, ele pisca seus olhos castanhos para mim.

— Sinto muito por ter falhado com você.

Suspiro.

— Sage, você nunca poderia falhar comigo.

Ele esfrega uma mecha do meu cabelo entre os dedos.

— Por que mamãe achou que eu poderia cuidar de você? Sou um guardião horrível. Você estaria melhor com qualquer outra pessoa.

Agarro sua mão, segurando-a na minha.

— Isso não é verdade e você sabe disso. Capim, nós temos que ficar juntos. Sempre fomos você e eu, certo? Não podemos mudar isso agora. Você é o melhor irmão que eu poderia pedir.

— O que aconteceu com ele? O cara Taylor?

— Você realmente quer saber? — Lágrimas traiçoeiras inundam meus olhos novamente.

— Não, mas eu preciso. — Ele limpa a garganta e pega o copo, mas está vazio. Rapidamente encho de novo e passo para ele, me sentando no chão em frente ao sofá. — Diga-me.

— Eu não sei. — Soltei um suspiro. — Vê-lo todos os dias realmente me ajudou e nós nos conectamos. Foi completamente inocente por um longo tempo. Quer dizer, eu tinha uma queda por ele, mas era isso. Não era como se eu estivesse planejando fazer alguma coisa. Mas... continuamos sendo atraídos juntos. Ninguém nunca me fez sentir do jeito que ele faz e nós... nos apaixonamos. Posso ser jovem, mas conheço o amor, e não há como negar que é o que temos... ou tínhamos. — Desvio o olhar, a raiva me atingindo no peito mais uma vez.

Sage esfrega a boca.

— Você precisa dizer ao diretor.

— Não — sibilo. — Independente de tudo, eu não vou arruinar a vida de Lachlan dessa maneira. Ele não me perseguiu ou me pressionou em nada, por favor, acredite nisso. Eu não mentiria para você.

Ele leva a mão à cabeça. Tenho certeza de que está latejando. Ele cheira a álcool e cigarros.

— Vamos conversar de manhã — murmura. — Estou com dor de cabeça.

— Ok. — Beijo sua bochecha, pego o cobertor e coloco sobre seu corpo. Quando apago a luz, ele está dormindo.

Espalho o café da manhã que eu quando Sage finalmente saiu de seu quarto, recém-banhado e cheirando muito melhor. Ele ainda não parece o melhor, mas é um progresso. Provavelmente ainda vai sentir isso acontecer amanhã.

Sage se senta no balcão e sirvo um copo de suco de laranja para cada um de nós.

Sage toma vários goles, olhando para a torrada de abacate e os ovos que comprei no restaurante do prédio.

— Está com uma cara boa. — Sua voz é rouca e ele estremece, esfregando os olhos.

— É porque não fui eu que fiz — brinco, dando-lhe um sorriso suave.

Meu lábio inferior começa a tremer quando olho para ele. Eu sabia que se ele descobrisse sobre Lachlan, eu iria machucá-lo, mas não percebi o quão mal isso me faria sentir. Não gosto de partir o coração do meu irmão. Não quero que ele olhe para mim de forma diferente.

— Ei — chama suavemente, beliscando meu lábio de leve. — Sem choro.

Tento sorrir, mas as lágrimas vêm, transbordando.

Ele me pega em seus braços, descansando o queixo no topo da minha cabeça. Esfrega uma das mãos suavemente nas minhas costas, soprando uma respiração.

— Podemos ir à polícia hoje.

Endureço em seus braços, empurrando-o para longe.

— Eu não vou à polícia.

Ele me olha horrorizado.

— Dani... este homem se aproveitou de você. Ele merece estar na cadeia.

Balanço a cabeça para os lados.

— Não faça isso. Você não sabe nada sobre a situação.

Ele estreita os olhos em mim.

— Você fez sexo com ele? — Estou em silêncio. — Então eu sei tudo o que preciso.

A raiva surge em minhas veias.

— Não, você não sabe! Eu sou uma boa pessoa, sempre fui muito sensata e tenho *dezenove* anos. Você deveria me conhecer bem o suficiente para saber que eu não seria coagida a algo que não queria fazer. Lachlan e eu... — Fecho os olhos, expirando. — Nós lutamos, tudo bem, especialmente ele por causa de sua posição, mas os sentimentos aconteceram e eu não me arrependo deles ou dele. Apaixonar-me por ele me lembrou de como é bom estar viva. Ele me *salvou*. Você não consegue ver isso?

Meu irmão parece como se eu tivesse dado um soco no peito dele.

— Eu deveria te proteger.

— E você protege. Mas amor é amor. Preciso que você esteja do *meu* lado nisso. A escola está quase acabando e prometo a você que Lachlan não fez nada comigo que eu não quisesse. Eu... — Olho para minhas unhas cor de nude, ainda pintadas para o baile. — Lachlan é um bom homem e, mesmo que eu esteja muito puta com ele agora, ainda o amo.

— Ele foi embora, D — ele sussurra. — Ele deixou você para lidar com essas consequências. Veja o que as pessoas da escola estão dizendo.

— Eu sei. — Enxugo as lágrimas do meu rosto. — Mas não sou vingativa e não vou arruinar a vida dele porque ele partiu meu coração.

Sage abre a boca para dizer mais, mas me levanto e vou para o quarto. Preciso ficar sozinha agora.

Envolvendo meus braços ao meu redor, olho pela janela do meu quarto para a rua abaixo, todas as cabecinhas das pessoas se movendo de um lugar para outro.

Em algum lugar, lá fora, está Lachlan.

Ele pode estar na mesma rua, ou a um condado de distância, ele também pode estar a um estado de distância, ou um país inteiro.

Eu não sei.

Estendendo a mão, toco os sinos de vento. Eles roçam um no outro, fazendo música.

— Eu queria que você estivesse aqui, mãe.

Se eu fingir o suficiente, posso ouvir a voz dela dizendo: *eu gostaria de estar também.*

capítulo 64

A pintura na minha frente é abstrata. Um redemoinho aleatório de preto, vermelho e roxo no branco. Mas não vejo nada. Meu coração e minha mente estão muito vazios para ver qualquer tipo de imagem na loucura.

Um corpo se aproxima do meu. Alto, quente, familiar.

Mas ainda não é a pessoa que eu quero.

— O que você está fazendo aqui? — sussurro.

Ansel balança para trás, avaliando a pintura.

— Liguei para seu irmão, disse que precisava te ver, mas ele disse que você saiu algumas horas atrás para a biblioteca. Verifiquei a que fica próxima ao seu apartamento, mas você não estava lá. Então fui para a Watchtower, e quando você não estava lá também, eu sabia que era aqui que você estava o tempo todo. Eu tinha razão.

Neguei com a cabeça, mordendo meu lábio. Seguro meus braços em volta de mim, tão perto de quebrar.

Já se passou mais de uma semana desde que Lachlan foi embora e outra semana escolar inteira de Ansel me ignorando, o que tornou tudo muito pior por não ter meu melhor amigo. Sasha tentou me fazer falar, mas ela é uma tagarela, então me recuso a dizer qualquer coisa. Os rumores ainda circulam nos corredores da escola, piorando em vez de diminuir. Meu novo favorito é que Lachlan dirige um grupo clandestino de sexo e meu trabalho é atrair adolescentes desavisados. Deus, que monte de merda. Sr. Gordon teve que realizar uma assembleia de emergência, já que os rumores ficaram tão ruins. Uma carta foi enviada aos pais depois que ligações e e-mails começaram a chegar por causa de preocupações.

Eu odeio isso.

É domingo e já estou com medo de voltar amanhã.

Tão perto do final do ano, o Sr. Gordon não se incomodou em contratar um novo orientador, então eu passo meu período diário na pista ao ar livre, agora que está tão quente, ou na biblioteca.

Enviei mais algumas mensagens raivosas para Lachlan. Eles aparecem como entregues, mas ele nunca os lê. Ele provavelmente me bloqueou, mas continuo enviando, porque preciso tirar isso do meu peito.

— É verdade, não é? — Ansel quebra o silêncio. — Bem, não tudo, eu não acho que você está contrabandeando o esperma do Sr. Taylor para dentro e para fora do país, mas... você... você teve um relacionamento com ele, não teve?

Inclino minha cabeça para trás quando a traiçoeira picada de lágrimas retorna. Dou-lhe um único aceno de cabeça e ele exala.

— Porra. — Ele esfrega o queixo.

— Sinto muito — resmungo.

— Por que você está se desculpando comigo? — desabafa, surpreso.

Olho para ele ao meu lado.

— Porque eu machuquei você. Porque continuo a te machucar. Você é meu melhor amigo e eu te trato como merda.

— Não, você não trata, Meadows.

— Eu trato. — Aceno, fungando de volta as lágrimas que não quero que caiam. Meus olhos doem muito todos os dias de todas as lágrimas.

Ele pega minha mão, entrelaçando nossos dedos.

— Eu não deveria ter te abandonado no baile. — Minha voz falha e limpo a umidade sob meus olhos.

— Você me abandonou por ele?

Meus lábios tremem e olho para o chão, esfregando a ponta do meu sapato contra o azulejo cinza.

— S-Sim. — Relutantemente encontro seu olhar novamente. — Viu, eu te disse, eu sou horrível. Sou uma amiga de merda. Você deveria conseguir uma nova.

Ele aperta minha mão.

— Não, eu gosto muito da minha Meadows. Vou ficar com você.

Dou uma risada, mas ela se quebra com as minhas lágrimas, se transformando em soluços.

— Venha aqui, menina bonita. — Ele envolve os braços em mim, me abrigando e me protegendo contra seu peito. Seu corpo está quente e ele enfia minha cabeça sob seu pescoço para que possa descansar o queixo no topo dela. É bom ser abraçada por ele. Parece o abraço de um amigo, de alguém que se importa e quer que isso passe.

Meus dedos apertam ao redor dele, não querendo soltá-lo.

doce dandelion

— Eu te amo — murmuro, e percebo quão verdadeiras são as palavras.

Eu amo muito Ansel. Ele é o melhor amigo que eu poderia pedir, e pensar que quando cheguei aqui não queria nenhum. Mas eu precisava dele, e acho que em um nível subconsciente eu sabia disso mesmo quando não queria acreditar.

Ansel me balança para frente e para trás em seus braços.

— Também te amo, Meadows. — Seus lábios pressionam suavemente contra o lado da minha cabeça. Ele agarra minhas bochechas, olhando nos meus olhos. — Não deixe isso te quebrar.

Eu sorrio através das minhas lágrimas.

— Nunca.

Mais um fim de semana se passa, a formatura se aproximando rapidamente. Eu ainda estou brava com Lachlan, mais brava do que acho que já estive com uma pessoa antes. Ele não me responde e me recuso a ler sua carta. Mas com ele fora, isso está me forçando a fazer um exame de consciência.

— Você pode explicar o que está fazendo? — Ansel pergunta, me ajudando a tirar minha mesa do caminho para que eu tenha toda a parede para trabalhar.

— Tornando este lugar meu.

Ele olha para a tinta preta que comprei.

— Pintando a parede de preto?

— Não vou pintar a parede inteira.

Ele estreita os olhos.

— O que você está aprontando, Meadows?

— Nada — entoo, pegando a Fanta de uva ao lado da minha cama. Tomo um gole e pego a lata de tinta. Não acho que vou usar uma lata inteira, mas acho que, se eu tiver que retocar, pelo menos não terei que me preocupar em comprar mais.

Ligo minha música, *Fortress*, de Lennon Stella preenchendo o espaço.

Sage enfia a cabeça para dentro do quarto, enquanto Ansel senta a bunda na minha cama. Ele se coloca em uma posição de pé, como se tivesse sido pego roubando. Ou, no caso dele, provavelmente vendendo drogas. Os olhos do meu irmão se movem para ele e ele balança a cabeça.

— O que você quer? — pergunto a Sage, derramando a tinta.

— Nada — ele observa a tinta preta encher a lata —, só estou feliz por você estar finalmente tornando o lugar seu.

Sage sai e Ansel hesitantemente se senta na minha cama, pegando um dos travesseiros e olhando para ele antes de colocá-lo de volta.

Mergulho o pincel na tinta e começo a trabalhar.

Leva horas e subo e desço a escada tantas vezes que faço um baita treino, mas no final tudo vale a pena.

As linhas pretas formam um esboço assimétrico do meu rosto e cabelo. É como os esboços com os quais enchi meu bloco durante todo o ano letivo. Como eu, nenhum deles está totalmente formado; o esboço é o potencial do que está por vir. É o começo. O fim ainda não chegou.

— Eu gostei — Ansel murmura, parando ao meu lado.

— Eu também.

Não queria me tornar permanente neste lugar de forma alguma, mas isso muda agora. Ainda anseio viajar, ver o mundo, ser livre, mas também não há problema em plantar raízes — em *pertencer*. Não me permiti fazer isso. Doeu muito depois de Portland. Perder pessoas que eu amava e me importava me deixou vagando, eu era uma jangada sem amarras flutuando por uma existência sombria e sem vida.

Lachlan me puxou de volta para a praia, mas sou *eu* quem está escolhendo ficar.

capítulo 65

Empurrando a comida ao redor do prato, contemplo a melhor maneira de abordar isso com Sage. Não quero ferir seus sentimentos, mas também tenho que fazer o que for melhor para mim.

— Sage? — finalmente o abordo.

Ele olha para mim com minhas pernas cruzadas sob meu corpo. Não tenho prestado muita atenção na tela da TV.

— Sim? — Sua testa franze de preocupação. — O que está acontecendo? Você parece estranha.

Pego meu copo de água, tomando alguns goles. Encontrando seu olhar firme, deixo escapar:

— Estou indo embora.

Ele bufa.

— O que você quer dizer com "estou indo embora"?

— A formatura é em menos de duas semanas. Estou indo embora depois.

— Indo embora? — repete. — Para onde?

— Não tenho certeza de onde quero ir primeiro, mas sei que preciso me afastar. Quero viajar, ver o mundo, aprender mais sobre mim para poder decidir o que quero fazer da vida.

Terei acesso ao dinheiro que meus pais me deixaram depois de me formar no ensino médio. Sei que tenho muita grana para viajar e viver, e ainda terei muito quando voltar.

Sage olha para seu prato.

— Não quero que você vá — ele diz suavemente —, mas eu entendo.

— Preciso fazer isso por mim.

Ele pega minha mão, apertando-a.

— Não estou feliz com isso, mas entendo. Liga pra mim. Não se esqueça de mim.

— Nunca. Você é meu irmão.
— Você vai fazer isso sozinha? — Balanço a cabeça em concordância. — Não é seguro, D. — Ele parece preocupado.
— Eu vou ficar bem. Sou bem grandinha. Isto é o que preciso fazer. Eu tenho que sair daqui.
— Daqui ou da memória dele?
Mordo meu lábio, hesitando.
— Ambos.

Sei que Sage ainda está furioso sobre o meu relacionamento com Lachlan. Se Lachlan ainda morasse aqui, não tenho certeza de que estaria respirando. Acho que é uma coisa boa, pelo menos para sua segurança, que ele tenha se mudado.

Uma dor familiar enche meu peito ao pensar nele. Ainda estou brava, mas estou principalmente magoada agora.

Será que ele pensa em mim com a mesma frequência que penso nele?

Ele provavelmente não pensa. Sou a garota jovem, tola e ingênua que se apaixonou por seu orientador mais velho.

Que patético.

Jogo o cabelo sobre o ombro, deixando meu prato de lado. Não quero comer.

— Quando você vai embora?
— Alguns dias após a formatura. Assim que tiver acesso ao dinheiro.
— Eu vou te dar dinheiro, Erva.
— Não preciso do seu dinheiro. Guarde isso.

Ele faz um barulho na garganta.

— Você não vai me odiar por ir embora, certo? — Minha voz soa tão pequena.

Ele ri.

— Está falando sério? — Ele levanta uma sobrancelha, parecendo surpreso. Quando aceno, ele diz: — Eu nunca poderia te odiar. Você é minha irmãzinha.

— Fiz você passar pelo inferno.

Não apenas nos últimos dois meses, mas praticamente pelos últimos dois anos.

Ele coloca o prato na mesa de café, girando o corpo no sofá para ficar de frente para mim.

— Você sabe, não tem sido fácil. Perder o pai, depois a mãe, e saber

doce dandelion

que sou seu guardião... foi aterrorizante. Não porque eu não queria cuidar de você, mas porque não queria foder as coisas. Aconteceram coisas este ano com as quais não estou feliz — afirma. Estremeço, olhando para o meu colo. — Sinto que falhei com você, com nossos pais, mas, olha, aconteceu. Não podemos mudar isso. E eu agi bastante como um idiota por isso, porque não sabia o que estava fazendo. Sempre fui seu irmão mais velho legal e de repente... — Ele faz uma pausa, encolhendo os ombros. — De repente eu estava no comando, tomando decisões que não queria tomar. Mas também encontrei muita força através de *você*.

— Eu? — deixo escapar, incrédula, apontando um dedo no meu peito.

— Sim, você. Vi você perseverar na fisioterapia, como lutou para voltar a andar, como se recusou a deixar que o que aconteceu te roubasse a liberdade, a felicidade, a *vida*. Você continuou, mesmo quando não queria. *Você* me deu o poder de continuar também. Eu disse a mim mesmo um dia: se a Dani pode fazer isso, então você também pode. — Ele esfrega a mão na boca. — Eu não poderia pedir uma irmã melhor do que você, e estou orgulhoso pra caralho da mulher que se tornou.

— Não me faça chorar.

Mas é tarde demais, as lágrimas vêm, cobrindo minhas bochechas.

— Venha aqui, Erva. — Ele envolve seus braços em mim, me abraçando contra seu peito quente e sólido. Eu me agarro a ele. Sage é minha rocha, a constante com a qual sempre posso contar. Ele é o melhor irmão que eu poderia pedir. Ele beija o topo da minha cabeça, murmurando: — Quero que você seja feliz.

— Eu estava feliz — resmungo, minhas fungadas altas no apartamento silencioso.

— Com ele? — Seu corpo endurece quando ele faz a pergunta.

— Sim, mas ele foi embora. Estou com tanta raiva — minha voz falha. — Ele me deixou. Como mamãe e papai nos deixaram, só que eles não escolheram ir embora e ele sim.

— Se eu o vir, vou matá-lo — Sage promete. — Ele nunca deveria ter tocado em você. Ele é a razão pela qual você quer tanto ir embora?

Balanço a cabeça, negando.

— Quero dizer, acho que ele faz parte disso, mas não inteiramente. Sempre quis viajar, você sabe disso, e como não quero mais ser advogada, ainda não descobri realmente o que quero *fazer* com o meu futuro. Viajar parece ser uma boa maneira de descobrir isso.

Sage solta um suspiro, mexendo no cabelo no topo da minha cabeça.

— Queria que você fosse para a faculdade, D, mas também estou orgulhoso de você por ser fiel a si mesma.

— Posso ir para a faculdade um dia, mas ainda não. Preciso de tempo.

— Ok.

Fecho os olhos, abraçando meu irmão com mais força.

— Eu te amo, Capim. Obrigada pela compreensão.

— Amo você também, Erva. Amo você também. Tudo vai ficar bem. Não hoje, mas um dia.

Eu sei.

capítulo 66

> Eu: Estou me formando hoje.

> Eu: Você ainda se lembra?

> Eu: Você se importa?

> Eu: Você provavelmente nem lê isso, mas eu continuo mandando.

> Eu: Para mim, não para você.

> Eu: Ainda estou brava com você. Brava pra caralho com você.

> Eu: Mas não consigo deixar de te amar, mesmo te odiando.

> Eu: Vou embora em alguns dias. Você vai notar a ausência da minha presença?

> Eu: Você pode nem estar mais em Utah.

> Eu: Um dia, tudo isso não vai doer tanto, mas enquanto doer eu sei que foi real.

> Eu: Eu te odeio. Mas te amo.

Fecho o contato dele, sabendo que tenho que ir. Agarrando o gorro vermelho e a capa, sigo para a porta, chamando por Sage.

— Estou pronta! Vamos lá!

Ele se apressa pelo corredor.

— Isso parece bom?

— Você está ótimo — insisto, observando sua calça e camisa. — Nós precisamos nos apressar, no entanto. Deveríamos ter saído dez minutos atrás.

Ele pega as chaves do balcão e pego minha bolsa antes de nos apressarmos para a garagem e sair para o tráfego movimentado.

À medida que nos aproximamos da escola, meu coração acelera.

Eu estou me formando.

Mãe, eu consegui.

Depois do tiroteio e de todos os meses no hospital, eu não queria terminar a escola, ou pelo menos fazer a prova do GED, mas Sage insistiu que eu terminasse meu último ano e estou feliz por ele ter me pressionado a isso.

Atravessar aquele palco e conseguir meu diploma fará valer a pena.

O estacionamento da escola está lotado, então Sage me deixa para ir estacionar.

Depois de algumas mensagens, encontro-me com Sasha.

— Ugh, aí está você, menina. — Ela joga o braço em volta do meu ombro, balançando para frente e para trás. — Acredita nisso? Conseguimos! — Algumas cabeças se voltam para seu grito estridente. — Nós somos adultas de verdade agora. Membros reais da sociedade. Merda, isso significa que temos que pagar impostos?

Eu rio, balançando a cabeça, e avisto Ansel algumas fileiras abaixo conversando com Seth.

Algo dentro de mim se agita quando o vejo. Não é nada parecido com o que sinto por Lachlan, mesmo agora, mas sei que isso significa que estou feliz em vê-lo.

Sasha e eu vamos até os meninos, o cabelo de Ansel está enrolando debaixo do capelo. Esticando-me, beijo sua bochecha e ele sorri.

— Pelo que foi isso?

— Porque eu queria.

— Bleh — Sasha finge vomitar. — Arrumem um quarto.

Reviro os olhos para ela.

De repente, três professores aparecem, nos arrumando em ordem alfabética. Treinamos ontem, então já conheço os colegas que devo estar perto e vou procurá-los para agilizar o processo.

Uma vez que estamos na fila, eles repassam algumas regras e coisas que já foram mencionadas, e então é a hora.

Eles nos levam para fora do campo de futebol, o sol de junho batendo

doce dandelion

em nós, mas me deleito com o calor. É como um cobertor, envolvendo meus ombros e me confortando, me lembrando que não importa o que aconteça, vai ficar tudo bem.

Fileira após fileira de cadeiras está preenchida e, uma vez que todos os alunos estão sentados, os discursos começam. Leva uma hora inteira antes que o Sr. Gordon comece a chamar nomes.

Quando o nome de Ansel é chamado, eu aplaudo, junto com sua família nas arquibancadas.

Logo é minha vez, enquanto a fila em que me sento se levanta, indo para o palco.

Lágrimas picam meus olhos e faço o meu melhor para manter minhas emoções sob controle.

Olhando para o céu, faço uma oração silenciosa, esperando que minha mãe esteja olhando e sorrindo para mim. Quero que ela se orgulhe de mim, mesmo que eu não tenha feito algumas das melhores escolhas este ano, embora não possa me arrepender delas.

— Dandelion Meadows.

Sage grita da arquibancada, levantando-se e batendo palmas.

— Essa é minha irmã!

Minhas bochechas queimam de vergonha. O Sr. Gordon me entrega meu diploma com um sorriso orgulhoso.

— Boa sorte, garota.

— Obrigada — sussurro para o homem gentil.

Saindo do palco, o funcionário do conselho escolar que está esperando sorri e diz parabéns, movendo a borla do meu capelo para o outro lado.

Caminhando para a grama, volto ao meu lugar, permanecendo de pé até que a fileira seja preenchida de volta e possamos nos sentar mais uma vez.

Assisto Seth e Sasha receberem seus diplomas, celebrando por ambos, embora Seth pareça não se importar tanto. Sasha salta pelo palco, uma bola selvagem de energia. Não posso deixar de rir. Ela é louca, mas eu amo aquela garota.

Assim que todos estão sentados, o Sr. Gordon diz mais algumas palavras, e então a próxima coisa que eu sei é que estamos jogando nossos capelos no ar.

Eu consegui. Porra, eu consegui.

No início do ano letivo, eu estava tão infeliz e miserável. Não queria estar aqui. Não queria existir. Mas eu consegui, porra.

Pego meu capelo e corro para meus amigos, nós quatro caindo em uma pilha na grama, cheios de risadas.

Ninguém diz nada por um momento e então é Seth quem fala:

— Essa merda está prestes a se tornar real.

Ele não está errado.

O mundo real espera.

capítulo 67

— Nós realmente não tínhamos que ir a qualquer lugar chique — digo a Sage pela centésima vez. — Isso é bobo.

Olho ao redor do restaurante extremamente agradável que ele escolheu para me levar em comemoração.

— Eu sei, mas eu queria. Você só se forma no ensino médio uma vez.

— Bem, obrigada, isso é atencioso. — Examino o cardápio, notando os custos dos pratos e me perguntando se poderia pedir um queijo grelhado para crianças... mesmo que ele custe mais de vinte dólares e ostente queijos de som exótico, tomates secos ao sol e outra coisa que não soa nem um pouco palatável para uma criança.

Acabo escolhendo um prato de ravióli e Sage pede um bife.

— Estou muito orgulhoso de você, D. — Ele cruza os dedos, colocando-os sobre a mesa. — Você trabalhou duro este ano.

Desvio o olhar, seu elogio me fazendo sentir mal, porque sei que, com todas as outras coisas que aconteceram este ano, ele realmente não deveria estar orgulhoso.

— Não desvie o olhar. — Ele me convence a encará-lo. — Apesar de todo o resto, estou orgulhoso de você. Eu não mentiria. Você é uma garota esperta e vai fazer grandes coisas. O que aconteceu com ele não rouba as suas conquistas.

Algo sobre suas palavras me irrita, mas mordo minha língua, porque a última coisa que eu quero fazer é entrar em uma briga inútil. Não adianta tentar explicar a ele que Lachlan não roubou nada de mim, eu dei tudo livremente.

Enquanto ainda esperamos por nossos pedidos, conversamos sobre meus próximos planos de sair.

— Acho que vou comprar uma passagem de avião hoje à noite para algum lugar na Europa. Eu realmente não me importo. Quero ver tudo.

— Tem certeza de que quer dar uma volta pelo mundo sozinha? Não é exatamente seguro.

Não vou mentir, isso me deixa nervosa, mas se nós não sairmos da nossa zona de conforto, como viveremos?

— Eu vou ficar bem. — Descarto suas palavras, recusando-me a insistir nelas.

— Quanto tempo você acha que vai ficar fora? — Ele tenta parecer despreocupado, mas sei que espera que eu não fique muito tempo fora.

Dou de ombros, pegando meu copo de água e lançando um sorriso para o garçom quando ele coloca nossos pratos na mesa.

— Não tenho certeza. Alguns meses.

Ele se engasga com o vinho que pediu, cuspindo.

— Meses?

— Esta é uma viagem única na vida — argumento. — Quero aproveitar ao máximo. Além disso, se eu for para a faculdade depois, não pretendo começar até o outono.

— Você poderia se matricular em um semestre de primavera.

— Eu poderia, mas não quero. Preciso de tempo.

Ele abre um sorriso.

— Bem, eu tentei.

Nós comemos nossa refeição, mudando o assunto da conversa. Depois de um tempo, o garçom tira nossos pratos da mesa, colocando um menu de sobremesas antes de ir.

— Escolha alguma coisa — Sage encoraja. — Esta noite é uma celebração.

— Estou cheia. — Pressiono a mão no meu estômago. — Não acho que eu poderia dar outra mordida.

— Vamos lá — ele encoraja. — Vou pegar uma também.

Com um suspiro, alcanço o menu, examinando as sobremesas. Assim que escolho uma, entrego a Sage para que ele também possa decidir. Quando o garçom volta, pedimos um bolo de chocolate para ele e um tiramisu para mim.

Não demora muito para que as sobremesas sejam colocadas na nossa frente e, embora eu esteja cheia, fico com água na boca com a visão.

Antes que eu possa dar uma mordida, Sage tira um envelope do bolso, deslizando-o sobre a mesa.

— Para que isso? — Pego o longo envelope branco, testando o peso em minhas mãos.

— É o seu presente de formatura. — Ele dá de ombros, como se não fosse grande coisa, limpando a garganta. — Abra.

Sorrio, secretamente encantada com a perspectiva de um presente. Eu abro, minha boca se escancarando quando a passagem de avião desliza para fora. Eu a leio, vendo que parte em dois dias para Londres.

Olho do bilhete para o meu irmão em choque.

— Sage.

Ele se inclina sobre a mesa.

— Eu posso não querer que você vá, mas entendo, e quero que saiba que te apoio. Você pode começar sua aventura lá e depois ir para onde quiser.

— Obrigada. — Agarro o bilhete com força, este pedacinho de papel contendo toda a promessa de aventura e descoberta.

— Abra suas asas, Erva, assim você pode voltar e estabelecer algumas raízes.

Eu me levanto, me movendo ao redor da mesa para abraçar meu irmão. Inalo seu cheiro familiar e reconfortante. O cheiro de casa. De alguma forma, sei que tudo vai ficar bem.

Fazer as malas é surreal.

Estou realmente fazendo isso. Vou embora por não sei quanto tempo.

Dobro minhas roupas do menor tamanho possível, não querendo ocupar muito espaço. Minhas camisetas deslizam ordenadamente em um lado da mala, todas bem enroladas. Em seguida, adiciono os três pares de jeans e dois shorts que decidi levar, além de um vestido. Coloco três opções de sapatos do outro lado, deixando espaço para roupas íntimas e produtos de higiene pessoal. Pego minha bolsa de higiene transparente que embalei depois do banho, colocando-a dentro delicadamente. Virando-me para minha cômoda, vou pegar um punhado de calcinhas, minha respiração travando quando vejo a carta que enfiei embaixo delas no início de maio, quando Lachlan me deixou.

Um mês, mais de um mês na verdade, desde que ele partiu.

A raiva toma conta de mim mais uma vez e pego a carta, jogando-a na lixeira.

Assim que cai lá dentro, uma onda de arrependimento instantâneo me atinge.

Coração acelerado, eu a pego, segurando-a entre as mãos. Mordo meu lábio, pensando em colocá-la de volta na minha cômoda ou... ou eu poderia lê-la, mas não estou pronta. Não estou pronta para ler suas palavras de arrependimento pelo que fizemos. Não quero que ele me diga que não me ama. Hesito mais um momento e acabo enfiando a carta na minha bagagem, com medo de que, se a deixar para trás, Sage possa encontrá-la, mas isso é uma desculpa. Sei que Sage nunca mexeria nas minhas gavetas.

Com a carta escondida, coloco calcinha e sutiã dentro da mala antes de fechá-la.

Eu a levo até a porta para que esteja pronta quando Sage me deixar no aeroporto. Ele observa do sofá, incapaz de esconder a tristeza de seus olhos.

Odeio deixá-lo, mas preciso fazer isso, e estou feliz que ele entenda.

— Você está realmente me deixando?

Empurro meu cabelo para fora dos olhos, onde ele se soltou da trança que fiz mais cedo.

— Sim, acho que estou. — Eu me jogo no sofá ao lado dele. — Vai sentir minha falta, irmão mais velho?

— Mais do que você imagina.

Eu alcanço sua mão, apertando-a.

— Vou ter saudades suas.

— Você tem que ir — ele fala, lágrimas enchendo seus olhos. — Não quero que faça isso, mas sei que tem que fazer. Você vai voltar muito mais forte.

— Espero que sim.

— Eu sei que sim.

Eu rio, soltando sua mão e olhando para a tela da TV.

— Crepúsculo? — Arqueio uma sobrancelha.

— Estava na TV — se defende. — Além disso, isso me faz pensar em você.

Deito minha cabeça em seu ombro.

— Você realmente sente minha falta e eu nem fui embora ainda.

Ele deita a cabeça sobre a minha.

— Sim. Você é tudo que me resta neste mundo e que importa.

— Talvez você conheça uma garota enquanto eu estiver fora. Apaixone-se.

Ele bufa, olhando para a tela da TV.

— Duvido, Erva.

— Ei, nunca se sabe.

Ele bagunça meu cabelo.

— Boa tentativa, mas não estou procurando por ninguém agora.

doce dandelion

— Eu não estava procurando por Lachlan — sussurro e ele se encolhe com o nome. — Mas o encontrei de qualquer maneira. Você não procura o amor. O amor encontra você.

Ele vira a cabeça na minha direção, esfregando os lábios.

— Por favor, não diga o nome dele perto de mim. Isso me irrita.

— Ainda estou com raiva também… mas estar com raiva não muda o fato de que o amei.

— E você ainda ama, não é?

— Eu o amo tanto quanto o odeio. — Pego um fiapo no meu short de algodão.

— Ele deveria estar na cadeia — rosna.

— Eu sou uma adulta.

— Você era sua *aluna* — ele sibila. — Não entende quão moralmente errado isso é?

Solto um suspiro.

— Bem, ele se foi agora.

— Sim, obrigado, porra.

Quando Sage se levanta e pega uma cerveja, sei que a conversa acabou.

capítulo 68

Sage tira a minha bagagem do porta-malas do carro dele, puxando a alça.

— Bem, é isso. — Ele me encara, memorizando minhas feições como se tivesse medo de nunca mais me ver.

— Eu vou voltar.

— Mas quando? — Sei que ele quer que eu lhe dê uma resposta definitiva, mas não posso.

— Não sei. — Deslizo minha mochila nos ombros. Ele suspira, enfiando as mãos nos bolsos. — Vou sentir sua falta, Capim.

— Não tanto quanto eu sentirei sua falta, Erva.

— Não me faça chorar — aviso, jogando meus braços ao seu redor.

Ele tira as mãos do jeans, me abraçando de volta.

— Fique segura. Ligue para mim quando pousar em Nova York na sua escala.

— Eu vou. Prometo. — Estendo meu dedo mindinho para ele, tentando esconder minha dor porque não é com Lachlan que estou fazendo uma promessa de mindinho.

— É melhor você se apressar. Passar pela segurança será um pé no saco. — Ele beija minha bochecha e dá um passo para trás. — Sério, fique segura.

— Vou ficar. — Pego minha mala, indo em direção às portas. Olhando para trás, eu o vejo entrar no carro.

Ele levanta a mão em um aceno e devolvo o gesto antes que ele se afaste. Observo seu carro se juntar à briga de outros que saem do aeroporto.

Olho para o prédio e sorrio.

É isso.

Entrando no aeroporto, passo pela segurança mais rápido do que esperava e sigo para o terminal para aguardar o embarque do meu avião em uma hora.

Pego um café antes de me sentar.

doce dandelion

— Uau, pensei que você nunca apareceria.

Minha cabeça dispara para cima e meus olhos se conectam com os azul-claros de Ansel, que se dirige na minha direção, empurrando uma mala.

— O que você está fazendo? — Levanto-me de um salto, o café jorrando da tampa do meu copo e queimando meu dedo, mas não ligo para isso.

— Bem, eu sabia que você estava indo embora e, francamente, também não estou pronto para a faculdade. Pensei comigo mesmo: por que eu deixaria a minha melhor amiga voar pelo mundo sem mim? Quando disse a Sage que queria ir com você, ele ficou um pouco cauteloso, mas acho que o fato de não querer que você fosse sozinha venceu e ele me disse onde conseguiu sua passagem. — Ele segura sua própria passagem de avião. — Então, você está presa a mim, Meadows. Meus pais concordam com isso, então estão financiando a minha parte. Onde quer que você vá, eu vou.

— Sage sabia disso? — Estou chocada. Ele parecia tão chateado que eu ia ficar sozinha.

— Sim. — Ansel se joga no assento vazio ao lado do que eu estava sentada e dá um tapinha no assento. — Fique confortável, Meadows.

— Eu... — Continuo piscando para ele, nenhuma palavra vem à mente.

— Você não está brava, está? Quero dizer, mesmo se estiver, eu ainda vou com você.

— Não, estou feliz por você estar aqui.

E agora que ele está, não consigo imaginar fazer isso sem ele. Finalmente me sento na cadeira ao lado dele.

— Eu te dou cobertura, Meadows. Uma aventura é o que nós dois precisamos.

— É, não é?

Ele acena com a cabeça, puxando um pedaço de cutícula solta.

— Você não pode crescer sem explorar. Ver o mundo é o que preciso para me tornar um artista melhor. Talvez... talvez eu possa fazer algo da minha arte, de mim mesmo. Tenho medo de sonhar grande.

— Se você sonhar pequeno, nunca tocará o teto. — Dou-lhe um sorriso suave. — Mas se sonhar grande, pode ter a sorte de tocar o céu.

Ele pega minha mão, cruzando nossos dedos.

— Vamos dominar o mundo então.

— Dominação mundial não é realmente minha praia. — Luto contra um sorriso crescente.

Ainda não consigo acreditar que ele está aqui. Fazer esta viagem com

Ansel tornará tudo mais divertido. Terei alguém com quem não apenas viajar, mas que vai me fazer sorrir e rir, me lembrar de que não estou sozinha neste mundo. Pode parecer dramático, mas muitas vezes desde o tiroteio me senti invisível. Sem ser vista, sem ser ouvida, sem importância. Lachlan iluminou meu mundo e com ele me senti vista, ouvida e como a pessoa mais importante de todas. Mas ele me deixou, me jogou fora como se eu não fosse nada.

Mas eu sou alguma coisa.

Eu sou eu e é hora de me ver, me ouvir e perceber o quanto sou importante. Meu propósito importa.

— Então, Meadows, para onde vamos depois de Londres?

Sorrio para o meu melhor amigo.

— Não importa.

E realmente não importa, porque é a jornada que interessa, não o destino.

Nós chegamos completamente cansados. São dez da manhã, horário de Londres, mas nem sei que horas seriam em Utah, porque meu cérebro não consegue calcular.

— Este lugar é bom. Há apenas uma cama, no entanto — Ansel anuncia, saindo do quarto e colocando sua mochila no chão.

Sufocando um bocejo, esfrego meus olhos.

— Estou muito cansada para me importar. Vamos dormir um pouco. Prometo que não vou te apalpar.

— Obrigado por se preocupar com o meu bem-estar, Meadows. — Ele ri, abrindo a geladeira para ver se está abastecida.

Mando uma mensagem para Sage dizendo que chegamos ao apartamento que ele reservou e vamos para a cama. Não me incomodo em ver se ele responde. Começo a vasculhar minha mala em busca de pijamas limpos apenas para perceber que não coloquei nenhum na mala. Tenho roupas íntimas e roupas normais. É isso.

— Ai, meu Deus — gemo, em pura frustração. — Esqueci o pijama.

— Deixa comigo. — Desta vez, é ele quem está tentando não bocejar. Pega a mochila e tira uma camiseta enorme, jogando-a para mim. Eu mal a pego. — Isso deve cobrir todas as partes importantes.

A camisa cheira a ele e o que quer que tenha sido impresso nela está desbotado.

— Obrigada.

— Tome um banho. Vou fazer um lanche para nós.

Agarrando roupas íntimas limpas, não protesto, me fechando no banheiro para tomar banho. Sinto-me suja depois de passar as últimas quase vinte e quatro horas viajando. Nosso voo de Nova York para Londres acabou atrasando, o que foi uma verdadeira dor de cabeça.

A água morna cai em cascata sobre o meu corpo, soltando meus músculos cansados. Não contei ao Ansel, mas duvido que tenha energia para comer um lanche.

Esfregando meu couro cabeludo com xampu, vejo os redemoinhos desaparecerem pelo ralo. Já estou começando a me sentir melhor, mesmo que precise desesperadamente dormir.

Condicionando meu cabelo, deixo-o descansar nos fios para desembaraçar a bagunça em que ele se enroscou quando cochilei no voo.

Uma vez que estou completamente limpa, saio e me seco, colocando uma calcinha limpa e a camisa que Ansel me deu. Ela vai até a minha bunda, mas muito pouco. Vai servir, no entanto.

Saindo do banheiro, o vapor sai com a minha partida. Ansel olha da pequena cozinha, terminando um sanduíche.

— Minha vez. — Ele esfrega as mãos. — Coma, Meadows. Sei que você deve estar morrendo de fome. — Ele aponta para a outra metade de um sanduíche em um prato de vidro com pequenas flores azuis na borda.

A porta do banheiro se fecha atrás dele. Olho para o sanduíche, sem fome depois de toda a viagem, mas sabendo que preciso comer. Sentada no banquinho, mordo o lanche, esperando que meu estômago proteste contra a introdução de comida depois de horas de viagem, mas acabo devorando até não restar nada além de migalhas.

Lavo o prato e pego uma bebida da geladeira. Torcendo a tampa de uma garrafa de água, a porta do banheiro se abre e Ansel sai. O cheiro de seu sabonete enche o ar, algo amadeirado que me lembra do ar livre. É o completo oposto do perfume fresco de Lachlan.

Ansel boceja, apontando para o sofá.

— Vou dormir aqui fora. Você fica com a cama.

— Estou bem com o sofá — protesto. — Sou mais baixa do que você.

Ele me dá um olhar aguçado.

— Estou sendo um cavalheiro. Pegue a cama, Meadows.

Suspiro, sabendo que nunca vou chegar a lugar nenhum com ele.

— Tudo bem, mas só porque estou cansada demais para discutir.

Depois que encontramos um travesseiro e cobertores, ele se ajeita no pequeno sofá e fico com o quarto. Não há ar e está sufocante, então ligo o ar-condicionado embaixo da janela para esfriar o espaço, deixando a porta aberta para que Ansel também possa se beneficiar.

Subindo sob as cobertas, elas arranham minha pele. Eu as afasto, já que está quente de qualquer maneira.

Enrolando as mãos sob a cabeça, rezo para que o *jet lag* traga o sono rapidamente. Felizmente, isso acontece, mas é por curta duração. Não demora muito para que eu acorde com gritos, meus membros se debatendo do sonho.

Ansel entra correndo no quarto, o cabelo bagunçado do sono, os olhos cansados. Ele vem apressado para o meu lado, agarrando meus braços e depois meu queixo, me forçando a olhar para ele.

— Você está bem. Ei, ei, você está bem. Estou com você. — Meu corpo para de torcer e girar, e me concentro nele, nivelando minha respiração. — Foi um sonho.

Eu me agarro a ele como uma tábua de salvação.

O sonho foi pior do que o normal. Antes de Lachlan partir, tinha passado tantos dias, até semanas, sem eles, mas tem acontecido com mais frequência, e este foi o pior até agora. Era tão real, o sonho agarrado à minha mente, forçando-me a reviver aqueles momentos angustiantes.

— Eu quero que isso vá embora — sussurro contra o seu pescoço.

— É sobre o que aconteceu com você?

Concordo com a cabeça.

Ele manobra seu corpo, subindo na cama atrás de mim. Ele me segura contra si.

— Estou aqui, Meadows. Estou com você. Não vou te deixar. Não vou deixar o sonho te pegar enquanto estou com você.

Abro a boca para argumentar que sua presença não será suficiente para afugentá-lo, mas opto contra isso, e então, por algum milagre, quando volto a dormir com ele cantarolando em meu ouvido, o sonho não volta.

Acho que Ansel Caron pode ser meu cavaleiro de armadura brilhante.

Sinto muito, Lachlan.

capítulo 69

Acordo envolta nos braços de Ansel, sua respiração soprando suavemente contra a parte de trás do meu pescoço. Seus braços estão entrelaçados ao redor do meu corpo, com as pernas totalmente enroladas nas minhas costas. Meu braço esquerdo repousa sobre o dele. Há algo profundamente íntimo nisso, apesar do fato de que nada sexual aconteceu.

Começo a me soltar de seu aperto, precisando fazer xixi, mas ele intensifica o aperto.

— Mais cinco minutos. Não estou pronto para me levantar.

— Preciso usar o banheiro.

Ele aperta meu estômago.

— Cinco minutos.

— Ansel. — Eu rio. — Me deixe ir.

Ele geme, liberando seu abraço de polvo em mim.

— Tudo bem, Meadows. Vá ao banheiro. Que horas são, afinal?

Pego meu telefone.

— Quatro da manhã.

— Porra, dormimos muito tempo.

Considerando que adormecemos depois das onze da manhã do dia anterior, ele não está brincando. Dezessete horas é sono pra caramba, mas nós dois precisávamos.

Saindo da cama, vou para o banheiro minúsculo no quarto ao lado para me aliviar. Lavando as mãos, olho para o meu reflexo no espelho. Pareço surpreendentemente bem descansada, considerando que acordei com aquele horrível sonho recorrente. Acho que tenho que agradecer a presença de Ansel por isso.

Depois de escovar os dentes, volto para a cama ao lado do meu melhor amigo. Ele estende a mão para mim, me puxando contra seu peito sólido. Envolvo meus braços ao seu redor e ele enfia minha cabeça sob seu pescoço.

— Estou realmente feliz por você estar aqui — sussurro, como uma confissão no quarto escuro.

Ele aperta meu braço.

— Eu também.

— Não tenho certeza se poderia ter feito isso sozinha, como pensei que poderia.

Ele fica quieto por alguns segundos.

— Você teria ficado bem.

— Você acha? — Torço minha cabeça, descansando o queixo em seu peito para que eu possa olhar para ele.

Ele inclina a cabeça para mim.

— Eu sei que sim. Você é mais forte do que acredita. Mas — um sorriso se espalha lentamente sobre seu rosto como um sol nascente — você não se divertiria tanto.

Eu ri.

— Isso é definitivamente verdade.

— O que você quer ver hoje? — pergunta, esfregando os dedos preguiçosamente no meu braço. É uma sensação boa e meus olhos se fecham, desfrutando do toque.

— Tudo.

— Acho que não podemos ver tudo em um dia, Meadows.

— Quero experimentar a cidade, a vida, é disso que se trata toda esta viagem para mim. Viver, não apenas visitar.

— Bem — ele pressiona os lábios na lateral da minha cabeça —, vamos sair e viver.

Depois de várias horas de andar pelas ruas, parar em lojas e conferir a troca da guarda, me vejo atraída para uma livraria. Ansel me segue, sem dizer nada enquanto abro a porta e entro.

Faço uma pausa inalando o cheiro dos livros empilhando as prateleiras até o teto. O cheiro me faz pensar em Lachlan e todas as suas pilhas de livros. Dói pensar nele, como uma facada dolorosa que não para de latejar.

Olhando para cima, o teto está coberto de espelhos, dando-lhe o efeito estonteante de se estender por quilômetros.

— Lachlan adoraria isso — sussurro para mim mesma, mas é claro que Ansel me ouve.

Ele coloca a mão na minha cintura, me dando um olhar triste, mas não diz nada, o que eu agradeço. Não sei como responderia se ele o fizesse.

Ando pelos corredores de livros, sorrindo quando encontro recantos aconchegantes para me estabelecer e me curvar com um livro de sua escolha.

Contra minha vontade, tiro uma foto e mando para ele. Sei que ele não vai receber mesmo, pois ainda não leu nenhuma das minhas mensagens. Suponho que isso seja uma coisa boa, considerando que algumas delas não são tão legais. Não é como se ele não merecesse, porém, por ir embora sem dizer uma palavra.

Na nossa última noite juntos, ele fez amor comigo sabendo que me abandonaria. Ele me beijou, me deu prazer, sabendo que eu nunca o veria novamente.

Ainda não acredito que trouxe a carta dele. Deveria ter deixado em casa. A última coisa que preciso fazer nesta viagem é andar com a bagagem do que ela pode dizer. Estou apavorada que o que está dentro só vai quebrar ainda mais o meu coração. Ele já foi golpeado o suficiente.

Na sequência da foto, envio outra mensagem de texto.

> Eu: Eu poderia me perder aqui. Você se incomodaria em me procurar?

Com um suspiro, guardo o telefone. Sei que preciso parar de mandar mensagens para ele, mas não estou pronta. É terapêutico, uma espécie de diário.

— Você está bem? — Ansel contorna uma prateleira, encontrando-me com os braços em volta de mim.

Concordo com a cabeça, mas o sorriso que dou a ele é triste.

— Estou bem.

Ele agarra meu ombro, dando-lhe um pequeno aperto.

— Você pode falar comigo.

— Eu sei.

Se eu chegar ao ponto em que quero falar sobre Lachlan, tirar meus pensamentos e sentimentos do meu peito, sei que posso confiar em Ansel. Apesar dos rumores, e eu ter confirmado a verdade, ele ficou ao meu lado e não me julgou por isso. Sasha também foi compreensiva, e sei que preciso manter contato com ela enquanto estivermos fora. Não quero que pense que não significa nada para mim. Se aprendi alguma coisa no ano passado, é como os relacionamentos são importantes, sejam eles familiares, de amizade ou românticos.

Exploro as prateleiras um pouco mais, comprando dois livros antes de sairmos. Está chegando a hora do jantar, então paramos em um pub perto do apartamento para comer. Com as nossas barrigas cheias, saímos. Ansel enlaça alguns de seus dedos nos meus. Lanço a ele um sorriso.

Entramos no apartamento, trancando a porta atrás de nós. Envio algumas mensagens para Sage, deixando-o saber que vamos para a cama em breve.

Tomo meu banho primeiro e, enquanto Ansel está tomando o dele, viro os cobertores de volta na cama, arrumando os travesseiros. Não foi discutido, mas quero que ele durma comigo novamente esta noite. Com ele perto, me sinto mais segura, e isso deve manter meus pesadelos afastados.

Os canos chiam quando o chuveiro é desligado. Sei que vai demorar um pouco até ele sair do banheiro, mas ainda me sinto nervosa. Entendo que é bobagem, ele é meu amigo, mas não quero que ele pense que estou quebrada, ou carente, ou talvez até o provocando.

Sentada na beirada da cama, prendo a respiração quando ouço a porta se abrir. Seus pés pisam no chão de madeira, que range, e então ele fica na porta, inclinando o corpo contra ela.

— Você está bem? — Ele percebe minha linguagem corporal instantaneamente.

Eu aceno, mas não encontro seus olhos.

— O que é, Meadows?

Olho para minhas mãos, espalhando meus dedos antes de enrolá-los em minhas palmas.

— Você pode dormir aqui de novo esta noite? Comigo?

— Claro... é por isso que você está nervosa?

Eu me levanto, tirando o cabelo do meu rosto.

— Sim. — Solto uma risada. — É estúpido, eu sei. Mas me senti melhor ontem à noite quando você esteve aqui. Quando eu desmoronei, você me segurou.

Fecho meus olhos, pensando em como uma vez tive tanta certeza de que Lachlan era a cola para todos os meus pedaços quebrados.

Eu me assusto quando sinto a pressão suave da mão quente de Ansel contra a minha bochecha.

doce dandelion

— Você não precisa de mim para te manter inteira. Está fazendo tudo isso sozinha. Mas eu vou te manter segura.

Abro meus olhos, olhando em suas íris azul-claras.

— Acho que não estou fazendo um trabalho muito bom.

— Confie em mim, Meadows, você nunca se deu crédito suficiente.

Pegando minha mão, ele me empurra de volta para a cama e se deita ao meu lado. Não é tão tarde, mas nós dois estamos cansados das aventuras do dia. Assim que seus braços me envolvem, caio em um sono tranquilo.

capítulo 70

Nós gastamos duas semanas explorando Londres e as cidades vizinhas antes de seguir em frente.

Envio mais mensagens para Lachlan. Ele nunca responde.

De lá, nós viajamos para a Itália, visitando Veneza, Roma, Florença — mas passando a maior parte do tempo na Costa Amalfitana. Passaram-se oito semanas até que finalmente partimos.

Ainda assim, Lachlan não responde.

Outras cidades que paramos são Praga, na República Tcheca, e Barcelona e Madri, na Espanha.

Eu deveria parar de enviar mensagens de texto.

Ansel queria ir para a Escócia quando saímos de Londres, mas a Escócia pertence a Lachlan.

Não sei por que não posso traí-lo.

O avião circula sobre o nosso próximo destino. Ansel olha pela janela com admiração e alegria.

— Olhe para isso, Meadows. — Ele aponta como uma criança pequena para eu olhar também.

— Uau.

Nós pairamos sobre Paris, trocando sorrisos.

O avião inicia sua descida, o piloto dando instruções pelo alto-falante.

Ansel agarra minha mão, entrelaçando nossos dedos. Com um sorriso, ele diz:

— Paris não está pronta para nós.

Eu sorrio de volta. Também não tenho certeza se estou pronta para isso.

Adeus, Lachlan. Estou seguindo em frente com a minha vida.

capítulo 71

O táxi guincha ao parar abruptamente em frente ao apartamento.

Ansel fala com ele em francês, passando-lhe alguns euros amassados.

Pegamos nossas malas, indo para o escritório do gerente para pegar as chaves do apartamento que reservamos com antecedência com pagamentos mensais. Nós dois concordamos que gostaríamos de ficar em Paris por um tempo. Não tenho certeza de quanto tempo realmente é, mas já estamos fora de casa há seis meses. Sei que Sage esperava que eu estivesse em casa para o Natal, mas este ano estarei comemorando na cidade com Ansel.

Pegamos o elevador antigo até o apartamento do último andar. Estamos dividindo os custos, mas o apartamento de um quarto no coração de Paris ainda é muito caro — especialmente com a vista da Torre Eiffel que o portfólio on-line afirmava ter. Mas você só vive uma vez, então pode muito bem aproveitar.

Saindo do elevador, caminhamos pelo corredor e Ansel destranca a porta do nosso apartamento.

Ele solta um assobio baixo.

— Uau, isso é incrível.

Ele também não está brincando. O interior é pintado de branco-cremoso, com detalhes nas paredes que remetem a uma época diferente. A sanca é primorosamente detalhada e os móveis são todos relativamente novos, em um estilo mais contemporâneo e com cores fortes. Meus olhos não conseguem desviar o olhar do sofá de veludo azul-cobalto.

— Meadows! Venha ver isso! — Não tinha percebido que Ansel havia saído da minha linha de visão. Deixo minhas malas e sigo o som de sua voz, encontrando-o no quarto parado nas portas duplas abertas que levam a uma varanda de ferro forjado. — Olhe. — Ele dá um passo para o lado, abrindo espaço ao lado de seu corpo para eu me juntar.

Minha mandíbula se abre.

— É lindo. — Suspiro, meus dedos indo parar na minha boca, tentando cobrir minha surpresa.

A vista da Torre Eiffel é espetacular. Fica longe, mas está totalmente desobstruída e, do último andar do prédio, perfeitamente alinhada.

— Não posso acreditar que estamos aqui. — Ansel encosta o corpo no parapeito. As veias em seus braços se destacam e não sei como ele aguenta ficar aqui sem casaco.

— Eu também não posso. Toda essa viagem tem sido surreal.

Ainda não consigo acreditar que dezembro está chegando. Passamos um tempo em cada país e cidade que visitamos, mergulhando verdadeiramente na cultura e no estilo de vida. Tem sido uma experiência que sei que nunca vou esquecer.

Ansel abaixa a cabeça na minha direção.

— Talvez eu nunca vá embora.

Olho para ele, notando o tom sério em sua voz, embora o sorriso sugira que ele está brincando.

— Eu não culparia você.

Deixo-o na varanda para que eu possa terminar de explorar o apartamento, não é como se houvesse muito para ver.

A cama do quarto é enorme, e tenho certeza de que um apartamento como esse deve ser usado com frequência por recém-casados. O dossel acima da cama é de um rosa suave e, com a roupa de cama branca e bege, parece algo saído de um conto de fadas. Deslizando meus dedos sobre as cobertas, coro ao observar Ansel na varanda, a brisa entrando pelas portas abertas.

Dormi com ele todas as noites desde a nossa primeira em Londres. Também não tive mais pesadelos. Nem por um segundo acho que estou curada deles porque ele está lá à noite, mas realmente acho que o conforto de sua presença impede minha mente de afundar em um lugar escuro onde sou mais suscetível a eles.

Saindo do quarto, entro no banheiro anexo. É pequeno, mas legal. Não posso deixar de sorrir para a banheira com pés de garra, sabendo que terei que fazer uso dela. Faço uma pausa, observando meu reflexo no espelho.

Pareço melhor do que quando saí dos Estados Unidos. Ganhei um pouco de peso, meu corpo se enchendo mais de curvas femininas. Meus olhos estão um pouco mais brilhantes, não muito felizes, mas não tão assombrados. Há mais mudanças também, mas essas estão no interior. Minha confiança cresceu com as nossas viagens e meu coração... ainda está um pouco partido, mas está começando a se remendar.

Suspirando, me afasto do espelho.

— Vamos para algum lugar — Ansel anuncia, fechando as portas da varanda.

— Onde?

Ele dá de ombros.

— Provavelmente há um café ou algo próximo.

— Ok — concordo, ansiosa para passear nas ruas de Paris. A vibração nesta cidade já fala com a minha alma.

Deixamos nossas malas para desfazer depois, ansiosos demais para mergulhar no coração das coisas.

Assim que pisamos na rua, inalo o ar. Sinto o cheiro celestial de vários alimentos agitando no ar e as pessoas tagarelando nas ruas, andando em ritmo acelerado para chegar aonde quer que elas estejam indo.

A cabeça de Ansel gira para frente e para trás, tentando absorver tudo. O olhar de admiração brilhando em seu rosto faz meu coração palpitar. Há algo em seus olhos que não consigo explicar, mas sei que fala com a minha alma. *Eu* quero olhar para algo assim. Infelizmente, acho que posso ter olhado para Lachlan de uma maneira semelhante, mas ele se foi e tenho que seguir em frente.

Seguir em frente é mais fácil dizer do que fazer. Jurei a mim mesma que não lhe enviaria mais mensagens, mas, me conhecendo, eventualmente vou quebrar minha promessa.

Estamos a apenas dois ou três minutos do apartamento quando avistamos um café pitoresco escondido em um beco. Seria muito fácil perder, mas aparentemente Ansel tem um olho de águia para esse tipo de coisa.

Ele mantém a porta aberta e eu entro, inalando o aroma celestial do café expresso. O americano não tem nada a ver com o que você pode comprar na Europa. Não sei como vou sobreviver quando voltar para casa.

Pegamos uma mesa perto da janela, que não deixa entrar muita luz, por estar no beco e tal, mas é legal. Há apenas um punhado de outras mesas e as pessoas se sentam nelas, conversando.

Ansel faz nosso pedido, já sabendo o que vou querer, já que o francês dele é melhor que o meu.

— Não sei como meu pai saiu da França — comenta, olhando pela janela para a rua de onde viemos. — Conheceu minha mãe aqui. Ela estava de férias com algumas amigas depois da faculdade. Ele a convenceu a ficar o resto do verão e eles se apaixonaram. Ele se mudou para os Estados Unidos e o resto é história.

— Acho que ele a amava o suficiente para ir embora. — Estremeço assim que as palavras saem dos meus lábios.

Lachlan partiu por causa de seu amor por mim? Não parece provável. Se ele realmente me amasse, teria esperado. Eu estava tão perto de me formar e estaríamos livres para ficar juntos. Estremeço com as lembranças dos rumores desagradáveis que circularam naquelas últimas semanas de escola. Durante todo o ano, eu tinha ficado longe dos holofotes, ninguém descobriu sobre o meu passado, mas no final me tornei alvo de fofocas e ridicularização.

— O que é isso?

— Hã? — Afasto a mente dos meus pensamentos, olhando através da mesa redonda de madeira para Ansel.

Ele tira uma mecha de cabelo escuro dos olhos.

— Você parecia perdida. Onde você foi?

Dou um sorriso enquanto o garçom nos traz nossos expressos. Para Ansel, eu digo:

— Eu... uh... estava pensando nos rumores.

— Os rumores — repete, sua mandíbula pulsando. Mesmo que tenha me apoiado, sei que a situação o deixa com raiva. — Embora eles não eram realmente rumores, Dani — ele me lembra.

É o uso de *Dani* em vez de Meadows que me diz como ele ainda está chateado. Provavelmente daria um soco em Lachlan se o visse novamente.

— A maioria era. — Minha voz é pequena. Olho para a pequena xícara de café expresso branca em um prato combinando.

— Você ainda dormiu com ele.

Mordo meu lábio, sentindo a picada reveladora de lágrimas. Esfrego meu dedo ao redor da borda do copo.

— Sei que você não pode começar a entender isso, mas nós tínhamos uma conexão que era... inexplicável. Nós dois lutamos contra nossos sentimentos por tanto tempo e continuei dizendo a mim mesma que tinha uma queda inocente, mas era muito mais. — Finalmente trago a xícara aos meus lábios, tomando um pequeno gole.

— Você realmente o amava, não é? Não paixão, mas amor verdadeiro?

Dou um aceno de cabeça.

— Sim, eu amava. Ainda amo. Sentimentos como esses são fortes demais para simplesmente irem embora. Gostaria que eles fossem, mas não vão.

Ele me encara do outro lado da mesa sem piscar.

— Ninguém merece ter o coração partido assim.

— O desgosto é inevitável. — Dou de ombros como se não fosse grande coisa, mas é.

Acho que nunca amarei alguém neste mundo tanto quanto amo Lachlan. Não é que eu não ache que possa me apaixonar de novo um dia, mas sei que nunca chegará ao poder das minhas emoções por ele. Algumas coisas são únicas.

— Além disso — continuo —, já vivi coisas piores.

Estou começando a finalmente aceitar que não há como realmente seguir em frente a partir daquele dia e dos meses subsequentes de dor, cirurgias e reabilitação. Sempre viverá dentro de mim, as memórias assombrosas, mas tenho que continuar e viver apesar disso. Meu sofrimento não faz mal a ninguém além de mim mesma.

Ansel bate o dedo na mesa.

— Gostaria de falar sobre isso?

Balanço a cabeça para os lados, olhando para longe dele.

Falar sobre isso dói demais.

— Você pode falar comigo sobre isso. Quando estiver pronta.

Forço um sorriso para seu benefício, não meu.

— Eu sei.

E sei mesmo, mas é assustador falar. Lachlan é a única pessoa com quem compartilhei os detalhes mais íntimos da minha mente. Minha dor, meus medos, as partes mais escuras de mim que recuam da luz. Dei tudo isso para ele e, no final, ele me deixou. Será que Ansel não faria o mesmo?

Termino meu expresso e ele faz o mesmo. Pagamos a conta e ele se levanta, enfiando o casaco.

Oferecendo a mão para mim, ele dá um pequeno sorriso.

— Vamos, Meadows. Nós temos uma cidade para explorar.

capítulo 72

— Se você não vier aqui, talvez eu deveria ir aí no Natal.
— Sage, isso não é realmente necessário. É um voo longo e é um Natal. Passaremos o próximo juntos.
— Tudo pode acontecer, D. Eu deveria passar o Natal com você e minha mãe há dois anos, mas não aconteceu.

Esfrego a mão na minha testa, sabendo que ele tem um ponto válido.

Não estou pronta para ir para casa, nem mesmo para uma visita, mas estou preocupada que, tendo Sage aqui, vai ser como se a realidade me desse um tapa na cara. Mas sei que não posso continuar recusando meu irmão.

— Na verdade, venha, vai ser bom ver você.

Não parece possível que já se passaram seis meses desde que vi meu irmão, mas tem sido. O tempo está passando rapidamente, porém acho que ajudou o fato de eu estar tanto em movimento. Tem havido muito para explorar desde que deixei os Estados Unidos e há muito a apenas uma viagem de trem daqui. Além disso, com as ricas histórias, sempre há algo a aprender.

Ultimamente, Ansel e eu temos explorado vários museus de arte em Paris. Há uma abundância deles e meu amigo se farta de tudo, olhando para as pinturas e estudando os traços impressos nelas de muito tempo atrás.

— Sério? Você não vai continuar discutindo?
— Não.
— Bom, porque já comprei uma passagem de avião e estava indo de qualquer maneira.

Eu ri. Claro que ele comprou.

— Mas você vai ter que ficar em um hotel — aviso. — Não há espaço suficiente aqui.
— O que você quer dizer? Posso dormir no sofá.
— Há apenas um quarto, então Ansel dorme no sofá — minto.

doce dandelion

427

Ansel lança um sorriso divertido na minha direção, de onde ele está sentado na cozinha, olhando pelas janelas e desenhando os prédios ao redor do nosso. Aposto que é lindo aqui na primavera e no verão. Mesmo agora, a cidade é deslumbrante, e os leves flocos de neve flutuando parecem tufos de algodão.

— Tudo bem, vou reservar um hotel. Envie-me seu endereço novamente para que eu possa obter algo por perto.

Ouço uma voz ao fundo.

— Quem está aí?

— Ninguém — ele diz, um pouco rápido demais. — Tenho que ir.

— Sage...

Antes que eu possa dizer mais alguma coisa, a linha fica muda. Olho para a tela do telefone, agora mostrando meu papel de parede — uma foto de Ansel e eu em frente à Fontana di Trevi. Ainda não fomos à Torre Eiffel. Acho que nós dois estávamos deixando-a por último, para que possamos saborear o momento em que finalmente estivermos embaixo dela. Isso pode ser bobo, mas são ocasiões que merecem ser valorizadas. No final, nossas memórias são as coisas que mais importam.

— Isso foi estranho — murmuro, mais para mim mesma do que para Ansel. Jogo o telefone no sofá, balançando a cabeça enquanto atravesso a sala até onde Ansel está sentado na pequena mesa da cozinha. Eu me inclino, descansando o queixo em seu ombro e estudando seu esboço. — Está lindo. Você é tão talentoso.

Ele esfrega o lado de seu dedo mindinho contra o carvão, misturando-o mais.

— Você é tendenciosa.

— Eu sou honesta — argumento.

— Quer dizer que me diria se achasse que eu era uma porcaria? — Ele vira a cabeça para me encarar e de repente ele está *bem ali*. Sua boca a centímetros da minha. Por um segundo, penso em como seria fácil beijá-lo. Tudo o que eu teria que fazer é me aproximar um pouquinho. Pressionar nossas bocas juntas.

Eu me afasto dele como se tivesse sido eletrocutada.

Suas sobrancelhas franzem, provavelmente se perguntando o que causou minha reação.

Rapidamente coloco uma mecha de cabelo atrás da orelha, virando para a geladeira e pegando um pouco de água, engolindo como se minha vida dependesse disso.

— Tudo bem se você sentir algo por mim, sabe — ele diz atrás de mim, o som de papéis se mexendo enquanto ele fecha seu bloco de desenho. — Ele não vai possuir seu coração para sempre.

Minha garganta se fecha e jogo a garrafa na lixeira.

— Eu vou dar uma caminhada.

Pego meu molho de chaves na tigela perto da porta, enfiando os pés nas botas e colocando os braços no casaco.

— Meadows, espere — ele chama, me seguindo.

Faço uma pausa com a mão na porta.

— Estou muito confusa agora e preciso dar uma volta. — Há mais acidez na minha voz do que eu pretendia.

Abro a porta, mas ela não se fecha atrás de mim e sei que ele a está segurando aberta, me observando ir embora enquanto me recuso a olhar para trás.

— Sinto muito.

Meus passos param.

— Não sinta. Não é você.

Sou eu. Sempre sou eu.

Corro para o elevador, desço até o térreo e saio para a rua.

O frio me atinge como um tapa na cara. É exatamente o que preciso.

As ruas não são muito movimentadas, onde moramos é uma rua mais tranquila, e sou capaz de andar sem me preocupar em esbarrar em ninguém.

Minha garganta está apertada e meus olhos queimam.

Quase beijei Ansel, e o pior é que uma parte de mim queria. Eu queria ver como seus lábios se sentiriam contra os meus, quão diferente seu toque seria do de Lachlan. Mas se vou beijar Ansel, então Lachlan não deveria ser um pensamento no meu cérebro, mas ele é, porque, apesar de tudo, ele está sempre lá.

Ando de cabeça baixa, tentando não pensar em todas as caminhadas que fiz no condomínio de Sage, posteriormente esbarrando em Lachlan e Zeppelin.

Eu sinto falta dele e me odeio por sentir falta dele.

É enlouquecedor amar tanto alguém quando você deseja poder odiá-lo.

Mandei-lhe tantas mensagens dizendo que o odeio, mas nunca é verdade. Eu não o odeio nem um pouco e não é justo. Foi ele quem foi embora. Ele, sem dúvida, seguiu em frente com sua vida, enquanto eu ainda estou aqui, tantos meses depois, incapaz de beijar outro cara, porque tudo o que consigo pensar é *nele* e como parece uma traição se eu beijar Ansel.

doce dandelion

Continuo andando e andando, me recusando a deixar meu mancar me atrasar. Com todas as caminhadas que fizemos nas várias cidades em que estivemos, minha perna ficou mais forte, mas também há dias em que sinto uma dor profunda nos ossos e nas articulações.

Meu telefone toca e é Ansel, mas ignoro sua ligação. Ele é a última pessoa com quem quero falar agora. Sei que provavelmente quer ter certeza de que estou bem, mas preciso desse tempo para mim. Preciso andar, respirar e pensar, mesmo que pensar doa. Isso desperta emoções que continuo enterrando em vez de lidar com elas. Estou mascarando o problema, não o resolvendo, e nunca serei capaz de realmente seguir em frente a partir do tiroteio, de Lachlan, até fazer isso.

Ando mais fundo na cidade, em ruas desconhecidas. Sei que nunca vou encontrar o caminho de volta para o apartamento, mas não estou planejando. Quando estiver pronta para voltar, pego um táxi.

Meus pensamentos vagam enquanto ando, provavelmente indo a lugares que eles não deveriam às vezes, mas isso me permite resolver algumas coisas.

Passo por uma floricultura e paro, olhando para as flores lá dentro.

Não há um único dente-de-leão entre eles. Claro que não, duvido que existam aqui, mas, mesmo que existissem, você não encontraria um em uma floricultura. Isso costumava me incomodar, ter o nome de uma flor que as pessoas consideram feia e desnecessária.

Não mais.

Vejo agora como o nome é perfeito para mim.

Como um dente-de-leão, sou resiliente. Posso ser cortada fora, mas continuo voltando. Não vou deixar a vida me derrubar em nada. Vou crescer, vou me tornar. Me tornar o quê? Não sei, mas essa é a beleza disso.

Se passa mais uma hora antes de eu finalmente pegar um táxi de volta para o apartamento.

Quando abro a porta, Ansel está com o telefone na mão, sem dúvida prestes a me ligar novamente.

— Jesus Cristo, Dani, caralho, você se foi há quase três horas. Eu estava preocupado que algo tivesse acontecido.

— Estou bem. — Tranco a porta atrás de mim, tentando ir para o quarto.

— Ei, ei, ei. *Espera*, nós precisamos conversar.

— Não há nada para falar — discordo, tentando passar por ele, que bloqueia o meu caminho, recusando-se a me deixar passar.

— Você quase me beijou, acho que há muito que falar.

Durante minha caminhada, eu tinha feito o meu melhor para esquecer as coisas, para tirar isso da mente, mas eu deveria ter esperado que fosse a primeira coisa na cabeça dele.

— F-foi um momento de fraqueza.

Ele bufa.

— Um momento de fraqueza. — Seu aperto flexiona contra meu antebraço, onde ele o agarra. — Não há problema em gostar de mim como mais do que um amigo. Tudo bem querer me beijar. E Meadows? — Ele se inclina mais perto, sua respiração soprando contra o meu rosto. Meu coração bate rapidamente atrás de minha caixa torácica como o órgão traiçoeiro que é. — Está tudo bem seguir em frente.

Ele me solta, permitindo que eu desapareça nos confins do quarto.

O quarto que eu compartilho com ele, não com o Lachlan.

Enterro-me sob as cobertas grossas, escondendo meu rosto.

Por que não posso deixá-lo ir embora?

capítulo 73

Corro as mãos na frente da minha roupa, um par de jeans e um suéter de cor creme. Por alguma estranha razão, estou escandalosamente nervosa para ver meu irmão. Acho que depois de todo esse tempo separados, tenho medo de que ele não me reconheça, o que é mais do que bobo.

— Eu posso sentir o cheiro do suor do seu estresse daqui. — Sei que Ansel está tentando aliviar o clima, mas não está funcionando.

Já se passaram duas, quase três semanas desde o quase-não-beijo. Ele não falou mais sobre isso, mas seus olhos me dizem que quer. Ele continua a dormir comigo, envolvendo seus braços em mim como todas as outras noites.

Seu toque é reconfortante e eu gosto de estar perto dele. Continuo me perguntando por que não consigo sentir algo mais por ele. Eu quero tanto. Quero substituir as memórias das mãos de Lachlan no meu corpo, o gosto de sua pele com as de outra pessoa, mas, se não consigo sentir essas coisas por Ansel, alguém que já amo e me importo de uma maneira diferente, não consigo imaginar isso acontecendo com um estranho.

Deus, é tão fodido.

— Eu sei. Estou uma bagunça — finalmente respondo, cruzando meus braços sobre o peito.

Ansel se senta de onde estava deitado no sofá com um braço dobrado atrás da cabeça.

— Não há problema em ficar nervosa. Você não o vê há algum tempo, mas ele é seu irmão, então não acho que tenha muito com o que se preocupar. Se alguém deve se preocupar, sou eu. Se ele descobrir que dormimos na mesma cama, ele vai me matar.

Escovo meus dedos pelo cabelo ondulado, soltando um suspiro e, com isso, se der sorte, o resto da minha ansiedade.

Ansel se levanta, passando seus braços em volta de mim. Relaxo em seu abraço enquanto ele passa os dedos pelo meu cabelo, massageando gentilmente meu couro cabeludo para me acalmar.

— Você se preocupa muito.

— Tenho medo de que ele me faça ir para casa — admito algo que está me atormentando.

Ansel dá um passo para trás, me dando um olhar que diz que ele não pode acreditar que aquelas palavras saíram da minha boca.

— Você é adulta. Ele não pode te obrigar a fazer nada, e não acho que seu irmão faria isso com você. Ele sente sua falta, mas sabe que você precisa disso.

Meu telefone toca e, quando olho para a tela, é Sage me dizendo que está aqui.

— É hora do show. — Forço um sorriso e, de brincadeira, bato no ombro de Ansel.

Deixando Ansel no apartamento, desço para receber Sage.

Eu o localizo imediatamente, saindo de um táxi. Seu cabelo está um pouco mais comprido e sua barba rala está mais próxima de uma robusta do que alguns dias sem se barbear.

— Sage! — Todas as minhas preocupações saem voando pela janela e corro na sua direção. Ele sorri ao me ver, abrindo os braços. Meu corpo bate no dele, e envolvo meus braços firmemente ao redor de seu pescoço. — Senti saudade de você. Uma saudade louca.

Ele me aperta de volta.

— O mesmo. Você não tem ideia, Erva. — Ele me solta, me olhando. — Foi estranho não ter você na minha casa.

— Estar sozinho deve ser uma droga — brinco.

Algo passa por seus olhos e ele limpa a garganta.

— Sim, é difícil.

Minha testa franze, sinto que estou perdendo alguma coisa.

— Você já viu muito da cidade?

Ele balança a cabeça.

— Não, saí do avião e fui para o meu hotel deixar minhas coisas e vim direto para cá.

— Você está com *jet lag*?

— Quero dizer, sim — ele passa os dedos pelo cabelo, os fios castanhos tingidos de vermelho e loiro —, mas quero forçar meu corpo a chegar no horário de Paris, então vou ficar acordado.

— Você está pronto para alguns passeios, então? — Estou ansiosa para mostrar ao meu irmão a cidade em que moro há quase um mês.

doce dandelion

— Quero ver o máximo que puder enquanto estiver aqui.

— Vamos subir e vou te mostrar o apartamento. Ansel pode vir com a gente, já que ele é melhor com o idioma e em se locomover pela cidade.

— Ansel — resmunga, quando começo a conduzi-lo em direção à entrada do prédio.

— Ah, não me diga que você o odeia. Se odiasse, não teria dito a ele que eu estava indo para Londres.

— Não me lembre. — Ele olha ao redor do saguão do prédio, observando a arquitetura do velho mundo. Amo como nada é novo aqui. É atemporal.

— Como está o trabalho? — pergunto, quando entramos no elevador.

— Estou amando — admite, tentando abafar seu sorriso crescente. — Trabalhar para uma empresa pequena e independente era o que eu precisava. Sou apreciado lá.

— Fico feliz.

As portas se abrem e o conduzo pelo corredor até o apartamento pequeno, mas elegante.

Ansel pula do sofá para ficar de pé assim que a porta se abre.

— E aí, cara. — Ele estende a mão para o meu irmão. Sage relutantemente a pega, sacudindo-a.

— Este lugar é... pitoresco — finalmente decide, provavelmente pensando no fato de que Ansel e eu estamos perto um do outro o tempo todo.

Se ele soubesse.

Depois de um curto passeio pelos cômodos, Ansel e eu colocamos nossos casacos para que possamos sair para a cidade para mostrar ao meu irmão.

Sage se parece com a gente em nosso primeiro dia, com a boca entreaberta e a cabeça girando constantemente tentando absorver tudo.

Aprendi que é impossível. Todos os dias descubro algo novo que perdi nos outros dias. Essa é uma das minhas coisas favoritas sobre esta cidade. Está cheia de segredos.

— O que vocês acharam da Torre Eiffel quando foram? — Sage pergunta, olhando para ela à distância entre os prédios.

— Na verdade, nós ainda não fomos.

Sua cabeça vira para mim com espanto.

— Vocês estão em Paris há quase um mês e não foram à Torre Eiffel? Essa é a coisa mais louca que eu já ouvi.

Ansel ri.

— Ela está guardando por algum motivo.

— Por quê? — As sobrancelhas de Sage se juntam.

Dou de ombros, enfiando as mãos nos bolsos do casaco.

— Não sei, é estúpido.

— Vamos, D, me conta.

Mordo meu lábio.

— É que... uma vez que nós formos, parece o fim.

— O fim? — Sage repete.

— Eu disse que era estúpido. Quero saborear a experiência.

Fiz o mesmo em todas as outras cidades que paramos, guardando os marcos mais icônicos para uma das últimas coisas que fizemos antes de sair.

É pior desta vez e acho que é porque, no fundo, sei que não vou a outro lugar.

Assim que sair de Paris, vou para casa.

Sage deixa pra lá, permitindo que Ansel lhe mostre a vizinhança. Acabamos pegando um táxi, indo para o coração da cidade para mostrar a ele locais históricos mais facilmente reconhecíveis, como a catedral de Notre Dame, atualmente em reparos do horrendo incêndio que a danificou, e passamos pelo Arco do Triunfo. O táxi nos leva até a Torre Eiffel, mas Sage não pede para parar, o que agradeço.

Após algumas horas de passeio, Sage admite que está cansado e pede para ser deixado em seu hotel.

Como o hotel dele fica a uma curta distância de onde estamos morando, Ansel e eu saímos também.

— Vejo você mais tarde. — Dou um abraço de despedida em meu irmão, certa de que ele vai desmaiar assim que chegar à cama. Seus olhos possuem sombras escuras. O *jet lag* obviamente o atingiu.

Ansel e eu o observamos entrar no hotel antes de começarmos a caminhada pelas ruas de paralelepípedos.

— Devemos parar e pegar algo para fazer para o jantar.

É bom que Ansel possa produzir alimentos semi-comestíveis, caso contrário, estaríamos gastando uma fortuna comendo fora todo dia.

— O que você tem em mente?

— Massa. — Ele sorri, a palavra ritmada com um sotaque francês.

Acho que crescer com um pai francês — e agora estando cercado por outros franceses dia após dia — está fazendo seu sotaque se destacar.

Entramos no pequeno mercado na esquina do nosso prédio e Ansel me passa uma cesta enquanto examina os corredores, pegando os ingredientes

doce dandelion

de que precisa para qualquer prato de massa que ele planeja preparar.

Ele joga alguns limões frescos, azeite, queijo parmesão, macarrão espaguete, uma baguete fresca e até uma garrafa de vinho na cesta. Aproveitamos um pouco o fato de que dezoito anos é a idade legal para beber.

Uma vez que nossos itens são comprados, caminhamos para o apartamento.

— Vou começar com isso. — Ansel leva o saco de papel para a cozinha.

— Eu vou tomar banho então. — Deus sabe que ele não quer minha ajuda. Na primeira noite em que cozinhou para nós em Londres, ele me pediu para torrar um pouco de pão no forno. Eu o queimei em uma coisa crocante escurecida e o cheiro de queimado não saiu do apartamento por dias.

Pego meu pijama — que comprei depois que percebi que não embalei nada parecido como a trouxa que sou — e me fecho no banheiro.

Enquanto a água aquece, limpo meu rosto para tirar a maquiagem. Passei a usar mais do que costumava, mas ainda não muito. Acho que isso me faz sentir mais arrumada e pronta para enfrentar o dia quando passo o corretivo e cubro meus cílios com rímel.

Tirando minhas roupas, entro no chuveiro fumegante, deixando o calor me lavar e desenrolar meus músculos tensos que foram feridos pelos meus nervos com a visita de Sage.

Fechando os olhos, a água escorre pelo meu rosto, descendo pelo meu corpo nu. Espontaneamente, imagens de Lachlan em seu chuveiro inundam minha mente. Sua mão envolvida em seu eixo, acariciando sua ereção. Minha boceta aperta com a memória e não consigo me controlar, minha mão deslizando pelo meu corpo para aquele nó sensível de nervos. Esfrego meu clitóris lentamente, imaginando a mão de Lachlan no meu lugar e seus olhos me encarando como se eu fosse *tudo*. Um gemido rasteja para fora da minha garganta e mordo meu lábio, não querendo que Ansel ouça meus barulhos no pequeno apartamento. Eu nunca seria capaz de encará-lo nos olhos novamente.

Empurro meus pensamentos de realidade para fora da minha mente, em vez disso, focando na fantasia de Lachlan. Fecho os olhos com mais força, imaginando seu corpo nu e molhado pressionado nas minhas costas, sua ereção esfregando contra mim. Finjo que suas mãos deslizam ao redor do meu corpo, subindo pelo meu estômago para segurar meus seios em suas mãos grandes. Eu gemo, inclinando a cabeça para trás contra seu peito, mas, na realidade, a descanso na parede de azulejos do chuveiro.

— *Você é tão linda* — ele sussurra, em um rosnado áspero diretamente no meu ouvido. — *Você é linda e você é minha.*

— *Sua* — digo a ele.

Meu corpo dói por ele, o orgasmo se construindo enquanto esfrego mais rápido.

Em minha mente, ele me vira, pegando meu rosto entre as mãos e reivindicando meus lábios. Ele devora minha boca, me enchendo com o gosto da sua.

— *Eu te amo* — murmuro, seus lábios deslizando pelo meu pescoço.

— *Eu te amo mais* — sua voz é rouca de paixão. Ele gira a língua ao redor do meu mamilo, fazendo minhas costas arquearem e meu corpo implorar para que ele tome mais.

Deslizo os dedos em minha boceta, fingindo que é Lachlan me reivindicando. Um gemido vibra na minha garganta, transformando-se em um pequeno choro, meu orgasmo crescendo.

Desmorono, esperando que o chuveiro abafe meus sons de prazer. Minhas pernas tremem e em minha mente Lachlan está me segurando, certificando-se de que eu não caia.

Dou-me tempo para me recuperar do orgasmo, o primeiro que tive desde a última vez que ele me tocou com pedidos de desculpas que ainda me assombram. Quando abro meus olhos, ele não está lá. Claro que não está, mas ainda dói, porque ele não passa de um fantasma e eu gostaria que parasse de me assombrar.

Lavando meu cabelo e meu corpo, saio do chuveiro o mais rápido possível, de alguma forma me sentindo mais suja do que quando entrei.

Secando as pontas do cabelo com uma toalha, visto meu pijama antes de encarar meu reflexo. Minhas bochechas estão coradas e sei que não é da água aquecida. Envolvendo as mãos ao redor da pia, abaixo a cabeça, balançando.

— Deixe pra lá, Dani — murmuro baixinho para mim mesma. — Ele não vai voltar. Você tem que esquecê-lo.

É mais fácil falar do que fazer. O amor é um sentimento que você não pode ligar e desligar quando quiser. Ele vive dentro de você e é tão vital para o seu ser quanto cada órgão do seu corpo.

Rapidamente me afasto do espelho, correndo para a cozinha.

O cheiro da massa que Ansel está fazendo permeia o ar. Cheira incrível e meu estômago ronca para a vida.

— Bom banho?

— Hã? — guincho, enlouquecendo por ele ter ouvido meus gemidos.

— Você esteve lá por um tempo. — Ele vira as costas, mexendo o macarrão em uma panela.

— Ai, sim.

Subo no balcão perto dele, que lança um sorriso na minha direção.

— Quer ajudar?

Dou uma olhada para ele.

— Você esqueceu o incidente do pão?

— Não, mas acho que você consegue lidar com ralar o queijo, certo?

Olho o ralador.

— Uh... possivelmente, mas também posso raspar meus dedos.

Ele nega com a cabeça.

— Apenas tente.

Pulo para baixo e pego o bloco de queijo fresco, ralando-o sobre a tigela que ele colocou.

— Quanto você precisa?

— Cerca da metade.

Enquanto ralo o queijo, ele adiciona azeite em uma tigela e espreme suco de limão fresco também. Depois de adicionar uma pitada de pimenta, ele pega o queijo de mim e mexe tudo junto.

— Pegue as tigelas. Depois de drenar isso, está pronto.

Ficando na ponta dos pés, alcanço as tigelas, abaixando-as e colocando-as no balcão.

Ele escorre o macarrão na pia e depois adiciona a mistura no macarrão quente, mexendo antes de servir uma porção para cada um de nós. Ele pega o pão do forno, perfeitamente torrado e nada queimado, e corta uma fatia para cada um de nós. Polvilha um pouco de azeite e sal por cima.

— O cheira está delicioso. — Inalo o aroma celestial de limão.

— Espero que seja bom. Peguei algumas coisas da loja que achei que soavam bem e as juntei.

Nós nos sentamos à mesa perto da janela, olhando para a noite escura no farol que é a Torre Eiffel iluminada em toda a sua glória.

Giro meu macarrão em volta do garfo, dando uma mordida.

— Humm — murmuro, o sabor explodindo na minha língua. — Isso está delicioso.

— Obrigado, Meadows. — Ele mesmo dá uma mordida. — Nossa, eu sou bom.

Eu rio.

— Não fique muito arrogante agora… você nunca sabe, pode queimar alguma coisa da próxima vez.

— Eu não sou você, Meadows — brinca, com um sorriso bobo.

Sinta algo por ele. Qualquer coisa. Você consegue. É hora de seguir em frente.

— Estou tão feliz por você poder cozinhar. Estaríamos ferrados.

— Admita, você tem sorte de me ter.

Fico séria, meu sorriso de repente triste.

— Sim, eu realmente tenho.

Ele pega a garrafa de vinho que tinha aberto antes de eu sair do banheiro e nos serve uma taça para cada um.

Levantando o copo em minha direção, fica com uma expressão pensativa.

— Por amizades que importam, relacionamentos que devem durar e um futuro apaixonado onde quer que a vida possa nos levar.

Pego meu copo, batendo contra o dele. O som ressoa no ar.

— Pelo que está destinado a ser.

capítulo 74

Alguns dias depois é Natal. Sage chega cedo ao apartamento e, enquanto Ansel atende a porta, me esforço para arrumar a cama e livrar o quarto de qualquer evidência que possa alertá-lo para o fato de que Ansel está dormindo lá. Não é como se eu pudesse mantê-lo fora dali, já que tem que passar por lá para chegar ao banheiro. Não acho que dizer ao meu irmão que ele não pode usar o banheiro seria bom.

Corro para fora do quarto, tirando meu cabelo dos olhos.

— Sage! — Sorrio, correndo para abraçá-lo. — Estou tão feliz que você acabou vindo.

De verdade, os últimos dias passados mostrando a ele a cidade foram alguns dos melhores. As coisas pareciam normais por um tempo.

Ele ri, me abraçando de volta.

— E pensar que você não queria que seu irmão mais velho viesse.

— Sim, sim. — Eu o deixo e ele coloca a bolsa que trouxe consigo, tirando alguns presentes. Há uma pequena pilha de presentes no canto perto da varanda da sala de estar de coisas que Ansel e eu compramos para trocar um com o outro e com Sage, além dos presentes que sua família enviou.

— Algo cheira bem. Você sabe cozinhar? — Sage se dirige a Ansel, sabendo que não há como o cheiro celestial de bolinhos recém-assados ser minha causa.

— Um pouco. Estou aprendendo. — Ansel caminha atrás de mim até a cozinha para ver como estão.

Sage arqueia uma sobrancelha e me dá um olhar, como se talvez não tivesse dado crédito suficiente a Ansel. Coloco a língua para fora e ele passa o braço em volta do meu pescoço, me puxando contra o seu lado.

— Você mostrou sua língua para mim, Erva? — Ele bagunça meu cabelo.

— Me deixa. — Rio em protesto, deslizando para fora de seu domínio.

Ansel coloca os *scones* de mirtilo para esfriar. Apontando para a bolsa de Sage, digo:

— Então, o que você tem para mim?

Algumas horas depois abrimos nossos presentes, limpamos e nos fartamos dos deliciosos *scones* que Ansel fez, bem como dos sanduíches que ele preparou mais tarde para o almoço.

— Não posso acreditar que você vai embora amanhã. — Viro a cabeça para olhar para o meu irmão ao meu lado, onde nós dois estamos deitados no chão em coma alimentar.

— Você poderia vir comigo.

Ansel saiu há pouco para nos dar um tempo a sós, já que Sage vai embora muito cedo pela manhã para eu vê-lo.

— Não estou pronta. — Olho acima de mim para o teto detalhado.

— Quando você acha que vai estar?

— Em breve. Eu espero. Estou trabalhando nisso. Aprendi muito sobre mim mesma estando longe, mas ainda tenho muito com o que lidar e estou começando a perceber que não posso fazer isso sozinha e preciso de alguém para me guiar.

Ele não comenta, sabendo como foi difícil para mim no passado trabalhar com um terapeuta.

— Você tem que fazer o que é melhor para si mesma. Estou orgulhoso de você, D.

— Obrigada.

Significa muito ouvir isso vindo do meu irmão, especialmente quando sei que ele não ficou muito feliz com a minha decisão de pular a faculdade por um ano.

— A propósito — começo, hesitante —, vou começar a faculdade no outono na Universidade de Utah.

Os lábios de Sage se abrem, seus olhos se iluminam.

— O quê?

— Ainda não sei o que quero fazer — admito, com relutância —, mas vou descobrir. Eu precisava desse tempo, no entanto, depois de tudo.

Ele me encara, procurando algo em meus olhos, mas não sei o quê. Depois de pelo menos um minuto, com a voz grossa, ele diz:

— Mamãe ficaria tão orgulhosa da mulher que você se tornou.

Sinto minha garganta entupir de emoção.

— Você acha?

— Eu sei.

Soltei um suspiro trêmulo.

— Gostaria que ela estivesse aqui.

— Eu também.

Mas ela não está. A vida continua. O mundo segue girando.

É hora de me mover com ele.

capítulo 75

— Devemos sair no Réveillon.

Viro-me ao som da voz de Ansel, que está sentado perto da janela desenhando. O apartamento está cheio de seus esboços e pinturas. Na verdade, ele conseguiu vender alguns recentemente.

— Onde você está pensando?

— Talvez jantar e visitar a Torre Eiffel?

— Isso soa bem... há algo que preciso te dizer.

Ao meu tom de repente sério, ele abaixa o bloco de desenho, balançando as pernas para fora do assento da janela.

— Algo está errado? — Sua verdadeira preocupação comigo aquece meu coração. Ele se senta ao meu lado no sofá, esticando o braço ao longo das costas.

— Não. — Alcanço seus dedos, brincando com eles entre os meus. — Eu tenho pensado nisso desde que Sage esteve aqui... — Paro, nervosa em dizer a ele que decidi voltar para os Estados Unidos.

— Você está pronta para ir para casa. — É uma afirmação, não uma pergunta.

— Sim. — Exalo uma respiração pesada que não percebi que estava segurando. — Está na hora. Há coisas que preciso fazer, mais maneiras de melhorar a mim mesma, e tenho que fazer isso lá.

— Eu entendo.

— Você vem comigo?

Um pequeno sorriso puxa seus lábios e ele olha para nossos dedos entrelaçados.

— Há algo que eu queria falar com você também, Meadows. Esta cidade é onde eu pertenço. Me sinto em casa. Vou arrumar um emprego e ficar aqui.

Sorrio de volta.

— Olhe para nós tomando decisões de adultos.

doce dandelion 443

— Vou sentir sua falta, Meadows.

Minha garganta se fecha.

— Ainda nem fui embora e já não quero te deixar. Eu... — Mordendo meu lábio, aperto sua mão. — Não posso te agradecer o suficiente por vir nesta jornada comigo. Estava decidida a fazer isso sozinha, mas foi muito melhor com você ao meu lado. Nunca vou me esquecer deste tempo.

— Porra, Meadows, parece que você está dizendo adeus para sempre. Nos veremos novamente. Você não pode se livrar de mim tão facilmente.

— Eu te amo. — Jogo meus braços em volta dele, abraçando-o com força.

Ele congela por um momento, então seus braços envolvem meu corpo e ele me abraça de volta.

— Eu também te amo.

Ansel é muito mais para mim do que um amigo. Ele é família.

— Estou com medo de voltar para casa. — Parece estúpido admitir, já que esta é a minha decisão. — Mas sei que preciso.

Ele me solta, me dando um olhar sério.

— Você vai ficar bem. Confie em mim.

— Você não está bravo por eu ir embora?

— Você não está brava por eu ficar? — contra-ataca, arqueando uma sobrancelha.

Eu rio, percebendo como estou sendo boba.

— Quando você vai sair?

— Vou procurar uma passagem hoje à noite. — Olho ao redor do apartamento, um pouco triste por deixar este lugar para trás. — Provavelmente escolher uma para daqui a uma semana.

— Você vai ficar bem, Meadows.

Meus olhos voltam para ele, meus lábios puxando em um sorriso.

— Eu sei.

Paris na virada do ano é uma delícia. A cidade está sempre vibrante, cheia de vida, mas esta noite está ainda mais cheia de energia e entusiasmo pelo próximo ano. Ansel e eu saímos do restaurante de mãos dadas, cheios de risadinhas, rostos corados pelo vinho que tomamos em nossos jantares. Está escuro lá fora, o céu salpicado de estrelas brilhantes.

A uma curta distância, a Torre Eiffel paira sobre nós, linda e magnífica. Me tira o fôlego toda vez que coloco os olhos nela.

A risada de Ansel paira sobre seu ombro enquanto ele corre, me arrastando atrás de si.

— Devagar — eu rio —, suas pernas são mais longas que as minhas.

Sinto-me embriagada e feliz, solta de uma forma que as coisas ruins não podem me tocar.

Ansel não diminui a velocidade e em pouco tempo estamos abaixo da Torre Eiffel. Na verdade, nós paramos aqui antes do jantar e subimos no elevador até o topo enquanto ainda estava claro.

Eu amo assim, iluminada no escuro como um farol.

— Venha aqui, hora da foto — Ansel ordena, quando estamos perto do marco, mas em um bom local para colocá-la em segundo plano.

Ele me balança em seus braços e eu rio. Estende uma das mãos com o telefone e começa a clicar, o flash iluminando nossos rostos nas várias fotos que ele tira. Beijo sua bochecha e então nós dois rimos.

— Acho que tenho o suficiente. — Ele folheia as cinquenta ou mais fotos que tirou por acidente.

— Envie as melhores para mim — peço. Ele começa a olhar através delas. — Eu não quis dizer agora.

— Que pena, Meadows.

Meu telefone toca alguns minutos depois com as imagens e as salvo no telefone, olhando para nossos rostos felizes e despreocupados, a Torre Eiffel aparecendo atrás de nós.

Não sei o que me faz fazer isso, faz semanas desde a última vez que mandei uma mensagem para ele, que não lê de qualquer maneira, mas, olhando para as fotos de Ansel e eu, não quero nada mais do que deixar Lachlan com ciúmes.

Mando duas das fotos para ele, uma de nós rindo, e aquela em que beijei a bochecha de Ansel.

> Eu: Isso é seguir em frente.

Quero culpar o álcool que bebi, que, mesmo não sendo muito, tenho certeza que é um fator que contribui para eu ser imprudente assim, mas principalmente estou triste, porque, no ano anterior, passei o Réveillon com ele, e agora ele é um fantasma.

Ansel e eu continuamos caminhando até a torre, de mãos dadas.

Não há nada romântico entre nós, nem em nossos toques, nem em nossos olhares, mas enviei aquelas fotos e essa mensagem para Lachlan, porque quero que ele pense que existe. Quero que sofra como tenho sofrido desde que ele partiu. Provavelmente seguiu em frente com alguma mulher bonita que tem a idade dele, com pernas longas e cabelo brilhante, e ela provavelmente tem um trabalho incrível, e usa saias e saltos todos os dias e...

Meu telefone vibra e o tiro do meu bolso. Não pode ser ele, não depois de todos esses meses de mensagens sem resposta. Provavelmente é meu irmão ou um número errado ou...

> Lachlan: Você nunca leu a carta.

Não é uma pergunta.

É uma declaração.

E ele está certo, eu nunca li.

Meu corpo fica frio, um suor brotando sobre meu corpo como uma segunda pele pegajosa.

— Você está bem? — Ansel pergunta, percebendo a mudança na minha linguagem corporal.

Encaro-o com os olhos cheios de lágrimas, minhas mãos tremendo tanto que ele pega o telefone de mim. Ele vê a mensagem e um olhar de raiva surge em seu rosto. Ele coloca meu telefone no bolso e passa o braço em volta dos meus ombros.

— Estamos indo para casa, Meadows.

Envolvo os braços ao redor de seu torso, inclinando-me contra ele, porque meu peso de repente é demais para suportar.

Ele está certo, eu nunca li a carta, mas isso não pode mudar nada.

Certo?

capítulo 76

Empacoto minhas roupas na mala, tentando encontrar uma maneira de encaixar os itens e bugigangas que peguei ao longo do caminho. Ansel observa da porta. Ele vai se mudar daqui no final de janeiro, já que pagamos o mês inteiro. Eu vi seu novo apartamento; não é tão bom, mas ele conseguiu um emprego em um café local e queria minimizar os gastos, já que não pode viver às custas de seus pais para sempre.

Brinquei que acho que ele ganhava mais quando estava traficando maconha.

— Por que você vendia maconha? — Olho para cima da minha mala e ele se assusta com a minha pergunta repentina.

— O que fez você perguntar isso, Meadows?

— Estava pensando nas coisas. — E, você sabe, tentando me distrair da mensagem que Lachlan enviou uma semana atrás sobre a carta. A que eu prontamente joguei no lixo assim que chegamos em casa.

Não sei o que me fez fazer isso, mas acho que receber aquela mensagem dele depois de todo esse tempo me enfureceu. Ele claramente estava lendo tudo o que eu enviei, e porque disse que estava seguindo em frente, finalmente decidiu me dar uma resposta.

Eu meio que me arrependo de jogá-la fora, mas não posso fazer nada sobre isso agora.

Ele se foi, como o que quer que nós éramos.

Ansel suspira, esfregando o queixo barbudo. A sombra do cabelo em suas bochechas o faz parecer mais velho.

— Não sei, acho que isso me deu controle sobre alguma coisa. E o dinheiro também era bom. — Ele pisca para mim.

— Você é tão estranho. — Rio, enfiando uma camiseta na mala.

Ansel se aproxima, pegando um dos meus sutiãs.

— Boa renda, Meadows.

— Me dê isso. — Arranco o sutiã rendado dele, empurrando-o sob alguns jeans.

doce dandelion

Ele ri, enfiando as mãos nos bolsos.

— Vou ter saudades suas.

Suspiro, sentindo as lágrimas já ardendo em meus olhos.

— Vou sentir sua falta também.

— Venha aqui, menina bonita. — Ele me agarra em seus braços, me segurando firme.

— Pare de me emocionar.

— Não posso evitar. As garotas apenas choram quando eu falo.

Uma risada borbulha na minha garganta e o afasto, seu estômago duro sob minhas mãos.

— Você está se sentindo tanto.

— Termine de fazer as malas, Meadows. Precisamos partir para o aeroporto em uma hora.

— Certo. — Abaixo minha cabeça, o estômago revirando com a lembrança do voo esperando por mim.

Ele aperta minha mão enquanto passa.

— Tudo vai dar certo. Não se estresse.

Lanço um sorriso para ele.

— Eu sei.

Termino de fazer as malas e, no que parece pouco tempo, estamos entrando no táxi para me levar ao aeroporto. Eu disse que Ansel não precisava vir, mas ele insistiu. Verdade seja dita, estou feliz. Vai ser uma merda dizer adeus a ele, mas sei que ele vai se certificar de que eu não me acovarde e fique.

Como é de tarde, o trajeto até o aeroporto demora um pouco mais do que o normal, mas ainda é muito rápido.

Ansel salta para fora, pagando ao motorista apesar dos meus protestos, e pega minha mala para mim, empurrando-a para dentro.

— Sage vai te buscar?

Nego com a cabeça.

— Ele não sabe que estou voltando. Há algumas coisas que eu preciso fazer primeiro.

Ansel arqueia uma sobrancelha.

— Faça o que tem que fazer, Meadows, só não se esqueça de ligar, escrever, enviar um pombo-correio... Pensando bem, nada de pombos-correios, aposto que eles cagam em todos os lugares.

Posso contar com Ansel para me fazer rir. Chegamos à segurança e sei que é hora de dizer adeus.

— Eu te amo. — Ficando na ponta dos pés, o abraço apertado.

— Também te amo, Meadows. Não se esqueça de mim.

— Nunca. — Beijo sua bochecha e me afasto, lágrimas vindo mais uma vez.

Agarrando a alça da minha mala, começo a me afastar.

— Dani! Espere! — Sua voz me para quando estou a apenas seis metros de distância.

Ele corre a curta distância até mim, tirando algo do bolso de trás.

Meus olhos pousam no envelope em suas mãos, meu nome escrito por Lachlan na frente.

— Você… você deveria ler isso. — Ele o estende para mim. Olho para ele, como se pudesse incendiá-lo apenas com as minhas ondas cerebrais. — Meadows, leia, ok?

Finalmente estendo a mão para pegá-lo.

— Você leu isso? — Olho para ele, esfregando meus dedos sobre as bordas.

— Sim. — Ele me dá um sorriso tímido. — Sei que não deveria, mas, quando vi, sabia que tinha que ser dele e queria ver o que ele tinha a dizer. — Ele coça a nuca. Abaixando a cabeça, sussurra em meu ouvido: — Você nunca iria me escolher, não quando você tem alguém que te ama assim.

Ele agarra minhas mãos ao redor da carta antes de recuar um passo de cada vez.

— Leia, Meadows.

Ele vira as costas para mim então e o observo se afastar até sumir da minha vista. Olho para a carta nas mãos, tentada a jogá-la no lixo, mas não o faço.

Tenho um avião para pegar.

capítulo 77

O avião atinge trinta e dois mil pés antes de eu finalmente abrir a carta.

Dani,

Sei que você provavelmente me odeia muito agora. Tem todo o direito de odiar. Ir embora parece egoísta, eu sei, mas estou fazendo isso por você. Por nós. Por uma chance de que talvez um dia nós tenhamos um futuro juntos. Um onde seremos livres para amar na luz, e não tenhamos que nos esconder.

As coisas estão ficando mais do que complicadas. É absolutamente impossível esconder meus sentimentos por você. Alguém vai descobrir e sei que eu poderia lidar com as consequências, mas não quero que você tenha que arcar com esse fardo. Sei que você se culparia, mesmo que isso seja comigo. Eu me recuso a dizer que é minha culpa, porque, para mim, dizer que há alguma culpa no amor que temos é como dizer que os sentimentos não são realmente reais.

Eu te amo mais do que jamais amei alguém. Você é a mulher que foi feita para ser minha. Não sei por que é você, ou porque eu sou para você, mas é assim e estou muito feliz. Odeio ter que te deixar, e percebo que estou correndo um risco enorme, em que você pode nunca ser capaz de me perdoar, mas, porque te amo, estou disposto a arriscar.

Você precisa crescer sem mim. Vejo isso claramente e isso me mata, porque quero estar com você mais do que tudo. Você não está lidando com seu trauma do jeito que deveria e estou preocupado que você esteja me usando como um curativo. Quero que você melhore, deixe de lado o seu passado, mas vejo agora que não sou a pessoa que pode te ajudar a fazer isso. É por isso que tenho que ir. Você tem asas, Dani. Use-as para voar.

Você é brilhante, incrível, linda e forte.

Não seja tão dura consigo mesma.

Sinto que não estou fazendo sentido. Francamente, meus pensamentos estão em toda parte. Não quero te deixar. O seu cheiro ainda persiste no meu travesseiro. Quero que fique lá para sempre. Quero acordar com a visão de você na cama ao meu lado. Quero rir com você na cozinha. Quero assistir filmes juntos. Quero me casar com você. Quero ter bebês com você. Eu quero tudo com você.

Se você pensar por um minuto que estou indo embora porque não te amo, você saberá que não é verdade. É porque te amo demais o suficiente para te deixar ir, para te dar espaço para crescer.

Só espero que você volte para mim.

Mas, se não voltar, eu entendo isso também.

Eu te amo, Dandelion Meadows.

Você é meu sol.

- Lachlan

Minhas lágrimas borrifam o papel, fazendo a tinta escorrer em alguns lugares.

Abaixo do nome dele, há um monte de números aleatórios, que não entendo.

Esfrego os dedos sobre os números, imaginando o que eles querem dizer.

4.22.21 47.6205 122.3493

De alguma forma, sei no meu íntimo, que eles vão me levar de volta para ele.

Mas Lachlan está certo, preciso melhorar a mim mesma, e tenho que fazer isso sozinha.

doce dandelion

capítulo 78

A grama estala com a geada da manhã sob meus pés, uma garoa constante caindo do céu como se estivesse chorando.

A lama gruda nos meus tênis e eu tenho certeza de que, se alguém pode me ver, eu pareço uma completa esquisita caminhando pelo cemitério de madrugada de jeans e capa de chuva com o capuz levantado, flores embaladas nos braços.

Meu avião pousou em Portland ontem e dormi por quinze horas no hotel que reservei. Assim que acordei e tomei banho, saí, querendo fazer o que tinha que fazer antes de pegar meu voo para Utah em algumas horas.

O táxi está parado perto da entrada do cemitério, esperando para me deixar no aeroporto assim que eu terminar aqui. Eu deveria parar e visitar meus avós, talvez até mesmo passar pela minha casa de infância, mas queria fazer uma visita rápida para não entrar em pânico total.

Vejo a lápide à frente. Só estive aqui uma vez. Sage me trouxe antes de voarmos para Utah; irônico que esteja visitando agora e fazendo a mesma coisa. Não pude ir ao funeral dela, por estar no hospital na época, mas isso não impede que a culpa me incomode. Meu mancar fica mais pesado, minha perna latejando e não sei se é da chuva ou das lembranças.

Parando na frente dela, meu lábio inferior treme.

Laurel Meadows.

Amada mãe e esposa.

Traço os dedos sobre o nome dela, lágrimas escorrendo dos meus olhos.

— Oi, mãe. Lamento ter demorado tanto para visitá-la. Os últimos dois anos foram difíceis. — Abaixo a cabeça, engolindo o nó na garganta. — Não lidei com as coisas da melhor maneira, mas vou tentar agora. Vou ser melhor. Sage disse que você ficaria orgulhosa de mim, mas não tenho tanta certeza. Vou tentar o meu melhor. — Coloco o buquê em sua lápide, segurando as outras sete flores individuais que comprei também. — Eu me apaixonei, mãe. Por alguém que não deveria ter me apaixonado, mas aconteceu de qualquer maneira. Apesar da diferença de idade e... outras coisas... sei que você o amaria. Ele é maravilhoso. Eu... eu não sei se as coisas vão dar certo entre nós, mas sei que nunca vou me arrepender de amá-lo. Eu me perdi, mas estou encontrando o meu caminho de volta e ele ajudou. Cabe a mim fazer o resto, então é isso que vou fazer. Eu te amo, mãe. — Beijo meus dedos, colocando-os contra a pedra fria e molhada.

Levantando-me, procuro no cemitério as sete lápides dos outros professores e alunos que foram vítimas naquele dia.

Nós fomos todos vítimas, sei que ninguém que estava na escola naquele dia vai esquecer. A dor, o medo, o sofrimento... mas essas sete pessoas, oito incluindo minha mãe, sofreram a maior perda. Uma vida não vivida porque um monstro decidiu que tinha o direito de decidir quando o tempo tinha acabado.

Sem todas as minhas flores, volto para o táxi.

É nesse momento que a mensagem aparece.

> Lachlan: Na primeira vez que te vi, tristeza irradiava de você. Eu podia sentir isso no ar. Nunca senti a força de qualquer emoção tão poderosa de qualquer ser humano antes. Meu coração se partiu por você. Não porque senti pena, mas porque sabia que ninguém merecia suportar o que você suportou. Jurei então fazer tudo ao meu alcance para ajudá-la.

> Lachlan: Mesmo que isso significasse que eu teria que te deixar.

doce dandelion

capítulo 79

De volta a Utah, encontro um apartamento para alugar. Lachlan envia outra mensagem.

> Lachlan: Deixar você ir foi a coisa mais difícil que já fiz, mesmo que fosse a melhor.

Faço meu teste de motorista, já que faz tanto tempo que não dirijo. Eu passo.

Outra mensagem.

> Lachlan: Tudo bem você me odiar. Eu esperava isso.

Não digo a ele que não o odeio. Nunca odiei. Só queria ter odiado.

Consigo um emprego em uma loja de ferragens a alguns quilômetros do meu apartamento, então sou forçada a dirigir. Continuo fingindo para Sage que ainda estou em Paris. Ansel jurou segredo na chance muito remota de meu irmão entrar em contato com ele. Não estou tentando me esconder do meu irmão, apenas crescer, e não posso fazer isso com ele respirando no meu pescoço, oscilando entre irmão e pai.

> Lachlan: Gostaria de parar de pensar em você, mas não acho que seja possível não pensar. Zeppelin sente a sua falta. Eu também.

Começo a ver uma terapeuta. Uma que eu mesma escolho. Uma especialista em trauma e TEPT — aparentemente, é o que tenho. Os sonhos recomeçaram assim que fiquei sozinha, mas, com a ajuda dela, estão melhorando. Ela me faz usar técnicas de respiração e meditação, porque me recuso a tomar remédios para os meus problemas. Estou ficando melhor.

> Lachlan: Espero que, onde quer que você esteja no mundo, que esteja feliz.

Em primeiro de abril, bato na porta do meu irmão.
Eu tenho uma chave, mas esta não é mais a minha casa.

doce dandelion

capítulo 80

Batendo na porta de Sage, dou um passo para trás para esperar que ele responda, segurando o porta-copos da Watchtower com nossos cafés.

Mas quando a porta se abre, não é Sage parado ali.

— Sasha! — deixo escapar, pega de surpresa.

Ainda mais surpresa quando descubro que ela está vestindo apenas um short masculino, seu sutiã e uma camisa de botão aberta que sei que pertence ao meu irmão.

— Puta merda! — Ela bate a porta na minha cara.

Fico lá, piscando.

— Que porra é essa? — murmuro para mim mesma.

A porta se abre de novo lentamente, e ela parece que espera que eu seja algum tipo de miragem.

— Achei que você fosse o entregador.

— E você veio até a porta assim? — Tento não rir, mas, honestamente, Sasha totalmente abriria a porta vestida com quase nada e não se importaria nem um pouco.

— Baby, quem está na porta? — As palavras vêm de algum lugar dentro do apartamento e não consigo parar de sorrir.

— Você e meu irmão? — indago. Sasha me dá um olhar tímido. — Eu não estou surtando.

Achando divertido, mas não surtando.

Sage vira o corredor, empalidecendo quando me vê.

— Dani! Você está em casa!

Ele parece satisfeito, mas então percebe que Sasha está ali, e o que eu deduzi facilmente.

— Já era hora de você transar, mano. — Passo pela minha amiga para dentro do apartamento, pousando o porta-copos. — Sasha, se eu soubesse que você estava aqui, teria trazido algo para você.

— Eu... hum... vou me trocar.

Ela corre pelo corredor até o quarto do meu irmão.

Sage se inclina contra o balcão, parecendo um pouco doente.

— Você está pálido. Beba um pouco de café. — Pego o dele do porta-copos e estendo.

Sasha retorna vestida com jeans rasgados e justos e um suéter de gola alta.

— Eu vou embora. — Ela vai pegar sua bolsa.

Nego com a cabeça.

— Fique, eu não me importo. Sério.

Talvez, alguns meses atrás, eu teria ficado lívida ao entrar e ver algo assim, especialmente com a ironia, considerando como Sage se sentia sobre Lachlan e eu. Mas também entendo que minha situação com Lachlan era muito mais complicada do que apenas nossas idades. Minha terapeuta está me ajudando a ver isso.

Sasha parece muito desconfortável, mas, quando troca um olhar com meu irmão, coloca a bolsa de volta no chão e puxa um dos bancos.

— Quando você chegou em casa? — Sage pergunta, passando os dedos pelo cabelo já despenteado... não é difícil adivinhar de quê.

— Ah, alguns meses atrás.

Sage se engasga com o café que estava prestes a engolir.

— Você disse meses?

— Eu tinha coisas que precisava fazer.

— Como o quê? Onde você tem ficado? Não com aquele cara professor do caralho, certo?

Eu o encaro com raiva.

— Olha quem fala. — Lanço meu olhar para Sasha, um pouco arrependida de arrastá-la para isso. — Mas não, eu tenho meu próprio apartamento.

— Onde?

— Perto da universidade.

Ele esfrega uma mão sobre sua mandíbula.

— Isso é uma loucura.

— Eu tenho um carro também — continuo, minha diversão crescendo quando seus olhos ameaçam saltar. — É um pequeno e fofo Subaru Crosstrek. É um híbrido e tudo mais. — Tento reprimir meu sorriso enquanto meu irmão se debate por uma resposta. — A propósito — traço meu dedo ao longo da bancada —, se eu falar com Lachlan, não é seu direito julgar. Não estou subestimando que as coisas não deveriam ter acontecido do jeito que aconteceram, mas não posso mudar isso.

Ele suspira.

— Você vai ser o meu fim. Voltou esse tempo todo?

— Desde janeiro — interrompo. — Tenho visto uma terapeuta. Tem sido bom para mim. Estou comprometida, desta vez, em melhorar e ela tem sido uma grande ajuda.

Sage me encara como se não me conhecesse. Acho que não conhece; embora só tenham se passado três meses desde que voltei, sei que fiz grandes progressos.

— Você vai falar com ele? — Sage pergunta.

— Talvez, não tenha certeza do que quero. Eu ainda o amo — admito, e percebo que é a primeira vez que digo isso em voz alta em muito tempo —, mas... acho que estou com medo de vê-lo depois de todo esse tempo.

Sasha estende a mão sobre o balcão, apertando a minha.

— Não se negue a algo por causa do medo ou qualquer outra coisa que possa te impedir.

— Então — mudo de assunto —, há quanto tempo vocês dois estão juntos? Vocês estão namorando ou isso é apenas sexo? Como foi que aconteceu?

Ambos ficam vermelhos. Eu estaria mentindo se dissesse que não me enche de alegria vê-los se contorcer.

Sasha fala primeiro:

— Eu vim deixar algo seu alguns dias depois que você partiu, honestamente nem me lembro do quê, e as coisas meio que foram a partir daí. Desculpa não termos contado a você. — Ela morde o lábio, seus olhos tristes.

— Eu não culpo vocês por não me dizerem. Não é como se eu tivesse sido honesta com alguém sobre Lachlan. — Tiro uma mecha de cabelo dos meus olhos. — Vocês estão sérios então? Um casal de verdade?

Sage acena com a cabeça, sorrindo para a minha amiga.

— Não faz sentido...

— Mas faz — ela termina para ele.

— Não tenho certeza se posso lidar com todo esse amorzinho — brinco, terminando meu café. — Mas estou feliz por vocês. De verdade.

Isso não significa que não seja estranho que meu irmão esteja namorando minha amiga de dezoito anos quando ele tem vinte e sete, mas, se alguém sabe que a idade não importa, sou eu. De fato, é bom ver Sage feliz. Sua postura não é tão rígida, ele está sorrindo sem parar e não consegue tirar os olhos dela.

Meu peito dói um pouco, pensando em Lachlan. Sinto falta dele e suas mensagens não ajudam. Mandei mensagens para ele por meses quase como uma espécie de diário, agora é a vez de ele fazer o mesmo. Sei em meu coração que ele é para mim, mas estou com medo de vê-lo novamente. Mudei desde a última vez que o vi, então é provável que ele também tenha mudado.

E se os sentimentos não forem os mesmos? Eu nem sei onde ele está, se ainda está em Utah ou não. Ele pode nem querer me ver, apesar de suas mensagens, afinal, eu insinuei que estava seguindo em frente com Ansel. Nunca me preocupei em corrigi-lo sobre isso também. Quando suas mensagens começaram a aparecer, parecia que era minha hora de ficar quieta e deixá-lo falar.

— Você está pensando nele, não é? — Sasha apoia o cotovelo no balcão, a cabeça na mão enquanto me observa.

— Sim.

Sage range a mandíbula, mas não diz nada.

— Você não deveria se sentir culpada pelo que sente por ele.

— O que você é? Uma leitora de mentes agora? — falo de brincadeira.

— Não, mas estive na sua situação. — Ela olha para Sage. — Meus pais não eram os que mais nos aprovavam — ela acrescenta, suavemente.

— Eu entendo. E se seu irmão parar de olhar apenas para o próprio umbigo, também vai.

Ele exala uma respiração pesada.

— Eu quero que você seja feliz, D. Se ele fizer isso por você, no final do dia, isso é tudo que importa.

— Vamos ver o que acontece — sussurro baixinho.

Mas, lá dentro de mim, sinto aquele puxão familiar, aquele que me leva para Lachlan e me lembra que não importa o que eu faça ou diga, ele é para sempre uma parte de mim.

capítulo 81

Deixo cair minhas chaves na mesa lateral, tirando a jaqueta.

— Ei, Tally — cumprimento a gatinha Maine Coon que coloca a cabeça para fora do sofá quando me ouve. Largo a sacola de coisas que tirei do meu quarto na casa de Sage. Tenho mais algumas coisas para pegar, mas trouxe as mais importantes. Como o sino dos ventos que ressoa quando a bolsa toca o chão.

Tally se assusta e mergulha de volta para debaixo do sofá.

Conseguir um animal de estimação era parte da minha terapia. Ter que cuidar de alguma coisa. Eu queria ter um cachorro, essa era a minha intenção de qualquer maneira, mas, quando fui para o abrigo, Tally tinha acabado de ser trazida, abandonada na beira da estrada por um suposto criador, porque ela não tinha metade do rabo. Eu sabia que ela era minha imediatamente. Coisas quebradas tendem a se agarrar a coisas quebradas.

— Vamos, Tally. — Deitei no chão, espiando debaixo do sofá para tentar localizar seu pelo cinza. Olhos grandes piscam de volta para mim. — Sinto muito. Não queria assustá-la, garotinha.

Ela cheira meus dedos, solta um miado e lentamente rasteja em minha direção até que eu possa pegá-la.

Levanto-me com ela embalada em meus braços enquanto vou até a pequena cozinha para pegar uma Fanta de uva — maldito Ansel.

O estúdio que estou alugando é tão pequeno quanto qualquer um, mas é limpo, em uma boa área e barato o suficiente para que eu possa usar o que ganho para pagar por ele e não cavar mais minha herança. Estou guardando o que sobrou para empréstimos escolares e para comprar aquela casa em uma fazenda algum dia. Sei que é um grande sonho, mas vou fazer acontecer.

Tally mia quando abro a tampa da lata, olhando para mim pelo barulho alto.

— Desculpe, garota. — Eu a deixo no chão e ela corre para o sofá, esperando que a levante. Por alguma razão, talvez devido a algo que pode ter sido feito com ela, ela se recusa a pular em qualquer coisa como um gato normal.

Eu a coloco no sofá e ela corre para seu cobertor favorito, onde gosta de esconder o pequeno brinquedo de rato azul que dei a ela.

Pegando o controle remoto, ligo a TV, passando pelos canais até escolher um sobre reformar casas.

Tenho tentado aprender algumas coisas para poder responder melhor a perguntas na loja de ferragens. Sei que o homem mais velho que a possui, Freddie, aprecia isso. Ele não tinha um funcionário antes de mim, está cuidando da loja por conta própria todos esses anos, mas o dia em que decidiu finalmente procurar ajuda foi o dia em que entrei pedindo um emprego. Ele deve ter visto algo em mim, porque, apesar da minha falta de qualquer tipo de conhecimento de ferramentas, ele se arriscou.

Tally encontra seu camundongo e o traz para mim, esperando elogios por sua "matança".

— Você é uma garota tão boa. — Coço atrás de sua orelha e ela começa a ronronar. Amo o jeito que o pelo ao redor de suas orelhas se levanta em todas as direções. Isso a faz parecer enlouquecida, como se você nunca soubesse o que esperar dela.

Meu telefone vibra em uma das bolsas e me levanto para pegá-lo.

> Lachlan: Sei que você foi feita para mim, mas entendo se eu não for a pessoa certa para você. Você merece seguir em frente. Quero que seja feliz. Isso é tudo que importa. Mas eu ainda estarei lá. 4.22.21 47.6205 122.3493.

Eu decifrei a primeira parte, nosso aniversário. Eu vou fazer vinte. Lachlan vai fazer trinta e um. Mas o resto não fez sentido para mim. Até agora.

— Ai, meu Deus — murmuro, copiando e colando o conjunto de números no meu telefone. — Coordenadas. É claro.

Eu sou uma idiota.

Quando o navegador me mostra onde as coordenadas levam, meu queixo cai.

Ele sabia.

Reservo uma passagem de avião.

capítulo 82

Saio do avião com apenas uma mochila amarrada nas costas, cheia de coisas suficientes para uma pernoite.

Lachlan não mencionou em sua carta ou em sua mensagem a que horas estaria lá, mas acho que se nossos caminhos devem se cruzar novamente, a questão do tempo é irrelevante.

Saindo do aeroporto, encontro o Uber que reservei esperando por mim. Entrando no carro, dou a ele o endereço de onde quero ir e ele aumenta o volume da música, felizmente eliminando qualquer necessidade de conversar.

Olho pela janela, para a cidade que passa. É um dia estranhamente ensolarado, com o menor indício de raios dourados espreitando por entre as nuvens cinzentas.

Meu coração está zumbindo dentro do peito com excitação e medo mal contidos. Eu poderia estar vendo Lachlan. Não sei o que vou fazer ou dizer. Não queria ensaiar nada antes do tempo. Isso é inautêntico. Em vez disso, vou deixar o momento acontecer.

Se você o vir, minha mente me lembra.

Não sei por que Lachlan não deu um horário, talvez ele não tenha pensado nisso, ou talvez esteja deixando para o destino, não sei. Eu não quis perguntar. Algo me fez parar de enviar mensagens de texto para ele.

O motorista do Uber me deixa sair, resmungando que espera que eu goste da cidade, mas seu tom está longe de ser sincero.

Saltando para fora, seguro as alças da mochila. Sinto que posso vomitar, mas sei que são apenas os nervos e não uma doença real. Limpando as mãos úmidas na frente do jeans rasgado, atravesso a rua até um café. Meu estômago está roncando e, mesmo que comida seja a última coisa em meu cérebro, acho que eu deveria pegar um muffin e café.

Meus sapatos espirram em uma poça, um pouco da água espirrando no meu jeans, enquanto atravesso a rua.

Abrindo a porta do café, um sino toca, sinalizando minha chegada.

— Bom dia! — Uma mulher alegre atrás do balcão chama, apesar da longa fila.

Eu lanço um sorriso e entro na fila atrás de um homem alto em um terno de negócios, o celular pressionado no ouvido, tagarelando sobre alguma reunião do conselho.

> Eu: Aterrissei.

> Sage: Tem certeza disso?

Mordo meu lábio, hesitando antes de responder:

> Eu: Sim, tenho.

Mesmo que eu não veja Lachlan, tenho que tentar. Se não tivesse entrado no avião hoje, sei que teria me arrependido.

Colocando meu telefone no bolso, tiro a carteira da mochila, pegando uma nota de vinte. Finalmente é minha vez e peço um café com canela e um muffin de chocolate. Chocolate torna tudo melhor.

Quando meu pedido é feito, pego o café e o saco de papel. Não há mesas vazias no café, então volto para o outro lado da rua e consigo encontrar um banco. Puxando o muffin para fora do saco, tiro um pedaço e coloco na boca. Ainda está quente, o chocolate derretendo na minha língua.

De alguma forma, consigo comer a coisa toda — o poder do chocolate — então me levanto com meu café na mão, andando ao redor.

Seattle é linda. Esta é a primeira vez que fui desde que tinha sete anos, então realmente não me lembro. O vento que vem da água chicoteia meu cabelo em volta dos meus ombros e inalo o ar salgado.

Caminhando sob o Space Needle, ele paira sobre mim como um gigante.

Tomando um gole do meu café, eu sorrio, pensando em todos os lugares em que estive no ano passado.

É irônico que eu termine aqui, onde tecnicamente tudo começou para Lachlan e eu. Nós não sabíamos disso na época, mas nossos caminhos se cruzaram muito antes de eu entrar em seu escritório. Eu era uma garotinha de sete anos, acompanhando minha mãe e meu irmão na viagem de campo de sua escola, e lá estava Lachlan visitando ao mesmo tempo com sua família.

doce dandelion

De repente, minha frequência cardíaca dobra de velocidade e meus passos param. Meu aperto afrouxa ao redor do copo de café e quase o deixo cair, mas felizmente consigo segurá-lo antes que o líquido quente caia em meus sapatos.

É como se todas as células do meu corpo estivessem acordando e todas gritando: *ele está aqui.*

Olho em volta descontroladamente, girando em um círculo.

E então, eu o vejo.

Meu estômago revira. Minha respiração vacila. Meu coração... acho que para completamente.

Ele está a certa distância, sob a sombra do Space Needle. Um boné de beisebol vermelho está em sua cabeça, protegendo seus olhos, e suas mãos estão enfiadas em seu jeans, puxando a manga comprida de sua Henley mais apertada em seu peito largo. Mesmo que eu não possa ver seus olhos, e apenas metade de seu rosto, sei que é ele.

Lachlan.

Lachlan.

LACHLAN.

Desta vez, o copo de café realmente cai das minhas mãos, pousando no chão com minha mancha de batom desbotada na borda. Achei que teria mais dignidade quando o visse. Me aproximaria e conversaria. Já faz quase um ano desde que nos vimos e eu queria mostrar a ele o quanto cresci. Tenho vinte anos hoje, sou uma adulta, uma mulher. Alguém que viajou pelo mundo, que tem seu próprio apartamento, um gato, e finalmente decidiu obter a ajuda de que realmente precisava.

Mas não posso manter meu juízo controlado. Não quando o homem que sei que ainda amo de todo coração está finalmente na minha linha de visão.

Ele é tudo que eu sempre quis.

Tudo que vou precisar.

Meus pés me carregam pelo espaço que nos separa. Corro, forte e rápido, borboletas voando no meu estômago quando vejo um enorme sorriso tomar conta de seu rosto.

Seus braços se abrem e eu colido contra ele. Acidentalmente derrubo seu boné, que cai no chão em algum lugar atrás dele. Lágrimas umedecem minhas bochechas e enterro meu rosto em seu pescoço, inalando seu perfume celestial que é exclusivamente dele.

Naquele momento, todos os meus medos desaparecem sobre onde estamos.

Isso é perfeito demais, certo demais para ser questionado.

Talvez nós tivéssemos que seguir caminhos separados, mas somos inevitáveis.

— Dani — ele murmura, suas mãos esfregando minhas costas. — Você está aqui.

— Nunca me deixe ir. — Agarro a parte de trás de sua camisa com força em meu punho, com medo de que, se soltá-lo, tudo isso vai acabar sendo um sonho.

— Nunca mais.

Nós nos apegamos uns aos outros como se nossas vidas dependessem disso. Eu não percebi, mas todos os dias desde que entrei naquele avião e deixei os Estados Unidos tem levado a isso. Cada cidade, cada aventura, cada passo à frente era para me trazer de volta para ele.

— Eu te amo. — Beijo seu pescoço. — Eu te amo. — Beijo sua bochecha. — Eu te amo.

— Eu preciso ver você. Por favor, deixe-me olhar para você.

Deixo que ele me coloque de pé. Eu nem tinha percebido que envolvi minhas pernas em volta de sua cintura. De alguma forma ele conseguiu nos impedir de tombar quando o ataquei.

Olhando para ele, percebo que no último ano ele ficou ainda mais musculoso. Seus ombros estão maiores, seus braços mais musculosos. Sua cintura é fina e, pelo que senti quando ele me segurou, seu abdômen está ainda mais definido. Seu cabelo cresceu e está um pouco mais longo, mais despenteado, mas sua barba é a mesma, escurecendo suas bochechas. O azul de seus olhos é mais vívido do que me lembro e parte meu coração que minhas memórias não lhe façam justiça. Me matou quando percebi que não tínhamos nenhuma fotos juntos, mas, quando seu relacionamento é um segredo, não pode haver provas de suas mentiras.

Mesmo com as mudanças sutis, ele ainda é meu Lachlan.

— Você é tão linda, Dani.

Suas mãos param na minha cintura e descanso as minhas em seu peito, olhando para ele.

— Você está realmente aqui?

Uma risada profunda ressoa em sua garganta.

— Estou realmente aqui.

— Você me deixou — acuso, o lábio inferior tremendo.

Ele enxuga minhas lágrimas com os polegares.

— Eu precisava, Dani. Lamento pra caralho.

Fungo.

— Eu sei, mas você poderia ter me contado.

Ele balança a cabeça, seus olhos de alguma forma tristes e felizes ao mesmo tempo.

— Eu não teria sido capaz de te deixar se você me pedisse para ficar, e você teria pedido.

Desvio o olhar, mais lágrimas se formando.

— Você partiu meu coração.

— Eu não queria. — Ele segura minha bochecha com uma das mãos, pressionando nossas testas juntas. — Meu Deus, Dani, deixar você foi a coisa mais difícil que já fiz. Mas eu sabia que precisava te dar espaço para crescer. Eu estava te mantendo inteira, mas não estava resolvendo o problema. Tive que deixar você fazer isso por conta própria.

— E se este ano não foi suficiente? E se eu ainda estiver muito quebrada?

— Eu tenho fé em você e, se ainda precisar de tempo, então eu vou embora. Mas estarei esperando até que você esteja pronta. E se você nunca estiver pronta para mim, ou se quiser outra pessoa, como seu amigo, tudo bem também. Quero o que é melhor para você. Não posso ser egoísta, não quando sua felicidade significa mais para mim do que qualquer outra coisa. — Uma sombra cai sobre seu rosto. Seu polegar esfrega em círculos suaves contra a minha bochecha. — E se você já seguiu em frente...

— Eu não segui. — Nego com a cabeça rudemente. — Aquela última mensagem que te mandei... foi porque eu estava brava. Nem pensei que você estivesse lendo e, se estivesse, queria te deixar com ciúmes. Ansel e eu... nunca aconteceu nada.

— Está tudo bem se aconteceu.

— Não aconteceu — digo, mais para o meu benefício do que para o dele. — Eu... eu queria sentir algo por ele, mas você não pode forçar o amor, e uma conexão como a nossa...

— É uma vez na vida — ele termina para mim, e então, felizmente, seus lábios estão nos meus.

Meu corpo derrete no dele, ansiando por seu toque. Nós nos beijamos como se fosse a primeira e a última vez. É o tipo de beijo que todo mundo sonha em ter, mas não parece acontecer na vida real, apenas nos filmes.

Seus dedos se emaranham no meu cabelo, agarrando a parte de trás do meu pescoço enquanto ele me segura contra si. Minhas mãos tremem onde agarro seu rosto, beijando-o com todo o amor que estava ausente em mim sem ele.

Sua boca deixa a minha e ele olha para mim, seus lábios agora um pouco inchados e mais rosados do que o normal.

— Eu te amo, Dandelion Meadows. Eu não estava esperando você. Com certeza não estava te procurando. Mas então lá estava você, parada na porta do meu escritório com seus olhos cautelosos, e algo sobre você falou comigo. Quanto mais você falava, mais eu te conhecia, e me peguei dizendo para mim mesmo: essa garota é minha.

— E você é *meu* — quase rosno a última parte, puxando seu rosto de volta para o meu, porque preciso sentir seus lábios.

Nossas bocas se movem juntas em sincronia, antecipando uma à outra com facilidade.

Eu provavelmente deveria estar envergonhada por estarmos nos beijando como dois adolescentes excitados em frente ao Seattle Space Needle, mas não consigo me importar.

Afasto-me dele de repente com um suspiro.

— O-o que é isso? — gagueja, olhos azuis vidrados de luxúria.

— Você está me amando na luz.

Ele olha ao redor, o sol brilhando ao nosso redor, estranhos passando, e sorri, seus lábios puxando mais para cima em um dos cantos.

— Bem, olha só.

Então, ele me beija de novo, e eu sei, sem dúvida, que nunca teremos que nos esconder no escuro novamente.

capítulo 83

Depois que forço Lachlan a tirar uma selfie comigo, nossa primeira foto juntos como um casal, ele me leva a um restaurante no final do quarteirão. Lá dentro, pegamos uma cabine. Quase não estou com fome, mas sei que precisamos nos atualizar. Há tanto a dizer, mas não há palavras na minha língua. Quero olhar para ele, estudar os mínimos detalhes que mudaram em nosso tempo separados.

Uma garçonete se aproxima e Lachlan pede dois cafés para começar.

Ele entrelaça os dedos, olhando para mim do mesmo jeito que não posso deixar de olhar para ele.

Quebro o silêncio primeiro.

— Quando você descobriu sobre o Space Needle?

Eu nunca disse a ele sobre me descobrir na foto em seu escritório, mas não estaríamos aqui agora se ele não tivesse notado também.

— No mesmo dia que você. Quando entrei no meu escritório, você estava olhando para a foto e parecia ter visto um fantasma. Sua pele estava pálida, quase úmida. Quando olhei para ela, não a notei a princípio e a guardei, mas quando você saiu para a aula, eu sentei lá, estudando-a. Foi difícil distinguir seus detalhes, mas eu poderia dizer que era você. Não podia acreditar, para ser honesto. — Ele tira o boné, coçando o couro cabeludo. — É uma loucura, não é? Todos esses anos atrás e aqui estamos agora?

— É surreal.

Sorrio quando a garçonete põe nossos cafés na mesa, despejando prontamente uma montanha de açúcar e creme no meu.

Batendo meus dedos contra a caneca de cerâmica branca, digo:

— Acho que você deveria saber, aquelas mensagens que mandei dizendo que te odiava... na verdade, nunca me senti assim.

— Estaria ok se você odiasse. Você não precisava aparecer hoje. — Ele estala os dedos preguiçosamente, agindo muito blasé, mas posso ver além dele, ver que estava apavorado com o que significaria se eu não o fizesse.

— Eu joguei sua carta fora — admito, me sentindo um pouco tola. — Ansel a encontrou e leu depois que joguei fora enquanto estávamos em Paris. Ele me devolveu antes de eu entrar no avião para voltar para casa. Isso reafirmou para mim as razões pelas quais eu estava voltando. — Balançando a cabeça, uma pequena risada me deixa. — Não acredito que levei essa carta comigo para todos esses países diferentes. Não sei por que, mas não podia deixá-la na casa de Sage. Minha terapeuta provavelmente diria algo brega sobre como era tudo o que me restava de você e eu precisava disso por perto.

— Sinto muito por ter que te deixar. — Ele coloca a mão sobre a minha na mesa. — Você está vendo uma terapeuta, no entanto?

— Sim, ela é ótima. Foi difícil no começo, mas foi mais fácil me abrir com ela do que eu esperava. Está ajudando muito. — Coloco uma mecha de cabelo atrás da orelha, de repente me sentindo nervosa. Ainda não gosto de falar sobre minha terapia e odeio sentir algum tipo de vergonha por isso, porque não há nada do que se envergonhar quando se trata de obter a ajuda de que você tanto precisa. — Estou dirigindo de novo, tenho meu próprio apartamento também — informo. Ele sorri com essa notícia. — Ah, e eu tenho uma gata. Quer ver?

Antes que ele possa responder, pego meu telefone e mostro a ele uma foto de Tally.

— Ela é adorável. — Seu sorriso ilumina todo o rosto.

— Acha que o Zeppelin se daria bem com ela?

— Ele iria amá-la.

— Espere, você está morando em Seattle agora?

De repente me ocorre o pensamento de que ele pode ter se mudado para cá.

Ele balança a cabeça, negando.

— Ainda estou em Utah, só que fora da cidade. Comprei uma casa lá, é pequena, mas é um lar. E você?

— Estou alugando um apartamento na cidade perto da universidade.

— Você está tendo aulas? — Ele arqueia uma sobrancelha, parecendo satisfeito.

— Começo no outono.

— Já decidiu o que quer fazer?

Limpo algumas gotas de café com meu guardanapo.

— Acho que vou fazer Marketing. Não tenho certeza se vou ficar

doce dandelion

nisso, mas agora parece algo que eu gostaria. — Limpando a garganta, pergunto: — Onde você está trabalhando agora?

— Em um centro de juventude. Faço aconselhamento lá e também treino o time de basquete.

Um sorriso explode livre de mim.

— Isso é incrível, Lachlan. Estou tão feliz por você.

A garçonete para novamente.

— Há mais alguma coisa que eu possa conseguir para vocês?

— Você tem algum bolo? — Lachlan pergunta.

Ela sorri.

— Sim, nós temos. É feito na hora. Bolo de chocolate com cobertura de chocolate.

— Queremos duas fatias, por favor. — Ela começa a se afastar, mas ele a chama. Ela faz uma pausa, se virando. — Você não teria duas velas, teria?

— Ah, aniversário de alguém? — Ela sorri agradavelmente, olhando entre nós.

— O de nós dois.

— Vocês fazem aniversário no mesmo dia? Isso é legal. Vou ver se acho alguma. — Ela se vira, voltando para a cozinha.

Batendo meus dedos na mesa, ele observa o gesto, sem dúvida percebendo como estou nervosa. É mais do que bobo. Este homem colocou a boca na minha vagina, pelo amor de Deus.

Embora, talvez seja por isso que estou tão nervosa. Ele me conhece das formas mais íntimas, não apenas meu corpo, mas o funcionamento interno da minha mente.

— Pensando em alguma coisa? — ele pergunta.

— Para... para onde vão as coisas a partir daqui com a gente? O que nós somos? Um casal?

Ele se recosta na cabine, me avaliando.

— Nós somos o que você quiser que sejamos. Podemos levar as coisas devagar. — Inclinando-se para frente, ele descansa os braços sobre a mesa. — Esperei tanto tempo, posso esperar mais um pouco para descobrirmos.

— Isso soa bem para mim.

A garçonete coloca nossos pedaços de bolo, uma única vela em cada um, e as acende.

— Feliz aniversário, pessoal. Eu cantaria, mas vocês não querem isso.

— Faça um desejo.

Olho para ele com um sorriso malicioso.

— Não me diga o que fazer, velho.

Ele geme, fechando os olhos.

— Não me lembre.

— Você tem trinta e um anos, e eu acho isso uma delícia. Faz você se destacar.

Ele ri.

— Tanto faz.

Nós dois fechamos os olhos, soprando as velas. Não faço um desejo, não quando posso dizer com segurança que estou feliz e não há mais nada que eu possa querer. Estou saudável, prosperando, meu irmão está em um bom lugar e o amor da minha vida está sentado à minha frente.

Abrindo meus olhos, encontro os que brilham à minha frente.

— Quando voltarmos para Utah, posso te levar para um encontro? Um encontro de verdade?

Minha respiração fica presa.

— Eu gostaria disso.

Tento agir de forma tranquila, mas há uma parte de mim gritando por dentro que Lachlan me pediu para ir a um encontro de verdade com ele.

— Vou precisar me vestir bem neste encontro? — pergunto, dando uma mordida no bolo. Eu quase gemo. É um dos melhores que já provei.

— Você quer se vestir bem? — Concordo com a cabeça. Chame isso de clichê, mas quero passar horas fazendo meu cabelo e maquiagem, escolhendo um vestido, a coisa toda. — Então definitivamente.

— Sabe — luto contra um sorriso, olhando para minha fatia de bolo —, eu prometi a você no ano passado que faria um bolo no seu aniversário. Lamento que o plano tenha fracassado.

— Bem, sempre temos no próximo ano. — Ele diz isso com tanta confiança que enche todo o meu corpo de alegria com a perspectiva de todas as coisas que estão por vir.

— Quando você volta para Salt Lake? — Limpo um pouco de glacê do canto da boca e lambo meu dedo. Os olhos de Lachlan se dilatam enquanto ele observa.

— Amanhã.

— Eu também. Onde você vai ficar? Ainda não reservei nada.

— Um hotel perto do cais. — Ele termina sua fatia de bolo, empurrando o prato agora vazio.

doce dandelion

— Posso ficar com você? — Espero. — Ou, você sabe, está tudo bem se não quiser isso. Não importa, posso conseguir meu próprio quarto de hotel. Não se importe comigo.

— Dani — Lachlan diz, com uma risada, tentando me acalmar —, é claro que você pode ficar comigo.

Solto um suspiro.

— Obrigada.

Com o nosso bolo terminado, Lachlan paga e pega minha mão, me levando pelas ruas de Seattle.

— Me deixe te mostrar a cidade, linda.

Não consigo parar de sorrir, minha mão apertando a dele.

Melhor. Aniversário. De. Todos.

Depois de gastar nosso dia navegando por Seattle, vendo o máximo que podemos, não voltamos para o hotel até depois do anoitecer.

Lachlan insiste que eu tome banho primeiro, então me tranco no banheiro, tirando minha mochila. De pé na frente do espelho iluminado, eu sorrio.

Estou em Seattle.

Com Lachlan.

Hoje foi melhor do que eu poderia imaginar. Esta manhã, quando desci do avião, não tinha certeza do que aconteceria, ou mesmo do que esperar. Estar com Lachlan é fácil. É como se nos conhecêssemos a vida inteira. Rimos, conversamos e brincamos um com o outro. Também me empanturrei com muitos doces.

Tentando me forçar a parar de sorrir, pego o xampu, condicionador e sabonete do hotel para que eu possa me limpar.

Quando termino o banho, coloco a regata e o short que embalei para dormir. É ridículo como me sinto nervosa ao sair do banheiro. Não é como se eu estivesse de calcinha ou nua, e Lachlan me viu dos dois jeitos, de qualquer maneira.

Encontro Lachlan sentado na ponta da cama *king size*, mandando mensagens em seu telefone.

Ele olha para cima quando me escuta, seus olhos me examinando desde os dedos dos pés — pintados de um tom verde chamado *Fazedor de Grana* —, todo o caminho até seus olhos azuis encontrarem os meus castanhos.

— Sentindo alguma culpa por estar aqui comigo? — tento fazer minha pergunta soar leve, mas preciso saber a resposta dele. Sei que não há esperança para nós seguirmos em frente se ele sempre se sentir culpado por seus sentimentos.

Ele balança a cabeça em negação.

— Venha aqui. — Ele dobra um dedo.

Faço o que diz, ficando de pé entre suas pernas abertas. Ele coloca as mãos nos meus quadris, os dedos se abrindo até que estão na minha bunda.

— Nós não tivemos um começo apropriado, mas os sentimentos eram reais e, apesar de tudo, eu não mudaria nada, desde que isso significasse que no final do dia eu pudesse te amar.

— Lachlan. — Maldito seja, ele vai me fazer chorar de novo.

Mesmo que esteja sentado, estamos quase da mesma altura e ele segura minha bochecha com uma das mãos.

— Eu sou seu enquanto você me quiser.

Coloco minhas mãos em seus ombros.

— E se eu te quiser para sempre?

Um sorriso lento levanta seus lábios.

— Então eu diria que isso seria muito perfeito.

Eu me inclino, beijando-o. Nunca quero parar de beijá-lo. Quero que o mundo saiba que este homem é meu, que nosso amor é inegável.

— Eu te amo — murmuro, entre nossos lábios pressionados.

Ele cantarola baixo em sua garganta.

— Eu também te amo.

Afastando-me, admito com um suspiro:

— Preciso ligar para o meu irmão.

Lachlan geme, mordendo o lábio.

— Ele sabe?

Eu concordo.

— Ele descobriu depois que você foi embora.

Lachlan se levanta, um suspiro saindo de seu peito.

— Aposto que ele quer me matar.

— Ele queria. — Não há sentido em adoçar isso. — Mas acho que está começando a aceitar. — Lachlan me dá um olhar que diz: *aham, tá bom*.

doce dandelion

473

— Nós conversamos muito sobre isso nas últimas semanas, e não estou dizendo que ele aprova você, mas... ele entende. Sabe que eu te amo e que escolho você e isso é tudo que importa.

— Simples assim, hein? — Seus lábios ameaçam puxar um sorriso torto.

Brinco com a ponta de uma fronha ao lado da cama.

— Por que complicar quando você não precisa?

— Isso é inteligente. Você está... você está diferente, e quero dizer isso no bom sentido.

Sorrio para o amor da minha vida.

— Estou tentando. Um dia de cada vez. Um passo. Um momento. O passado não precisa ser uma âncora, pode ser suas asas.

— Porra, você está me matando — ele rosna, cruzando os poucos metros que nos separam. Seus dedos mergulham no meu cabelo e então seus lábios estão nos meus mais uma vez. Ele se afasta rapidamente. — Preciso ir tomar banho antes que eu faça algo estúpido.

— Algo estúpido? — repito, ligeiramente ofendida.

Ele esfrega o queixo.

— Quero dizer... eu quero fazer isso *direito* com você. Quero levar um tempo. Não quero te apressar em nada. Além disso, devo a você um encontro de verdade primeiro.

Eu rio baixinho, balançando a cabeça.

— Acho que é um pouco tarde para isso.

Ele aponta um dedo para mim com um sorriso brincalhão.

— Você tem razão, mas não vou tocar em você. Não essa noite.

Faço beicinho.

— Chato.

Ele volta para o banheiro.

— Mais uma vez, não esta noite.

Meu queixo cai e pego um dos travesseiros, jogando nele.

Sua risada ressoa no cômodo e ele se esquiva.

É tão fácil entre nós, como se nenhum tempo tivesse passado, só que desta vez podemos ser livres.

— Vá tomar banho, você está com um cheiro de merda.

Ele ri novamente, fechando a porta do banheiro.

Enquanto ele está tomando banho, volto para a cama e ligo para o meu irmão.

— Então, você está na lua com o Monstro do Lach-ness? — ele pergunta, assim que responde.

— Sage — reclamo, tentando não rir.
— É uma pergunta válida, Erva.
— Acho que tecnicamente sim.
— Você vai se casar com esse cara um dia e me forçar a gostar dele, não é?
— Eventualmente... sim.
— Porra.
— Supere isso, Capim. Você está trepando com a minha amiga de dezoito anos.
Ele finge barulhos de engasgo.
— Nunca, nunca diga a palavra *trepando* novamente.
— Qualquer coisa que você diga.
— Quando vou conhecer Nessie pessoalmente?
— *Sage.* — Cubro a boca para segurar minha risada. — Hum... eu não tenho certeza, mas vamos planejar algo em breve, ok?
— Uhumm — entoa. — Diga ao Lach-ness que estarei preparando uma lista de perguntas.
— Faça isso.
— Eu te amo, D. Tenha cuidado, ok?
— Eu vou. Também te amo. Vou deixar você saber quando pegar o avião amanhã.
Depois de mais algumas palavras, desligamos.
A porta do banheiro se abre e olho para cima a tempo de ver Lachlan sair em apenas uma toalha. O algodão branco parece que uma pequena lufada de ar o faria cair de seu corpo esguio.
— Esqueci minhas calças.
— Aposto que sim — resmungo, e ele ri, pegando um par de calças de dormir e desaparecendo no banheiro novamente.
Faço beicinho para mim mesma, desapontada por perder o show de strip.
Conectando meu telefone para carregar, subo na cama.
A porta do banheiro range e Lachlan emerge, seus grandes ombros quase tocando o batente da porta. Minha boca enche de água ao ver seu peito nu. Eu sou patética, eu sei, mas faz muito tempo desde que tive meus olhos nele.
Lachlan se deita ao meu lado, estendendo a mão para apagar a luz.
Rolando de lado para me encarar no quarto agora escuro, ele diz:
— Você vai ficar com todo esse espaço de distância?

Não preciso que me fale duas vezes.

Arrasto-me pela grande extensão da cama até que centímetros nos separem. Pressiono os dedos em sua perna e ele exclama:

— Como seus dedos estão congelando?

— Não sei.

Ele envolve seus braços em mim, rolando para que fique de costas e eu esteja embalada contra ele com a minha cabeça em seu peito. Incapaz de me controlar, esfrego meus dedos sobre sua leve camada de pelos do peito.

— Eu te amo — sussurro, contra sua pele aquecida.

Seus lábios pressionam contra o topo da minha cabeça.

— Eu também te amo.

Fecho os olhos, um sorriso nos lábios, caindo em um sono tranquilo.

capítulo 84

Quando pousamos de volta em Salt Lake, Lachlan insiste em me levar para casa, já que deixou o carro no estacionamento do aeroporto e eu peguei um táxi até lá.

Não sei por que, mas fico nervosa por ele ver meu espaço. Ele nunca viu meu quarto na casa de Sage, que não era muito *eu* mesmo. Mas, a pedido da minha terapeuta, coloquei minha marca no apartamento o máximo que pude, sendo alugado. Sei que meu estilo eclético e boêmio não é para todos e tudo bem, mas Lachlan não é qualquer um.

Dou-lhe instruções para o meu lugar e onde estacionar.

Ele pega minha mochila de mim, embora eu seja muito capaz de carregá-la sozinha, então agarra minha mão e o conduzo pelas escadas em caracol até minha casa.

Prendendo a respiração, destranco a porta, dando um passo para o lado para deixá-lo entrar.

É um estúdio, então meu quarto é aberto para o resto do lugar, mas não vi necessidade de ter algo maior, sendo Tally e eu.

Como se conjurada pelos meus pensamentos, a gatinha, que parece ter enfiado a pata em uma tomada elétrica do jeito que seu pelo sempre fica arrepiado, vem deslizando de debaixo do sofá com um miado alto. O sofá é seu porto seguro quando não estou em casa. Pedi para Sasha vir ontem para ver como ela estava e encher suas tigelas, e parece que Tally mal tocou nelas.

— Esta é Tally — digo para Lachlan, me inclinando para pegá-la enquanto ele fecha a porta, olhando ao redor. — Ela geralmente não gosta muito de outras pessoas. — Não quero que ele se ofenda se ela miar ou tentar arranhá-lo.

— Oi, Tally. — Ele esfrega o topo de sua cabeça. Ela se inclina em seu toque, ronronando. Meu queixo cai.

— Traidora — murmuro para a minha gata. — Mas não se preocupe — olho para Lachlan —, ele tem o mesmo efeito em mim.

doce dandelion

Juro que Lachlan cora com isso.

— Este lugar é legal. — Ele olha em volta para a mistura de madeiras, tecidos, cores e texturas que compõem tudo. É uma miscelânea, mas sou eu e sou um caleidoscópio.

— Obrigada. — Tento ver o espaço de sua perspectiva.

Ele sorri, olhando para a cozinha imaculada — muito limpa e arrumada, porque a única coisa que uso é a geladeira e o micro-ondas.

— Ainda não sabe cozinhar, não é? — Um sorriso estica seus lábios.

Balanço para frente e para trás em meus calcanhares, colocando meus Nikes laranja no chão — um upgrade dos meus Vans.

— Não. Ainda não dominei a arte de não queimar coisas.

Ele sorri, os olhos suaves enquanto me encara.

— Eu posso consertar isso.

Arqueio uma sobrancelha.

— Você vai me ensinar a cozinhar?

— Por que não? — Ele dá de ombros, estendendo as mãos para Tally. Eu a entrego hesitantemente, preocupada que sua gentileza possa desaparecer, mas ela vai até ele facilmente, aconchegando-se contra seu peito duro. Ela parece pequena em seus braços. — Nós podemos fazer isso agora.

Eu rio, colocando uma mecha de cabelo atrás da orelha, um gesto nervoso, porque ainda estou um pouco admirada por Lachlan Taylor estar no meu apartamento.

— Eu continuo esquecendo que temos todo o tempo do mundo.

Ele estende um braço, usando o outro para segurar Tally na dobra do cotovelo, e me puxa contra si.

— Temos muito que compensar.

Olho para cima, para ele, com meu queixo contra seu peito.

— Como o quê?

— Como aquele encontro apropriado que eu devo a você, para começar.

Meu corpo aquece com a menção de um encontro real com Lachlan. Meu último encontro foi anos atrás, quando estava no terceiro ano do ensino médio, e algo me diz que um encontro com Lachlan será muito diferente de ir ao cinema e ter um cara tentando enfiar a mão por baixo da minha camisa.

Ele passa Tally de volta para mim, me beijando rápida, mas docemente antes que possamos nos deixar levar.

— É melhor eu ir. Mas vou te mandar uma mensagem com os detalhes. — Ele se dirige para a porta, parando com ela aberta. — E Dani? —

Ele olha por cima do ombro para mim.

— Sim? — Minha voz soa suave e arejada. Eu me amaldiçoo por ser tão afetada por ele.

— Coleção legal.

Ele inclina a cabeça para a coleção de livros que cresce lentamente na estante ao lado da minha TV. Com essas palavras, ele se vai.

— Tally — sussurro em seu pelo macio —, eu amo aquele homem.

Colocando-a no chão, pego minha mochila para desfazer as malas e coloco minhas roupas sujas na lavanderia — felizmente meu apartamento tem uma lavadora e secadora em um pequeno armário. Mal enchi a lavadora com minhas coisas sujas quando alguém bate na porta.

Sorrindo como uma tola, corro para atender.

— Você esqueceu alguma coisa?

Mas não é Lachlan do outro lado. É Sage.

— Ah, oi. — Dou um passo para trás, deixando meu irmão entrar.

Ele olha ao redor.

— O Monstro do Lach-ness não está aqui?

— Acabou de sair.

— Hmm — ele murmura. — Que pena. Você acharia que ele é tão bonito com um olho roxo? — Ele inclina a cabeça para o lado, esperando pela minha resposta.

— Sage — eu gemo. — Seja legal.

— Ele nem está aqui — resmunga.

— Isso é para mim? — Olho o pacote em sua mão.

— É seu presente, já que, sabe, você correu para encontrar aquele idiota no dia do seu aniversário.

Pego a pequena caixa dele, colocando-a na mesa de café. Sei que vai ser uma difícil batalha fazer Sage gostar de Lachlan.

Sage se senta no sofá, esticando as pernas. Tally sibila debaixo dele.

Com as mãos nos quadris, encaro meu irmão.

— Eu o amo — declaro. Ele olha para mim com um olhar irritado. — Sei que as coisas entre nós não deveriam ter acontecido do jeito que aconteceram, não sou tão ingênua, mas já foi. Independentemente disso, ele é o homem que eu amo, e estamos juntos. Espero que estejamos juntos por muito tempo. Não estou dizendo que você tem que amá-lo, ou mesmo gostar dele, mas, por favor, para o meu benefício, seja cordial sempre que o vir.

A mandíbula do meu irmão se contrai.

doce dandelion

— Posso pelo menos socá-lo uma vez? Um olho roxo minúsculo não vai matar o cara.

— Não — digo com firmeza. — Tenho vinte anos, Sage. Estou morando sozinha. Estou vendo uma terapeuta. Vou começar a faculdade no outono. Estou trabalhando em mim mesma e você tem que confiar que sei o que é melhor para mim, e Lachlan... — Não consigo parar o sorriso que levanta meus lábios. — Ele é o único.

— Porra. — Meu irmão geme, esfregando as mãos nas pernas de seu jeans. — Eu vou... a contragosto aceitar o cara o melhor que puder, mas não pense nem por um minuto que isso significa que eu aprovo. Sei que Sasha é mais nova que eu, mas ela tem dezenove anos e eu vinte e sete. São oito anos comparados a onze, e ela não era menor de idade...

— Eu também não — defendo.

Ele estreita os olhos.

— Você era uma *estudante*. Não importa se tinha dezoito anos. Você ainda estava fora dos limites para ele.

Inclino a cabeça, porque sei que ele tem razão e não quero entrar em uma discussão aos gritos com meu irmão.

— Eu vejo o seu ponto — digo, em vez disso.

Ele exala um suspiro pesado, olhando para mim com tristeza, sem dúvida pensando em todas as coisas pelas quais passei nos últimos dois anos.

— Porque ele te faz feliz, vou dar o meu máximo para me comportar.

— Obrigada. É tudo o que peço.

— Agora abra seu presente. — Ele pega o pacote da mesa e estende para mim.

Tomando-o dele, me sento ao seu lado, arrancando o papel.

Dentro da caixa, revelo um sino de vento. Este com monumentos de diferentes cidades europeias para os sinos. Ao estudar cada um, percebo que há algo de cada país que visitei.

— Sage?

— Eu mandei fazer personalizado — explica. — Parecia muito perfeito para você.

Minha boca abre e fecha, mas nenhuma palavra saiu.

— Eu... obrigada.

Coloco de volta na caixa, fechando-a, antes de finalmente abraçar meu irmão. Ele me abraça forte.

— Eu te amo, Erva.

— Te amo mais, Capim.
— Temos que ficar juntos.
Eu sorrio para ele, assentindo.
— Sempre.

capítulo 85

Vários dias depois, estou ocupada me preparando para meu primeiro encontro com Lachlan.

Esfregando algum produto no cabelo, me inclino, o sacudindo. Meu coração não para de acelerar com uma mistura de nervosismo e excitação. Ele não me disse para onde estamos indo, o que só despertou ainda mais minha curiosidade.

Levantando-me, certifico-me de que minhas ondas naturais soltas pareçam decentes e não sejam uma bola de frizz. Minha maquiagem é simples, como costumo fazer — rímel, um pouco de iluminador nas maçãs do rosto e um brilho rosa suave que faz meus lábios parecerem mais cheios.

Com o cabelo arrumado, borrifo um pouco de perfume nos pulsos e saio do banheiro para o vestido que coloquei na cama.

O vestido de veludo preto com rosas de cor forte não é o que eu normalmente usaria, mas, já que ele disse para me vestir bem, vou em frente. As mangas são transparentes e ele é mais curto na frente do que nas costas. Deslizando as botas de salto preto, me olho no espelho até o chão. Eu não pareço muito mal.

— Vou sair um pouco — digo a Tally. Ela abre um olho de onde dorme na minha cama. — Segure o forte enquanto eu estiver fora.

Há uma batida na porta e, quando olho para o meu telefone, está bem na hora.

Não consigo parar de sorrir ao andar até a porta da frente e a abri-la.

— Ei, Super-Homem — murmuro, mordendo meu lábio. Lachlan parece delicioso em um par de calças cinza e uma camisa branca de botão. As mangas estão enroladas até os cotovelos, mostrando as veias que correm pelos braços.

— Você está bonita. — Ele se inclina, beijando minha bochecha. — Estas são para você. — Ele me entrega um buquê de flores. É uma variedade de tipos que nunca vi, absolutamente deslumbrantes.

— Ai, me deixa colocar isso em um pouco de água. Elas são lindas, Lachlan.

Ele me segue até a cozinha, onde tenho que colocar água em um copo, já que não tenho vasos.

— Da próxima vez, trarei um vaso para você.

Arqueio uma sobrancelha.

— Você vai trazer flores todas as vezes?

Ele sorri para mim.

— Só se você quiser.

— Eu quero.

Ele ri, colocando a mão na minha cintura.

— É melhor irmos. Meu amigo está me fazendo um favor.

— Você me deixou muito curiosa com esse encontro.

— Eu tinha que torná-lo especial.

— Você poderia me levar ao McDonald's e eu ficaria emocionada. Só quero estar com você. — Tranco a porta atrás de nós e começamos a descer as escadas para o estacionamento.

— Não vou te levar ao McDonald's no nosso primeiro encontro. Além disso, você disse que queria se arrumar.

— Eu disse. McDonald's no segundo, então? — brinco.

— Pode ser. — Ele pisca.

Ele abre a porta do passageiro de seu Acura para mim e seguro a saia do meu vestido para não mostrar nada a ninguém.

Não falamos muito no caminho pela cidade. Acabamos perto do museu de arte, mas algumas ruas adiante. Ele estaciona em paralelo e me deixa sair antes de colocar o troco no taxímetro.

— Onde estamos indo? — Rio, pegando sua mão e deixando-o me levar pela rua.

— Você vai ver em breve.

Ele alcança a porta de uma livraria e puxo sua mão.

— Está fechada.

Ele sorri para mim por cima do ombro.

— Não para nós.

Antes que eu possa perguntar o que quer dizer, ele abre a porta, me puxando para dentro consigo.

— Donovan, onde você está, cara?

Passamos por fileiras e mais fileiras de estantes até chegarmos a um canto dos fundos.

doce dandelion

483

Minha respiração fica presa ao ver a mesa posta para dois, velas e flores no centro, com uma música suave tocando ao fundo.

— Tudo está pronto. — Um cara da idade de Lachlan aparece em uma curva.

— Obrigado, cara. — Lachlan lhe dá um daqueles estranhos abraços de aperto de mão.

— Eu vou sair. — Donovan sorri para mim com um pequeno aceno antes de desaparecer em uma das fileiras.

— Quem é aquele cara?

— Amigo da faculdade — explica, puxando uma cadeira da mesa para eu me sentar. — Ele é o dono do lugar. — Uma vez que estou sentado, ele diz: — Espere.

Ele desaparece por uma porta, retornando um momento depois com dois pratos de comida.

— O que é isto? — pergunto, olhando dele para a refeição e depois para a loja.

Colocando a comida na mesa, ele espera até se sentar para explicar.

— Eu queria fazer algo especial para o nosso primeiro encontro. Algo que você não esqueceria.

— Eu também não teria esquecido o McDonald's, mas isso é *muito* melhor.

— Os livros foram uma das coisas que nos uniram. Parecia apropriado começar de novo aqui.

— Você fez a comida? — Olho para o meu prato de algum tipo chique de peixe, aspargos, batatas e até mesmo uma pequena salada regada com balsâmico.

Ele acena com a cabeça, servindo a cada um de nós um copo de vinho.

— Eu provavelmente não deveria estar servindo um vinho a uma menor, mas já quebramos muitas regras, o que é mais uma?

Eu rio, pegando meu copo meio cheio dele para tomar um gole.

— Eu bebi vinho em quase todas as refeições na Europa, então estou acostumada e realmente gosto. Agora, se o lugar for invadido por policiais, você está ferrado.

Ele ri, balançando a cabeça.

— Deus, isso é estranho. É estranho para você também?

— Um pouco — admito. — Eu me acostumei a passar todo o nosso tempo em seu apartamento, é meio estranho... existir como pessoas normais.

Seu sorriso cai um pouco.

— Não acha que em parte foi isso, acha? O segredo?

— O quê? Que o segredo me fez querer estar com você? — pergunto e ele concorda. — Definitivamente não. Era você que eu queria, não a emoção.

Seu corpo relaxa com isso.

— Espero que goste da refeição. Eu não tinha certeza do que fazer.

— Não está queimado, então você já tem pontos de bônus. — Dou uma mordida no peixe, gemendo com o sabor. — Ai, meu Deus, isso é fantástico. Você definitivamente tem que me ensinar a cozinhar.

Seus olhos enrugam nos cantos.

— Eu disse que faria.

— Isso tudo é tão inacreditável. — Continuo olhando ao redor da loja, as luzes estão esmaecidas, tornando-a ainda mais aconchegante. — Posso escolher um livro para levar comigo? Preciso de uma lembrança do nosso primeiro encontro oficial.

Ele enxuga a boca com um guardanapo, os lábios levantados em diversão.

— Claro. Posso resolver isso com Donovan mais tarde.

— Sei que meu irmão vai querer conhecê-lo em breve — me esquivo, nervosa por abordar este tópico.

Lachlan inclina a cabeça para o lado.

— Compreensível. Tem alguma ideia?

— Bem, acho que deveria ocorrer em terreno neutro, para que elimine reuniões em qualquer uma de nossas casas — reflito, mordendo meu lábio. — E o museu de arte? É um dos meus lugares favoritos e, como é um museu, ele terá que manter o volume em um nível mais baixo.

O sorriso de Lachlan cai.

— Ele nunca vai gostar de mim, não é?

— Não sei. Ele é um manteiga-derretida, mas eu sou sua irmãzinha. Aquela que ele foi encarregado de criar por um ano, e acho que ele sente que falhou.

— Por minha causa. — É uma afirmação, não uma pergunta.

— Por vários motivos. Ele é muito duro consigo mesmo.

Lachlan pega minha mão, nossos dedos unidos descansando em cima da mesa.

— Quero encontrá-lo e conhecê-lo, mas, se ele nunca gostar de mim, você está bem com isso?

Pisco para Lachlan.

doce dandelion

— Ele é meu irmão, não meu guardião. Ele é importante para mim e, claro, gostaria que as coisas fossem cordiais, mas também não sou ingênua. Vai levar tempo.

Seus lábios se contorcem em um sorriso mais uma vez, os olhos azuis brilhando.

— E nós temos muito disso agora, não temos?

O tempo é passageiro, não há uma quantidade infinita. Sei disso melhor do que a maioria. Qualquer momento pode ser o último. Isso me ensinou a valorizar cada minuto, cada momento, porque nunca se sabe quando vai acabar.

— Temos o que temos. A vida é muito curta para se preocupar com a opinião dos outros. Até a do meu irmão.

Lachlan ergue o dedo mindinho.

— Promete de mindinho que você está bem com isso?

Enrolo meu dedo no dele, sorrindo, porque esta é a primeira vez que ele me pede para fazer uma promessa de mindinho. Sei que ele não quer ficar entre meu irmão e eu. É doce, mas Sage vai se conformar eventualmente.

— Promessa de mindinho.

Terminando nossa refeição, nós limpamos juntos — Lachlan não quer que eu ajude, mas me recuso a ficar parada sem fazer nada.

Uma vez que tudo está limpo, ele me libera para escolher um livro.

Ele segue atrás de mim, que fico examinando as prateleiras, procurando o exemplar que quero. Ele não diz nada enquanto procuro, apenas me deixa fazer minhas coisas.

Finalmente o encontro e o puxo para fora com um floreio, virando a tampa para que ele possa ver.

O *1984*, de George Orwell, foi o começo de tudo, de certa forma. Por que não continuar a tradição?

— É esse que você quer?

— Absolutamente. Você tem uma caneta?

Ele procura em seus bolsos, mas vem vazio.

— Donovan provavelmente tem uma no caixa.

Com certeza, ele encontra uma caneta Sharpie preta. Pego dele e rabisco na primeira página nossos nomes e a data de hoje.

— Você está feliz? — Lachlan me pergunta, seus olhos escurecendo.

— Muito.

Não é mentira. Há muito tempo não sou tão feliz. Um peso saiu do meu peito, um fardo que carreguei desde o tiroteio. Sei que nunca serei a mesma Dandelion Meadows novamente, mas ela ainda é uma versão de mim, como a garota quebrada que Lachlan conheceu era outra versão, e a mulher parada na frente dele agora é outra encarnação. É tudo eu, apenas peças diferentes.

Ele pega meu rosto nas mãos, embalando-o como gosta de fazer, e inclina sua boca sobre a minha. O beijo é lento e profundo. Sinto isso em todos os lugares, zumbindo em minhas veias.

Mesmo que eu não possa prever o tempo, e quanto dele temos, espero que haja muitos outros momentos pela frente em que me sinta tão feliz e amada.

Enquanto Lachlan olha para mim como se estivesse segurando seu mundo inteiro entre as mãos, acho que não tenho nada com que me preocupar.

capítulo 86

Se passa uma semana antes que os horários de todos se alinhem para nos encontrarmos no museu de arte. Felizmente, Sasha virá também e sei que ela será um grande amortecedor para meu irmão com Lachlan. Ele não vai querer agir como um idiota completo na frente da namorada.

Meu Deus, ainda não consigo acreditar que esses dois são um casal, embora no último mês, desde que apareci na casa de Sage, e tenho estado mais perto deles, vejo como funcionam juntos. Ele a acalma e ela traz à tona seu lado bobo, que estava em falta desde o tiroteio. É bom ver uma luz em seus olhos novamente que eu nem tinha notado que tinha se extinguido. Como eu, porém, ele finalmente admitiu que começou a ver um terapeuta cerca de um mês depois que deixei os Estados Unidos. Isso realmente o ajudou e seu progresso me dá esperança para o meu.

Espero do lado de fora do complexo de apartamentos, nervosa demais para aguardar lá dentro. Ando de um lado para o outro pela passarela na frente, olhos procurando pelo Acura de Lachlan entrar no estacionamento.

— Estou literalmente suando — murmuro para mim mesma, franzindo o nariz em desgosto com minhas axilas molhadas. — Isso é nojento. Talvez eu devesse trocar de camisa.

Sei que, se alguém estiver me observando, eu pareço uma maluca, ou talvez como se estivesse usando drogas, mas não posso me importar porque meu irmão está prestes a conhecer Lachlan. Lachlan vai conhecer meu irmão. É como se eu tivesse entrado em um universo alternativo.

Sei que tecnicamente eles já se encontraram antes, mas passar na rua mal conta.

Localizo o carro de Lachlan, e paro de andar, embora tenha certeza de que ele já me viu.

Ele para na minha frente e alcanço a porta, correndo para dentro. Quanto mais cedo acabarmos com isso, melhor.

— Nervosa? — ele pergunta, com uma risada, e deslizo o cinto de segurança pelo corpo.

Não há como negar.

— Você não tem ideia.

Ele se dirige para a saída, seu olhar piscando na minha direção.

— Vai ficar tudo bem, Dani. Não tenho certeza se vai ser ótimo, ou mesmo bom, mas vai ficar tudo bem.

— Bem — repito. — Estou ok com tudo bem. — Tudo bem significaria que nenhum soco é dado e nenhuma ameaça é feita. — Você promete isso de mindinho?

Ele ergue o dedo, observando o semáforo que sai do meu complexo de apartamentos.

— Promessa de mindinho.

Selo a promessa com meu dedo.

— Se não der certo, a culpa é sua agora.

Ele ri, colocando a mão na minha perna.

— Entendo por que você está preocupada. Também estou nervoso, mas quanto mais cedo fizermos isso, melhor.

Espero que ele esteja certo.

A viagem até o museu de arte leva trinta minutos, já que agora moro do outro lado da cidade, mas gostaria que fosse mais. Mal consegui me controlar quando Lachlan estaciona o carro.

Saímos, atravessando a rua para onde deveríamos nos encontrar na frente da minha escultura de cavalo favorita.

Lachlan me encara, esfregando meus braços para tentar me acalmar.

— Pare de se preocupar, baby. — Meu corpo aquece com o carinho. Ele levanta meu queixo com um dedo. — Fiz uma promessa de mindinho, lembra?

— Sim. — A única palavra é tão baixa que é quase inaudível, mas ele sorri, então sei que me ouviu.

Seus lábios pressionam suavemente na minha testa e inalo uma respiração trêmula, tentando me equilibrar para a tempestade chamada Sage.

Claro, com toda certeza meu irmão escolhe agora aparecer.

— Tira a mão da minha irmã, Lach-ness.

— Lach-ness? — Lachlan murmura para mim.

— Vou explicar mais tarde.

Apesar das ordens de Sage, Lachlan não me deixa ir. Ele segura minha mão, então encaramos meu irmão e Sasha de frente.

doce dandelion

— Prazer em conhecê-lo. — Lachlan estende a mão.

Sage olha bravo para ela e depois para cima, para Lachlan.

— Não vou apertar sua mão. Você tocou minha irmã com essa mão quando ela era sua aluna, caralho.

— Sage — sibilo.

— Ele está certo — Lachlan diz, apertando a minha mão que ele segura, deixando a outra cair de volta ao seu lado. — Olha — ele se dirige ao meu irmão —, sei que fiz errado, não vou negar isso, mas amo sua irmã e farei o que você precisar que eu faça para provar que sou sincero.

Sage faz um barulho no fundo da garganta e se vira bruscamente nos calcanhares, em direção à entrada do museu.

— Porra, um museu de arte — resmunga, como se não pudéssemos ouvi-lo. — Só minha irmã me forçaria a encontrar seu velho amante em um *museu de arte*. Sinto falta do babaca francês.

Sasha aperta os lábios, tentando não rir enquanto nós três seguimos Sage.

Ele segura a porta aberta para a namorada, mas segue atrás dela, impedindo-nos de entrar.

— Eu vou matá-lo — afirmo, fervendo, olhando brava para sua figura se afastando. — Vou enterrá-lo a dois metros de profundidade em algum lugar onde ninguém o encontrará.

Lachlan sorri para mim.

— Você nunca faria isso.

Ele está certo, eu não machucaria uma mosca, mas nesse momento não me importaria de dar um chute na bunda do meu irmão.

Lachlan abre a porta para mim, deixando-me entrar primeiro.

Sage e Sasha já estão na primeira galeria quando os alcançamos.

— Então, o que você está fazendo para trabalhar agora, já que se demitiu antes de ser demitido como um completo frouxo?

— Sage! — grito, meus punhos cerrando ao meu lado. — Vou dar um soco na sua garganta.

Lachlan aperta minha mão, silenciosamente me dizendo que está tudo bem, mas não está. Sei que estamos lutando uma batalha difícil com meu irmão, mas ele não precisa ser tão filho da puta.

— Estou trabalhando em um centro juvenil local. Ainda estou aconselhando e treinando o time de basquete lá.

Sage zomba, olhando meu namorado de cima a baixo.

— Ainda em torno de crianças então, eu vejo.

— Ei, pare com isso — Sasha o repreende.

A tensão em seu rosto relaxa um pouco, mas não muito.

— Apenas tentando conhecer Lach-ness.

— Sage! — Sasha e eu gritamos com ele desta vez.

Provavelmente estamos bem perto de sermos expulsos e acabamos de chegar aqui.

— Ah, agora entendi. — Os lábios de Lachlan se contorcem. — Como o Monstro do Lago Ness.

— Exatamente. — Sage sorri.

— Isso é engraçado.

— Nada disso é engraçado. — Olho para Lachlan, ofendida por ele estar se divertindo com as palhaçadas do meu irmão.

Lachlan dá outro aperto na minha mão antes de soltar.

— Por que as senhoritas não vão dar uma olhada por aí e deixam Sage e eu ficarmos aqui para bater um papo?

Meus olhos se arregalam.

— Você tá maluco? — sibilo.

Lachlan está querendo morrer.

— Vai ficar tudo bem.

Sage parece chocado com essa reviravolta.

— Uh...

— Isso parece uma ótima ideia. — Sasha estende a mão para o meu braço, me arrastando para longe dos homens. — Nós estaremos... em algum lugar.

Relutantemente permito que ela me afaste e suba as escadas para o segundo andar da galeria. Ela encontra um canto com um banco, sentando-se.

— Você é louca? Sage vai matá-lo.

Ela acena com uma das mãos, desdenhosa.

— Você sabe que seu irmão não iria machucá-lo *de verdade*, mesmo se ele quisesse. Mas acho importante que Sage tire algumas coisas do peito.

— Você tem razão. — Odeio admitir isso, mas ela tem um ponto. Sei que deve haver coisas que Sage precisa dizer sem eu estar em sua cola. — Ainda não consigo acreditar que você está namorando meu irmão.

Ela ri, suas bochechas coradas.

— Eu também, para ser honesta. Simplesmente aconteceu.

— Sei como isso acontece — comento, suspirando.

— Ainda não consigo acreditar que você transou com o orientador.

doce dandelion

— Ai, eca, por favor, não diga assim. Isso é nojento.

— Vocês já fizeram sexo na escola?

— Não! — falo, apressada. — Deus, não. Isso é... *não*.

Ela sorri para mim, seus olhos brilhantes e felizes.

— Desculpa, eu estava curiosa, então tive que perguntar.

— As coisas estão boas com você e Sage?

Apesar de estar perto deles desde que anunciei que estava em casa, não tive nenhuma oportunidade de falar com Sasha apenas eu e ela.

— Elas estão muito boas. Ele me entende, isso soa tão clichê, mas é verdade.

— Eu gosto de vê-lo feliz... vocês dois felizes.

— Você não está brava com isso, certo? Sinto muito que tenha descoberto como descobriu. Sei que não somos tão próximas quanto você e Ansel, mas ainda somos amigas. Eu odiava manter isso em segredo de você, mas Sage queria te contar e continuou adiando.

— Quero dizer, é um pouco estranho. — Sinto a necessidade de ser honesta. — Mas não, não estou brava. Sage merece ser feliz e você também. Estou feliz que se encontraram assim...

— Como você e Lachlan? — ela termina para mim, com um sorriso gentil.

Sasha está muito mais calma agora do que costumava ser, quase maternal em alguns aspectos.

— Sim. — Esfrego as mãos no meu jeans. — Eu o amo tanto que às vezes me assusta.

— O amor é assustador. Acho que é por isso que tantas pessoas têm medo dele. Mas vale a pena.

Ouvimos então uma comoção e nos viramos para ver os dois homens subindo as escadas, conversando como velhos amigos. Sage ainda tem alguma tensão ao redor de seus olhos e boca, e posso dizer pelo conjunto de ombros de Lachlan que ele não está totalmente relaxado, mas é melhor do que os dois se empurrando e gritando um com o outro. Não que eu esperasse que Lachlan fizesse esse tipo de coisa, mas Sage? Definitivamente.

Sasha se levanta, quase deslizando para o lado do meu irmão. Por cima do ombro, ela me dá uma piscadinha antes de pegar a mão dele e puxá-lo para uma pintura no fim do corredor que ela diz que ele tem que ver, apesar do fato de nunca ter visto isso até onde sei.

Lachlan caminha até mim, sentando-se no banco e esticando as longas pernas.

— Como foi? — Odeio ter medo de perguntar, mas preciso saber.

Lachlan inclina a cabeça para mim, seus olhos vazios de qualquer luz de brincadeira, mas ele também não parece irritado.

— Nada mal. Tivemos uma boa conversa.

— Uma boa conversa? — repito, franzindo o nariz. — O que isso significa?

— Significa que eu o deixei falar e escutei, depois falei e ele escutou.

Estreito meus olhos.

— Você não vai me dar nenhum detalhe, vai?

— Não. — Ele se levanta, estendendo a mão. Eu aceito, mas, quando ele tenta me levar para longe, eu me mantenho firme.

— Preciso de mais do que isso, Lachlan.

Ele passa os dedos pelo cabelo antes de esfregar o queixo.

— Não foi ruim, ok, mas eu nunca serei a primeira escolha do seu irmão para você. Tudo bem por você?

Olho de Lachlan para o final da sala onde Sage está com Sasha, observando outra pintura.

— Estou. — Minha resposta é segura. Não tenho dúvidas. — Mas você está bem com isso? — retruco, porque sei que isso deve incomodá-lo.

— Você é o que mais importa para mim, Dani.

Esticando-me na ponta dos pés, eu o beijo. Não me importo com quem vê ou se isso irrita meu irmão.

— Eu te amo.

— Amo você também — ele murmura, me segurando perto.

Dentro do calor de seu corpo, me sinto segura, como se estivesse em casa, e sei que tudo vai ficar bem.

Sei que nunca vou esquecer aquele dia.

Nunca vou esquecer a perda da minha mãe. As outras vidas perdidas naquele dia.

Não vou esquecer a recuperação, as lágrimas, a dor.

Mas *vou* seguir em frente. *Estou* seguindo em frente.

Com cada sorriso, cada risada, não vou deixar aquele dia me prender mais. Sei que sempre terei meus momentos em que nuvens escuras podem bloquear meu dia ensolarado, mas está tudo bem. A vida é para ser vivida, e finalmente estou fazendo isso de novo.

Uma vez pensei que Lachlan era o sol e eu era a chuva. Que não havia final feliz para nós.

doce dandelion

Eu estava errada.
Há sempre uma chance para um final feliz, mas você tem que escolher.
E eu escolho.
Escolho esta vida.
Eu o escolho.
Eu *nos* escolho.
E isso é uma promessa de mindinho.

epílogo

Três anos depois...

Eu não queria fazer a coisa do casamento grande, com o vestido bufante, convidados, toda a comoção. Mas Lachlan insistiu que faríamos isso direito. Ele disse que ser capaz de amar na luz significava que ele queria me ver caminhar pelo corredor em um vestido até ele. Eu não podia argumentar com isso... mas tinha uma condição. Bem, duas.

A primeira era que eu queria me casar na Escócia, era a raiz de sua herança, um lugar que ele nunca tinha ido, e nem eu, porque, mesmo quando comecei minha viagem pela Europa há quase quatro anos, eu sabia então que a Escócia pertencia a ele. Agora, pertenceria a nós dois.

A segunda era que eu queria que ele usasse um kilt.

Ele pensou que eu estivesse brincando.

Eu não estava.

— Tem certeza de que quer fazer isso? — Reviro os olhos ao som da voz do meu irmão. Ele se aproxima de mim na casinha que alugamos no local para que todos se preparem. — Há um lago próximo, talvez Lach-ness possa se juntar à sua garota Nessie.

— Sage — gemo, socando-o levemente no braço. — É do meu futuro marido que você está falando.

Marido. Meu estômago afunda de emoção com essa única palavra.

— Ainda não consigo acreditar que vocês vão se casar no dia do aniversário de vocês. Vocês já têm os mesmos aniversários, agora vai ser o aniversário de casamento também? É estranho pra caramba.

— É o que nós queríamos.

Já parecia irônico o suficiente que compartilhássemos o mesmo aniversário, só parecia apropriado nos casarmos hoje também. Eu definitivamente nunca pensei que me casaria aos vinte e três anos, mas aqui estamos. A vida é definida pelo inesperado.

doce dandelion 495

Afastando-me de Sage, me olho no espelho uma última vez.

Eu sabia que o vestido de tule branco era o certo assim que o vi. Com flores aplicadas na parte inferior, na área do quadril e na parte superior, fiquei apaixonada desde o início. Ele me lembrou do meu vestido de formatura em alguns aspectos, mas este era mais simples, a saia não tão cheia, e eu sabia que meu irmão não era fã do decote profundo, mas Lachlan morreria.

Meu cabelo está enrolado, algumas mechas puxadas para trás com flores frescas tecidas entre os fios. Minha maquiagem é quase imperceptível, suave e natural. Eu queria parecer *comigo* hoje. Não uma versão glamourosa de mim que provavelmente nunca verei novamente.

— Ei, está na hora. — Sasha enfia a cabeça pela porta, sua pele brilhando. Ela parece feliz, e estou feliz que os dois parecem estar se entendendo. Eles terminaram duas vezes nos últimos três anos, mas, honestamente, são perfeitos um para o outro e teimosos demais para dar o próximo passo.

Sage estende o cotovelo para mim.

— Vamos fazer isso, Erva.

Enrolo minha mão em torno de seu braço.

— Você vai ficar bem em me deixar ir embora, Capim?

As linhas de seus olhos se aprofundam, uma carranca se formando em seus lábios.

— Não. — Ele molha os lábios, olhando para mim de um jeito que sei que ele está pensando no quanto cresci. — Você é minha irmãzinha, é difícil assistir você viver sua própria vida. Mas estou feliz por você.

— Está mesmo? — Tenho que perguntar, porque sei que ele nunca foi um grande fã de Lachlan.

— É óbvio que ele te ama. Ainda posso guardar rancor dele, mas não posso negar isso. No final do dia, é tudo o que importa. Sei que ele vai te amar e cuidar de você.

— Não me faça chorar. — Sinto minha garganta fechar.

— Nunca. — Sage sorri para mim. — Vamos fazer essa coisa acontecer.

Eu o deixo me guiar para fora do pequeno chalé, descendo a colina verde ondulante, até onde Lachlan espera no final com o pastor de uma igreja próxima. Atrás dele estão os contornos de mais colinas verdes, a água abaixo. Parece algo saído de um conto de fadas. O caramanchão sob o qual está, adornado com flores e vegetação, acrescenta ainda mais ao encanto de tudo isso.

Os olhos of Lachlan me observam e perco o fôlego quando ele olha para mim como se eu fosse *tudo*.

Começo a puxar Sage e ele sussurra:

— Devagar.

Finalmente, chego na frente do meu noivo.

Sage me entrega e, quando beijo sua bochecha, não perco a lágrima caindo do canto de seu olho.

Não posso deixar de olhar para Lachlan, em sua camisa preta de botão enfiada em um kilt verde, marrom e azul.

Estou tão feliz que o fiz usar um kilt.

Trocamos nossos votos, nossos amigos e familiares assistindo.

Deslizo a faixa de prata sobre sua junta grossa até que ela pouse onde ficará para o resto de nossas vidas.

Ele pega minha mão, fazendo o mesmo. Olho para a fina faixa de prata com pequenos diamantes ao redor. É simples, mas deslumbrante.

— Agora você pode beijar sua noiva.

As mãos de Lachlan vão direto para o meu rosto, como sempre, e ele me beija lenta e profundamente, assinando o contrato dos anos à nossa frente.

Nós nos viramos, de mãos dadas, e não consigo parar de sorrir enquanto meus olhos deslizam sobre seus pais e irmã, meu irmão, Sasha, e até mesmo Ansel e sua família. Ansel aplaude, sorrindo de volta para mim. Eu sinto falta dele loucamente, já que ele ainda mora em Paris, fazendo suas próprias coisas, mas nós conversamos o tempo todo.

— Apresento a vocês, Sr. e Sra. Lachlan Taylor.

Volto meu sorriso para o meu marido.

— Sou a Sra. Taylor agora.

— Já estava na hora, porra. — Ele abaixa a cabeça, me beijando novamente. Inclino-me em seu toque, ainda incapaz de parar de sorrir mesmo quando o beijo de volta. — Eu te amo, Dandelion Taylor.

— Não tanto quanto eu te amo, *Sr. Taylor*.

Ele ri contra mim e caminhamos pelo corredor, para longe de todos os outros, no início do nosso para sempre.

epílogo #2

Outros três anos depois...

Procurando pela janela acima da pia, tento segurar minha risada, observando Lachlan girar nossa lembrança de lua de mel no ar. As risadinhas de Lyla são música para meus ouvidos enquanto ela entra pela porta de tela, o som de sinos de vento tilintando junto. Essa garotinha é o nosso mundo inteiro. Antes de nos casarmos, decidimos começar a tentar um bebê durante nossa lua de mel. Por alguma razão, nós dois estávamos convencidos de que levaria meses, talvez até um ano ou mais, mas tivemos sorte e acabamos grávidos na noite de núpcias.

Há um chute no meu estômago, e coloco minha mão contra o inchaço redondo, agora assistindo Lachlan mostrar a Lyla como alimentar as galinhas.

Eu queria espaçar nossos filhos um pouco mais, mas o garotinho crescendo dentro de mim tinha outros planos para nós. Brodie se juntará a nós em menos de quatro semanas. Estou animada, mas também apavorada, preocupada por não amá-lo tanto quanto amo Lyla. Sei no meu íntimo que vou amá-lo da mesma forma, mas isso não alivia meus medos.

— Mamãe! — Lyla chama de fora. — Eu alimentei as galinhas! Venha ver!

Deixo a louça que estava limpando descansar na água com sabão, saindo e atravessando o quintal para me juntar à minha família.

Lachlan... Deus, Lachlan.

Ele está com trinta e sete agora, e juro que meu Super-Homem está ainda mais bonito do que da primeira vez que pus os olhos nele. O grisalho em suas têmporas o faz parecer mais distinto e adoro beijar as linhas de riso ao lado de sua boca, porque isso significa que o fiz feliz.

— Olha, mamãe. — Lyla estende a mão gordinha, jogando a ração no chão.

Escolhemos ficar perto de Salt Lake City, mas nos mudamos para cerca de uma hora de distância. Lachlan ainda viaja quarenta minutos para trabalhar no mesmo lugar em que conseguiu um emprego depois de deixar

Aspen Lake High. Eu me formei e trabalho em casa fazendo marketing para uma loja de alimentos orgânicos. É bom, porque ainda posso trabalhar, mas também estar em casa com Lyla.

A casa que compramos fica em alguns acres, o que significa que tenho minhas galinhas, duas cabras e uma vaca. É um trabalho em andamento, mas sei que é aqui que devemos ver nossos filhos crescerem.

— Uau — digo para Lyla. — Você é tão boa. Elas te amam.

E elas realmente amam. Acho que Lyla pensa que as galinhas são cachorros, o que não consigo entender — embora Zeppelin seja mais do tamanho de um urso do que de um cachorro, então acho que a confusão dela faz sentido.

Lachlan pega Lyla nos braços e se levanta, colocando um braço em volta da minha cintura.

— Como você está se sentindo, baby?

— Cansada. — Esfrego minha barriga redonda. — Ele está chutando muito. Acho que machucou minhas costelas.

Ele ri, como se eu estivesse brincando. Não estou.

— Papai, me coloque no chão. — Lyla chuta e se contorce para descer. Ele a coloca na grama e seus pezinhos saem correndo, deixando as galinhas persegui-la.

— Eu não sabia que era possível ser tão feliz — Lachlan murmura, colocando a mão na minha barriga, por cima da minha.

— Nem eu. — Inclino a cabeça contra seu lado, nós dois assistindo Lyla correr e gritar.

Ela é a mistura perfeita de nós dois, seu cabelo escuro, meus olhos castanhos, meus lábios, mas seu nariz. Ela é cheia de animação e coragem. Me lembra de mim mesma quando era jovem, antes de a vida acontecer. Mas, graças ao pai dela, encontrei a alegria novamente.

Lyla corre até nós novamente, segurando um dente-de-leão maduro com sementes.

— Faça um desejo, mamãe.

Eu me curvo o melhor que posso nos oito meses de gravidez e pego o Dandelion dela, sorrindo melancolicamente.

— Desejo — ela repete, tocando sua pequena mão quente na minha bochecha.

— Juntas? — Envolvo a mão dela ao redor do caule para que nós duas o seguremos.

doce dandelion

— *Tim*. — Eu sorrio, amando como ela nunca consegue dizer *sim*, mesmo que fale muito em uma idade tão jovem.

— Ok, garotinha, vamos fazer um desejo.

Sinto a mão de Lachlan apertar meu ombro, meus olhos se fechando.

Como mãe agora, estou realmente começando a entender por que minha mãe disse algumas das coisas que dizia para mim, então é com esse pensamento que contorço meus lábios e expiro, soprando as sementes para se espalharem pelo vento. Para estabelecer suas raízes e crescer onde elas prosperarão.

Minha doce Lyla. Que você seja sempre tão livre quanto os pássaros, tão selvagem quanto as flores e indomável como o mar.

QUER MAIS DANI E LACHLAN? Leia tudo sobre seu primeiro Natal como um casal no romance *Doce Natal*, que será lançado em breve.

agradecimentos

Nenhum livro é concluído sem a ajuda de muitas fontes diferentes.

Emily Wittig, você foi a primeira pessoa a quem contei sobre este livro, a primeira a lê-lo, e então criou a capa mais artística e impressionante que eu já vi, que captura perfeitamente a Dani e como ela se vê.

Barbara, você significa muito para mim e tenho muita sorte de ter alguém como você ao meu lado. Você é brilhante e incrível.

Para meu melhor amigo cachorro, Ollie, cada livro é concluído com você ao meu lado e eu te amo tanto, tanto, tanto.

Minha família, obrigada por seu apoio infinito. Significa o mundo para mim.

A todos que leem uma cópia deste livro, obrigada por verem algo nesta história. Espero que tenha vivido cada passo do caminho com a Dani.

Espero que a história da Dani permaneça com todos vocês por muito tempo. Significou o mundo para mim escrevê-la.

Se você gostou de *Doce Dandelion*, venha conhecer a série *Escolhas*.

A The Gift Box é uma editora brasileira, com publicações de autores nacionais e estrangeiros, que surgiu no mercado em janeiro de 2018. Nossos livros estão sempre entre os mais vendidos da Amazon e já receberam diversos destaques em blogs literários e na própria Amazon.

Somos uma empresa jovem, cheia de energia e paixão pela literatura de romance e queremos incentivar cada vez mais a leitura e o crescimento de nossos autores e parceiros.

Acompanhe a The Gift Box nas redes sociais para ficar por dentro de todas as novidades.

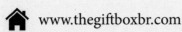 www.thegiftboxbr.com

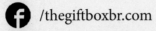 /thegiftboxbr.com

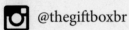 @thegiftboxbr

 @GiftBoxEditora

Impressão e acabamento